夜のフロスト

R・D・ウィングフィールド

新任部長刑事ギルモアが配属されたのは，しけた町だった。まあ，ここは眼も眩《くら》む高みに昇りつめるための梯子の一段目にすぎない。こき使われる心配がなさそうなのも幸いだった。だが，いざ出勤してみれば，猛威を振るう流感に，署は壊滅状態。折悪しく，町には中傷の手紙がばらまかれ，老女ばかりを狙う切り裂き犯が暗躍を開始する。なんたる不運。そのうえ，だらしない風体に，悪夢のような下《しも》ねたジョークを連発する男，フロスト警部と組む羽目になろうとは……。さすがの名物警部も，今回ばかりは青息吐息。爆走する英国警察小説，大好評第三弾！

登場人物

ジャック・フロスト……………………警部。主人公
フランク・ギルモア……………………部長刑事
リズ・ギルモア…………………………その妻
アーサー・ハンロン……………………部長刑事
ビル・ウェルズ
ジョニー・ジョンスン…………………巡査部長
ジョー・バートン
ケン・ジョーダン
ジョン・コリアー
ジーン・ナイト
ヘレン・リドリー………………………巡査
マレット…………………………………警視。署長
モルトビー………………………………医師
ドライズデール…………………………検屍官
ミス・グレイ……………………………その助手
テッド・ロバーツ………………………現場捜査担当官

トニー・ハーディング……………………鑑識の責任者
メアリー・ヘインズ……………………七十八歳の老婦人
ディーン・ロナルド・ホスキンズ……その隣人
ポーラ・バートレット…………………行方不明の少女
マーク・コンプトン……………………美術商
ジル・コンプトン………………………その妻
エイダ・パーキンズ……………………家政婦
サイモン・ブラッドベリー……………防犯システムのセールスマン
ウォードリー……………………………自殺を図った老人
スーザン・ビックネル…………………自殺した少女
ジャネット・ビックネル………………その母
ケネス・ダフィー………………………スーザンの継父
チャーリー・マスケル┐
メアリー・マスケル…┘老夫婦
アリス・ライダー………………………八十一歳の寡婦
ジョージ・F・リックマン……………新聞販売店の主
バーナード・ヒックマン………………配管工

エドワード・ベル……………………教師
ハロルド・エドワード・グリーンウェイ……ヴァン運転手
ロナルド・ウィリアム・ゴールド……バス運転手
ベティ・ウィンターズ……………七十六歳の老婦人
フレデリック・パーリー…………副牧師
ウォーリー・マンスン……………前科者
ベル・マンスン……………………その妻
ディードリー・マンスン…………夫婦の娘
ドリス・ワトスン…………………七十六歳の老婦人
ジョーン・イースト………………高級娼婦
ノールズ……………………………市議会議員

夜のフロスト

R・D・ウィングフィールド
芹澤　恵訳

創元推理文庫

NIGHT FROST

by

R. D. Wingfield

夜のフロスト

日曜日

老女の名前は、ヘインズ夫人といった――メアリー・ヘインズ。だが、彼女のことをメアリーと呼ぶ人は、今ではもうひとりもいなかった。何年もまえに、夫に先立たれてしまってからは。七十八歳の彼女は、自宅の玄関先に立ったまま、恐ろしさに震えていた。ちょうど教会の墓地から、戻ってきたところだった。墓地には、天候が許す限り、日曜日ごとに通《かよ》っていた。夫の墓を掃除し、カットグラスの花瓶に新しい花を生けなおすために。その花瓶は、以前は自宅のサイドボードに飾っていたものだった。黒っぽい色をしたオークのサイドボード。ふたりが結婚した年に買ったその家具も、今では裏の使われていない部屋に押し込まれている。今日、墓地に出向いてみると、牧師が険しい顔で待ち受けていた。「とんでもないことになりました、ヘインズ夫人。どうか、お気を確かに」

夫の墓の荒らされようを目の当たりにした瞬間《ま》、彼女はその場で気を失いそうになった。あれほど大切に手入れしてきた墓石が、紫のペンキの色も鮮やかな落書きで穢《けが》されている。まがまがしい髑髏の印と口にするのもはばかられるようなことばが、夫の名前をべったりと覆い隠してしまっている。カットグラスの花瓶は、墓石に叩きつけられたのか、粉々になっていた。

牧師は、親身の気遣いを示した。副牧師とふたりで、その日は朝から、墓参に訪れた人たちの怒りと嘆きをひたすらなだめ続けてきた。狼藉者どもは、心なき破壊の限りを尽くし、落書きとひびの入った墓石と引きちぎられた花輪の数々を置き土産としていったのである。警察にはもちろん通報しました、牧師は彼女にそう言った。不心得者どもが再び蛮行に及ぶ現場を取り押さえるべく、今後は二十四時間態勢で墓地を監視してもらうことになりました、だからもう心配はいりません、とも。

あまりの出来事に彼女はすっかり動転してしまい、家までどうやって帰ってきたのか、覚えていなかった。門扉を押し開け、門扉の立てる軋みを聞いて、ようやく救われた気がした。ところが、狭いポーチで新たな衝撃に襲われた。鍵を取り出そうと、バッグに手を突っ込んだところで、玄関まえに敷いてあるドアマットの位置がずれていることに気づいたのだ。予備の鍵の隠し場所をドアマットのしたと決めたとき、あれだけ慎重に敷く位置を決めたのだから、確信があった。マットは間違いなく動いていた。

震える手で、彼女はドアマットの端を持ちあげ、したをのぞき込んだ。鍵はなくなっていた。留守のあいだに、誰かが取った、ということだ。取っただけじゃない、きっとその鍵を使って家のなかに忍び込んだにちがいない。彼女はうしろにさがって、家の二階を振り仰《あお》いだ。気のせいだろうか、寝室のカーテンが揺れているような気がした。まるで、つい今し方、慌てて閉められたかのように。

　鼓動が乱れ、心臓のあたりが締めつけられるように痛くなった。手袋をはめた手で、彼女は胸を押さえた。助けが必要だった。助けてもらえるなら、誰でもかまわなかった。隣家には、オートバイを乗りまわす、あの礼儀知らずの若者が住んでいるが、見ると明かりが灯っていた。彼女はおぼつかない足取りで隣家まで歩き、玄関の呼び鈴を押した。家のなかで呼び鈴の鳴る音が聞こえた。が、誰も出てこなかった。彼女はもう一度呼び鈴を押した。

　二階の寝室では、ナイフを握り締めた男が密《ひそ》やかな笑みを浮かべながら、辛抱強く待ち続けていた。

月曜日——日勤／早番

窓ガラスに降りつけてくる雨に、通りを隔てた向かいの陰気臭い家が滲《にじ》んで見えた。リズ・ギルモアは、ソファに膝をついたまま、不機嫌な顔で窓のそとを眺めた。この狭くてみすぼらしい家に引っ越してきて、今日で三日。その間《かん》、雨はずっと降り続いている。三年前に夫と結婚して以来、住むところはいつも警察借りあげの賃貸住宅ばかりだ。「あたし、この市《まち》大っ嫌い」彼女は思っていることを口に出した。デントンには、来たくて来たわけではなかった。夫の昇進が決まったとき、新しい任地は活気のある都会でありますように、と願った。少なくとも、いくらかは華やかな匂いのする市《まち》——劇場とかナイトクラブとかそれなりの店とかのある市《まち》であってほしかった。なのに、こんな片田舎のちっぽけな何もないところに配属されてしまうとは。

彼女の夫、フランク・ギルモア部長刑事——年齢二十四歳、長身ではないが、がっしりとした身体つき、黒っぽい髪を短く刈り込んでいる——は腕時計に眼を遣《や》った。時刻を確認するのは、それで八度目だった。午前八時四十五分。彼には、妻の不平につきあっている余裕はなかった。ほかのことで頭がいっぱいだった。十五分後には、部長刑事の初任務として、新しい配属先であるデントン警察署の署長のもとに出頭し、着任の報告を行《おこな》うことになっている。そんなときに、余計な雑念を抱え込みたくなかった。第一印象は、あとあと大きくものをいう。デントンは、確かに面白味のないちっぽけな地方都市だが、眼も眩《くら》むような高みに昇りつめるための、梯子の一段目にすぎない。「長いことじゃないよ、リズ」

彼女は顔に垂れかかったブロンドの髪を払いのけ、地元の新聞、『デントン・エコー』紙を手に取った。一面は、墓地の墓石が倒されたり、壊されたり、落書きに汚されたりしている様子を写した大きな写真に占領されていた。《**墓地荒らし、再度の蛮行**》――全段抜きの大袈裟な見出しが冠してあった。《**牧師、黒魔術の集会を懸念**》。「黒魔術の集会?」と彼女はつぶやいた。「どこでやってるかわかれば、あたしも入れてもらうわ。こんな欠伸《あくび》が出そうな田舎町じゃ、娯楽なんて、それぐらいしかなさそうだもの」

フランク・ギルモアは、仕方なく笑みをこしらえた。リズには、突飛なことを言っては周囲の者を呆れさせて楽しむという癖がある。「ほかに、めぼしいニュースは?」

「《**ウィルス猛威を振るう、デントン市麻痺状態に**》」そこまで読みあげ、彼女は新聞を脇に投げ出した。「墓地荒らしにウィルスに狭いぼろ家にいつまでも止《や》まない雨。この市《まち》って、ほんと、笑える話題ばかり」

ギルモアは、もう一度腕時計に眼を遣った。何事もタイミングが肝心だった。あまり早く乗り込むのは、得策ではない。不安の表れと受け取られかねないからだ。新米の部長刑事は、断じて不安そうに見えたりしてはならない。彼としては、九時一分まえに颯爽《さっそう》と警察署の玄関をくぐり、そのまま速《すみ》やかに署長執務室に通されることを願っていた。「そろそろ出かけないと」

「そのまえに、ちょっと待って」彼女は立ちあがると、彼の全身を眺めまわし、マークス&スペンサーで新調したチャコールグレイのスーツから、ありもしない糸屑を払った。そして、納得した面持ちになり、ひとつ頷いた。「大丈夫、これなら合格よ」以前のリズに戻ったらしい。彼女はギルモアに身を擦り寄せると、彼の身体に腕をまわして抱きついた。「あたし、文句ばかり言って……嫌な女になってた。ごめんなさい」

「そんなこと、あるもんか」ギルモアは妻のことばを力強く打ち消し、自分も彼女の身体に腕をまわした。

リズが身をよじった。「あなたのペンが当たるの、痛いわ」彼女はギルモアのジャケットのボタンをはずした。彼女の身体は、熱く火照《ほて》っていた。官能的な香水の匂いもした。以前どおりのリズだった。間《ま》の悪いところも。

「いい匂い」甘えた声で言いながら、顎に鼻をこすりつけてきた。

ギルモアは、落ち着かなくなって思わず顔をしかめた。リズに押しきられて、クリスマスに彼女から贈られた、あの高価なシャネルのアフターシェイヴ・ローションをつけたのだが、どうやらそれがまずかったようだった。彼は身を引いた。「ほんとにもう行かないと。遅刻しそうだ」

「六時には帰ってこられるのね？　これまでみたいに朝早くから夜遅くまで、ずうっとこき使われどおしなんてことも、もうなくなるのね？」

ギルモアは笑みを浮かべた。その点、今度の配属先ははるかに信頼が置けそうだった。すでに彼のもとには、デントン警察署長の名前で、新任の部長刑事のために組まれた〝管内巡り〟の行程も含めて、ほぼ分刻みの予定を詳述した向こう一週間分の日程表が送付されてきている。デントン警察署はしっかりと統率の取れた、きわめて効率的に運営されている署であると見て間違いない。今日は、署長との面談終了後、署内をひとわたり案内され、人事課を皮切りにその他もろもろの部署の担当職員に引き合わされたのち、新しい上司であるアレン警部を先達に、地域に親しむため管内を一巡することになっていた。署内食堂にて昼食（午後一時十五分～午後二時十五分）、その後、科学捜査研究所を訪問。午後五時三十分ジャストには、迎えの車が差しまわされる。本日はその車にて帰宅（自宅到着予定時刻、午後五時五十五分）。「ああ、六時には戻るよ」と彼は請け合った。

名残惜《なごり》しげな妻に最後にもう一度キスをしてから、レインコートを着込み、雨のなかに飛び出し、車まで走った。リズはソファに戻ると、背もたれに身を預けて、再び新聞の拾い読みを始めた。一面のいちばんしたに掲載されていたその記事には、ほんの一瞬、ちらりと眼を遣っただけだった――**《新聞配達の少女、依然行方わからず。もはや絶望か》**。

デントン警察署は、ギルモアが期待していたような効率的に運営されている模範的な警察署ではなさそうだった。署の一階ロビーにある受付デスクに当直者の姿はなく、ぞんざいにモップをかけたとおぼしき床は濡れているし、消毒薬の臭いが鋭く鼻をついた。どこかで電話が鳴っているのに、それに応える者もない。中年の男がひとり、待たされている苛立ちもあらわに、鼻息荒く受付デスクにもたれていた。ギルモアがロビーに足を踏み入れると、その男は、納税者に対するあまりにも呆れた対応ぶりを共に嘆く仲間ができたと思ったのか、大袈裟に眉を吊りあげてみせた。「車を盗まれてね。なのに、警察ときたら、こっちがいくら頼んでも、盗難届は電話じゃ受け付けないの一点張りなんだ——電話ですめば、うんと楽なのに。このくそ忙しいのに仕事を休んで、車がないもんだからタクシーを使って出頭したうえで、しち面倒くさい書類に当人自《みずか》ら必要事項とやらを書き込まなくちゃならないんだそうだ」

禿げあがった額《ひたい》のどこか悲しそうな顔をした巡査部長が、受付デスクにやって来た。ビル・ウェルズ巡査部長。間もなく四十歳に手が届こうとしている彼は、疲れており、うんざりしていた。そもそも今日は、非番の日に当たっていたはずだった。「ええと、ウィルキンズさん、今日のところはこれで。車の特徴その他の情報は、すでに全パトロールに流してあります」

「で、どういうことになるんだね？」

巡査部長は肩をすくめた。「おそらく、他人《ひと》の車を面白半分に盗んで乗りまわす連中の仕業でしょう。どこそこに乗り捨てられてるという一般市民からの通報があったら、お知らせしますので、そちらで引き取りに行ってください」

「つまり、警察にしてもらえるのは、その程度ってことか？　たまたま誰かが見つけたら、見つかりましたよと知らせてもらえるってわけだ。すばらしい。警察のほうじゃ捜してくれないんだね？」

「いや、もちろん、捜しますよ」巡査部長は男に言った。「しかし、われわれのほうも、重大な事件をいろいろと抱えてるもんで」巡査部長は背後の壁に貼ってあるポスターに向かって顎をしゃくった。ポスターには、学校の制服を着て自転車の脇に立つ少女の白黒写真が刷り込まれていた。添えられていることばは――《行方不明：この少女を見かけませんでしたか？》。

車輛盗難届を提出しに来た男は、勢いよく鼻を鳴らすことで軽蔑の念を表明すると、足音荒く引きあげていった。「その気の毒な娘さんが見つかるまで待ってなくちゃならないんだとしたら、うちの車は永久に捜してもらえそうにないな」と言い残して。

立ち去る男の後ろ姿を、ウェルズ巡査部長は渋い顔で睨みつけた。それから、廊下に通じるドアを開けて、「おい、誰か、くそいまいましい電話に出られるやつはいないのか？」とひと声怒鳴ってから、ギルモアのほうに向きなおった。「お待たせしました。ご用件は？」

「部長刑事のギルモアだ。マレット署長にお会いしたい」

ギルモアの背後で再び正面玄関のドアが開き、男ふたりと女ひとりの三人組が、傘の滴《しずく》を切りながらロビーに入ってきた。片方の男がレインコートのボタンをはずすと、襟元から聖職者用の白いカラーがのぞいた。「マレット署長と会うことになってるんだがね」とその男は告げた。

「どうぞ、牧師さん。署長がお待ちです」とウェルズ巡査部長は言った。

「こっちの約束は、午前九時だ」ギルモアは押しころした声で言うと、証拠として日程表を振った。

「それじゃ、少し待ってもらうことになると思う」巡査部長は、ギルモアを押しのけるようにして受付デスクを離れると、署長執務室に向かう三人組を案内して脇のスウィング・ドアから出ていった。

ギルモアは憤然として、腕時計に眼を遣った。九時一分前。新たに仕えることになるマレットという署長に関しては、ともかく時間にやかましい男だとの情報を得ている。なのに、あの気の利かない巡査部長があとから来た来訪者を先に通してしまったせいで、こちらは着任の報告に遅刻する羽目に陥《おちい》ってしまった。部長刑事として勤める第一日目だというのに。

ロビーの隅にあった、見るからに坐り心地の悪そうな木のベンチに腰を降ろし、床に溜まった消毒薬の臭いのする水を靴の爪先でかきまわした。壁の時計の針は、規則正しく着実に時を刻み、新任の部長刑事が遅刻することになる時間が一分また一分と加算されていく。ギルモアは行方不明の少女のポスターに視線を移した――《ポーラ・バートレット、年齢十五歳。黒髪、色白、身長五フィート三インチ。九月十四日、フォレスト・レーン付近で目撃されたのを最後に行方不明》。九月十四日？ ほぼ二カ月が経過しているではないか！ ポスターで見る限り、容姿に恵まれているとは言いがたい子のようだが、写真写りが悪いだけかもしれない。

スウィング・ドアが開き、巡査部長が戻ってきた。ギルモアは慌ててベンチから立ちあがった。「署長にお会いする約束の時刻は――」

「だとしても、待ってもらうことになると思う」ウェルズ巡査部長としては、昨日まで一介の巡査だったような成り上がり者を相手にしている時間はない、というわけだった。

ギルモアは、しかるべく着任したことを、ともかく誰かに報告するべきだという思いに駆られた。とりあえず、日程表を参照した。「では、アレン警部に、ギルモアという部長刑事が出勤してきている旨、取り次いでもらいたい」

「アレン警部は、目下《もっか》、病欠中だ。うちの署はこのところ、どいつもこいつも、病欠中でね」受付デスクのうえの内線電話が鳴った。「いいえ、署長。フロスト警部は、まだ出勤してきていません。ええ、九時だということは、警部にもちゃんと伝えました。わかってます、署長。ええ、必ず」巡査部長は受話器を置いた。

正面玄関のドアが開き、吹き込んでくる雨とともに、びしょ濡れのレインコートを羽織った、なんともだらしのない風体の男がロビーのなかに入ってきた。男は濡れそぼったえび茶色のマフラーを首からはずすと、その場でいきなりマフラーの水気を絞った。「そとは小便降りだよ」報告でもするように言うと、鼻をうごめかせた。「ふむ、消毒薬に香水か。こんな臭いをさせとくと、淫売宿のごみバケツかと思われるぞ」

「消毒薬の臭いは、清掃係の置き土産だ」と巡査部長は種明かしをした。「昨夜、しょっ引いてきた酔っ払いが、トラ箱で盛大にゲロを吐いてくれたもんでね。でもって、洒落た匂いの正体は、新顔の坊やがおつけあそばしてる、アフターシェイヴ・ローションだ」巡査部長は顎の先でギルモアのほうを示した。ギルモアは睨み返したが、それは無視された。「マレット署長があんたのことを捜してるぞ」

「あいつは、しょっちゅうおれを捜してるんだよ。ありゃ、おれに気があるんだな。荒くれた男臭いタイプが好みらしい」だらしのない恰好の男は、レインコートのボタンをはずした。なかから、ボタンがふたつとれたままの皺だらけの青っぽいスーツがのぞいた。着古したようなシャツの襟元に締められた赤いネクタイは、結び目の部分が垢光りして、小さな瘤《こぶ》のようになっていた。まるで、首吊りの要領で輪になった部分に頭を突っ込み、結び目を押しあげるだけ、という締め方を採用しているかのようだった。男は、ギルモアのほうに向きなおると、ニコチンの染みついた手を差し出した。「警部のジャック・フロストだ」

差し出された手を握りながら、ギルモアはせわしなく考えをめぐらせた。警部？　このむさくるしい風体の男が警部だと？　いや、もちろん、冗談に決まってる。だが、誰も笑っていなかった。「おまえさんは、おれと組んで仕事をすることになる」フロストと名乗った男はそう続けた。

少なくとも、その部分は冗談にちがいない。ギルモアは日程表を振ってみせた。「しかし、自分はアレン警部のしたで任務に就《つ》くことになっておりますが」

「それが全面的に変更になった――アレンが悪性の性病にかかっちまったもんだから」

「流感だよ。アレン警部は流感にやられたんだ」内勤の巡査部長が訂正した。「署員の半分は流感でダウンしてるし、残りも大半が金曜日の夜の乱闘騒ぎのせいで傷病休暇を取ってやがる。で、あとにはわれわれみたいに要領の悪い間抜けが残り、休日返上で通常の倍の勤務をこなしてるってわけさ」受付デスクのうえの内線電話が鳴った。

「マレットからだったら……」フロストはそう言いながら、正面玄関のドアのほうに後ずさりはじめた。

電話は、マレットからではなかった。司令室からフロスト警部にかかってきたものだった。

「コンプトン家なんですが——ほら、嫌がらせの手紙を送りつけられてる夫婦がいたでしょう？　あの夫婦のうちで火災が発生したそうです。何者かの放った火で、庭の四阿《あずまや》が焼け落ちた模様です」

「よし、ただちに現場に向かう」フロストはぞんざいな手つきで受話器を架台に戻すと、ギルモアに向かって顎をしゃくった。「ついてこい、坊や。でっかいおっぱいにつんと尖った乳首って組み合わせが嫌いじゃなけりゃ、眼の保養になるぞ。これから向かううちには、デラックス・サイズの胸を見せびらかしてくれる、なんとも麗《うるわ》しきご婦人がいるんだ」

「しかし、自分は署長に着任の報告をすることになってますので」とギルモアは異議を申し立てた。

「そんなのは、帰ってきてからでもできる」

再び、内線電話が鳴った。今度はマレットからだった。

フロストはギルモアの腕をつかむと、そのまま戸外の雨のなかへと彼を引きずり出した。

フロストの車、古ぼけたフォード・コルティナは、マレットの眼に留まらないことを願って、警察署の駐車場から角をひとつ曲がった、横丁の路地に駐めてあった。ギルモアを新品のレインコートのなかまで染みとおるほどの土砂降りのなかに立たせたまま、フロストは助手席に積みあげられたがらくたの山をどけ、そのしたから出てきた泥のこびりついたゴム長靴は後部座席に放り込んだ。「いいぞ、坊や、乗ってくれ」

ギルモアは、当てつけがましく助手席の表面をハンカチで拭いてから、おろしたてのスーツのズボンの尻を気遣いながら恐る恐る座席に滑り込んだ。次の瞬間、危うく額《ひたい》をフロントガラスにぶつけそうになった。フロスト警部がいきなりギアを入れ、なんの予告もなく車を出したからだった。

「目的地は？」慌ててシートベルトを締めながらギルモアは尋ねた。車はタイアを軋らせ、水溜まりを踏み越えて、マーケット・スクエアの通りに入った。水溜まりは見かけ以上に深く、派手な飛沫《しぶき》が飛び散った。

「レキシングっていう小さな村だよ——デントンから四マイルばかり郊外にある村だ」商店が軒《のき》を連ねるまえを通り抜けたあたりで、エンジンがあえぎはじめた。勾配のきつい上り坂に差しかかると、咳き込むような音に混じって、オイルの焼ける臭いが漂ってきた。フロストは鼻をひくつかせ、顔をしかめた。「坊や、エンジンには詳しいかい？」

「いいえ」ギルモアはきっぱりと言った。フロスト警部のきたならしい車のボンネットの奥に首を突っ込んだりさせられて、新調したてのスーツが駄目になってはかなわない。車は、樹木が鬱蒼と生い茂る一帯を通過していた。篠突く雨になぶられ、灌木の茂みが木立《こだち》のあいだでうなだれていた。

フロストは親指で窓のそとを示した。「デントン・ウッドの森だ。ちょうどこの向こう側で、先だって女の子がひとり行方不明になった。新聞配達をしてたんだが、最後まで配り終えないうちに消えちまったんだよ。配達に使ってた自転車は、まだ配っていない新聞を積んだ状態で排水溝に捨てられてるのが見つかった。ところが、女の子の行方は杳《よう》として知れない」

「家庭に問題があったということは？　家出の可能性はないでしょうか？」

「さあ、どうだかな。おれには、よくわからん。アレン警部が担当してた事件だから。なのに、アレン警部は運のいいことに流感にかかって寝込んじまった。でもって、おれの担当ってことにされちまったんだよ。仕方ないから、署に戻ったら、ふたりで警部の遺《のこ》した捜査ファイルを最初から読むことにしよう」ダッシュボードでマッチを擦り、煙草に火をつけたところで、フロストはこれから向かう先で待ち受けている事件について、ギルモアにまだ説明していなかったことを思い出した。「先方は二十代の夫婦者だ。昔の風車小屋を改修した《風車亭《オールド・ミル》》なるお屋敷に住んでるんだが、このところ、立て続けにたちの悪い嫌がらせを受けてる」

「具体的には？」とギルモアは尋ねた。

「いろいろと楽しませてもらってるようだよ。新聞に偽の死亡広告を載せられそうになったり、墓石のカタログを送りつけられたり。先週なんか、葬儀屋が訪ねてきて、ご主人の亡骸《なきがら》を引き取りに参りました、なんて言うもんだから、可哀想に、かみさんのほうはすっかり動転して、ヒステリーを起こしちまった」

　車は未舗装のぬかるんだ小道に入っていた。車体が大きく揺れ、タイアが泥を踏む湿った音があがり、エンジン・オイルの焼ける臭いが強くなった。フロストは窓を開け、そとの空気が流れ込んでくるようにしてから、前方を指さした。「ほら、あそこだ」コルティナのフロントガラスにこびりついた泥に邪魔されながらも、小道の先に現れた建物の姿を捉えることはできた。羽根車の部分をはずされ、外側の壁はいかにも上流階級ご用達の建築家が好みそうな白と黒に塗り分けられていたが、その木造の古い建物は、間違いなく、正真正銘の風車小屋だった。

助手席から身を乗り出し、首を伸ばして、その事実を見て取るや、ギルモアは大いに感じ入った。「安い買い物じゃなかったでしょうね？」

フロストは頷いた。「巷《ちまた》の噂によれば、コンプトン夫妻が買い取ったときには、二十五万ポンドは下《くだ》らなかったんじゃないかと言われてる。今じゃ、住宅の相場も地に落ちちまってるから、それほど馬鹿高くはないだろうけど」

車は敷地に入り、砂利敷きのドライヴウェイを屋敷の正面玄関まで進んだ。白い枠に黒い扉を嵌め込んだ玄関のまえには、すでにパトロール・カーが駐まっていた。ドライヴウェイの片側に広がる芝生の庭は、もともとは手入れの行き届いた美しい庭だったようだが、今や無残にも踏み荒らされ、タイアの轍《わだち》を刻まれて、泥水の浮いたきたならしいぬかるみと化していた。作業を終えた消防隊員の一団が待機中の消防車に引きあげ、ちょうど帰還の途に就こうとしているところだった。芝生の真ん中では、黄色い防水衣を着込んだ火災犯担当の捜査官が帽子の目庇《まびさし》から雨を滴《したた》らせ、顔をしかめながら、濡れそぼった灰やら焼け焦げて塗料がところどころ水泡のように膨らんでしまった木材やらの山を突っつきまわしていた。四阿の残骸だった。フロストは芝生に踏み入り、溜まり水を撥ね飛ばしつつ、捜査官のところまで足を運んだ。水は、フロストの靴にあいた穴を、ひとつとして見逃さなかった。思わず悪態をついたところで、車の後部座席に虚しく転がっているゴム長靴のことを思い出した。ギルモアのほうは、ドライヴウェイに留《とど》まった。焼け落ちた四阿ごときのために、靴を台無しにするつもりはなかったからである。

煙をあげてくすぶり続ける残骸を、フロストはひとわたり眺めた。「おれに任せてくれりゃ、焼け落ちずにすんだものを。小便を引っかけてやりゃ、一発で消えてたよ」

捜査官は屈《かが》めていた身体を起こし、にやりと笑った。「無理だよ、ジャック。救いようがなかった。ガソリンが撒いてあったんだから。通報を受けてから十二分で駆けつけたんだが、そのときにはもう、完全に火がまわってた」

「ガソリン？」フロストは、焼け焦げ水を吸った木片を拾いあげて、臭いを嗅いだ。いかにも、焼け焦げて水を吸った木片らしい臭いがした。木片をもとの場所に放り投げ、消防車が走り去るのを見送った。

「間違いない。本格的な捜査はまだこれからだが、点火装置に使われたのは、おそらくそれほど手の込んだものじゃない――裸の蠟燭あたりだな。現物が見つかりゃ、もう少しいろんなことがわかるだろうけど」

「おれの好みは知ってるだろう？」とフロストは言った。「裸が出てくる話なら、いつでも聞くぞ」芝生に溜まった水を蹴散らしながら、フロストはドライヴウェイまで戻った。

ギルモアが玄関のドアをノックしているあいだ、フロストのほうは背中を丸め、考え込む顔付きで砂利敷きのドライヴウェイをうろつき、壁に立てかけてあった年代物の婦人用自転車の錆びたベルが鳴るかどうかを試した。見るからに頑丈そうな練鉄製の黒い蝶番《ちょうつがい》がかすかな音を立て、玄関のドアが開いた。鞣革《なめしがわ》のような肌をした痩せた女がモップとバケツを持ったまま顔を出し、ふたりを睨みつけてきた。年齢《とし》のころは六十代後半、男物の帽子を髪の毛がすっぽりと隠れるほど目深《まぶか》にかぶり、腰のところを紐で締めるようになった、不恰好なくすんだ茶色の服を着ている。

フロストは、女の持っているバケツに向かって顎をしゃくった。「せっかくだが、エイダ、間に合ってる――小便は出かけるまえにすませてきた」それから、ギルモアに女を引き合わせた。「紹介しよう、こちらはエイダ・パーキンズ。スウェーデンから来てるオペア・ガールだ」

女は鼻を鳴らした。「ジャック・フロスト、あんたの冗談はあんたが思ってる半分もおもしろくないよ」そして骨張った親指で肩越しに、背後の廊下の突き当たりにあるドアのほうを指さした。「おたくの人間がひとり、キッチンでお茶を飲んでるけど？」

「だったら、そのキッチンから取っかかろうか」とフロストは言った。

そこは、空間を贅沢に使い、金に飽かして設《しつら》えられたキッチンだった。本物のオーク材と大理石を用いた調理台、壁には丹念に磨き込まれた銅製の調理器具が並び、流しには水道の蛇口の代わりにミニチュア・サイズの手押しポンプが設置されている。昔の石炭焜炉《こんろ》を摸《も》した黒いアーガの調理用レンジが、パンの焼ける香《こう》ばしい匂いとぬくもりを吐き出すなか、高名なインテリア・デザイナーの手になるとおぼしきつややかな松材のテーブルについて、制服のボタンをはずした恰好のジョーダン巡査が、同じく高名なデザイナーの手になるとおぼしき厚手のマグカップから紅茶を飲んでいた。黒っぽい口髭を蓄《たくわ》えた二十六歳のジョーダン巡査は、犯罪捜査部の警部とそのお供《とも》に気づくと、慌てて立ちあがり、気をつけの姿勢を取った。だが、フロストは手を振ってジョーダンを着席させると、自分もそばの椅子を引き寄せてその隣に坐った。ギルモアもそれにならった。

「どうせ、あんたたちも飲むんだろう?」エイダはそう言うなり、応えを待たずに茶色いティーポットからふたつのマグカップに紅茶を注ぎ入れ、砂糖壺を押して寄越すと、片づけなくてはならない仕事がまだ残っているから、というようなことをつぶやきながら、キッチンから出ていった。

そばにあった布巾《ふきん》で、フロストは濡れた髪を拭いた。「紹介しとこう。こちらさんは、フランク・ギルモア」

「やあ、フランク」ジョーダンは片手を差し出した。

その手は無視された。「ギルモア部長刑事だ」冷ややかな訂正に続いて、すかさず二の太刀が浴びせられた。「それから、きみ、制服のボタンはちゃんとかけたまえ」ギルモア部長刑事にとっては、何事も最初が肝心である。下位の者になれなれしい態度を許せば、いずれそいつらからこけにされるようになる。

フロストは煙草を取り出し、ふたりに勧めてから、詳しい状況説明を求めた。ジョーダンは、初対面の相手にいきなり叱り飛ばされた恨めしさをひとまず呑み込むことにしたようだった。手帳を開いて、事件の経過報告を始めた。「司令室から無線が入ったのが午前九時二十三分、ここに到着したのは九時三十四分でした。すでに消防隊が到着していたので、四阿のほうは連中に任せて、自分はコンプトン夫人に会うため、母屋に直行しました」

「コンプトン夫人？」フロストは訊き返した。「旦那のほうじゃなくて？」

「ご主人は出張中だそうです」とジョーダンは言った。

フロストの口元を笑みがよぎった。「そりゃ、願ってもない。あの野郎が、悩ましき女体を撫でくりまわすとこを見なくてすむわけだな……で、奥さまの今朝のお召し物は？」

「あの丈《たけ》の短いピンクのネグリジェです」とジョーダンは言った。「最初のときに着てたやつです」

フロストは、歓声をあげた。「丈の短いネグリジェ……いや、ありがたい。実に、ありがたい。あの今にもおけつが見えそうなやつだろ？　あとで話を聞いてるあいだに何か落としてみよう。拾ってもらえるかもしれない」そこで当初の用向きを思い出して真顔に戻ると、ジョーダンに向かって頷き、報告を続けるよう促《うなが》した。

「コンプトン夫人の話によると、今朝は午前九時ちょっと過ぎに起床したんだそうです。届いていた郵便物を玄関のドアマットから拾いあげ、キッチンで紅茶を淹《い》れ、居間に移動した。で、最初に開封したのが、この手紙です」ジョーダンはテーブル越しに、透明なビニール袋を渡して寄越した。なかには、A4判の安物の紙に、光沢紙の雑誌から切り抜いたとおぼしき文字を貼りつけてこしらえた手紙が収められていた。

切り貼りの文言《もんごん》を読むと、フロストの表情が険しくなった。彼は黙ったまま、手紙の入ったビニール袋をギルモアに手渡した。文面は簡にして、ぞっとするほど要を得ていた——《次はおまえを燃やす。おまえのことだ、あばずれ》。

「封筒は？」とギルモアは問いただす口調で言った。どうやら、この事件には、いささかの関心を向けておいても損はなさそうだった。ジョーダンが、マニラ紙の封筒を収めたふたつ目のビニール袋を渡して寄越した。封筒の大きさは九インチ×四インチ、おもてには宛先を記したタイプ打ちの大文字が並んでいる——《レキシング、風車亭《オールド・ミル》、コンプトン夫人殿》。速達料金分の切手を貼られて、前日の夕方にデントン市内で投函されたものだった。ギルモアは仕種《しぐさ》で話を先に進める許可を与えた。

「そのあとだったそうです、戸外《おもて》で風がうなるようなごうごうという音がしていることに気づいたのは。居間のカーテンを開けると、四阿が燃えているのが見えたので、慌てて九九九番に緊急通報した、というわけです」ジョーダンは手帳を閉じた。

フロストはマグカップの紅茶を飲み干し、吸いかけの煙草をなかに放り込んだ。「だんだんたちが悪くなるな。電話をしてきて喘ぎ声を聞かせる程度だったのが、今じゃ殺人予告か……よし、ジョーダン、ひとっ走り村まで出向いて、何か見た者がいないか、聞き込みにまわってくれ——人目を避けて走り去った見慣れない車とか、ガソリンの臭いをさせた人間とか」ジョーダン巡査が立ち去るのを待って、フロストは椅子から立ちあがった。「おけつ鑑賞の時間だ」とギルモアに向かって宣言した。「コンプトン夫人とちょっくらおしゃべりしようじゃないか」

ギルモアは、フロストのあとについてキッチンを離れ、ワックス掛けの行き届いた板張りの廊下を抜けて居間とおぼしき部屋に足を踏み入れた。天井の高い、広々とした部屋で、目の粗《あら》い暗褐色の布地に覆われた壁が、おろしたての麻袋のような臭いと野趣を再現するべくふんだんに注ぎ込まれた金の臭いを漂わせていた。

ジル・コンプトンは、ふたりを迎えるため立ちあがっていたが、その姿は二十三歳という実際の年齢よりもずっと若く見えた。着ているものはガーゼのような生地でできた、隠すべきところを隠すにはあまりにも薄くて、あまりにも丈の短い寝巻き。いちおう、そのうえから絹のガウンを羽織ってはいたものの、まえがしどけなくはだけていたため、寝巻き越しの景観はまったく損なわれていなかった。大きく見開いた眼の色はブルー、そのうえで切り揃えられた前髪も含めて、髪は黄金色に輝く玉蜀黍《とうもろこし》を思わせるブロンド。背中に無造作に垂らした部分は、豊かに波打っている。化粧をしていないこともあり、蒼白い顔と眼のしたに宿った隈《くま》が、それでなくとも繊細な顔立ちに脆くて傷つきやすそうな印象を加えている。気丈なところを見せて、彼女は笑みを浮かべた。「こんな恰好でごめんなさい」

「とんでもない、コンプトン夫人、その恰好で充分ですよ」とフロストは言った。なんとも真摯な声だった。「とんだ災難でしたね、四阿があんなことになって」

「母屋が燃えてたかもしれません」ジル・コンプトンは震え声で言った。「だって、あの手紙、ご覧になったでしょ？」

フロストが答えようとしたときだった。玄関のドアが開く音に続いて、男の大きな声が響き渡った。「ジル――帰ったよ。ハニー？」

「マーク！」ジル・コンプトンは夫を出迎えるため、居間から飛び出していった。

「くそっ」フロストはうめいた。「尻揉み殿下が帰ってきちまったよ」

マーク・コンプトンは眼鼻立ちの整った、いかにも軽薄そうな顔をしていた。年齢は二十九歳、ブロンドの髪にほどよく陽灼けした褐色の肌。裕福な暮らしのせいで標準体重をいくらか超過しているようではあったが、元水難救助員あたりの役どころでならば『隣人たち《ネイバーズ》』（一九八〇年代後半、オーストラリアで制作され、イギリスほか多くの国で放映されたBBCのテレビドラマ）にも出演できそうだった。その容貌と財力ゆえに、ギルモアはひと目でマーク・コンプトンに敵意を抱いた。一分の隙もなく身にまとったその銀鼠《ぎんねず》色のスーツと、コンプトン夫人の身体にまわしたその腕ゆえに。わけても、彼女の剝き出しの腕を愛撫するその手ゆえに。

「手紙は？　妻から聞きました。妻宛《あて》に、おまえを燃やしてやるという手紙が届いてるはずです」

フロストは、件《くだん》の手紙をマーク・コンプトンに読ませた。マーク・コンプトンの顔から血の気が引いた。「なぜ、われわれ夫婦がこんな目に遭わなくちゃならないんだ？」彼は疲れたように、革張りの肘掛け椅子に坐り込んだ。その膝のうえに妻が腰を降ろし、夫の胸に身を寄せた。

「われわれが知りたいのも、その点です――なぜなのか？」フロストとギルモアは、コンプトン夫妻と向かい合う位置にある、これまた革張りのやたらと大きなソファに坐っていた。喋りながら、フロストはポケットをまさぐり、煙草のパックを探した。「どこのどいつの仕業にしろ、こんなことをするには、それなりの理由があるはずですからね」

「理由?」とマーク・コンプトンは言った。「理由もくそもあるもんか。頭のいかれたやつの仕業に決まってる」

「実は、このところ、匿名で嫌がらせの手紙が届いたという苦情が殺到してましてね。『ご存じでしたか? あなたの奥さんは牛乳配達の男とやりまくってます』——というような、もっぱら中傷を目的とした内容なんですが、この手紙も同じやつが送りつけてきた可能性があるんじゃないかと思ったもんで」

「われわれは、殺してやると脅されているんですよ、警部。くだらない嫌がらせの手紙とは、わけが違う」

「繰り返しになってなんだけど、これまでの出来事を、もう一度ざっと復習してもらえませんか?」とフロストは言った。「今日同行してきてるこの同僚は、なにぶん、着任したばかりの新顔でね」

マーク・コンプトンは片手を妻のガウンのなかに滑り込ませると、ほぼ剝き出し状態にある臀部をそっと撫ではじめた。「わかりました。ご存じのように、うちはこの自宅を本拠地として事業を営《いとな》んでいます。ある晩——その晩はわたしが不在で、妻がひとりきりで自宅にいたんですが、そこに問題のくそ野郎が電話をかけてきたんです」

「事業とおっしゃいましたが、具体的には?」ギルモアは口を挟んだ。

「エロ本だそうだ」とフロストが言った。

マーク・コンプトンは、フロストをひと睨みしてから、「うちは美術商です」とその発言を訂正した。「主に稀覯《きこう》本や写本の類いを扱っています。なかに一部、好色本あるいは春画と称されるものが含まれていないとは言いませんが、大量に扱ってるわけじゃない。あくまでもごく一部です。何しろここの二階には、価格にしたら二十五万ポンドを超してしまうほどの〝在庫品〟が眠ってますから」

ギルモアは低く口笛を吹いて感嘆の意を表《ひょう》した。「もちろん、しかるべき鍵のかかる保管庫に、でしょうね？」

「そうでなければ、保険に入れません」コンプトンは冷ややかな口調で答えた。「おたくの防犯課にも点検してもらいましたが、これなら合格だと言われました。うちの警報システムは進んでいて、緊急時には自動的に九九九に回線が繋がるようになってるんです。何者かが侵入を企てれば、おたくの署で警報が鳴りだす、という仕組みです」

「稀覯本や写本」とギルモアは言った。「なのに、木造の家屋。そういう取り合わせでは、保険会社もあまりいい顔をしなかっただろうと思いますが？」

マーク・コンプトンは頭上を指さし、天井のあちこちに金属製の薔薇の花のようなものが埋め込まれていることを示した。「各部屋に自動消火装置《スプリンクラー》が備わっています。保険に入る際の条件だったもので」

「では、火災に関しては、大きな不安はない？」

「そうですね、まあ、普通の出火程度であれば。でも、あの四阿のように、気の狂《ふ》れたどこかのくそ野郎にガソリンでも撒かれたりした日には――」

フロストが素早く顔をあげた。「どうして、それを?」

「戸外《そと》にいた消防署の人に聞いたんです。別に国家機密ってわけでもないでしょう? 破壊されたのは、わたしの所有物です。いかにして破壊されたかを知ることは、所有者として当然の権利なんじゃないですか?」

フロストは納得した印に笑みを浮かべると、彼の妻のほうに視線を向けた。「電話のことを話してください」

そのときの恐怖を思い出したのか、ジル・コンプトンはぶるっと身を震わせた。「二週間ほどまえのことなんだけど、夜中に何度も電話がかかってきたんです。でも、あたしが出ると、切れちゃうの。なんだか気味が悪くて。このあたりは淋しいところだし、うち以外に人の住んでる家もないし……。恐くてたまらなかった」そこでまた、ぶるっと身体を震わせた。そんな妻の恐怖を取り去るべく、マーク・コンプトンは彼女の臀部から胸へと手を移動させ、その手で片方の乳房をくるみ込んだ。その事実をギルモアが見逃している場合を想定して、フロストは若き同僚の脇腹を鋭く一度、肘で小突いて注意を促した。ギルモアは何も気づいていないふりをした――視線を相手の胸よりもずっと高い位置にとどめておくよう心がけながら、その後の出来事についても話してほしいとジル・コンプトンに頼んだ。

「その翌日の朝、今度は黒のロールス・ロイスがうちのドライヴウェイに入ってきたんです。

それ、霊柩車だったのよ。お棺を載せた霊柩車！」ジル・コンプトンの身体は抑えが利かなくなったかのように激しく震えだしていた。マーク・コンプトンはさらにしっかりと妻の乳房を手のなかにくるみ込み、彼女のほうもまた、さらにしっかりと夫にしがみついた。再び話を続けられるようになるまで、しばらく時間がかかった。「車のなかから、黒ずくめの恰好をした男の人がふたり降りてきて、うちの玄関のドアをノックしたんです。その人たち、葬儀社の者ですって言ったわ。ご主人のご遺体を引き取りにあがりましたって。あたし、よく覚えてないけど、たぶん、思わず悲鳴をあげたんじゃないかしら」

「ああ、いかにも気の狂れた人間が考えつきそうな、悪趣味きわまりないおふざけだよ」腹立ちを隠そうともせずに、マーク・コンプトンが口を挟んだ。「幸い、その直後にわたしが帰宅したからよかったけど。ジルは、もうほとんど半狂乱でしたよ。そこへ、電話がかかってきた。地元新聞社の広告欄の担当者から。先ほど電話で掲載を申し込まれたコンプトン氏の死亡広告について確認したい点がある、というんです。どうやらわたしは、不慮の事故に遭遇し、不運なことに急死したらしい。電話をジルが受けていたら、と思うと……」当のジルが夫の顔を振り仰いだ。何度か眼を瞬《しばたた》き、彼の胸に顔を埋めた。「その日の後刻、このすばらしく悪趣味で、すばらしく不愉快なおふざけの締めくくりに、今度は墓石を扱う会社から、わたしの墓石に刻む碑文の見本が送られてきた。その時点で、警察に通報することにしたんです……結局は、なんの役にも立たなかったけど。翌日、庭の池で飼ってた観賞魚が全滅しました。毒を盛られて。キ印野郎が漂白剤をぶち込んだんです。それから、わたしのとこに電話をかけてきた」

ギルモアは素早く顔をあげた。「あなたに、電話を?」

『最初は魚、次は人』──そう言いました。それだけです。次の瞬間には電話は切れてました」

「相手の声に聞き覚えは?」

「あるわけないでしょう? 聞き覚えがないから、誰の仕業だろうとこうして頭を悩ませてるんじゃないですか」

ギルモアは顔面に血が昇り、頬が熱くなるのを感じた。この威張りくさった気取り屋の口元に一発見舞ってやれるなら、馘首《くび》になっても惜しくない、と半ば本気で思いかけた。「では、どんな声でした?」

「明らかに作り声でした。とても低くて……囁き声と言ったほうがいいかもしれない。男の声か女の声かも、はっきりとは聞き分けられなかったな」

「その後は?」

「いろんなものが送られてきましたよ。新聞の切り抜きです。まずはコンプトンという人の死亡広告が次から次へと、それから殺人事件や事故の記事──被害者の氏名が棒線で消されて、代わりにわれわれの名前が書き込まれているんです。洒落た真似をしてくれますよ、ささやかな贈り物ってわけだ」

「なるほど」とギルモアは言った。「どうやら、誰かの恨みを買ってしまったようですね。そういう相手に心当たりは……?」

「われわれが何も考えてないとでも言うんですか？　頭を働かせていないとでも？」マーク・コンプトンが声を荒らげた。「いくら考えても、思い当たることはこれっぽっちもない。だから、さっきから言ってるでしょう？　これは精神を病んだ人間の仕業なんだ」

「コンプトンさん、精神を病んでいようといまいと、その人間がそもそもあなたを標的として選んだことには、なにがしかの理由があったはずです」

ジル・コンプントンが息を呑んだ。見ると、突然、何事かに思い当たったかのように、大きく眼を見開いていた。「マーク……あの男。ほら、あなたに喧嘩を吹っかけてきた男」夫の膝を滑り降りると、彼女は椅子の肘掛けに坐りなおした。

マーク・コンプトンは眉間《みけん》に皺を寄せた。「あの男？」

「ロンドンで会った男よ――防犯システムの新作発表会で」

その発言は一笑に付された。「もう一カ月以上もまえのことじゃないか」マーク・コンプトンは言った。二名の警察官には、ひと言弁解しておく必要を感じたようだった。「つまらない言いがかりをつけられただけです。今度のこととはまったく関係ありませんよ」

だったら、なぜ、かみさんがそいつのことを口にしたとき、やましげな顔をしたんだい？とフロストは心のなかでつぶやいた。「だとしても、コンプトンさん、そのときの話をいちおううかがっておきましょう。目下のところ、容疑者はきわめて品薄だからね」

「でも、今度のこととは関係ありませんよ」マーク・コンプトンは自説を曲げずに言った。「ロンドンには、ラッセル・ホテルで開かれる古美術品の展示会が目的で行ったんです。たまたま同じ時期に、ロンドン市内の別のホテルで、その防犯システムの新作発表会というのをやっていて……なんてホテルだったか、そこまでは覚えてないけど——」

「グリフィンよ」ジル・コンプトンが言った。

「ああ、そうだ、ホテル・グリフィンだった……いずれにしても、この家の防犯システムを任せた関係で、われわれのところにもガードテック社からその新作発表会の招待状が送られてきていたんです。で、ちょっとのぞいてみることにしたわけです。二時間ぐらいなら時間も取れそうだったし。会場のホテルに着いて、わたしがバーにいたときだった。ジルの姿が見当たらなくて、どこに行ったのかと思ってると——」

「お化粧を直しに行ってたの」と彼女は夫に言った。

「いや、いいんだよ、別にきみのことを責めてるわけじゃないんだから……ともかく、バーにいたわたしに、ひとりの女が近づいてきて、火を貸してもらえないか、と言うんです。すると突然、その女の亭主だと称する酔っ払いが現れた。礼儀も何もわきまえない男で、足元もおぼつかないほど見事にへべれけでしたよ。そいつが、おまえは他人《ひと》の女房を横取りしようとしてる、と言って絡《から》んできたんです。わたしとしては面倒はごめんだったから、その場を立ち去ろうとした。殴りかかってきましたが、そんな酔っ払いのパンチが当たるわけない。大きく空振りしたひょうしに、ばったりとうつ伏せに倒れてしまいました。あとでわかったことですが、その男はガードテック社のセールスマンで、防犯システムの販売担当者だった。そいつの上司の販売部長がやって来て、代わって謝罪してくれました。なんでも、自分の妻が関係することとなると異常なほど嫉妬深い男なんだとか。その日は、会場で振る舞われるアルコール類が無料《た》《だ》なのをいいことに、陽の高いうちから呑み続け、誰彼かまわず喧嘩を吹っかけていたそうです」

「その男ですが、名前は覚えてますか?」ギルモアは期待を込めて尋ねた。

コンプトンは首を横に振った。

「ブラッドベリーよ、あなた」彼の妻が言った。重要な情報を提供できたことが、いかにも誇らしげだった。「サイモン・ブラッドベリー」

「そう言われれば、なんだかそんな名前だったような気がするけど」マーク・コンプトンは歯切れの悪い口調で低くつぶやいた。「しかし、そいつの線を追っても時間の無駄だと思いますよ。ロンドン在住だそうだから」

ギルモアがマーク・コンプトンの喧嘩相手の氏名を手帳に控えているうちに、フロストのほうは席を立ち、マフラーを首に巻きつけていた。「だとしてもいちおう、その男のことも調べてみますよ。それじゃ、また何かあったら、すぐに通報を」

マーク・コンプトンは眼を剝いた。「このまま帰ってしまうんですか? そんな、冗談じゃない。火をつけてやると脅されたんですよ、妻は。うちとしては、警察による二十四時間態勢の警護を要求したい」

フロストは、申しわけなさそうに肩をすくめた。「巡回中のパトカーを遠回りさせて、ときどき様子を見に来させることぐらいはできるけど、二十四時間ぶっ通しで見張るのは無理ですね。なんせ、人手不足で」

コンプトンの声音が、怒鳴り声の域まで跳ねあがった。「ならば、結構！　その代わり、ひとつはっきりさせておこう。警察が何もしてくれないんなら、こっちにも覚悟がある。もし、そのくそ野郎が妻に指一本でも触れたら、引っ捕えて、この手で息の根を止めてやる。言っておきますが、はったりじゃありませんからね」


車に戻ると、火災犯担当の捜査官が後部座席に坐ってふたりを待ち受けていた。彼は勧められた煙草を、咽喉《のど》が痛いことを理由に断《ことわ》った。「おれも流感のやつにやられたみたいだよ、ジャック。くそいまいましい流行《はやり》風邪のおかげで、今日なんか当直要員の半分がダウンしてやがる」

「だったら、わかったことだけ教えて、さっさと帰れ」とフロストは言った。「伝染《うつ》されたら、かなわん」

消防署の捜査官は、ビニール製の透明な封筒を渡して寄越した。なかに収められた焼け焦げた木片には、煤けた灰色の、何かの分泌液のような物質が、ちょうど蝸牛《かたつむり》の這った跡のようによろけた線となって付着していた。「蠟燭に含まれる脂質。どこの家にでもある普通の蠟燭から出たものだ。それに、焼け焦げた布の切れっ端を何点か見つけた。そこから考えるに、放火の手口としては、使い残しのちびた蠟燭を利用して、そいつが燃え尽きるときに引火するよう、そばに燃えやすい物――この場合は、たぶん、ガソリンをたっぷりと染み込ませたぼろ切れを、置いておいたってとこだろうな」

フロストは、証拠品を収めた封筒を捜査官に返した。「その手の点火装置を使った場合、蠟燭が燃え尽きるまでどのぐらいかかるもんなんだい？」

消防署の捜査官は顎を掻いた。「蠟燭の長さにもよるけど、こういう場合、丸まる一本使ったとは考えにくい。途中で倒れたり、火が消えちまったりする可能性が高くなるだろう？　確実を期するんなら、使い残しのちびたやつがいいんだ。短ければ短いほどいい。とすると……まあ、だいたい一時間か——いや、もっと短いこともありえる」

「だが、もし丸まる一本使ったとしたら？」

「最長で四時間半だな」

その数字を頭のなかで反芻しながら、フロストはフロントガラス越しに黒雲に閉ざされた空をじっと見あげた。「《風車亭《オールド・ミル》》の母屋だけど、あそこの自動消火装置《スプリンクラー》の威力のほどは？」

「そりゃもう絶大だ」

「またガソリンが使われたとしても？」

「われわれが到着したときには、鎮火してるよ」捜査官の鼻の頭に皺が寄り、眼が大きく見開かれた。慌ててポケットに手を突っ込み、ハンカチを捜したが、すでに手遅れだった。捜査官の放った荒ぶるくしゃみが、コルティナの車体を揺らした。

「律義なやつだな、おたくも」フロストはうめいた。「流感の黴菌まで分けてくれなくてもいいのに」

フロストの運転で、コルティナはいくつもの水溜まりを踏み越えながら未舗装の小道を引き返し、デントン市内への帰途に就いた。ギルモアは、着任の報告が遅れていることが気がかりで、ひとりやきもきしていた。落ち着きなく身をよじり、警部がもっと速度をあげるよう一心に念じた。だが、フロスト警部は、まるで遠隔操縦で運転してでもいるかのように、心ここにあらずといった様子だった。くわえたままの煙草は、唇を火傷《やけど》しそうなところまで灰になっていた。車が薄闇をまとったデントン・ウッドの森に差しかかったところで、フロストはようやく口を開いた。「ジル・コンプトンに会ってみての感想は?」

「確かに、いい女でした」ギルモアは認めた。

フロストは運転席の窓を巻き降ろし、唾を吐く要領で煙草をそとに吹き飛ばした。「見たか? 旦那に撫でくりまわされてただろう? 今にも、旦那のズボンに手をかけて、ちんぽこにむしゃぶりつくんじゃないかと思ったよ」煙草のパックから一本振り出すと、抜き取る手間を省いてじかにくわえた。「折を見て、マーク・コンプトンの昨夜の所在を確認しといてくれ、坊や。それと、やっこさんがあの四阿に火を放つ方法は、ひとつもなかったかどうか」

「マーク・コンプトンが?」ギルモアは、自分の耳を疑った。「なぜ、わざわざ自分の所有物を破壊しなくちゃならないんです?」

「そんなこと、おれにわかるか。あの男のことが、気に食わないだけだよ。あいつは、麗しのおけつ姫にべたべたしすぎる。おれたちの眼があるってのに——あれじゃ、自分がかみさんにいかに首ったけかってことを宣伝したがってるんじゃないかと思いたくなる」

ギルモアは、あまり感銘を受けなかった。「ほんとに首ったけなんだと思いましたけど」

「まあ、坊やの言うとおりかもしれない。このおれのことだから、例によって例のごとく、とんでもなく的外れなとこに眼をつけてるのかもしれない。でも、とりあえず、調べてみてくれや」車は坂道をくだり、マーケット・スクエアの通りに入ろうとしていた。「署のまえで降ろしてやるよ。マレットに訊かれたら、おれの居所はわからないと言っといてくれ」

無線機から雑音のおくびが洩れ、続いて司令室がフロスト警部の応答を求めてきた。「現在位置はどのあたりです、警部？」

フロストはフロントガラス越しに前方を見やり、商店の建ち並んだ区画を眼でたどった。その先の角を曲がったところが、デントン警察署だった。心の平安を維持するには、マレットとの距離がいささか縮まりすぎている。「まだ、レキシングのはずれの風車小屋にいる。例の放火事件を捜査中だ」

「では、レキシングの診療所に寄って、医師のモルトビー先生を訪ねてください。男性患者一名が、今朝方、匿名の手紙を受け取り、自殺を図ったそうです」

「すぐに向かう」とフロストは応えた。ただちに車をUターンさせるべく、ステアリングを切った。

「ギルモア部長刑事も一緒ですか？」と司令室の通信係が訊いてきた。「マレット署長が、大至急会いたいそうです」

「諒解」

「それから、警部にも会いたいので、正午までに必ず署長室に顔を出すように、とのことです」と通信係は付け加えた。

「最後のほうは受信不良、よって聞いてないものとする。以上、交信終わり」フロストはそそくさとハンドマイクを置いた。ついでに、無線機のスウィッチも切っておくことにした。


レキシングは、ヴィクトリア朝以前に建てられた邸宅や田舎家が、一軒も改修の憂き目に遭うことなくひっそりと生きながらえている、小さな集落だった。先刻、ふたりが訪れたコンプトン家の《風車亭《オールド・ミル》》は、集落の北側に位置する丘のうえに建っていたのだが、その母屋のまえで見かけた自転車が、今度はモルトビー医師のコテッジの玄関脇に立てかけてあった。果たせるかな、玄関のドアを開けたのは、エイダ・パーキンズだった。

「先生にはなんて言われた、エイダ？」とフロストは声をひそめて言った。「おなかに赤ん坊がいるって？　それとも屁の素《もと》が溜まってるだけだったかい？」

「おもしろくもなんともないよ」エイダ・パーキンズはぴしゃりと言った。「玄関を掃除したばかりなんだからね。なかに入るまえに、その泥だらけのどた靴をちゃんと拭いとくれ」

ふたりは診療室に通された。モルトビー医師は、白髪混じりの髪に疲れた顔をした人物だった。年齢は六十代後半。皺の寄った茶色いスーツを着込んで、古めかしいデスクにつき、いちばんうえの抽斗《ひきだし》に、何やら人目をはばかる物体を押し込むなり、ぴしゃりと閉め、同時にポロのミント・キャンディを口に放り込んだところだった。ペパーミント混じりのウィスキーの臭いが鼻孔を直撃してくるなか、ギルモアはフロストの紹介でそのモルトビーなる医師に引き合わされた。

「坊や、こちらがモルトビー先生。その方面では誰よりも有名な、震え知らずの手の持ち主と言われてる。この先生に任せておけば、尿検査も恐くない。一滴もこぼさずに採尿してもらえる」フロストの口添えにもかかわらず、ギルモアが握手を交わした手は、お世辞にも震え知らずとは呼べそうになかった。

モルトビーは、ほんの申しわけ程度に、無理やりこしらえたような笑みを浮かべた。「せっかくだが、ジャック、今朝はきみの冗談につきあう気分になれない。昨夜はろくに寝てないんだ。くそいまいましい流感のせいで、まあ次から次へと患者が押しかけて来ること来ること。そこへもってきて、今度はこれだ。だから、言わんこっちゃない。あの匿名の手紙を使った嫌がらせをいつまでも野放しにしとくと、いずれ自殺するやつが出るだろうって、あれほど言ったのに——」

「まあまあ、先生《ドク》、落ち着いて」フロストは、本物の木を使った壁でマッチを擦りながら言った。「あったことだけ話してくれないかな。できれば、ゆっくりと。先生も知ってのとおり、おれは役立たずの老いぼれで、血の巡りがいたって悪いもんでね」患者用に置かれていた、座部のへばりかけた椅子に腰を降ろすと、いかにも大儀そうに両脚をまえに伸ばし、煙草の煙を盛大に吐き出した——《喫煙はあなたの生命を縮めます》と書かれた壁のポスターめがけて。

「エイダが見つけたんだよ」モルトビーは言った。

「見つけたって、誰をだね、先生？　こっちは予備知識ゼロなんだから、そこんとこを忘れないように頼むよ」

「ウォードリーさんっていうご老人だよ」とエイダ・パーキンズが言った。「うちの隣に住んでる人なんだけどね。週に一度、掃除に通《かよ》ってるんだ、《風車亭《オールド・ミル》》のほうが終わったあとで。だから、今日も帰りがけに寄ったわけ。ノックしても返事がなかったから、預かっていた合鍵で玄関を開けてなかに入った。一階の部屋を見てまわったけど、ご老体はいない。『こりゃ、へんだ』と思ったよ。『どう考えても、へんだ』って。だから、大声を張りあげて呼んでみた。『ウォードリーさん、いないんですか？』それでも、返事はなかった」

「いいから、エイダ、さっさとさわりだけ聞かせてくれ」焦れったくなったのか、フロストが話のテンポを速めにかかった。

「とりあえず、二階にあがってみた。すると、ウォードリーさんがベッドに寝てたんだよ、きちんと服を着込んだままで」

「それを聞いてほっとしたよ。萎《しな》びたちんぽこが登場あそばさずにすんで」とフロストは言った。

エイダ・パーキンズはフロストを睨みつけたが、これしきのことで挫《くじ》けるエイダではなかった。「顔色はぞっとするほど蒼白いし、身体は氷のように冷たいし、死人みたいってのは、あのことだよ。ともかく、お医者を呼ばなくちゃと思った。大急ぎで診療所に駆け込んで、先生を引っ張って戻ったんだよ」

フロストは素早く話に割って入り、モルトビーを指さした。「先生《ドク》、おたくの出番だ」

モルトビー医師はひとしきり眼をこすってから、語り部の役目を引き継いだ。「ウォードリー老人は睡眠薬を服《の》んだんだ。丸ごと一瓶、一錠も残さずに。駆けつけたときにはすでに意識不明だったが、呼吸《いき》がまだあったから、救急車を呼んで、デントン総合病院に入院させた。まあ、生命に別条はなかろう」

「そうこなくちゃ」フロストは頷いた。「どうせ聞かされるんなら、〝めでたし、めでたし〟で終わる物語のほうがありがたいもの。それじゃ、先生の鼻息は荒いけど、実際には自殺者なんてものは出てないわけだな」

「だとしても、未遂に終わったものは見逃していいという理屈にはならんだろうが」

「遺書はありましたか？」ギルモアは医師に尋ねた。

「わたしは見てない」

「だったら、なぜ自殺だと言い切れるんです？　ただの過失かもしれない」

「きちんと服を着込んだ人間が朝の九時に、ただの過失から、定量を超す睡眠薬を服んだりしやせん」苛立ちをあらわにして、モルトビーは語気鋭く言った。

「ごもっとも」フロストは口のなかでつぶやいた。「では、爺さまに早まった真似をさせた、その匿名の手紙を拝見するとしよう」

「手紙は……なかった」とモルトビーは言った。「だが、こいつがキッチンのテーブルに載っていた」

医師は、速達料金分の切手が貼られた、淡いブルーの封筒をフロストに手渡した。機械が消印を押しそびれたらしく、切手には郵便局員の手で受付の日付が記されていた。宛先は、住所氏名ともに、タイプライターで打たれたものだった。なかが空《から》だということを確認してから、フロストはその封筒をギルモアにまわした。ギルモアは、タイプ打ちされた宛先の文字と今朝方コンプトン夫人のところに届いた手紙の封筒の文字を見比べたのち、首を横に振った。「別のタイプライターです」フロストは頷いた。検《あらた》めるまでもなかった。その封筒とタイプ打ちの文字が、自分のオフィスのファイルにすでに綴じ込まれている、二通の中傷の手紙に使われたのと同種のものである、ということにも気づいていた。「封筒は空っぽだ。これが中傷の手紙だって、先生にはどうしてわかるんだい？　衛生設備検査官が、おたくの便所は臭いので善処するようにって言ってきたのかもしれないのに」

そこで長い間《ま》ができた。最初に沈黙を破ったのは、エイダだった。「先生、用がなければ、あたしは失礼するよ。片づけなくちゃならないことが、まだまだどっさりあるもんでね」床を踏み鳴らしながら、エイダ・パーキンズは診療室から出ていった。

ドアが閉まるのを待って、モルトビーはデスクの真ん中の抽斗の鍵を開け、なかからA４判の白い紙にタイプライターで打ち出された一枚の原稿のようなものを取り出した。「こいつが届いたときも、同じ封筒が使われてたんだよ」

モルトビーの差し出した手紙を受け取ると、フロストはそこに書かれていることを声に出して読みあげはじめた。『親愛なる好色漢殿。貴殿の愛しの細君は、デントン市内に住むあの恥知らずなあばずれ女と貴殿が、いかに穢《けが》らわしく、いかに道にはずれた倒錯行為に耽《ふけ》っているか、ご存じなのでしょうか？　先週の水曜日にも拝見しました。胸が悪くなるような、変態じみた振る舞いのひとつひとつを。あの女は、寝室のカーテンを閉めるだけの慎みもなく……』。うへっ、こりゃ、強烈だ」フロストは驚嘆の声をあげ、そこから先は黙読に切り替え、最後まで読み終えると、ギルモアに手紙を放った。「先生、外陰舐啜ってのは、なんだい？　咳止めかなんかに使う漢方薬みたいな字面だけど？」

「あんたが知らないわけがない」鼻息とともにフロストの問いかけを退《しりぞ》けると、モルトビー医師はギルモアのほうに眼を向けた。ギルモアはちょうど、フロストから受け取った手紙の文字とウォードリー老人に宛てた封筒の表書きの文字を見比べているところだった。「同じタイプライターじゃないかね、部長刑事君？」

「ええ、そのようです」ギルモアは同意した。「どちらも、小文字のaとsがほかの文字よりもうえに飛び出している。どういう経緯で、この手紙が先生の手元に？　まさか、先生宛《あて》に送られてきたものではないでしょう？」

「ああ、残念ながら、わたしはそんな艶福家じゃない」とモルトビーは言った。「この村のある人間のとこに届いたもので、わたしはその人物から、警察に渡してほしいと託《ことづ》かったんだよ。改めて言うまでもなかろうが、名前は明かしてくれるなと頼まれてる」

「だとしても、その人物にも事情を聴く必要がある」フロストはそう主張した。「この手紙を書いたやつはどんな手を使って、事の次第《しだい》をここまで詳細に知り得たのか、その点を突き止めなくちゃならない」

モルトビーは首を横に振った。「悪いが、ジャック、それだけは駄目だ。いくら訊かれても、わたしの口から言うわけにはいかない」

フロストは椅子から立ちあがり、マフラーを巻きなおした。「そういうことなら、科研にまわして、ウルトラ頭脳どものよく利く鼻で手紙に使われた紙やら封筒やらの臭いぐらい嗅がせてみるけど、受け取った側に協力する覚悟ができてないんじゃ、警察としても打てる手はあまりないな」

「しかし、なんらかの手は打つんだろう?」モルトビーが食いさがった。

「ウォードリー爺さんの家をのぞいて、手紙がないか捜してみるよ。病院に寄って、当人からも話を聞いてみよう。爺さまの年齢《とし》は?」

モルトビーは、黄ばみかけたカルテを取り出し、隅の折れかかったページを手早く繰った。

「……七十二だ」

「そんな爺さまが、いったい、どんないけないことをしてたんだろうな……自殺を図るほど思い詰めちまうなんて」引きあげ際《ぎわ》、フロストはドアのところで足を止めた。「ところで、先生《ドク》、コンプトン夫妻というのは、どういう人たちなんだい?」

「見たところ、仲睦まじい若夫婦のようだが」モルトビーは慎重に言った。

「それは言えてる」フロストは同感の意を表《ひょう》した。「確かに、くそとんでもなく仲睦まじいよ、あのふたりは。さっき訪ねてみて、よくわかった。おれたちがいるのに、食堂のテーブルで今にも事に及びそうだったもの。先生《ドク》の知ってる範囲で、あのふたりに恨みを抱きそうな人間はいないかな？」

モルトビーは首を横に振った。「小火《ぼや》騒ぎがあったことはエイダから聞いた。いや、心当たりはないな」デスクのうえの電話が鳴った。モルトビーは受話器を取り、大儀そうな表情で相手の話に聞き入った。「ああ、それでいい」と彼は言った。「そのまま静かに寝かせておきなさい。あとで様子を見に寄るから」

車に戻ると、フロストは無線機の音量調節つまみを、試しに少しだけまわしてみた。「……フロスト警部、急いで署のほうに戻ってください。マレット署長が大至急、警部に会いたいと言っています」フロストは慌てて、つまみをもとの位置まで戻した。「嫌な予感がするよ、坊や。今日はどうも冴えない一日になりそうな気がする」

月曜日——日勤／遅番

デントン警察署の署長であるマレット警視は、ギルモアに向かって歓迎の笑みを浮かべると、椅子のほうを顎で指し示し、腰を降ろすよう勧めた。ギルモアが通されたその場所、署長執務室は、たっぷりと空間を取った広い部屋だった。床に敷かれた淡いブルーのウィルトン絨毯、本物の木を使って上質の化粧張りをほどこした壁、その壁に隠された作りつけのクロゼット。署内全般の内装、くすんだ緑色の塗料とベージュの合板様式とは、あまりにも対照的と言うべきか、まさに段違いと言うべきか……。

ギルモアの人事記録のファイルを繰りながら、マレットは〝文句なし〟の意を込めて頷いた。これぞまさしく、デントン警察署の必要とする人材だった。有能で、熱意にあふれ、昇進の意欲に燃えた若き警察官。ドアをノックする音で、マレットは顔をあげた。内勤の責任者、ビル・ウェルズ巡査部長がせかせかした足取りで入室してきたところだった。

「署長、フロスト警部は帰宅したとのことです」とウェルズ巡査部長は言った。「自宅に電話してみましたが、応答がありません」

マレットは、デスクの真ん中の抽斗《ひきだし》から勤務表を引っ張り出した。マレットの予測は違《たが》わなかった。ジャック・フロスト警部が、本日の午後は勤務組に振り分けられている旨《むね》、誰が見てもわかる形で記されていた。

「警部は昨夜の当直だったうえに、引き続き今日の正午《ひる》近くまで勤務に当たっていました」ウェルズ巡査部長は釈明する口調で言った。「おそらく、どこかで仮眠を取っているんじゃないでしょうか」

マレットは、今度は鼻を鳴らすことで不満の意を表した。これほどあからさまに無視されるようでは、勤務表を作成する意味などどこにあろう？　勤務表をしまおうとすると、抽斗のなかから一通の封筒が、その厳しい存在を主張してきた。州警察本部から送られてきた封書。おもてに記された《親展・極秘扱いのこと》の文字。今度という今度は、さしものフロストも己《おのれ》の非を思い知るにちがいない。

「では、巡査部長、フロスト警部が出勤してきたら、すぐにわたしのところに寄越してくれたまえ――警部が署に到着し次第《しだい》、ただちに」この窮地をいかに言い抜けるつもりか、フロストが冷や汗まみれになるさまを、マレットとしてはとっくりと見物してやるつもりだった。

「ええ、署長、その件はちゃんと引き継いであります。わたしもこれで勤務が明けるもんで」ウェルズ巡査部長は、これ見よがしに大きな欠伸《あくび》を洩らし、眼をこすってみせることで、いかに疲れているかを訴えた。

マレットは、抽斗にしまいかけた勤務表を急いでまた引っ張り出した。本日午後の勤務者氏名を記した欄を指でたどり、確認した。ビル・ウェルズ巡査部長は間違いなく、本日午後六時まで内勤の責任者を務めるべく割り振られていた。念には念を入れて、マレットは愛用しているロレックスの金の腕時計に眼を遣《や》った。午後三時三十分！

「実は、署長、今夜また署に詰めることになってるんです」ウェルズ巡査部長は事情説明を試みた。「メイスン巡査部長の穴埋めで。ちなみに、メイスン巡査部長の欠勤理由も流感です」

マレットは、苛立たしげに手を振って、巡査部長のことばを封じ込めた。下々《しもじも》の細かい事情にまで逐一《ちくいち》耳を傾けている暇はない。「勤務表に記載された事項を変更する必要に迫られた場合、署長であるわたしにもその旨ひと言知らせておくのが、この署に籍を置く者としてのマナーじゃないのかね、巡査部長？」機嫌を損ねたことをことばの端々に滲《にじ》ませながら、マレットはバイロの赤いボールペンを取りあげ、勤務表の変更箇所を几帳面に書き改めた。「わたしがこの署を運営している限り、そういうたるんだ態度もいい加減なやり方も許すつもりはない」

ウェルズは、思わず身を強ばらせた。こっちは昼夜を分かたず、休む間《ま》もなく追い立てられ、通常の倍の勤務をこなしているというのに、この踏んぞり返ることしか能のない体裁屋は、勤務表ごときけつ拭きにもならない紙切れ一枚のことに青筋を立てる。「病原菌がこれだけはびこってるんです。誰もたるんでるわけじゃない。圧倒的に人手が足りないんです」

「人手なら、たった今、一名ほど補充されたところだよ」マレットは、一転してにこやかな笑みを浮かべ、ギルモアに向かって頷きかけた。「ついでながら、その青年は——何を隠そう、このわたしもそんな気分なのだが、そろそろお茶を飲みたいと思っているにちがいない」打てば響くような返答を期待して、マレットは歯がのぞくほど派手に口元をほころばせた。

「お茶？」ウェルズ巡査部長はうわずった声を張りあげた。「お茶を淹《い》れる作業に割ける人員は、目下《もっか》のところ一名もいません。署長も知ってのとおり、食堂は閉鎖中だし……」

食堂が閉鎖されていることは、マレットの知るところではなかったし、また関与するところでもなかった。「お茶をふたつ」マレットは断固たる口調で申し渡した。「できれば、ビスケットも見つくろってきてもらえると……そうだな、うん、カスタード・クリームあたりがいいかな」ウェルズ巡査部長の立ち去り際の態度は、褒められたものではなかった。目上の者のまえで、あんなふてくされた顔をしていいわけがない。いずれ折を見てひと言注意せねば、とマレットは思った。それから、椅子をまわして、ギルモアのほうに向きなおった。「本来ならば、ギルモア部長刑事、新任のきみをいきなり追いたてるような真似はしたくないんだが、そうも言っていられなくなってしまったんだよ。さっそくフロスト警部と組んで勤務に就いてもらわねばならない。着任早々だが、今夜はまた勤務ということになる」

「今夜ですか?」ギルモアは慌てて訊き返した。

「何か不都合なことでも?」

「いえ、署長、不都合なんて……もちろん大丈夫です」だが、現実には、大丈夫であろうはずがない——ギルモアは心のなかで溜め息をついた。今夜も勤務と知ったら、リズは癇癪を起こすに決まっている。

「結構だ。それと、あとひとつ」マレットはそこで気遣わしげに咳払いをひとつすると、少し間《ま》を取って慎重にことばを選んだ。「これは、たとえばの話なんだが、フロスト警部のしたで任務に就いているあいだに、わたしの耳に入れておいたほうがいいのではないかと思われるようなことを見聞きした場合、わたしのほうはいつでも聞く準備ができているということを知っておいてもらいたい」それだけ言うと、マレットは眼を伏せた。突如として、愛用の万年筆を取りあげて、弄《もてあそ》ぶ必要に駆られたようだった。

ギルモアは、椅子に坐ったまま背筋を伸ばした。「つまりは自分に、警部のことを内偵しろと言っておられるのでしょうか？」

マレットは、心外だという顔をした。「ギルモア部長刑事、わたしが言わんとしたことを内偵行為の依頼と解釈したのであれば、今のことばは聞かなかったことにしてもらいたいね」最後に、フランク・ギルモア部長刑事の人事記録を収めた緑色のファイルを閉じた。「きみは、将来の昇進が約束された人材だ。しかしながら、ギルモア部長刑事、きみを昇進させるためには、わたしとしてもポストの空きが必要なのだよ」

マレットはことばを切り、黙ってギルモアを見つめた。ギルモアのほうもマレットをじっと見つめ返した。それから、強ばった笑みを浮かべ、短く頷いた。

ふたりは、互いに理解しあえたことを悟った。

ウェルズ巡査部長が足音荒く紅茶を運んできたときも、ふたりはまだそうやって顔を見あわせたまま、おつにすました笑みを浮かべていた。

「最後に、ここが部長刑事の仕事場となる部屋だから」犯罪捜査部所属、年齢二十五歳、がっちりした身体に昇進の野心を秘めたジョー・バートン巡査は、声に恨めしさが表れないように努めつつ、新顔の部長刑事を連れて署内をひとわたり案内してまわったところだった。ギルモアは驚きのあまり、眼を剝いた。あのフロストとかいうだらしない風体の警部と共同で使うようにと指示された狭苦しい部屋は、乱雑の極みにあった。書類やファイルの類いは、本来あるべき場所に戻されることなく、そのへんに放置され、窓の下枠には、汚れたカップがいくつも並び、床には絨毯の代わりに、屑籠めがけて投じられたとおぼしきくしゃくしゃに丸めた紙の玉やら煙草の吸い殻やらが敷き詰められている。「で、こっちが部長刑事のデスク」とバートンが付け加えた。

ギルモアに割り振られたのは、部屋にふたつあったデスクのうちの小さなほうだった。今日まで主のいなかったデスクのうえには、いつのものとも知れない古びたファイルと大量の書類がうずたかく堆積している。ギルモアは奥歯を食いしばった。デントン警察署での初仕事は、どうやらこの豚小屋並みのオフィスを整理整頓し、多少なりとも見られる場所にすることのようだった。内線電話が鳴りだした。が、肝心の電話機は、フロスト警部のデスクのうえで、倒壊したファイルの山に埋もれていたので、見つけるまでに手間取った。

「こちら司令室」と受話器の向こうの相手は言った。「あんたのために、死体を一丁、手に入れてやった——どうやら自殺らしい。サクスン・ロード百三十二番地。現場にはパトカーがすでに到着してる」

ギルモアは、必要事項を手早く書き留めた。自宅に戻る道すがら、立ち寄ってみるぐらいはできそうだった。バートン巡査に同行するよう求めた。

駐車場に出る途中、マレット署長が仏頂面をしたウェルズ巡査部長を相手に、何やら説教を垂れている現場に行き会わせた。「ギルモア部長刑事、きみの勤務時間はひとまず終了したはずだが？」

「ですが、署長、自殺者のものと思われる死体が見つかったそうなんです。現場に出向いて、直接処理に当たったほうがいいだろうと判断したもので」

マレットはたちまち相好《そうごう》を崩した。「大いに結構。職務に対する熱意の表れは、見ていて実に気持ちがいい。嘆かわしいことに、最近では、そういう機会もずいぶん減ってしまった。誰も彼もが、家に帰ることばかり考えている」それが具体的に誰を指すのかは、マレットがウェルズ巡査部長に残した置き土産、立ち去り際のひと睨みが雄弁に物語っていた。

ウェルズ巡査部長は、表情ひとつ変えなかった。「点数を稼ぎやがって……いけ好かない野郎だよ」遠ざかっていくギルモアの後ろ姿に向かって、ウェルズは低い声でつぶやいた。

激しく降りつける雨が車の屋根を連打してくるなか、フロストの運転するブルーのコルティナは、スピードを落としてサクスン・ロードを進んだ。通りに沿って二階建てのテラスハウスが連なるその界隈《かいわい》は、デントン市内でもいわゆる新開地に属していた。通りの先に、デントン警察署から派遣されたパトロール・カーが一台、駐車しているのが見えた。フロストはそのうしろにコルティナを停めた。吸いかけの煙草の煙を最後にもう一度深々と吸い込んでから、車を降り、吹きつけてくる雨に頭を低くしながら百三十二番地の家の庭先を突っ切り、玄関に突進した。

玄関のドアが開き、気遣わしげな表情を浮かべた女が顔を出した。その背後、家の奥のほうから、身も世もなく泣きむせぶ悲痛な声が聞こえた。女は、玄関先に現れたむさくるしい風体の男に不審の念を抱いているようだった。フロストは、ポケットの底のほうをまさぐりながら、「デントン警察のフロストってもんです」と名乗った。引っ張り出した身分証明書は、端の部分が折れ曲がっていた。

女は眼を細くすがめ、差し出された身分証明書をひとしきり疑いの眼で見つめた。「わたしは近所の者で、付き添ってるだけなんです。ご両親にお会いになります？」女は首を傾《かし》げ、奥の部屋のほうを示した。むせび泣きは、止《や》む気配も弱まる気配もなかった。

「いや、あとにしましょう」とフロストは言った。あとに延ばしたところで、気の進まない仕事であることに変わりはなかったが。

階段を上って、二階に向かった。その家の娘の寝室のまえに、制服警官が一名、血の気の引いた顔で立っていた。二十歳になるジョン・コリアー巡査だった。警察に入ってまだ日も浅く、普段はウェルズ巡査部長の監督下、内勤として署内の雑務に当たっているのだが、目下の危機的な人員不足を補うため、現場要員として臨時に駆り出されてきたのだった。従って、死体に接することにも、まだ慣れてはいなかった。

寝室のドアが開き、室内から腹立たしげに言い争う低い声が聞こえた。続いてジョー・バートン巡査がそとに出てきた。フロストの姿に気づくと、バートンはほっとした表情になり、後ろ手にそっと寝室のドアを閉めた。

「で、今日の献立は？」フロストは、レインコートを羽織ったまま肩を揺すり、雨の滴《しずく》を振るい落としながら尋ねた。

「自殺です。なのに、われらが新米の辣腕部長刑事殿は、大量殺人事件として扱うことにしたらしい」

「新人だから張り切ってるのさ」とフロストは言った。「そのうちくたびれるよ」

寝室は、ピンクに仕上げ塗りした壁にメラミン樹脂の白い家具を配した、狭いながらもすっきりと片づいた部屋だった。そこに、苦りきった表情のギルモアが突っ立っていた。真っ赤な顔にアルコールの強烈な臭いをさせたモルトビー医師が、シングル・ベッドに横たわった死者に、上掛け用のシーツを掛けなおしているところだった。その作業を、ギルモアは睨みつけるような眼つきで見守っていた。寝室に入ってきたフロストを見て、ギルモアの表情はさらに険しくなった。署には上位の警察官の派遣を要請したはずだ。よもや、こんな役立たずの老いぼれを寄越されようとは……。「先ほど警部は、夜まで〝自主的な〟非番だとおっしゃったように記憶していますが」思わず不満げな口調になった。

「ああ、叩き起こされたんだ。それで、何を悩んでるって？」

ギルモアは口を開きかけたが、モルトビー医師がすかさず発言権を奪い取った。「悩むことなんか、ひとつもないよ、警部。これは自殺だ。どこから見ても、正真正銘の自殺だよ」医師はベッドの脇の戸棚に向かって顎をしゃくり、そこに小さな茶色のガラス瓶が置かれていることを示した。「死因はバルビツール剤の過剰摂取。ありったけ服んじまったのさ」反論があるなら言ってみろ、とばかりに、医師はギルモアを睨みつけた。

「浮かない顔をしてるな、部長刑事の坊や」フロストは観察した結果を言った。単純な自殺の処理ごときに、この坊やはなぜわざわざ上位の警察官の派遣を求めたりしたのだろう、と訝《いぶか》りながら。

「遺書が見当たりません」とギルモアは言った。

「そんなもの、ないことだってある」モルトビー医師がぴしゃりと言った。「遺書なんか残さなくとも自殺はできる」彼は疲れていて、一杯呑みたい気分だった。ややこしい話につきあう気分ではなかった。「これは自殺だ。単純明瞭、明々白々、疑問の余地もない」フロストが死体を検《あらた》められるよう、医師は脇に退《ど》いて場所を空けた。

「よかったよ、単純で」シーツをめくりながら、フロストは言った。「込み入ってくると、おれの手には余るもの」次の瞬間、フロストの表情が変わった。「なんてこった……」低い声でそうつぶやくなり、唇をへの字に結んだ。「知らなかったよ、子どもだったなんて」

「十五歳です」とギルモアは言った。「まだまだこれからってとこなのに」

娘は、ベッドのうえに仰向けに横たわっていた。まだ幼さを残した娘だった。ミッキー・マウスの笑顔がついた白い木綿《もめん》の寝巻きを身に着け、そのうえから黒地に金の模様が入った、キモノ・スタイルの部屋着を羽織っていた。足は左右とも裸足《はだし》だった。靴も靴下も履かずに家のなかを歩きまわったのだろうか、両の足の裏がかすかに汚れていた。左の手首にはめたスヌーピーの腕時計が、密《ひそ》やかな音で時を刻んでいる。その時計が、ひどく場違いなものに思われた。何やら猥《みだ》りがわしい物でも見せられたような気がした。人の死に、ミッキー・マウスやスヌーピーの入り込む余地はない。

なにがしかの答えを探して、フロストは娘の顔をじっと見つめた。可愛らしい顔立ちだった。たった今梳《くしけず》ったばかりのような、つややかな薄茶の髪の毛が枕のうえに広がり、豊かに波打っていた。眠りを妨げてしまわないかと気遣うように、フロストは娘の頰にそっと触れた。死がもたらした硬ばりと氷のような冷たさ。思わず、すくみあがった。「お嬢ちゃん、きみは大馬鹿者だよ」とフロストは言った。「なぜ、こんなことをした？」

ベッドから眼を逸らし、脇の戸棚に注意を向けた。戸棚のうえには、ふたつの鐘《ベル》がついた、鮮やかな赤の目覚まし時計——目覚まし機能は、六時四十五分にセットされていた。その脇に、イアリング一組、ビックのボールペン一本、中身が空《から》の茶色い薬瓶、さらにベッドから遠い側の隅、戸棚の天板からもう少しで転がり落ちそうなあたりに、飲み残しとおぼしき水が一インチほど入ったタンブラーが置いてあった。フロストは身を屈《かが》め、薬瓶に貼られたラベルを読んだ——《ジャネット・ビックネル殿／睡眠薬》。

「母親に処方されたものです」ギルモアが説明役を買って出た。「十五錠ほど残っていたんだそうです。浴室のキャビネットにしまっておいたものを、持ち出したようです」

フロストはベッドの隅に腰を降ろして、煙草に火をつけた。「それじゃ、先生《ドク》、自殺ってことで片づけちまって問題ないかな？」

「ああ、ない。検視解剖の結果、この子の胃袋から致死量のバルビツールが検出されれば、駄目押しになるだろう。なあ、ジャック、そっちがてきぱきとやってくれると、わたしも早いとこ家に帰れるんだがね。今日は大変な一日だったんだよ」

「諒解」とフロストは言った。「死亡推定時刻は？」

「死後硬直は、まだ下半身にまでは及んでいない。それと体温の下がり具合から考えるに……そう、死後九時間から十時間といったところだろうな」

フロストは腕時計に眼を遣った。午後五時数分過ぎ。「すると、今朝の七時から八時までのあいだに死んだってことかい？」

「午前七時三十分の時点では、まだ生きていたことが確認されています」とギルモアが口を挟んだ。

「だったら、それから間もなく死んだんだろう」モルトビー医師は苛立ちもあらわに言った。頭痛がしたし、このギルモアという部長刑事の存在も癇に障りはじめていたのだった。

「おいおい、ちょっと待ってくれ」とフロストが言った。「ひとつずつ順番にいこうじゃないか。まずはこの子の名前からだ」

ギルモアは手帳を開いて、基礎的な情報を読みあげた。「スーザン・ビックネル、十五歳。デントン総合中学校《コンプリヘンシヴ・スクール》の第五学年に在籍中」

「第一発見者は？」

「彼女の継父のケネス・ダフィーです」

「継父？」

「ええ。実の父親は二年まえに死亡してます。母親がこの三月に再婚したんです」ギルモアは短い間を置いてから、含みを持たせた口調でこう言い添えた。「その継父ですが、母親よりもかなり年下です」

「ははん、読めたぞ」とフロストは言った。「おまえさんの考えついた筋書き――十代の娘に色好みの若き継父。だが、そいつを検証するのは、先生が引きあげてからにしよう。あまりに破廉恥な話を聞かせて、心臓発作を起こされちゃ困る」

「わたしには、今話した以上のことはわからない」モルトビー医師はそう言うと、体温計を診療鞄にしまって鞄の口金を閉めた。「報告書は今日中に届けさせるよ。例の匿名の手紙の件は、その後何か進展があったかね？」

「いや」とフロストは応じた。「あとで時間を見つけて、病院に寄ってみるよ。ウォードリーの爺さまに会ってみようと思ってる」モルトビー医師はおぼつかない足取りで寝室を突っ切り、開け放ってあったドアから出ていった。直後に罵り声があがった。どうやら階段を踏みはずしたようだった。

「あの人は酔っ払いだ！」ギルモアは押しころした声で難じた。

「くたびれてるのさ」とフロストは言った。「働きすぎなんだよ。もういい年齢《とし》こいた爺さんだってのに。昼間だろうと真夜中だろうと、頼まれると断《ことわ》れないもんだから、いいように使われちまってる」そこで思いついたことがあったので、バートンの耳元で二言三言囁いた。バートンはすぐにモルトビー医師のあとを追いかけた。医師を呼び止めるバートンの声が聞こえた。

「先生、キーを貸してください。自分が家まで送りますよ」モルトビーに文句のあろうはずもなく、車のキーはバートンの手に引き渡された。

「おまえさんもパトカーでついていけ。バートンを拾って署まで送り届けてやるんだ」とコリアーに命じてから、フロストは新しい煙草に火をつけた。「さてと、坊や、いったい何をそんなに気に病んでるのか、聞かせてもらおうじゃないか」

「遺書がなくなってます」とギルモアは言った。

「〝なくなった〟と考える根拠は?」

ギルモアは、フロストの眼をベッド脇の戸棚のほうに向けさせた。「あそこにはボールペンがあります」次いで、ベッドの傍《かたわ》らの床を指さした。バジルドン・ボンド(英国DRGステイショナリー社の、便箋をはじめとする文具品のブランド名)の剥ぎ取り式の筆記用箋が落ちていた。「用紙もある」

「このお嬢ちゃんが遺書を書くのに必要な道具を持ってたことは認めよう」とフロストは言った。「しかし、だからって遺書を書いたことにはならない。便所に入ったからといって、必ずしも小便をするとは限らないじゃないか」

「あの水の入ったコップを見てください」ギルモアは説明を続けた。「戸棚のうえのあんな隅のほうに置かれてる。ベッドに横になった状態で睡眠薬を飲んだのであれば、使い終わったコップはもっと手前に置かれたはずです。ベッドに入るまえに飲んだとしても、普通は真ん中あたりに置きそうなものだと思いませんか?」

「ああ、きっとそこには、重要な意味が隠されてるんだろう」とフロストは言った。「だが、おれはご覧のとおりの役立たずの老いぼれで、血の巡りもいたって悪いもんだから、そいつがなんなんだか、さっぱりわからないよ」室内には、煙草の臭いがこもっていた。フロストは窓際まで足を運ぶと、窓を開けて澱んだ空気を追い出した。戸外は夕闇の薄衣に覆われ、したの通りでは、街灯が瞬《また》きはじめていた。

ギルモアは、心のなかで溜め息をついた。頭の回転の鈍そうな人だとは思ったが、まさか一から十まで事を分けて説明しなくてはならないとは……。「つまり、わたしが言いたいのは、あとからコップを動かした者がいるのではないか、ということです。彼女は遺書を残していた。文鎮代わりにうえからコップを載せておいた。ところが、第一発見者である継父がその遺書に気づき、自分とのことが書かれていたものだから破棄してしまったんです。コップには二組の指紋が残っています。賭けてもいい、自殺した娘と継父のものですよ」

フロストは、眼をすがめて問題のタンブラーを睨んだ。「それだけか?」

「いいえ」とギルモアは言った。「あの継父には、どうも引っかかるものを感じます。何か隠してる。わたしにはわかります、間違いなく何か隠しています」

フロストは黙って頷いた。直感や閃きなら得意とするところである。彼はゆっくりと室内を見まわした。確かに釈然としないものがある。それはフロストにも感じられた。「よし、坊や、これからその継父ってやつにお目にかかって、ちょっくらお喋りしようじゃないか」吸いかけの煙草をそとに投げ捨てて窓を閉めると、フロストは最後にもう一度、ベッドのうえにひっそりと横たわった娘の姿を見おろしてから、その身体をシーツで覆いなおした。

階下に降りたふたりは、居間に通された。張り出し窓のある、広くてゆったりとした、居心地のよさそうな部屋だった。窓には茶色いヴェルヴェット地の厚いカーテンが引かれていた。隣室からノン・ストップで洩れてくるすすり泣きの声には、聞く者の胸をえぐるような響きがこもっていた。フロストは、二十六インチ型テレビの何も映《うつ》っていない画面をむっつりと見つめながら、この因果な顔合わせがさっさと終わってくれることを願った。気配を感じて顔をあげると、件《くだん》の継父、ケネス・ダフィーが居間に入ってきたところだった。黒髪に少年っぽさを残した顔立ち、年齢は三十代後半といったところ。

眼が真っ赤に充血し、頬も濡れている。長いこと泣き続けていたのが一目瞭然の顔だった。両手で頬の涙を拭うと、ケネス・ダフィーはふたりの刑事と向かい合う位置に置かれていた肘掛け椅子に、のろのろと大儀そうに腰を降ろした。「かみさんのほうは、とてもじゃないけど、話ができるような状態ではないもんで」

「よくわかりますよ」フロストは同情を示して、低い声で言った。「話はすでに、ここにいる同僚がうかがってるそうですが、もう一度、確認させてもらえれば、と思いましてね。ええと、《マラード運送&送迎サーヴィス》でマイクロバスの運転手をしてらっしゃるんでしたね?」

「ええ」

「で、あなたがスーザンを発見した?」

「ええ」ケネス・ダフィーの声は今にも消え入りそうにか細く、聞き取るためには、フロストもギルモアも身を乗り出さなくてはならなかった。「……そうです、おれが見つけたんです」

「何時ぐらいのことでしたか？」

「何時って……つい、さっきです。四時ちょっと過ぎです。部屋をのぞいたら、ベッドに横になってたんです。起こそうとしたら、身体を揺さぶったら、冷たくなってて――」ケネス・ダフィーのことばが途切れた。しばらくは話を続けられそうになかった。

フロストは煙草に火をつけて、ダフィーが落ち着きを取り戻すのを待った。「今朝のことを聞かせてください。朝、起きたところから」

「スーザンは、いつもひとりで起きて……自分の朝食は自分で作ってました。今はちょうど中間休暇（各学期の半ばにある約一週間の休暇）の時期なもんで、新しくできたセインズベリー（主に食料品を扱うイギリスのスーパーマーケット・チェーン）でアルバイトをしてて……店内で商品補充の仕事をしてたんです。ときどき、レジも手伝ってたようです。午前八時から仕事が始まるとかで、それまでに店に着いてなくちゃならないからって、毎朝七時三十分には家を出てました。おれのほうは、それを待って起きるんです。玄関のドアの閉まる音が聞こえてから、起き出すことにしてました」

「つまり、お嬢さんが出かけてしまうまでは、階下《した》には降りていかないわけですね」

「おれのほうは、始業時刻が午前八時三十分だから。朝の忙しいときに、ふたりしてばたばたしてたら、お互いに相手の邪魔をしあうことになるだけでしょう？」

「確かに」とフロストは言った。あるいは、それ以上の理由があるのかもしれなかった。たとえば、スーザンのほうが継父とふたりきりになるのを避けていた、とか。

「今朝も、あの子が階段を上ったり降りたりしている足音が聞こえてた。でも、あとから考えてみると、玄関のドアが閉まる音を聞いた覚えがないんです。出かけるときは必ず、ばたんと大きな音をさせて玄関のドアを閉めていくのに。きっと、二階の寝室に引きこもってたんだ。おれは、七時半を少しまわったぐらいに階下《した》に降りて、顔を洗い、服を着替えて仕事に出かけました」

「何かいつもと様子が違ったりしたことは？」

「いや、まったく気づきませんでした。あの子が家にいたなんて……気配も感じなかった……」

「仕事に出かけるまえに、お嬢さんの部屋をのぞいてみなかったわけですね？」煙草の灰をどこに落としたものか、灰皿代わりになりそうなものを眼で探しながら、フロストは尋ねた。

「そんなこと、する理由がないでしょう？　第一、あの子は嫌がりますよ、留守のあいだに勝手に部屋に入ったりしたら。だから、おれはいつもどおりに仕事に出かけて、かみさんも仕事に出かけて……そのあいだに、あの子は、スーザンは、二階の部屋でひとり死んでいったんだ」ケネス・ダフィーは、またしてもことばを継げなくなった。

「それじゃ、午後四時過ぎになってから、お嬢さんの寝室をのぞいてみたのは？」フロストは質問した。

「今日は仕事が早く終わる日だったんで、四時ちょっとまえには家に帰ってきたんです。あの子に食料品の買い出しを頼んでいたので、忘れてないか確認しておきたくて、セインズベリーに電話をかけました。そしたら、今日は朝から来てないって言うじゃないですか。それを聞いて、突然、思い出したんです。言われてみれば、今朝は玄関のドアの閉まる音が聞こえなかったって。それで、二階のあの子の部屋をのぞいてみたら——」ケネス・ダフィーは握り拳《こぶし》にした手の甲で涙を拭った。それから「すみません」と言い、「ほんと、すみません」ともう一度言った。いつまでも泣いていることを詫びたのだろう。フロストは短く頷いた。ケネス・ダフィーの今日の勤務が何時に終了したかは、勤務先に照会すればわかることである。あとで忘れずに確認すること、と記憶の片隅にしたためた。

「スーザンがここまで思い詰めちまった原因なんですが、何か心当たりでもあれば……?」

「ありません——いくら考えても、ひとつもない」

「悩み事を抱えていた様子は?」

「確かに、この二日間ばかり、扱いにくいというか……機嫌がよくなかったことは確かです。でも、休みに入るまえに学校でおもしろくないことでもあったんだろう、ぐらいに思ってました。友だちと口喧嘩したとか……その程度のことだろうと思ってたんです」

「ボーイ・フレンドは?」

「何人もいましたよ、遊び友だちなら。でも、決まった相手はいなかった」

「お嬢さんだって、原因もないのに自殺したりはしないでしょう」フロストはこだわった。「たとえば、家庭に問題があったということは? 女の子の場合、母親の再婚相手にいつまでも馴染めない、なんてこともある」

「でも、うちはうまくいってた」ケネス・ダフィーは語気を強めて言い返した。「あの子は家にいるときも楽しそうだったし、学校の成績だって悪くなかった……何もかも順調にいってたんだ」

「何もかも順調にいってたら、お嬢さんは今もまだ生きてるはずだ」フロストはそう言うと、相手が眼を逸らさざるを得なくなるまで、じっとケネス・ダフィーを見据えた。「お嬢さんの遺書が見当たらない」

ダフィーは、椅子の肘掛けを、指の関節が白くなるほどきつくつかんだ。そうすることで身体の震えを押さえ込もうとするかのようだった。「遺書は、なかった」

「ここにいるおれの同僚は、絶対にあったはずだと言い張ってるんだが」

「あれば、おれが気づいたはずです」

「そりゃ、そうだ」とフロストは言った。そして、ケネス・ダフィーに向かって笑みを浮かべた。見せられた者が解釈のしように困ってしまう笑みだった。「おっしゃるとおり、おたくが気づかなかったはずがない」吸いさしの煙草に視線を落とし、先端の赤くなっている部分をひとしきり見つめ、ややあってから、さりげない口調で尋ねた。「ひょっとして、妊娠してたということは？」

「妊娠？　最近の女の子は、妊娠したぐらいじゃ自殺なんかしませんよ」

「それは、父親が誰かに因る」ギルモアがぴしゃりと言った。

ケネス・ダフィーは、ゆっくりと顔をあげた。憤《いきどお》りの証《あかし》か、頬を真っ赤に染め、両の拳を握り締めて、弾かれたように席を立った。「何が言いたい？　何を勘ぐってやがるんだ？」

フロストはふたりのあいだに割って入り、ケネス・ダフィーを椅子に押し戻した。「何も勘ぐってやしませんよ、ダフィーさん。妊娠してたかどうかは、検視解剖してみりゃわかることだ。その結果次第《しだい》では、もう一度、話を聞かせてもらうことになるかもしれない」

「わたしとしてはスーザンの母親からも話を聞いておきたいですね」とギルモアが言った。

「やめてくれ！」ダフィーは坐っていた椅子から跳びあがり、ふたりの行く手を塞ぐ恰好でドアのまえに立ちはだかった。

「ご心配なく、ダフィーさん」とフロストは言った。「その必要はありませんから」ギルモアの視線を捉え、親指で背後を示した。「引きあげよう、部長刑事」

ギルモアはフロストを睨みつけた。いいだろう、そちらがその気なら、マレットの期待どおりに、あんたの汚点を見つけてやるまでだ。ケネス・ダフィーに形ばかりの会釈を残し、ギルモアはフロスト警部のあとについて居間を出た。キッチンから洩れてくるすすり泣きは、先刻よりもずっと低く、か細くなっていた。娘に死なれた母親も泣き疲れてしまったのだろう。

ふたりが車に乗り込んだとき、葬儀社差しまわしの霊柩車が到着した。検視解剖に備えて死体保管所に搬送するため、スーザン・ビックネルの亡骸《なきがら》を引き取りに来たのだった。光沢のある黒いレインコートに身を包んだふたりの社員が、霊柩車から棺を引っ張り出すのが見えた。

「それで？」とギルモアが焦れったさを隠しきれずに言った。「どうするんです？」

「どうもしない」とフロストは言った。ギルモアに抗議の暇《いとま》を与えず、理由を説明した。「いいか、坊や、おまえさんはおれを洗脳しようとしてる。ただ勘が働いたってだけで、なんの証拠もないのに、あのダフィーは、かみさんの連れ子でまだ学校に通《かよ》ってる十五歳の娘をその意志に反して手折《たお》り、欲望のおもむくままに貪ってたって、このおれに認めさせようとしてる」

「ええ、そうです」ギルモアは一語一語に力を込めて言った。「まさに、そのとおりです。その線で納得していただきたいと思っています」

フロストは煙草の煙を深々と吸い込んだ。「こんなことを言っても慰めにはならないだろうけど、おれも坊やの説には賛成なんだよ。あのパパさんが可愛いスージーを孕《はら》ませた。そう考えりゃ、あの子が自殺した原因も、パパが遺書を始末しなくちゃならなかったわけも、ちゃんと説明がつく。だがな、こいつには裏づけがない。あの子が継父の破廉恥行為を訴えてたわけじゃなし、今やあの世に行っちまってる」フロストは車の窓を開け、短くなった煙草をそばの排水溝に投棄した。「おれたちとしては、手も足も屁も出せない、ってなわけさ」

「証拠がなくては、駄目なんですね?」ギルモアはドアの把手に手をかけた。「だったら証拠を手に入れます。母親の話を聞きに行かせてください。母親なら何か気づいていたはずだ」

「駄目だ!」フロストはその手をつかみ、把手から引き剝がした。「こんな話は、母親に聞かせるもんじゃない。ひと言たりとも耳に入れるな。気の毒なおっかさんを、これ以上苦しめてどうする? 諦めろ、坊や。この件はこれにて打ち留めだ」

憤懣やる方ない面持ちのまま、ギルモアは降りしきる雨を見つめた。「では、あの卑劣きわまる豚野郎をこのまま見逃せとおっしゃるんですか?」

「そうだ」フロストは認めた。「あの卑劣きわまる豚野郎は、このまま見逃す」それだけ言って、車のエンジンをかけた。

葬儀社の社員が、霊柩車の後部に棺を運び入れようとしていた。

二階の寝室の明かりが消え、窓の奥が暗くなった。

雨は激しく降り続けていた。

月曜日——準夜勤

内線電話が低いうめきを発し、続いてむずかるように鳴りだした。ビル・ウェルズ巡査部長は機械的に受話器を取りあげ、耳に宛てがった。「……いいえ、署長、フロスト警部はまだ来ていません。……ええ、もちろんです。到着したらただちに」叩きつけるようにして受話器を架台に戻すと、寒さに縮こまった身体の血行を促《うなが》すため、その場で足踏みをした。受付デスクのある一階ロビーは、凍えるほど寒かった。署の建物には集中暖房システムが導入されているのだが、それが故障してしまったのである。修理されるのは、どんなに早くとも明日になりそうだった。ウェルズ巡査部長としては、流感で臥《ふ》せっている同僚たちが羨ましくてならなかった。ベッドに潜り込んでぬくぬくと横になっていられるのだ、五分置きに電話してくるマレットの、あの萎《しな》びた山羊みたいな甲高い声につきあう必要もない。ウェルズは壁の時計に眼を遣《や》った。午後十時まであと二十分。さっきから、ほんの十分しか経っていなかった。おまけに午後十時になっても、くそいまいましい勤務時間は終わらない。勤務明けは、ジョニー・ジョンスン巡査部長と交替する午前二時と定められているからだ。つまり、あとまだ四時間以上、身も凍るこの寒さに耐えなくてはならないということだった。

アフターシェイヴ・ローションの甘ったるい臭いが押し寄せてきた。男の風上にも置けない軽佻浮薄な若造の臭い。フランク・ギルモアこと昇進したてのくそったれ部長刑事が、威張りくさった大股でロビーを突っ切り、受付デスクのまえまで押しかけてきたのだった。「フロスト警部の居所は？」

「さあ、わからないな」非協力的な答えを返してやれるのが嬉しくて、ウェルズは愛想のいい笑みを浮かべた。

ギルモアは壁の時計を一瞥して、眉間《みけん》に皺を寄せた。フロスト警部は、九時三十分までには出勤してくることになっている。すでに十分間の遅刻だった。「お茶が飲みたいときには、どうすればいい？」

「自分で淹《い》れるのさ。食堂は閉鎖中だから。夜勤のスタッフが全員、流感でダウンしちまったんだそうだ」

ギルモアはまた顔をしかめた。お茶を淹れるのは、部長刑事たる者の仕事ではない。バートン巡査を捜して言いつけることにした。踵《きびす》を返したとたん、赤いレインコートを着込み、フードの部分で頭を覆った女にぶつかった。「失礼」小声でつぶやき、ギルモアは女に道を譲った。

「ええと、そちらの奥さん、ご用件は？」とウェルズが言った。言ってから、自分が誰に声をかけたかに気づいて、巡査部長は口調を和らげた。「われわれに手伝えることがあるなら、どうぞおっしゃってください、バートレット夫人」

「アレン警部にお目にかかりたいんです。できれば今すぐに。うちの娘のことで、ポーラのことで新しくわかったことがあって……」

ギルモアの足がぴたりと止まった。ポーラ？　ポーラ・バートレット？……そう、あのポスターの少女のことだ。行方不明になっているという、新聞配達の女子生徒。「自分がお力になれると思います、奥さん。申し遅れましたが、部長刑事のギルモアといいます。アレン警部が不在のあいだ、捜査の指揮を代行することになっています」

バートレット夫人は、ギルモアの顔を見あげると、眼鏡の分厚いレンズ越しに眼を瞬《しばたた》いた。年齢は四十代前半といったところ、小柄でずんぐりとした身体つきの女だった。蒼白い肌から察するに、血色の悪い体質《たち》のようだが、今は興奮のあまり頬のあたりがうっすらと紅潮していた。「すばらしい情報なんです。ポーラは生きてます。居場所もわかりました」

「あの、バートレット夫人――」ウェルズは慎重な口ぶりで切り出したが、ギルモアは彼女の腕を取り、ロビーの隅に置かれているベンチのほうに導いた。「で、バートレット夫人、お嬢さんの居場所というのは？」

「大きなお屋敷です。窓から森が見渡せるんです」

逸《はや》る気持ちに震える手で、ギルモアはその情報を書き留めた。

「その情報ですが、どこから得たものです？」受付デスクのところから、ウェルズが声を張りあげた。

ギルモアは眉根を寄せ、またしても顔をしかめた。この件は犯罪捜査部の扱いである。内勤の巡査部長から余計な口出しをされたくなかった。

バートレット夫人はウェルズ巡査部長のほうに向きなおった。「ローリーさんに教えていただいたんです。あの方《かた》は超能力者です。透視ができるんです」

ギルモアは、胸に兆《きざ》した期待感が一挙に萎《しぼ》んでいくのを感じた。「超能力者?」

バートレット夫人は勢い込んで頷いた。「電話をくださったの。あの方は、ポーラのことに関して、ほかの誰にもわからないような情報を教えてくださるんです。狭い部屋にいるポーラの姿が見えた、そういう映像が眼のまえに突然浮かんできたって、そうおっしゃったわ。狭い部屋、とても狭い屋根裏部屋……あの子は囚《とら》われの身で、そこに幽閉されてるって。そこがどんな部屋か、どんなお屋敷か、細かいことまで何もかも話して聞かせてくださったんです」

「そうですか、よくわかりました」ギルモアは席を立った。「ちょっと失礼します」と言い置いて受付デスクまで引き返すと、声を落としてウェルズ巡査部長に尋ねた。「この市《まち》に、ローリーという超能力者はいるだろうか?」

「いや、いない」ウェルズは鼻を鳴らした。「しかし、自分は超能力者だと思い込んでるローリーという頭のおかしな野郎ならいる。畏《かしこ》くも、一週間につきほぼ五十カ所の割合で、ポーラ・バートレットの居場所を教えてくれてる——それも、ご丁寧なことに毎回違う場所を」

「くそっ!」ギルモアは行儀の悪いひと言を残して、バートレット夫人のもとに引き返した。夫人は期待に満ちた顔つきで待ち受けていた。「過剰な期待は禁物だと思います」とギルモアは切り出したが、相手のほうはそんな悲観論を受け入れる気などこれっぽっちもなさそうだった。

「ポーラは生きてます」と、明快なことばが返ってきた。「あの子を見つけて、連れ戻してください。詳しい情報はここに全部、書いてきました」バートレット夫人は折りたたんだメモ用紙を取り出し、ギルモアの手に押しつけた。

正面玄関のドアが勢いよく開き、フロストがロビーに飛び込んできた。「えらい降りだよ、小便バケツをぶちまけたみたいだ」そう大声で報告しながらマフラーを引っ張ってはずし、受付デスクのうえに置いてあった書類の表面に雨水を盛大に撒き散らした。「おっと……こりゃ、いかん」バートレット夫人がギルモアに伴われて、正面玄関のほうに近づいてくるところだった。フロストは慌てて身体の向きを変え、壁に貼られた口蹄疫予防協会のポスターに見入っているふりをした。それをして卑怯と誹《そし》られようとも、ポーラ・バートレットの母親と顔を合わせる度胸はなかった。癌の専門医が、末期《まつご》を迎えてなお朗報を待ち侘びる患者を避けようとする、その気持ちが理解できる、というものだった。朗報などない。あの子は死んでいる。フロストにはそれがわかった。

「用件は無事にすみましたか、バートレット夫人？」とウェルズが声をかけた。

「ええ、おかげさまで」彼女は笑みを浮かべると、赤いレインコートのフードを引っ張りあげ、髪を覆うようにしてかぶった。「こちらの方が、きっとポーラを連れ戻してくださるわ。あの子の部屋は、あの子がいつ帰ってきてもいいようにちゃんと整えてあるんです」バートレット夫人は最後にもう一度、絶大な信頼を込めてギルモアの顔を見あげた。その眼差しの一途《いちず》さに、ギルモアは相手の思い込みを正すことばを失った。何も言えないまま正面玄関のドアを開けて支え、夫人を送り出し、夫人が降りしきる雨をついておもての通りを渡るところまで見届けた。

急いで家に戻り、娘の帰りをじっと待ち続けるのだろうと思われた。

「見てらんないな、気の毒で」とフロストが低い声でつぶやいた。「一週間のうち二度か三度、ちょうど今ごろの時間になると、ああして押しかけてくるんだ」

「それならそうと、最初にひと言、言ってほしかった」腹立たしさをこらえかねて、ギルモアはウェルズ巡査部長を非難した。

「言おうにも、機会がなかったもんでね。誰かさんがせっかちに事を運んじまったから」ウェルズはいかにも嬉しそうに応えた。それからフロストに向かって言った。「ジャック、マレット署長が呼んでるぞ。あんたに会いたいんだそうだ」

「マレットなんか、くそくらえさ」とフロストは言った。

「ああ、その気持ちはよくわかる」とウェルズは言った。「それでも、署長はあんたに会いたいそうだ」


デントン警察署の建物のなかは極北の地と化していたが、唯一、マレットの執務室だけは温室状態にあった。三キロワットの威力を誇る対流式ヒーターを、サーモスタット機能の設定温度を《最高》にセットした状態でフル稼動させていたからだった。しかし、ヒーターの熱を以《もっ》てしても、フロストを待つあいだにマレットの顔に張りついた、冷ややかな怒りを融かすことはできなかった。フロストには、すでに十五分近くも待たされている。

ドアを叩く音がした。叩き方に心がこもっていなかった。フロスト警部にちがいない。ノックの仕方までぞんざいなのは、あの男ぐらいのものである。マレットは椅子がデスクのちょうど真ん中にくるよう位置を調整し、背筋を伸ばすと、ことさら素っ気ない口調で声をかけた。

「入りたまえ」

ドアが開き、フロストが足を引きずるだらしのない歩き方で、のそのそと入室してきた。この男は、なぜにこうもむさ苦しい身なりをしているのか——着古しててかてかになったスーツは、ボタンがとれているし、型も崩れている。生地が皺くちゃなのは、昨夜雨に濡れたあと、横着にもヒーターのうえで乾かした名残《なごり》だろう。ネクタイは、きつく締めすぎていて、結び目の部分が垢光りしている。あれでは、ほどくこともできまい。シャツにいたっては、過去六日間連続で着たものを、そのまま着続けているとしか思えなかった。流感のウィルスが恨めしかった。配下の優秀な人間を残らず餌食にして、なんの役にも立たないこの不精者には取り憑きもしないのだから。

フロストは、いかにも大儀そうに椅子に坐り込んだ。「坐ってよろしい」とマレットが言うよりワンテンポ早かった。マレットは唇を引き結び、デスクの真ん中の抽斗《ひきだし》の鍵を開けて、州警察本部から届いた封書を取り出した。

フロストは用心深く、それを見守った。数々の掟破りのうち、果たしてどれが明るみに出たのだろうかと考えた。とりあえず深い反省の色を浮かべ、爆弾が投下されるのを待った。

「わたしはいまだかつて、これほど恥ずかしい思いをしたこともなければ、これほどの屈辱を味わったこともない」とマレットは切り出した。

今のところ、手がかりなし。これは、マレットが説教を垂れようというときの、決まり文句と見なすべきものである。

「デントン警察署のある警察官が——わたしが預かっているこの警察署に籍を置く者が、文書偽造を働いた疑いがある、との指摘を受けた」

文書偽造？　フロストは、慌てて考えをめぐらせた。マレットのサインなら、確かに、たびたび捏造《ねつぞう》している。署長の許可が必要なのに、そんな許可は下りそうもないとわかっている場合に。だが、最後にその手を使ったのは、もう何カ月もまえのことだ。

マレットは封筒の中身を抜き出すと、いちばんうえに留めてあった《親展・極秘扱いのこと》と記された州警察本部からの通達書面だけをはずし、残りの紙束をフロストのほうに押して寄越した。

フロストは心臓が縮みあがり、みぞおちめがけて叩きつけられたような気がした。紙切れの束の正体は、ひと目でわかった。警察車輛維持経費の申請書とその添付書類一式。あのくそいまいましい申請書が、提出者のもとに舞い戻ってその不正行為を暴こうというわけだ。まるで、地中から掘り起こされた死体のように。

「ああ、警視《スーパー》、これにはわけがあるんです」ひとまず時間を稼ぎながら、マレットをうまいこと言いくるめられそうな言い訳をひねり出すべく知恵を絞った。

だが、マレットは、いかなる言い訳にも耳を貸す気分ではなかった。フロストに突きつけた書類一式のなかから、領収書の束——この一カ月間にジャック・フロスト警部が購入したと主張しているガソリンの代金領収書の束を、引ったくるようにして取りあげた。「これは偽造文書だ！」とぴしゃりと言った。「十二カ所の異なるガソリン・スタンドで発行されたはずが、すべて同一の筆跡で記されている。きみの筆跡だ、警部」マレットはフロストの鼻先で領収書の束を振りまわした。おかげで、州警察本部の担当者がフロスト警部から提出された経費の請求に対してシャーロック・ホームズもどきの芸当に及んでいることがわかった。何枚もの領収書に認められた筆跡の類似箇所を、いちいち赤インクで囲んでくれているではないか。

「冗談じゃない！」フロストは息巻いた。「こっちは、いつもの半分以下の人数で、交替もままならず、ぶっ通しで働いてるってのに、本部でふんぞり返ってる連中は、暇で暇で仕方がないもんだから、たかが何枚かのガソリン代の領収書ごときを、とっくりと眺めてみたりするんだよ」デスクの端に残っていた申請書を取りあげ、マレットのまえに投げ返した。「おれが署長の立場なら、苦情を申し立てますね」

「苦情を申し立てる？」マレットはうわずった声で叫んだ。「わたしは苦情を申し立てられる立場になどない。配下の警察官が、しかも警部の地位にある者が、経費をちょろまかそうとしたとあっては……」

「ちょろまかそうとした、なんて人聞きが悪い」とフロストは言った。「スタンドでもらう領収書がどこかにいっちまったから、仕方なくコピーをこしらえただけですよ」

「コピー？　こういうのは、コピーとは言わない。偽造文書と言うんだ。しかも、こんなおそまつな……嘆かわしい。実に嘆かわしい」

フロストは耳のスウィッチをオフにした。マレットは紅潮した顔をさらに赤くして、声を張りあげ、拳《こぶし》を固め、合いの手にデスクの天板を叩きながら、なおも叱責を続けている。だが、マレットに何を言われようと、そんなものは屁でもなかった。問題は、マレットがこの件をいかが取りさばくつもりか——そちらのほうだった。これは、ジャック・フロスト警部を馘首《くび》にする大義名分となりかねない。われらが警視殿《スーパー》にとっては、長年の夢を叶《かな》える願ってもない好機ではないか。そのとき、マレットの発したひと言が、耳に内蔵された自動情報濾過装置をかいくぐって聴覚を刺激してきた。

「本来であれば、この件によって、きみの警察官としてのキャリアには終止符が打たれていたところだ。だが、今回に限り、わたしにとっては甚《はなは》だ不本意なことではあったが、州警察本部にかけあって、きみへの配慮を求めた……」

配慮を求めた？　マレット署長が、フロスト警部のために？　裏があるに決まってる、とフロストは思った。署長の制服に包まれた真っ黒な肚《はら》のなかで、この眼鏡猿は何を企《たくら》んでいやがるのか……。

マレットは、領収書をひとまとめにして封筒に戻すとフロストに手渡した。「警部、経費の申請書は提出しなおしたまえ。ただし、今度は正規に入手した本物の領収書を添付すること。それから、この件は他言無用と心得るように」

フロストは、呆気に取られていた。あまりの僥倖《ぎょうこう》にとても現実とは思えなかった。とりあえず、渡された封筒を上着の内ポケットに滑り込ませた。「ご心配なく、警視《スーパー》。肝《きも》に銘じて」そして、マレットが正気に戻らないうちに退出すべく、椅子から立ちあがった。

「いいかね、フロスト警部、これは最後のチャンスだ。あと一度でも――たとえ一度でも――過《あやま》ちを犯すようなことがあれば、そのときは……」見ると、マレットの眼のまえには誰もいなかった。フロストの姿は消えていた。

マレットは、深い溜め息をついた。州警察本部から送られてきた通達書面を取りあげ、なかを開いて《親展・極秘扱いのこと》と記された文面にもう一度眼を通した。そこには、フロスト警部の提出した経費の申請書には、デントン警察署の署長のサインが入っていた事実が指摘されていた。それは、マレット自身が申請書を吟味し、内容に誤りがない旨《むね》、保証したことを意味する。しかし、警察署の署長という多忙な身で、書類にサインを求められるたびに、その内容まで逐一《ちくいち》吟味してなどいられようか？　そこまで要求されるのは、理不尽というものである。だが、何より理不尽なのは、自《みずか》らの窮状を脱するためには、あのフロストの窮状も救ってやらねばならないことだった。マレットは通達書面をデスクの真ん中の抽斗にしまって鍵をかけると、内線電話でウェルズ巡査部長を呼び出し、十分後に打ち合わせを行うので、今夜の夜勤に当たっている諸君を会議室に集合させてもらいたい、と伝えた。

マレットが会議室に足を踏み入れたとたん、低い話し声がぴたりと止み、集合していた者は全員、慌てて椅子から立ちあがった。マレットは顔をしかめた。出席者が、やけに少ないように思われた。素早く頭数を数えてみた――全部で八名。うち六名が男性、残り二名は婦人警官。

フロスト警部の姿はなかった。ウェルズ巡査部長に向かって眉を吊りあげ、出席者数がこれほど少ない理由を目顔で問いただした。

「これで全員です、署長」とのことだった。「流感にやられた者が、新たに二名。加えてウィルクスとブライアントは、先週のパブの乱闘騒ぎで負傷して、まだ入院中です。コリアーはロビーに残してきました。わたしの代わりに受付デスクに詰めてます」

「で、フロスト警部は？」

「もちろん、警部にも伝えました」

マレットは唇をきつく引き結んだ。いかにも、あの不心得者らしいことだった。もちろん、待つ気など、さらさらなかった。マレットは室内をひとわたり見まわした。例の新人、フランク・ギルモアは手抜かりなく出席しており、最前列に陣取っている。その隣でふてくされた顔をしているのは……確か、同じ犯罪捜査部所属のバートンという巡査だ。この男は、脳ミソまで筋肉でできている。一朝有事の際には誰よりも頼もしい味方となるだろうが、今の階級から這い出し、より上位の職階に昇進できる可能性は限りなくゼロに近い。

ぶるっと身を震わせると、マレットは両手をきびきびとこすりあわせた。会議室のなかは、思わず悪態をつきたくなるほど寒かった。「ああ、諸君、かけてくれたまえ。どうやら人員は不足気味のようだが、量より質ということばもある。この際、人材の点では、不足分を補ってなお余りあるほど恵まれている、ということにしたいと思う」おざなりの笑い声がおさまるのを待って、マレットは先を続けた。「まず最初に、残念な知らせがある。アレン警部のことだが、ここへきて流感の症状がぶり返してしまったようなのだ。今しばらくのあいだ職場には戻れそうにないとの——」その瞬間、マレットの眉間《みけん》に深い縦皺が刻まれた。会議室のドアが勢いよく開き、フロストが闖入《ちんにゅう》してきたのだった。

「ふざけた食堂だよ、閉まってやがる」フロストはそう言うと、怪訝《けげん》な面持ちになって周囲を見まわした。「おや、皆の衆、こんなとこで何を?」そこでようやくマレットの存在に気づいたようだった。「ああ、会議か。いや、警視《スーパー》、申しわけない。すっかり忘れてたもんで……」

フロストが最後列に潜り込み、空席を見つけるのを待って、マレットは改めて口を開いた。

「先に集まってくれていた諸君にはすでに伝えたことなのだが、実はアレン警部のことで残念な知らせがある」

「残念な知らせ?」フロストは鸚鵡《おうむ》返しに言うと、勘違いも甚だしい発言に及んだ。「まさか、もう職場復帰するってんじゃないだろうな?」

爆笑の渦がおさまると、マレットは雅量のあるところを示して笑みを浮かべた。「アレン警部の復帰は、もう少し先になる。伝えておきたかったのは、当面、アレン警部が抱えていた事件は、すべてフロスト警部、きみに担当してもらわねばならない、ということだ。今後もしばらくは、非常に限られた人数で、非常に多くの事柄に対処せざるを得ない状況が続くだろう。ゆえに、労力は有効に使いたい。そこでまず例のポーラ・バートレットの事件だが、殺人事件の線も考慮して捜査本部を設《もう》け、目下《もっか》のところ二名の専属捜査官を配していると思う。現在までの捜査状況は?」

「壁にぶち当たる一歩手前ってとこですかね」手近なファイリング・キャビネットでマッチを擦りながら、フロストが答えた。「死体でも見つからない限り、そっちの線は行き詰まりだな」

「なるほど」マレットは笑みを浮かべながら、メモ用紙に書きつけておいたリストの最初の項目に〝処理済み〟を意味する印をつけた。「では、警部、きみの判断に基づいて、捜査本部を一時的に解散することとしたい。そうすれば、貴重な人員を、より速《すみ》やかな対処が必要とされる事案のほうにまわせるからね」マレットはそう言うと、これで万事丸く収まるはずだと言わんばかりの晴れやかな笑顔になった。それから、メモ用紙に注意を戻し、リストの次の項目に眼を遣った。笑顔が渋面に代わった。「週末のあいだに、またしても高齢者の家を狙った侵入窃盗事件が発生したのかね、警部？」

フロストは顔をあげた。「おや、警視《スーパー》、よくご存じで。今度の被害者は独り暮らしの萎《しな》びたご婦人なんだけどね。使い古しの五ポンド札で、八十ポンドばかり盗られたらしい」

「警部、間違っていたら訂正してほしいんだが」とマレットは言った。「高齢者の家庭ばかりを狙った同様の侵入窃盗は、今回のも合わせると、この三週間で十六件になるのではないかね？」

フロストは曖昧に肩をすくめた。「勘定してるわけじゃないけど、まあ、いい線じゃないですか。だいたいそのぐらいですよ」

「〝だいたい〟ではない」マレットはぴしゃりと言った。「間違いなく十六件だ——高齢者ばかりが狙われ、多くの場合、老後の蓄《たくわ》えを奪われている。捜査のほうは、どうなっているのかね？」

「どうもこうも、何を捜査しろってんです？」とフロストは応えた。「手がかりゼロ、目撃者もゼロ。これじゃ手のつけようがない」

「現金以外の被害品目は？」ギルモアが質問を挟んだ。「宝石や貴金属類が交じっているのであれば、このあたりの故買屋に片っ端から網を張っておくべきでは？」

「いい指摘だ」マレットは同意を示した。

「故買屋には、もちろん網を張ってある」とフロストは言った。「おれみたいな役立たずの老いぼれでも、その程度のことは思いつくんだよ。盗品が持ち込まれたら、おれのとこに連絡が来ることになってる。だけど、こいつは宝石やら貴金属やらの類いに目がないってやつじゃない。盗るのはもっぱら現金だ——それもたいてい、使い古しの札の。爺さん婆さん連中には、銀行を信用しないのが多いから、自分の手元にしこたま現金を置いてるんだよ。分厚い札束を、箪笥《たんす》の奥とか、鏡台の真ん中の抽斗《ひきだし》の、コンドームと皮革《かわ》のズロースのあいだとかに突っ込んでる。そこなら誰にも見つからないと思って。ところがどっこい、盗っ人ってのは、そういうとここそ真っ先にのぞいてみるもんなのさ」

「きみの言い分では、手がかりはゼロとのことだが」とマレットが言った。「近隣住人のなかに青いヴァンを目撃したという者が複数いたと聞いている。そこから手をつけてみることもできるのではないかね？　デントン市内を走っている青いヴァンの台数など、たかが知れているではないか」

「侵入窃盗の発生件数は十六件」とフロストは言った。「うち二件に関しては、話を聞いた近所の住人のなかに、深夜、付近の路上に駐車中のヴァンを見かけたってのが、確かに交じってましたよ。でも、片方は、青の小型ヴァンだった気がすると宣《のたま》い、もうひとりのほうは、ヴァンにしては大型で車体は黒っぽい色をしてた、言われてみれば青だったかもしれないって、その程度ですからね」

「しかし、それでも手がかりにはちがいない」マレットは譲らなかった。「青いヴァンの所有者を虱潰《しらみつぶ》しに洗いたまえ」

「じゃあ、訊くけど、その青いヴァンってやつが、デントン市内だけでもいったい何台存在してるのか、正確な数字を知ってますか？」フロストは小さな手帳を引っ張り出し、その手帳を振りかざしてみせながら尋ねた。

マレットは手を振って、その質問を退《しりぞ》けた。そんなことは知りたくもなかった。フロストにしてみれば、これはもっけの幸いだった。彼自身、見当もつかないことだったのである。もちろん、マレットがはったりと見破って逆襲してきた場合に備え、何もないところから天文学的数字をひねり出してみせる心積もりはできていたが。「何台あろうと、警部、そんなことは問題にもなるまい。コンピューターというものがあるのだから。コンピューターを活用すれば、その程度の情報はたちどころに手に入る」

「だが、そいつをひとつひとつ確認したうえで相手を選り出し、くそったれどもの家を訪ねてまわって、訊くべきことを訊いてくるって段になると、コンピューターはなんにもしちゃくれない」とフロストは言った。「そういうのは、おれたち哀れな人間さまのお役目で、やり終えるまでに、何週間も——何カ月もかかっちまう。そのあげく、なんにも出てこないことだってありえる」

マレットの顔に、皮肉の利いた笑みが浮かんだ。「文句をつけて、それでおしまいかね。気楽なご身分だな、警部。わたしが提案し、きみはそれを却下する、というわけだ。この件に関して、わたしはマスコミの連中から集中攻撃を食らっている。非難の矢面《やおもて》に立たされている者の身にもなってみたまえ。わたしが望むことはひとつ、犯人を捕えてほしいということだ——それも早急に。きみには、本件を最優先事項と心得てほしい。我が署は目下、人員が有り余っているわけでは決してないが、本件の捜査については必要なだけ動員をかけてかまわない」気がつくと、ウェルズ巡査部長が注意を惹こうと片手をあげて振っていた。なんとも目障りな挙動だった。マレットは顔をしかめた。このうえウェルズ巡査部長お得意の愚痴を聞かされたくはなかった。「なんだね、巡査部長？」

「署長、フロスト警部に対して、必要なだけ動員をかけてかまわないとおっしゃるのはわかります。ですが、夜間の警察署が為すべき業務は、それだけではありません。内勤の責任者として言わせてもらえば、通常業務を処理する人員にも事欠いているのが現状です。どうやら、このくそいまいましい流感も、犯罪者どものあいだでは、まだ流行《はや》っていないようで」

「もっともな発言だ、巡査部長。きみの言う現状には、もちろんわたしも気づいていた。その点を視野に入れながら、このへんで次の事項に話を進めようと思う。圧倒的に人員が不足している今の状態では、ときに犠牲にしなくてはならない部分も出てくる。軽犯罪や微罪の多くに眼をつぶらざるを得ない状況になるのもやむを得ないことではないかな。たとえ——」そこでマレットはフランク・ギルモアに向かって、父親が息子に見せるような笑みを送った。「——自殺として処理してしまうのが疑わしいような事案に遭遇した場合でも。ここはひとつ、よそ見は厳禁ということにしようじゃないか。われわれのほうから犯罪を追いかけていくような真似は、今後しばらく控えてもらいたい。酩酊も喧嘩も売春婦の客引き行為も違法駐車も不審者の徘徊行為も——要するに重罪には当たらないその手の不法行為は、当面、取り締まらなくてもよろしい。われわれデントン警察に、時間や人員が無制限に与えられているわけではないのだからな」マレットは、今度はウェルズに向かって笑いかけた。「これできみの負担もずいぶん軽くなるはずだよ、巡査部長」

「そりゃまあ、署長のおっしゃることだから……」ウェルズは歯切れの悪い口調でつぶやいた。

「よろしい。わたしからは以上だ」マレットはメモ用紙を挟んだフォルダーを閉じ、その場を離れるべく向きを変えた。そこで、あとひとつ言い忘れていたことを思い出した。「そうだった——フロスト警部。今朝方、オール・セインツ教会の牧師さんと市議会のヴァーノン議員がわたしのところに訪ねてこられた。おふたりとも、このところ教会墓地で愚かしくも心ない破壊行為が頻発していることを深く憂慮し、不安を募らせておられる。先週末にも、また一件、発覚したそうだ。警邏班のほうはどうなっているのかね？」

「その警邏班ってのは？」とフロストは尋ねた。

「破壊行為防止のため、きみに組織するよう申し渡した警邏班のことだ。その旨《むね》、メモにして、きみのオフィスに届けさせたはずだ」

「はて、受け取った覚えはないけどな」フロストは慌てて言った。マレットはメモと称して、けつ拭きにもならない紙屑を年がら年じゅう届けて寄越す。おそらく、これまでのものと同様、《未決》トレイに築かれた書類の山のなかに埋もれているものと思われた。

「併せて、直接、口頭でも申し伝えた」

「ああ——そう言われれば」フロストはマレットの言い分を認めた。確かに、愚痴っぽい説教のついでに、教会の墓地で墓石が云々《うんぬん》と聞かされたような、そんな記憶がないでもなかった。「でも、いみじくも警視《スーパー》も言ったように、そんな切れの悪い小便みたいな半端な事案にかかずらってる暇なんて、今のおれたちにはないと思うけど」

マレットはフロストを見遣り、遺憾の意を込めて首を横に振った。この男には常識というものがないのだろうか？「警部、市議会の議員が関心を示している事案に半端な事案などない。ただちに善処したまえ——午後十時から午前零時までのあいだが、最も狙われやすい時間帯と聞いている」

「警邏にまわす人手なんかありませんよ」とフロストは言った。

「では、警部、きみが自分で行きたまえ。今は困難のときだ。われわれのチームワークが試されていると言っても過言ではない。われわれひとりひとりに、持てる力のすべてを傾注することが求められているのだということを、常に心に留めておくように」マレットは腕時計に眼を遣り、欠伸《あくび》を嚙みころした。今日は長い一日だったし、会議室は身体の芯まで凍りつきそうに寒い。デントン警察署を預かる署長といえども、自宅に引きあげ、床《とこ》に就くことを許されてしかるべき時刻だった。

月曜日——夜勤（一）

レインコートの襟を立てても、雨は滴《しずく》となって襟首から滑り込んできた。「見張りを始めてどれぐらいになる？」フロストは不機嫌な口調で尋ねた。

ギルモアは袖口を押しあげ、腕時計に眼を遣《や》った。「五分です」

小止みなく降り続く細かい雨はレインコートをじっとりと湿らせ、冷たさが身体の芯まで染み込んでくるようだった。フロストは背中を丸めると、頬の傷痕に嚙みつく風の爪牙《そうが》を少しでも鈍らせるため、マフラーを首のまわりにしっかりと巻きつけた。凍えた爪先の感覚を取り戻そうと、その場で足踏みをした。足を踏み替えるたびに、雨水を吸った靴下が靴のなかで湿った音を立てた。「こんなのは、時間の無駄に決まってる」フロストはひとり小声でぼやきながら、歳月と風雨に蝕《むしば》まれた墓石でマッチを擦った。マッチがくぐもった音を発し、続いて炎が燃えあがった。風で揺らめく炎に、苔むした墓碑に刻まれた銘文が浮かびあがった。

ジョージ・アーサー・ジェンキンズ

一八六五年二月六日

この世に生まれてのち、歿《ぼっ》す

幼児《をさなご》らの我に来る《きた》を許せ（マルコ伝十章十四節にちなむ）

「欲のない坊主だな、老齢年金を一度も貰わなかったなんて」フロストはむっつりとつぶやき、風がマッチの火を吹き消すに任せた。

空は重苦しく垂れ込めた雨雲に覆われ、漆黒の屋根と化している。墓地は、冷たい雨がそぼ降る夜の、ちょうど午後十時三十分ごろの墓地にふさわしく、いかにも寒々とした、見る者の気を滅入《めい》らせずにはおかない光景を呈していた。ふたりがいるのは、ヴィクトリア朝期の墓が並んでいる古い区画のほうだった。遠い昔に世を去った子どもたちの墓の傍《かたわ》らで、歳月と風雨に蝕まれた天使像が御影石の涙を流し、野放図に伸び育った葉草が、同じく遠い昔に悲しみのうちに世を去った、子どもらの両親の崩れかけた墓碑や朽ち果てた墓を覆い隠そうとしている。フロストはその向こう、墓地の奥まった一隅《いちぐう》に眼を遣った。煙雨《えんう》を透かして、新しい区画の目印、夜目にも鮮やかな白い大理石が何列にもなってひしめいているのが見えた。ここ最近に世を去った者たちが、腐敗の床《とこ》で浅い眠りに就《つ》いている場所だった。ぬくもりとは無縁の大理石の墓碑群。そのなかに、フロストの妻の墓も交じっていた。妻の墓には、葬儀のとき以来、足を運んでいなかった。

ギルモアのほうは、絶え間なくぼやき続けるフロスト警部のうめき声には耳を塞ぎ、眼を細くすがめて、小糠雨《こぬかあめ》の薄い皮膜越しに、左前方を睨んでいた。ちょうどそのあたり、ヴィクトリア時代の古めかしい納骨堂のすぐそばで、何かが動いたような気がしたからだった。蔦《つた》の葉が風に揺れたのか、それとも動きまわる人影か？

だが、ギルモアが指さした先を、フロストはろくに見もしなかった。ほんの形ばかり眼を向けると、素っ気なく鼻を鳴らした。「いくら眺めても、おれには地面しか見えん。ただの風さ」そう言ってジェンキンズ家の赤ん坊の墓石に尻を預け、煙草の煙を深々と吸い込んだ。「それより、見張りを始めて何分になった？」

「八分です」とギルモアは応えた。

フロストは吸いかけの煙草を墓碑にこすりつけて始末し、腰をあげた。「よし、これだけ見張れば充分だ。引きあげよう」

「しかし、マレット署長が――」

「マレット署長なんか、くそくらえだ」ひと声叫ぶと、フロストは車に向かって小走りに駆けだした。「こんな小便降りの夜に墓場荒らしをしたいやつには、いくらでも荒らさせてやる」

ギルモアは、墓地の奥の大理石の行列に眼を凝らした。一陣の風が再び蔦の葉を揺らした。やっぱり、誰かいる――今度こそ確信があった。だが、そのとき、ようやくのぞいた月に叢雲《むらくも》がかかり、あたりはまたしても闇に沈んだ。雲が去ったときには、人影らしきものは消えていた。

パブの店内は混みあっており、眼が痛くなるほど強烈な煙草の煙が濃霧並みに立ち込めていた。おまけに耳を聾する騒々しさだった。大音量のディスコ・ミュージックとそれに負けまいとして張りあげられる客たちの大声。ティーン・エイジャーとおぼしき若い娘たちの一団が、品のない冗談のおちでも聞かされたのか、ウォッカ&ライムのグラスを片手に悲鳴のような声を発して笑い転げている。小さなステージのうえでは、ディスコ風のけばけばしい照明を背にしたディスク・ジョッキーが、誰にも注意を払ってもらえないまま、マイクロフォンに唇を寄せて次の曲目を紹介しているところだった。ビートの利いたディスコ・ミュージックの対旋律として、店の奥の隅に陣取るアイルランド人の酔っ払いが、黒い服を着た太った女を相手に、テノール歌手気取りのどら声を張りあげ、〈ダニー・ボーイ〉を歌って聞かせている。女は涙を浮かべていた。

ギルモアは苛立っていた。デントン警察署に着任したその日の夜から、マレット署長直々《じきじき》に下された命令に背くことになってしまった。飲み物を受け取ったら、その場でいっきに呑み干し、フロストに宣言してやることにした——これから署長の命令に従《したが》ってただちに墓地に引き返し、必要とあらば、ひとりでも見張りを続行するつもりだ、と。

フロストは、五ポンド札を振りまわすことでバーテンダーの注意を惹くことに成功し、唇の動きだけで注文を伝えた。飲み物が出てくるのを待つあいだ、鍛えられた古強者《ふるつわもの》の眼で混雑した店内をなんとはなしに見渡した。ウォッカのグラスを握り締めた女の子たちは、次の冗談が山場に達したら改めて金切り声を張りあげてやろうと固唾《かたず》を呑んで身構えている。アイルランド人の酔っ払いは歌の途中で沈没し、テーブルに突っ伏してしまっていた。太った女も、もう涙を浮かべていなかった。すばしこい手つきで、男の札入れの中身を検《あらた》めていた。

店の正面のドアは、まだ揺れていた。慌てて出ていった客がいたからだった。フロストはその客の顔を思い返した。群衆のなかにまぎれていた、どこといって特徴のない男だった。ふたりの刑事が店内に足を踏み入れたとたん、危険を察知したかのように飛び出していった男。知っているはずの顔だった。なのに……どこのどいつだか、とんと思い出せない。フロストは肩をすくめた。まあ、よしとしよう。この店には一杯やりに立ち寄ったのであって、けちな小悪党をパクりに来たわけではない。

バーテンダーが、カウンター越しに二杯のラガービールを押して寄越したのち、フロストに返す釣銭を持ってレジスターのところから戻ってきたとき、バー・カウンターの電話が鳴った。バーテンダーは電話に出ると、しばらくのあいだ相手の話に耳を傾けてから、受話器を高々と差しあげ、大声で叫んだ。「ここにフロストっていうお人は来てるかい?」

不安に駆られ、フロストはギルモアと眼を見交わした。おれたちがこの店にいることを、どこのどいつが嗅ぎつけたのか? まさか、あの角縁《つのぶち》眼鏡のマネキン野郎がお抱えの密偵《イヌ》どもを放って、こっちの行動を逐一《ちくいち》報告させていた、なんてことが……? フロストはきわめて慎重に受話器を受け取り、耳にぴたりと宛てがうと、反対の耳に指を突っ込んで周囲の騒音を締め出した。電話をかけてきた相手は囁くような声の持ち主で、何を言っているのかさっぱり聞こえなかった。「もうちょっとでかい声で喋ってくれ」と受話器に向かって声を張りあげると、澄んだ鐘《ね》の音のようにはっきり、〝死体〟ということばが聞こえた。「なんだって? もう一度、言ってくれ」

「ジュビリー・テラス七十六番地、二階の寝室。そこで婆さんが死んでる。連れ合いの爺さんに殺されたんだと思う」

「おれがこの店にいることを、どうやって知った？ 誰なんだい、あんたは？」

電話の切れる、カチッという音がした。フロストは小声で悪態をつくと、電話機をカウンターのもとの位置に押し遣った。誰かが思いついた冗談にしても、あまりおもしろくはなかった。それに、あの声。電話をかけてきた相手の声に、聞き覚えがあった。先刻このパブに入ったとき、入れ違いにそとに飛び出していった男、ちらりと見えたあの男の顔とワンセットで記憶されている声だった。が、思い出そうとすればするほど、つかみかけたものは指のあいだを擦り抜けていった。

「何か問題でも？」ギルモアは不安を抑えかねて尋ねた。フロスト警部の行くところ、常に問題が生じる。電話をかけてきたのがマレット署長だったのであれば、上司であるフロスト警部の命令に、抵抗を感じながらもやむなく従ったのだと主張しておきたいところだった。

フロストはカウンターのうえの釣銭をすくいあげた。「そいつをさっさと呑んじまいな、坊や。おまえさんが見物したがりそうな死体が、もう一丁、見つかるかもしれん」

牧師との話し合いを終えた男は、自転車にまたがると、雨に首をすくめながら背中を丸め、墓地を抜ける近道に入った。レインコートを羽織っていても、雨は布地を通して染み込んできた。いやらしいといったらなかった。風邪気味の身体にはいっそうこたえた。このところ猛威を振るっているという、問題の流感にやられたのでなければいいが、と男は願った。ペダルを踏み込むたびに、墓石が一列、また一列と音もなく背後に流れ去った。墓も霊廟も、男には恐ろしくもなんともなかった。夜のこんな時刻でも。とはいえ、墓地の門を抜けておもての広い通りに出るのが、待ち遠しいことに変わりはない。

次の瞬間、男は危うく自転車のハンドルを取られそうになった。夜の教会墓地に、突然、物音が響き渡ったからだった。弔いの鐘の音《ね》。発生源を捜して、男は首《こうべ》をめぐらした。あそこだ――ドブスン家の古い納骨堂。何者かが納骨堂に押し入り、綱を引っ張って鐘を鳴らしたのだ。およそ百五十年まえ、生き埋めにされることを恐れたウィリアム・ドブスン翁が、棺のなかで眼が醒めても助けを呼べるようにと吊るさせた鐘を。

煙雨を透かして、明かりが上下に揺れているのが見えた。男は叫び声を張りあげた。納骨堂から人影が飛び出し、暗闇の奥へ駆け込んだ。

男は自転車の向きを変え、全速力で来た道を戻りはじめた。司祭館にたどり着くと、そこの電話を借りて警察に通報した。

ジュビリー・テラスは、二十世紀初頭に建てられたテラスハウスが連なる通りで、袋小路になっていた。デントン市が目下《もっか》推し進めている、〝ニュータウン〟構想が次の段階に突入すれば、遠からず取り壊しの対象となる区画でもあった。七十六番地の家は、その通りのいちばん奥、隣接する変電所の防護壁になっている煉瓦造りの高い塀のすぐ際《きわ》に位置していた。玄関の扇形の明かり窓から、まだひと筋の灯火が洩れてきている。雨脚は、わずかながら弱まったようだったが、排水溝がどこかで詰まっているのか、道路にあふれ出した水が大きな水溜まりを作り、そこに街灯の光が反射していた。

ギルモアはドアをノックし、待った。苛立ちに任せて、玄関脇の壁を小刻みに叩いた。誰も出てこない。ギルモアはもう一度、今度はもっと大きな音をさせてノックした。

七十四番地の家の玄関が開き、シャツ姿の男がそとをのぞいた。「ちょっと、そこのあんた、ノックなんかしても無駄だよ。そこの耄碌《もうろく》爺さんは、すっかり耳が遠くなっちまってるんだから」

「いや、ほんと言うと、ここの家の奥方のほうに用があるんだ」とフロストが言った。「今夜はご在宅かな？」

「そりゃ、ほかにどうしようもないもの……寝たきりなんだよ、そこんちの婆さん。出かけたくても出かけられるわけがない」

「その婆さんなんだけど、実はもう死んじまってるんじゃないか、なんて話を小耳に挟んでね」とフロストは言った。

「死んじまってる？　だったら、あんた、家を間違えたんだよ。爺さんは、耳は遠いかもしれないけど、これがなかなか騒々しい人でね。まあ、うちとの境目《さかいめ》の壁が紙みたいに薄いってことにも問題はあるんだけど。ふたりで喋ったり、言い争ったりしてるのがよく聞こえるよ——ひどいときには、爺さんが洗面所で痰を吐く音まで聞こえたりするからな、聞かされるほうは、たまったもんじゃない」

「そんなことを言われると、なんだか不安になってきたな。ふたりの名前を聞き間違ったかもしれない」

「マスケルだよ——チャーリー＆メアリー・マスケル。爺さんがチャーリーで、婆さんがメアリー」

「そうか、爺さんのほうがチャーリーか」フロストは、手帳に書きつけたメモを訂正するふりをした。そして、隣家の男がなかに引っ込むや玄関のドアのまえに膝をつき、郵便受けから屋内をのぞき込んだ。薄暗い廊下が見えた。弱々しく灯った明かりに焦げ茶色の陰気臭い壁紙。

「隣人の男が話し声を聞いてる以上、この家の老婦人が死んでいることなど、ありえないんじゃないでしょうか？」ギルモアが抗議するように言った。「これは悪戯《いたずら》に決まってます。われわれは、かつがれたんだ」

「ああ、そういうことかもしれないな」窮屈な体勢に、思わずうめき声が洩れた。それでも、フロストは郵便受けのまえから離れなかった。ややあって、彼の鼻孔がぴくりと動いた。違う、これは悪戯なんかじゃない——フロストにはそれがわかった。物言わぬ唇から吐き出される、腐肉の息吹。フロストは死の臭いを嗅ぎ取った。

　ギルモアにも臭いを嗅いでみるように言った。部長刑事は何度か鼻をひくつかせたのち、首を横に振った。「空気の入れ替えをしていないだけです。湿気と黴《かび》の臭いですよ」

「いや、坊や、それだけじゃない」フロストはもう一度ノックした。今度は玄関のドアが震動するぐらい力を込めて。なかで物音がしたが、あいかわらず誰も出てこなかった。「裏にまわってみよう」

ふたりは、ズボンを泥だらけにしながら家の横手の低い塀をよじ登り、夜の闇に包まれた狭い裏庭に降り立った。着地した瞬間、水溜まりに踏み込んだことを知らせる鈍い水音があがった。数フィート四方のせせこましい空間に、ゴミ入れの容器と屋外便所が並んでいた。屋外便所の扉は、ひとつの蝶番《ちょうつがい》でかろうじてぶらさがっている状態で、脇柱とのあいだに大きな隙間ができていた。あくまでも楽天主義の人であるフロストは、裏口のドアの把手をまわしてみた。が、ドアには鍵がかかっているうえ閂までおりていた。窓のほうも、フロストの折りたたみ式ナイフの攻撃にびくともしなかった。おまけにカーテンが、ひと筋の明かりも洩れてこないほどきっちりと引かれているので、なかをのぞいてみることさえままならない。

「引きあげましょう」塀のほうにじりじりと後ずさりながら、ギルモアは言った。これでは匿名の通報者からの一方的な情報を鵜呑《うの》みにして、他人の家に無断で押し入ることになりかねない。

だが、フロストは聞いていなかった。今度は二階の窓に注意を向けていた。その角度からでは断言できなかったが、窓が少しだけ開いているようだった。「見張りを頼むよ、坊や。人が来たら、ひと声叫んで知らせてくれ」フロストはまさに理想的な位置に置かれていたゴミ入れの容器によじ登ると、それを踏み台にして屋外便所の屋根に手をかけた。身体を引きあげるようにして屋根のうえに這い登り、次いで二階の窓の下枠に手をかけた。

やはり、窓は完全に閉まってはいなかった。窓枠に指がかかるぐらいの隙間が残っていた。フロストは少しのあいだ、ためらった。事があまりにうまく運びすぎている。都合のいい場所に都合よく置かれていたゴミ入れの容器、どうぞお入りくださいと言わんばかりに開いている窓。しかし、今さら引き返すわけにはいかない。フロストは窓枠に指をかけ、押しあげると、弾みをつけて桟をまたぎ、部屋のなかに転がり込んだ。

真っ暗な部屋だった。ポケットから引っ張り出した懐中電灯は電池が切れかけていたが、そんな不安定な光でも、その部屋のありさまは見て取れた。ちょっとでも触れたら、たちまちドミノ倒しが始まりそうな、廃品の山また山。仕掛け爆弾を敷設《ふせつ》してある迷路のようなものだった。懐中電灯の頼りない光で進路を確認しながら、フロストは爪先立ちになってそろそろと足を踏み入れた。今や骨董と化したシンガーの足踏みミシン、捨ててしまうには惜しいという理由でとっておかれているのだろう、無用の長物《ちょうぶつ》をたらふく詰め込んだ段ボール箱の山、自転車のフレーム、一九三〇年代後半あたりにさかんに造られた古式ゆかしい乳母車。乳母車は使った痕跡がほとんどなく、なぜか先刻、教会墓地で見かけた赤ん坊の墓のことが思い浮かんだ。

戸口にたどり着くと、ノブにそっと手をかけ、様子をうかがいながらそろそろとまわした。ドアは軋みながら開いた。

短い廊下を挟んで向かいが、階下《した》の玄関に降りる階段。右手にもうひとつ部屋があり、ドアの隙間から室内の明かりが洩れていた。フロストはそちらに進んだ。階下から、人の歩きまわる足音と耳の遠い人間特有の必要以上に大きな話し声が聞こえてくる。ときどき、陶器の触れあう音も混じった。この家の老いたる主《あるじ》が、お茶でも淹《い》れているのだろう。

ドアを開けた瞬間、その臭いが鋭く鼻をついた。それから、彼女の姿が眼に入った。ベッドのうえに枕をいくつも積み重ね、そこに頭を預けた恰好で、老女が横たわっていた。彼女は身動きひとつしなかった。動こうにも動けないのだった。小さく萎《しな》びて、骨と皮ばかりになっていたから。ほとんどミイラと化していたから。死後何カ月もの時間が経過したものと思われた。

くそっ！——フロストは心のなかで毒づいた。なんとまあ、願ってもないものが出てきやがった。せめてもの臭い消しにと煙草をくわえたが、火をつけるのは思いとどまった。それから、意を決して部屋を突っ切り、ベッドに近づいて変色した上掛けをいっきに取り去った。布の裂けるような音があがった。寝具に付着していた染みは血痕ではなかった。外傷らしきものも見当たらなかった。口の端に何かがこびりついている。干からびた食べかすとまだべたべたしている茶色っぽい物体が少々。ベッドの脇に置かれた、今にも壊れそうなカード・テーブルのうえに、紅茶を入れたカップと食べ物を盛った皿が置かれていた。茶殻の浮いた紅茶は冷めきっていたし、食べ物のほうも冷えて硬くなっている。くそっ——フロストはもう一度、声をころして毒づいた。それでも足らずに、もう一度、くそっと心のなかで吐き捨てた。状況は火を見るより明らかだった。かくなるうえは、この部屋を抜け出し、車に戻って一目散にずらかるのみ。こんな場所からは、遠ざかれるだけ遠ざかるに限る。尻も凍りそうな、あのくそいまいましい教会墓地のほうが、まだしもましというものだった。

だが、ドアのところまで戻る暇もなかった。階段を上ってくる足音が聞こえた。ひとりぶつぶつと喋り続ける老人の声も。

フロストはドアに背を向けると、別の脱出口はないものか、慌てて探しにかかった。ひとつしかない窓には、死の臭いのする埃をたっぷりと吸い込んだ厚手のカーテンが引かれている。カーテンをかき分け、窓の掛け金をまさぐった。が、掛け金は埃に埋もれて動かなかった。

陶器の触れあう音、続いてドアを叩く音がした。「婆さんや、夕食を持ってきてやったぞ」ドアが開きかけたとき、そのドアが身を隠してくれることを願って、フロストはとっさに戸口の横の壁にへばりついた。入ってきたのは、背が高く、腰の曲がった老人だった。震える手でトレイを捧げ持ち、バターを塗ったパンとスープを運んできたのだった。パンの皿とスープの碗がかたかたと鳴っていた。老人はカード・テーブルの食べ物に気づいて顔を曇らせると、ベッドのほうに向きなおり、そこに横たわる骨と皮ばかりの相手に怒った顔をしてみせた。「なんだ、食べてないじゃないか」老人は声を張りあげた。「せっかくこしらえてやったのに、おまえはちっとも食べない」それから、声音を和らげた。「医者にも言われただろう？　体力を維持するためにも、ちゃんと食べるものを食べんと」置きっぱなしになっていたトレイを新しいトレイと交換してから、老人はスプーンを手に取った。「ほら、そんな駄々こねんで。食べてごらん、精がつくぞ」そして、スープをすくうと、そのスプーンを締まりのなくなった口元まで運んだ。スープがこぼれて萎《しな》びた顎に滴《したた》ると、それをそっとハンカチで拭ってやっている。老人は耳が遠かった。フロストが階段を駆け降り、おもての通りに飛び出しても、その騒騒しい靴音が耳に届くことはなかった。

車に戻ると、ギルモアは嫌悪に顔をしかめながら、信じられないという様子で事の顚末に耳を傾けた。「なのに、その老人はいまだに食事を運んでるんですか？　気色の悪い話だ！」

「気の毒な爺さんだよ。婆さんの死を受け入れられないんだろう」喫煙を控えなくてもよくなったことを歓びながら、フロストは深々と煙草の煙を吸い込んだ。

署に通報するため、ギルモアが車の無線機に手を伸ばそうとしたので、フロストはそれを押しとどめた。「放っとけ、坊や。下手《へた》に巻き込まれると面倒だ」

ギルモアは呆然とした。「そんな……警察官として、黙って立ち去るわけにはいかない局面だと思います」

「おれたちは、ここにはいないことになってる」とフロストは言った。「教会墓地で墓石ウォッチングをしてることになってる」

「しかし、人がひとり死んでるんですよ。それに、その老人ですが、おそらくいまだに妻の年金を受け取っているものと思われます」

「そんなのは、おれに言わせりゃ、肥溜めの糞だね」フロストは鼻を鳴らした。「見つけたところで、大騒ぎするようなもんじゃない」そのとき、それまで誰もいない車内に向かって応答を求めては挫折を繰り返してきた無線機が、息を吹き返した。

「こちら司令室、フロスト警部、応答願います。おい、頼むから出てくれって言ってるだろうが……どうぞ？」

フロストは無線機のマイクを取りあげた。「フロストだ」

「ジャック！　ようやっとつかまりやがった」内勤の巡査部長、ビル・ウェルズだった。「現在位置は？」

フロストは、窓のそとのジュビリー・テラスの通りに眼を遣った。「墓場の番人を相務めてるよ、誰かさんの命令だから」わかりきったことを訊かれて当惑しているのだと思ってもらえるよう、口調にひと工夫凝らして応えた。

「いや、フロスト警部、そりゃ違う。もしそうなら、そこにうちの警察車輛が集結して、大騒ぎになってるのが見えるはずだもの」

「おや、あれかな……通りの先のほうだけど、何やらどえらい騒ぎになってるような……」フロストはそう言いながら、ギルモア相手に、アクセルをめいっぱい踏み込んで教会墓地まで光の速さで戻るよう、パントマイムにこれ努めた。「で、具体的に言うと、騒ぎの原因は？」

「墓荒らしが納骨堂に押し入った」

なんとまあ。「現場を調べて、折り返し連絡を入れる」フロストはそそくさと無線機のスウィッチを切ると、折しも差しかかった赤信号をものともせず、ギルモアを急《せ》き立てて強行突破に及んだ。

墓地に〝集結〟した警察車輛は、パトロール・カー一台だけのようだった。青い回転灯の明滅に合わせて、闇のなかから雨に濡れそぼった大理石の墓標が浮かびあがるさまには、その場の薄気味悪さを増幅させる効果があった。ギルモアはパトロール・カーのすぐうしろに車を駐めた。

「あそこだ」

フロストは車の前方、墓地を貫くいちばん太い歩道から少し引っ込んだあたりを指さした。先刻見張りをしていたときにも眼についた、ヴィクトリア時代の納骨堂が、いじけた姿を見せていた。蔦《つた》に覆われたちっぽけなボイラー小屋といった風情《ふぜい》の、美しいとは言いかねる建造物で、周囲には先端が鋭く尖った鋳鉄製の杭を連ねて高々と柵を巡らせ、出入口の門扉の両側には抜き身の剣を掲《かか》げた大理石の天使が一体ずつ、衛兵代わりに配されている。門扉のまえで、制服姿の警察官、ケン・ジョーダン巡査が、ひしゃげたような恰好の布の帽子をかぶった老人から話を聞いていた。老人は、脇に置いた自転車が倒れないよう、ハンドルの部分を支えていた。ジョーダン巡査は老人のそばを離れて、ふたりを出迎えた。

「あの洟《はな》を垂らした爺さんは？」とフロストは尋ねた。

「教区委員のジョージ・ターナーという人です。あの人が通報してきたんです」ジョーダンは、それまでの経緯を語って聞かせた。「周辺をざっと見てまわりましたが、とりあえず誰もいませんでした」

「よくわかった」これ以上雨に濡れずにすむよう、早いところ車に戻りたい一心で、フロストは言った。「あとはおまえさんに任せるよ」話を切りあげると、ギルモアのほうに顔を向けた。

「行くぞ、坊や」

だが、ギルモアは早くも鋳鉄製の門扉を揺さぶっているところだった。門扉はしっかりと施錠されていた。「とすると、侵入経路は？」

「裏のほうに一カ所、柵が壊れてるとこがある」ジョーダンが言った。

「案内してくれ」とギルモアは命じた。居合わせた面々は、ジョーダンを先頭に納骨堂の裏手にまわった。まだ新しそうな給水管の脇、ちょうど締まりの悪い蛇口から洩れた水が地面に染み込むあたりの杭が二本引き抜かれ、人ひとり優に通り抜けられるだけの隙間ができていた。一行は順次その隙間を擦り抜けると、納骨堂の角を曲がって出入口のある正面にまわった。不承不承、フロストもしんがりを務めた。

納骨堂の扉は、厚さにして三インチはありそうなオークの一枚板だったが、それに見るも無残な狼藉の跡、まだ半乾きの紫のスプレー塗料で髑髏の印が残されていた。しっかりした造りの掛け金を南京錠で施錠してあるのが見えたが、掛け金を脇柱に固定していたねじ釘が何者かに引っこ抜かれている。扉は開けられていた。

「見ておれ、墓荒らしども」ターナーが震える声を張りあげた。「引っ捕えて、鞭打ちにしてくれる。ひいひい泣いて許しを請うまで、この手で打ち据えてくれる」

「まあ、なんだな」フロストはポケットに手を突っ込み、煙草のパックを手探りしながら言った。「大した被害もなかったようだし」

「あたしが知りたいのは」フロストの発言など意に介するふうもなく、ターナーは続けた。「墓地の見張りをしていたはずの警官は、いったいどこにいたのかってことだ。いい加減、なんとかならんのかね？　こんなことを続けてるとどうなるか、連中に思い知らせてやるべきじゃないのかね？」

フロストは頷いた。「そのとおり。こういうことをする輩《やから》は、ひいひい泣いて許しを請うまで、鞭で打ち据えてやるのがいい。そのうえで、麻酔をかけずに金玉をちょん切ってやるのさ」

「念のため、内部《なか》も見てもらえんだろうか?」とターナーはフロストに頼んだ。「内部《なか》まで荒らしてったかもしれん」

「ごもっとも」フロストは気のない口調で低く応えた。

ターナー老人を案内役に、一同はジョーダンの懐中電灯の光に導かれながら納骨堂のなかへと足を踏み入れた。二段しかない階段を降りると、床に石を敷きつめた室《むろ》になった。

懐中電灯の光が暗闇を貫いた。室とは名ばかりの、鼻がつかえてしまいそうな狭苦しい空間だった。三方の壁からそれぞれ石造りの棚が突き出し、そこに合わせて六基ほど、ヴィクトリア時代の凝った装飾をほどこした黒塗りの棺が安置されていた。天井から垂れさがった鐘撞き用の綱が、まだ小刻みに震えている。

「納骨堂のなかに入るのは、生まれて初めてです」ギルモアは感想を述べた。「もっと広いのかと思ってました」

「こんなとこ、広く造ってどうする?」とフロストは訊き返した。「ここの住人が、起きあがってそのへんをうろうろ歩きまわったりするか?」フロストの鼻孔がぴくりと動き、鼻の頭に皺が寄った。「なんだ、この臭いは?」

「臭い? なんにも臭わんよ、別に」とターナーは言った。「もっとも、あたしは風邪を引いてるんだけど」そのことばを証明するように、老人は大きなハンカチに鼻を突っ込み、霧笛並みのくしゃみを放った。

「なまこ板で囲った簡易便所の臭いに似てる――蒸し風呂みたいに暑い日が続くと、こんな臭いになるんだよ」フロストは言った。「最後に死骸を放り込んだのは？」

「この納骨堂は、一八九九年以降、使われてないよ」という答えが返ってきた。

「奥のほうから臭ってくるようですね」ジョーダンは懐中電灯をしたに向け、光の輪で床のうえをたどった。

「あそこだ！」フロストはひと声叫ぶと、ジョーダンの手をつかみ、懐中電灯の光を室の奥の隅に向けさせた。光の輪のなかに、不恰好に膨らんだ、やけに嵩《かさ》のある大きな包みが浮かびあがった――ポリエチレンとおぼしき黒い樹脂のシートに包まれ、二インチ幅の茶色いビニールの粘着テープを十文字に貼ったうえから紐をかけられていた。

「ここはゴミ捨て場じゃないぞ！」とターナー老人が言った。

とりあえず、包みを室の中央に引きずり出した。あとに、悪臭を放つ液体が残った。フロストは身を屈《かが》め、人差し指で包みをそっとひと押しした。水分を含んだ柔らかなものを突っついたときの、冷たくふにゃりとした感触。包みはおくびでも洩らしたように、強烈な悪臭を噴き出した。腐敗ガスの臭いだった。フロストは折りたたみ式ナイフを取り出し、ポリエチレンのシートを切り裂いた。凄まじい臭気に一同は慌てて出入口まで退却し、雨に洗われた夜の澄んだ空気を吸い込んで、吐き気がおさまるのを待った。

それから、覚悟を決めてなかに戻った。フロストは息を止めると、ナイフを入れて裂け目を広げ、ポリエチレンのシートをはぐった。腐臭のなかから、ガスで膨らんだ顔が現れた。腐敗が進み、眼鼻を失った顔がフロストを見あげた。

ジョーダンが、咽喉《のど》を詰まらせたような、くぐもった声を洩らした。手が激しく震えて、今にも懐中電灯を取り落としそうだった。フロストはジョーダンの手から懐中電灯を引ったくり、ギルモアに渡した。「ジョーダン、ゲロはそとで吐け。それじゃなくても、ここは臭いんだから」待ちかねていたように、ジョーダン巡査はまっしぐらに階段を駆けあがり、そとに飛び出していった。「そっちは大丈夫か、部長刑事の坊や?」

のたうちまわる胃袋を懸命になだめながらギルモアは黙って頷いた。フロスト警部に耐えられるものなら、自分にも耐えられるはずだと言い聞かせていた。

蒼ざめた顔に汗を浮かべたジョーダンが口元を拭いながら戻ってくると、フロストはにこりともせずに言った。「まさかとは思うが、他人《ひと》さまの神聖な墓を穢《けが》したりしなかっただろうな?」ジョーダンは返答に詰まった。実はそこまで見ていなかったし、気を配る余裕もなかったのだった。

「車までひとっ走りして、署に無線を入れてくれ」とフロストはギルモアに言った。「ウェルズ巡査部長を呼び出して、教会墓地で死体を見つけたと伝えるんだ。やっこさんのことだ、馬鹿笑いして小便をちびったあげく、『そりゃ、教会墓地なんだから、死体ぐらいごろごろしてるさ』と言うだろうから、そいつを拝聴したうえで、おれからの伝言として『ああ、おもしろいよ。あんまりおもしろくて欠伸《あくび》が出る』と言ってやれ。それから、医者と鑑識と現場係と、ついでに消臭スプレーを百五十個ばかり寄越してほしいと伝えてくるんだ」

ポータブル・タイプの発電機はひと声低くうなると、何度か咳き込むような音を立ててから、ようやく納得がいったように規則正しいリズムを刻みはじめた。ドブスン家の納骨堂はこの地に築かれて以来初めて、投光照明の発する眩《まばゆ》い光を浴びることとなった。階段の真ん中に、室の床まで踏み板が渡され、何人もの人間が靴音も高らかにそこを降りていった。その道の専門家たちが計測し、写真を撮《と》り、サンプルを集め、粉をはたいて指紋を採取するあいだ、フロストは邪魔にならないよう、納骨堂のそとで待機した。死体はシートにくるまれ、紐をかけられたまま、警察医の到着を待っていた。

墓地の道で罵り声があがった。見ると、人影がひとつ、おぼつかない足取りでよたよたとこちらに歩いてくるところだった。フロストはひとり笑みを浮かべた。ありがたいことに、当番警察医として派遣されてきたのは、あの威張りくさったちびの気取り屋のスロウモンではなく、モルトビー医師だった。

「やあ、先生《ドク》、墓場へようこそ」

モルトビーは挨拶代わりに診療鞄を振りあげ、またよろめいた。「今度はどんなもてなしを用意してくれたんだい？」

「袋入りの死体、一人前。賞味期限は、だいぶまえに切れちまってるけど」

「われわれだって、人のことを言えた義理じゃなかろう」モルトビーは、フロストに案内されて納骨堂に入り、石段を降りた。「例の匿名の手紙のほうの捜査は進んだかい？」

「そんな急《せ》かさないでくれよ、先生」フロストは理解を求める口調で訴えた。「今日は行く先先で死体に蹴つまずいてるんだから」

モルトビーは膝をついて死体のうえに屈み込んだ。「ふむ、こいつは死んでる」警察医は宣告した。

「そうであってほしいと願ってたよ」フロストは声をひそめて言った。「ここまで体臭がきつかったら、おれなら生きていたくなんかないもの」

軽蔑の念を抑えかねて、ギルモアは鼻を鳴らした。このフロストという警部は、場所柄もわきまえないで悪趣味な意見を述べることに無上の悦びを感じるらしい。

「それはそうと、ジャック」モルトビー医師は、切り裂いた部分からポリエチレンのシートに手を差し入れると、膨れあがった肉体の表面をそっとまさぐりながら、世間話でもするような調子で切り出した。「あの死亡した少女の件なんだが……ほれ、自殺した——」

「あの少女が何か？」ギルモアはすかさず訊き返した。

モルトビーは当てつけがましく、ことさらフロストに向けて話を続けた。「報告書は書き終わっていたんだが、そいつは破棄することにした。目下《もっか》、新しく書きなおしてるとこだ」

「もとのじゃ、不都合なことでもあるのかい？」とフロストは尋ねた。

「見落としてたことがあったんだよ。死体保管所《モルグ》の係員がこっそり耳打ちしてくれた。着衣を脱がせたときに、気づいたんだそうだ」医師は身を起こすと、診療鞄から取り出したタオルで手を拭いた。「こいつは、少なく見積もっても死後八週間は経過してる――ことによると、もっと経ってるかもしれん」

「なんなんです、死体保管所の係員が気づいたことというのは？」ギルモアは重ねて訊いた。

あの件を自殺と断定してしまうのは、やはり早計だったのではないかと思っていたのだった。

モルトビーは首をねじ曲げ、部長刑事のほうに顔を向けた。「臀部の殴打痕さ。尻っぺたに、赤く腫れあがった筋がついていてな。状態から見て、およそ一週間ほどまえにつけられたものらしい。赤みは引きかけていたが、まだ視認できたそうだ。あの少女は、鞭か杖とおぼしきもので、かなり激しく打擲《ちょうちゃく》されてた、ということだよ。加えて、左腕に注射の痕が複数見つかった」

ギルモアの左右の眉が、ぴくりと跳ねあがった。「なのに、あなたはそれを見落としていた？」ギルモアはフロストを脇に引っ張っていった。「これほど重大な見落としを、まさかこのままお咎めなしということにしてしまうおつもりじゃないでしょうね？」

「坊や、おまえさんも、おれぐらいへまを重ねりゃわかる。世の中、相身互《あいみたが》いだよ」

モルトビーはぴしゃりと音を立てて、診療鞄の口を閉めた。「こちらさんに関して言えるのは、その程度だな。詳しいことを調べようにも、ともかく、この外側のビニールを剝いでみないことには」

「そいつは検屍官が到着するまで待ったほうがいい」科学捜査研究所から派遣されてきた鑑識

チームの男が、横から口を挟んできた。その場をうろうろしながら、一同のやり取りに耳をそばだてていたようだった。「知ってのとおり、死体の検分はいちばん乗りでないと気のすまない御仁《ごじん》だ。自分よりも先に検《あらた》めた者がいたとわかったら、また小言の雨が降る」

「検屍官の小言ぐらい、屁でもない」フロストはぴしゃりと言った。「あのおっさんが到着するのを待ってたら、明日の朝になっちまう。かまうことない、切るなりなんなりして、さっさと開けちまってくれ」

「ならば、それはこっちで引き受けよう」鑑識チームの男はそう言うと、死体の包みにかかっていた紐を、結び目の部分を損なわないよう、位置を吟味して切断した。

「結び目の部分は保存しとかなきゃならないんだ、先生《ドク》」フロストは、にわか解説者になって言った。「犯人はボーイ・スカウトの団員かもしれないから」

「まだ殺人事件と決まったわけじゃないぜ」鑑識チームの男は、ひと言小理屈をこねてから、細心の注意を払った慎重な手つきでポリエチレンの包装材を切り裂いた。

「自殺した人間に、自分の遺体をビニールにくるんで、そのうえから紐をかけるなんて芸当ができるか？」フロストは鼻を鳴らした。

鑑識チームの男は脇に退《しりぞ》き、場所を空《あ》けた。「さあ、先生《ドクター》、あとはご存分に」

ポリエチレン素材の黒いシートは、腐敗の始まった組織から滲出《しんしゅつ》する分泌物に搦め捕られ、生命の消えた身体にへばりついたまま、なかなか剝がれようとしなかった。モルトビーが辛抱強く作業を進める間《かん》、鑑識チームの男もギルモアも、揃って納骨堂の出入口のほうへ移動し、新鮮な夜気に当たる必要を覚えた。

「なんとまあ！」フロストが驚きの声を張りあげた。「こいつは女じゃないか」

ギルモアはおぞましさをこらえて、無理やりそちらに眼を向けた。腐敗ガスで膨れあがった女の身体が見えた――着衣を残らず剝ぎ取られたうえ、細い紐を使って、背中を丸めて両膝を胸に抱え込んだ胎児のような恰好に縛りあげられた女の裸体。膨れるだけ膨れた肉に、爛《ただ》れた肌に、細い紐が深く食い込んでいる。汚れで変色しているが、髪の色は濃い。本来は、おそらく黒髪だったのだろう。

「見ろ、靴を履いてる」フロストは今度もまた叫び声をあげると、あらわになった死体のうえに屈《かが》み込んだ。タイツも靴下もなく、履いているのは踵《かかと》の低い茶色の靴のみ。きっちりと結んだ靴紐が、膨脹した足にいかにも窮屈そうに見えた。「写真が必要だ。おい、撮ってくれ」

モルトビー医師は、現場捜査担当の偉丈夫《いじょうふ》、テッド・ロバーツと場所を代わり、彼が写真を撮り終わるのを待って、細部の入念な検分に取りかかった。動くことを忘れた口をそっと開けさせて口腔をのぞき込み、続いて首の部分を丁寧に調べた。「状態が悪すぎるんで断言できんが、わたしが思うにこれは扼殺だな」うえからしたに調べ降ろしていく恰好で検分は進められた。死体に食い込む細い紐は、下半身を検める際の邪魔になるため、モルトビーの注文で切られた。モルトビーは、縛《いまし》めを解かれた死体の脚をわずかに開いた。「こりゃ……ひどすぎる！」半開きになったモルトビーの唇から、うわずった叫び声が洩れた。自分の眼にしたものに激しい衝撃を受けたことが、傍目《はため》にもわかった。

死体の下腹から陰部にかけて、皮膚が黒く変色し、粘液にまみれた、黒焦げの肉塊と化していた。

フロストは医師の隣に膝をついて、息を呑んだ。「ギルモア、こいつを見てみろ。どこかのくそ野郎に火あぶりにされてる」

距離を置いたところから、ひと目見るだけで充分だった。カメラのモーターがうなりをあげ、フラッシュの蒼白い光が炸裂するなか、ギルモアはその場に突っ立ったまま、苦しげにのたうちまわる胃袋を鎮《しず》めることに専念した。

モルトビーは、死体の黒焦げになった部分に屈み込み、鼻先が今にも触れそうなところまで顔を近づけた。「こんなことをしようと思ったら、金属の溶接なんかをするブロー・ランプでも使うしかないな」

「まったく、ひどいことしやがる」とフロストは言った。「こんなことをされたのは、死ぬまえかな、それとも死んでからかな？」

モルトビー医師は首を横に振った。「この場で見ただけでは、そこまではわからんよ。死んでからだったことを願うばかりだね」

縛めを解かれ、身体を伸ばした状態で見ると、骸《むくろ》となった女はフロストが当初抱いた印象よりも小柄に思われた。「何歳ぐらいかな？」

「まだ若いな」モルトビーは、再び死体の口のなかをのぞき込みながら応えた。「年齢《とし》のころなら、十五か……十六か」

「十五?」フロストは聞き咎めるように言った。「で、死後八週間ぐらい経ってるんだろう?」

心なしか、フロストの身体が縮んだように見えた。「右の肩のとこに、黒子《ほくろ》ぐらいの小さな母斑《あざ》があるはずだ。見てもらえないかな、先生《ドク》?」

モルトビーは、汚れて房のようになった髪の毛をかき分け、女の肩口を調べて頷いた。

「くそっ」とフロストは叫んだ。「くそっ、くそっ、くそっ!」

灼熱の責め苦を課され、悪臭を放つ爛れた肉塊――それは行方不明になっていた新聞配達の少女の亡骸《なきがら》だった。

ポーラ・バートレットが発見されたのだった。


「特徴と言われてもなあ、なんせ顔も見てないもんだから」と教区委員の老人はフロストに言った。「あっという間に、暗がりに駆け込んじまったんだよ」

「せめて、背の高さぐらいわからないかな? さもなけりゃ、太ってたとか、痩せてたとか、その程度のことでも……? 何か覚えてるはずだ。くそがつくほど大事なことなんだよ。その納骨堂のなかに若い娘の死体を捨ててった野郎なんだから」

「人間の恰好をした黒い影、あたしが見たのはそれだけだ」ターナー老人はそこでいくらか躊躇する様子を見せた。「今から思うと、ひとりじゃなかったような……そんな気がしなくもない」

「ひとりじゃなかった?」フロストは大声を張りあげた。「なんとまあ、そんな大事な情報を、あんたは今の今まで出し惜しみしてたのか」

「自転車で通りかかったときに、声が聞こえたような気がしたんだよ――男が何人かで喋ってるような声が」

「では、なぜそのことを最初に話してくれなかったんです？」ギルモアが語気を荒くして問いただした。

「そんな大事なことだとは知らなかったからさ。今の今まで墓荒らしの捜査に協力してるもんだとばかり思ってたし、人殺しなんて忌まわしい事件が関係してるなんて、ひと言も聞いてなかったからさ。それに、先に断《ことわ》っとくが、あたしは声を聞いただけで、話してる内容まで聞いたわけじゃない。人が話をしてるとこを目撃したわけでもない」

「いやはや、大した情報だよ」フロストはうめいた。「ありがたくて、屁が出ちまう。自分の鼻っ先で死体が捨てられたのに、なんにも見てないってんだから！　おかげでこっちは、特徴もわからない名無しの男、もしくは男どもを捜すことになるわけだ」

「つきに恵まれなかったからって、八つ当たりしないでほしいね」ターナー老人はフロストのぼやきをぴしゃりと封じ、横倒しにしておいた自転車を起こした。「そもそも警察が果たすべき役目を果たしてりゃ、そいつらを引っ捕えることだってできたんじゃないのかね。墓荒らし対策として、警官を二名派遣してくれることになってたんだから……その二名の警官は、どこにいたんだね？　おおかた、パブかどこかにしけ込んで、呑んだくれてたんだろうて」

フロストは、すくみあがった。この件については、確かにそうした解釈も可能である。「なんとまあ、どえらいことになっちまったよ、坊や」とフロストはギルモアに向かって低い声で囁いた。「どうやらおれは、マレットの御前に、自分で自分の首を差し出しちまったらしい」

それから四十分近く経って、検屍官のドライズデールが書記係の助手、ミス・グレイを伴って到着したときには、鑑識チームの面々とモルトビー医師はすでに引きあげ、納骨堂の脇では死体を保管所に移送するために送り込まれてきた運搬部隊が、雨のなかに立たされたまま、遺体を運び出す許可がいつまでも下りない苛立ちをまぎらわすため、その場で小刻みに足を踏み替えながら待機していた。検屍官は機嫌を損ねていた。自分が検《あらた》めるまえに、フロストが死体発見時の状況を勝手に変えてしまったことに腹を立て、さらには詳細な検分を行《おこな》ったのが、あろうことかあるまいことか、先だっての公判において医学的証拠をめぐって意見が対立して以来、無礼きわまりない態度を取り続けているあのモルトビーだったことを知るにいたるや、憤《いきどお》りを爆発させた。「わたしが呼ばれてるときは、いいかね、誰ひとり——身のほど知らずの一般開業医どもは言うまでもなく、ほかの者も誰ひとり、たとえ髪の毛一本であっても死体に触れることはまかりならん。わかったかね？　こんなふうに粗雑に扱われてしまうと、もう致命的だね。肝心の手がかりが損なわれてしまう」

「御意《ぎよい》にござるよ、先生《ドク》。今後は気をつけよう」フロストは度量の広いところを示し、寛恕の声というやつで応えた。

「それから、わたしのことを先生《ドク》と呼ぶのはやめてもらいたい」検屍官は鋭い口調で締めくくると、透明に見えるほど薄いゴムでできた長い手袋を取り出し、引っ張るようにしながら両手にはめた。

検屍官をその場に残して、フロストは煙草を一服するため、石段を上った。ジョーダン巡査の携帯無線機が乾いた音を立てた。司令室の通信係が、フロスト警部に連絡事項があることを知らせてきたのだった。「そっちの現在の状況は？」ビル・ウェルズ巡査部長の声が聞こえてきた。

「つい今し方、検屍官がお出ましになった。例の助手と称するブロンド美女を引き連れて。納骨堂に到着するなり、検屍官がいそいそとゴム製品を装着しはじめたんで、野暮な付き添いは無用だろうと思って、失礼してきたとこだ」

ウェルズは、慎ましやかな笑い声をあげた。「実は今ここに、マレット署長がお見えになってる。警部に、どうしても話しておきたいことがある、とのことだ」

フロストは憂慮の念を抱いて待った。マレット署長のどうしても話しておきたいこととやらを、是非とも拝聴したい気分ではなかった。

マレットは激怒していた。募る怒りに我を忘れ、支離滅裂なことを甲高い声で叫び立てた。「きみは、わたしの命令に背《そむ》いた。あれほど厳命しておいたことを無視した。きみの責任感の欠如が招いた失策のおかげで、われわれはいい物笑いの種だ。デントン警察署の威信は地に落ち、われわれの警察官としての誇りも……」

フロストは携帯無線機のヴォリュームを絞り、マレットの大仰な叱責のことばを聞かずにすむようにした。今回のこのへまに関しては、さすがのジャック・フロストも申し開きのしようがない。気配を感じて、納骨堂のほうに顔を向けた。ギルモアがそとに出てきたところだった。

「検屍官からの伝言です。あくまでも予備的な所見と断《ことわ》っていましたが、死体があの場所に捨てられたのは、今夜ではないそうです。少なくとも、六週間から七週間のあいだ、納骨堂のなかに放置されていたものと思われる、とのことでした」

六週間から七週間のあいだ？　フロストは眉間《みけん》に皺を寄せ、その事実を頭のなかで反芻した。つまり、あの少女は殺害された直後に、おそらくは人目を避ける目的で納骨堂のなかに遺棄されたことになる。すると、ターナーの爺さんが目撃した現場から走り去る人影は、やはり墓荒らしだったということであり、死体で発見されたあの少女とは、なんの関係もなかったということになる。フロストの顔に笑みが戻った。携帯無線機のヴォリユームをあげると、マレットは我に返った気配もなく、相も変わらず甲高い声でがなり立てていた。

「……きみのしたことは、職務放棄だ。きみさえ職務を果たしていれば、殺人事件の犯人をみすみす取り逃がすこともなかっただろう。死体遺棄の現行犯で、逮捕することができれば――」

「ちょっと待った、警視《スーパー》」フロストはマレットのことばを遮った。「犯人の野郎を、今夜、死体遺棄の現行犯でパクるなんて、どうすりゃできたんです？　あの死体は、鼻ももげちまいそうなその馨《かぐわ》しき体臭でもって、納骨堂の空気を八週間にわたって汚染し続けてきたってのに？」

フロストから概況を聞かされたマレットは、事のあまりの意外さにすっかり動転してしまい、自分の命令が無視されたことも忘れて、あたふたと謝罪のことばを口にする結果となった。

「いや、気が急《せ》くあまり、わたしも早まった結論に飛びついてしまったようだ。許してくれたまえ、警部。言い訳めいてしまうが、このところ、忙しすぎるせいか、どうも……」

「今日のところは大目に見ときますよ、警視《スーパー》」フロストは鷹揚に言った。

「言うまでもなかろうが、家族にも知らせないとならない」

「しかし、もう午前零時を三十分も過ぎてる」とフロストは言った。「朝まで待ったほうがいいんじゃないですかね」

だが、マレットは譲らなかった。「事件の気配を嗅ぎつけたのか、早くもマスコミが動きだしているらしい。家族が第一報を新聞報道で知る、などというのは、あってはならないことだ」

フロストはうめいた。ごもっとも、としか言いようがなかった。「わかりましたよ、署長。これから先方に向かいますよ」

バートレット家の住まいは夜の闇に包まれていたが、玄関のポーチには、一縷《いちる》の望みを込めた明かりが、その低いワット数に見あった弱々しさで灯っていた。

フロストは、ギルモアとふたり、庭先の小道をたどって玄関に向かいながら、この期《ご》に及んでまだ、ポーラ・バートレットの両親が留守であることを願っていた。どうせなら、どこか別の管轄区に住む友人の家にでも身を寄せていてくれれば……悲報を伝える大役も、そこの所轄署の連中に譲ってやることができるので、なおのことありがたかった。だが、二階の明かりがつき、フロストの希望ははかなく打ち砕かれた。ポーラ・バートレットの両親の浅い眠りは、車のドアの閉まった音で破られたにちがいない。

玄関のドアが開き、寝巻きのうえからドレッシング・ガウンを羽織った母親が出てきた。母親は、フロストを無視し、彼の背後に控えているギルモアに眼を向けた——先刻、警察署で話を聞いてくれた若い刑事に。「ポーラのことでみえたのね。そうでしょう?」

表情を厳しく強ばらせたまま、ギルモアは黙って頷いた。

「見つけてくださったのね? やっぱり、思ったとおりだった。あなたなら、きっと見つけてくださると思ってました。そう申しあげたでしょ? ほんとに、もう、なんとお礼を言ったらいいか……」嬉しさのあまり、母親は涙で頬を濡らしていた。

見るに堪《た》えない光景だった。フロストは心のなかで罵り声をあげた。これこそ、どでかいへま以外の何物でもない。げにいまいましきは、屁みたいな戯言《たわごと》をぶっこくしか能のない、あの超能力者である。今度あの野郎を見かけたら、股ぐらの交接器官を根元から引っこ抜いてやることにした。

母親のうしろに立っている、じじむさい男がポーラの父親だった。父親はフロストの表情に、ふたりの刑事の来意を、彼の妻が認めまいと頑《かたくな》に拒んでいる事実の気配を見て取った。彼はまえに進み出て、妻の身体に腕をまわした。彼女は、共に悦ぼうとしない夫の態度が理解できず、怪訝な面持ちで彼の顔を見あげ……それからまた、フロストのほうに視線を戻した。そして、悟った。

「さしつかえなければ、ちょっとお邪魔したいんですが？」とフロストは言った。

ポーラの寝室は、彼女が行方不明になった日のままにしてあった。整えられたベッド、きちんとたたんで枕のうえに重ねて置かれたブルーのパジャマ。目覚まし時計は、部屋の主がいつ戻ってきてもいいよう毎日ねじを巻かれ、遅刻の許されない新聞配達に備えて午前六時四十五分に鳴りだすようにセットされていた。階下から、バートレット夫人のむせび泣きが聞こえた。聞いているほうまで、苦しくなってきそうな激しさで泣き続けていた。娘を悼《いた》むその声は、自殺を遂げた十五歳の少女の家で聞いた母親の泣き声と気味が悪いほどよく似ていた。おかげでフロストは、死体保管所に立ち寄ってスーザン・ビックネルの身体に残っていた痣《あざ》を確認しなくてはならなかったことを思い出した。忘れないうちに書き留めておこうと、メモ用紙代わりになりそうなものを探した。内ポケットをまさぐると、馴染みのない紙の束が入っていた。車輛経費の申請書。それもまた、フロストが忘れていたものだった。州警察本部の暇人どもが要求している、正規の領収書とやらをこしらえる時間を、どこでどうやってひねり出したものか？　フロストは、書類の束をもとどおり内ポケットに突っ込んだ。その件はとりあえず忘れてしまうことにした。

「何をすればいいというんです、ここで？」とギルモアが言った。

「さあな、何をしたもんか」フロストは疲れた声で応えた。「ともかくあの泣き声から逃げ出したかっただけなんだ。頭んなかが、こんがらがってきちまったもんでね」フロストは改めて寝室のなかを見まわした。そこで暮らしていた、今は亡き少女と同様、華やかさとは無縁の地味で平凡な部屋だった。若い娘の部屋なのに、ポスターも、ポピュラー音楽のレコードも見当たらない。ベッド脇の棚には、額に入った両親の写真が飾ってある。小さな本箱に並んでいるのは、数冊の児童書に学校の教科書、コリンズの卓上百科事典、オックスフォード英語辞典のポケット版。ベッド脇の棚の奥に、背板に立てかけるようにして、ナイロン生地でできたアディダスの、緑に黒をあしらったスポーツバッグが置いてあった。フロストはバッグのファスナーを開けてなかをのぞいた。運動着らしきシャツとショーツ、トラック・スーツが一組、ノートが何冊か。バッグをもとどおり棚に押し込み、足元の床に置いてあった屑籠を調べた。ミルキー・ウェイ（チョコレート・バーの商標）のくしゃくしゃに丸めた包み紙と、口紅が入っていた箱らしい、厚紙でできた小さな空箱が放り込んであった。

「坊や、おまえさんの言うとおりだ」とフロストは言った。「こんなとこに閉じこもってても、時間の無駄だ」

フロストは部屋のドアを開け、ギルモアを引き連れて階下に降りた。

母親はまだ泣いていた。いつまでも泣き続けていた。

ふたりは無言のまま、バートレット家をあとにした。

月曜日——夜勤（二）

ビル・ウェルズ巡査部長は、カップのなかをのぞき込んだ。飲み残しの紅茶は、表面に茶かすを浮かべたまま、すっかり冷たくなっていた。手のひらに載せた二錠のアスピリンを口のなかに放り込み、カップの紅茶でそれを嚥《の》みくだして、ぶるっと身体を震わせた。残念ながら、ただの頭痛だった。早々と流感にかかってしまった連中が恨めしかった。今ごろ、暖かな寝具にくるまれて、すやすやとお眠りあそばしていることだろう。その分、ここにいる誰かさんみたいな病気知らずで要領の悪い同僚が、常に倍する量の仕事を引き受けて、他人の給料まで稼ぎ出してやる羽目になる——ウェルズは声に出さずに我が身の不遇をかこった。今夜も、午後九時半に勤務に就《つ》いて以来、受付デスクに詰めっきりだった。助っ人はゼロ、暖房用のヒーターは故障中。おまけに、食堂が閉鎖されているため、マレットが五分ごとに紅茶やコーヒーの給仕を要求してくる。

「巡査部長、すまないが、お茶をふたつと砂糖衣のかかったスポンジケーキをひとつ、頼むよ」という具合に。

正面玄関のドアが開き、ジャック・フロスト警部が例のアフターシェイヴ・ローションの君、ギルモアとかいうふやけた若造を引き連れて、せかせかとロビーに入ってきた。ウェルズは挨拶代わりに指を二本立てて、呼び止めた。

フロストはロビーを横切り、受付デスクに近づくと、ポケットから煙草のパックを引っ張り出した。「なんだか知らんが、ビル、うちの署はえらく寒いな。納骨堂だって、ここまで寒くなかったぞ」

「ここでは、重要人物と見なされなければ、暖房にはありつけないんだよ。マレットの執務室なんか、まるでサントロペだもの。ついては、あんたを招待したいそうだ。あんたに会いたいと言ってきてる」

「またか？　しょうのないやつだな、いくらおれに惚れてるからって」フロストはそう言い残すと、奥の聖所のほうに小走りで去っていった。

「ギルモア！」ウェルズは、オフィスに向かいかけた部長刑事を呼び止めた。「二時間ばかりまえに、おたくのかみさんから電話があった。あんたがいつになったら家に帰ってくるのか、それが知りたいんだそうだ」

「それは、どうも」とギルモアは言った。「もし、今度またかかってきたら――」

「もし、今度またかかってきたら」ウェルズは相手のことばを制して言った。「そのときは、あんたが電話に出るこった。おれは、あと十五分であがりなんだから」いずれにしても、つい昨日まで一介の巡査だった、くそ小生意気な青二才風情《ふぜい》のために、伝言係を務めてやる気はさらさらなかった。

マレットの根城《ねじろ》、署長執務室は、寒さとは無縁だった。三キロワットの威力を誇るヒーターが満ち足りた猫のように低いうなりをあげていて、むっとするほど暖かかった。あまりの暖かさに、フロストは思わず眠気を誘われた。マレットに最新の情報を伝えるあいだ、眼を開けているのがひと苦労だった。それでも、見てきた状況を、細部にいたるまでできるかぎり忠実に再現することは忘れなかったが。

「ブロー・ランプで焼かれていた？」衝撃的な報告に、マレットは息を呑んだ。「なんと忌まわしい……。そういうことは、よもや被害者の両親の耳には入れなかったろうな？」

「まさか、必要もないのに」とフロストは言った。「その件は、新聞屋《ブン》連中にも伏せておくつもりです──それから、被害者が靴を履いてた件も」事件が報じられた暁には、新聞紙上で知ったもろもろの情報を基《もと》に、犯してもいない犯罪を犯したと言い張る頭のおかしな連中が、次から次へと〝自首〟してくることが予想された。

「それと、もうひとつ、死体は今夜よりも以前にその納骨堂に遺棄されていたとのことだが、検屍官はその点について、充分確信しているわけだね？」マレットは改めて尋ねた。この件に関してはフロストの責任を追及することに、まだ未練があるらしかった。

「そう、あの子は、可哀想に何週間もまえから、あそこに捨てられてた……おかげで、臭ったなんてもんじゃない。いや、もう、鼻がもげるかと思いましたよ」

マレットは顔をしかめ、椅子を心持ちうしろに引いた。腐敗の進行した状態を、フロストがあまりにも生々しく再現したものだから、その場の臭いまで嗅ぎ取れそうな気がした。あるいは、フロストが入室後も頑《かたく》なに羽織ったままでいる、このきたならしいレインコートに現場の腐臭が染みついているのかもしれない。フロストは、耳のうしろに挟んであった吸い残しの煙草を抜き取ってくわえると、指の爪でマッチを擦った。マレットは、深い溜め息をついた。この事件については、テレビも含めて各報道機関から執拗な取材を受けることになるだろう。身なりにだらしがなく、ことば遣いを知らないこの不束者《ふつつかもの》を、デントン警察署の代表としてマスコミのまえにさらすような危険を冒すわけにはいかなかった。

マレットは咳払いをした。「フロスト警部、この件については、わたしが最高指揮官として全面的に統括することにした」

火のついたマッチが、煙草の先端から一インチの位置で止まった。「最高指揮官？」

「そのとおり。もちろん、捜査にまつわる細々《こまごま》とした業務一般は、きみに責任を持ってもらうことになるが、あくまでもわたしの直接の指揮下にあることを忘れないように。理解してもらえただろうか？」

要するに、身を粉にして働くのはこのおれで、事態が悪い方向に進んだ場合は大目玉を食らい、万事順調に運んだ場合は、あんたが手柄をかすめ取ってくってわけだ――フロストは憮然とした思いで胸につぶやいた。それから「ああ、理解してますよ」と声に出して言った。

「警察長に早期解決を約束した手前もある。本件を我が署の最優先事項と心得るように。捜査に当たるきみの意見を参考にしようと思うんだが、早期解決を図るうえで必要なものは？」

「どでかいつきと捜査陣の増員――とりあえず、そんなとこかな」

「困るよ、警部、そんな無理難題を言ってもらっては。これだけ人員が不足しているんだ、通常の体制にこだわっている場合ではあるまい？　わたしがこうして率先垂範《すいはん》しているのだからね、誰しも多少の超過勤務には甘んじて、それぞれ持てるものを最大限に発揮してもらわないと」マレットは欠伸《あくび》を洩らし、腕時計に眼を遣《や》った。帰宅して床《とこ》に就《つ》くべき時刻だった。「こういうときこそ、全署員の奮起を期待したい。結局のところ、われわれはひとつの同じ共同体に属しているわけだからね」マレットはフロストに向かって白い歯をのぞかせ、空々しくも笑みを浮かべてみせながら、椅子から立ちあがり、オーヴァーコートに袖を通した。

デスクのうえの電話が鳴った。それに応《こた》えたマレットは、相手の求めに応じてフロストに受話器を渡した。かけてきたのは、検屍官だった。明朝は予定が立て込んでいるので、新聞配達の少女の検視解剖は今から二時間後に行《おこな》うことになった、と告げられた。

「ああ、わかった、おれも立ち会うよ」とフロストは欠伸混じりに言った。

「結構」マレットは頷き、戸口に向かった。「では、わたしはこれで。少しでも睡眠時間の確保に努めることにするよ。すっきりと冴えた頭で朝を迎えるには、睡眠が大切だからね。明朝九時、改めて顔を出してくれたまえ。今後の捜査の進め方について、ふたりで検討しようじゃないか」ヒーターの電源を切り、フロストが退出するのを待って執務室の明かりを消した。最後にドアを閉め、鍵をかけた。

玄関ロビーを通りかかったとき、仏頂面をしたウェルズ巡査部長が壁の時計を一心に睨んでいる姿が眼に留まった。あのうだつのあがらない万年巡査部長は、いつだって時計ばかり見つめている。そういう覇気のない態度を許してはならない。日を改めて、ひと言注意してやることにした。おやすみなさい、と声をかけてきたウェルズ巡査部長に、マレットは素っ気なく頷き返して署をあとにした。

いけ好かない野郎だよ、とウェルズは思った。午前一時五十九分。もう間もなく勤務交替の刻限だった。本来は早朝勤務に当たっているジョニー・ジョンスン巡査部長が、定刻より四時間ほど早く出勤してきて、業務を引き継ぐことになっていた。ジョニー・ジョンスンは、早めに出勤してくるほうで、いつもなら、定められた時刻の遅くとも五分まえには署に到着しているはずだった。が、ウェルズはまだ不安に駆られてはいなかった。交替に備えてデスクを整頓するべく、ペンとメモ用紙を抽斗《ひきだし》のなかにしまいはじめたときだった。受付デスクの電話が、あたりをはばかるように弱々しい音で鳴りだした。「デントン警察署、巡査部長のウェルズです」

「もしもし、ビル？　ドーリーンだけど」

ウェルズは、先刻の冷えた紅茶が胃袋のなかで凝《こご》るのを感じた。ドーリーン？　ジョニー・ジョンスンのかみさん？　こんな夜の夜中に、巡査部長の妻が署に電話をしてくるほどの用とは、いったい全体……？

「うちのジョンのことなのよ、ビル。あまりいい話じゃなくて、申しわけないんだけど。実は、さっきお医者さまに往診していただいたとこなの」

ウェルズは、かろうじて悪態を呑み込んだ。ジョニー・ジョンスンは、こと自身の健康に関しては人並みはずれてこまやかな神経の持ち主だった。何しろ、ちょっと頭痛がしただけで、脳に腫瘍ができたと思い込むようなやつである。「おや、おや、それはご心配でしょう。でも、まさか、生命にかかわるような病気ってわけじゃ……？」

「お医者さまの話では、流感だろうって。このところ、ずいぶん流行《はや》ってるでしょう？」

鼻水ひと垂らしで、即流感……ジョニー・ジョンスンならではの離れ業である。

「そいつはいけないな」

「ええ、ほんとに。それでね、その……仕事に行くのはどうも無理みたいなの。今夜は休ませてもらったほうがいいと思うのよ。迷惑かけて申しわけないんだけど」

「迷惑も何も、そりゃ、休まなきゃ。病人に仕事をしてもらおうなんて、誰も思ってませんから。すっかりよくなるまで家でおとなしくしてるよう、ジョニーのやつによく言っといてください」ウェルズは、受話器を架台に叩きつけた。「くそっ、なんて野郎だ！　自分だけサボれれば、それでいいのかよ？」このあまりに理不尽な成り行きを訴えるべく、ウェルズは持ち場を放棄して、ジャック・フロストのオフィスに駆け込んだ。

ウェルズ巡査部長が押しかけてきたとき、ギルモアはちょうど電話の相手と話し込んでいる最中だった。応答がないことを願って、自宅のリズに電話をかけたのだが……彼女は時計を睨みつけていて、まだ眠ってはいなかった。一日の大半をひとりぼっちで過ごさせたうえ、真夜中を過ぎてもこんなふうに放っておくとは、妻を蔑《ないがし》ろにするにもほどがある、とのことだった。もう午前二時をまわっていて、食事の時間がとっくに過ぎてしまっている点も、気に食わないようだった。これから帰る、とギルモアは言った。それなら今から大急ぎで食事の支度をしておく、とリズは言った。こんな時刻に食欲などあるわけがなかったが、断《ことわ》って言い争いになるのも面倒だった。ギルモアがオーヴァーコートを羽織ったところに、フロストが部屋に滑り込んできた。とたんに、ウェルズの愚痴が炸裂した。

「聞いてくれ、ジャック、こんなのはめちゃくちゃだ。おれは休めるはずだったんだ。もう普段の倍の勤務をこなしてるんだからな。自分だって具合が悪いのに、それを我慢して働いてるんだぞ。そのあげく、どうなったと思う？」

「どうもならなかったと思う」いい加減に聞き流していたフロストは、いたって朗《ほが》らかに言った。それから、大声で、呼ばわった。「ギルモア、ずらかろうったって、そうは問屋がおろさない。二時間後に、例の新聞少女の検視解剖だ」

「二時間後？」ギルモアはしゃがれ声でつぶやくと、身を投げ出すようにして椅子に坐り込んだ。彼は電話の受話器を取りあげた。リズがまだ料理に取りかかっていないことを願いながら。

「しかも、マレットときたら、それをなんとも思っちゃいない」ウェルズの愚痴はまだ尽きないようだった。

フロストは、自分の椅子のうえに積みあげてあったファイルの束を抱えあげ、床に移動させると腰を降ろした。「あいつの部屋のドアは、あいつの肛門と同じで、誰に対しても開かれてるぞ、巡査部長」

「マレットなんか、くそくらえだね」ウェルズは鼻を鳴らした。

「受付の電話が鳴ってるようだけど?」とギルモアが言った。リズのことばに気持ちを集中させるのは、なかなか努力の要ることだった。

「ついでに、電話もくそくらえだ!」不機嫌な怒鳴り声を残して、ウェルズは足音荒くロビーへと引きあげていった。

フロストは気乗りしないまま、縁から書類があふれ出さんばかりになった《未決》トレイを、闇雲に引っかきまわす作業に取りかかった。だが、悦ばしいことに、途中で邪魔が入った。科学捜査研究所から電話が入ったのである。ポーラ・バートレットの遺体が包まれていた黒いビニールのシートに関して、現在までに判明した情報を伝えてきたのだった。現場で回収されたポリエチレンを主原料とするシート状の物体は、デントン市が通常の廃品収集のために配布している黒いビニール袋を何枚か利用したもので、同種のビニール袋は、市内の一般家庭を対象に、過去十二カ月のあいだに限っても、ざっと二百万枚以上が配布されている。さらなる分析及び検査がいまだ続行中、とのことだった。

「そいつはどうも、ご苦労さん」フロストは沈んだ声で言った。「これで捜査の対象範囲が絞り込めたよ——デントン市内全域に」

「ところが、そうはいかないんだ、これが」と科学捜査研究所の係官は言った。「この地方の自治体は軒並み、あれと同種のゴミ収集袋を採用してるんでね」

「これだもんな。少しは手加減してくれりゃいいものを」フロストは受話器を置くと、ギルモアに向かって声を張りあげた。「先に行くぞ、坊や。捜査本部の部屋で待ってる」受話器を握り締めたギルモアは、見たところ、相手の話を拝聴するばかりで、自ら口を挟む機会はほとんど与えられていないようだった。

ポーラ・バートレット殺害事件の捜査本部が置かれている部屋には、わずか二名の署員が詰めているだけだった。そのうちの一名、ジョー・バートン巡査は受話器を耳にぴったりと押し当て、空いているほうの手にペンを握り締め、猛然とメモを取っているところだった。もう一名の留守居役、二十代半ばといった年恰好の、赤い髪をした婦人警官、ジーン・ナイトのほうは、コンピューターのまえに陣取り、プリントアウトが吐き出されてくるのを待っていた。

「科研から、これまでにわかった事柄を細々《こまごま》と知らせてきましたよ」電話を終えたバートンが、メモ用紙を振りながら声を張りあげた。

フロストはのんびりとした様子で足を運ぶと、煙草を一本バートンの唇のあいだに押し込んでやってから、赤毛の婦人警官にパックごと差し出した。彼女は笑みを浮かべ、首を横に振った。「ゴミ収集袋の件なら、おれのとこにも知らせてきたよ。目下《もっか》、二百万件分の捜索令状を請求してるとこだ」

バートンはにやりと笑った。「こっちは、もうちょっとましなネタを仕入れましたよ、警部。まずは、南京錠がぶらさがってた掛け金の件。掛け金を留めていたねじ釘なんですが、科研の報告では、過去数カ月のあいだに最低でも二度、釘抜きかなんかで引っこ抜かれ、しかるのちに、今度は金槌と思われるものでもとの位置に打ち込まれた形跡があるそうです」

フロストの半開きになった唇から、くわえていた煙草が転がり落ちそうになった。「二度も？」

「ええ、そうです、警部。何者かが、二度もしくはそれ以上の異なる機会を利用して、あの納骨堂に侵入した可能性があるってことでした。もちろん、同じ日のうちに二度にわたって侵入した可能性も考えられなくはないそうです」

「科研の頭でっかちどもは、毎度のことながら、自分らが事件の解決にうんと貢献してると思い込んでるようだが」とフロストは言った。「おれの頭のなかは、今までにも増してこんがらかっちまったよ」顔をあげると、ギルモアが部屋に入ってきたところだった。「聞いたか、坊や？　納骨堂の南京錠は、最低でも二度、破られた形跡があるんだそうだ」

「へえ、そうですか」返事らしきことばをつぶやいてはみたものの、ギルモアにはそれが何を意味するのか、正直なところ呑み込めていなかった。受話器を押しつけていたほうの耳はまだ痺《しび》れていたし、リズから聞かされた不平やら不満やらが意識のなかに執念深く居坐っていた。

「それだけじゃない」バートンは、知り得たばかりの情報を披露に及んだ。「鑑識チームが片足分の足跡を発見したそうです」

「読めたぞ」とフロストは言った。「つまり、おれたちは片脚の男を捜せばいいんだな」

「いや、足跡では言いすぎかもしれません」バートンは辛抱強く話を続けた。「正確には靴の底から落ちた泥の塊といったところでしょうね」

「発見した場所は？」ギルモアは欠伸を嚙みころしながら尋ねた。

「室に降りる石段のうえのほうの段だそうだ。入ってすぐのところ、と言ってた。分析を担当した係官によれば、およそ八週間ほどまえに、つまり死体が遺棄されたのとほぼ同時期に残されたものと判断できるってことだった」

「ちっちゃな泥の塊なんだろう？　八週間まえのものだなんて、どうして判断できるんだい？」とギルモアが尋ねた。

「そういうことは訊くもんじゃない」フロストは道理を説いて聞かせた。「黙って受け入れろ。説明を聞いたって、理解できるわけじゃないんだから。よし、バートン、泥の塊が見つかったんだな。そいつは、なんの役に立ってくれるんだい？」

ジョー・バートンは、メモを手前に引き寄せた。「その泥のなかに、ごくわずかながら、やすり屑状の銅と、はんだ用の鉛が認められたんです」

フロストは、ニコチンの染みついた指先で頰の傷痕をしきりにまさぐっていた。「やすり屑状の銅と、はんだ用の鉛？」そこに重要な意味が含まれているのだとしても、それがなんなのか、フロストには皆目見当がつかなかった。

「配管工！」コンピューターのまえに陣取っていた婦人警官、ジーン・ナイトが大きな声を張りあげた。「先週、アパートメントにセントラル・ヒーティングを入れるんで、配管工に来てもらったんですけど、その人たち、金鋸《かねのこぎり》を使って配管用の銅管を延々と切ってました」

「人殺しの配管工か？」フロストは怪しむ口調で言うと、今度もまた散歩でもするような悠長な足取りで部屋を突っ切って書棚に近づき、各都市の電話帳を取り揃えてある棚からデントン市並びに周辺郡部を収録範囲とする職業別電話帳を抜き出した。配管業者の掲載欄は、十五ページ近くあった。企業数にして、ほぼ三百社。「それでも、まあ、二百万よりは少ないな」とフロストは感想を述べた。

「《暖房設備工事》の欄に載せてる業者もいるんじゃないかな」とバートンが口を出した。《暖房設備工事》の欄には、ざっと二百近くの業者が登録されていた。そのうちのいくつかは《配管工事》の欄にも記載されていたが……。

「セントラル・ヒーティングの工事は、ガス会社でも引き受けてるわ」ジーン・ナイトが言い添えた。「専属の配管工を抱えてるんじゃないかしら」

「もういいよ、そろそろ飽きてきた」とフロストは言った。

「あるいは、そもそも配管工ではないかもしれない」今度はギルモアが発言する番だった。「ジーンみたいに、セントラル・ヒーティングの設置工事を頼んだ側ってこともありえると思う。そいつの自宅で工事をする以上、銅管の削り屑や、はんだのかすが靴に付着していたってなんの不思議もない」

「あるいは、ちんぽこの先っぽに銅管をはめ込んで、はんだづけにしたおっさんが、急に小便をしたくなって納骨堂に飛び込んだのかもしれない」フロストは無駄口を叩いた。それからまた歩きかけたところで不意に足が止まり、次の瞬間、笑みが顔に拡がった。「さもなけりゃ、おれたちが思ってるより、もっとずっと単純なことなのかもしれない」フロストは勢い込んで自説を開陳しはじめた。喋るのに合わせて、くわえた煙草が上へ下へと揺れ動いた。「配管工は配管工でも、ある特別な条件を満たす配管工を捜し出せばいいのさ。おれたちが追ってる人殺し野郎は、ひょっとしたら都合のいい捨て場所が見つかるんじゃないかと思って、包装済みの死体を墓地に運び込んだわけじゃない。あそこに納骨堂があることを、納骨堂のなかに忍び込めることを知ってたんだ。さて、そこでだ、おれは生まれたときからこの市《まち》に住んでると言ってもいいようなもんだが、この市の教会墓地にヴィクトリア時代の納骨堂があることなんて、ついぞ知らなかった。そこのおふたりさん……どうだい、知ってたかい?」

ジョー・バートンとジーン・ナイトは、揃って首を横に振った。「墓地と名のつく場所には、できるだけ近づかない主義なもんで」バートンが言った。

「おれもだよ」とフロストは言った。「墓地なんかへ行くのは、用を足したいのに、ほかに場所が見つからないときだけさ。ところが、われらが配管工さまは、納骨堂のある場所も、なかに入れることもちゃんとご存じだった」フロストはギルモアを指さした。「なぜだと思う?」

ギルモアは、黙って首を横に振った。どう答えたものか、見当もつかなかった。

「よろしい、では、このフロスト小父《おじ》さんが可愛い坊やにだけ教えて進ぜよう。納骨堂の裏に柵の壊れてるとこがあっただろう? その脇に何があった?」

「蛇口のついた給水管……」役立たずの老いぼれ警部が何を言わんとしているのか、ギルモアにもようやくわかりかけてきた。

「ご名答。見たところ、蛇口も給水管そのものも、かなり新しいものだった。では、あそこに給水管を据えつけたのは、誰か?」

「配管工ですよ」とギルモアは言った。「あの給水管の工事をした人物なら、納骨堂の柵が壊れていて杭の隙間からなかに入れることも知っていたでしょう」

「おまけに、配管工ならブロー・ランプの使い方も心得てる」とバートンが付け加えた。

フロストは、空《から》になった煙草のパックを宙に放りあげ、落ちてきたところを壁に向かってヘディングした。「これにて一件落着だな。牧師に連絡を取って、工事を請け負った業者を聞き出したら、そいつをしょっぴいてきて恒例の事情聴取と称する拷問にかけてやれ」フロストはひとつ大きな欠伸をすると、腕時計に眼を遣《や》った。検視解剖まで、あとまだずいぶん暇をつぶさなくてはならない。テイクアウトの中華料理でも買ってこさせようかと言いかけたとき、電話が鳴った。司令室の通信係がフロスト警部にかけてきたものだった。新たにもう一件、高齢者の家庭を狙った侵入窃盗事件が発生したのである——今回の侵入先は、八十一歳の老女の住まいだった。

「くそっ」フロストは我が身の不運を嘆いた。それでなくとも、今夜は手一杯だというのに……。

「もっと悪い知らせがあります」と通信係は言った。「今回、犯人は侵入先の住人に暴行を加えてます。被害者が助かる見込みはかなり薄いとの報告です」

現場のあるクラレンドン・ストリートでは、窓から明かりの洩れている家が何軒も見受けられた。警察車輛の派手な到着ぶりに、叩き起こされてしまった住人たちが、そのまま寝つけずにいるのだろう。十一番地の家のまえに無人のパトロール・カーが一台、停車していた。車載の無線機が誰ひとり聞く者のない車内に、持続低音を吐き出していた。その後方には、エンジンをかけたままの救急車が、後部ドアを開けて待機している。ギルモアが通りの反対側にコルティナを駐めているあいだに、二名の救急隊員が、付き添い役の制服警官を従えて、屋内からストレッチャーを運び出してきた。フロストとギルモアが通りを渡り終えるまえに、救急車は病院目指して、通りを猛スピードで走り去っていった。

「誰かいるかい？」十一番地の家の玄関に入ると、フロストは奥に向かって大声を張りあげた。階段のうえのドアが開いた。「こっちだ、ジャック。階上《うえ》だよ」小柄で小太りの男、アーサー・ハンロン部長刑事が手招きをしていた。

その部屋は、寝室に充《あ》てられていた。真ん中に置かれているベッドは斜めになっており、上げ下げ式の窓の際《きわ》では、現場捜査担当のテッド・ロバーツが背中を丸めて窓の下枠に屈《かが》み込み、粉をはたいて指紋を採取する作業に熱中していた。床に飛び散った白地に青の混じった陶片は、割れた花瓶の残骸のようだった。化粧台の最上段中央の抽斗《ひきだし》が、大きく口を開けて中身を吐き出している。

その傍《かたわ》らで、キルト地のドレッシング・ガウンを羽織った、年齢《とし》のころ四十代半ばの鉤鼻の女が、ジョーダン巡査と何やら熱心に話し込んでいた。

現場の光景は、見慣れたものだった。この侵入窃盗犯は、〝仕事〟の手口をほとんど変えない。短時間に仕事を終えて、さっさと退散してしまうこそ泥。侵入するなり、化粧台に直行し、その場で眼についた宝飾品の類いを奪い、続いて最上段の真ん中の抽斗から順番に、〝巧妙に隠された〝万一の蓄《たくわ》えを探しはじめる。銀行に預けることを嫌って手元に置かれるそうした現金は、ほぼ例外なく、最上段の真ん中の抽斗の奥のほうに隠されている。それをいただいてしまうと、それ以上の長居はしない。侵入から脱出まで、最長でも五分とかからない。見慣れた現場の光景――ただし、今回は一点だけ、異なる要素が加わっていた。部屋のいたるところに、血痕が残っていた。床にも、ベッドの寝具にも、カーテンにも。

「婆さんの容態は?」とフロストが尋ねた。

「よくない」ハンロンはハンカチを引っ張り出すと、派手な音を立てて洟《はな》をかみ、痛そうに赤くなった鼻を慎重な手つきで拭った。「刃物の傷があったし、頭蓋骨にも、たぶんひびが入ってる。救急隊員も、意識は戻らないだろうと言ってたよ」

「くそっ」フロストは小声で悪態をついた。が、彼の眼は、アーサー・ハンロンの肩越しに、現場捜査の担当者に向けられていた。こちらに差し出された、抗《あらが》いがたい標的。「ちょいと失礼」フロストは足音を忍ばせて近づくと、慎重に狙いを定め、ニコチンの染みついた指を、標的の今にもはち切れそうなズボンの縫い目に突き立てた。「浣腸は好きかい?」とどら声を張りあげながら。

飛びあがったテッド・ロバーツは、頭を窓枠にぶつけた。顔を真っ赤にして素早く振り返ったが、相手がジャック・フロストだとわかると苦笑いを浮かべた。「あんたか、警部……そりゃそうだよな、こんなことするのは、あんたしかいない」

ギルモアは呆れ返って天井を振り仰がずにはいられなかった。殺人にまで発展しかねない事件の捜査に来ているというのに、このお調子者は、小学生でもやらないようなくだらない悪戯《いたずら》を仕かけてはしゃいでいる。ならば、仕方ない、とギルモアは思った。かくのごとき状況下では、誰かが責任ある振る舞いをしなくては……。「事件の詳細は？」とギルモアはハンロンに尋ねた。

「被害者はアリス・ライダー、年齢八十一歳、亭主に先立たれて現在は独り暮らし。この家の二階を住まいにしてる。階下には、フランシスという夫婦者が住まってる。フランシス氏は夜勤のため不在。あそこにいるのが、かみさんのほうだ」ハンロンは、ジョーダンと話し込んでいる鉤鼻の女に向かって顎をしゃくった。「婆さんを発見したのも、あの人だよ」

ふたりの刑事の視線を感じたのか、女が近づいてきた。ドラマのなかで自分も一役担《にな》ったことを、訴えたい様子だった。

「二時十五分過ぎぐらいだったと思います、眼が醒めたんでお手洗いに行ったんです。そのときに、ライダーさんの部屋の明かりがついてることに気づきました。時間が時間でしたから心配になって、二階まで様子を見に行きました。テレビが大きな音でつけっ放しになってて、寝室のドアが開いてたわ。なかをのぞくと――」そのときの光景を思い出したのだろう、フランシス夫人は口をつぐむと、ぶるっと身を震わせた。「ライダーさんが倒れてたんです。床のうえに。そこらじゅう血だらけでした。気持ちは焦ってるのに……電話にたどり着くのに、なんだかずいぶん手間取ってしまった気がします。ライダーさんは押し込みに入られるのを恐れてました……きっと予感があったのね」フランシス夫人は羽織っていたドレッシング・ガウンのまえをかきあわせ、しっかりと身を包み込んだ。窓が開けたままになっているので、部屋のなかは寒かった。「あたしにお話しできることは、これだけです」

「侵入した者の姿は見ていないわけですね？」とギルモアが尋ねた。

フランシス夫人は、ギルモアに向かってうっすらと笑みを浮かべた。「見てれば言ってます――それが大切な情報だってことぐらい、あたしにもわかりますもの」

「厭味な女だ」フランシス夫人が立ち去るのを待って、ギルモアは憤然と言い放った。

「そうかな、おれはなかなか感じのいい人だと思ったけどな」とアーサー・ハンロンが感想を述べた。主導権を握ろうと踏ん張り続ける新顔の部長刑事の態度に、さすがのハンロンも苛立ちを覚えていたのだった。

「おれは、あの鼻が気に食わない」とフロストは言った。「あのガウンも興醒めだったな」彼は顔をあげ、現場捜査の担当者に頷きかけた。「おい、たまにはびっくりするような朗報ってやつを聞かせてくれよ。今回は犯人の野郎が指紋を残していったとか」

テッド・ロバーツは首を横に振った。「手袋をしてる。いつもと同じだよ」

「ふん、くそがつくほど手堅い野郎だよ」フロストは荒々しく鼻を鳴らした。「よし、テッド、精彩のある叙述ってやつを一丁頼むよ。われらが盗っ人大王の行動を再現してみてくれ」

「諒解」とロバーツは言った。「被害者の老婦人は、居間でテレビを見てる。窃盗犯は寝室の窓から侵入を試みる。ところが、今回はついてなかった。あの白地に青い模様の入った花瓶が窓の下枠に載ってたもんだから、よじ登って部屋に入り込んだひょうしに、そいつを蹴倒して床に落っことしちまった。居間にいた老婦人は、花瓶が割れる音を聞きつけ、何事かと寝室にすっ飛んできた。で、犯人の野郎は、彼女に襲いかかった。こいつを振りかざして——」ロバーツは、〝証拠物件の手提げ金庫〟と称する愛用のケースの蓋を開けて、透明のポリエチレン袋を引っ張り出した。封をしてある袋のなかには、黒い握りの包丁が、剃刀並みの鋭さに研ぎあげてある刃に血が付着したままの状態で収められていた。「床に落ちてたんだ。ベッドの脇に」

「それじゃ、婆さんがここに飛び込んできたとき、泥棒野郎はその包丁を握ってたってことかい?」ロバーツが頷くのを見て、フロストは首を横に振った。「いや、テッド、その説は買えない。おれなら、壁をよじ登って窓から侵入しようってときに、そんな危なっかしい代物《しろもの》は握っていたくない——なんかのひょうしに、自分のちんぽこを切り落としちまったらどうする?」

「壁をよじ登るあいだも握り締めてるわけがないじゃないか。工具袋みたいなものに入れて持ち込んだのさ」

「わかった」とフロストは言った。「とりあえず、その説で納得したふりをしとくよ。で、それから?」

「犯人は、寝室に飛び込んできた老婦人を刺した。だが、彼女は抵抗した。揉み合いになって、犯人は包丁を取り落とし、老婦人の顔面を何度も何度も殴りつけたあげくに、棍棒《こんぼう》かなんかで頭蓋骨を叩き割ってとどめを刺したってわけだ」

フロストは右頬の傷痕を突っつきながら、テッド・ロバーツの説を吟味した。「こいつは、ほんとに過去の窃盗事件と同一犯人の仕業か？　これまで暴力に訴えたことなんて、一度もなかったぞ」

「そりゃ、途中で邪魔が入ったことがなかったからじゃないかい？」ハンロンがひとつの解釈を提供した。「これまでの被害者は、ある意味では運がよかったんだよ。下手《へた》に物音を聞きつけたりしなくて」ハンロンはそう言うと鼻水をすすりあげ、ハンカチでそっと鼻孔を押さえた。

「どうやら、おれも流感にやられたらしいな」

「いや、違う」フロストはきっぱりと言った。「おれたちは、流感にかかれるほど暇じゃない。それより、盗られた物はわかってるのか？」

ジョーダンが、まえに進み出た。「似たり寄ったりってとこです。細々《こまごま》した装身具の類いが何点か――なくなった品物の特徴なんかは、フランシス夫人から聞いてあります。あとは、現金です。正確な金額は、フランシス夫人にもわからないそうですが、さっき聞いたところでは、被害者はある程度まとまった額の現金を手元に置いていたようですね――少なくとも、二百ポンドはあったんじゃないか、と言ってました」

「犯人の野郎は必ずパクる」とフロストは言った。「二百ポンドぽっちの金のために人殺しまでするようなやつは、野放しにしとくと物騒だ」彼はベッドに眼を向けた。枕にもシーツにも点々と血が飛び散っている。ベッド本体の位置がずれているのは、何かが激しくぶつかったためと思われた。物音を聞いた者がいるはずだ。あるいは、何か目撃した者が。「援軍が要るな。

人数はおまえさんの判断に任せるから、ビル・ウェルズに必要なだけこっちにまわしてもらって、隣近所の聞き込みに取りかかってほしい」

「応援の要請なら出しました。ウェルズ巡査部長が言うには、次の勤務班に交替するまでは、たとえ一名でも応援を寄越すのは無理だそうです」

「なに、無理でも寄越すことになるさ。こっちだって、被害者の婆さんが死ぬまで待ってるわけにはいかない。だろう、アーサー？　案外、執念深く頑張っちまったりしないとも限らない。先を見越して動くんだよ。本件は今後、殺人事件として扱う。それなりの捜査態勢を敷く。だから、聞き込みチームが必要だ。科研の鑑識チームも必要だし、婆さんの付き添いも——犯人の特徴を聞き出せる可能性がゼロでない以上、婆さんの枕元に二十四時間へばりついてる人間が必要だ。ほかにもおれが忘れてることがあれば、そいつも必要だ」

アーサー・ハンロンが署に無線を入れているあいだ、フロストは開け放った窓のところまで足を運び、降り続く雨で水溜まりのできた狭い裏庭を見おろした。窓のしたに、犯人が侵入する際に足場として利用したゴミ入れの容器が控えていた。ジュビリー・テラスの家とそこで発見したミイラ化した死体のことが否応なく思い出された。まったく、呪われた夜としか言いようがなかった。最初はミイラ、続いてポーラ・バートレット……ポーラ……いかん！　ポーラ・バートレットの検視解剖。ジャック・フロスト警部といえども、ここで遅刻をやらかす度胸はなかった。あの検屍官とは、それでなくとも折り合いがよくない。

慌てて腕時計に眼を遣った——午前四時十分まえ。ぎりぎり間に合うかもしれない、行く手を遮る交通信号という交通信号をすべて無視して突っ走れば。「あとはあんたに任せたよ、アーサー。事件を解決して、もろもろの書類仕事も片づけといてくれや。あんたの勤務時間が終わるまでに」フロストは戸口に急いだ。「行くぞ、ギルモア坊や。腑分けの見学だ。ぐずぐずするな、幕があがるまで十分しかないんだから」

雨のそぼ降る、寒くて暗い明け方、午前四時。死体保管所から洩れ出た明かりが、総合病院の病棟へと続くドライヴウェイの濡れた路面を鈍く輝かせ、検屍官の愛車、ロールス・ロイスの車体の居丈高《いたけだか》な輪郭を黒々と浮かびあがらせていた。フロスト警部を乗せた泥まみれのコルティナは駐車スペースに滑り込むと、ロールス・ロイスの隣に停まった。「覚えといてくれよ……おれたちの車は、向かって左側のやつだからな」フロストはギルモアに念を押した。

受付に詰めていた夜勤の係員は、発育不全の口髭を生やした、背ばかりひょろ高い二十歳《はたち》の若者で、ふたりがロビーに足を踏み入れると同時に、くわえていた煙草を慌てて抜き取り、床に落とした。あの威張りくさった検屍官のドライズデールが現れたと思ったからだった。彼には以前、ドライズデールに勤務中の喫煙を見つかり、それはそれは厳しく叱責された経験があったのである。

「深夜興行に招待されたもんでね」フロストはそう言うと、身分証明書をちらりと見せた。

「ポーラ・バートレットの検視解剖に立ち会いに来た」

「ああいう状態の死体を取り扱う場合は、手当を倍にしてもらえないかな」係員は文句を言いながら、ふたりの刑事を解剖室に案内した。解剖室のなかは暗闇に沈んでいた――いちばん奥の解剖台を除いて。天井の照明灯が、黒く焼け焦げた腐肉の塊と化した、十五歳の女子生徒の亡骸《なきがら》を照らし出していた。「荷揚げの作業員だって貰ってるんだから、ぼくらにも汚染手当ってやつを出してほしいですよ」係員の若者は準備室のドアを開けて声をかけた。「警察の人が来ました、博士」

「幕が開くよ、先生《ドク》、舞台に出てきてくれや」フロストは大声を張りあげて呼ばわると、解剖台がよく見えるよう、そばのストゥールに腰かけた。ギルモアのほうはあまり熱心にはなれなかったので、照明灯の光の輪からはずれて背後の暗闇に身を潜めた。

検屍官のドライズデールは、忠実なる助手のミス・グレイを供《とも》に従え、厳しい顔で解剖室に現れた。彼に言わせれば、検視解剖に冗談の入り込む余地などない。フロストとて、近々この自分がデントン警察署の署長宛《あて》に提出する報告書を読めば、ああして締まりのない笑みを浮かべてもいられなくなるだろう。ジャック・フロスト警部は、担当検屍官の到着を待たずに、その資格のない一介の民間人が死体をいじくりまわすのを許可し、正当な死体検分を妨げた。ドライズデールは報告書のなかで、そのことに触れ、苦言を呈するつもりだった。

「あのふたり、寝てると思うか?」フロストはギルモアの耳元で囁くと、検屍官の助手を務める女のほうを視線で示した。彼女は、ちょうど、解剖台を照らす手元用の照明灯を、ボス好みの角度に調節しているところだった。「せっせと励んでる最中に、こうして腰を振ると、のしかかってる相手の胃袋の内容物が攪拌《かくはん》され、それぞれの臓器が揺さぶられてるんだ、なんてことが頭をかすめたりしたら……萎《な》えちまわないのかね」

ギルモアは身を引き、背後の暗闇により深く埋没してしまおうとした。フロストの下品きわまりない独り言の共犯者には、断じてなりたくなかったので。

係員の若者が、解剖台のうえの換気装置を作動させた。検屍官は助手に手伝わせて、緑色の手術着と分厚いビニールでできた前垂れのようなものを身に着けた。続いて、四隅に穴をあけてある解剖台の天板のしたに手を差し入れて、調節装置をいじり、天板の周囲にめぐらせた溝にごぼごぼと音を立てて流れ込んできた水が、せせらぎ程度の水量に落ち着くのを確認してから、ゴム手袋をはめ、両手の指を何度か曲げたり伸ばしたりした。準備完了。

検視の第一段階として、ドライズデールは死体には手を触れずに、頭のてっぺんから爪先にいたるまで入念な観察に取りかかった。「腐敗の進行した段階にある女性の死体」微妙な抑揚をつけ、祈禱文でも吟誦するような調子で、ドライズデールは言った。そのことばを、助手のミス・グレイが鉛筆の音をさせながら素早く手帳に書き取っていく。ドライズデールは舌圧子を使って死体の口を開けさせ、小型の懐中電灯で口腔内を照らした。「推定年齢は、およそ――」

「その子の年齢《とし》ならわかってるよ、先生《ドク》」フロストはドライズデールの口述を制して言った。「なんなら、誕生日だって言える。よくわからないのは、その子の死因なんだけどな」

ドライズデールの眼が光った。「邪魔をしないでもらいたい!」

「おや、とんだ失礼をば」フロストは悪びれた様子もなく言った。「でも、先生《ドク》、こっちはいつもの半分以下の人数で稼動してるんだ。おれもあれこれ抱え込んでて、これでけっこう忙しい身なんだよ。かいつまんで要点だけ教えてもらうってわけにはいかないかな？　細かくて欠伸《あくび》が出ちまうようなとこは、あとで先生の報告書で読ませてもらうから」

「わたしは、どんな場合でも手抜きはしない主義だ。推定年齢は、およそ十五歳」ドライズデールはそこで指をぱちりと鳴らし、ひと言「歯科の治療記録」と命じた。ミス・グレイは、印のついた歯列図が添付してあるタイプ打ちの小型カードを差し出した。ドライズデールはそのカードを受け取り、しばらくじっくりと眺めてからミス・グレイに返すと、抜歯した痕と詰物が充塡《じゅうてん》してある歯の位置を確認する作業に移った。舌圧子が歯に当たるたびに、かちっという音が小さく響いた。「歯科の治療記録から、この死体の身元をポーラ・バートレット、年齢十五歳二カ月と確認する。口腔内に複数の出血箇所が認められる」ドライズデールは死体の口のなかを綿棒で拭って標本を採取し、助手がすかさず差し出した保存容器のなかに、その標本を収めた。

「大したもんだ、彼氏の次の行動をちゃんと読んでるよ」フロストはストゥールに坐ったまま、ギルモアに身を寄せて囁いた。「あの女史と励んでる分には、先生も腰を痛めずにすむな。黙ってても、頃合を見計らってお迎えに来てくれそうじゃないか」

ギルモアは、お義理にも笑みを浮かべてみせる気になれなかった。

フロストは、落ち着きなく身をよじった。ドライズデールは粛々と作業を進め、頸部の吟味に移っていた。ゴム手袋に覆われた指が、何度でも得心のいくまで、首筋の輪郭をたどったり、膨れあがった皮膚を押したりしている。

「モルトビー先生の見立てでは、扼殺だろうってことだったけど」フロストは痺《しび》れを切らして、催促代わりに声をかけた。そう、これほど時間をかける意味などどこにあるのか？

「わたしがモルトビー医師の患者だったら――」ドライズデールは、死体の首筋に鼻先をこすりつけんばかりに顔を近づけたまま、低い声でつぶやいた。「――あの医師に何か言われるたびに、必ず別の医師の診断《セカンド・オピニオン》を求めるね」それから、助手に向かって言った。「頸部に、手で絞められたことによる圧痕」

「ほら、見ろって」フロストは大声を発した。「そいつが死因ってことだろう？」

「何が死因かは、検視解剖を終了した時点で教えよう」ドライズデールは、相手の反論を封じる口調で言った。「今後、腹部から八カ所の銃創が見つかった、なんてことにならないという保証はないんだから。いずれにしろ、途中で口を挟まないように」

フロストは、当てつけがましく腕時計に眼を遣《や》り、深々と溜め息をついてみせてから、一服するため解剖室のそとに出た。これ幸いとギルモアもあとに続いた。換気装置をフルに作動させていても、解剖室のなかには胸が悪くなりそうな臭いが充満していた。ドライズデールが解剖用のメスを振るいはじめたら、腐乱死体の腹が切り裂かれはじめたら……その臭いたるや、胸がむかつくどころではすまなくなるだろう。

先ほどの係員が、紅茶の入ったマグカップをふたつ運んできて、フロストが差し出した煙草を畏《かしこ》まって受け取った。スウィング・ドアの小窓越しに、検視解剖の様子をのぞくことができた。骨切断用の電気鋸が、甲高いうなりをあげていた。その音に、ギルモアは思わず奥歯を食いしばり、小窓から眼を逸らした。

「どうだろう、ここでぼけっと待ってるのも芸がないから、おたくの在庫品をのぞかせてもらうってのは？」とフロストは係員の若者に言った。「スーザン・ビックネルってのは、入荷してるかな？」

係員は台帳を開くと、搬入記録の欄をうえから順番に、ニコチンの染みついた指でたどった。「自殺体ですね？　今日の午後、運び込まれてきたやつでしょう？　こっちです」

係員の案内で、フロストはギルモアとともに死体保管室に入った。ドアのすぐ脇に用意された小さなサイド・テーブルのうえに、きちんとたたまれたミッキー・マウスの寝巻きと黒地に金の模様の入ったキモノ・スタイルの部屋着とを入れたポリエチレンの袋と、それとは別にスヌーピーの腕時計だけを収めた袋が載っていた。スヌーピーの前脚は、四時二十九分を指していた。「死んだ女の子の所持品です」係員は親指でテーブルを示すと、簡にして要を得た説明を加えてその脇を通過した。

そして、金属製の抽斗《ひきだし》が並ぶ保管棚のひとつに歩み寄り、ラベルの氏名を確認してから抽斗のひとつに手をかけ、手前に引き出した。底のキャスターが転がり、シーツを掛けられた死体が音もなく滑り出てきた。シーツをはぐると、少女の裸に剝かれた身体があらわになった。足の親指につけられた赤い名札が、何やら猥《みだり》がわしいアクセサリーのようでもあり、どこかのおどけ者が人を笑わせようとそこにくくりつけたかのようでもあり、見る者の嫌悪感を誘った。

問題の注射の痕は、左腕の内側にはっきりと認められた。

係員は、はぐったシーツを折り返すと、承服できないものを見せられた表情で亡骸を見おろした。「嫌なもんです、こんな子どもの死体を引き受けるのは」

「おれの同僚がこいつをうつ伏せにするから、すまないけど、ちょいと手を貸してやってくれ」とフロストは頼んだ。

ギルモアは一瞬、躊躇したものの、ひと呼吸する間に覚悟を決め、言われたことに従った。生命を失った身体は硬く強ばっていて、ぎょっとするほど冷たく、危うく手を離すところだった。仰向けの姿勢に戻りかけた少女の身体をかろうじて抱き止めたが、係員の若造から嘲笑を含んだ視線を浴びせられることとなった。「大丈夫、嚙《か》みつきゃしませんよ、死んでるんだから。うわっ、こりゃ、ひどい……ちょっと、見てくださいよ」

うつ伏せにしてみると、それは誰の眼にも明らかだった。剝き出しになった臀部に、いくつも重ねてバツ印を描くように走る何本ものみみず腫れ——薄れかけてはいるものの、まだはっきりと眼につく赤さを残していた。そこに、薄黄色い染みのような痣が点々と混じっている。折檻の痕。鞭もしくは杖で、激しく打ち据えられた痕だった。ざっと数えただけでも、十二本のみみず脹れが認められた。フロストは、鼻の頭に皺を寄せた。「見てるほうまで痛くなってくるよ。まったくどこのどいつの仕業だか……」

「あの継父の豚野郎に決まってる」ギルモアはぴしゃりと言った。「あの野郎とは、是非とも暗い夜道で再会したいもんだ」

フロストはきっぱりと首を横に振った。その説は買えなかった。「いいか、この子の年齢《とし》を考えてみろ。十五の娘が、おとなしく親に尻なんか引っぱたかせとくと思うか？　こんなになるまで？」

係員の若者が、鼻を鳴らす音も高らかに、世故《せこ》に長《た》けた者の見解を披露した。「いや、ぼくは、この女の子にそういう趣味があったんだと思うな。きっと、引っぱたかれるのが、快感だったんですよ」

「ああ、そういうことも、ないとは言わない。だが、引っぱたき方が激しすぎる。これじゃ、一発で悲鳴をあげちまうよ。こんな強烈なやつを十発以上も食らうか？」

「同時に、緊縛行為ってやつにも耽《ふけ》ってたのかもしれない」ギルモアは思いついたことを口にした。「縄か何かで縛られたうえで折檻を受けた可能性もあるんじゃないでしょうか。そういうのが好きな女もいますから」

フロストは両の眉毛を思いきり吊りあげた。「なんとまあ——ギルモア、おまえさんはどういう女とつきあってるんだね？　おれなんか、この年齢《とし》までせっせと精進を重ねてきてんのに、そんな幸運には一度も巡りあったことないぞ。耳の穴に息を吹きかけただけで、この変態爺《じじい》っ！　なんて言われちまうんだから」

「フロスト警部、きみのその病的なまでの窃視欲求が満たされたようなら……」見ると、ドライズデールが非難の眼差しでこちらを睨みつけていた。途中で行方不明になった二名の刑事を迎えに、検屍官自《みずか》ら出張《でば》ってきたのだった。手術着には何やら得体の知れない液体が付着していた。死体保管室の冷え冷えとした清浄さのなかに、墓地の残り香が漂った。

一同は、解剖室に引き返した。ポーラ・バートレットは、切開された箇所をぞんざいに縫いあわされた姿で、解剖台のうえに横たわっていた。ミス・グレイは、摘出した内臓を標本瓶に収めるため、識別用のラベルを作製しているところだった。「被害者の少女は、死後三時間から四時間以内に、膝を抱えた姿勢で縛りあげられたのち、ビニール袋に入れられている」ドライズデールは、ギルモアに眼を遣り、自分のことばがきちんと書き取られていることを確認しながら喋った。「死因は、扼殺」

「だと言ってたよ、モルトビー先生も」フロストは晴れやかな笑みを浮かべた。

それを無視して、ドライズデールは強引に話を先に進めた。「殺害犯は、被害者の頸部に手をまわして絞めあげた——ちょうど、こんなふうに」職務熱心なミス・グレイは、実演のモデルになることも厭《いと》わず、ドライズデールが左右から挟むような恰好で首に手をかけ、咽頭に親指を食い込ませるあいだ、身じろぎもしないでその場に立ったままでいた。「もちろん、被害者の少女も必死に抵抗したはずだ。自分の生命がかかっていたわけだから。これはわたしの推測だが、おそらく犯人の手首をつかんで、引き剥がそうとしたのではないだろうか。だが、殺害犯は両手で少女の首を絞めあげたまま、彼女の身体を左右に揺さぶり、壁に頭を叩きつけた。そのときの衝撃で、被害者は意識を失ったものと思われる」ドライズデールは、ミス・グレイの身体を左右に揺さぶり、犯人の行動を実演してみせた。頭を叩きつける部分は省略したが。ドライズデールが手を離したとき、ミス・グレイは心なしか残念そうな表情を浮かべたように見えた。彼女は人間の臓物の瓶詰にラベルを貼る作業に戻った。

ドライズデールは、血にまみれてもつれた髪と頭皮の変色した部分を示し、損傷の程度を自分の眼で確かめてみてはどうかと、フロストとギルモアにも勧めた。

「被害者《ガイシャ》は抵抗したってことだけど……」とフロストは言った。「だったら、先生《ドク》、犯人になんらかの傷を負わせてないかな？　引っ掻いたりして……皮膚かなんかを抉《えぐ》り取ってるようなことは？」

ドライズデールから返ってきたのは——強ばった笑み。「フロスト警部、もし、きみが被害者の爪のあいだに雄弁な証拠物件であるところの皮膚が残されていたことを期待しているのなら、わたしはきみを失望させることになる」検屍官は、解剖台に横たわった少女の見る影もなく変形した右手を持ちあげて、爪の部分を見せた。爪は、したの肉がのぞくほど深くまで嚙み切られていた。

「くそっ」とフロストは言った。

ドライズデールは、持ちあげた手を慎重にもとの位置に戻した。「被害者が殺されるまえに性交渉を持ったことを示す、明らかな証拠も認められた」

フロストは沈んだ表情で頷いた。予期していたことだった。「強姦かい？」

「そうとも考えられる」検屍官はなんの感傷も表さず、いたって無頓着に応えた。

「考えられる？」ギルモアは、信じられないと言わんばかりの口調で検屍官のことばを繰り返した。「考えられるだけなんですか？」

「自らの意志に反して性交渉を強制された、との解釈が可能な打撲痕が認められ――」

「だったら、被害者は性的暴行を受けてたってことじゃないか」ギルモアは声を高くした。

「さしつかえなければ、話を続けさせてもらいたいんだが?」ドライズデールは感情を害したことが傍《はた》にもわかる口調で言った。「それまで性交渉を持った経験がなかったとしたら、被害者の少女は進んで応じた場合でも緊張のあまり、力を抜くべきところで身体を硬くしてしまったかもしれない。それが原因で、打撲を負ったということも充分ありえる。同様に、性的暴行を受けた可能性もある。ここまで腐敗が進んでしまっては、判断の下しようがないね。わたしとて魔法を使えるわけじゃないんだから」

「しかし、先生《ドク》」とフロストが言った。「被害者《ガイシャ》が進んで応じたんなら、事がすんだあとで、わざわざ首を絞めあげたり、身体を振りまわしたりする必要なんかなかったんじゃないかい?」

「フロスト警部」ドライズデールはぴしゃりと言った。「そこから先は、わたしではなく、きみの守備範囲だ。検屍官は、法医学的に収集した事実を提供するだけだからね。推理を働かせるのは、刑事であるきみの仕事だよ」

フロストは力なく頷いた。「ならば、犯人が、冷酷非情にも被害者《ガイシャ》を焼いたことについて、法医学的事実を提供してもらえないかな? 犯人のくそ野郎をパクるにはどうすりゃいいのか、推理を働かせてみたいから」

「ああ、催促がましいことを言わずとも、その点は今から説明する」ドライズデールは苛立ちを滲《にじ》ませ、不機嫌に言った。「見てのとおり、被害者の外性器周辺は組織の炭化が認められるほどひどく焼かれている。この損傷は、被害者の死後、比較的短時間内に――わたしの見たところでは、おおよそ一時間以内に――加えられたものと判断される」

「モルトビー先生が言うには、ブロー・ランプが使われたんじゃないかってことだったけど?」

ドライズデールは眉間《みけん》に皺を寄せ、不興《ふきょう》の色を示した。「その点に関しては、モルトビー医師の意見もあながち的外れとは言えないかもしれない。この種の損傷をもたらすには、ブロー・ランプ様《よう》のものが使われたと見るのが妥当だろう」

「それにしても、なんだってこんなことをしたのかな? 新手の倒錯行為かね?」

「以前、これと似たような事例に遭遇したことがあるよ。強姦殺人事件の被害者だった。三十八歳の娼婦で、線路脇の土手の繁みのなかで発見されたんだが、これがやはり下半身だけひどく焼かれていた。殺されたあとで、灯油を撒かれて火をつけられたんだ。どうやら犯人は、遺伝子指紋というものの存在を聞き知っていたらしい。最近では、新聞記事にも取りあげられているから、きみもたぶんどこかで眼にしたことぐらいあるだろう」

「いや」とフロストは言った。「おれは漫画本とエロ本しか読まないから」

「近年、新しい技術が開発された結果、可能になった鑑定法だよ」ドライズデールは、ものを知らない相手に講釈して聞かせる口調で言った。「ごく微量であっても体液が残されていた場合、そこから遺伝子指紋を取り出し、個人を識別することが可能になった。検体は、もちろん、精液であってもかまわない」

　フロストは、口をあんぐりと開けた。「それじゃ、なにかい、指が指紋を残すように、ちんぽこも〝ちん紋〟だか〝ぽこ紋〟だかを残すってことかい？」

　検屍官は顔をしかめた。「警部、そういう幼稚で品のない表現は使ってほしくないんだが……しかし、まあ、そういうことだ。ＤＮＡを調べることで、精液のサンプルの主を確実に特定できる」

「ってことは、つまり、容疑者の目星がつけば――」フロストは早くも、バートンが配管工を突き止めてくれることを願う気持ちになっていた。

「そう、容疑者の目星がつけば、それが犯人として逮捕すべき人物か、あるいは容疑者リストから除外すべき人物か、確実に判断できるということだ。ただしそれには、現場から回収した検体と比較する対象として、その容疑者から血液のサンプルを提供してもらう必要がある」

「血液のサンプルならお安い御用だ」とフロストは言った。「自らの自由意志に基づく提供ってやつを拒むようなら、署の階段で足を踏みはずすよう手配すりゃいい」

　検屍官の笑みが、どっちつかずに揺らいだ。その他大勢と同様、ドライズデールもまた、フロストが冗談を言っているのか本気なのか、判断できなかった。「せっかくだが、警部、今回のこの気の毒な少女の事例に、ＤＮＡ鑑定法は使えない。仮に焼かれた事実がなかったとしても、ここまで腐敗が進んでは論外だよ」

「世の中、ついてるやつはついてるもんだ」フロストはうめいた。「で、先生《ドク》、ほかには？」

ドライズデールは、フロスト警部が不適切な呼称を用いるおかげで不愉快な思いを味わわされている旨《むね》を、デントン警察署の署長宛の苦情のなかに忘れずに盛り込むことにした。「ああ、これを見てもらいたい」ドライズデールは片手を突き出し、指をぱちりと鳴らした。ミス・グレイが、密封された大型の標本瓶をその手に引き渡した。見るもおぞましい中身――どろりとした茶褐色の液体のなかに、半ば溶けかけた同色の塊と緑色の斑点が浮いていた。「胃の内容物だ。被害者は最後の食事を消化する間《ま》もなく殺された、ということになる」

剛の者フロストも、さすがに鼻の頭に皺を寄せ、顔をそむけた。「献立を教えてくれ、先生《ドク》。うっかり同じもんを注文しちまいたくないから」

「付け合わせにポテトフライ《チップス》とエンドウ豆を添えた何か、としか言えない。明日になれば、もっと詳しい分析結果が出せると思う。正午《ひる》までには、報告書を届けさせるよ」

「聞いたか、坊や？　付け合わせにポテトフライ《チップス》とエンドウ豆を添えた何か、だとさ」車に乗り込みながら、フロストはギルモアに言った。「食欲が出たかい？」

「いいえ」とギルモアは言った。今のギルモアにとって、欲と呼べるものはただひとつ、ベッドに潜り込んで、二十四時間ぶっ通しでただひたすら眠りたいという強烈な欲求だけだ。

午前五時。小止みなく降り続く雨のなか、市《まち》はまだ闇に包まれていた。

火曜日――日勤／早番（一）

署に戻ったときには、午前五時十五分になっていた。浮かない顔をしたビル・ウェルズ巡査部長が、暖房手段を奪われたロビーの寒さをしのぐため、トップコートを羽織った恰好であいもかわらず受付に詰めていた。

「まだいたのか？」とフロストは尋ねた。

「ああ、まだいたのさ。でも、六時になったら家に帰る。交替要員が来ようと来まいと、午前六時きっかりにあがってやる。もううんざりだよ、ここまで来てる」ウェルズは片手を頭上高く水平にかざす仕種《しぐさ》をしていた。次いで、ギルモアのほうに向きなおった。「それから、ギルモア、おれはくそがつくほど忙しい。亭主の帰宅時間を心配して、やいのやいのと電話してくる、おまえのかみさんの相手をしてる暇はないんだがな」

「電話があったのは何時ごろでした？」とギルモアは尋ねた。

「最初の電話か？　二度目か？　それとも三度目か？　最新のってことなら、今から十分まえだ」

俄《にわか》に電話を使う必要に迫られたギルモアは、オフィスに直行した。ウェルズは、フロストの差し出した煙草を受け取った。「ジャック、あいつのかみさん、へべれけだったよ」巡査部長は秘密を打ち明ける口調で言った。「受話器を通して、ジンの匂いが嗅げそうだった」

「あの夫婦は、結婚生活の経験が浅いからな」とフロストは言った。「毎晩、あたりが暗くなると、かみさんが発情しちまうんだそうだ」

「そりゃ、ご苦労なことで」ウェルズはうめき声をあげながら手を伸ばすと、電話の記録簿を引き寄せた。「あんたのとこにも、何本か電話がかかってきたよ。まずは、病院に詰めてるジーン・ナイトから。頭をかち割られた婆さまは、まだ集中治療室に入ってる。意識が戻るかどうか、きわめて疑わしいそうだ。それから、アーサー・ハンロンからも連絡があった。聞き込みにまわった先で、午前零時ちょっとまえに、クラレンドン・ストリートの裏の路地に青いヴァンが駐まってるのを目撃した者がいたらしい」

「こんだけ集まりゃ、手がかりには不自由しなくてすみそうだよ」フロストはそう言うと、廊下を小走りになって自分のオフィスに向かった。

オフィスでは、ギルモアが電話に向かって、謝罪と弁明に奮闘しているところだった。「もちろんだよ、リズ、もちろんわかってる……悪いと思ってるって。何時に帰れそうかって?」受話器の送話口を手で覆うと、ギルモアは目顔でフロストに問いかけた。

「今日はもう店じまいにしよう」とフロストは言った。「おまえさんは家に帰って少し寝ろ。正午《ひる》に署で会おう」

ギルモアは短く頷いて感謝の気持ちを伝えると、受話器を握りなおしてリズに、十五分後には——誓って十五分後には家に戻る、と請け合った。

署を離れるまえに、フロストは殺人事件の捜査本部に立ち寄った。ジョー・バートンが電話に屈《かが》み込むような恰好で、半分眠りに落ちかけていた。フロストは肩をつかんで揺さぶり起こした。「おい、バートン、起きろ。家まで送ってやるから」

バートンは欠伸《あくび》を嚙みころした。「墓地の配管工事を請け負った業者、突き止めましたよ。でも、事務所が開くのは午前九時なんで、それまでは肝心の配管工の氏名も現住所もお預けです」

「おれの憧れなんだ、そういう仕事」フロストは感慨を込めて言った。「勤務時間は、きっちり九時から五時まで。経費は遣《つか》いたい放題。セクシーな秘書はズロースなし」いずれもかなわぬ願いというやつだった。フロストは溜め息をついた。「あとは日勤のやつに任せりゃいいよ。メモを残しておいてやれ。おまえさんはお帰りの時間だ」

小刻みに車体を揺らしながらキャサリン・ストリートを走るコルティナの車内、ステアリングを握るギルモアは懸命に眠気と闘っていた。傍《かたわ》らでは、瞼《まぶた》が半分以上閉じかけているフロストが、だらしのない恰好で助手席に身を沈め、後部座席ではバートンが欠伸を連発している。ちょうど、通りに面して、何軒かの商店が並んだ一郭に差しかかったところだった。なかの一軒、新聞販売店にはすでに明かりが灯っていた。後部座席のバートンが身をよじり、細くすがめた眼で窓のそとを見遣《みや》った。「あの店ですね、ポーラ・バートレットが働いてたのは」

「停めてくれ」フロストがひと声叫んだ。ギルモアは車を路肩に寄せて停めた。店の出入口のうえに看板が掲《かか》げられていた――《G・F・リックマン、新聞雑誌販売》。「リックマンって旦那とも、ちょっくらお近づきになっとこう」とフロストは言った。ギルモアは、お喋りな口を閉じておけなかったバートンを怒りに燃える眼でねめつけてから、這うようにして車から降り、フロストのあとを追った。

禿げあがった額《ひたい》にぽっちゃりとした身体つきのジョージ・リックマンは、『サン』紙の名物、第三面のヌード写真の鑑賞に没頭していた。カウンターのまえの床には、彼が配達先ごとに仕分けをした新聞が整然と積みあげられ、配達員の少年少女たちの到着を待つばかりになっている。店のドアにつけてある鈴が鳴って、客が来たことを告げた。通りを曲がったところに住むハリー・エドワーズ老人が、今朝もまた、ガス・メーター用の五十ペンス硬貨の調達を兼ねて、いつもの『デイリー・ミラー』紙を仕入れにやって来たのだった。エドワーズの相手をしているあいだに、再び鈴が鳴り、見たことのない二人組の男が店内に入ってきた。ひとりは、二十《はた》歳《ち》をいくつか超えたぐらいの年恰好で、疲れて苛立っているような顔をしていた。もうひとりの年嵩《としかさ》の男のほうは、皺くちゃのレインコートを羽織っている。ふたりとも、人目をはばかる様子で戸口のそばを離れようとしない。店から客がいなくなるのを待っているのは一目瞭然だった。リックマンは、密《ひそ》かに薄ら笑いを浮かべずにはいられなかった。助平な助平な男たち。彼らの来意は、聞くまでもなかった。

エドワーズ老人がよたよたと店を出ていくと、ふたりの男たちは待ちかねたようにカウンターににじり寄った。リックマンは片手でそれを押しとどめる仕種《しぐさ》をして、その場で待つようふたりの男に伝えると、店のドアに駆け寄ってガラス戸越しにそとをのぞき、客が来そうにないことを確かめてから、声を落として言った。「誰に聞いてきた——レスか？」

「そうだ」フロストも調子を合わせて声をひそめ、密議を凝らす口調で言った。いったい全体、なんのことやら、さっぱりわからなかったが。

「こういうことは、慎重のうえにも慎重でないとね」リックマンはそう言うと、カウンターに戻り、奥のドアの鍵を開けてふたりをなかに通した。「ダイナマイト級のやつを揃えてあるよ」

リックマンは明かりをつけた。いくつも並んだ本棚に、雑誌やら書籍やらがぎっしりと詰め込まれていた。いずれもその表紙に、けばけばしい色遣いで、男や女が一糸まとわぬ姿で汗みずくになって、組み敷いたり組み敷かれたりしているさまが描かれている類いの〝書物〟だった。テーブルには、ケースに入ったソフトコア・ポルノのヴィデオ・テープが山と積まれていた。

「レスの話だと、ここに来れば特別なやつを出してもらえるってことだったけど」フロストは水を向けてみた。同時に、早くもポケットに手を突っ込み、身分証明書を取り出そうとしているギルモアの視線を捉え、早まるなと合図を送った。

リックマンは上目遣いになって、心得顔に小鼻を軽く叩いてみせた——くれぐれも、他言は無用に、ということのようだった。部屋の奥に置かれた戸棚の鍵がリックマンの手で開けられた。そこも、ヴィデオ・テープに占領されていた。ただし、こちらはどれも、タイプ打ちのラベルを貼られ、白い無地のケースに収められている。

「うちにはなんでも揃ってる」リックマンは得意顔で言った。「どんな好みにも応じられるよ

――男と男だろうと、女と女だろうと、子ども相手だろうと、動物相手だろうと……いかようにも見つくろうよ。一本につき五十ポンド。ちゃんと無傷で戻してくれたら、次のときに二十五ポンドの割り引きサーヴィスが受けられる」

「持ち合わせがそんなにあったかな」フロストは内ポケットに手を伸ばしながら言った。

「クレジット・カードも受け付けるよ。アクセスでも、アメリカン・エクスプレスでも、好きなカードで払ってくれて結構だ」

「こいつはどうだい？」とフロストは尋ねた。

リックマンは、フロストの身分証明書に眼を凝らし、口をあんぐりと開いた。「くそっ」

店のドアの鈴が鳴り、若い男の声がした。「リックマンさん？　配達の支度、できてます？」

「カウンターのまえに置いてあるよ。自分の分を持って配達に行ってくれ」再び鈴の音が聞こえて、新聞配達の若者が店から出ていったことがわかるまで待ってから、リックマンは口を開いた。「いや、お巡りさん、待ってくれ、話せばわかる。こういうことには解決策がないわけじゃないと思うんです」喋りながら札入れを取り出し、五十ポンド紙幣を二枚ほど抜き出した。「こちらの紳士に賄賂百ポンドの預かり書をさしあげるように」フロストは紙幣のほうに片手を突き出した。「札の番号を読みあげるから、控えといてくれ」

リックマンは慌てて紙幣をポケットに押し込んだ。「誤解だよ、警部さん。あたしのことを誤解してますよ」

「ああ、そうであることを願うね」とフロストは応えた。「それでなくとも、あんたはもう充分、面倒なことになってるんだから」その実例として、ヴィデオ・テープのラベルに記されたタイトルをいくつか読みあげ、大袈裟に身震いしてみせた。どれもこれも、あからさまなことこのうえないタイトルだった。

リックマンは震える手でハンカチを取り出し、顔面に吹き出した汗を拭った。「いつもなら、この手のものは扱わないんだ。毒にも薬にもならないようなソフトコアだけで、ハードなやつは扱わないって決めてる。それが、たまたまある男とパブで知り合いになって——」

フロストは相手のことばを遮ってぴしゃりと言った。「そういうお伽噺《とぎばなし》は、署に着いてから担当のお巡りに聞いてもらえ」リックマンを連行し、併せて雑誌書籍の類いとヴィデオを押収するには助っ人を寄越してもらう必要があった。車に戻って署に応援要請の無線を入れるよう、フロストはギルモアに命じた。

「あたしはあたしなりに、人さまの役に立てればと思ってやってたのに、それがこのざまだ」リックマンは愚痴っぽく言った。「どこのどいつなんです、うちのことをたれ込んだのは?」

「われわれのほうでも、もう何カ月もまえから眼をつけてたんだよ、おたくの店に」フロストは事実には程遠いことを言った。新聞販売店を営《いとな》むこの小太りの親爺には、ひと目見たときから気に食わないものを感じた。ヴィデオ・テープのなかには、学齢期の少女の関与をうかがわせるものも含まれている。ポーラ・バートレットもなんらかの関わりを持っていた、とは考えられないだろうか? 落ち着かなげに身をよじるリックマンを睨みつけながら、フロストはゆっくりと時間をかけて煙草に火をつけた。「あんたはまだ知らないだろうが、あの子が見つかったぞ」

「あの子って?」

「ポーラだよ」

「ポーラって、ポーラ・バートレット? うちで新聞配達をしてた?」

フロストは黙って頷いた。

「見つかったってのは、もしかして……」リックマンは意を決した様子で尋ねた。「あの子は死んでたってことで?」

フロストは、今度もまた無言で頷いた。

「なんてこった。あの年齢《とし》で可哀想に」衝撃の大きさに耐えかねたように、リックマンは表情を歪めた。

「ああ」とフロストは言った。「あんたにも見せてやりたかったよ、どこかの野獣《けだもの》の手で、あの子がどんな目に遭わされたか。ヴィデオにしてりゃ、あんたの店の目玉商品になってる」

ドアにつけた鈴が鳴った。ギルモアが戻ってきたのだった。署に無線連絡を入れたついでに、自宅に電話をして帰宅が少し遅れることを妻に伝えてもらえないか、とビル・ウェルズに頼んでみたのだが……巡査部長の反応は冷淡を極め、取りあってももらえなかった。

フロストは、アイスクリームのケースの角に尻を預けた。「ポーラ・バートレットのことを聞かせてほしい」

「いい子でしたよ、素直で気立てがよくて」とリックマンは言った。

「死んじまった人間は、誰でも素直で気立てがよかったってことになるんだよ」とフロストは言った。「生きてたときはどんな子だったか、そいつを教えてくれ」

リックマンは肩をすくめた。「どんな子って言われてもね……これって取り柄もなかったから。どんくさいっていうのか、とろいっていうのか。ともかく愛想のない子でしたよ。笑ってるとこなんか見たことなかったもの。口数も少ないほうだったし。うちで新聞配達をしてた——あたしに言えるのはそれだけでしょうかね」

またもやドアにつけた鈴が鳴った。今度は心なしか音が震えているようだった。ドアが開き、老女がひとり、すり足でそろそろと店に入ってきた。「本日は閉店です」フロストはそう言うと、老女の腕を取って店のそとに連れ出した。ついでにドアに掛かっていた《営業中》の札を裏返して《本日閉店》としてから店内に戻り、念のためにドアの掛け金もおろした。

「ポーラが行方不明になった日のことを聞かせてくれ」

「それならもう、このまえうちに来た刑事さんに全部、話しましたけど……おたくの署の鼬《いたち》みたいな顔をしたお人に。ごく普通の日だった、変わったこともまったくなかった。あの子はいつもどおり、配達に出かけたんです。それが、あの子の姿を見た、最後になっちまったわけだけど」

「配達の途中で痴漢に遭ったとか、誰かにあとをつけられたとか、その類いの相談を受けたことは？」とギルモアが尋ねた。

「いや、あたしは聞いてないな。そもそも、あたしに口を利くってこと自体、めったになかったから」

フロストは漫然とカウンターまで足を運び、リックマンが読みふけっていた新聞をのぞき込んだ。第三面のヌード写真を熱心に見つめてみたが、くわえた煙草は口の端でうなだれたまま、ぴくりとも動かなかった。「ポーラってのは、若くてぴちぴちした身体をしてたんじゃないかい？ あの年齢《とし》にしちゃ、出るとこはちゃんと出てたくちだろう？」

「あんなもんじゃないですかね、あの年頃の女の子なんて。最近の子は、びっくりするほど発育が早いから。十五なのに二十歳《はたち》に見える子なんてざらだもの。でも、ひと言付け加えておくと、あの子は自分の身体を見せびらかすような真似はしなかった。いつも、だぼっとしたウールのカーディガンとか、そんな色気のないものばかり着てましたよ」

「新聞配達に来てる若い男の誰かとつきあってた、なんてことは？」

「いや、そんな相手はいなかった。これはここだけの話だけど、あの子は男とつきあったこともなけりゃ、あれの経験もなかったんじゃないかな、あたしはそう睨んでるんだけどね」

フロストは、両の眉毛を吊りあげた。「ほう、そりゃまた何を根拠に？」

「三カ月ほどまえに、ちょいとした出来事があったんですよ。配達の準備をしとこうと思って、店で新聞の仕分けをしてたときのことなんだけど。配達の子は、まだ、ダイアナ・マッシーとジミー・リチャーズのふたりしか来てなかった」

「何者だい、そのおふたりさんは？」とフロストは尋ねた。

「ふたりとも、ポーラの同級生なんだけどね——だから、十五歳になったばかり。それはそれとして、あたしは店で新聞の仕分けをしてた。で、ふと気がつくと、そのふたりの姿が見えないんだ。いや、なにね、あたしだって別に人を信用しないってわけじゃない。けどね、銀行に行く時間ができるまで、その日の売上をあの奥の小部屋にしまっておくもんで、念のため、ドアを少しだけ開けて、柱の陰からなかをのぞいたんですよ。そしたら、まあ、どういうことになってたと思います？」

「教えてくれ」とフロストは言った。

「ジーンズを足首までずり落として寝っ転がったダイアナのうえに、同じくジーンズを足首までずり落としたジミーがのしかかって、ふたりして事に及んでたんです。その週の『ラジオ・タイムズ』を積みあげてあるうえで。ふたりとも、十五だよ。十五のガキのすることかね。もちろん怒鳴りつけてやったけど、なんとこれが、やめようともしないんだからね」

「そりゃ、おれだってやめないよ」とフロストは意見を述べた。

「で、そのとき、うしろで息を呑む音がしたんで振り返ると、ポーラ・バートレットが突っ立ってた。それこそ恐ろしいものでも見ちまったみたいに、すごい顔して眼を剝いてた。次の瞬間、抱えてた新聞の束をその場に放り出して、店から飛び出していっちまったんです。それを見て、ぴんときましたよ――ははん、あの子は自分の見たものが理解できてないんだなって。奥手というんでしょうかね、今どき珍しい子だ」

「配管工の線が空振りに終わっちまった日には、そのジミー・リチャーズって坊主を洗ってみたほうがよさそうだ」とフロストは言った。「奥手の新聞少女に欲情して、思わず初物食いしちまったのかもしれない」
ギルモアが、ジミー・リチャーズの現住所を書き留めているあいだに、出動を要請されたパトロール・カーが店のまえに到着し、二名の制服警官が店のドアの把手をつかんで揺さぶった。フロストは掛け金をはずして、ふたりを店内に招じ入れた。「奥の小部屋に、猥褻図画ってやつが山ほどある」フロストは彼らに言った。「洗いざらい持っていっていいぞ。それから、ここにおいでになるわれらが友を署に連行して、猥褻出版物法違反で逮捕してくれ」

フロストとともに車に戻り、運転席に滑り込むと、ギルモアは力任せにドアを閉めた。後部座席で熟睡中のバートンを、その音で叩き起こしてやろうと思ったのだった。こんなところで余計な足止めを食ってしまったのも、もとはと言えばバートンがつまらないところでつまらないことを口走ったからだ。その元兇が後部座席で眠りこけているなど、許されないことである。ギルモアのささやかな願いは叶《かな》わず、バートンは身じろぎひとつしなかった。シートベルトを締めたとき、くそいまいましいことに、無線機が息を吹き返し、フロスト警部の応答を求めてきた。フロストが無線機に手を伸ばすのを見て、ギルモアは疲労が押し寄せてくるのを感じた。重い身体を座席の背に預けると、覚悟を決め、悪化しようのない境遇がさらに悪化するのを待ち受けた。

「フロスト警部、おれを助けると思って、もうひと仕事片づけてもらえないかな?」ウェルズ巡査部長の声が聞こえてきた。

「駄目だ」とフロストは言った。「ギルモア坊やを家に帰してやらなくちゃならない。かみさんが待ちくたびれて、噴火寸前なんだから」

「通り道なんだよ、ジャック。たぶん、何かの間違いか悪戯《いたずら》だろうとは思うんだけど、いちおうマニングトン・クレセントの四十六番地にまわってみてくれないか。メアリー・ヘインズ夫人という年金生活者がひとりで暮らしてるんだが、昨日の牛乳がまだ玄関のまえに置きっ放しになってるし、家のなかでは婆さんの飼い猫が狂ったみたいに、みゃあみゃあ鳴き続けてるんだそうだ。牛乳配達の男が通報してきたんだよ。婆さんの身に何かあったんじゃないかって。ちょいと様子を見に行っちゃもらえないかな?」

「そういうことは、制服組が引き受けるべき仕事です」ギルモアは尖った声で言った。

「ああ、そうさ。でも、たった一台だけ空いてたパトカーは、おたくらが押収したエロ本の山に埋もれちまってるもんでね」ウェルズの切り返しも、なかなかに鋭かった。

フロストは溜め息をついた。「わかったよ、ビル。これより現場に向かう」

マニングトン・クレセントの家々は、夜の眠りから眼醒めかけているところだった。おもてに牛乳配達の車が駐まっているところが、四十六番地の家のようだった。ギルモアはそのうしろにコルティナを停めた。フロストは車から降りると、背中を丸めた恰好でのそのそと牛乳配達の男に近づき、身分証明書を呈示した。

警察がやって来たことでほっとしたのか、牛乳配達の男は堰《せき》を切ったように喋りはじめた。

「なんでもないのかもしれない。でも、ここの奥さんは几帳面な人で、きちんとしてるんだ。そういう人は、猫を家に置いてきぼりにしたまま、遠出したりしないだろう？　なのに、屋内《なか》で猫が鳴いてるんだよ、ものすごい勢いで。おまけに、昨日の牛乳も玄関のポーチに置きっ放しだし」

「下宿人かなんか置いてて、そいつと手に手を取って駆け落ちしたってことはないかな？」フロストは欠伸をしながら、牛乳配達の男を先に立てて玄関のポーチにあがった。

「ここの奥さんは、七十八歳だよ」と牛乳配達の男は言った。

「そうか……なら、下宿人に手を引いてもらって、よろめき落ちってことは？」

「下宿人なんて置いてなかった」牛乳配達の男は言下《げんか》に否定した。

フロストは、もうひとつ欠伸を洩らした。「なんだ、名推理だと思ったのに、却下か？」ギルモアがドアと格闘できるよう彼は脇にどいた。

ギルモアは、手始めに玄関の呼び鈴を押してみた。

「呼び鈴は故障中だよ」と牛乳配達の男が言った。

次はノッカーの番だった。ギルモアはノッカーをつかみ、勢いよくドアを叩いた。

「それなら、おれもやってみたよ」今度もまた、牛乳配達の男が言った。

ギルモアは男を無視して、もう一度、ドアを叩いてみた。応答はなかった。牛乳配達の男の顔に、得意げな表情が浮かんだ。「なっ？　だから言っただろう？」

通りを挟んで向かい側の家から、丈の短い寝巻き姿の太った女が出てきて、大声を張りあげた。「ちょっとちょっと、牛乳屋さん！　うちの牛乳、来てないんだけど？」牛乳配達の男が手をあげて、すぐに行くと身振りで知らせると、女は肉付きのいい短い脚でよたよたと家のなかに引きあげていった。寝巻きの裾からのぞく広大な臀部を、ぷるぷると震わせながら。

フロストは顔をしかめた。「厄日だな。おぞましいものばかり見ちまうよ。牛乳屋さん、あんたには配達に戻ってもらったほうがよさそうだ。ご苦労さん、通報に感謝するよ」

「どう思います？」ギルモアはコルティナに眼を据えたまま尋ねた。彼の視線の先では、後部座席にもたれかかったジョー・バートン巡査が、周囲の状況に気づく様子もなく、依然として正体なく眠りこけていた。

フロストは通りの右を見遣《みや》り、次いで左に眼を向けた。この件の後始末を押しつけるに恰好の相手、制服警官の頼もしい姿を期待して。だが、そんな幸運はそうそう転がってはいなかった。

四十六番地の家の一階の窓は、厚地のカーテンがきっちりと引かれ、防犯用の掛け金とおぼしきもので厳重に戸締まりされていた。フロストは独自の捜査手順に則《のっと》り、玄関脇の郵便受けのフラップを持ちあげて、なかをのぞいてみたが、殺風景な廊下に人の姿はなかった。サイド・テーブルのうえで、鉢植えの観葉植物がしょんぼりとうなだれていた。そのサイド・テーブルには、口金が開いたままの財布も載っていた。さらに、鍵が何本かぶらさがった小さなキー・リングも。フロストは心が重く沈むのを感じながら、身を起こした。よくない状況だった。几帳面な性質《たち》で知られた婆さまが、財布も鍵も持たずに外出するわけがない。「なかに押し入って、様子を見てみたほうがよさそうだ」

ギルモアは玄関のポーチに置きっ放しになっていた牛乳を手に取ると、その瓶を利用して、ドアの小窓に嵌められた色つきガラスを叩き割った。ガラスの割れ目から手を差し入れて、玄関の鍵を開けた。ふたりは、家のなかに足を踏み入れた。

最初に開けたドアは、キッチンに続いていた。隅の暗がりで、一対の緑色の眼がきらりと光り、〝にゃあ〟とひと声、窮状を訴える鳴き声があがった。フロストは冷蔵庫から牛乳を取り出して皿に少しだけ注いで猫のまえに置くと、それを一心不乱に舐め続ける猫の、せわしない舌の動きを見守った。勝手口のドアは内側から施錠されており、把手をまわしても開かないようになっていた。ギルモアは、階下にあるもうひとつの部屋のほうをのぞいた。湿気と黴《かび》の臭いがした。以前は、居間として使われていた部屋のようだった。

皿の牛乳を飲み干した猫が、尻尾《しっぽ》を揺らめかせながら期待のこもった眼差しを向けてきた。フロストは皿に牛乳を注ぎ足した。「婆さんは十中八九、階上《うえ》だよ、坊や。ベッドのなかで息絶えてる。二階までちょいと足を延ばして、のぞいてきてくれないか」階上から床板を踏み鳴らすギルモアの足音が響いてくるなか、フロストは流しの水切り板に置いてあった缶切りでフィーリックスのキャットフードの缶を開け、中身を皿に移して猫のまえに置いてやった。

不意に、ギルモアのうわずった叫び声があがった。フロストはキッチンを飛び出し、階段を駆けあがった。「警部！　こっちです。早く！」

彼女は、ベッドに横たわっていた。腹部を何カ所も刺されたうえに、切り裂かれた咽喉《のど》がぱっくりと口を開けた状態で。その身体に、もう温もりは残っていなかった。氷のように冷えきっていた。

「ああ、こっちに寄越せる人手なんかないことぐらい、おれだってわかってる」フロストはウェルズ巡査部長の文句を遮った。「でも、四名は要るんだよ」そう言うなり無線機を胸に押し当て、そんなことは不可能だと言い立てる巡査部長の声を聞くまいとした。「駄目だ、ほんとはもっと寄越してほしいぐらいなんだから。ここら一帯の聞き込みにまわらなくちゃならんだろうが。近所の連中が仕事に出かけちまうまえに。それには最低でも四名、それ以下じゃ話にならない。以上、交信終わり」

ギルモアは二階の寝室で、フロストを待ち受けていた。開け放たれたドアの陰に隠れる恰好で、絨毯に大量の血液が染み込んでいるのを見つけたからだった。そばに放り出されて、くしゃくしゃになっている黒い布地は、メアリー・ヘインズ夫人の一張羅《いっちょうら》と思われるコートだった。「犯人はドアの陰に隠れてたようですね。部屋に入ってきた被害者が、コートを掛けようとしたところに襲いかかり、その後、被害者をベッドに放り出したんです」

フロストは、むっつりと頷いた。おそらく、ギルモアの言うとおりだろう。だが、被害者が殺された場所がわかっても、そんなことをした人でなしの素性が知れるわけではなかった。「くそっ、おれはあのおせっかいな牛乳屋を恨むぞ」とフロストは言った。「今ごろは、おまえさんもおれも寝床に潜り込んで、ぐっすり眠ってられたものを」

階段を上る騒々しい靴音とともに、近所の聞き込みに派遣されていたバートンが寝室に顔を出した。「警部、わかったことが、ふたつあります。まずは向かいの家の女に聞いた話なんですが、被害者の老女は、毎週日曜日の正午《ひる》過ぎには、亭主の墓に花を供《そな》えるために欠かさず市内の共同墓地を訪れてたようです。一昨日の日曜日も、午後三時ごろ被害者が出かけていくのを目撃した、と言ってます。それから、隣家の住人――ディーン・ロナルド・ホスキンズという男なんですが、そいつの話によると、日曜日の午後五時ちょっと過ぎに被害者が訪ねてきたんだそうです。えらく怯えた様子で。なんでも、玄関ポーチのドアマットのしたに隠しておいた玄関の合鍵が盗まれた、と言うので、ホスキンズが付き添って見に行ったところ、合鍵はちゃんとそこにあった」

「まだそこにあるかどうか、確認したかい？」

バートンは頷き、証拠品保管用の袋に収めた一本の鍵を掲《かか》げた。「で、ホスキンズは、この耄碌婆《もうろくばばあ》、と一喝《いっかつ》して自宅に引きあげた、と言ってます。ヘインズ夫人は、自分が置いたときとは場所が違ってる、とわめいていたそうですが」

「それは耄碌婆さんのほうが正しい」とフロストは言った。「玄関も勝手口も窓も、どこもかしこも内側からしっかりと戸締まりしてあるけど、押し入った形跡はどこにも見当たらない。犯人は玄関のドアから侵入したんだよ、その合鍵を拝借して。婆さまよりもひと足先に家のなかに入り込んじまってたんだ」

ギルモアは、不本意ながら同意の声を洩らした。フロスト警部の導き出した結論は理に適《かな》っていた。

「それしか考えられないだろう」とフロストは重ねて言った。「犯人は、婆さまが爺さまの墓参りに出かけた午後三時よりもあとに、屋内に侵入した。婆さまを切り刻んじまったら、あとは長居は無用だろう？　とすると、午後五時をいくらもまわらないうちに、この家を出てったと考えられる。聞き込みの範囲を拡げろ。隣近所の住人ってのは、犯罪が起こったとたん、眼も耳も不自由になっちまう習性を持ってるもんだが、なかには何かを見たり、聞いたりしたという者もいるはずだ。それから、婆さまが玄関のドアマットのしたに合鍵を隠してたのは、この近所では周知の事実だったのか、そいつも併せて訊いてみてくれ」

「諒解」バートンは、ふらつきかけた足を踏ん張って応えた。

その姿には、その場に突っ立ったまま今にも眠り込んでしまいそうな風情《ふぜい》があった。「署には、大至急、応援を寄越せと言ってある。そいつらが到着したら、バートン、おまえさんは帰っていいぞ」

犯罪捜査部所属のジョー・バートン巡査は、首を横に振った。「いえ、警部、自分ならまだ頑張れます」

フロストは、欠伸《あくび》をこらえながら、自分にも帰宅を勧めてくれる人がいないものかと虚しく思った。おれなら断じて頑張ったりしないだろうに……。それから、ギルモアが報告したい事柄があるふうなのに気づいて、そちらに注意を向けた。

「被害者の財布の中身を調べてみました」とギルモアは言った。「《オール・セインツ教会高齢者の集《つど》い》の会員証と病院の診察券しか入っていませんでした。しかし、ほかに盗難に遭った可能性のあるものはなさそうです。家のなかが荒らされた形跡も、特段認められません」

「財布の中身なんて、たかだか数ポンドぽっちだろう」とフロストは言った。「いくら人でなしとはいえ、その程度の端金《はしたがね》のために人ひとりの咽喉《のど》首を掻っ捌いたりするか？　おれには信じられないよ」喋りながら、フロストは眺めるともなくあたりを眺めた。室内に充満した血の臭い、そこに家具の光沢出しワックスのラヴェンダーの臭いが入り混じって、空気は重く澱んでいた。フロストは煙草に火をつけ、紫煙の臭いを追加した。胡桃《くるみ》材を張った鏡台のうえの壁に、結婚式の白黒写真が額に入れて飾られていた。紙吹雪を浴びてたたずむ、純白のドレスをまとった花嫁とモーニングコートに縞ズボン姿の花婿。その写真の花嫁が、今では服喪の色に身を包み、光を宿さない眼を大きく見開いて、黄ばみかけた天井を見据えている。着衣もベッド・カヴァーも、乾きかけた血糊で赤錆色に染まっていた。

「こいつは婆さまの墓参り用の衣装だったんだろうな」フロストは低い声でつぶやいた。何かが臑《すね》をかすめた。猫。フロストは身を屈《かが》めて耳のうしろを掻いてやってから、部屋のそとに連れ出した。寝室に戻ると、そのまま窓辺まで足を運び、カーテンを開けて人気《ひとけ》のない通りを見おろした。低く垂れ込めた黒雲が朝の光を遮り、一帯はまだ暗がりに沈んでいる。頭のなかを、いくつもの事柄が鈍い羽音を立てながら飛び交っていた。為すべきことがあまりに多すぎて、ジャック・フロスト警部の手には負いきれないような気がした。

窓のしたの通りに、一台のパトロール・カーが入ってくるのが見えた。通りを直進してきたパトロール・カーは、四十六番地の家のまえで停まり、ジョーダン巡査と犯罪捜査部所属で勤務が明けたところを徴用されたとおぼしき、不機嫌このうえない面持ちの二名の巡査が降り立った。次に現れた車にはカメラとフラッシュを抱えたテッド・ロバーツが、それと前後して到着した緑のホンダ・アコードには科学捜査研究所から派遣されてきた鑑識チームの係官二名が乗っていた。ギルモアは、車が到着するたびに乗員を出迎え、二階に案内し、死体を見せ、その後三名の巡査を、近隣の聞き込みにまわっているバートンの応援に向かわせた。

「青いヴァンを目撃した者がいないか、それも訊いてまわってくれ」フロストのどら声に送られて、一同は通りに散っていった。

「どこにも手を触れてませんね？」と鑑識チームの片割れが尋ねた。

「ああ、自分のちんぽこにも触れてない」フロストは、毎度お馴染みの常套句で応じた。

玄関のノッカーが騒々しい音を立てた。「先生のお着きです」ギルモアの呼ばわる声に続いて、彼に尻をしたから押されるようにして、モルトビーが階段を上ってきた。

「やあ、先生《ドク》。今度は、ぐっと活《い》きのいいやつを用意しといたよ」とフロストは言った。赤ら顔に眼まで充血させたモルトビーは、鑑識チームの二名の係官のあいだを無理やり擦り抜けて、寝室の狭苦しいスペースに入ってきた。

「またあんたか。考えてみりゃ、そうだな。こんな時間に死体を発見するのは、あんたぐらいのもんだ」モルトビーはうなり声をあげた。機嫌がよさそうな声には聞こえなかった。

「ああ、一回の勤務時間内に三体だもんな」フロストは同意を示した。「おれ自身、こいつはひょっとして『どっきりカメラ』なんじゃないかって思いはじめてたとこだよ」

モルトビーはうめき声を洩らしながら、死体のうえに屈《かが》み込んだ。検分は非常に約《つづま》やかなものだった。

「この女性は死んでる」

「それは、おれにもわかった」とフロストは言った。「煙草を勧めたのに、返事をしてもらえなかったもんでね。死亡推定時刻は？」

モルトビーは診療鞄からメモ用紙の綴りを取り出し、何事か書きつけた。「検屍官を呼んであるんじゃないのかね？」

「ああ、呼んである、先生《ドク》のお察しのとおり」

「だったら、訊きたいことは、検屍官に訊くように。こっちより余計に給料を貰ってるんだから。それはそうと、例の匿名の手紙のほうだが、送りつけてるやつは突き止められたかね？」

「おいおい、先生《ドク》、勘弁してくれよ」今度は、フロストがうめき声を洩らす番だった。「さっきそう言われてから、まだ六時間しか経ってないじゃないか。小便にだって行ってないぐらいなのに」

モルトビーはフロストをじっと見つめ、強く何度か瞬《まばた》きを繰り返した。眼の焦点が正しく合っていないようだった。「六時間しか経ってないって？　そんなものかね？」モルトビーは、そばにあった椅子を手探りで引き寄せ、大儀そうに腰を降ろした。

「先生《ドク》、大丈夫かい？」フロストは、気遣わしげな表情になって尋ねた。

「ああ、もちろん。もちろん、大丈夫に決まってる」モルトビーはフロストの腕をつかんで引き寄せると、声を落として言った――フロストをジョニー・ウォーカーの残り香で包み込みながら。「知ってたかね？　わたしのことで、ドライズデールが苦情を申し立ててる。納骨堂で見つかった女の子の死体を、検屍官を差し置いてわたしのほうが先に検《あらた》めたってだけの理由でだ。わざわざ電話をかけて、わたしに知らせて寄越したよ」

「ああ、あの男はそういういけ好かないことをする、いけ好かない野郎だよ」フロストはなだめるような口調で言った。それから、ベッドのほうに顎をしゃくった。「死後、どのぐらい経過してる？」

モルトビーは椅子に坐ったまま上体だけ乗り出して、ベッドの死体を指で突ついた。「死後硬直の緩解《かんかい》が始まりかけてる。死亡したのは、そうだな、日曜日の夕方ぐらいだろう。もっと詳しいことが知りたければ、あとはドライズデールに訊きなさい」モルトビーは、ぱちっと鋭い音を立てて診療鞄の口を閉め、そそくさと引きあげていった。「現人神《あらひとがみ》がお出ましになったよ」階段の途中で、モルトビーの声があがった。棘を含んだことばの応酬を経《へ》て、階段を降りていくモルトビーに代わって、助手を従えた検屍官が威風堂々と入城してきた。ドライズデールに鋭い視線を向けられると、鑑識チームの係官は言わんとするところを察して、階下に退散した。

「そこですれ違ったのは、ひょっとして、モルトビー医師かね？」ドライズデールは、軽蔑の念を隠そうともしないで言った。

フロストは頷いた。

「あの男のことだ、どうせ今回もまた、死体を好き勝手にいじくりまわしていったんだろう、違うかね?」

「いや、指一本触れてない」とフロストは言った。「おたくの楽しみを横取りする気はないそうだ。だから、先生《ドク》、遠慮せずに早いとこ取りかかってくれ」

先生《ドク》と呼ばれ、ドライズデールは一瞬、気色《けしき》ばんだが、死体を見るなり眼を輝かせた。見るからに値の張りそうな丈の長いオーヴァーコートを脱いで助手に手渡し、助手はそれを順送りにフロストに渡した。フロストは受け取ったオーヴァーコートを小さく丸めてそばの椅子に載せ、そのうえから腰を降ろした。ついでに煙草のパックから一本振り出してくわえた。

「喫煙は遠慮してもらいたい」うつけ者に立場というものを思い知らせるには絶好の機会、それを逃すことなく、ドライズデールはぴしゃりと言った。死体の検分は、整然と秩序立ててインチ刻みに進められた。発見された事柄は小声で助手に伝えられ、助手はピットマン式の速記法に則《のっと》り、偉人のことばを曲線と直線に置き換えていった。

フロストが、何度も聞こえよがしに表した苛立ちを、十五分間もの長きにわたって、徹頭徹尾、無視し続けた末に、ドライズデールは身を起こし、その時点で到達し得た見解を述べた。

「死後、およそ三十六時間が経過している」

「モルトビー先生も、そう言ってたよ」とフロストは不満げにつぶやいた。

検屍官は、薄ら笑いを浮かべた。「それは心強いね、彼ほどの権威から賛同を得られるとは。

血液の飛散範囲から、被害者は直立していたところを襲われた、と判断される。犯人は背後から襲いかかり……」

フロストは、椅子のうえで身をよじった。オーヴァーコートのボタンが尻に食い込んできたからだった。「犯人の野郎は、ドアの陰に隠れて待ち伏せしてたんだよ、先生《ドク》。のぞいてみればわかるけど、立派な血溜まりが、ふたつもできてる。汚れてもよけりゃ、水遊びもできるよ」

ドライズデールは誘惑に抗しきれず、ドアの陰をひと目だけのぞいてみたのち、話を先に進めた。「犯人は背後から襲いかかり、片手をまえにまわして口を塞いだ――見たまえ、左の頰に親指の痕が残っているだろう?」相手が望むなら自分の眼で確認できるよう、ドライズデールは横に寄って場所を空《あ》けたが、フロストは短く手を振ってその意志がないことを伝えた。寝室に足を踏み入れた瞬間、眼に留まったような事柄を、わざわざ検屍官に指摘してもらう必要はなかった。

検屍官は肩をすくめた。「その後、犯人は被害者の腹部を三度、刺している。使用された凶器は、可撓性《かとう》に乏しい素材で作られた、片刃の刃物。刃渡りは、およそ六インチ程度、加えて……加えて、非常に鋭利である」

「たとえば、検屍官、包丁のようなものでしょうか?」聞き込み班の割り振りを終え、寝室に戻ってきていたギルモアが尋ねた。

「その可能性は大いにある」ドライズデールは是認した。

「昨夜、同様の傷害事件が発生しています……クラレンドン・ストリートで、同じく老婦人が襲われたんですが、現場に犯人の遺留品と思われる包丁が残されてました」

「クラレンドン・ストリート？」ドライズデールは、うわずった声を張りあげた。「わたしは呼ばれてないぞ。なぜだね？」

「そりゃ、もちろん、真っ先に先生に声をかけるよ、その婆さまが死んだ暁には」とフロストは応えた。「あいにく、まだ生きてるもんでね」彼は事件の詳細を検屍官に伝えた。

「その包丁を見せてもらえれば」とドライズデールは言った。「わたしのほうで、いくつか検査してみよう。今回の被害者の受けた刺創が、同一の凶器によるものか否か、判断できるはずだ」

フロストはその旨《むね》、不正請求の名のもとに突き返されてきた車輛経費の申請書の裏面に走り書きでしたためた。「じゃあ、追ってそっちに届けさせる。で、先生《ドク》、ほかにわかったことは？　先生だって早く戻りたいだろう？　助手の別嬪さんとひとつ寝床……じゃなくて、ふたつ寝床に」

フロストがギルモアに下卑《げび》た眴《めくばせ》をしてみせたことは不問に付して、ドライズデールは検分の結果報告を続けた。「犯人は被害者を上向かせ、咽喉《のど》元に凶器の先端を突き立てた。ちょうど、この部分に」彼は、ぱっくりと口を開けた咽喉の傷に親指を向け、その左端の部分を指し示した。「しかるのち、手首をひねって刃を横向きにし――そのため、傷の開口部の幅がそこだけ広くなってる――あとはいっきに掻き切った。左から右に」

フロストは、誰にはばかることもなく、おおっぴらに欠伸をした。検屍官の解説は、必要以上にまわりくどくて大仰だった。被害者の老女は、背後から刺されたのちに、ベッドに投げ出されたのである。その程度の結論なら、この自分にだってものの数秒で導き出せる。「犯人は返り血を浴びたかな？」

「当然だよ。被害者の咽喉の傷からは大量の血が噴き出したはずだ。犯人の左上腕部まで飛んだ可能性も、なきにしもあらず。仮にそこまで飛ばなくとも、少なくとも、右手——要するに、凶器を握っていたほうの手だな——それと、コートであれなんであれ、犯人の着衣の右袖は血に染まったはずだ。床の血溜まりにも足を踏み入れてる。死体をベッドに運んだときのものだろう、絨毯にいくつか足跡が残されている」

「科研の連中が、チョークで囲ったやつのことかい？　ああ、それならおれたちも気づいてたよ、先生《ドク》」

「これも血液が付着したものだと思うのですが、これはどういう理由で？」ギルモアが、被害者の黒い服の左袖口の変色している箇所を指さして尋ねた。「傷口からの出血によるものと考えるには、無理があるのではないでしょうか？」

自らの見落としに腹を立てながら、検屍官はその染みを検《あらた》めた。「これは、犯人が凶器についた血を拭った跡だ」ドライズデールは屈めていた身体を起こした。「現時点で、わたしに言えることは以上だ、警部。検視解剖がすんだら、詳細な報告書を届けさせる」そして、最後に室内を見まわして尋ねた。「誰か、わたしの外套を見なかったかね？」

メアリー・ヘインズの亡骸《なきがら》は、安物の棺に丁重に収められたのち、死体保管所への移送に備えて狭い階段を、もっぱら人力を頼みに階下へと降ろされた。鑑識チームの係官が戦利品を携《たずさ》えて引きあげてしまうと、人気《ひとけ》のなくなった寝室にひとり居残ったフロストは、椅子に腰を降ろし、むっつりと煙草を吸いながら剝き出しになった床板を眺めた。床の絨毯とそのしたに敷かれていた滑り止めのフェルトは、ベッドから剝ぎ取られた寝具一式と同様、もろもろの検査と分析にまわすべく、持ち出されていた。

煙草を吸いきると、フロストは腰をあげ、鏡台に置かれた、ガラスの小皿で揉み消した。写真のなかの花嫁は、満面に若々しい笑みをたたえ、舞い散る紙吹雪越しにいかにも幸せそうな眼差しで前方を見つめていた。可憐な花嫁の終焉の地、恐怖におののきながらひとり孤独に死んでいった、何もない寒々としたこの部屋を。

寝室を出て、のろのろと階段を降りた。階段に敷いてあった絨毯も、検査にまわすため、剝ぎ取られて科研に送られていた。剝き出しになった踏み板に足を降ろすたび、靴音が鈍く響いた。ギルモアとバートンは、二名の制服警官とともにキッチンで紅茶を飲んでいた。「聞き込みの成果は?」

「留守の家が多くて難儀してますよ」バートンは、フロストにもマグカップを渡しながら言った。「もう仕事に出かけちまったんでしょう。今夜にでも、もう一度まわってみます。とりあえず、一昨日の午後、不審人物を見かけたという住人が三名ほどいました」

朗報の気配を感じ取り、フロストは素早く顔をあげた。「そいつの特徴も仕入れてきたかい？」

「ええ、三通りほど」バートンは沈んだ声で言った。「それぞれ違うやつを。不審人物一号は中肉中背、黒っぽい髪で、もしかすると顎鬚を生やしていたかもしれない、年齢三十歳から五十歳ぐらいまでの男。一昨日の午後二時過ぎ、通りを徘徊しながら、何軒かの家の窓をじっと見つめていたそうです。不審人物二号は、オートバイに乗ったスキンヘッドの若造、この界隈《かいわい》を暴走しまくってたようです。三号は、ダークスーツ姿の西インド諸島出身者」

「その西インド諸島出身者が不審人物と目された根拠は？」とギルモアが尋ねた。

「通りを歩いてた、ただそれだけだそうだ。誰に何をするわけでもなく。それを挙動不審と言ったご婦人は、たぶん、もともと西インド諸島出身者に対して好感を持っていないんじゃないかな」

フロストはマグカップからひと口飲んだ。紅茶は生ぬるくなっていた。「結局は時間の無駄ってやつになっちまうかもしれないけど、とりあえず、その三人を洗ってみるしかないだろうな。被害者の身内か知り合いで、財布の中身以外に盗まれたものがないかどうか、わかりそうなやつは見つかったか？」

「まだです」とバートンが応えた。「被害者が会員になっていた老人クラブにも当たってみようと思ってます。協力してもらえるかもしれない」

「そうだな、そうしてくれ。被害者の婆さまの評判は？　隣近所の連中とはうまくいってたほうかい？」

ジョー・バートンは首を横に振った。「誰に訊いても、扱いにくい厭味な婆さんだったと言ってます。文句の種を見つけるのが生きがいで、人にいちゃもんつけるのが趣味みたいな婆さんだったそうです。好かれてたとは言えません」

「最近は誰にどんないちゃもんをつけてたか、そのあたりも調べる必要があるな。恨みに思ったやつが、婆さまに殺意を抱いたとも考えられる」フロストはあたりを見まわした。「おや、ニャン子は？」

「動物虐待防止協会《RSPCA》の人間が来て、引き取られていきました」とギルモアが報告した。

「きっと処分されちまうんだろうな、あのちび助も」フロストは悲観的な見通しを述べると紅茶の残りを飲み干し、それが苦い薬でもあったかのように顔をしかめた。「気分転換に、なんか、こう、景気づけになりそうな知らせはないのか？」

「科研の鑑識チームが、誰のものかわからない指紋をいくつか検出しました」ギルモアが発言した。「うちひとつは、かなり希望が持てそうです」

「だが、それが犯人の指紋だという保証はどこにもない。保健所の衛生検査官の指紋かもしれないし、婆さま専属の家族計画相談員の指紋かもしれない」フロストは立ちあがり、大きくひとつ伸びをした。「疲れちまって、頭がうまく働かないよ」ギルモアに眼を遣《や》ると、彼もまた疲労に押しひしがれ、土気色の顔をしていた。「今日はこれで店じまいってことにしようや。おまえさんもおれも、ちっとは寝ないともたないよ。正午《ひる》に署で会おう」

正午《ひる》？　ギルモアはこっそりと腕時計を盗み見て、確保できる睡眠時間を弾き出した。うまくいけば、三時間は眠れる計算だった。リズが起きていないことを、夫の帰宅を待ち受けていて、顔を見るなり議論を吹きかけてこないことを、彼は願った。

フロストが運転するコルティナの車中、ギルモアは緊張を解くことができなかった。バートンを家まで送り届けるあいだも、彼を降ろしたあとも、いつ何時《なんどき》、また新たな事件の捜査に駆り出されはしまいかと、無線の呼び出しが入るたびに気を揉んだ。が、どれも、フロスト警部とギルモア部長刑事の応答を求めるものではなかった。なかにひとつだけ、内容に思い当たる節《ふし》がないでもない連絡が混じってはいたが。「ジュビリー・テラス七十六番地の家から異臭がする、と近隣住人から何本か苦情が寄せられてます」

「そりゃ、きっと、坊やが髭剃りあとにつけてるローションの臭いだよ」フロストはひとり小声でつぶやくと、タイアが縁石をこするのもかまわず、マーチャンツ・レーン四十二番地の家の真ん前に車をつけた。ギルモアの眼を醒まさせるには、身体を揺さぶってやらなくてはならなかった。

帰宅したギルモアは、静けさに迎えられた。食卓用のテーブルに冷たく干からびた料理の皿が、非難がましく置かれたままになっていた。彼のために用意された夕食の皿だった。ギルモアは料理をこそげ落としてキッチンのゴミ箱に捨て、空《から》になった皿を流しに入れた。

そして、二階にあがった。リズは眠っていた。寝顔まで怒っているように見えた。ギルモアは服を脱いでベッドに滑り込んだ。途中でリズが眼を醒まして口論が始まってしまう危険を回避するため、できるだけそっと隣に身を横たえ……たちまち眠りに引き込まれた。なのに、熟睡はできず、夢ばかり見てしまった。刃物を突き立てられ、傷口から血を滴《したた》らせている死体の夢を。死体のどれもが、リズに見えてしまう夢を。

フロストは車を出し、寝床の待つ我が家へと向かった。もう間もなく、自宅にたどり着こうというところで、家路を阻《はば》む声がした。

「こちら、司令室。フロスト警部、応答願います！」

お尋ね者の配管工——ポーラ・バートレット殺害事件の容疑者を、エイブル・ベイカーの乗員が連行してきたのだった。容疑者は現在、署に勾留されていた。

「わかった、署に戻る」フロストはそう言うなり、ステアリングを切って違法なUターンを強行した。衝突を避けるために急ブレーキを踏むことを余儀なくされた小型タクシーの運転手が罵声《ばせい》を浴びせてきたが、その手の声に耳を貸すフロストではなかった。

火曜日――日勤／早番（二）

デントン警察署の署長であるマレット警視は、きびきびした足取りで署の玄関ロビーに入った。そこで足を止めたのは、仕立て屋であつらえたレインコートを脱いで雨の滴《しずく》を振り落とすためだった。午前九時三十分、ロビーには寝ぼけたような沈滞の気配が漂っていた。それを目《ま》の当たりにしたことで、マレットは、ポーラ・バートレット殺害事件に関して、捜査の進捗状況を確認するため、午前九時に顔を出すようフロスト警部に言ってあったことを思い出した。

「巡査部長、フロスト警部は、もう出勤してきているかね？」

「いえ、署長」受付デスクについていたビル・ウェルズ巡査部長は、出かかった欠伸《あくび》をごまかしきれないまま、くぐもった声で答えた。「現場に出かけてます。新たに刺殺事件が発生したもので――マニングトン・クレセントで老女の刺殺体が発見されたんです」

マレットは眉間《みけん》に皺を寄せ、苦悩の表情を浮かべた。「なんとしたことだ」

「聞くところによると、ずいぶんむごたらしい殺され方だったようで」とウェルズは先を続けた。「腹を刺されたうえに、咽喉《のど》を掻き切られてたそうです」

「フロスト警部が出勤してきたら、至急、わたしのところに寄越してくれたまえ。ときに、巡査部長、フロスト警部はわたし宛《あて》にポーラ・バートレット殺害事件の報告書を残してはいかなかっただろうか？　本日、午後二時に、記者会見を開く予定になっているんだがね」

「さあ、署長、わたしは見ていませんが」

マレットは、溜め息をつくことで苛立ちを示した。「知るべきことを知らずして、どうやって取材陣の質問に答えろというんだね？　無責任きわまりない」

「しかし、署長、このところ、みんな超過勤務でいつも以上の仕事を引き受けてるわけですから」とウェルズは言った。

「巡査部長、そういうのを言い訳というんだ。きみからして大体、言い訳が多すぎるぞ」小言を垂れながら、マレットはついでにロビーの隅から隅まで視線を走らせ、抜き打ちの点検を行《おこな》った。「ここの床は掃除をしたほうがいいね、巡査部長」

「ええ、署長、わたしもそう思っていたところです」賛同のことばとともに、ウェルズはかすかに身体を揺すった。その伝えんとするイメージは――超過勤務に次ぐ超過勤務で立っているのがやっとの状態にありながらも、なおも滅私奉公の精神で勤務に励む忠義の警察官。「なにぶん、流感が蔓延《まんえん》してるもので、この際、掃除が行き届かないのも――」

「巡査部長、それも言い訳だ。流感が蔓延しているからといって、拠《よ》って立つ規範を引きさげていい、ということにはならない。この玄関ロビーは、我がデントン警察署の、言ってみればショーウィンドウだ。一般市民が署を訪れたときに、まず眼にする場所だ。掃除の行き届いた清潔なロビーは、そこに有能で労を惜しまない者がいるということであり、延《ひ》いては、それがわれわれに対する信頼感に繋がることを――」マレットはことばを切り、ウェルズ巡査部長の顔を険しい眼で見据えた。「巡査部長、きみは今朝、髭を剃らなかったようだな。そんなことで、したの者に対して示しがつくのかね？」

ウェルズは弁明を試みた――自分は昼夜兼行で任務に就《つ》いており、交替するはずだった巡査部長まで流感のウィルスに取り憑かれてしまったのだと。だが、試みも虚しく、マレットから、署内の日常業務ごとき些事に首を突っ込むだけの気概を引き出すことはできなかった。「巡査部長、言い訳をするのは簡単だ。しかしね、考えてもみたまえ、幸運にも流感のウィルスに取り憑かれずにすんでいるわれわれは、その分なおいっそう、精励恪勤《かっきん》に努めるべきではないだろうか。拠って立つ規範を引きさげるわけにはいかないんだからね」

マレット署長が後ろ手にドアを閉めるのを待って、ウェルズは無駄と知りつつ、二本の指を使った身振りで〝くそくらえ〟の意を表明するという享楽を自《みず》らに許した。

「見たぞ、巡査部長！」――咽喉に絡《から》むような嗄れ声、聞き間違いようのない警察長の声。

ウェルズは恐怖に駆られ、弾かれたように振り返り、次の瞬間、椅子にへたり込んだ。安堵のあまり、うっすらと汗まで浮かべて。正面玄関のドアの陰から、にやりと笑いかけてきたのは、ジャック・フロスト警部だった。マレットがロビーから立ち去るまで、見つからないよう、目立たない場所に身を潜めていたのだった。

「死ぬかと思ったぞ、ジャック。寿命が縮んじまったよ」

「千の声を持ちながら、ちんぽこはたったひとつしかない男が参上つかまつった。どうだね、巡査部長、署内の様子は？」

「どうもこうもない。貧乏籤《くじ》もいいとこだ。こっちはひと晩じゅう受付に縛りつけられてて――」

「そういうのを言い訳というんだ。言い訳が多すぎるぞ、巡査部長。上位の警察官に対するときは、事実だけを報告するように」フロストはウェルズに煙草を勧め、火を貸してやった。

「リックマンが、容疑事実を認めた」

「誰だ、そのリックマンってのは？」

「ヴィデオの商人だよ、ポルノの。商品はパブで知りあいになった男から仕入れた……でも、その男の名前は知らないんだと。とりあえず保釈の手続きをして、今日のところは帰してやったよ」

「おれの愛しの配管工は？」

「第二取調室にお通ししてある」

「ご苦労だった」フロストは受付デスクを離れた。廊下に出ようとして、スウィング・ドアを開けかけたところで足を止めた。「ああ、巡査部長、ここの床は掃除をしたほうがいいね」

「だったら、あんたに箒《ほうき》を持ってきてやろうか」ウェルズはにやりと笑った。受付デスクの電話が鳴った。またもやマレットだった。話を聞くうちに、ウェルズの顔色が変わった。「しかし、署長、食堂は閉鎖中です。それに、手が空《あ》いている者もいないので、お茶をご所望だとおっしゃられても――」ウェルズは慌てて受話器を耳から離し、叩きつけるようにして架台に戻した。言い訳には聞く耳を持たない主義のマレットは、すでに電話を切ったあとだった。

取調室からその廊下に出てきたアーサー・ハンロン部長刑事は、興奮を隠しきれない様子だった。フロストが近づいてくるまで待ちきれず、自分のほうから駆け寄ってきた。「こいつは、ひょっとするとひょっとするかもしれないぞ、ジャック」ハンロンは取調室のドアを少しだけ開けて、フロスト警部がなかをのぞけるようにした。禿げあがった額《ひたい》に狡猾《こうかつ》そうな眼をした太った男が、だらしのない恰好で椅子に腰かけていた。年齢《とし》は四十代半ば、丸々と突き出したビール腹に着ているものは紺色の作業服。

「ああ、あれは有罪の顔だ」とフロストは言った。「裁判なんてしち面倒くさいもんは省略して、さっさと吊るしちまおう」

ハンロンは慎重にドアを閉めると、それまでにわかった事柄をフロストに伝えた。「バーナード・ヒックマン、年齢四十四歳、既婚、子どもはいない。ポーラ・バートレットが行方不明になった当日、墓地で工事をしてたことになってる。納骨堂の裏のあの新しい給水管を設置する工事だ。業務記録によれば、工事の開始時刻は午前八時ってことになってるんだが、教会のほうに確認したところ、作業員が現場に姿を見せたのは九時を過ぎてからだった。牧師さんは、時刻に関しては自信を持って断言できると言ってたよ」ハンロンはフォルダーを開いて、業務記録をフロストに見せた。

「やっこさんの棲み家は？」

「デントン市内だよ、ヴィカレッジ・テラス六十三番地」

フロストは、その住所を頭のなかで反芻した。ポーラ・バートレットは、デントン・ウッドの森の北側を通行中に行方不明になっている。ヴィカレッジ・テラスは、そこから南に四、五マイルは離れている。「車は持ってるのか？」

「ああ、署の駐車場に駐まってる」

ならば、車を運転している途中でかどわかし、無理やり車に乗せ、性的暴行を働き、殺害したうえで、午前九時までに教会墓地に到着することも不可能ではない。だが、その場合、そもそもヒックマンは、なんのためにデントン・ウッドの森の北側まで出かけたのか？　教会墓地とは方向が反対なのに。

「偶然の出会いじゃなかったとしたら？」ハンロンがひとつの見方を提示した。「計画的犯行ってやつだったんじゃないかね。以前にポーラ・バートレットの姿を見かけて、欲情した。で、あらかじめ彼女の立ち回り先を調べておいて、そこで待ち伏せをしてたのさ」

「欲情した？」フロストは疑わしげに言った。「あの子に？　死んだ人間のことをあれこれ言うのはどうかと思うけど、あの子はずん胴太っちょ体型だぞ」

「蓼《たで》食う虫も好きずきって言うじゃないか、ジャック。世の中には、でぶなおかちめんこに欲情する男もいるんだよ」

フロストは、非難の眼差しでハンロンを見つめた。「いかんな、署長の奥方のことをそんなふうに言っちゃ」ハンロンの顔に浮かびかけた笑みが途中で凍りつき、フロストの身に危機が迫っている旨《むね》、警告を発した。

「フロスト警部！」

見ると、マレットが猛然と廊下を突き進んでくるところだった。今の発言がマレットの耳に届かなかったことを祈りながら、フロストはいつものごとく無邪気そのものの笑みを浮かべてみせた。「これはこれは、署長」

「ポーラ・バートレット殺害事件の捜査に関する、きみからの報告書が届いていない。どうなってるんだね？　午後二時から記者会見を開かなくてはならないというのに」

「ちょうどこれから、容疑者を取り調べようと思ってたとこですよ」フロストは、取調室のほうに顎をしゃくりながら言った。

マレットの眼が輝いた。「容疑者？　すでに容疑者を連行したというのかね？　それはすばらしい。非常にすばらしい。願わくは、記者会見までに事件の解決を見たいものだね」マレットはふたりの部下に微笑みかけた。その笑みが消えて俄《にわか》に表情が強ばったのは、ハンロンがハンカチを引っ張り出し、大きな音を立てて洟《はな》をかんだときだった。「ハンロン部長刑事、きみまで流感で寝込むようなことにはならないでくれたまえよ」マレットは過失を咎める口調でぴしゃりと言った。「それでなくとも、人員が不足している状態なんだからね」言うべきことを言ってしまうと、マレットは踵《かかと》を軸に回れ右をして、靴音高く廊下を歩き去っていった。

「なんだよ、洟もかめないのか？」ハンロンはぼやいた。

「おまえさんのばっちい病原菌を、こっちに吹きかけないでくれよ」とフロストは言った。

「さて、われらが賓客であらせられる容疑者氏を取り調べてみるか」

バーナード・ヒックマンは、硬くて坐り心地の悪い椅子のうえで尻の位置をずらしてから、見るからに気の弱そうな若い制服警官を瞬《まじろ》ぎもしないで見据えて、眼を逸らさせることに成功した。ささやかな勝利に気をよくしたヒックマンは、自分の強面《こわもて》ぶりを祝して笑みを浮かべた。「そこの若いの、あんたをひねりつぶすのなんてわけないぜ。片手で充分だ」そう言って、制服警官を睨みつけた。

「そうとも限らない」という声がした。「まずあんたに手錠をかけて、あの坊やに警棒の一本も持たせてやった場合は」

先刻、部屋から出ていった小柄で小太りの男が、生地のへたりかけた安物のスーツを着た風采のあがらない男を連れて戻ってきたのだった。

「警部のフロストってもんだ」その男は名乗ると、向かい合う位置にあった椅子に腰を降ろした。「あんたにいくつか訊きたいことがある」

「おれのほうも、あんたにひとつ訊きたいことがある」とヒックマンは言った。「どういうわけで、おれはここに連れてこられたんだ？　それとも、何かい、そいつは国家機密だから教えられないってか？」

「あんたがここに連れてこられたのは」フロストと名乗った男は言った。「おれたちが、とても由々しき事件の捜査に携《たずさ》わってるからだよ。おれとしては、あんたを容疑者リストから除外できればいいと願ってるけど、それができないとなると、あんたはものすごく困った立場に立たされることになる。だから、おれの訊くことには、四の五の言わずにおとなしく答えたほうがいい」

「なら、訊けよ」とヒックマンは言った。「こんな茶番にいつまでもつきあってられるほど、こっちは暇じゃないんだから」

「九月十四日。その日のあんたの行動を知りたい。朝起きてから、夜寝床に潜り込むまで、どこで何をしたか、細大洩らさず全部知りたい」

「九月十四日なんて、二カ月もまえのことじゃないか。そんな昔のこと、どうやって思い出せってんだよ?」

「たぶん、こいつが記憶を呼び起こす助けになると思う」フロストは一枚の書類を差し出した。ヒックマンはそれを手に取り、自分の会社の業務記録だと気づくと、眼を剝いて信じられないといった面持ちになった。「そうか、このことだったのか。おれが作業時間を一時間サバ読んだことがわかったもんだから、あの踏んぞり返ったくそったれどもが暴力刑事《デカ》に泣きついたってわけか。けっ、情けないやつらだよ。てめえのけつも拭けないとはね」

「あんたの勤め先から泣きつかれたわけじゃない」とフロストは言った。「それに、こいつは作業時間をサバ読んで申請する程度のせこい話じゃない。だから、さっさと喋ったほうがいい。九月十四日、その日あんたは何をしたのか」

「オール・セインツ教会の墓地で水道工事だよ。新しい給水管を取り付けてた。あの教会は最近、墓地を拡げたから、配管なんかもやりなおさなくちゃならなくてさ。あの日は——確か、木曜日だったと思うけど、仕事に出かけようとしたら、おれのくそ車が動かないんだよ。癪《しゃく》に障るったらないよ。とりあえず、自分でいじくってみたんだけど、うんでもなきゃすんでもない。仕方ないから修理屋に電話して、仕事には歩いていった。約束の時間より一時間ばかり遅れちまったけど、それはおれが悪いわけじゃない。だったら、会社に得をさせてやる必要がどこにある？」

「その修理屋の名前と住所を教えといてもらおうか」とハンロンが言った。

「家に帰れば、わかるよ。ともかく、そんなわけで、午前中は九時ぐらいから十二時半まで働いた。墓地の向かいのパブに昼飯を食いに行って、それからまた墓地に戻って仕事をして、六時にあがった」

「じゃあ、午前九時から午後六時までは、オール・セインツ教会の墓地にいたわけだな？」フロストは念を押した。「それから？」

「パブに寄って、二、三杯やってから、家に帰って夕飯を食った。それから、またパブに出かけてって閉店までねばってたよ。十一時に夜食を食って、寝床に入って、そんでもってやることやって、あとは寝た」

「やることやったって件《くだり》だけど、どうしてそんなにはっきり覚えてるんだい？」フロストは純然たる好奇心から尋ねた。

「惰性に任せてるから。うちは毎晩欠かさずやるんだよ、かみさんがその気になろうがなるまいが」

フロストは煙草に火をつけ、吸い込んだ煙を鼻孔から少しずつ吐き出した。「おたくのかみさん、年齢《とし》はいくつだい？」

「四十二」

「たまには、もっと若い娘っ子の柔肌《やわはだ》が恋しくなったりしないかい？」

「なるよ、もちろん。なるに決まってるじゃないか」ヒックマンは忍び笑いを洩らした。「問題は、娘っ子たちのほうがこのおれを恋しく思ってくれないってことさ」

「でも、あんたみたいに図体がでかけりゃ」とフロストは言った。「そんなことは問題にならないんじゃないかな？　力ずくで思いを遂げりゃいいんだから——娘っ子のほうがその気になろうとなるまいと」

ヒックマンは眼を細くすがめた。「何が言いたいのか、おれにはさっぱりわからない」

フロストは、緑色のフォルダーから一枚のカラー写真を抜き出してテーブルのうえに置き、それをヒックマンのほうに押しやった。「その子を知ってるかい？」

ヒックマンは写真に視線を落とし、ポーラ・バートレットの、笑みの代わりに生真面目な激しさを浮かべた顔を見つめた。「いや、見たことも——」と言いかけて、写真の少女が誰だか気づいた。「なんとなんと、あの子か。あの行方不明になってる子だろ？」そこで、その写真を見せられた意味に思い当たった。椅子がうしろに吹っ飛ぶほどの勢いで、ヒックマンはその場に棒立ちになった。「おまえら、どういうつもりだ？　おれになんの罪を着せようってんだ？」

壁際に控えていた、どこか気の弱そうな制服警官、コリアー巡査がヒックマンを取り押さえるべく進み出たが、フロストは手を振って、それには及ばないと合図を送った。コリアー巡査は、見るからにほっとした様子で持ち場に戻った。フロストは、テーブルから引ったくるようにして写真を取りあげると、ヒックマンの鼻先に突きつけ、ひと言ずつ嚙んで含めるようにゆっくりと、あくまでも穏やかに言って聞かせた。「ついさっき、その子の検視解剖に立ち会ってきた。その子がどんな目に遭わされたか、両親に伝える勇気を、おれはいまだに奮い立たせられずにいるんだよ。そんなわけで、あんたがどれほど怒鳴り散らそうと、わめき立てようと、はたまたどれほど派手に暴れまわろうと、訊いたことにはきっちり答えてもらう。だから、坐れ！」

ヒックマンは、写真を握ったフロストの手を払いのけると、ふてくされた顔で椅子に腰を降ろした。

「ああ、そのほうがずっといい」フロストはそう言うと、相手の心を和らげるような笑みを浮かべた。「それじゃ、とりあえず、納骨堂のなかにべたべた残されていた指紋が、あんたの業務日誌についてた指紋と一致したのはなぜか、そいつから聞かせてもらおうか」納骨堂のなかから採取された指紋は、実際にはひとつもなかったが、それはヒックマンに開示すべき情報ではなかった。

「納骨堂？　あの子はあそこで見つかったのか？」ヒックマンは椅子の背にもたれかかり、薄ら笑いを浮かべた。「どうせ女を手込めにするんなら、おれならそんな棺桶置き場なんかより、もっとロマンティックな場所を選ぶね」

今度はフロストが、眼を細くすがめた。「手込めにされてた、なんて誰が言った？」

「おれだって馬鹿じゃない。手込めにされてなけりゃ、なんであんたがおれのセックス・ライフについて聞きたがる？」

「だったら、なんのために、納骨堂なんかに潜り込んだ？」

「あれは十一時ごろだったかな、通り雨が降ったんだよ。それがまあ、天の底が抜けちまったみたいな土砂降りでさ。そんなに長い時間じゃなかったけど、雷は鳴るし、猛烈な降りだし。おれの仕事場には、雨よけなんて洒落たもんがあるわけじゃない。そのまま突っ立ってたら、ずぶ濡れになっちまいそうだったんで、おれも考えたんだよ。納骨堂も道具小屋も、似たようなもんじゃないかって。それで、釘抜きハンマーを使ってねじ釘を引っこ抜いて、なかに入った——と言っても、ドアのすぐ内側だけど。しばらくして雨があがると、引っこ抜いたときの穴にねじ釘を押し込んでもとどおりにしてやってから、仕事に戻ったんだよ」

「どう思う、ジャック？」とハンロンが言った。ヒックマンの喋ったことをもとに供述書が作成され、タイプで清書する作業が行《おこな》われているところだった。そのできあがりを待って、当人が内容を確認のうえ署名をすることになっていた。

「嫌な予感がするよ。あいつはシロなんじゃないかって。差し当たって今日のところは、帰してやらないわけにいかないけど、供述の裏は徹底的に取ってくれ。事件当日、ヒックマンの車は本当にストライキを起こしたのか、あの野郎が墓地で仕事をしてるとこを見かけた者はいないか。ついでに、あいつが言ってた天の底が抜けちまったような雨ってのも、ほんとに降ったのかどうか、調べてみてくれないか」

「少なくとも、被害者が性的暴行を受けてたことは知ってたわけだし」とハンロンは言った。

「あの水道屋の旦那は、被害者が納骨堂のなかで強姦されたと思ってる」とフロストは言った。

「でも、あの子は殺されて、袋詰めにされてから納骨堂に捨てられたんだ。バーナード・ヒックマンはわれわれにとって唯一の容疑者ではあるけれど、あいつを犯人と見なすにはちと無理がありそうだ——従って、われらが愛すべき署長殿に目通りを願って、締まりなくにやけてる場合じゃないってことを、教えてやったほうがよさそうだな」


マレットは《未決》のトレイを引き寄せ、あふれんばかりに積みあげられた書類の山を手早く検《あらた》めた。フロストが再提出を約束した、車輛維持経費の申請書類はどこにも見当たらず、代わりに署内の什器《じゅうき》備品の細目を記載するよう求める、見るからに複雑そうな多色刷りの書式がひと綴り、州警察本部から届いていた。マレットは意気阻喪して、首を横に振った。州警察本部も間《ま》が悪すぎる。選りに選って今この時期に、こんな面倒な調査を要求してくるとは。ドアを叩く音がした。マレットは背筋を伸ばし、髪を撫でつけてから声をかけた。「入りたまえ」

ウェルズ巡査部長が、マレットの頼んだ紅茶を運んできたのだった。巡査部長は、不機嫌このうえない顔で入室してくると、必要以上に力がこもった、いささか乱暴な手つきでカップをデスクに置いた。「署長、ひと言申しあげてもよろしいでしょうか？」

マレットの表情が曇った。愚痴なら願い下げだ、と言ってやりたい心境だった。このところ、誰もが超過勤務を強いられている。マレットとて、それを否定する気はなかったが、現状を乗り切るには致し方のないことではないか。非常時には、粉骨砕身職務に打ち込むのが署員の本分というもの、わずかな超過勤務をかこって四六時中泣き言を並べ立てるなどもってのほかである。マレットは、無理やりこしらえたことが傍《はた》にもわかる恩着せがましい笑みを浮かべると、デスクのまえの椅子を指さし、坐るようウェルズに身振りで伝えた。

デスクのうえの電話が鳴った。マレットは、まずは電話機を睨みつけ、次いでウェルズに向かって顔をしかめた。電話は一切《いっさい》繋がないよう指示しておいたはずなのに。どうやら、その程度の簡単な命令すら、誰ひとりとして遂行することができないらしい。受話器を取りあげ、「マレットだが」と素っ気なく応じた。が、次の瞬間、マレットは顔色を変え、慌てたように居ずまいを正した。背骨が反りくり返るほど背筋を伸ばし、空《あ》いているほうの手でネクタイの位置を直した。電話をかけてきたのは、警察長だった。「うちの署の対処方法ですか？　それが、警察長、なんと言いましても——警察長もご存じのようにうちの署の人員はこのところ……ええ、もちろん、シェルウッド署が我が署と同様の状況下にあることは承知しています。……そうですとも、警察長、おっしゃるとおりですよ。……ええ、それはもう。シェルウッド署が対処できているのであれば、うちの署もできないはずがないわけで……」

ウェルズは、声に出さずに毒づいた。警察長は、デントン署と隣のシェルウッド署の両署長が、次期昇進をめぐって互いをライヴァル視していることを承知のうえで、敢えてふたつの署を競わせ、己《おのれ》の利に導こうという肚《はら》なのである。

マレットは、出世の梯子ににじり寄った。「そうなんです、警察長、今度の流感にも困ったもので、我がデントン警察署も大打撃をこうむっておりますが、幸いなことにうちは――」そこで、慎ましやかに咳払いをひとつ。「――統率が行き届いていると申しましょうか、団結心に富む署員に恵まれたおかげで――」今度はいちだんと声を張りあげ、ウェルズ巡査部長に向けて含みのある視線を放った。「――全員が不平ひとつこぼすことなく協力しあっておりますので、万全とは言わないまでも、とりあえずはまずまずの状態で対処できているかと――」それから、椅子を回転させてウェルズ巡査部長に背を向けると、声を落として続けた。「どうもあいすみません、警察長……いえ、わたしの声のことですよ。いささかお聞き苦しいかもしれません。なにぶん、昨夜は半分徹夜をしてしまったようなものでして。すでにお聞き及びでしょうか、うちの署の管内でポーラ・バートレットが死体で発見されたことは？」

「そう、強姦されて、天まで届くほど臭う身体にさせられてた」

マレットは、身を硬くした。足音が聞こえず気がつかなかったが、いつの間にかフロストが署長執務室に闖入《ちんにゅう》してきていた。急いで椅子の向きを正面に戻すと、マレットは身振り手振りを駆使して、フロストにそれ以上の発言を慎むよう求めた。「聞くに堪《た》えない話なのですが、警察長、被害者の少女は性的暴行を受けていたようなのです。それ以外のこととなると、現段階ではまだ詳細な情報を得ておりませんが――」それが誰のせいであるかを知らしめるため、マレットはフロストを鋭くひと睨みした。「しかしながら、われわれはすでに容疑者を勾留しておりまして――」

「いや、してない」フロストは大声を張りあげて言った。「もう帰らせたから」

マレットは送話口を手で覆い、眼から怒りの火炎を噴射した。「少し黙っていたまえ」と押しころした声でフロストを叱りつけ、それからまた受話器を耳に宛てがった。「この件に関しましては、警察長、どうやら、わたしが思っている以上に事態の推移が速いようで。こちらから、またご報告させていただきます」へつらいの笑みを浮かべて電話を終えたマレットは、受話器を無事、架台に戻した瞬間、その笑みを跡形もなく消し去った。「わたしが電話をしているときに、脇から口を挟むのは遠慮してもらいたい」とフロストを一喝《いっかつ》した。

「こりゃ、失敬。警視《スーパー》が警察長閣下を相手に駄法螺《だぼら》をぶっこいちまったりしたら、申しわけないと思ったもんだから」

その口調は、申しわけないと思っているようには聞こえなかった。おまけに、フロストの唇の端から火のついた煙草がぶらさがっていることに気づくに及ぶや、マレットの不快の念は一挙に募《つの》った。署長執務室を訪れた者は、喫煙に際してはすべからく、部屋の主にその許可を求めてほしかった。相手がフロストの場合は、許可を求められたところで、むろん即座に冷たく却下するまでだが、それはそれだ。無断喫煙が許されるという理屈にはならないはずである。だが、マレットはとりあえず、ウェルズ巡査部長の用件から片づけることにした。

「ジョンスン巡査部長は、まだ出勤できそうにありません。でも、わたしのほうも、昨日は日勤と夜勤を引き受けたうえ、今夜また勤務に戻らなくてはなりません。これでは、いくらなんでも負担が大きすぎると思います」

マレットは努めて、それは確かに同情に値する、という表情をつくろった。「きみの苦労もよくわかるがね、巡査部長、そういうことをことさらに言い立てないでくれたまえ。言ってはなんだが、孤軍奮闘しているという点においては、わたしの右に出る者はいない――」マレットはことばの途中で口をつぐんだ。フロストが、人を小馬鹿にしたように鼻を鳴らしたのではないか？　そんな音が聞こえた気がしたからだった。しかし、フロストの顔に浮かんだ屈託《くったく》のない表情は、それがマレットの勘違いだと告げていた。「シェルウッド署が、臨時の増員を受けないで頑張っているのであれば、我が署も同様に頑張れるはずだ」マレットは片手をあげて、巡査部長の抗議の声を押しとどめた。「不平不満は禁物だよ。目下《もっか》の危機は、署員全員が一丸となって、各自の労力と時間をいつもよりもほんの少しだけ多く提供することで、見事切り抜けられるものとわたしは信じている。問題が発生したり、不安に思う事態に遭遇した場合は、迷わずこのわたしのところに相談に来たまえ。署長執務室のドアは常に開かれているからね」話の締め括りとして、マレットは巡査部長に向かって笑みを浮かべた。「そのドアだが、きみが出ていくときに閉めていってもらえると助かる」

ウェルズは口を開きかけたが、途中で考えなおしてマレットの下した退去勧告処分に黙って従うことにした。退室する際、ドアを力任せに叩きつけたくなる誘惑を抑えるのは、なかなか努力を要することだった。

ウェルズの坐っていた椅子が空《あ》くと、フロストは勧められもしないうちに、ちゃっかりとそこに坐り込み、大口を開けて欠伸《あくび》をした。口元を手で覆うだけのたしなみもなかった。なんと無作法な――マレットは暗澹たる思いに駆られた。「それで、きみのほうはどんな様子だね？」と豚も顔負けの礼儀知らずに尋ねた。

「どうもこうもありません」とフロストは言った。「全員、あっぷあっぷの状態ですよ。このままじゃ、沈没するのも時間の問題だろうな」

「しかし、シェルウッド署は――」

「馬鹿馬鹿しい。シェルウッド署なんかとじゃ比較にならないね」フロストは遮って言った。「あそこは、殺人事件の捜査を、同時に三件も抱え込んでるわけじゃない」

マレットは眼鏡をはずし、レンズに息を吹きかけて慎重な手つきで磨いた。眼鏡をはずしていると、フロストの姿も輪郭がぼやけて、さほどむさくるしくは見えなかった。だが、眼鏡をかけなおしたとたん、プレスの行き届かない皺だらけの服を着込んだ不精者の姿が、瞬時にして鮮明な像となって浮かびあがってきた。「警部、これしきの事態でわれわれがことほどさように浮足立ってしまうのは、職務の遂行が杜撰《ずさん》で非能率的だからだ」

「いや、警視《スーパー》はなかなかよくやってますよ」フロストは鷹揚なところを見せて言った。

マレットの眼に、怒りの炎が燃え立った。「フロスト警部、わたしの仕事ぶりが、非能率的なのではない。勤務表というものがあるのに、それを守らないのはきみたちのほうではないか。誰が勤務に就《つ》いていて、誰が就いていないのか、わたしには知る術《すべ》すらない。我がデントン警察署には、もっと組織立った運営が必要とされている。遂行すべき任務を各人に割り当て、限られた人的資源を最大限に活用するべきだ。その第一歩として、わたしのほうで新しい勤務表を作成しておいた」マレットは、整然とタイプ打ちされた一覧表のようなものをデスクに載せ、フロストのほうに押しやった。「署員の諸君には、この勤務表を厳守してもらう。いかなる変更も、いかなる逸脱も許されないので、そのつもりで」

フロストは勤務表をつまみあげ、しげしげと眺め入った。マレットの執務室から発せられるもろもろの詔勅《しようちよく》と同様、その勤務表もまた、計画としては実に見事なものであるが、忠実に実行に移すことは所詮不可能、という代物《しろもの》だった。

「今は、それぞれが分に応じて、多少の犠牲を払うべきときなんだよ」マレットは、ことば巧みに励ます上司の口調で言った。「だが、それも、そんなに長いことではないはずだ。来週には、アレン警部が職場に戻れるだろうから、きみもポーラ・バートレット殺害事件からは解放される。あの事件はもとどおり、アレン警部に担当してもらうつもりなんでね。そうこうするうちに、ほかの欠勤者も徐々《じよじよ》に職場に戻ってくるだろうし」マレットは、こうした際に頼みとしている〝ここはひとつ辛抱してくれたまえ〟の笑みを浮かべた。「なに、ほんのここ数日間のことだよ」

ああ、そうだろうとも——フロストは声に出さずに毒づいた。御前に這いつくばる身としては、仰せのとおりにするまでだった。ひとつ大きな欠伸《あくび》をすると、フロストは椅子から立ちあがった。「その勤務表で見ると、おれは非番に当たってるみたいだから、これから家に帰ってちょっくら寝てくることにしますよ」

「待ちたまえ！」マレットはフロストを呼び止め、椅子にかけなおすよう身振りで伝えた。

「わたしもこの署を預かる署長である以上、きみの抱えている事件の捜査について、進捗状況を知っておく必要がある」フロストは、新たに発生した刺殺事件について、ポーラ・バートレットの検視解剖について、胸が悪くなるような描写を多用し、細部まで割愛《かつあい》することなく語った。嫌悪感をこらえて、マレットは最後まで耳を傾けた。「ならば、ひとりはまだ存命中ということだな。では、殺人事件は二件だけということになる」

「被害者《ガイシャ》は、八十一歳の婆さまですよ」とフロストは言った。「しかも、頭蓋骨をかち割られてる。病院の医者の見立てでも、助かりそうにないってことだったし。これも遠からず、殺人事件の線に落ち着くんじゃないですかね」

義憤もあらわに、マレットは拳《こぶし》をきつく握り締めた。「そんな無法を働く野獣《けだもの》を野放しにしておくわけにはいかない。刺殺事件の犯人逮捕を、われわれの最優先事項とする。そのために、ほかの事件の捜査があとまわしになるのも、この際やむを得んだろう」マレットは、メモ用箋の綴りを手元に引き寄せた。「午後二時に、ポーラ・バートレット殺害事件に関して記者会見を開くことになっている。きみの言っていたその配管工だが、結局真犯人《ホンボシ》ではなかったわけだな？」

「ああ、あの配管工。あれはまずシロだな。供述に穴でも見つかりゃ別だけど、どうやら見つかりそうもないしね」

「期待していたんだが……」マレットは恨めしげに言った。まるで、すべてはフロストの落ち度だと言わんばかりに。「ポーラ・バートレットが性的暴行を受けていた件は、すでに両親に伝えてあるかね？　わたしとしては、両親がそうした事実を報道で知るようなことにはなってほしくないんだが」

くそっ――フロストは心のなかで悪態をついた。その件は、完全に失念していた。「いや、署長、まだです。でも、せっかくの勤務表に小便を引っかけるような真似をするのもなんだし、そうなるとおれは非番に当たってるわけだから、その件は署長に任せますよ」

マレットは、パーカーの万年筆を弄《もてあそ》んでいた。ペン先が宙をさまよい、緩慢な曲線を描き、ありもしないiの文字に律義に点を打った。「わたしに異存はないよ、もちろん。しかし、警部、きみはすでに被害者の両親と面識がある。彼らの信頼も得ている。こういう衝撃的な知らせは、いきなり訪ねてきたまるで面識のない相手から聞かされるより、多少なりとも知った人物から聞かされたほうが、ありがたいんじゃないかね。被害者の親の心情を思うと、ここはやはりきみが適役だと思う」

フロストは、こうした際に頼みとしている〝あんたはくそ野郎だよ〟の笑みを浮かべた。

「いいですよ、署長。そこまで言われちゃ仕方ない」

マレットは、手元のメモに視線を落とした。「緊急の対応が要求されているのは、とりあえず、さっきの一件だけのようだな――例の包丁を所持した殺人狂の件だよ。これは対応を急いで、次の被害者が出てしまうまえに、われわれの手で犯人を捕えなくては。今後は、この事件に絞って、人員を投入するように。ほかの事件の捜査は、員数が揃って正規の勤務体制が敷けるようになるまで、一時棚上げとする」

「でも、ポーラ・バートレットの件は？」フロストは異を唱えた。「強姦されたうえに殺されたんですよ――それでも、一時棚上げってことにしちまっていいんですか？」

マレットは、迷うことなく頷いた。「被害者は、すでに二カ月まえに死亡していた。今さら一刻を争ってみたところで、その二カ月間に失われた手がかりが戻ってくるわけでもあるまい。棚上げにすると言っても、アレン警部が戻ってくるまでのほんの一週間程度のことだ。手薄な陣容で不充分な捜査を行《おこな》うことを思えば、来週を待つほうが賢明な選択だし、そうしたところで状況に大きな差が生じるとも思えない」フロストが頷く気配を示さなかったので、マレットは重ねて言った。「これは優先順位の問題だよ、警部。現在、うちの署が置かれている状況をよく考えてみたまえ。目下《もっか》の人数では、殺人事件の捜査は一件だけで手一杯だ。だったら、わたしとしては、ひとつの捜査に集中して取り組むことで、その事件の早期解決を目指す道を選択したい」

フロストは、耳に挟んでおいた、吸いさしの煙草を抜き取ってくわえた。「諒解、やってみますよ」と踏ん切りの悪い口調でつぶやいた。ポーラ・バートレット事件の捜査を今ここで中断するのは気が進まなかった。ジャック・フロスト警部の直感は、ただちに全力を挙げて捜査に取り組み、憎むべき卑劣漢の逮捕に邁進《まいしん》すべきだと訴えている。しかし、角縁《つのぶち》眼鏡のマネキン野郎の言うことにも、一理あった。今のデントン警察署には、大きな事件をいくつも抱え込めるだけの体力はない。おまけに州警察本部からの増援も期待できないとあれば……。

「そう、その意気だ」マレットは左右の人差し指で口髭を撫でつけた。「しかし、一般市民に対しては、ポーラ・バートレット殺害事件は鋭意捜査中であるとの姿勢を示し続ける必要がある。捜査が足踏み状態にあることは……そういうことは、こちらからわざわざ宣伝すべき事柄では——」何やら思いついたようだった。眼を輝かせ、勝ち誇った表情で、マレットは指を音高く鳴らした。「そうだ、あれを使おう。ポーラ・バートレットが行方不明になった時点で、アレン警部が作製させたヴィデオだよ。各テレビ局に申し入れて、そのヴィデオをもう一度改めて流してもらうことにすればいい」そのヴィデオとは、ポーラ・バートレットに背恰好と容姿の似たモデルを選び、そのモデルにポーラの失踪時とよく似た服装をさせ、ポーラの自転車と同じ型の自転車にまたがらせ、彼女の新聞配達のルートをたどらせたものだった。一般市民の記憶に訴えることを目的に制作され、テレビで放映されたのだが、期待したほどの成果はあがらなかった。ポーラは毎朝決まった時刻に決まった配達ルートを決まった道順でたどっていたため、ヴィデオ放映後、事件当日にポーラ・バートレットの姿を目撃したとして名乗り出てきた何名かの通報者も、日付の記憶に関してかなりの混乱が認められたのだった。公開捜査に踏み切った際に決まって寄せられる目撃情報——〝不審者を乗せた黒っぽい車がその界隈《かいわい》をゆっくりと流していた〟の類いも、いくつか寄せられるには寄せられたが、追いかけてみた結果はいずれも空振りに終わっている。

「あの当時でも、限りなくゼロに近い収穫しかなかったんですよ。さらに一カ月も経ってからじゃ、人の記憶だってもっと曖昧になってるだろうし、流すだけ無駄だと思うけど」とフロストは言った。「でも、まあ、署長のお望みとあらば手配しますよ。なんなら、おれのほうから一般市民に訴えてみてもいい」

「それはわたしが引き受けよう」マレットは慌てて言った。「きみの負担ばかりが増えてしまっては、公平を欠くことになるからね」デントン警察署の署長としては、フロストをテレビに出演させるつもりは毛頭なかった。ずらりと並んだテレビカメラのまえに、むさくるしいスーツ姿で現れ、だらしのない恰好で会見席に坐り、半分吸いかけの煙草を耳のうしろから取り出されでもしたら、それだけで署の威信は失墜してしまう。マレットはにこやかな笑みを浮かべ、フロストを見遣《みや》った。「ポーラ・バートレットの両親を訪ねて伝えるべき事柄を伝えたら、家に帰って少し睡眠を取ることを勧めるよ。それから、これだけは、もう一度しっかり頭に叩き込んでおいてほしい——われわれの力は限られている、捜査はまず緊急を要する事件から。くれぐれも余計なことに首を突っ込まないように」

立ち去り際、フロストはドアまであと数歩というところで、マレットに呼び止められた。マレットは、《未決》のトレイから引っ張り出した、署内什器備品現況の調査報告書の書式ひと綴りを掲《かか》げていた。「警部、手の空《あ》いたときに、この書類を作成しておいてくれたまえ」

フロストは、素性を質《ただ》す眼で、その複雑怪奇な代物《しろもの》を見つめた。「おれには、こいつが緊急を要するようには見えないけど」

マレットの笑みは、小揺るぎもしなかった。「早めに処理してもらえるものと期待しているよ。たった今、きみの負担を軽減したばかりなんだから。州警察本部のほうから、今週いっぱいに提出してほしいと言ってきている」

言うほうはなんとでも言える——州警察本部の横暴をなじりながら、フロストは仏頂面でオフィスに戻った。什器備品現況の調査報告書は《未決》のトレイの奥底に埋葬し、新しい勤務表のほうは丸めて屑籠に放り込んだ。そして、ドアを蹴って閉めると、身を投げ出すようにして椅子に坐り込んだ。その二分後、フロストは深い眠りに落ちていた。

火曜日——日勤／遅番

不自然な恰好で寝入ってしまったせいで、眼を醒ますと身体が冷えて強ばっていた。ぎくしゃくした歩き方で、フロストは殺人事件の捜査本部が置かれている部屋に入っていった。ギルモアとバートンが、それぞれうずたかく積みあげた緑色のフォルダーの小塚をまえに、隣あわせに置かれたデスクについていたが、ふたりとも、ろくに顔もあげなかった。フォルダーから拾い出した情報を、ロネオで複写した所定の用紙に転記する作業に忙殺されていたからだった。記入のすんだ用紙は婦人警官のジーン・ナイト巡査が回収し、順次コンピューターに入力しているところだった。

コンピューターの横の壁には、デントン市の大縮尺の地図が貼り出されており、そのあちこちに色のついたピンが打たれていた。フロストはのそのそと壁際に移動し、それを眺めた。それぞれのピンは、最近頻発している高齢者宅を狙った侵入窃盗事件の発生現場を示していた。奥のほうの壁に貼り出された地図には、アレン警部の手でポーラ・バートレットが失踪当日、新聞を配達してまわったルートが記されている。そこに新しく加えられた一本の黒い画鋲《がびょう》は、死体の発見された場所、教会墓地の納骨堂の所在地を示していた。小柄で肉づきのいい婦人警官が、新たにまた緑色のフォルダーを両腕いっぱい分、運んできて、デスクにまた別の小塚を築いていった。

「ふむ、この捜査本部は、なかなか効率的に運営されてる」とフロストは感想を述べた。

「誰かがやらなくてはなりませんから」ふてくされた気分のギルモアは、低い声でぼそりと言った。確保できた睡眠時間は三時間少々、眼が醒めると今度は、どうしてこんなに長いこと、ひとりぼっちにされなくてはならないのか、とリズに責め立てられ、さんざっぱら愚痴につきあわされたあげく、いざ出勤してみると、フロスト警部は捜査本部を設営すべき立場にありながら、その任を果たしておらず、自分のオフィスでだらしなく眠りこけていたのである。

「恩に着るよ」フロストは、感謝のことばを口にした。何かを効率的に設営するのは、ジャック・フロスト警部の得意とするところではない。「さて、諸君、ひとついい知らせがある。マレット署長がお作りあそばした新しい勤務表によると、おれたちはみんな、夜まで非番だ。ところが、悪い知らせもひとつある。おれたちは多忙につき、眼鏡猿の御託《ごたく》につきあってやってる暇はない」彼は、バートンとギルモアが陣取っているデスクまで足を運んだ。両名とも、緑色のフォルダーにデスクを占拠されていた。「おふたりさん、いったい何をおっぱじめたんだい?」フロストはふたりのデスクにそれぞれ一本ずつ煙草を置き、バートンの魔法瓶から紅茶をマグカップ一杯分、失敬した。

ギルモアは、屈《かが》み込んでいたフォルダーから顔をあげた。「捜査の一環として、コンピューターを導入しようと思います。このプログラムを使えば――」

フロストは大急ぎで片手をあげた。コンピューター絡《がら》みの話なら、聞く気はなかった。「せっかくだが、坊や、プログラムのことは説明してくれなくていい。そうすりゃ、おれも、おまえさんの喋ってることが理解できたふりをしなくてすむ」

それでも、ギルモアはひととおりの説明を試みた。「最近発生した、侵入窃盗事件と強盗事件と暴行事件のなかから、高齢者が被害に遭ったものを選んで、それぞれの事件についていくつかの情報をコンピューターに入力してるんです。複数の事件に共通するパターンが見つからないか調べてみようと思って……たとえば、被害者が選ばれている基準とか、そういう犯人の癖みたいなものがわかるかもしれませんから」

フロストは、ジーン・ナイトの肩越しに端末機のスクリーンをのぞき込み、画面上をちまちまと移動し、あとに文字や数字から成る小難しげな軌跡を残していく、カーソルのせわしない動きを眼で追った。「で、収穫は？」

「被害者の多くが、どこかの高齢者クラブに入っているという条件に該当します」ジーン・ナイトが言った。

「それは、おそらく、被害者の多くが高齢者と呼ばれる人たちで、そう呼ばれる人たちはそう呼ばれるクラブに入るからさ」フロストは、格別の感興をそそられた様子もなく言った。そばにあったファイルを漫然と繰り、中身を読むでもなく脇に押しやると、人差し指でバートンを突ついた。「おまえさん、確か、メアリー・ヘインズのことで牧師に話を聞きに行くって言ってたな」

「その件なら、報告書にして警部のデスクに置いてあります」とバートンは言い返した。

「おれが報告書を読まない主義だってことは知ってるだろう？　報告書になんて書いたのか、話して聞かせてくれ」

「メアリー・ヘインズ夫人は、六年近くまえから、あそこの教会の高齢者クラブのメンバーだったそうです。牧師の知る限りでは、親族はいません。あまり人づきあいに積極的な人ではなかったようで、会合のあとで自宅に仲間を招くこともなかったし、親しい友人と呼べるような相手もいなかったそうです」

「なんだ、その程度か」とフロストはむっつりと言った。「よかったよ、報告書なんか読まなくて」

「おまけがあります」とバートンは続けた。「日曜日のことです、ヘインズ夫人は旦那の墓参りのため、教会墓地に出かけたんですが――」

フロストは、素早く顔をあげた。教会墓地。そのことばで、あやうく忘れかけていた用件を思い出した。「諸君、ドライヴの時間だ。悲嘆に暮れてる両親に、めでたい知らせを伝えに行かなくちゃならない――お嬢さんは強姦されてましたってな」

「自分の話を最後まで聞いてからにしてくださいよ」バートンは異議を申し立てた。「ヘインズ夫人の旦那の墓は、何者かに荒らされていました。墓石にスプレー塗料で、卑猥なことばが書いてあったんです。そのことで、牧師と言い争いをしています。あの婆さんは、相手かまわず口論をふっかけて歩いてたらしい。念のために、口論になった相手のリストを作って当たってみてますが、口論といっても、どれも口喧嘩に毛の生えた程度ですから」

「それでも、とりあえず最後まで当たってみてくれ」とフロストは言った。「悪名高き謎の青いヴァンを目撃したやつは？」

「今のところ、ひとりもいません」

フロストは、またもや不意に、あることに思い当たった。それも同様に、すっかり忘れていたことだった。「いかん！　クリーニング屋の連中に、血のついた衣類が持ち込まれた場合は通報するように言っとくんだったよ」

「その件なら、すでに手配済みです」ギルモアが自得の境地にある者の口調で言った。

速配係が部屋に入ってきた。フロスト警部宛《あて》の大型封筒一通と小包一個を届けに来たのだった。フロストは大型封筒の端をちぎって開封し、中身を抜き出した。検屍官からの報告書、解剖所見が二通。どちらも、検屍官お抱えの忠実なる助手の手で、見るからに高価そうな紙に整然とタイプされていた。フロストは一通目のファイルを開き、素早く眼を通した。ミッキー・マウスの寝巻き姿で自殺した少女、スーザン・ビックネルの解剖所見だった。ドライズデールは、いつもどおり、綿密で周到な仕事を行《おこな》っていた。腰から臀部にかけての殴打痕にもきちんと言及がなされていたが、それはただ事実として記載されているだけで、見解の類いは付記されていなかった。検屍官の最大の関心事たる死因については、おそらくは被害者当人が招いたものと推測される、バルビツールの過剰摂取による中毒死と記されていた。また、比較的最近、性交渉を持った痕跡が見られたものの、妊娠は認められなかった。

フロストは、スーザン・ビックネルのファイルをギルモアにまわし、ギルモアがすぐさま眉《み》間《けん》に皺を寄せて読みはじめるのを見て、ひと声かけた。「赤ん坊ができちまったんで自殺したわけじゃなかったよ、坊や」

「だったら、なぜ自殺したんです？」

「それは永遠の謎だな、たぶん」フロストはもう一冊のファイルを開いた。「昼飯を食いそびれてるやつには気の毒なことになる――胃袋の内容物のお出ましだ」フロストは、タイプ打ちされた書面に素早く眼を通した。「いやはや、科学ってのはすごいもんだよ。当人は二カ月もまえに死んじまってるのに、このお嬢さまが死亡する三十分まえに食ったものがわかるんだからな。鶏肉とマッシュルームのパイ、ポテトフライ《チップス》にエンドウ豆、それから――聞いて驚くな――少量のブラウン・ソースときたよ」

フォルダーの運搬係、ブロンドの髪をした肉づきのいい婦人警官が顔をしかめた。「それ、あたしの昨夜の夕食です」

「ならば、きみが強姦されて絞め殺された暁には、めでたく、ポーラ・バートレット殺害事件との関連性が認められることになる」フロストは、再び手元の報告に視線を落とした。「ポーラは、その日二度目の食事を摂《と》ったってことだな。朝飯のときに、これだけのものを全部たいらげたとは思えないもの」

「でも、被害者は、いわゆる育ち盛りの女の子でしょう？」バートンは自分の考えを口にした。

「その年頃の子どもって、びっくりするぐらいよく食いますよ」

「ポーラは、食後三十分以内に死亡してる」フロストは指摘した。「食ったものが、完全に消化されてなかった。解剖に立ち会ったときに見てきたよ。なんなら、おまえさんにも見せてやろうか？」遠慮します、とバートンが身を震わせて言うと、フロストは話を先に進めた。「胃袋に残ってたのが家で食ったものなら、胃袋の持ち主は午前七時半には死んでたことになる」

「午前八時十五分に、彼女の姿を見かけたという人物がいます」とバートンが言った。

「だとすると、そいつが嘘をついてるか、勘違いをしてるか、ポーラが二度目の食事を摂ったか――そのいずれかってことになるだろう？　しかも、火を使わなくちゃこしらえられない、ちゃんとした料理だ」フロストは小包のほうを開けにかかった。「まさか、胃袋の内容物じゃないだろうな」一同は身を硬くして後ずさったが、フロストが包みのなかから引っ張り出したのは、なんのことはない、証拠物件を保存するポリエチレンの袋だった。なかには、ポーラ・バートレットが発見時に履いていた靴が収められていた。フロストはそれをブロンドの婦人警官に手渡して、科学捜査研究所に送ってほしいと頼んだ。そこで、またしても不意に、あることに思い当たった。「いかん、いかん。うっかりしてたよ。昨夜、現場で回収した包丁をドライズデールのとこに送ってもらおうと思ってたのに、科研に頼むのを忘れてた」

「その件も、すでに手配済みです」とギルモアは言った。フロスト警部の無能ぶりとあまりにも非効率的な仕事の進め方に、ほとほと呆れ果てながら。

フロストは、感謝の印に頷いた。ポーラ・バートレットの死体は、衣類を身につけていなかったが、靴は履いていた。死亡する直前には、誰かが調理した食事を摂っていた。十五歳という年齢は、もう当人の意に染まない食事を強要できる年齢ではない。ポーラ・バートレットは、おそらく自《みずか》らの意志で犯人に同行したものと思われた。それは取りも直さず、あの禿げ頭の配管工が容疑者リストから除外されるということだ。それなのにマレットは、この件の捜査に時間を割くことはまかりならんと宣《のたも》うた。厭味の天才、アレン警部に任せるようにと勅命を下した。しかし……マレットなど、くそくらえだった。不肖ジャック・フロスト警部にも、当人なりの流儀というものがある。「おい、そこのふたり」とギルモアとバートンに声をかけた。「ドライヴの時間だ。ポーラが新聞を配ってたルートをちょいとひとまわりしてみよう」

署の駐車場は、見慣れない車の群れに占領されていた。それもそのはずだった。マレットの記者会見はそろそろ最高潮に達するころだった。間もなく、マレット署長のほうから、被害者は性的暴行を受けていたと思われる旨《むね》、発表があるにちがいない。なのに、フロストは、そのことを、まだ被害者の両親に伝えていなかった。「仕方ない、そっちが先だな」とフロストは言った。「片づけなくちゃならないことから、とっとと片づけちまおう」

車内に残ったバートンが見守るなか、ギルモアはフロストとともに、降りしきる雨をついてバートレット家の玄関まで最短距離を駆け抜け、庇《ひさし》のしたに飛び込んだ。ノックに応えて玄関に出てきたポーラの父親は、土気色の顔をしていた。肩を落とし、背中を丸めた姿は、ひと晩のあいだに十も年齢《とし》を取ってしまったように見えた。居間に通されると、ポーラの母親が椅子に坐ったまま、あらぬ方《かた》を凝視していた。ふたりの刑事に引き合わされても、蒼ざめた顔にうっすらと強ばった笑みのようなものを浮かべてみせただけだった。フロストは、居心地の悪さを感じながら、戸口のところに突っ立って、どう切り出したものか考えあぐねた。

「お茶でもいかがです?」バートレット家の主人《あるじ》がふたりの刑事に勧めた。

「そりゃ、ありがたい」とフロストは言った。紅茶を淹《い》れるために、バートレット夫人が席を立つことを期待しての発言だった。母親が中座している間《かん》に、性的暴行の件を父親のほうに話してしまいたかった。だが、バートレット夫人は虚ろな眼差しでまっすぐまえを見据えたきり、椅子から立とうとしなかった。

ポーラの父親は、妻の肩に手を置いた。「きみも飲むかい?」彼女は黙って首を横に振った。フロストは、沈黙の行《ぎょう》を続けるバートレット夫人の守役《もり》はギルモアに任せて、ポーラの父親のあとを追ってキッチンに入った。彼は、水道の蛇口から電気湯沸かしに水を汲んでいるところだった。「知らせを受けてから、ずっとあんな調子でして」

「実は、お話ししておかなくちゃならないことがあります」フロストはそう言うと、一撃を繰り出す覚悟を決めた。ポーラの父親のほうは、それを受け止める覚悟を決めたようだった。

「お嬢さんのことです。お嬢さんは亡くなるまえに性的暴行を受けてました」

湯沸かしを持った手が小刻みに震えだし、汲んだばかりの水がタイル敷きの床に飛び散った。フロストは湯沸かしをそっと受け取り、彼をそばの椅子に坐らせた。ポーラ・バートレットの父親は、肩を震わせてすすり泣いていた。

フロストには、相手の苦悶の深さを慮《おもんぱか》ることと、黙ってその姿を眺めていることしかできなかった。慰めようにも慰めることばがなかった。すすり泣きの声は、バートレット夫人をキッチンに呼び寄せた。彼女は夫の肩に腕をまわし、涙に濡れた顔をしっかりと胸に抱き寄せた。

「どうなさったの、あなた?」だが、ポーラの父親は頭を垂れ、涙を流し続けるだけでそれに答えることができなかった。バートレット夫人から物問いたげな視線を向けられて、フロストは口にしたくない台詞をもう一度繰り返すこととなった。

「実は、ご主人にもお話ししたんですが……お嬢さんは性的暴行を受けてました」

夫と妻は互いの身体に腕をまわし、若い恋人同士のようにものも言わずに、ただ抱きあった。ただ抱きあうことで、いくらかなりとも慰められるのかもしれなかった。無視された恰好のフロストは、居たたまれなくなって身をよじり、足を踏み替え、体重を反対の足に移した。「慰めになるかどうかわからないけど」とふたりのうちのどちらにともなく言った。「お嬢さんは、それまで性交渉の経験はなかったそうです」言ってしまったとたん、己《おのれ》の浅慮を悔いた。言うに事欠いて、なんと心ないことを。どこぞの野獣《けだもの》に手込めにされて絞め殺されるまで、お嬢さんは生娘でしたと聞かされて慰められる親がどこにいる? 気がつくと、ポーラの父親が、今度は憤激の招いた涙を浮かべながら、フロストに向かって大声で怒鳴り立てていた。

「当たりまえだ。あの子は十五だったんだから。まだ子どもじゃないか。そんな乱れた生活を送っていたわけが――」次の瞬間、彼は再び泣き崩れた。

フロストは慌てて、ひとまずその場を辞することにした。「隣の部屋にいますんで」居間に戻ると、低すぎる椅子に窮屈そうに坐っていたギルモアが、片方の眉を吊りあげて、無言で首尾を尋ねてきた。「しくじったよ、ものの見事に」とフロストは言った。「向こうは、今や嘆きの壁だ」彼も椅子に坐り込んだ。灰皿は見当たらなかったが、煙草を吸わずにはいられない心境だった。一本抜き取って火をつけ、パックごとギルモアに差し出したが、その勧めは辞退された。

二服目の煙を吐き出したところに、眼を赤く泣き腫らしたバートレット夫人が戻ってきた。ふたりの刑事がまだ残っていたのを見て、驚いた様子だった。フロストは煙草の先をつまんで火を消し、立ちあがった。「奥さん、あともう二点だけ」バートレット夫人は、気遣わしげな表情を浮かべた。これ以上どんな恐ろしいことを言われなくてはならないのだろう、とでもいうように。「いや、大したことじゃない。お嬢さんが行方不明になった時点で作ったヴィデオを、またテレビで流すことにしたので、ひと言断《ことわ》っておこうと思って。各局とも今夜のニュース番組で放映することになっています」

バートレット夫人は頷いた。もっと悪い知らせでなかったことに安堵したようだった。

「それから、もうひとつ――これは記録に残すために訊くんですが、行方不明になった当日の朝、お嬢さんが食べたものを教えてもらえませんか?」

「コーンフレークとトーストです」

「間違いありませんか? お嬢さんが自分で何かこしらえたということは?」

「いいえ、それはありません。わたしも階下《した》にいたんですもの……コーンフレークとトーストです。いつもそうでした、朝食はそれだけってあの子自分で決めてましたから」玄関に向かう途中で、バートレット夫人はフロストの腕をつかんだ。「いつになったら、あの子を安らかに眠らせてやれるでしょう?」

一瞬、何を尋ねられたのか、フロストにはわからなかった。葬式のことだと気づくには、いくらか時間を要した。「そうですね、奥さん、もうしばらく待ってもらわないと」

「では、あの子に会わせてください」バートレット夫人は涙の溜まった眼を懸命に瞬《しばた》き、眼鏡のレンズ越しにフロストを見つめた。

「それはやめたほうがいい」フロストはきっぱりと言った。

「お願いです、お願いだから……」バートレット夫人は腕をつかんだ手に力を込め、鈍い痛みをもたらすほど強くすがりついた。

フロストはその手を取り、そっと腕から引き剝がした。「奥さん、お嬢さんは今の姿をお母さんに見せたいとは思いませんよ」

「どんな姿だろうと、かまいません。どんな姿になったって、娘は娘だわ。わたしの娘です。だから、あの子に……」

その叫び声は、車のところまで追いかけてきた。車のドアを閉めても、バートレット夫人はなお玄関のまえで叫んでいたが、車中の人間には車の屋根を叩く雨音しか聞こえなくなった。やがてポーラの父親が玄関に出てきて、妻を家のなかに入らせた。

「文句なしの大成功とはいかなかったな」フロストは溜め息をひとつつくと、先刻の吸いさしの煙草を取り出してまたくわえた。「バートン、ポーラの朝飯はコーンフレークだったよ。そこから導き出されることは?」

「警部の説が正しかったようですね。彼女は最後に目撃されたあと、どこかに連れていかれて二度目の食事を摂ったってことです」とバートン巡査は答えた。

「ご名答」フロストは、車の窓ガラスを利用してマッチを擦った。「バートン、おまえさんが十五の生娘だったとしよう。誘拐されて、どこともわからない場所に連れてこられる。そんなときに、鶏肉のパイやらエンドウ豆やらポテトフライ《チップス》やらを食う気になるか？」

「それは、どのぐらいのあいだ、食事を摂ってないかによると思います。被害者は何も食べさせてもらえないまま、何時間も身柄を拘束されてたのかもしれない」

バートンの言ったことをしばらく吟味してから、フロストは頷いた。「調理した食い物を出したってことは、ポーラを拘束してた場所は屋内だ。拘束時間の長短にかかわらず、さらってきた女の子を家のなかに隠しておくには、同居人がいちゃまずい。それに、女の子を車から隠れ家まで連れ込むときに、誰にも目撃されないこと。とすると、拘束場所は、人里離れた一軒家しかありえない」フロストは煙草の火のついた部分に息を吹きかけ、先端が赤く燃えあがるのを眺めた。「ポーラの学校の教師で、あの子を車に乗せて学校まで送り届けてやってたやつがいただろう？　その先生の家は、人里離れた一軒家だったりしないのかい？」

バートンは頷いた。「一軒だけぽつんと離れて建ってます——隣家まで何マイルもありますね」

「だったら、そいつで決まりだな」

「何をおっしゃりたいんです？」ギルモアは、そう尋ねずにはいられなかった。自分ひとりだけ、即席の捜査会議から締め出されているような気がしたのである。これがジャック・フロスト流の犯罪捜査というものなのだろうか？　なんの根拠もないままにひとりの人物を容疑者に仕立てあげ、事実のほうをそれに当てはめようとする、このやり方……。

「おれがおっしゃりたいのは、その教師の皮をかぶった色情狂の人でなしが、ポーラを車に乗せて自分の家に連れ帰ったってことだよ」

「その教師ですが、事件当日は妻の葬儀に出席してたことが確認されてます」バートンはフロストの記憶の甘さを指摘した。

「今、問題にしてるのは、午前八時前後のことだぞ。葬式は、どんなに早くとも、午前十時まえには始まらないだろうが」

「だとしても、わざわざ車を出して彼女をさらいに出向く必要はなかったはずです」とバートンは言った。「どっちみち、ポーラ・バートレットは、その教師の家にも新聞を配達することになってたんですから」

「それまで待ちきれなかったのさ」フロストは自説を曲げずに言った。「若くてぴちぴちした身体に恋い焦がれて、もう我慢できなくなっちまったんだよ」

「どうあっても待ちきれなかったから」とギルモアは皮肉を込めて言った。「家に連れてきた被害者に、朝っぱらから鶏肉のパイとエンドウ豆とポテトフライ《チップス》なんかを食べさせ、その後性交渉を持った、というわけですか。で、しかるのちに妻の葬儀に馳せ着けた、と」

フロストは座席の背にもたれかかり、煙草の煙を勢いよく吐き出した。「そうだよな。確かに、そこにどでかい穴がある。それでも、その先生にはちょいと訊いてみたいことがある。バートン、住所はわかるか？」

バートンは頷いた。

「だったら、案内を頼むよ。ついでに、ポーラの配達ルートをたどって、配達先に当たってた家を教えてくれ。自転車が発見された場所も見ときたい」

バートンは、車をバックで出してメドウェイ・ロードを離れると横道に折れ、さらに何本かの脇道を抜けた。ギルモアは、自分の現在位置を把握していようとしたが、市内のいったいどこを走っているのか、すぐにわからなくなってしまった。何分か走ったところで、不意にあたりの景色に見覚えがあることに気づいた。通りに溜まった雨水を撥《は》ねあげながら、車はマーチャンツ・レーンを走っていた。自宅のまえを走り抜けたとき、ギルモアは二階を見あげ、寝室の窓のカーテンがまだ閉まっていることに気がついた。リズは眠っているようだった。愚痴の続きを聞かせるため、夫の帰宅時間に備えて今は英気を養っているというわけだ――結構な身分じゃないか、と思った自分が情けなかった。いつの間にこんな拗《す》ねた考え方をするようになってしまったのか。ギルモアは、このちっぽけでしみったれた市《まち》が、心底嫌いになりかけていた。

車は小刻みに車体を揺らしながら、丸石敷きの通りを進み、勾配のきついその坂道を登りきると、激しい雨に降り込められて客足の遠のいたマーケット・プレイスの通りを突っ切った。通りの両側に並ぶ家の数は次第《しだい》に少なくなり、家と家との間隔が広くなった。ほどなく、車はデントン・ウッドの森の外周道路に入った。

「ここが、最初の配達先です」とバートンが言った。ちょうど、《デントン・ニュータウン開発公社》なる法人によって建設された、住宅団地のまえを走っているところだった。周囲を塀に囲まれたせせこましい地所に、四十戸あまりの住宅やメゾネット式のアパートメントがひしめいている。「まさか、一軒ずつ個別に立ち寄りたいってことじゃないですよね？」

「ああ、配達ルートの大雑把《おおざっぱ》な道筋がわかりゃいいんだ」とフロストは応えた。

住宅団地を離れて道なりに進み、ヴィクトリア時代の古い邸宅が数戸分のアパートメントに分割されて生き延びている界隈《かいわい》、フォレスト・ヴュー地区を通り抜けた。さらに少し走ったところで森の外周道路から枝分かれした、両側を低い生け垣に挟まれた未舗装のでこぼこ道に分け入り、古いコテッジが何軒か寄り集まっているところに差しかかった。バートンは車の速度を落とし、緑色の屋根のバンガロー風の家のまえで車を停めた。「ポーラが、最後に立ち寄ってるのがこの家です。『デイリー・テレグラフ』と写真雑誌を配達しています。この家の主婦が午前八時十五分過ぎに、自転車に乗ってこの通りの先に向かったポーラの後ろ姿を見かけています。彼女の姿が確認されたのは、それが最後でした」

フロストはそのバンガロー風の家屋をひとわたり眺めまわしてから、バートンに車を出すよう合図した。車は水溜まりに入っては出ることを繰り返し、その都度盛大に泥水を撥ねあげながら、さらに幅の狭い小道に入った。道の両側の灌木が、その合間を擦り抜けていく車に何か含むところでもあるかのように、伸びすぎた枝でもって執拗に打ちかかってきた。しばらく進んだところで、バートンがブレーキを踏んだ。「ここです、自転車と配達されなかった新聞が発見されたとこです」

フロストは、ふたりの刑事を連れて車を降り、生け垣の際《きわ》をのぞき込んだ。野放図に生い繁った灌木に半ば隠れる恰好で、排水用の深い溝が走っていた。溝は縁《ふち》のあたりまで水をたたえ、鮮やかな緑色の藻に覆われた水面から、底をうえにして沈んでいるスーパーマーケットの店内用とおぼしき手押し車《カート》の車輪が突き出していた。

「犯人の野郎が待ち伏せしてたのも、たぶん、このあたりですよ」とバートンが言った。

フロストはむっつりと頷いた。現場に足を運ぶことで、その場の持つ摩訶不思議な力が働いて、名案が閃《ひらめ》くことを期待していたのだが……。降りしきる雨のなか、フロストは溝の縁に突っ立って緑色に澱んだ水面の奥にしばし眼を凝らし、それから吸い終えた煙草を水のなかに落とした。

車に戻ったところでバートンに、ポーラの自転車の所在を尋ねた。「署の保管庫です。一緒に回収された、配達されなかった新聞のほうは、二部とも証拠品保管用の戸棚にしまってあります」とのことだった。

「残るは二軒だけです」バートンのことばと同時に、車はまたしても深い水溜まりにつかまり、きたならしい泥水がフロントガラス一面に飛び散った。

「少しは運転に身を入れたらどうだ？」とギルモアがすかさず一喝した。ここしばらく、バートンに、身のほどというものを思い知らせる機会をうかがっていたのである。

バートンは、指の関節が白くなるほどステアリングを握り締めることで、腹立たしさを抑えたようだった。彼は、少し先で枝分かれしている細い脇道を指さした。その脇道の突き当たりに、二階建ての一軒家が建っていた。「あそこは、ブルック・コテッジと呼ばれています。『サン』を取ってるんですが、事件当日、ポーラはこの家までまわってきませんでした」

ブルック・コテッジは、いささか老朽化が進んでいるように見受けられた。まえを通り過ぎたとき、犬の吠え声が聞こえた。

道幅が広くなり、周囲に人家はなくなった。雑木のまばらな木立《こだち》のなかを走ること数分、前方に赤煉瓦造りの家が姿を見せた。広大な敷地に一軒だけ建つ、見るからに堅牢な造りの古い建物だった。男がひとり、激しい雨を気にする様子もなく、シャツだけになって庭仕事をしていた。「ここが、配達ルートのいちばん最後の家です」エンジンを切りながら、バートンは告げた。「あそこで庭仕事をしている男がエドワード・ベル、ポーラを学校に送ってやってた例の教師です」

フロストは、ダッシュボードの灰皿で吸いかけの煙草を揉み消すと、レインコートの襟を立てた。「では、色情狂の人でなしの言い分を聞きに行くとしよう」

粘土質の土地に生えた雑草を引き抜いていた男は、葉陰に潜んでいた鋭い荊《いばら》に手のひらを刺されて、その痛さに思わず悲鳴をあげた。刺された傷口に盛りあがってくる真っ赤な鮮血を、彼は腹立たしげに見つめた。小癪《こしやく》なことに、荊は生えるところを選ばなかった。一カ所で根絶やしにしても、すぐにまた別の場所に現れた。だが、それで人間を打ち負かせると思っているのなら、大きな間違いというものだった。男は、叢《くさむら》ほどに生い繁った雑草をひとつかみむしり取って荊に巻きつけると、それで手を守り、罰当たりなことばを盛大に吐き散らしながら、憎き荊を引き抜きにかかった。荊は、執念深く大地にへばりつき、男の力に抵抗した。奮闘したすえに、ようやく、雨水でぬかるんだ大地から荊を引き剝がし、それをそのまま、庭仕事でできたゴミの山に放り投げた。血と汗と雨とが入り混じり、手のひらがべたべたしていた。傷口から滲《にじ》んだ汗とも血ともつかないしょっぱいものを吸いながら、彼は次の区画に移動した。

車のドアが開いて閉まった音にも、こちらに近づいてくる足音にも、ろくに注意を払わなかった。

「ベル先生?」

「えっ……?」彼は身を起こし、強ばった腰の痛みを和らげた。眼のまえに、ふたりの男が立っていた。ひとりは黒っぽい髪の若い男で、こざっぱりと整った身なりをしていた。もうひとりの年嵩《としかさ》の男のほうは、生え際が後退し、薄茶色の産毛のような髪が周囲にかろうじて残っている程度。羽織っているレインコートも皺くちゃですっかりくたびれている。若いほうの男が、カラーの顔写真がついたプラスティックのカードを掲《かか》げた。「ベル先生、警察の者です」

「ポーラのことでいらしたんですか?」と彼は尋ねた。「見つかったんでしょうか?」

「こんなところで立ち話もなんだから、詳しいことは屋内《なか》で」むさくるしいなりをした男が言った。

家のなかは冷え冷えとしていて、来客を歓迎する雰囲気はなかった。三人はキッチンを通り抜けた。流しにも水切り板にも、汚れた鍋やら食器やらが山積みになっていた。冷蔵庫のうえに放置されている、飲み残しの牛乳は、すでに分離しかけており、どうやら傷《いた》んでしまっているらしい。まさに惨憺たるありさま。フロストは我知らず、自宅を思い出していた。

整理整頓が行き届いていないことを口のなかで詫びながら、ベルはドアを開けかけたが、途中で思いなおし、その部屋を使うのはやめて、ふたりの刑事を居間に通した。居間には黴《かび》の臭いがこもっていた。パティオに面した窓を雨が洗うように流れ落ち、窓の向こうの庭の光景が滲んで見えた。気の滅入《めい》る部屋だった。フロストは、できることなら辞去してしまいたくなった。

「寒くはないでしょう？　ヒーターをつけていなかったもんで。本当はつけるべきなんでしょうが、そういう気遣いがなんだか無意味なことに思えてしまって……」エドワード・ベルの声は次第に小さくなり、最後まで言い終わらないうちに途切れた。

「いや、お気遣いはご無用に」とフロストは言ったが、自分のことばに確信が持てなかったので、念のため、マフラーを首にしっかりと巻きつけなおした。彼とギルモアは、ベージュのドラロン（アクリル繊維の一種）を張ったソファに並んで坐り、ベルのほうは、ピンクの絨毯に雨の雫《しずく》を滴《したた》らせながら、ふたりと向かい合う位置にあった足乗せ台《フットストゥール》にしゃがみ込むような恰好で腰を降ろした。

着ているものは、雨に濡れて黒っぽく変色した格子縞のシャツに、コーデュロイのだぶだぶしたズボン。年齢《とし》のころは、三十代後半。痩せて神経質そうな顔、それを縁取る不揃いに刈られた薄茶色の髪、まばらに生えた貧相な顎鬚。眼のまわりにうっすらと浮いた蒼黒い隈《くま》は、睡眠が不充分であることを示している。

フロストに観察されているとも気づかず、エドワード・ベルは血のついたハンカチをはずして手のひらの傷を調べ、それからまた改めてハンカチを巻きつけた。そこで不意に、ふたりの刑事の来意を思い出したようだった。

「ポーラが見つかったことを知らせに来てくださったんですね？　それはよかった。どんな様子です？」

フロストはギルモアの視線を捉え、目顔で注意を促《うなが》した。が、新人部長刑事はただ漫然と坐り続けている。ベルの発言は、あまりにも無邪気に過ぎるというものだった。ポーラ・バートレットが死体で発見されたことを知らないはずはない。「先生、新聞は読まないですか？」

「新聞？」エドワード・ベルは首を横に振った。「このあたりの配達は、中止になりましたよ。保護者の強硬な反対に遭ったもんで」

「ラジオもお聴きにならない？　同僚の先生方《がた》と世間話をするとかは？」

「学校は今、中間休暇に入っていますからね。それに、ここ数日は庭仕事に忙しくて、ゆっくりラジオを聴く時間がなかった。でも、その口ぶりでは、何かあったんでしょうか？」

「ポーラは死んでましたよ、先生」フロストはぶっきらぼうに言って口をつぐみ、ベルの反応を注意深く見守った。エドワード・ベルは、平手打ちでも食らったかのように、ぴくりと身をのけぞらせると、次の瞬間、大きく表情を歪めた。

「そんなことって……それでは、あの子があまりに……ひどすぎる」フロストの知らせがもたらした衝撃も、その後の嘆きぶりも、どうやら本物のように思われた。

フロストは悲嘆に暮れた教師を見つめたまま、ゆっくりと煙草に火をつけた。「はっきり言うと、先生、殺されたんです。強姦されたあげくに、殺されたんです」

ベルは席を立った。血の染みがついたハンカチを手からはずし、ポケットに突っ込むと、じっとしていられない様子で、その場を行きつ戻りつしはじめた。「あの子は、まだ十五歳だったんですよ」

「最近の子は、発育が早い」とフロストは言った。「性交を覚えるのも早けりゃ、強姦されるのも早い。ついでに殺されるのも早いってわけです」煙草の煙を吐き出し、その煙が宙に消えていくのを眼で追った。「ポーラはどんな子でした？」

ベルは、くずおれるように足乗せ台に坐り込み、しばらく考え込む表情を見せてから口を開いた。「おとなしい子で、積極的に人とかかわりを持とうとしないほうでした。真面目で学業優秀な生徒でした」

「彼女を学校まで車で送っていらしたそうですが、そのきっかけは？」とギルモアが尋ねた。

「親御さんから頼まれました。新聞配達のルートが学校とは方角が反対だったし、最後の配達先は学校から五マイルも離れた場所だった。販売店に新聞が届くのが遅れたときなど、学校に遅刻してしまうことがあったのです。親御さんとしては、どの授業も欠席させたくないというお考えでした。そこで、配達を終えたポーラを学校まで送ることにしたんです」

「配達に使ってた自転車は？」今度はフロストが質問した。

「あの子が乗っていたのは、折りたたみ式の自転車だったんで、車のトランクに積むことができました。授業が終わると、今度はその自転車に乗って家に帰るんです。こうしたことはすべて、そちらの記録に残っていると思いますが……先だってお会いした警察の方《かた》に、ちゃんとお話ししましたよ」

「学校まで送るあいだ、ポーラとはどんな話をしましたか？」質問の方向を変えて、ギルモアが尋ねた。「つきあっている男の子のこととか憧れている教師のこととか、その手の話題は出ませんでしたか？」

エドワード・ベルは姿勢を変えて、ギルモア部長刑事のほうに向きなおった。「話をすると言っても、二言三言、ことばを交わす程度でした。さっきも言ったように、もともとポーラは口数の少ない子だったし、そのほうがわたしもありがたかったもので。運転中のお喋りはどうも苦手でしてね。運転に集中したいほうなんです」

「ポーラは、焦らしに焦らしたあげく、最後になってぴしゃりと撥《は》ねつけるタイプだったんでしょうかね？」今度はフロストが尋ねた。

ベルの蒼白い頬に、左右にひとつずつ赤い斑点が現れた。「そんなこと、どうしてわたしが知っていなくちゃならないんです？」

「車のなかは密室だ。そうでしょう、先生？　狭い車内で、あなたはポーラとふたりきり。

四十歳《しじゅう》をまえにした、がたのきかけた膝が、若さではち切れんばかりのむっちりとした太腿に触れて……ついでにズロースなんかがちらりと見えたりしたら？」

ベルは唇をすぼめ、軽蔑の表情を浮かべた。「警部、あなたは不愉快な人だ」

フロストは煙草の煙を吐き出し、その煙幕越しに笑みを浮かべた。「そう思ってるのは、あなたひとりじゃありませんよ、先生。でも、おれのほうも、犯人という野獣《けだもの》のやったことを見て、実に不愉快な気分になった。だから、質問には答えていただきたい」

エドワード・ベルは立ちあがった。激怒していることを隠そうともしないで、フロストのまえに立ちはだかった。「まさか、あの子の不幸な死に、わたしが関係しているとおっしゃるわけじゃないでしょうね？」

「あなたの名前は、おれの容疑者リストのかなりうえのほうに載っている、とだけ申しあげておきましょう」ほんとのことを言えば——とフロストは心のなかでつぶやいた——容疑者と呼べる相手は、今のところ、ベル先生、あんたしかいないんだよ。あんたが犯人ではないとしたら、フロスト警部としては、それこそ逆立ちしても屁も出なくなってしまう。「とりあえず、ポーラが行方不明になった日の午前中の行動を教えてもらいましょうか」ベルが抗議の声をあげようとするのを見て、フロストは片手をあげてその口の動きを封じた。「ええ、わかってます。それもみんな、うちの署の者に話したとおっしゃるんでしょう？　でも、希望を言わせてもらえるなら、あなたの口から直接聞かせてほしいんですよ」

「あの日は、妻の葬儀の当日でした。葬儀社の寄越した霊柩車が到着したのが、午前九時半だったと記憶しています。午前十時から埋葬が行《おこな》われて……帰宅したのは、正午《ひる》少しまえだった」

「では、葬儀のまえは、午前九時半に霊柩車が迎えに来るまで、ひとりでこの家にいたわけですね？」

「いいえ、違います。家内の両親が来ていましたから。葬儀に列席するため、ベリックから出てきて、まえの晩はうちに泊まっていたんです」

「ほう、そうでしたか」フロストは、落胆のほどが声に出ないよう努めた。「おふたりとも、もちろん、あなたの話を裏づけてくださるでしょうね？」

「義父《ちち》も義母《はは》も、アレン警部に事情を聴かれて、すでに供述書も提出しています。記録を見ていただければ、わかることだと思います」

フロストは、声を立てずにうめいた。宿題をしてこなかったことが悔やまれた。「それが、先生、記録にはまだざっと眼を通しただけでね」ざっと眼を通しただけ？　実はまだ、ファイルも開けてもいなかった。「毎朝届くはずの新聞が、葬式に出かける時間になっても届いてなかった。気になりませんでしたか？　なぜだろう、とは思わなかった？」

「そんなこと、考えもしませんでした。余裕がなかったんです、葬儀のことで頭がいっぱいで」

「よくわかります、もちろん」残念ながら、とフロストは心のなかで付け加え、声にならない声で悪態をついた。最も有力だった容疑者の名前が、リストから消えていこうとしている。残るは、例の配管工のみ。そう、配管工と言えば……フロストは訊いてみるべき質問を思いついた。「葬式の最中に、雨は？」

「ええ、急に降りだしました。ものすごい降りだった」とベルは言った。「わたしたちも、参列してくれた人たちも、みんなずぶ濡れになってしまいました」

またしても、残念無念——フロストは、再度声にならない声で思いきり悪態をついた。これで配管工の名前も消えてしまった。新しい煙草をくわえて火をつけると、渦を巻きながら立ちのぼる煙の行方を眼で追いかけ、暖炉のほうに漂い流れていくさまを眺め、そのうちの幾筋かが炉棚のうえまで這いあがっていくところを眺めた。炉棚の中央に、黒い漆塗《うるしぬ》りの時計が置かれていた。長いあいだねじを巻いていないのだろう、針が八時十分を指したまま止まっていた。その裏から、突き出しているものがあった。宛先の住所がタイプされた、淡いブルーの封筒。ウォードリー老人のもとに送られてきたものと、よく似ていた。非常によく似ていた。

鋭い咳払いをひとつしてギルモアの注意を惹き、炉棚の時計のほうに顎をしゃくってみせた。ギルモアは黙って席を立ち、物音を立てないよう慎重に暖炉に近づいて時計の裏から封筒を抜き取った。タイプ打ちの文字に、同じ特徴が認められた。

ベルは雨に濡れた庭を眺めていて、この突発的に演じられた無言劇を鑑賞する機会には恵まれなかった。

「最後にあとひとつだけ」とフロストはさりげない口調で言った。「匿名の手紙には、なんて書いてあったんです？」

エドワード・ベルはびくっと身を強ばらせ、ややあってからのろのろと振り向いた。ギルモアが封筒を手にしていることに気づくと、引ったくるようにして封筒を奪い返した。「人の手紙を読む権利など、あなた方には——」

「あるんだよ、ありとあらゆる権利が」フロストはぴしゃりと言った。席を立ち、ベルの鼻先に片手を突き出した。「先生、その手紙、こちらにいただきましょうか」

怒りに身を震わせ、指の関節が白くなるほどきつく拳を握り締めながら、エドワード・ベルはフロストをひとしきり睨みつけた。封筒を投げつけるようにしてフロストに引き渡すと、押しころした声で「野蛮人」と吐き捨てた。「あんたたちは礼儀を知らない野蛮人だ」

「よしましょうや、ガキの喧嘩みたいな真似は」フロストは穏やかにたしなめてから、封筒の中身を抜き出し、便箋代わりに使われた安物のタイプ用紙を開いた。タイプ打ちの文字で綴られた手紙の文面は、実に明快だった。ただひと言——《汝、姦淫せし者》。

「ずいぶん簡潔だな」フロストはつぶやいて、タイプ用紙の手紙をギルモアにまわした。「先生がこんなことを言われなくちゃならない理由は？」

「あなた方には関係ない」

「悪いけど、先生、殺人事件の捜査中は、関係ないことなんてひとつもないんだ」

ベルは窓のところに引き返し、先刻と同様、窓ガラスを伝う雨の紗幕を透かして、滲んだような庭の風景に見入った。フロストのほうは見ようともしなかった。再び口を開いたときも、窓ガラスに話しかけているふうだった。「どうしてもとおっしゃるなら話しますが、家内はずいぶん長いこと病床にありました。普通の夫婦生活を営《いとな》むことは無理でした。デントン市内に、知り合いのある女性がいて――」

「娼婦ってことですか？」フロストは直截な表現を使って訊きなおした。

ベルの背中が強ばった。「そうです、その人は売春婦です。その人と会っているところを見られたんだと思います。わたしの行動を監視していたのかもしれない。あるときから、手紙が届くようになりました。穢《けが》らわしい手紙が何通も。ほかの手紙は焼き捨ててしまいました。それは葬儀の日に届いたものです」エドワード・ベルは両手に顔を埋めて肩を激しく震わせた。

「家内の葬儀の日に」

車に戻る途中、フロストとギルモアは回り道をすることにした。庭のはずれに、古い焚き火の跡があることに気づいたからだった。庭先の焚き火にしては、かなり大きなものだった。フロストは、雨でふやけた灰の山を靴の爪先で掻き分けた。折れた小枝、萎《しな》びた茎、干からびた枯れ草。いくら突ついてみても、燃え残ったボタンも出てこなければ、教え子の亡骸《なきがら》から引き剝がした衣類の、焼け焦げた切れ端も出てこなかった。フロストは、ちょうど吸い終えた煙草を灰の山に加えた。

「こんなことをしていても、時間が無駄になるだけです」とギルモアが言った。

「だろうな、たぶん」フロストは低い声でつぶやくと、辞去してきたばかりの母屋を振り返った。パティオに面した窓際に、顎鬚を生やした痩せた人影がたたずんでいるのが見えた。その人物は、じっとこちらを見つめていた。「でも、おれにはひとつ人生から学んだ教訓があるんだよ――しょぼい顎鬚を生やしたしょぼくれ野郎は、決して信用するなかれ」

フロストが助手席に滑り込むのを待って、バートンがエンジンをかけた。「署に戻りますか、警部？」

「いや、もう一カ所、寄りたいとこがある。エドワード・ベルの勤務先の校長とちょっくらお喋りしよう。しょぼい顎鬚を生やした先生が、高学年の女子生徒を対象に解剖学上級の課外授業をしてる、なんて苦情が寄せられたことがないか、確かめておきたい」

「駄目です」ギルモアが後部座席から抗議した。「忘れてるみたいだから言わせてもらいますが、この件の捜査は中断して、刺殺事件のほうに専念するよう、マレット署長から指示されたじゃないですか」

「坊や、ひとつ覚えておくといい。マレット署長は、屁の突っ張りにもならない指示をごまんと出す。そういう指示は無視してやるのが、いちばんの思い遣りってもんだ」

ギルモアが予期したとおり、校長を訪ねたのは時間の無駄に終わった。校長は恰幅《かっぷく》がよくて尊大に構えたところのある男で、我が校の教員にそのような言いがかりをつけるとはとんでもない侮辱であると激怒した。ベル先生は立派な経歴の持ち主であり、人望も厚く、生徒たちからも敬愛されている。おまけについ最近、細君を亡くしたばかりだということを、警部はどのように理解しているのかね？

フロストは反論したい気分だった。校長先生おっしゃるところのその優秀な先生は、細君が死にかけていたときに、実はデントンの娼婦相手に、いわゆる房事に勤《いそ》しんでいたことをご存じないんでしょうか？　と。だが、それをぐっとこらえ、協力してくれた礼を述べるにとどめ、その場をあとにした。

「ああ、そうするよ」バートンがまだ何も尋ねないうちに、フロストは先手を取って言った。「署に戻ってくれ」

その命令は、今度こそ実行されるかに思われた。が、あと数分も走れば署の駐車場にたどり着くというところで、司令室から無線が入った。

「デントン市内の全パトロール、緊急手配です」無線機から通信係の声が聞こえてきた。「セルウッド・ロード近辺を走行中の車輛、いたら応答願います。どうぞ？」

フロストは止めようとしたが、タッチの差で出遅れた。バートンがすでに無線機をつかんでいた。セルウッド・ロードまでは、ものの一分もあれば到着できる距離だった。

「セルウッド・ロード十一番地、年金生活者の独居世帯です。その家の住人である老女が一日じゅう姿を見せないことを心配した近隣の住人から通報がありました。新聞も郵便受けに挟み込まれたままだし、配達された牛乳も玄関先に放置されている、とのことです」

署に通報した近隣の住人とは、眼鼻立ちが鋭く、何事につけてもひと言口を挟まなくては気がすまない性分がその顔に出ている、小柄な老人だった。痩せて骨張った身体に、どう見ても大きすぎるビニールのレインコートを羽織って、十一番地の家のまえをうろうろしていた。コルティナが停まると、待ちかねたように小走りで駆け寄ってきた。「警察の人だね？」

「まあ、いちおうは」フロストは口のなかでつぶやいた。

「隣の家の者だ」と男は名乗ると、極度に興奮したテリアを思わせる身のこなしで一同のまえに飛び出し、十一番地の家までの先導役を買って出た。「この家の婆さんは、毎日、陽の高いうちに必ず一度は外出する。うちの窓から見えるんだよ。なのに、今日は一度も姿を見せない。おまけに、どの窓も真っ暗で明かりがついてないし、牛乳だって玄関の階段のうえに置きっ放しになってる。何しろ年金生活者の年寄りだからね、こっちも気になっちまって」

「大きなお世話だよ」とフロストは小声で言った。通報者の老人が立ち去ってくれることを願いながら。

「わたしも年金暮らしでね。でも、言われなければ、そうは見えないだろう？」

「そうですね」フロストは心のこもらない同意のことばを口にした。「おたくなら、あと百万年は、そうは見えない」その痩せこけた老人は、若く見積もっても八十歳は超えているものと思われた。十一番地の家の玄関までの短い距離はすでに踏破され、フロストほか二名の警察官と痩せこけた老人は、鮮やかな緑に塗られた玄関のドアをまえにしていた。

「やっぱり、押し入ることになるのかね？」隣家の老人は、一同のあいだに割って入って尋ねた。「ついこのあいだ、市議会のほうでドアのペンキを塗り替えてくれたばかりなんだがね」

フロストは、呼び鈴を押した。

「呼び鈴なんか鳴らしても無駄だよ、死んでるかもしれないんだから」

「テレビで何かおもしろい番組をやってないんですか?」フロストは一発厭味を言ってから、今度は平手でドアを叩いた。

「なんなら、うちの家の庭から柵を越えて侵入する手もあるよ」と老人が申し出た。「もっとも、あの婆さんは、勝手口にまで鍵をかける主義だけど」

郵便受けからなかをのぞいてみるため、フロストは老人を押しのけた。

「何も見えやしないよ。今朝の新聞が突っ込んである」

フロストは、新聞を引き抜こうとした。何度か引っ張ってみたが、そうとうきつくねじ込まれたようで、新聞は郵便受けの口にがっちりと挟まれてしまっていた。

「引っこ抜くのは無理だ。もうやってみた」

フロストは手荒く新聞を引っ張り、郵便受けから強引に引き抜いた。

「ほら、破れた」老人はたしなめる口調で言うと、郵便受けの角に引っかかって新聞の表面にできた鉤裂きと、そこから皺の寄った小さな舌のような三角形にまくれあがっている部分を指さした。

「なに、誰も気にしませんよ。気にする人は死んでるかもしれないんだから」フロストは郵便受けに屈《かが》み込み、フラップを持ちあげて、なかをのぞいた。屋内特有の密度の濃い暗闇が見えただけだった。車までひとっ走りして懐中電灯を取ってくる必要があった。バートンがその大役を命じられた。

「懐中電灯なら、うちにもあるよ」と隣家の老人が言った。「でも、明かりがつかないんだよ、これが」

バートンが、車から懐中電灯を持って戻ってきた。フロストはバートンから受け取った懐中電灯で、郵便受けの口からなかを照らした。次の瞬間、息が止まった。懐中電灯の光の輪は、階段のしたにうずくまる黒々とした塊を捉えていた。女が倒れている。おまけに、血とおぼしき液体も認められた。それも大量に。

「坊や、ドアを蹴破れ……早く！」

二発目の蹴りで、木の裂ける銃声のような音とともに、ドアが内側に開いた。一同は玄関からなかに突入した。フロストが明かりのスウィッチを見つけた。老女は階段のしたにうつ伏せに倒れていた。頭のまわりに、大きな血溜まりができている。フロストは老女の首筋に指を宛てがった。指先に脈拍が感じられた。まだ生きている。バートンが車に駆け戻り、無線で救急車の出動を要請した。フロストは、ギルモアの手を借りて老女を仰向けにさせた。隣家の老人は、二階の寝室から持ち出してきた毛布で老女の身体を覆った。

そのときだった、老女が瞼を小刻みに震わせながら、うっすらと眼を開けた。すぐには眼の焦点が合わせられないようだった。フロストは傍《かたわ》らに膝をついた。「何があったんです、奥さん？ 覚えてますか、誰に襲われたのか？」むせ返りそうなほど強烈な、ジンの臭いが鼻をついた。フロストは思わず顔をそむけた。

「そこのくそいまいましい階段から落っこちたのよ」と老女は言った。

火曜日——夜勤（一）

夕方遅く、ギルモアが自宅に帰り着いたとき、リズはベッドに入って眠っていた。午後八時、マレット署長の手になる改訂版勤務表に従って夜勤に就《つ》くため、疲労困憊《こんぱい》した身体に苛立ちを抱えてベッドから這い出したときも、彼女はまだ眠っていた。キッチンで夕食代わりに卵を焼いているところに、物音を聞きつけたのか、リズがたいそうな見幕で降りてきた。夫がたった今、帰宅したところだと思ったようだった。ギルモアが本来なら非番に当たっていた時間帯にも勤務を続行し、そのうえ、これからまた夜勤に就こうとしていることを知るにいたって、リズは激怒した。

「部長刑事に昇進したら、生活はがらりと変わるって言ってなかった？　あたしと一緒に過ごす時間も、もっと増えるって言ってたのは、どこのどなたでしたっけ？　これじゃ、クレスフォードにいたときと同じじゃないの」

「こんな状態がずっと続くわけじゃないよ」ギルモアは疲労を滲《にじ》ませた声で言い、卵の黄身が破れてフライパン一面に飛び散ったので、悪態をついた。

「その台詞を聞かされるの、これで何度目かしら？　いつまでたっても、何も変わらないじゃないの。ちっとも、変わらないじゃないの」リズは、ギルモアが自分で皿を取れるよう場所を

空《あ》けた。手伝う意志はないようだった
ギルモアは、パンにバターを塗った。「なあ、一時休戦ってことにしないか？　へとへとなんだよ、ひどい一日だったから」

「だったら、あたしはどんな一日を過ごしたと思うわけ？　こんな鼻がつかえちゃいそうな狭っ苦しい部屋に閉じ込められてたんですからね」

「出かければいいじゃないか、いつでも好きなときに」

リズは人を小馬鹿にしたような笑みを浮かべた。「どこに？　ちっぽけで、おもしろいものなんてなんにもなくて、半分死んでるも同然のこの市《まち》で、どこに行って何をしろって言うの？」

「友だちを作ればいいんだよ。みんなの仲間に入れてもらうとか……」

「みんなって？」

「それは……たとえば、ぼくの同僚の奥さんたちとか……」

「たとえば、あの浮浪者みたいな中年男の――いちおう、警部ってことになってる、冴えない男の奥さんとか？」

「あの人の奥さんは亡くなってる」

「あら、そう。原因は？　極度の退屈？」

ギルモアは顔をこすった。それだけのことをするのが、ひどく大儀に感じられた。「きみの言うところの、その浮浪者みたいな中年男は、ジョージ十字勲章の受勲者だよ」

「そりゃ、そうよ。こんな掃き溜めに暮らしてるんですもの、それだけでもう、ずらっと並べられるぐらい勲章を貰って当然よ」

ギルモアは口を開きかけたが、ドアを手荒に閉める音を残して、リズは寝室に引きあげてしまった。ギルモアは、卵を載せた皿を脇に押しやった。食欲は失せていた。紅茶をカップに注いだとき、おもてで車のクラクションが鳴った。ジャック・フロスト警部がギルモア部長刑事を迎えに来たという合図だった。

戸外では、いつの間にか、雨があがっていた。雲のなくなった夜空に月がかかり、ダイアモンドを思わせる硬質の光を放っていた。ギルモアが助手席のドアを開けて車に乗り込むと、フロストはぶるっと身を震わせた。「今夜は冷えそうだな、坊や」フロストはヒーターのスウィッチを〝最強〟に合わせ、全部の窓が隙間なく閉まっていることを確認した。

「ええ、そうですね」とギルモアは言った。「冷えると思います、くそがつくほど」

ビル・ウェルズ巡査部長は、クリネックスの箱から新たにまた一枚ティッシュを引き出すと、かんでもかんでも垂れてくるしつこい水洟《みずばな》を、すでに赤くひりついている鼻の頭をかばいながら拭った。咽喉《のど》も痛いし、寒気と発汗が発作のように交互に襲ってくる状態だった。なのにあの藪医者は、いけしゃあしゃあと、これはただの風邪だとぬかしやがった。流行性感冒にやられたわけではないから、アスピリンの二、三錠も服用して温かいものを飲んでいれば、一日か二日でけろりと元気になるはずだ、と。力の入らない手でペンを握りなおすと、彼はつい今しがた受けたばかりの電話の内容を、よろめくような字で記録簿に記入した。自宅の庭に見たこともない猫が二匹ほど入り込んでいる、と警察に通報してきた女がいたのである。まったく、ほかにすることはないのか？

正面玄関のドアが開き、吹き込んできた戸外の風に記録簿のページがめくれあがった。ウェルズは眼もあげなかった。記録簿への記入を終わらせ、吸い取り紙を押し当て、しかるのちに、来訪者を迎えるための礼儀に適《かな》った表情をこしらえて、ようやく顔をあげた。次の瞬間、ウェルズは口をあんぐりと開けた。「勘弁してくれ！」巡査部長は、陰気なしゃがれ声を発した。

眼鏡をかけ、ビニールのレインコートを羽織った小柄な男が、ロビーの中央に突っ立っていた。ウェルズの注意が自分に向けられたことを確認した瞬間、男はレインコートのまえを開いた。したには、何も着けていなかった。

「とっとと失せろ」ウェルズはうなり声をあげ、受付デスクにペンを叩きつけた。「こっちは、それでなくともくそ忙しいんだよ」

大胆にも小男は一歩も引かない構えを取り、レインコートのまえをさらに大きく開いてみせた。ウェルズはもうひと声うなると、「コリアー」と呼ばわった。「こっちに来て、こちらの紳士を逮捕してさしあげろ」

正面玄関のスウィング・ドアが再び開き、仏頂面のギルモアを従えたジャック・フロストが、足取りも軽くロビーに入ってきた。フロストは無頓着に男を一瞥した直後、はっとした様子で男に視線を戻し、今度は大きく眼を剝いてまじまじと凝視した。「せっかくだが、間に合ってる。おれもひとつ持ってるから」とフロストは言った。

「露出狂ってのは」ウェルズ巡査部長はぼやいた。「パクってやろうってときにはそばにいないくせに、こっちが必要としてないときに限って、のこのこと現れて萎《しな》びた一物《いちもつ》を人の鼻先に突きつけてくるんだからな」

殺人事件の捜査本部が置かれている部屋では、ひっきりなしに電話が鳴り、応援に駆り出された者も加わって対応に追われていた。

フロストは、驚きの表情で室内を見渡した。「なんなんだ、この騒ぎは？」

受話器を耳に押し当て、相手から聞き出した情報を書き留めていたバートンが、感謝のことばをつぶやいて受話器を置いた。「ポーラ・バートレットのヴィデオに対する反響です。今夜、テレビで再放送されたもんで。彼女を目撃したという人たちから電話が殺到してるんです」

「二カ月も経ってから、目撃したことに気づいたってか？」フロストは鼻を鳴らした。「あのヴィデオなら、行方不明になった当日にも流した。そのときは、誰もなんにも思い出せなかったくせに」そばにあった書類整理用のバスケットに手を伸ばし、通報内容を書き込んだ用紙を一部取りあげた。ある女性が、今を去ること二日まえ、市内でポーラ・バートレットを見かけたとの情報を寄せてきていた。フロストはその用紙をバスケットに投げ戻した。「時間の無駄だね」

「ヴィデオを流したのは好判断だったよ。これほど反応があるとは、すばらしいじゃないか」上機嫌な声を前触れに、マレットが颯爽とした足取りで捜査本部に入ってきた。室内の忙しげな動きを目《ま》の当たりにして、いかにも満足げな笑みが浮かんだ。

「そうなんだ。おれも、たった今、同じことを言ったところでね、警視《スーパー》」フロストは事実に反することを述べた。「どうでした、記者会見のほうは？」

「非常にうまくいったよ」マレットは、悦に入って口元をほころばせた。「BBCラジオのインタヴューを受けてね。あちらの意向としては、そのインタヴューを『今週の出来事《ビック・オヴ・ザ・ウィーク》』（週末のニュース番組）でも、もう一度取りあげたいらしい」

「確かに〝出来事《ビック》〟って言われたんですね？」フロストは、あくまでも邪気のない口調で尋ねた。

笑いを噛みころしそびれた者が、咽喉《のど》を詰まらせたような声にならない声を洩らした。室内に居合わせた者は、心なしか、マレットの視線を避けることに汲々としはじめたようだった。婦人警官のひとりが忍び笑いをこらえかね、慌ててハンカチを噛み締める姿も見受けられた。マレットは顔をしかめた。自分が何かを見落としていることはわかるのに、それがなんなのか把握しきれないときの、なんとも落ち着かない気分に襲われた。〝出来事《ビック》〟は〝穀つぶし《ビッグ》〟に通じることが見抜けないまま、マレットはそれでもとりあえず笑みを浮かべてみせた。そこで、この部屋まで出向いてきた本来の用向き、届けるべき文書を携《たずさ》えてきたことを思い出した。

「諸君のなかに誰か、ロンドン警視庁にテレックスを流して、ブラッドベリーなる人物の身元照会を依頼した者がいるかね？」

「サイモン・ブラッドベリーでしょうか？」ギルモアが意気込んで尋ねた。「だったら、自分です」

「何者だい、そのサイモン・ブラッドベリーってのは?」とフロストは訊いた。

「防犯システムのセールスマンです。マーク・コンプトンに喧嘩を売ってきた男ですよ。脅迫状を送りつけてきてるのは、その男かもしれないと考えたもので」

「きみは眼のつけどころというものを心得ているようだ、ギルモア部長刑事」褒めことばとともに、マレットはギルモアにテレックスの用紙を手渡した。「ブラッドベリーの名は、ロンドン警視庁にも知られている。素行芳《かんば》しからざる人物らしいね。前科もあるようだし」

サイモン・ブラッドベリーは、乱酔のあげくたびたび騒乱事件を起こしていた。傷害未遂の罪で二度ほど服役したことがあり、さらに飲酒運転でも罰金を科され、併せて運転免許の取り消し処分を受けていた。現在は、アルコール飲料を供《きよう》することを拒否されたという理由でバーテンダーを殴ったことから、暴行の容疑で逮捕状が出されている。同件でいったん身柄を拘束されたのち、保釈になったものの、法廷に出頭しなかったのである。以降の足取りは不明。警察で把握している住所にも、もはや居住していないもよう——という記述でテレックスは締めくくられ、最後にサイモン・ブラッドベリーの詳細な個人情報と顔写真が添付されていた。

ギルモアは両手を揉みあわせた。「これは脈がありそうだ。署長、この事件に関しては、今後比較的短時間のうちに解決を見られるものと思います」

「それは結構、大いに期待しているよ」マレットは満面に笑みを浮かべた。「事件解決の朗報には、久しく縁がないものでね」含みのある視線でフロストをひと睨みしてから、依然として片時も途切れることなく電話が鳴っている室内を見渡した。「ポーラ・バートレットのヴィデオに寄せられた反響のなかから、興味深い情報は得られたかね?」

「そりゃ、もう」フロストは鼻を鳴らした。「この世には死後の生が存在するって証拠が寄せられましたよ。ポーラ・バートレットは、先週も新聞を配達していたそうです」

マレットは、強ばった笑みを浮かべた。「まあ、その程度の混乱は致し方あるまい。引き続き、諸君の頑張りに期待しているよ」部屋を出ようとドアのほうに向きなおったとき、そのドアがいきなり開き、ウェルズ巡査部長が飛び込んできた。間一髪のところで、マレットはドアの角に強打されるという難を逃れた。

「科研の指紋担当者から、フロスト警部に緊急の連絡が入った」ウェルズ巡査部長は肩で息をしながら言った。「例の高齢者殺害事件……メアリー・ヘインズの件だ。被害者の部屋から採取された指紋のひとつが、ある前科者の指紋と一致したそうだ」

「なんてやつだ?」フロストは、マレットを押しのけて尋ねた。

「ディーン・ロナルド・ホスキンズ。今、コリアーがそいつの記録《ファイル》を捜してる」

その瞬間、タイミングを計ったように、ファイルを綴じ込んである淡い黄褐色のフォルダーを振りかざしたコリアーが、息急《せ》き切って駆け込んできた。ウェルズはすかさずフォルダーを引ったくり、なかの書類に素早く眼を走らせた。「ディーン・ロナルド・ホスキンズ、年齢二十四歳。前科三犯——侵入窃盗、家宅侵入、ナイフによる傷害未遂」

「ナイフによる傷害未遂?」マレットはうわずった声で言うと、ウェルズの手から強引にファイルを奪い取った。「ああ、間違いない。こいつだ、この男が犯人だ」興奮のあまり、ファイルを持つ手が小刻みに震えた。警察長に電話をするのが、待ちきれなかった。直通電話はあくまでも慎ましやかに、あくまでも控えめに切り出すに限る――「どうも、警察長、おくつろぎのところ、失礼をいたします。不躾《ぶしつけ》を承知でお宅にまで電話をさしあげております」ぐらいにしておこう。「実は、朗報がもたらされましたもので、これは警察長にもお知らせしておいたほうがよろしいのではないかと……。ええ、今回も我がデントン警察署の完全な勝利でした。また一件、殺人事件を解決したのです。それも、被害者が発見されてから二十四時間も経《へ》ずして。……もちろん、証拠も万全です。指紋が出ましたから……容疑者の自白も取れていますし……」

空想の翼に乗って天高く舞いあがっていたマレットは、だしぬけに地上へと引き戻された。横合いから伸びてきて、粗暴にもファイルを強奪していったジャック・フロストの手によって。見ると、フロストは口の端に煙草をくわえたまま、フォルダーに綴じ込まれた書類に夢中で読みふけっていた。「なんとまあ、灯台下暗《もと》しもいいとこだな。やっこさん、隣の住人じゃないか」

「その男なら、自分が話を聴きました」とバートンが言った。「玄関マットのしたに予備の鍵があることを教えてくれたのが、そのホスキンズという男です」

マレットは興奮を募《つの》らせ、今や完全に色めき立っていた。「その男を署に連行してきたまえ。必要とあらば、どれだけ人員を投入してもかまわん」それでも、ドアを開けたところで、駄目押しのひと言を付け加えることは忘れなかった。「いいかね、警部、わたしが求めているのは、この事件が手際よく解決されることだ。警察長に朗報をお届けできるかどうか、ここが正念場だと心得るように」

フロストの乗ったコルティナのあとをついてきていたパトロール・カーは、マニングトン・クレセントの通りにぶつかる角で停まった。車外に降り立った二名の制服警官は、全力疾走で四十四番地の家の裏手にまわり、音もなく塀を乗り越えて庭に潜入した。ホスキンズの裏口からの逃走を阻《はば》むためだった。

ギルモアは角を曲がって、マニングトン・クレセントの通りに車を乗り入れた。そのまま道なりに進み、通りのはずれで車を停めると、ライトを消し、制服組が持ち場についた旨《むね》、連絡してくるのを待った。助手席にバートンが、後部座席にはフロストと小柄で肉づきのいいブロンドの婦人警官、ヘレン・リドリー巡査が乗り込んでいた。私服に着替えての参加となったリドリー巡査は、心中密《ひそ》かに腕を撫《ぶ》しているところだった。

通りに面した家々には、どこも明かりが灯っていた。たった一軒、四十六番地の家を除いて。殺人事件の現場となった家は、窓はカーテンに閉ざされ、玄関のドアは見るからに頑丈そうな南京錠で厳重に戸締まりされていた。その隣、四十四番地の家から洩れ出した騒音、ハイファイ装置を音源とする大音量のヘヴィ・メタル・ロックがあたり一帯の夜気を震わせている。

「ジョーダンからフロスト警部へ」無線から囁き声が聞こえた。「持ち場に着きました。どうぞ」

「諒解」フロストも声をひそめて言った。「これより踏み込む」

一同は車を降りると、それぞれさりげないふうを装《よそお》い、そぞろ歩きを思わせるゆったりとした足取りで、四十四番地の家の玄関まで歩いた。屋内《なか》から響いてくるベースのうなりに共鳴して、玄関のドアまで脈動しているようだった。フロストはノッカーをつかむと、トン・ト・トンッと軽《かろ》やかなリズムを刻んだ。残る三人は、ポーチの物陰に身を隠した。家のなかで、ドアの開く音がして、聞こえてくる音楽の音量がいちだんと大きくなった。そこに、廊下を歩いてくる足音が混じり、やがて玄関のドアの磨《す》りガラスに男の人影が浮かびあがった。

「はいよ、誰?」

フロストは、口のなかで何事かつぶやいた。

「えっ、何?」磨りガラスの向こうから怒鳴り声があがった。

フロストは、もう一度、今度もまた低い声で何事かつぶやいた。

「ったくもう……聞こえねえってんだろ。待ちな、今、開けっから」掛け金がはずされる音。

玄関のドアが開くと同時に、フロストは素早く脇にどき、ギルモアがなかに飛び込んで、男を壁に押さえつけた。継ぎの当たったジーンズに、脱色加工をほどこした赤いヴェストという恰好の男だった。玄関の小卓が倒れ、載っていた鉢植えが転がり落ち、なかの土がリノリウムの床一面に飛び散った。ギルモアが「警察だ!」と叫ぼうとしたときだった。男が反撃に転じた。部長刑事の顎のしたに手のひらの付け根の部分を叩き込み、そのまま下顎を押しあげるようにしながら、両の眼球を狙って指を伸ばしてきた。ギルモアはその腕を押さえ込み、男の身体を反転させ、玄関の反対側の壁に叩きつけた。

「その手を離しな、豚野郎」黒いTシャツを着た若い女が――そのTシャツ以外は、ほんの申しわけ程度の布しか身に着けていない、あられもない姿をした女が、廊下の奥から飛び出してきた。キッチンから持ち出したとおぼしき包丁を、高々と振りかざしながら。

「け、警察だ」ギルモアはことばに詰まりながらも、ひと声叫んだ。片手でホスキンズを押さえ込み、もう片方の手で女の攻撃をかわそうとした。心掛けはあっぱれだったが、遣《や》り方《かた》がまずかった。包丁は不吉なうなりを放ち、ギルモア部長刑事のすぐ耳元に何度も振り降ろされている。だが、バートンもヘレン・リドリーも加勢のしようがなかった。廊下の幅が極端に狭いため、当のギルモアの身体が場所を塞いでしまっていて、女のところまで進んでいくことができなかった。

次の瞬間、さかりのついた種馬のようにひとつ荒々しく鼻を鳴らすと、ヘレン・リドリーが小柄な身体を躍《おど》らせ、乱闘のなかに飛び込んだ。男ふたりを床になぎ倒し、そのうえを飛び越えて女に組みつくなり、相手の身体を反転させ、片方の手首をつかんで背中のほうにねじりあげた。同時に足を払い、女が床に倒れたところを押さえ込んだ。眼にも留まらぬ早業だった。

フロストは後方に退《しりぞ》き、煙草に火をつけた。毎度のことながら、ジャック・フロスト警部の出番はなかった。

「ちょっと、このオトコ女をどけてよ」黒いTシャツ姿の女が金切り声を張りあげた。彼女は、鉢植えの残骸と飛び散った泥のなかにうつ伏せにされていた。その背中に膝をついたリドリー巡査が、包丁を握っている手をがっちりとつかみ、腕が骨折する寸前の位置までねじりあげている。

「包丁を離しなさい」とリドリー巡査が低い声で言った。

「わかったよ、離したよ。もう離したってば」女はわめいた。

「ああ、おれが回収した」フロストが、包丁を拾いあげたことを伝えた。

リドリー巡査は、いかにも気の進まない様子で手を緩め、女を引き起こすようにして立ちあがらせた。ギルモアは荒い息を吐きながら、ホスキンズの腕をアームロックで押さえ込み、壁のほうを向かせることに成功していた。空いているほうの手でポケットから身分証明書を引っ張り出し、ホスキンズの鼻先に突きつけた。「警察だ。ディーン・ロナルド・ホスキンズだな?」

「ああ。そっちの頭数は? いったい全体、何匹で押しかけてきたんだよ?」

「くそお巡りなら、庭にもいるよ、あと二匹」と女がホスキンズに教えた。「あたしたちのこと、誰だと思ってるわけ? ボニー&くそったれクライド?」

「まあ、少なくとも、ダイアナ&くそったれチャールズには見えないな」とフロストは言った。

「どこか落ち着ける場所はないか?」

「あるわけないじゃん、こんな肥溜《こえだ》めみたいな家に」と女が言った。

「悪かったな、肥溜めみたいな家で。誰も無理に住んでくれなんて頼んでないよ」ホスキンズは女に怒鳴り声を浴びせた。「荷物をまとめて、どこでも好きなとこに行っちまえよ」それから、フロストの問いに答えて、廊下の奥にあるドアに向かって顎をしゃくった。「あの部屋にしようや」

ホスキンズの指定した部屋の空間は、ベッド兼用のソファとハイファイ・オーディオ装置一式と白黒テレビと剝き出しの床にオイルを滴《したた》らせているオートバイと、一対のスピーカーが腹を震わせて吐き出し続けるヘヴィ・メタル・ロックの強烈な音に占領されていた。

フロストはオーディオ装置のコードをひと蹴りして、プラグをコンセントから弾き飛ばした。だしぬけに音楽が止んだ。その結果として生じた静けさに慣れるには、いくらかの時間が必要だった。フロストは庭に面した窓を開けて、ジョーダンともう一名の制服警官を屋内《なか》に呼び入れた。「おまえさんたち、ここの家捜《やさが》しをしてくれないかい？　科研の分析に出したいから、衣類は一枚残さず押収するんだぞ」

「令状、持ってんの？」女はぴしゃりと言った。

フロストは、愛想のいい笑みで応じた。「悪いけど、お嬢さん、おれはそういう専門用語には疎《うと》いんだ」そばにあった椅子に眼を留め、そのうえに載っていた何やら得体の知れない物体、どうやら男物の猿股とおぼしき布切れを払い落として、腰を降ろした。続いてソファを指さしたのは、ホスキンズとその連れもいつまでも突っ立ってないで腰を降ろすようにと指示したものだった。その指示に素直に従うよう、ヘレン・リドリー巡査が強力に〝後押し〟した。

フロストは、煙草の煙を深々と吸い込んだ。蛇の動きを警戒する兎のように、どんな動きも見逃すまいとホスキンズと女の頭は同時に同じ方向に動いた。煙が鼻孔から少しずつ吐き出された。フロストはその煙を手で扇《あお》いで周囲に散らした。「そこにいるおれの同僚は、いくつか質問したいことがあるんで、おふたりさんの協力が得られないだろうかと考えてる」あとは任せた、というように、フロストはギルモアに向かって頷いた。

ギルモアは、二名の拘束者を交互に睨んだ。それぞれの視線を捉え、相手が眼を逸らすまでじっと睨みつけた。「われわれがなぜ訪ねてきたか、理由はわかってるはずだ」

「んなもん、わかるわけねえだろ、おれらに」ホスキンズは怒鳴り返した。「こんなオカマの化け物みたいな女を引き連れて、いきなり乗り込んできやがって……」

「隣の家の住人が殺されたというのに、きみは、われわれがなぜ訪ねてきたのかわからないと言う」ギルモアは、ホスキンズの鼻先から一インチのところまで顔を近づけた。「なぜ、あの人を刺した？　誰に迷惑をかけるでもなく、ひっそりと暮らしていただけの気の毒な老婦人を、きみはなぜ刺した？」

「刺した？」ホスキンズは頓狂な声を張りあげた。「このおれが？　あの婆さんを？」

「そんな猿芝居は通用しない。きみは以前にも刃物を使って人を傷つけたことがあるはずだ」

「自分の身を守っただけさ」

「今度も自分の身を守ったんじゃないのか？」ギルモアは声を荒らげて言った。「泥棒に入った現場を見つかったから、放っておいたら警察に通報されると考えて口を封じた——自分の身を守るために」

「へえ、これって馬鹿丸出しじゃん?」女は、相手を見下《みくだ》した薄ら笑いを浮かべた。「サツも、よっぽど行き詰まってるんだね。たまたま隣に住んでた男に前科《まえ》があったからっていって、その運の悪い男をパクるなんて」

「前科《まえ》があったってだけじゃないんだよ、お嬢さん」とフロストは言った。「たまたま隣に住んでたその運の悪い男は、殺された婆さまの寝室にどっさりと指紋を残してた」

女は素早くホスキンズのほうに顔を向けた。「ドジ、馬鹿、間抜け! どこにも触《さわ》らなかったって言ったくせに」

「上等じゃないか、どっちが馬鹿かよく考えろ、このお喋り女」ホスキンズは、またしても女に怒声を浴びせた。今度は、猛犬のように歯を剝き出していた。「おれの死刑執行令状にサインするような真似しやがって」

ギルモアが勝利の雄叫《おたけ》びを放った。

「ご両人に被疑者の権利を教えてやれ」とフロストは言った。「でもって、署までお連れ申しあげろ」あとは、凶器に使われた包丁と血液の付着した衣類を押収するだけだった。フロストは臨時の取調室を出て、家捜しの視察に向かった。寝室は、豚も尻込みしそうな惨状を呈していた。ジョーダンとヘレン・リドリーが、洗濯していない衣類を黒いビニール袋に詰め込んでいるところだった。ポーラ・バートレットの亡骸《なきがら》がくるまれていたのと同じ規格のゴミ袋に。

「今のところ、まだ何も出てきてません」とジョーダンが報告した。フロストはむっつりと頷いた。窓越しに、二名の制服警官が、ゴミ集積器の中身を選り分けている姿が見えた。嫌な予感がした。これはギルモア坊やが考えているような、単純な事件ではない――何かがそう告げていた。

署の取調室は寒かった。暖房設備の保守整備会社から派遣されてきた作業員たちは、地下の留置場の暖房を蘇生させたところで、復旧作業の順番が取調室のある階までまわってくるのは、明朝になるものと思われた。従って、目下《もっか》のところ、取調室は極寒の地と化している。なのに、ホスキンズは汗をかいていた。女のほうは、厚手のセーターに衣替えをして、彼の隣に坐っていた。ギルモアとしては、この二人組の事情聴取はそれぞれ個別に行《おこな》いたかったが、ふたり一緒のほうが世話がない、との見解をフロストが示したのだった。

テープレコーダーのスウィッチを入れ、テープの頭に採録の日時と同席者氏名を吹き込んでから、ギルモアは椅子を引き寄せ、テーブルを挟んでふたりと向かい合う恰好で腰を降ろした。

「供述したいことがある」とホスキンズが言った。

「きみの発言は録音されている。さっさと始めろ」

「あの婆さんのことだ。言っとくけど、おれは指一本触れてない。昼間、訪ねてきたお巡りにも話したことだけどさ、婆さんがおれんちにやって来て、留守のあいだに誰かが合鍵を盗んで家のなかに侵入したって言うんだよ。だから、様子を見に行ってやったら、合鍵はちゃんと婆さんの決めた隠し場所に隠してあるじゃないか。だから、おれは婆さんを残して引きあげてきたんだけど、しばらくすると、なんとなく心配になってきてさ。で、もう一度、婆さんちに行って玄関のドアをノックしてみたら、返事がないわけだ。こりゃ、念のため、なかをのぞいてみたほうがいいんじゃねえかと思って、玄関マットのしたに隠してあった合鍵を使ってなかに入ったんだよね。『へインズさん、大丈夫ですか？』って声をかけてみたけど、家のなかはしんと静まり返ってる。おかしいなと思って、もう一度呼んでみたけど、やっぱり返事がなくてさ。だから、階上《うえ》にもあがってみたんだよ。婆さんの無事を確かめるために。そしたら……ぶったまげたなんてもんじゃなかったぜ。婆さんはベッドのうえに倒れてるし、そこらじゅう血だらけだし……あとは、もう夢中で階段を駆け降りたよ」ホスキンズはそこで女のほうに眼を遣《や》った。支持を求めたようだった。

「そうそう、この人、真っ蒼な顔で戻ってきたもの」女は追認する発言を行《おこな》った。「洗面台に突っ伏して、ものすごい勢いで吐いたの。鸚鵡《おうむ》のしゃっくりみたいな音させて」

「それは、何時ごろのことだ？」とギルモアは尋ねた。

「日曜日の夜の十一時ごろだったかな」

「なのに、きみは救急車を呼ぼうとも思わなかったし、警察に通報しようとも思わなかったんだな？」

「救急車？　婆さんは死んでたんだぜ——見りゃ、わかるよ」

「ならば、警察《まえ》への通報義務は？」

「あんた、ねえ——前科《まえ》のある男がサツに電話して、他人の家にあがり込んだら、そこんちの婆さんが死体になって転がってた、なんて言ったら、どうなると思う？　あんたらにしてみりゃ、渡りに船ってやつだろ？　自白調書が手に入ったようなもんじゃん。あそこでサツなんか呼んでたら、おれは一時間もしないうちに、死刑囚監房に放り込まれてたよ」

　ギルモアは手帳を取り出して、ページを繰った。「きみは昼間、話を聴きに来た警察官に、ヘインズ夫人が訪ねてきたのは、日曜日の午後五時ごろだったと応えてる」

「そうだよ」

「ではきみは、夫人の安否が気にかかりながら、様子を見に行ったのは六時間も経ってからだったというわけか？」

「けど、おれは少なくとも様子を見に行ったぜ。普通のやつなら、掛かり合いになりたくなくて、なんにもしないとこなのに」

「きみの話は信用できない」とギルモアは言った。

「ああ、こっちだって、あんたに信用してもらえるなんて思っちゃいない」ホスキンズは、録音用のマイクに向かって、大きな声ではっきりと言った。「でも、おれの言ってることは、嘘偽りのない真実ってやつだぜ」

　取調室のドアが開き、ブロンドの髪をした小柄な婦人警官が遠慮がちに顔を出し、手に持った何かを打ち振った——大判の茶封筒だった。ギルモアは、顔をしかめた。慎重な舵取りが要求される難しい事情聴取の席に闖入《ちんにゅう》してくるとは。その無責任な行動はひと言諫《いさ》めてやる必要があると思われた。だが、いち早く彼女に声をかけたのは、フロストのほうだった。婦人警官を相手に低く押しころした声で一言三言、ことばを交わしたかと思うと、ギルモアをそばに呼び寄せた。今度はギルモアも交えて、再び低く押しころした声で興奮気味の会話が交わされた。ホスキンズは、不安に駆られたようだった。いったい何事かと訝《いぶか》り、無駄な努力ながら耳をそばだてて、婦人警官と二名の刑事のやり取りを気遣わしげな表情で眺めた。

二名の刑事がテーブルのところに引き返し、中断していた事情聴取が再開された。ギルモアは、婦人警官から受け取った茶封筒をテーブルのうえで逆さにして振った。五枚の紙幣が舞い落ちた。内訳は——二十ポンド紙幣一枚、十ポンド紙幣が同じく一枚、五ポンド紙幣三枚。どれも折り目ひとつない、手の切れそうな新札だった。ホスキンズは、戸惑いの表情らしきものを浮かべた。「きみの家の椅子の、クッションの奥に隠してあったものだそうだ」とギルモアは言った。紙幣を一枚つまみあげ、鼻先にかざして慎重に臭いを嗅いでから笑みを浮かべた。「嗅いでみるか？　ラヴェンダーの香りだぞ」ギルモアは女のほうに眼を遣った。「お嬢さん、きみ好みの香りとも思えないし——」それからまたホスキンズに視線を戻すと、手にした紙幣を相手の鼻先に突きつけ、振ってみせた。「ヘインズ夫人の財布には、これと同じ匂いが染みついてた」

ホスキンズは、ギルモアの手を押しやった。「そいつは、おれの金だよ。失業手当だよ」

「もちろん、そうだろう」とギルモアは言った。「だが、きみが嘘をついている場合も想定して、念のため、ヘインズ夫人が年金を受け取った郵便局に問い合わせて、紙幣の番号を確認してみることにしよう。もし、番号が一致したら、そのときには……そのときには、バイク乗りの威勢のいいあんちゃんは、厳正なる裁きの庭に引きずり出されることになる」ギルモアは紙幣を集めて茶封筒に戻した。首尾は上々、萎《しお》れかけていた自信も甦り、くさくさしていた気も晴れた。ホスキンズは、坐ったままもぞもぞと尻を動かしはじめているし、女のほうにも不安の色がうかがえた。なんと、フロスト警部まで、落ち着きのない表情を浮かべていた。新人の部長刑事に手柄を独占されてしまいそうなので、おもしろくないのだろう。

ホスキンズが大きな溜め息をついた。「わかったよ。ほんとのことを言うよ。それは確かに、あの婆さんの金だよ。でも、婆さんに頼んで借りたんだよ。バイクの部品を買うのに現金が必要だったから」

「借りた?」ギルモアは鼻で笑った。「被害者がきみに金を貸したとは思えない。四十五ポンドはおろか、四十五ペンスだって」

「でも、貸してくれたんだって」ホスキンズはあくまでも言い張った。「だから、めちゃくちゃ感謝したんだよ、おれも。感謝してたからこそ、婆さんの無事を確かめに行ったりしたんじゃないか」

フロストが身を乗り出した。「婆さまは、おまえさんに有り金全部貸しちまった。財布の中身は、すっからかんになっちまった。年金の次の支給日まで、どうやって暮らすつもりだったんだろうな」

「借りた金は、すぐに返すつもりだった。婆さんも言ってたよ、二、三日ならなんとかなるって」

「金を借りたのはいつだい？」フロストは質問を重ねた。

「婆さんが、おれを呼びに来たときだよ、合鍵のことで。財布を握ってたから、駄目もとで頼んでみたんだよ」

「警部、事情聴取を先に進めてもいいでしょうか？」鍛え抜いた鋼鉄をも断ち切る鋭さで、ギルモアは尋ねた。完全なる勝利を手にするまで、あともうひと踏ん張り。ゴール目前で主導権をフロストに奪われるのは、まっぴらごめんというものだった。

フロストは手のひと振りで、ギルモアを黙らせた。「いや、部長刑事、年寄りの我《わ》が儘《まま》を優先させてくれ」そう言うと、テーブルの向かい側に坐っている男めがけて、煙草の煙を長々と吐き出した。「いいだろう、ホスキンズ、百歩譲って、婆さまが金を貸してくれたとしよう。ついでに、もう百歩譲って、感謝の気持ちで胸がいっぱいになったおまえさんが、婆さまの身を案じて、夜の十一時に安否を確かめに行くことにしたとしよう。玄関のドアをノックしたとき、家のなかの明かりはついてたか？」

ホスキンズは、ひと呼吸分だけ間《ま》を置いた。「いや、ついてなかった」

「で、明かりの消えた家のドアを叩いて、なんの返事もなかったもんだから、おまえさんとしては探偵の真似事をするのが自分の務めだと思ったわけだな？　婆さまの合鍵を使って家のなかに忍び込み、なかの様子を嗅ぎまわることが？」

「ああ、そうだよ」

「夜の十一時に玄関のドアをノックして返事がない場合、その家の住人である七十八歳の婆さまがぐっすりと眠ってるからだと考えるのが、最も常識的な解釈ってもんだと思うけど、おまえさんの頭にはそんなことは閃《ひらめ》きもしなかったわけだな？」

ホスキンズは何か言おうとしたようだった。が、途中で思いなおしたように口をつぐみ、首を横に振った。「ああ、そこまで考えなかった。あのときは」

フロストは、うんざりしたように溜め息をついた。「バイク乗りの坊や、おれの時間をこれ以上無駄にするな。もちろん、おまえさんはそこまで考えた。それを当てにしてた。それを願ってた。ヘインズの婆さまがベッドですやすや眠っててくれることを」

「何言われてるんだか、わかんねえよ」ホスキンズは床に向かって、つぶやくような声で言った。

「おまえさんは大馬鹿者だ。駄法螺《だぼら》をぶっこいて、自分で自分の首を絞めちまってる」フロストは席を立ち、レインコートのボタンをかけはじめた。「おれは、おまえさんがあの婆さまを殺したとは思ってない。だが、おまえさんがあくまでも今の駄法螺に固執する気なら、おれはおまえさんを殺人事件の主犯として、ガール・フレンドのほうはその従犯として訴追請求するから、そのつもりで」

ホスキンズは表情を強ばらせたが、それでも頑《かたく》なに床を見つめ続けた。

「いいわ、あんたがほんとのことを話さないんなら、あたしが話す」ホスキンズの女が言った。「やってもいないことでパクられるなんて、冗談じゃないもの」

ホスキンズはまた大きな溜め息をついた。「わかったよ……今まで喋ったことは全部取り消す。これから喋るほうが、嘘偽りのない事実だから……」

フロストは椅子に坐りなおして待った。ギルモアのほうは腕を組み、眉間《みけん》に皺を寄せていた。事情聴取の主導権を取り戻す機会が巡ってこないものか、うかがっていた。

「図星だよ、おれがあの婆さんの家に行ったのは、そのためさ——こっそりと忍び込んで、めぼしいものをいただいて、とっととずらかるつもりだった。合鍵の隠し場所は知ってたから、十一時になるまで待った。相手は婆さんだ、夜の十一時になりゃ、熟睡しちまってるだろうと思ってさ。合鍵を使って、玄関から忍び込んだ。玄関ホールのテーブルに、婆さんのハンドバッグが載ってたから、手始めに財布のなかの現金をいただいた。それから、足音を立てないようにそろそろと二階にあがった。いちばん最初に開けたのが、寝室のドアだったんだよ。ぶったまげたなんてもんじゃねえ。婆さんが血まみれで死んでるのを見たときには、小便をちびりそうになったぜ。あとはもう無我夢中で階段を駆け降りた。よく途中で足を踏みはずさなかったもんだと思うよ。ああ、おれは金を盗った。でも、婆さんは殺してねえ」

「あいつの言ったこと、おれは信じるよ」オフィスに戻ると、フロストは言った。

「へえ、そうですか。ぼくは信じません」とギルモアは言った。彼は激怒していた。あのとき、この役立たずの能無し親爺が横から嘴《くちばし》を突っ込んできさえしなければ、今ごろは殺人事件の犯人の自白を得られていたはずである。

「ただし——」とフロストは付け加えた。「科研のほうであいつの服を調べて、婆さまの血をたっぷりと吸い込んでるやつが見つかったりした場合には、いつでも意見を変える用意があるからな」

火曜日――夜勤（二）

「ご婦人から電話だ」ロビーを通りかかったフロストとギルモアを、ウェルズ巡査部長が呼び止めた。「コンプトン夫人と名乗るお方《かた》から」

「おお、つんと尖った乳首の君か！」フロストが頓狂な声を張りあげている間《かん》に、ギルモアが受話器を受け取った。

「ジャック、マレット署長はご機嫌が麗《うるわ》しくない」とウェルズ巡査部長はフロスト警部に伝えた。「大騒ぎしてしょっぴいてきたホスキンズを、あんたがけちな窃盗罪にしかならないと判断したんで、えらく不満そうだった」

「マレット署長のご機嫌取りは、おれの仕事の優先順位では、かなりしたのほうに位置してるもんでね」フロストは苦々しげにつぶやくと、受付デスクを離れた。スウィング・ドアを押し開け、廊下に出ようとしたところで、まさに退署せんとしていたマレットと危うく正面衝突しそうになった。マレットは一触即発の気配をたたえていた。

「車輛経費の申請書類！」すれ違いざま、マレットはひと声吠えた。

「ご心配なく、警視《スーパー》。明日の朝、いちばんに届けますよ」フロストは、マレットの後ろ姿に向かって叫び返し、すぐさまその思慮を欠いた発言を悔いた。申請書は、裏をメモ用紙代わりに使われただけで、今もってポケットのなかに突っ込んだままにしてあるし、明朝までに正規の手続きを踏んで本物の領収書を入手できる見込みも限りなくゼロに近い。しかし、まあ、なんだな、とフロストは達観した。今から明朝までのあいだには、どんなことが起こってもおかしくない。マレットだって交通事故に巻き込まれて、両脚を骨折しないとも限らない。だが、頭のなかで膨らみかけた楽天的な夢想の泡を、フロストは即座に叩き潰した。ジャック・フロスト警部の尻尾《しっぽ》をつかまえられるとなれば、角縁《つのぶち》眼鏡のマネキン野郎のことだ、きっと松葉杖にすがってでも出勤してくるにちがいない。

とりあえず、自分のオフィスをのぞいてみることにした。オフィスの状況は、先刻出かけたときからまったく変化していなかった。あいかわらず寒くて、あいかわらず散らかっていた。デスクのうえに、洗っていない空《から》のカップを文鎮代わりにして、頭に《発信元：署長執務室》と刷り込まれたメモ用紙が置かれていた。記されていたのは、わずかひと言――什器《じゅうき》備品現況の調査報告書???　まわりを赤い線で囲まれたうえ、マレット愛用のパーカーの万年筆のものとおぼしきロイヤルブルーのインクで何本も下線を引かれている。フロストは《未決》のトレイに積みあげられた書類の山をかきまわして、什器備品現況の調査報告書の書式ひと綴りを引っ張り出した。最初のときほど複雑そうに見えないのではないか、と一抹《いちまつ》の期待を抱いて。期待も虚しく、以前にも増して、手に余るものに思えただけだった。フロストは、その難物をそいつにふさわしい場所に埋めておくことにした。

ドアが開き、勢いあまって壁にぶち当たる音がした。怒れる部長刑事、フランク・ギルモアがオフィスに戻った合図だった。「なんたる石頭、あれで巡査部長とは……」身を投げ出すようにして、ギルモアは自分の椅子に坐り込んだ。

フロストはうめき声を嚙みころした。厄介事なら、すでに背負《しょ》い込んでいるものだけで充分に間に合っている。「どうした、坊や？」

「コンプトン夫人がかけてきた電話のことです。今夜は旦那が出張中で、彼女がひとりで留守を預かってるそうなんです」

「そいつは、なんとも心躍《おど》る誘い文句じゃないか」とフロストは言った。「よし、おまえさんとおれ、どっちが先にいただくか、硬貨を投げて決めよう」

ギルモアの渋っ面が、さらに渋くなった。「つまらない冗談はやめてください。笑い事じゃないんだから。例の脅迫電話ですよ、またかかってきたんです。今夜がおまえの最後の夜だ——そう言われたんだそうです。言われたほうは、恐怖を覚えないわけがない。コンプトン夫人は取り乱してました。怯えを通り越して錯乱寸前でした。用心のために、今夜はひと晩コンプトン家に見張りをつけたほうがいいと判断し、ウェルズ巡査部長にその旨《むね》伝えたんですが、拒否されました。そんな余裕はないという理由で」

フロストは内線電話に手を伸ばした。「おれからも、頼んでみるよ」

ウェルズ巡査部長は最初、頑として譲らなかった。昇進したての、右も左もわからない部長刑事風情《ふぜい》に、アフターシェイヴ・ローションなどという軟派な代物《しろもの》の臭いをぷんぷんさせているにやけた青二才ごときに、手持ちの駒の動かし方を講釈される謂《いわ》れなどないはずだ、と言い張った。そもそも、目下《もっか》のところ市内全域の警邏を——このくそいまいましいデントン市全域の警邏を、何名で担当していると思っているのか？　四名だぞ、たったの。パトロール・カーが二台に、徒歩での巡視が二名。残りの連中は、あの馬鹿げたポーラ・バートレットのヴィデオをテレビで再放映してからというもの、引きも切らずに寄せられるもろもろの情報をさばくため、署に居残って電話にへばりつくことを余儀なくされていて……。フロストは受話器をデスクのうえに伏せると、ウェルズ巡査部長にはわめきたいだけわめかせておくことにして、自分は新しい煙草に火をつけた。ややあって、受話器から洩れ聞こえてくる愚痴が止みそうな頃合を見計らって、おもむろに受話器を取りあげ、同情のことばらしきものをひと言二言つぶやき、その結果、ウェルズ巡査部長から、甚《はなは》だもって不承不承なものではあったが、パトロール・カー及びその乗員一名をごく散発的にレキシングまで派遣し、ごく散発的に《風車亭《オールド・ミル》》の様子を見る程度のことなら可能かもしれないとの譲歩を引き出した。ただし、それとて確約はしかねる、という条件付きではあったが。

「あんたは大した男だよ、ビル」とフロストは言った。「人の心の寛大さは、そいつのちんぽこのでかさに比例するってのは、ほんとだってことがよくわかった」ウェルズの気が変わらないうちに急いで電話を切りあげると、朗報を伝えるべく、椅子をまわして部長刑事のほうに向きなおった。ところが、フロストの期待は裏切られた。部長刑事から感謝のことばはなかった。

「そういう遣《や》り方《かた》を、杜撰《ずさん》って言うんだ」吐き捨てるようなひと言を残して、ギルモア部長刑事は足音荒くオフィスを出ていった。

オフィスのなかは、あまりにも寒く、長居するには不向きだったので、フロストは殺人事件の捜査本部が置かれた部屋に出向いた。室温の点では、こちらの部屋も大差はなかった。婦人警官二名と制服警官一名が、いずれも防寒対策にしっかりと厚着をしたうえで、いくぶん下火になったとはいえ、ヴィデオ放映の後遺症としてなおも寄せられる情報提供の電話をさばきつつ、高齢者宅を狙った侵入窃盗事件のファイルの山と格闘しているところだった。さらにもう一名の婦人警官が、コンピューターの吐き出した膨大な量のプリントアウト——車体の色が青、もしくは街灯の下では青と見間違われる可能性のある色の、小型のヴァン及びステーション・ワゴンに関する車輛登録データを、のろのろと処理していた。「マレット署長の指示なんです」データ処理担当の婦人警官は弁解するような口調で言った。

「いいんだよ、きみ、よくわかってるから」とフロストは鼻にかかった声で言った。「屁のつっぱりにもならない仕事は、いつだってマレット署長の指示に決まってる」たとえ青いヴァンが事件に関係していたとしても、その青はあとから塗ったもので、車輛そのものは本来の色で登録してあることも考えられる。

フロストは、書類整理用のトレイに手を伸ばし、情報提供者からの電話内容を記録した用紙を何部か取りあげて、記載事項に眼を通した。ポーラ・バートレットは、いまだにその姿を目撃されていた。ある女の通報者は、フランスでポーラを見かけたと言い、男の通報者のなかにも、今朝、我が家に新聞を届けてくれた配達の女の子こそポーラ・バートレットに間違いない、と言い切っている者がいた。

部屋の隅に置かれたデスクでは、サンドウィッチを片手にジョー・バートン巡査が『サン』紙を広げていた。フロストがそちらに足を向けると、バートンは慌てて新聞を片づけ、高齢者宅を狙った侵入窃盗事件のファイルを調べはじめた。「ひと息入れてたんです」バートンは釈明しながら、フロストの勧めた煙草を受け取った。「ホスキンズとやつの女は、軽窃盗で訴追請求しときました。でも、科研の検査結果が出るまで、勾留したほうがいいでしょう？　今晩ひと晩、署の留置場にお泊まりいただくことにしましたよ」

フロストは頷き、そばにあった椅子に坐り込んだ。「おれが訊きたいのは、ポーラ・バートレットが殺された事件のほうだよ。詳しい経緯が知りたいんだが、筋金入りの怠け者のおれとしては、事件のファイルを最初から読み返すなんてことは性に合わない。すまないけど、事の発端から説明してもらえないかな」

「九月十四日」とバートンは切り出した。「ポーラ・バートレットは、新聞配達に出かけました。販売店を出発したのは、午前七時五分過ぎです」

「ちょっと待った」フロストは口を挟んだ。「午前七時五分過ぎ？　あの子の両親の話だと、いつもだいたい七時半ごろから新聞を配りはじめてたってことだけど？」

「それは、例のエドワード・ベルという教師に車で送ってもらえるときのことです。事件当日は学校まで自転車で行かなくてはならなかったんで、いつもより早めに配達を始めたんです」

フロストは馬鹿でかい煙の輪を吐き出し、それがのったりと身をよじり、室内を漂うさまを眼で追った。「大丈夫だ、ちゃんと聞いてる」

「午後五時、両親は、娘の帰宅がいつもより遅いことに気づきます。午後五時半、心当たりの場所に電話をかけてまわった結果、娘がその日学校に行っていなかったことを知り、午後六時十分過ぎ、デントン署に通報してきた」

「で、通報を受けたわれわれは、その二カ月後に娘を発見したってわけだ」フロストは自虐的なコメントを加えた。

バートンは辛抱強く笑みを浮かべた。「それはともかく、通報を受けて、署は当該地域を巡回していたパトカーを差し向けました。新聞販売店で、彼女の配達ルートを教わり、それに従って一軒一軒、話を聞いてまわりました。ご存じのとおり、最後の二軒には新聞が配達されていませんでした」バートンは席を立つと、部屋を突っ切って、壁に貼られた大縮尺の地図のまえに足を運んだ。「ポーラが最後に立ち寄ったのはこの家で、午前八時十五分ごろのことです」バートンは地図上の該当地点を指さした。「次の配達先は、ブルック・コテッジでした――地図では、ええと……ここですね。しかし、その日、ブルック・コテッジに新聞は届かなかった」

フロストも壁に貼られた地図のまえに立ち、ポーラ・バートレットの足取りに従って点々と打たれた黄色い画鋲《がびょう》の列を眺めた。「事件当日、ポーラはいつもより三十分ほど早く配達を始めたんだったな？」

バートンは頷いた。

「ということは、そのことを犯人がまえもって知っていたんでない限り、ポーラ・バートレットを連れ去ったのは、場当たり的な犯行だったことになる。あの子の姿を見かけて助平心をそそられ、衝動的にさらっちまったってわけだ」

バートンはその仮説をあっさりと論破した。「しかし、警部、彼女が配達の開始時刻を三十分繰りあげたのは、その日だけのことじゃありません。事件当日の四日まえから、その時間帯に配達してたんです。エドワード・ベルが女房を亡くして学校を休んでいたもんで、通学の手《あ》段《し》を確保できなかったんですよ」

「だったら、確実に言えるのは犯人は車を持ってるってことだけだな。ポーラを力ずくで自分の車に引きずり込み、自転車はその場に捨てていったか、あるいは、車を運転していたのがポーラのよく知る信頼していた人物だったか——萎《しお》れた雑草みたいなしょぼい顎鬚を生やしてるやつが、学校まで送ってあげようとポーラに声をかけたってことかもしれない。その場合、自転車は折りたたんで車のトランクに入れといて、あとで捨てたんだろう」

バートンは、寛容の笑みを浮かべた。いずれも、二カ月前の時点で、すでにアレン警部が推理してみせたことだった。「ポーラが犯人の車に誘い込まれた、という解釈は成り立つかもしれません。でも、誘ったのはエドワード・ベルじゃない。それはありえませんよ、警部。だって、あの男はかみさんの葬式に出かけるまでは、ずっと家にいたんですから。かみさんの両親が、その証人です」

「だとしても、あいつが萎れた雑草みたいなしょぼい顎鬚を生やしてることに変わりはない」とフロストは言った。「しょぼい顎鬚を生やした野郎は信用しないことにしてるんだ」彼はデスクに戻った。「よし、ポーラ・バートレットが行方不明になったことが確認されたところまではわかった。それから？」

「午後八時十五分、アレン警部が事件を担当することになり、捜索が開始されました。捜索の対象地域となったのは、グローヴ・ロードとブルック・コテッジ間の一帯です。午後十一時三十二分、ポーラの自転車と、配達されなかった新聞二部の入った新聞配達用のバッグが排水用の溝に放り込まれているのが発見されます。ポーラ本人もその溝に落ちた可能性が考えられたので、溝を渫《さら》いました。でも、暗いなかでの作業は思うに任せず、結局いったん中断して、翌朝日の出を待って作業を再開したんです。対象区域は拡大され、森の一部にも捜索隊が派遣されました。同時にアレン警部は、うちの署の管轄内に居住する、幼児相手に性的悪戯《いたずら》を働いた者や露出狂も含めて、もろもろの性犯罪関係の前科者の所在を確認し、片っ端から署に連行してきて、事情聴取を行《おこな》いました」バートンは、ファイリング・キャビネットの抽斗《ひきだし》を開けて、書類をたっぷりとくわえ込んで膨れあがったフォルダーが、わずかの隙間もなく詰まっているのを見せた——アレン警部の事情聴取の成果。

フロストは、鬱々たる思いで抽斗の中身を眺めた。いちいち眼を通すには、あまりにも数が多すぎる。

「続きは、こっちに」バートンは、二段目の抽斗を開けてみせた。

おぞましい光景だった。フロストはとっさに両方の抽斗を膝で閉めた。「おまえさんたち部下には部下の言い分ってやつがあるんだろうけど、アレン警部ってのは、とにもかくにもくそがつくほど勤勉な男だ。そのアレン警部が事情聴取をした結果、全員シロだったんだろう?」

「ええ」

「だったら、おれはそれで充分だよ」フロストは、ファイリング・キャビネットの側面でマッチを擦り、新しい煙草に火をつけた。「溝から引きあげた自転車を見せてもらえるかい?」

バートンは、署の駐車場の一隅《いちぐう》に設《もう》けられた証拠品保管用の倉庫にフロストを案内し、施錠してあったドアを開けた。倉庫のなかは、凍りつきそうに寒かった。

自転車は、気泡の入った梱包用のポリエチレン・シートにくるまれ、倉庫の壁に立てかけられていた。バートンはシートを剥がして、脇に退《ど》いた。小型で無駄な装飾のない、すっきりとしたスタイルの折りたたみ式自転車だった。エナメル塗料で仕上げられた車体は明るいグレイ、ハンドルとペダルにはそれよりも濃いめのグレイ。フロストは眼を凝らしてみたが、自転車は何も教えてはくれなかった。バートンが梱包用のシートで自転車を覆いなおすのを待って、捜査本部の部屋まで戻った。

「ほかの証拠物件も見せてくれ」

バートンは金属製の保管戸棚の鍵をあけて、巨大な段ボール箱を引きずり出した。現役時代には百四十四巻きのトイレット・ペーパーが入っていたその大箱を、デスクに移すと、次いで書類棚からぱんぱんに膨らんだファイル・ボックスを抜き出し、フロストに手渡した。「事件のメイン・ファイルです」

フロストは、フォルダーを取り出した。書類の束のいちばんうえから、黒っぽい縁《ふち》の眼鏡をかけたポーラ・バートレットが、生真面目な面持ちでにこりともしないでこちらを見つめてきていた。彼女が行方不明になったときに、両親から提供された学校のアルバム用の写真だった。一般市民に協力を呼びかける、例の《この少女を見かけませんでしたか？》のポスターにも、その写真が刷り込まれている。フォルダーには、ほかにもかなりの枚数の写真が挟み込まれていた。納骨堂で発見されたときに撮《と》られたものも、検視解剖の記録も揃っていた。フロストは身震いして、写真をめくる手を速めた。途中で、フラッシュを焚いて撮影をした一枚の写真がが眼に留まった。藻の浮いた緑色の水面から突き出した自転車のハンドル部分を引き伸ばしたもののだった。「自転車から指紋は出たかい？」

「ポーラ当人と例の教師の指紋が出ただけです」

フロストは手を止めて、考えをめぐらせた。あの教師の話が出るたびに、なぜ、耳の奥で直感の密《ひそ》やかな囁きが聞こえる気がするのか？

ファイルの残りは、自転車と新聞配達用のキャンヴァス地のバッグを調べた科学捜査研究所が寄越した、何も検出されなかったという消極的な報告書と、ポーラの学友の供述から成っていた——いいえ、家出したいなんて、そんなことひと言も言ってませんでした。いいえ、心配事も悩んでることもなさそうでした。いいえ、ボーイ・フレンドはいません、云々《うんぬん》。捜索開始当初は、死体が発見されていなかったこともあり、ポーラ・バートレットは、あの場に自転車を乗り捨てて、同じ年頃の多くの子どもたちと同様、家出をしたのではないかと希望的な見方を打ち出す余地もあったのだった。ポーラに似たティーン・エイジャーの少女が客引きをしていた、あるいは野宿をしていたとの目撃情報を受けて、それを追跡調査した当該所轄署からの報告書も、ファイルのなかに綴じ込まれていた。行方不明の届けが出されていた何人かの放蕩娘たちが、家族のもとに帰還したが、バートレット家には誰も帰ってこなかった。両親はただひたすら待ち続け、希望を抱き続け、娘の部屋を娘が行方不明になった日のままに整え続けた。

フロストはフォルダーを閉じてバートンに返すと、デスクのうえの馬鹿でかい段ボール箱を手前に引き寄せた。口がファスナーになった大きな透明の袋に、大雑把《おおざっぱ》にたたまれた黒いビニールのゴミ袋が泥の付着した状態のまま収められていた。ポーラの屍衣になったものだった。中身を検《あらた》めるため、ナイフで切り裂いた跡が認められた。

「ゴミ袋です」バートンが註釈をつけた。「同種のものが、何百万って単位で製造されてます。なんの手掛かりにもなりません」

「どうせなら、おれの知らないことを教えてくれ」フロストは渋い顔になって、次の証拠物件を箱のなかからつまみあげた。新聞配達に使われていた、キャンヴァス地のショルダー・バッグ。顔を近づけると、バッグが沈んでいた排水用の溝の澱んだ水の臭いがした。試しに肩にかけてみたが、彼には肩紐が短くて、バッグの収まり具合が悪かった。ポーラはずっと背が低かった、ということだ。だが、そんなことがわかったところでなんになる？　フロストは肩紐をはずし、バッグをゴミ袋のうえに置いた。次に引っ張り出したのは、踵《かかと》の低い茶色い靴。汚れの染みついた靴紐は、きちんと蝶結びされたままになっている。

「裸に剝かれて強姦されて殺されたってのに、靴は履いてた」フロストはひとりごちるように言った。「解《げ》せないよ、どうも解せない」

「なんなんです、この騒ぎは？」見ると、ギルモアが棘を含んだ眼でバートンを睨みつけていた。「きみには、高齢者宅を狙った侵入窃盗のファイルを調べるよう言っておいたはずだ」

「おれの手伝いをしてくれてるんだよ」フロストはそう言って、証拠物件の茶色い靴を掲《かか》げた。

「素っ裸で殺されてたのに、なぜ靴だけ履いてたんだろうな？」

「逃げようとしたんじゃないですか」ギルモアは思いつくままに言った。さほどの興味は惹かれなかった。ポーラ・バートレット殺害事件は一時棚上げにする、とマレット署長から申し渡されている。「犯人の隙をついて逃げ出そうとして靴を履いたところに、犯人が戻ってきてしまったんじゃないかな」

「強姦されたんだぞ」とフロストは言った。「恐くて恐くて、気が狂いそうになってたに決まってる。逃げ出す気になりゃ、裸足《はだし》でも逃げられる。わざわざ靴を履いて、靴紐を蝶結びにする手間なんてかけるもんか」

「だったら、ぼくにはわかりません」ギルモアは低く言い残してその場を離れ、高齢者宅を狙った侵入窃盗事件のファイルを調べる作業に取りかかった。その作業に没頭することで、余人《よじん》はいざ知らず、自分は与えられた職務にも優先順位がある旨《むね》心得ていることを示した。

いつまで眺めていても、茶色い靴は内に抱えた秘密を打ち明けてくれそうになかった。フロストは靴を脇に置いて、段ボール箱に残された最後の証拠物件を取り出した。大判のビニール封筒に入った、未配達の二部の新聞――『サン』と『デイリー・テレグラフ』。いずれも配達用のキャンヴァス・バッグに収まるよう、ふたつに折りたたんである。

フロストは、封筒から新聞を引き出した。バッグと同様、澱んだ水の臭いがした。どちらも黄ばみかけた紙面に、藻の名残《なごり》の薄緑色の染みがついている。細心の注意を払って『サン』を広げると、溝の水に浸《つ》かっていたせいで、紙がごわごわになっていた。一面の隅、紙名のロゴのうえに、販売店の店主の手で配達先が記してあった――《ブルック・Ｃｔｇ》。三面を開けて、私情を排した批評家の眼でヌード写真を眺めた。写真の彼女も、薄緑色に染まっていた。「カトマンドゥーの北方に、げに麗《うるわ》しき一対の、緑に染まりし乳首あり」節《ふし》をつけて歌うように言うと、フロストは新聞を閉じ、もとの折り目を乱さないよう慎重にふたつ折りの状態に戻した。

危うく見落とされてしまうところだった。新聞を封筒に戻している途中で、フロストがふと眼を留めなければ。最終面のうえから四分の一のところに、横向きにできたそれ――何かに引っかかってできた鉤裂きの根元に、くしゃっと丸まっている、小さな舌のような三角形の部分。幅八分の一インチ、長さ四分の一インチ足らずの極小の突起。フロストは、教師宅に配達されるはずだった『デイリー・テレグラフ』を封筒から引っ張り出し、一面と最終面をつぶさに調べた。鉤裂きは見つからなかった。再び『サン』に視線を戻した。小さな舌を持つ鉤裂きは、何事かを語りかけてきたが、何をということになると、フロストにはわからなかった。「バートン、おまえさん、こいつをなんと見る?」

バートンには、ただの鉤裂きにしか見えなかった。

「おい、坊や、こいつを見てくれ」フロストはギルモアを呼び寄せた。

より重要度の高い仕事から引き離された恨めしさを態度に滲《にじ》ませながら、ギルモアは新聞を受け取り、おざなりに一瞥しただけで突き返した。「騒ぐほどの傷には思えません。取り扱いがぞんざいで、破れたんじゃないですか？」

いや、違う、とフロストは心のなかでつぶやいた。こいつは、取り扱いがぞんざいで破れたんじゃない。そんな単純なもんじゃない。頭の片隅で、ある映像がおぼろに甦りかけた。今日の正午《ひる》過ぎ、酔っ払いの太った老婆……あの家の郵便受けにきつく押し込まれていた新聞……なかの様子をのぞくために、その新聞を引き抜いたひょうしにできてしまった鉤裂き。あのときできた鉤裂きは、配達されなかった『サン』の最終面にあるこの鉤裂きと、あまりにも酷似している。ということは、この新聞も実は配達されていた、ということか？　震える手で『サン』を取りあげ、ふたつに折ってあるその新聞を、さらにもう一度折り目がつかない程度にゆるくふたつに折った。新たにできた折り山のうえに、皺の寄った小さな舌を持つ鉤裂きが現れた。

フロストは気持ちが昂《たかぶ》るのを感じた。「アレン警部もこの破れ目に気づいたかい？」

「さあ、どうかな。でも、どうしてです、警部？　重要なことなんですか？」

「そう、事と次第《しだい》によっては、くそがつくほど重要なことかもしれない。ポーラが配っていた新聞は、配達用のバッグに収まるよう、ふたつ折りにされてた。でも、配達先の郵便受けに突っ込むには、もう一度折らなくちゃならない」フロストは『サン』の最終面に残っている鉤裂きを指さした。「おれの童貞を賭けてもいい、この助平新聞は、いったん郵便受けに突っ込まれて、そのあとまた引き抜かれたもんだ」

バートンは新聞を受け取り、最終面に残されたささくれを明かりにかざして調べた。その可能性も、考えられなくはなかった。あくまでも、ひとつの可能性として。「でも、警部、この新聞は配達されてないんです」とバートンは言った。

「ブルック・コテッジの住人は、どんなやつだ?」

バートンは、ファイルの書類から目的のものを抜き出して、そこに書き込まれている詳細な情報を読みあげた。「世帯主の氏名は、ハロルド・エドワード・グリーンウェイ、年齢四十七歳、職業は自営業、ヴァンの運転手をやってます。現在は同住所に独り暮らし。かみさんがいたんですが、二年まえに出ていかれちまったそうです」

朗報に次ぐ朗報、事態はますます望ましい方向に進んでいる。嬉しさのあまり、フロストは両手をこすりあわせた。「ポーラが行方不明になった当日のアリバイは?」

バートンは、書類のページを繰った。「同人の供述によると、その日、九月十四日は仕事が入ってなかったため、午前十一時過ぎまで寝ており、その後は一日じゅう何をするでもなく、家でぶらぶらして過ごしたそうです。新聞配達の女の子の姿も見てないし、その日は新聞も届かなかった、と言ってます」

「で、その話を鵜呑《うの》みにしちまったわけだな?」

「疑う理由がありませんでした。ことに、排水用の溝から自転車と未配達の新聞が回収されたとあっては」

フロストはデスクの角に尻を乗せると、煙草のパックを取り出して、なかから三本振り出した。「ふむ、そうか。だったら、こんな筋書きはどうかな？　ハロルド坊やは、ブルック・コテッジにひとりぼっちで住んでいる。かみさんが家出しちまって早二年、使う機会もないままに股間の一物《いちもつ》も錆びつきかかってる。ある朝、家のまえの小道を自転車でやって来たのは、なんとまあ、未開通のトンネルの持ち主、初々しき十五の乙女。生唾も湧いてこようというもんだ。娘は新聞を丸めて郵便受けに突っ込む。性行為を暗示するその行動は、孤独な男の股間を直撃する。ハロルド坊やは、ことば巧みに娘を家へと誘い込む。さもなきゃ、腕力に訴えて強引に引きずり込んだか、だな。いずれにしても、野中《のなか》の一軒家だ、娘に大声を出されたところで人に聞かれる気遣いもない。かくして、熱き血潮をたぎらせた坊やは、まんまんと思いを遂げちまう。ところが、事が終わると、娘は強姦されたと騒ぎだす。坊やはうろたえ、どうしていいかわからなくなって娘の首を絞めちまう」

フロストの昂りが伝播《でんぱ》したのか、バートンにもその筋書きが読めたようだった。「グリーンウェイは、配達された新聞をバッグに戻し、排水用の溝に自転車ごと突き落とす。自転車が引きあげられても、ブルック・コテッジに届けられるはずの『サン』がバッグに残っていれば、われわれの眼を欺くことができる。それが配達済みの新聞だとは誰も思わない」

さすがのギルモアも、感じ入った様子だった。「ありえますね」と不本意な口ぶりながらも同意した。「しかし、それでもまだ靴を履いていたことの説明はつかない」

「なに、構うもんか」フロストはデスクから飛び降りた。「犯人をパクるのが先だよ。説明なんぞ、あとからいくらでもひねり出せる」喋りながら、新聞を二部ともビニールの封筒に戻し、バートンに手渡した。「おまえさんにひとつ頼みたいことがある。その新聞を両方とも科研に届けてもらいたい。連中におれたちの名推理を聞かせてやるんだ。今やってることを全部放り出して、その新聞の分析に取りかからせてほしい」

「それがすんだら、ここに戻ってきて、データの抜き出しに専念すること」ギルモアは、バートンの後ろ姿に向かって声を張りあげた。「こんなスローペースじゃ、いつまでたっても終わりっこないぞ」

フォルダーの山は、いっこうに低くならないように思われた。ギルモアは、ロネオで複写された用紙の四角い枡目に印をつけると、それをコンピューター入力要員の婦人警官にまわすため、書類整理用のバスケットに入れた。何かが鼻先をかすめた。紙飛行機だった。高度をあげかけて途中で失速した紙飛行機が、急降下していくところだった。紙飛行機は、かさっという乾いた音とともに部長刑事の足元に墜落した。ギルモアは身を屈《かが》めてそれを拾いあげた。見覚えのある紙で折られている。開いてみると、案の定、ロネオで複写された入力用の書式だった。ギルモアは背後を振り返り、フロストに疑いの眼を向けた。申しわけなさそうな笑みが返ってきた。

「悪いな、坊や」

フロストは、退屈していた。ある侵入窃盗事件のファイルを睨みはじめて、かれこれ四十分が経過しようとしている。署を脱出する口実がどこからか舞い込んできてくれないものか……。切なる願いを抱いているにもかかわらず、電話は頑《かたくな》なまでに押し黙ったままだった。「とろいな、科研の頭でっかちどもは。そろそろ新聞の分析結果を知らせてきてもいいころなのに」

「検体が向こうに届くまでの時間を差し引いたら、まだいくらも経ってません」とギルモアは言った。

「いつまで待たせるんだ、ええ？」フロストは駄々っ子顔負けの強情ぶりを発揮して、電話機を手元に引き寄せ、科学捜査研究所の番号をまわした。

「無理を言われても困ります、警部」科学捜査研究所の係官の対応は、いたって愛想のないものだった。「例の流感のせいで、こちらも通常の半分のスタッフしかいないんですから。今はまだ、マニングトン・クレセント四十四番地の住居から回収された衣類や何かを検査中です。これまでのところは何も出てきてませんね」

「あんなぼろ服をいじくりまわすのは、いつでもできる」とフロストは言った。「あれは緊急性に乏しい。それよりも新聞が先だ」

ギルモアが眉間《みけん》に深い縦皺を寄せて、顔をあげた。「高齢者宅を狙った侵入窃盗事件の捜査に専念することになっているはずです。なのに、科研の連中に、そちらの検査をあとまわしにしろとおっしゃったわけですか？」

電話が鳴りだしたおかげで、フロストは答弁を免《まぬか》れた。デントン総合病院の集中治療室に詰めている、リドリー巡査からだった。頭蓋骨破損で収容された老女、アリス・ライダーが意識を取り戻したという報告だった。

澄んだ夜空に浮かんだ月が伴走してくるなか、ふたりを乗せた車は病院への道を疾走した。助手席に収まったフロストは、せわしなく煙草の煙を吐き出しながら、訊くべきことを訊き終えるまで、意識を回復した老女が持ちこたえてくれることを願った。被害者の口から語られる犯人の人相特徴は、目下《もっか》コンピューターに入力中の、あの屁のつっぱりにもならないデータなんぞより、千倍は役に立つにちがいない。犯人の人相特徴？　それが自己欺瞞だということは、フロストも自覚していた。被害者は八十一歳の老婆なのだ。脳震盪を起こし、明日をも知れない生命である。おまけに、犯人に襲われたのは、部屋の暗がりのなか。そんな相手から提供される情報が、豊富であるわけがない。

夜の闇の奥から、種々雑多な建造物の無秩序な寄せ集め、デントン総合病院の建物がその黒黒とした姿を現した。「あそこに駐めろ、坊や」フロストは、正面玄関の脇に記された《病院出入口につき駐停車禁止》の標示を指さすと、ギルモアがそこに駐車するのも待ちきれず、まだエンジンを切らないうちに車から飛び出し、病院内に駆け込んだ。

ギルモアが正面玄関のスウィング・ドアを押して院内に足を踏み入れたとき、フロストのえび茶色のマフラーがちょうど横の通路に吸い込まれていくのが見えた。ギルモアは全速力で中央通路を駆け抜け、フロストに追いついた。「あそこだ」フロストは息を切らしながら、前方の小さな緑色の標示灯を指さした。ちらちら瞬《またた》く文字が、そこが《集中治療室》であることを告げていた。

夜勤の看護婦が顔をあげ、騒々しいふたりの来訪者を怒りの形相で睨みつけた。病棟内は静粛に、とのことだった。夜勤の看護婦は、フロストが示した身分証明書を一瞥すると、しかめっ面のまま短く頷き、「ライダーさんですね? あちらです」と言って奥のカーテンで仕切られた区画に向かって顎をしゃくった。

「容態は?」フロストは尋ねた。

「危篤です。さもなければ、あなた方が押しかけてくるのを許可するわけないでしょう?」フロストとギルモアがベッドに向かおうとすると、夜勤の看護婦が重ねて声をかけてきた。「そんな大勢は困ります。付き添いの婦人警官の方《かた》は、そとに出てもらってください」

ふたりは、カーテンの隙間からなかに滑り込んだ。付き添いの婦人警官、ヘレン・リドリー巡査が気遣わしげな顔でベッドのうえに屈《かが》み込み、低い声で何事か話しかけているところだった。人の気配に顔をあげ、フロストが到着したことがわかると、ほっとした表情になった。

「眼は開けてるんですけど、こんな状態では意識があるとは言えないわ」

「ご苦労さん。ひと息入れてくるといい」そう言うと、フロストはベッドの枕元の椅子を引き寄せて腰を降ろした。ギルモアは、そのうしろに立った。アリス・ライダーは、小柄で華奢な老女だった。丸々と膨らませた柔らかい枕に頭を載せているのに、枕がほとんど窪んでいない。

二名の警察官の存在に気づいたようには見えなかった。じっと身じろぎもしないでベッドに横になったまま、ときどきしゃくりあげるような音を立てながら、不規則な浅い呼吸を繰り返している。顔がくすんだ土気色に見えるのは、頭に巻かれた包帯の真っ白なターバンとの対比のせいばかりとは思えなかった。頬に絆創膏で留めてある透明な細い管は、左の鼻孔に挿入されていた。鉄製の点滴スタンドにぶらさげられたビニールのパックからも同じく透明な細い管が伸びていて、点滴用の注射針を介してパックのなかに半分ほど残っている液体を一滴、また一滴と肘の内側の静脈に送り込んでいた。

何もかもが白くて、清潔で、滅菌されている。埃まみれの薄汚れた我が身を嫌でも意識させられ、いたたまれない気分だった。フロストはベッドのうえに身を乗り出した。「ライダーさん?」

老女は、赤く充血した眼を天井に向け、あらぬ方《かた》を見据えていた。フロストの声が聞こえた様子はなかった。ときおりぴくっと首を振る仕種《しぐさ》が、鼻孔に深々と挿入された管を鬱陶しがってはずそうとしているように見えた。そんなものを押し込まれて、不快に感じていることだけは間違いなかった。

病院ってとこは——とフロストは思った——人を安らかに死なせちゃならないって決まりでもあるのか? さらに身を乗り出し、老女の耳元に顔を近づけた。「ライダーさん——奥さん、警察の者です。あなたをこんな目に遭わせたやつを捕まえるには、あなたの助けが必要です」

反応なし。

「犯人の人相特徴を教えてください、ライダーさん――どんなことでもかまわない。声が出ないんなら、瞬《まばた》きしてくれるだけでいい。一度瞬きしたら〝イエス〟――わかりますか？」

わかったのかもしれなかったが、返答はなかった。

フロストは諦めることなく、問いかけを続けた。「襲いかかってきた男のことです。背は高いほうでしたか？」答えを待った。反応なし。「それとも、小男だった？　身体つきはどうでした？　太ってたか、痩せてたか、覚えてませんか？」

浅く不規則な息遣い。何かを叩くようにうごめく萎《しな》びた指。瞬《まじろ》ぎもしないで天井を見つめ続ける眼。

フロストは浮かせていた尻を椅子に戻した。この婆さまを責め立てるような真似を、おれはなぜ続けてるのか？　と自問した。質問を重ねたところで、返答が得られる見込みはない。ならば、なぜ、このまま安らかに死なせてやらない？　ポケットに手を突っ込み、煙草のパックに触《さわ》った。この場で一服するわけにはいかない。夜勤の看護婦に見つかって、たちどころにつまみ出されてしまう。

「交替しましょう」とギルモアが言った。フロストが口を開きかけたときだった、アリス・ライダーが息を詰まらせた。萎びた咽喉《のど》の奥から、ごぼごぼというくぐもった音が洩れた。「看護婦を呼んできます」ギルモアは、カーテンに手をかけた。

「駄目だ」フロストはギルモアの腕をつかみ、押しころした声で制した。「まだ呼ぶな」

アリス・ライダーは、懸命に枕から頭を持ちあげようとしていた。が、それは瀕死の老女には苛酷すぎる動作だった。視線がせわしなく泳ぎ、唇がぶるぶると震えだした。アリス・ライダーは何事かを喋ろうとしていた。声にならない息遣いと熱くかすれた呼気が頰を撫でた。フロストは老女の口元に耳を寄せた。せわしない息遣いと熱くかすれた呼気が頰を撫でた。

「頑張るんだ、奥さん。もう一度……もう一度言ってください」

たったひと言、かすかな声だった。「刺された」と聞こえたような気がしたが、正しく聞き取ったのかどうか、確信は持てなかった。「わかってます。奥さんがどんな目に遭ったかはわかってる。犯人は覚えてますか？　相手の姿をはっきりと見ましたか？」フロストは慎重に声を抑えた。大声を出そうものなら、看護婦がすっ飛んでくるに決まっている。ここで叩き出されるようなへまは犯したくなかった。

アリス・ライダーは頷いた。

「そいつは、おれよりも大柄でしたか？」

老女の唇が音もなく動いた。次の瞬間、眼が大きく見開かれ、咽喉の奥のほうで気道の詰まる音がした。そして、ベッドのうえの身体は動かなくなった。何かを叩くようにうごめいていた指も、どこもかしこもまったく動かなくなった。

アリス・ライダーは死んだ。役に立ちそうなことは何ひとつ語らず、あっけなくお亡くなりになってしまわれた。悼《いた》むべきか恨むべきか決めかねたまま、フロストはベッドの周囲に引いてあったカーテンを開けた。「看護婦さん、来てくれ」

リドリー巡査の視線を捉えて、あとを任せる旨、身振りで伝えてから、ギルモアを急《せ》き立てて病棟をあとにした。

廊下に出たところで、アリス・ライダーのつぶやいたことばをメモしておくことを思いついた。メモ用紙の代わりに、内ポケットに入っていた紙束を引っ張り出した。よく見ると、例のくそいまいましい車輛経費の申請書だった。明日の朝いちばんに提出する、とマレットに大見得を切ってしまった難物である。いやはや――フロストは溜め息をついた。この分では、署長の御前に出頭するまでに、またしても言い訳をひねり出さねばなるまい。どうせ信じてはもらえない言い訳を。偽造した領収書の一枚に、走り書きの文字が書きつけてあった――《ウォードリー》。フロストはその意味を考えた。が、いくら首をひねっても、さっぱりわけがわからなかった。「ウォードリーってのは何者だい？」

ギルモアは心のなかで溜め息をついた。老いぼれ警部は、記憶力のほうも衰えてきているらしい。「匿名の手紙を送りつけられて、自殺を図った老人です」

フロストは、にんまりとほくそ笑んだ。寒くて陰気臭い署に戻らずにすむ絶好の口実が見つかった。「そうだった、思い出したよ。その爺さんの話を聞いてみるって、酔いどれ医師《せんせい》に約束してたんだ。行くぞ、坊や」

迷路のような廊下をたどるうちに、ギルモアは何度かフロストの姿を見失いそうになった。デントン総合病院は、もともとは救貧院としてヴィクトリア女王の治世に建てられ、その後長年にわたって建て増しと改築が繰り返されてきたものだ。フロストは暗くて狭い通路を足早に進み、倉庫に充《あ》てられている区画を突っ切り、騒々しい靴音を響かせながら鉄製の階段を上って、ウォードリー老人が収容されている病棟に入った。看護婦詰め所に陣取っていた病棟責任者の看護婦が、笠のついたスタンド越しにフロストに挨拶した。ふたりは旧知の間柄だった。看護婦は、ウォードリー老人を揺さぶり起こすという考えに賛同しかねるようだったが、フロストはこれは非常に重要なことなのだと請け合った。

ウォードリーは、禿げあがった額《ひたい》に白髪頭を戴《いただ》いた、七十五歳ぐらいの小柄な老人だった。寝苦しいのか、頻繁に寝返りをうち、ときどきぴくっと身体を引き攣らせては何事かつぶやいている。フロストは、老人の肩に手をかけてそっと揺すった。ウォードリー老人はぎょっとしたようだった。瞼《まぶた》を開くなり眼玉を剝き、唇が半開きになった。フロストが自己紹介をすると、その顔に強い不安の表情が浮かんだ。

「わたしを逮捕しにいらしたんでしょうか?」とウォードリーはしゃがれ声を震わせながら言った。

「いや、自殺未遂は現代ではもう犯罪じゃない」フロストはそう言って、椅子をベッドのそばに引き寄せた。「いや、そもそも、あれは事故だったのかもしれない」

ウォードリーは顔をしかめた。「自殺だったことはご存じでしょう。遺書を残しておいたんだから」

「ほう、そうでしたか。でも、われわれは見てない」

老人は、ベッドのうえで上体を起こした。「寝台の横の物入れのうえに置いてあったはずです。遺書と……例の手紙が。あれを見落とすとは、考えられん」

フロストは頭を掻いた。「物入れから落ちて、寝床のしたに滑り込んじまったのかもしれないな。のちほど、もう一度、捜してみますよ。で、その手紙のことですが、なんて書いてあったのか教えてもらえませんかね」

ウォードリーは、黙って首を横に振った。両手でベッドの上掛けをつかむと、きつく握り締めては離すことを何度か繰り返した。「忌まわしいことです。恥ずかしくて……とても口にはできないようなことです」

「ほう、それはそれは」とフロストは言った。「その年齢《とし》で、とても口にはできないようなことがおできになるとは。おれもあやかりたいもんだ」

「警部さん、勘違いしないでほしい。昔のことです。遠い昔の出来事なんです」

「だったら、今さら屁でもないでしょう」とフロストは言った。「教えてください、なんて書いてあったのか」

長い間《ま》ができた。病棟の奥のほうで、患者のひとりが眠ったままうめき声をあげていた。その廊下から、車輪のついた寝台を押していく音が聞こえた。

「仕方ありませんな」ウォードリーはようやく観念したように言った。「かれこれ三十年まえのことになるでしょうか――まだこの市《まち》に、デントンに越してくるまえのことです。当時、わたしはある小さな村に住んでいた。この市からはずっと離れたところにある村ですが、村の名前は勘弁していただきたい。その村の教会の日曜学校で、わたしはひとつのクラスを受け持っていた」ウォードリーは、いったん黙った。

「まだ、セックスも暴力も出てこない」フロストはひとりごちるように言った。「これからの盛りあがりに期待しよう」

ウォードリーは、礼を重んじ、形ばかりの笑みを浮かべてみせたが、すぐにその笑みを引っ込めた。「そのふたりの少年は、わたしの受け持ったクラスの生徒だった。ひとりは十二歳で、もうひとりは十三歳でした。いつのころからか、ふたりは日曜学校が終わると、帰宅するわたしにくっついて、わたしの家に遊びに来るようになったのです。一緒に過ごしたといっても、雑談をしたり、テレビを見たりした程度です。疚《やま》しいことは、何ひとつしていない」ウォードリーの声が高くなった。「嘘じゃない、警部。神に誓って、何もなかった」

「そうでしょうとも。ほかに何ができます？」フロストは、なだめるように言った。内心では――なんとまあ、あんたもそうとう助平だな、との思いを禁じ得なかったが。

「ところが、一方の少年が、わたしのことで嘘をついたんです。穢《けが》らわしい嘘を。わたしは日曜学校の監督に呼ばれた。もちろん、我が身の潔白を主張し、嘘偽りのないことを聖書にかけて誓いましたとも。だが、信じてはもらえなかった。結局、日曜学校で教えることをやめるしかなかった」ウォードリーはそこでことばを切ると、フロストの顔をじっと見つめた。自分の話が信じてもらえたか否か、相手の表情から読み取るつもりのようだった。

「それから？」フロストは低い声で促《うなが》した。

「村にもいられなくなった。人の噂になってしまったから。そうなれば、もう爪弾《つまはじ》きです。引っ越すしかなかった。それでデントンに、この市《まち》に移ってきた、というわけです。それから三十年、すべては遠い過去の出来事だと思っていました。もう贖罪はすんだものと思ってた。そこへ、あの忌まわしい手紙が送られてきたんです」

「なんと書いてあったんです、ウォードリーさん？」

「正確には覚えていませんが、だいたいの内容は――『貴殿があのふたりの少年にしたことを知ったら、教区の人々はなんと言うでしょうか？』というものだった。警部さん、わたしは教区委員をしてるんです。教会の仕事はわたしの生きがいなんです。三十年まえと同じことが起こったら、わたしはもう耐えられない。わたしの過去が明るみに出てしまったら、今度こそ失敗はしませんよ。この生命、必ずや絶ってみせます」

ギルモアが質問を挟んだ。「このデントンの市《まち》、もしくはその近郊に在住の者で、あなたの過去について知り得た可能性のある人物はいますか？」ウォードリーは、首を横に振った。

「あなたが、おいたをしたそのふたりの少年だけど――」フロストは不意に口をつぐんだ。ウォードリーが憤《いきどお》りに震えながらベッドから身を乗り出し、甲走《かんばし》った声で叫び立てたからだった。

「あの子たちには、指一本触れていない。全部、でっちあげだ。聖書にかけて、わたしは何もしていない」その抗議があまりに声高だったので、病棟責任者の看護婦が気遣わしげな顔で詰め所から飛び出してきたが、フロストが手を振って大したことではないという合図を送ると、引き返していった。

フロストは言いなおした。「失礼しました、ウォードリーさん、〝嘘をついた少年たち〟でしたね。その二名の少年の名前を教えていただきたい。それから、日曜学校の監督と、あなたが以前住んでいた村の住人で、あなたの過去を知っている可能性のある人たちの名前も。デントンに引っ越してきてる者がいないか、調べてみないと」

もろもろの氏名を書き留めるのはギルモアの役目となった。フロストはひと足先に病棟を抜け出し、正面玄関脇に駐めてある車に引きあげ、煙草をくゆらせながら思索に耽《ふけ》ることのできる空間に身を置いた。なんのために匿名の手紙ごときにかかずらって、こんなふうに時間を無駄にしているのか？　と自分の胸に問いかけた。解決すべき重大事件には事欠かず、すでに能力以上の仕事を抱え込んでいる状態なのに。

車体が一方に傾《かし》ぎ、ギルモアが乗り込んできた。「次の行き先は？」腰を降ろすと尻が沈み込んでしまう運転席で、少しでも坐り心地を改善しようと身をよじりながら、フロストに尋ねた。

もろもろの状況に鑑《かんが》みれば、「署に戻る」と答えるべきだったが、尻の毛まで凍りつきそうなあの捜査本部の部屋に戻って、侵入窃盗事件のファイル調べという単調にして退屈きわまりない作業に延々と取り組む勇気が、フロストにはなかった。「ウォードリー爺さんのコテッジだ。おれたちのほうでも一度、問題の匿名の手紙を捜してみようや」

「そんなことに時間を割く余裕はないはずです」ギルモアは異を唱えた。「第一、どうやって屋内《なか》に入るんです？」

「モルトビー先生に当たってみるさ。予備の鍵を預かってるはずだから」そうであることを願って、フロストは言った。

今回は、つきに恵まれたようだった。モルトビー医師は予備の鍵を預かっていた。ふたりを診療室で待たせておいて、医師は二階の部屋に鍵を取りに行った。「ドアを見張っててくれ」フロストは低く押しころした声でギルモアに言うと、医師のデスクに突進した。

「ちょっと、何してるんです？」ギルモアは、恐怖の表情を浮かべて、フロストの行動を咎めた。デントン警察署の警部ともあろうものが、モルトビー医師のデスクの抽斗《ひきだし》を、端から順番に開けては閉めることを繰り返している。

「探し物だよ」フロストは声をひそめて言うと、鍵のかかった抽斗をこじ開けるべく、万能鍵の束をせわしなくまさぐって手ごろな一本を選り出した。

頭上で床板が軋んだ。次いで階段を降りてくる足音。

「戻ってきます」ギルモアはしゃがれ声で言った。できることなら、自分ひとり、この場からさっさと退散してしまいたかった。あとはフロストが、自分で蒔いた種を自分で刈り取るべきだろう。

「ああ、あった、あった」フロストは雄叫《おたけ》びをあげ、淡いブルーの封筒を打ち振った。おもてに返して宛名書きを一瞥してから、封筒をもとの場所に戻し、抽斗を閉めて手早く鍵をかけた。フロストが椅子に滑り込んだのと同時に診療室のドアが開き、モルトビーがウォードリー老人宅の玄関の鍵を手に戻ってきた。

「どういう料簡《りょうけん》なんですか、あんなことをして？」戸外《そと》に出たところで、ギルモアは問いただした。

「昨日、先生に見せられた匿名の手紙だよ。誰のとこに送りつけられてきたもんか、先生は口を割らなかった。だから、こっそりと封筒を調べてみたのさ。おまえさんには無理を言って悪かったと思ってる。でも、せっかくの機会を利用しない手はないだろう?」

「で、宛先は?……もしかして、われわれの知ってる相手ですか?」

フロストは、にやりと笑った。「マーク・コンプトンだよ。でかおっぱいにとんがり乳首を持つ女の亭主さ」

ギルモアの眉が、大きく吊りあがった。「マーク・コンプトン?」

「これで坊やも、あの俗物《ぞくぶつ》がますます憎たらしくなったんじゃないかい? あんなおいしそうなかみさんがいながら、毎週水曜日ごとにデントンの女軽業師とベッドのうえで曲芸に勤《いそ》しんでるんだから」フロストは、明かりの消えた小さなコテッジの玄関のまえで足を止めると、モルトビーから借りた鍵をドアの鍵穴に差し込んだ。数秒後、ふたりは屋内《なか》に入った。

まずは二階の寝室を、次いで階下を調べることにした。寝室には、鉄パイプの枠に支えられたシングル・ベッドが置かれていた。ベッドの脇の物入れは、中身をすべて取り出して検《あらた》めた。抽斗のなかに、薬瓶からこぼれたものとおぼしき錠剤が、何錠か見つかった。フロストは、それにはいくらか関心を示したが、間もなく捜索への熱意が薄れはじめたようだった。遺書と手紙が裏に落ちてしまっている場合を考えて、念のため物入れが手前に引きずり出され、壁との隙間がのぞかれた。同様の理由から、ベッドも動かされたが、長方形に積もった綿埃の群棲地《コロニー》が現れただけだった。ついでに、寝具もベッドから引き剝がされ、はたかれた。

仕上げに、戸口にたたずむフロストが見守るなか、ギルモアは両膝をついて部屋じゅうを這いずりまわった。四隅をのぞき込み、カーテンの裏側にも頭を突っ込んだ。椅子を踏み台代わりに、簞笥《たんす》のうえも調べた。「ここにはありませんね」ギルモアは上着の埃を払い落としながら言った。

最後に浴室をひととおり引っかきまわしてから、階下に降りた。そこでも、フロストは捜索に加わる気力を見せなかった。室内の捜索はギルモアに任せて、自分は椅子の肘掛けに尻を乗せ、煙草をくゆらせながら、マガジン・ラックで何冊か見つけた探鳥愛好家向けの雑誌をぱらぱらとめくった。それに飽きると、今度は棚から持ってきた高倍率の双眼鏡を使って、部屋の奥の壁に穿《うが》たれた、釘が壁紙にこしらえた穴をひとつずつ丹念に観察した。

「ふたりで調べれば時間の節約になると思いますが」とギルモアは言った。

「坊やの気がすんだら、いつでも引きあげるよ」とフロストは言った。「匿名の手紙は、ここにはない。こうして粘ってるのは、坊やに遠慮してのことさ。ずいぶん張り切ってるようだから」

ギルモアは露骨に顔をしかめた。「だったら、もう充分です——ぼくも気がすみました」

「ものはついでだ、ちょいと隣に寄ってエイダの顔を拝《おが》んでいこう」

人をコケにしやがって——ギルモアにしてみれば、憤懣やる方ない思いだった。仏頂面のギルモアを引き連れて、フロストは棟続きになった隣家の、黒塗りの扉に真鍮をあしらった玄関まで歩いた。真鍮の部分は、すべて丹念に磨き込まれ、鈍い光を放っていた。真鍮のノッカーをつかんで素早くドアを連打すると、ドアが開いてエイダ・パーキンズが顔を出した。細く尖った頤《おとがい》を突き出した、実に挑戦的な物腰で。「ジャック・フロスト、やっぱりあんたか。どうりで隣から、どた靴で歩きまわる音が聞こえたわけだ」

「こっちも、壁にへばりついて聞き耳を立ててる音が聞こえたよ」とフロストは応えた。「あんたの声が聞きたくてね――できれば『とっとと出てけ』なんて殺生《せっしょう》なことは言わないでほしい」

エイダは勢いよく鼻を鳴らして、決して歓迎しているわけではないことを示してから、迷惑千万な客人をこぢんまりとした居間に通した。掃除と整理整頓の行き届いた、見るからに居心地のよさそうな居間だった。黒鉛を塗った火床《ひどこ》では石炭が鮮やかな紅色の炎をあげ、窓に引かれたチンツのカーテンが、戸外の陰鬱で湿っぽい光景を覆い隠している。部屋の真ん中には、オークでできた重厚な造りの長方形のテーブルが、緑色の布をまとって鎮座ましましている。そのうえに、手書きの白いラベルを貼られて再度のご奉公とあいなったワインの壜が、中身の色もとりどりに何本も並んでいた。

「酒盛りの邪魔をしたわけじゃないよな？」とフロストは尋ねた。

エイダは、その質問を無視して、テーブルのそばの、高い背もたれのついた木の椅子を指さした。「坐るんなら、そこに坐っとくれ」

勧めに従ってそれぞれ腰を降ろしたものの、ギルモアは落ち着いて坐っていられなかった。

署に残してきたデータ集めの仕事が気になって、何度も腕時計に眼を遣《や》った。だが、フロストのほうは、すっかりくつろいで背もたれに身を預け、両手を暖炉にかざして温めた。さらにテーブルのうえからワインの壜を一本取りあげ、ラベルを読む真似をした。「どれどれ、こいつはなんの酒だい？　ほう、『牛の落とし物《カウズ・ダング》と蒲公英《たんぽぽ》――褐色の薬草酒。豊かなこく、口蓋にへばりつく飲み口』。なかなかうまそうじゃないか、エイダ」

　エイダ・パーキンズは、フロストの手から壜を奪い返した。「これはね、後学のために教えといてやるけど、『黄花九輪桜《カウスリップ》と蒲公英』って読むの。自家製の薬草酒を整理しとこうと思ってね、選り分けてる途中なんだよ」それから、ギルモアのほうに顔を向け、指先で膝頭を叩きはじめた若い部長刑事の苛立ちをなだめるように声をかけた。「どうだい、味見してみるかい？」

　ギルモアは、愛想のかけらもなく首を横に振った。「勤務時間中の飲酒は禁じられていますので」

「こいつは、アルコール飲料じゃない」フロストはきっぱりと言った。「自家製飲料《ホームメイド》だ」それから、エイダに向かって満面の笑みを浮かべた。「せっかくだから、ひと舐めしてみるよ――寒さしのぎになりそうだし」

　エイダはテーブルと対《つい》になったオークのサイドボードの上段から、ギルモアが見たこともないほど大きなワイン・グラスを二客取り出してくると、それぞれに息を吹き込んで内側に溜まった埃を飛ばしてから、緑色の布を敷いたテーブルのうえに置いた。そして、双方のグラスを縁《ふち》までめいっぱい満たしたのち、ふたりのほうに押して寄越した。「まあ、ともかく呑んでごらん」

ギルモアは、グラスを手に取り、濁った中身を不安げに見つめた。「ずいぶん多めの〝ひと舐め〟ですね」

フロストは「しこたま呑まなきゃ、暖房代わりにはならない」と若輩者《じゃくはい》に説いて聞かせると、自分の分を取りあげ、味見の結果を腕組みして待ち受けているエイダに向かってグラスを掲《かか》げた。「乾杯！」謎の薬草酒は、これといった後味も残さずに、フロストの咽喉《のど》を絹のように滑らかに滑り落ち……それから、いきなり手榴弾のピンが抜かれた。腹のなかで大爆発が起こり、爆風が胃壁を叩き、息が詰まり、眼のまえで小型の曳光弾が何発も立て続けに炸裂した。「神よ、お助けを」ひとしきり咳き込んだあげくに、フロストは口走った。

「どんな味なんです？」自分のグラスに口をつけかねているギルモアが、声をひそめて尋ねた。

「うん、なかなかいける」フロストはしゃがれ声で答えた。まるで、グラス一杯分の熱したクレオソートでもあおったかのように、咽喉の奥がひりひりした。エイダがお代わりを注ごうとしたので、フロストは慌ててグラスの口を手で覆った。「おれたちを酔わせて意のままにしようって魂胆なら、またの機会にしてくれよ、エイダ。あんたのその豊満な肉体には確かに食欲をそそられるけど、今夜のところは手紙を渡してもらえればそれで満足だから」

エイダは眉ひとつ動かさずに、薬草酒の壜にコルクの口栓を押し込んだ。「手紙って？」

真っ赤な顔をして咳き込んでいるギルモアの背中を叩いて、息がつけるようにしてやってから、フロストは言った。「例の匿名の手紙だよ。ついでに遺書も」

エイダ・パーキンズは、なんのことかわからないと言いたげな表情で、黙ってフロストの顔を見つめ返した。

「エイダ、あんたが手紙を持ってることぐらい、シャーロック・くそホームズじゃなくても推理できる。ウォードリーの爺さまは、ベッド脇の物入れのうえに手紙と遺書を置いたあと睡眠薬を飲んだ。その部屋にいちばん最初に入ったのは、エイダ、あんただ。その数分後、藪医者先生が到着したときには、手紙も遺書も消えていた。となれば、考えられる線は、ひとつしかない。つまらない意地を張らないで、おとなしく引き渡してくれよ。現物がないと、こっちも動きようがないんだよ」

エイダは、それでも唇をへの字に結んだまま、硬い表情を崩さなかった。「あんたが手紙を見たいって言ってること、ウォードリーさんは、承知してるのかい？」

「もちろんだよ、エイダ。もしあんたがなかなか引き渡さないようなら、こめかみに鉄拳を見舞ってやるといいとも言ってたな」フロストは片手をまえに差し出した。エイダは、一瞬ためらったのち、エプロンのポケットから折りたたんである便箋を引っ張り出し、フロストの手に押しつけた。

フロストは遅まきながら、頭が朦朧《もうろう》としてきたことに気づきはじめた。部屋にあるものは、どれも輪郭が滲《にじ》んだようにぼやけ、柔らかな丸みを帯びて見えた。便箋を受け取ってはみたものの、タイプライターで打たれた文字の列に眼の焦点を合わせるだけでも、大変な努力を要した。これでもし、勧められるままにお代わりなんかしていたら……その結果は考えたくもなかった。

「代わりに読みましょう」ギルモアが業《ごう》を煮やして口を挟んだ。彼は手紙を開き、文面を読みあげた。「『親愛なる好色漢殿、貴殿の過去とあのふたりの少年が貴殿にされたと訴えた行為の数々が明るみに出たら、教区の人たちはなんと言うでしょうか？』」

「それだけか？」フロストは、あてがはずれたことを匂わせる口調で尋ねた。

ギルモアは頷いた。「ほかの手紙のときと同じタイプライターが使われてます。小文字のaとsが、ほかの文字よりもうえに飛び出してる」

「おれには、どの文字も飛び出して見えるよ」フロストはくぐもった声でつぶやいた。エイダ手製の眼潰し水を、意地汚くかっ食らったことが悔やまれた。酔眼を細くすがめ、輪郭のぼやけたエイダの姿をはっきりと見定めようとした。「で、エイダ、遺書のほうは？」

エイダ・パーキンズは、利かん気を見せつけるように腕を組んだ。「遺書は燃やした」フロストの怒りの叫びに応えて、その理由を付け加えた。「自殺は大罪だ。ウォードリーさんは教会の委員をしてる人だからね。教区の人たちには、薬を飲みすぎたのは事故だったってことにしたかったんだよ」

フロストは、そろそろと椅子から尻を持ちあげると、右に左に揺れ動く落ち着きのない部屋が静止するのを待った。「エイダ、そういうのを、いらぬお節介って言うんだよ」

エイダは、フロストとギルモアを玄関へと追い立てた。「匿名の手紙がとってあっただけでも運がよかったと思うんだね。そいつも燃やしちまおうかどうしようか、決めかねてただけなんだから」

「御神酒《みき》を、どうもご馳走さん」とフロストは言った。「一瞬、ゲロを吐きそうだったけど、もうおさまったよ」戸外では、冷たい霧が小さく渦を巻きながらふたりを待ち構えていた。湿った冷気に包まれるや、酔いはいっきに醒めた。フロストはぶるっと身を震わせた。

ギルモアは、のろのろ運転でレキシングの村を離れ、帰途に就《つ》いた。霧に巻かれた丘のてっぺんから、《風車亭《オールド・ミル》》の黒い影が、こちらを居丈高《いたけだか》に見おろしていた。屋敷の明かりは消えていた。「この時刻じゃ、とんがり乳首の若妻は、もう寝床に潜り込んでるな」フロストは誰にともなく言った。「旦那もきっと、鼻の穴にかみさんの乳首を突っ込んで、でかおっぱいの谷間で眠りこけてる」

「コンプトン氏は、今夜は不在です」ギルモアはにこりともしないで言った。フロントガラス越しに眼を凝らし、哨戒のためコンプトン家に立ち寄るはずのパトロール・カーを探した。だが、それらしき車影はどこにも見当たらなかった。

市街地に通じる道路に入ったところで、全パトロールに対して応援を要請する無線が入った。デントン市内にある、評判の芳《かんば》しくないことにかけては一、二を争うパブのおもてで、対立関係にあるふたつの非行グループが乱闘に及んでいるので、直行可能な車輛はすべて仲裁に向かってほしい、というものだった。

「そこは迂回しよう」とフロストは言った。このうえ乱闘騒ぎにまで巻き込まれるのは遠慮したかった。

その直後、無線機が再び応答を求めてきた。今度はふたりを名指しで。「今すぐ《風車亭》《オールド・ミル》に急行できるか？」ビル・ウェルズ巡査部長の声だった。ほとほと困り果てている声だった。

「チャーリー・アルファは、パブの乱闘騒ぎの仲裁に人手が要るだろうと思って、そっちに差し向けちまったんだよ。コンプトン夫人から通報があってな。不審人物が庭をうろついてるそうだ」

火曜日――夜勤（三）

フロストの車、廃車寸前のフォード・コルティナは、エンジンをあえがせ、オイルの焼ける臭いをそれまでにも増して濃厚に発しながら、ギルモアの運転で丘をいっきに這い登った。「いたぞ！」フロストが叫んだ。前屈《かが》みになった人影が、芝生のうえを母屋に向かって移動している。ギルモアは思い切りブレーキを踏みつけると、ドライヴウェイの砂利でタイアが滑るのもかまわず、まだ車が停まりきらないうちにドアを押し開けた。ガラスの割れる音が、夜の静寂《しじま》を切り裂いた。その残響にかぶさって、緊急事態の発生を告げる警報装置のベルの甲高い音が響き渡る。

「あそこです！」ギルモアが言った。芝生のうえを引き返してくる黒っぽい影――姿を見定める間《ま》もなく、それは夜の闇に呑まれて見えなくなった。「ぼくは、あそこの畑を突っ切って母屋の横手にまわります。警部は向こうを頼みます。待ち伏せしててください、この小道の突き当たりで。やつが飛び出してきたら、警部も追いかけて」ランニングから遠ざかって久しいフロストには、あまり歓迎できない戦術だった。フロストがまだシートベルトと格闘しているうちに、ギルモアは猛然と夜の闇のなかに飛び出していった。

署から無線が入り、《風車亭《オールド・ミル》》の警報装置が作動していることを知らせてきた。「ああ、おれたちにも聞こえてる」とフロストは言った。

追跡を諦めたギルモアが、傍《かたわ》らの木にもたれ、酷使した肺が求めるまま空気を貪っていたところに、ようやくフロストが現れた。悠揚《ゆうよう》迫らぬ足取りで。フロストは煙草に火をつけると、口のなかに溜まった煙を部長刑事めがけて吐き出した。ギルモアは手で扇《あお》いで煙を散らし、最後にようやく、咽喉《のど》をぜいぜいいわせながらも、踏み潰された蛙のような声が出るようになった。「何……して……たんです?」

フロストは、その質問を無視した。「姿を見たか?」

途切れ途切れの呼吸に合わせて、ギルモアの首が横に振られた。「いいえ。頼んだじゃ……ないですか、待ち伏せ……してて……くださいって」

「どうも聞き違えたみたいだな。とりあえずお屋敷の様子を見に行こう。やつが何をやらかしたのか、見届けといたほうがいい」フロストが不意に、身体の向きを転じた。黒っぽい人影が暗がりから走り出て、こちらに突進してきたからだった。「くそっ、今度は何者だ?」

「捕まえましたか?」マーク・コンプトンだった。重量感のあるステッキを、刀剣のように振りまわしていた。

「逃げ足があまりにも速くて」ギルモアが、まだ少し息の音が混じる声で言った。「今夜は奥さんがひとりで留守番をしていらっしゃると思っていましたが?」

「あの野郎もそう思ったんでしょう」マーク・コンプトンは、苦々しげに言った。「予定を変更したんです。つい今し方、帰り着いたばかりで……」彼はふたりを連れて屋敷に戻り、一階の居間に通した。テラスに面した大きな窓のカーテンが、風を孕《はら》んで膨らんでいた。見ると、窓ガラスの真ん中に、鋸歯状の不規則な輪郭を持つ風穴が穿《うが》たれていた。絨毯のうえにはガラスの破片が飛散し、きらきらと光っている。そこに、ガラスを破損させる原因となったもの——おそらくは庭から持ち出したのだろう、泥のこびりついた煉瓦が転がっていた。その隣に花束も。フロストは花束を拾いあげた。花束ではなかった。

「ちくしょう……」マーク・コンプトンが、かすれ声で言った。

それは、真っ白な百合《ゆり》に黄色い小菊と常磐木《ときわ》の葉をあしらった葬儀用の花輪だった。象牙色の地に黒い縁取りのあるカードが添えてあった。そこに水茎の跡も美しく、黒インクでしたためられた献辞は、背筋が寒くなるほど簡潔だった——《さようなら》。

「無駄なことばは使わない主義らしい」とフロストはつぶやき、花輪をギルモアに手渡した。テラスの向こうに広がる庭も、今では無残に踏み荒らされ、生き物の気配が感じられない。夜の闇の垂れ込めた庭をひとしきり見つめてから、フロストはカーテンを閉めた。ガラスの割れ目から忍び込んでくる戸外《そと》の空気の冷たさに、身震いが出た。あるいは、花輪のせいかもしれなかった。「こいつを投げ込んだ野郎は見ましたか？　どんなことでもいい、覚えてることは？」

「いや、何も。ジルが、家のまわりをうろついてるやつがいる、足音が聞こえるって言うんで様子を見に行ったんです。でも、そのときには、誰もいなかった。だから、妻もこのところの騒動で神経が参っていて、してもいない足音が聞こえたんだろうと思いました。でも、妻のところに戻ったら、いきなり、ガラスの割れる音がして警報装置が鳴りだしたんです。確かに、走り去る人影は見ましたよ。でも、それだけです」

「で、おたくとしては、犯人に心当たりはないわけですね？」

「以前《まえ》から言ってるでしょう、ありません」

フロストは、ガラスの破片を爪先で突ついた。「ずいぶん手の込んだ意思表示をするやつだ。あなたに対して、相当の恨みがあるんでしょう……あるいは、おたくの奥さんに対して」

「こんなことをするやつに、ちゃんとした動機なんてあるもんか」コンプトンは強い口調で言った。「頭のいかれたやつの仕業に決まってる」

「マーク！」階上から彼の妻の呼ぶ声がした。

「ここだ、階下《した》にいるよ。警察の人も一緒だ」

ギルモアが、フロストを押しのけてまえに進み出た。「奥さんが降りていらっしゃるまえに、ひとつだけ確認させてください。サイモン・ブラッドベリーという人物のことなんですが……あなたが以前、ロンドンで喧嘩をした──」

「喧嘩なんて、部長刑事、そんな大袈裟なもんじゃありませんよ」マーク・コンプトンは異を唱えた。

「まあ、呼び方はどうとでも。そのブラッドベリーなる人物ですが、コンプトンさん、実は以前にも酩酊状態で傷害未遂事件を起こしていました。飲酒運転での逮捕歴もあります。さらにわれわれが得た情報によると、妻に──つまり、あなたに火を貸してほしいと言ってきた女ですが――愛想を尽かされ、絶縁を申し渡されたらしい。妻が自分のもとを離れるにいたったのはあなたのせいだ、とブラッドベリーが思い込んでしまう可能性はないでしょうか？」

マーク・コンプトンは、信じられないという思いを絵に描いたような表情を浮かべた。「わたしの？　つまり、わたしがブラッドベリーという男の妻を……？　嫌だな、もう一カ月以上もまえに、ただ煙草に火をつけてあげただけの相手ですよ。それを関係と呼ぶんなら、まあ、関係がなくはないんでしょうが、彼女とわたしとの接点は、それしかない。まさか、このところの嫌がらせが、あのブラッドベリーという男の仕業だというんじゃないでしょうね？　本気であの男を疑ってるんですか？　馬鹿げてますね、それはありえないって言ったでしょう」

「そう、そもそもが馬鹿げてる」フロストは沈んだ声で言ったが、彼の鬱状態は長続きはしなかった。ドアが開いて、ジル・コンプトンが姿を見せるや、俄《にわか》に元気づき、眼に見えて朗《ほが》らかになった。ジル・コンプトンは、エロティックな匂いの香水と、腰からしたの部分が一インチ以上あるとは思えない仕立ての寝巻きをまとっていた。無造作に垂らした髪がふわりと肩にかかり……常日頃《つねひごろ》、ご婦人のおっぱいを形容するのに〝たわわ〟ということばはいかがなものか、と思っていたフロストだったが、ジル・コンプトンの胸を表現するに当たっては、〝たわわ〟こそが最もふさわしい言いまわしのように思われた。透きとおるように薄い絹の寝巻きの襟刳りから、今にもこぼれ落ちそうだった。

ジル・コンプトンは笑顔を見せ、駆けつけてくれた礼をフロストに言った。だが、その声は、息を呑む音に変わった。「……なんてこと！」花輪の存在に気づいたのだ。ジル・コンプトンの全身がわなわなと震えだした。すかさず夫が腕をまわし、震える身体をしっかりと抱き締めた。「こんなこと、もう耐えられない」ジル・コンプトンは涙声で訴えた。

「ああ、耐える必要はない」マーク・コンプトンはなだめるように言った。「この家を売って、よそに引っ越そう」

「でも、お仕事が……」

「仕事なんか、なんとでもなるさ。わたしには、きみのほうがずっと大事だ」マーク・コンプトンは両手を妻の臀部に宛てがうと、妻の身体をさらに抱き寄せ、尻の小山のあたりを撫ではじめた。フロストの羨望の念は、一秒ごとに募《つの》った。マーク・コンプトンへの反感も。

屋敷のどこかで電話が鳴った。午前零時三十九分。その場に居合わせた者は、揃って身を硬くした。ジル・コンプトンが、またしても激しく震えだした。「あいつよ」と押しころした声で囁いた。夫は、妻の身体をそれまで以上にしっかりと抱き締めた。

「おれが出よう」フロストが名乗りをあげた。「電話の在り処は?」

マーク・コンプトンは、天井を指した。「階上《うえ》の寝室です。夜は寝室のほうに切り替えておくもので」

フロストとギルモアは、階段を一段飛ばしで駆けあがった。寝室のドアは、わずかに開いていた。室内には、コンプトン夫人の官能的な香りがこもっていた。フロストはナイト・テーブルに突進し、オニキスでできた電話機の受話器を引っつかんで耳に押し当てた。受話器の向こうで、小刻みに何かを連打する音が聞こえた。タイプライターのキーを叩く音に似ていた。真夜中のこんな時刻に？　さらに、人の声も聞こえた。遠くのほうで囁き交わす、何人かの不明瞭な話し声。フロストは耳をそばだて、会話の内容を聞き取ろうとした。どことなく聞き覚えがあるような……。それから、男の声がした、「もしもし？　もしもし、誰かいないんですか？」落胆のあまり、フロストはベッドに坐り込んだ。電話をかけてきたのは、デントン警察署のビル・ウェルズ巡査部長だった。

「ああ、いるよ」とフロストは応えた。「息が切れてるかもしれないけど、勘弁してくれ。ご婦人のベッドに潜り込んでる最中でね」

「ジャック、あんたにお楽しみを用意してやった。もう一丁、死体《ボディ》が見つかったんだ」

「くそっ」フロストは悪態をついた。目下《もっか》のところ、興味があるのは、コンプトン夫人の肉体《ボディ》だけなのに。「現場の住所は？」指を鳴らしてギルモアの注意を惹き、メモを取るよう合図した。

「今回のやつは野ざらしだ。市のゴミ集積場の裏の細い路地に捨てられてた」

「なるほど」とフロストは言った。「そういう風流な仕事はマレット署長向きだと思う。眼鏡猿の自宅の電話番号を教えてやるから、連絡してみたらどうだ？」

「悪いが、ジャック、あんたの無駄口につきあってる暇はない。ジョーダンとコリアーを現場に遣《や》った。向こうであんたを待ってる。殺しの線もあるらしい。おれはそうは思わないけど」

「コリアーを遣った？　まだけつの青い坊やを、いきなり背の立たない深みに放り込んだのか？」

「仕方ないだろ、ほかにいなかったんだから。パトカーは、二台とも救急車ごっこの真っ最中なんだよ。さっきのパブの殴り合いで出た怪我人を、総合病院の救急治療室に搬送してる。おかげで、署のロビーも大変なことになってるよ。折れた歯は転がってるわ、血は滴《したた》ってるわで、もう——」

「そういうのを言い訳というんだ、巡査部長。きみは言い訳が多すぎるぞ」フロストはそれだけ言うと、素早く受話器を架台に戻した。「なんの因果か、おれはいつもばっちい場所に行かされる。このあいだは公衆便所で、今度はゴミの集積場だもんな。淫売宿とかハーレムとかに行かせてもらったことは一度もない」そう、場所が場所だけに、急いで駆けつける気分にはなれない。フロストはベッドのうえに仰向《あおむ》けになり、手足を伸ばしてジル・コンプトンの香水の匂いを胸いっぱい吸い込んだ。「階下《した》に行って、この家の女王さまに、いつでもお相手つかまつるって言ってきてくれよ」フロストは気の抜けた声でギルモアに言った。「それから、おけつをよく洗ってくるようにって伝えてくれないか。あの尻揉み殿下がべたべたいじくりまわしたあとだからな、指の皮脂《あぶら》が残ってたりすると、興醒《きょうざ》めだ」

「こういうときは、次の現場に急ぐべきではないでしょうか?」とギルモアは言った。

「ゴミ集積場で死体が待ってると言われても、食指が動かないよ」甚《はなは》だ不本意ではあったが、フロストは、まだぬくもりの残る柔らかなマットレスから我が身を引き剝がし、寝室のなかをひとわたり見てまわった。ジャック・フロストにとって、他人の寝室は、汲めど尽きせぬ興味の泉の観があった。自分の寝室は、寒々しくわびしい、文字どおり寝るためだけの部屋でしかない。真夜中過ぎに疲れ果てた身体を引きずって寝床に潜り込み、翌朝また新しい一日を――前日と同様、胸くその悪くなるような現実をたっぷりと詰め込んだ一日を、ただ迎えるためだけの部屋。だが、この寝室は、柔らかな毛織りの絨毯のうえを半裸で歩きまわるための部屋であり、頭板にベージュのヴェルヴェットを張った、たっぷりと幅のある寝椅子のようなベッドで愛を交わすための場所だ。ベッドの脇に置かれた、背の低い化粧台、そこに設《しつら》えてある対《つい》になった鏡のまえで、ジル・コンプトンは〝たわわな〟胸をさらし、裸の身体を火照《ほて》らせ、素肌に香水を吹きつけるのだろう。それからベッドに滑り込み、豊かな髪を枕に広げて夫を待つのだろう。妻だけでは飽き足らず不義の密会まで重ねる、精力絶倫の贅沢者を。

フロストは頭を振って、とりとめのない幻想を追い出すと、部屋の奥の大きな窓のところまで歩き、そこに立って月明かりに照らされた庭を見おろした。いつの間にか風がおさまり、何もかもがひっそりと動きを止めていた。「おれたちが見かけた男が、あの尻揉み殿下だったってことはあるかな?」

「マーク・コンプトン?」ギルモアは、両の眉を思い切り吊りあげた。この能なし警部は、今度はいったい何を考えているのか?「自分の家の窓を自分で割ったんですか? 自分の妻を死ぬほど恐がらせて?」

「どうも臭うんだよ。どうもうさん臭いものを感じるんだよ」

「同意できませんね」ギルモアは鼻であしらった。「いずれにしても、あれがマーク・コンプトンだった可能性はゼロです。窓が割られたときには、妻と一緒にいたんですから」

「だったら、またおれの見込み違いだな」フロストは肩をすくめた。

階下に降りてみると、夫と妻はまだしっかりと抱きあっていた。それでなくとも短い寝巻きの裾が〝たわわな〟胸のあたりまでたくしあげられ、互いの手が互いの身体を縦横無尽に這いまわっていた。

フロストは、花輪を拾いあげてギルモアに手渡すと、声を張りあげて言った。「見送りは結構、出口はわかりますから」

コンプトン夫妻に、その声が聞こえたようには見えなかった。

ケン・ジョーダン巡査は、首筋から忍び込む湿気と冷気を防ぐため、トップコートの襟を立てて、だだっ広いゴミ集積場の裏の通りで彼らの到着を待ち受けていた。その通りは、歩行者《フッ》専用《トパス》の小道程度の道幅しかなく、両側を大人の腰のあたりまで伸びた叢《くさむら》に挟まれていた。草の葉は雨の滴《しずく》を戴《いただ》き、重たげにうなだれていた。その隙間から、おぼろな橙色の光が夜空を染めているのが見えた。

「うへっ、鼻がもげそうだな、ジョーダン」フロストは、鼻孔をわななかせた。デントン市の吐瀉物《としゃ》、腐りゆくゴミが発する酸っぱいような臭いを、不用意に吸い込んでしまったせいだった。「まさか、おまえさんの腋《わき》のしたが発生源ってことはないだろうな？」

ジョーダン巡査は、にやりと笑った。「フロスト警部が出張《でば》ってくれれば、とたんに仕事は愉快になる。「今度のやつは、かなり強烈ですよ、警部。だいぶ傷《いた》んでますから」

「おれのとこには、強烈なやつしかまわってこないのさ」とフロストは言った。「せっかくのお招きだから、ご尊顔を拝しとこう」

道端の草が湿った葉先で臑《すね》を叩いてくるなか、ジョーダンは先頭に立ち、暗がりで蹴つまずかないよう、狭い小道を足で探りながら進んだ。「警部、例の老婦人、息を引き取ったそうです——収容先の病院で。もうご存じかもしれませんけど」

「ああ」とフロストは言った。「もうご存じだ」

小道は、緩いカーヴを描いていた。その先にナトリウム灯の橙色の光がいくつか連《つら》なっているのが見えた。そのしたで何かを燃やしているのだろう、ちらちらと瞬《また》く炎のようなものが、夜空にかかった靄《もや》を赤く染めている。ゴミ集積場は、周囲に高さ九フィートの金網のフェンスを巡らせているせいか、さながら戦時中に設けられたドイツ軍の捕虜収容所といった趣《おもむき》だった。

金網の内側には、棚引く靄をついて黒いビニールのゴミ袋の山々が威容を連ね、その谷間では車体を黄色に塗られた市当局のブルドーザーがエンジン音を低く轟かせながら、得体の知れない粘着物にまみれたきたならしい溜まり水を撥《は》ね飛ばし、押したりすくったりして周囲の景観を変えている。ブルドーザーの鼻面がゴミの山を突き崩すたびに、鼠たちが慌てふためいて駆けずりまわり、無数の小さな足がビニールを踏みつけ、引っ掻く音が湧き起こる。立ちのぼる臭いの凄まじいこと。濃厚に澱んだ腐敗臭に、胸が悪くなるような甘ったるさが入り混じった臭い。そこから連想されるのは、さしずめ洗浄されずに腐るに任せた死体といったところか。

フロストは、鼻と口を覆うようにマフラーを巻きなおしてから、ブルドーザーのほうに顎をしゃくった。「夜も働いてるんだな。知らなかったよ」

「流感のせいです」ジョーダンは夜間操業の理由を説明した。「作業員の半分がダウンしてるんで、残る半分が延長戦に突入してるんです。さもないと処理が追っつかないんだそうで。死体を発見したのも、ブルドーザーの運転手でした」

「そういうことなら、死体のほうから片づけちまおう」

「こっちです、警部」ジョーダンは小道をはずれ、雨に濡れた叢に残された踏み跡をたどってふたりを現場に案内した。錆の浮いたブリキ缶が散乱するなか、現場保存のために残されたコリアー巡査が、蒼ざめた顔を引き攣らせながら、いかにも不安げに立ち番を務めていた。足元に、防水シートに覆われた塊がうずくまっていた。

フロストは煙草に火をつけ、一同にもパックをまわした。めいめいが一本ずつ抜き取った。普段は吸わないコリアーも含めて。フロストは足元の防水シートを見おろし、靴の爪先で突ついた。「感動のご対面をあんまり先延ばしにするのもなんだからな」彼はコリアーに頷きかけた。「こちらさんに引き合わせてくれ」

コリアーは躊躇した。その命令には従いたくないようだった。

「警部の指示は聞こえたはずだ」ギルモアがぴしゃりと言った。「何をぐずぐずしてるんだ?」

コリアーは慎重に顔をそむけると、手探りで防水シートをつかんでめくり返した。

その顔を見た瞬間、さしものフロストも息を呑んだ。吸いかけの煙草が死体の胸に転がり落ちた。慌てて身を屈《かが》めて拾いあげたが、そのあいだも死体の顔をまじまじと見てしまうことがないよう、眼の遣り場に気をつけた。

ジョーダンは、すでに一度見て懲《こ》りていたので、まっすぐまえだけを見据えていた。ギルモアは、胃袋が激しくのたうちまわるのを感じた。下唇を痛くなるほどきつく嚙み締め、眼のまえの顔以外のことに意識を向けようと努めた。ほかの連中のまえで無様な失態を演じるわけにはいかない。

死体となって発見されたのは、推定年齢七十代後半と見られる年老いた男だった。すでに両方の眼を失い、顔面を何カ所も齧《かじ》り取られていた。左右の頰と唇があったはずの場所は血まみれの肉塊と化していた。

「鼠どもにだいぶ味見されちまったようですね」とジョーダンが言った。

「おれだって、恋人とやってる最中に優しく嚙まれた痕だとは思ってない」フロストは屈めていた身を起こした。「でも、寒い時季でついてたよ。そういえば、おれが猛暑の盛りに宿無しの浮浪者の腐りかけた死体を発見しちまったときの話はしたかな?」

「ええ、聞いてます」とジョーダンは慌てて言った。フロスト警部には、その身の毛もよだつような逸話を事あるごとに披露したがる悪い癖がある。

「おまえさんにも話したかな、坊や?」フロストはギルモアのほうに向きなおって尋ねた。

「あの夏は、記録破りの暑さでね。臭ったなんてもんじゃなかったよ。あの臭いは、今でもはっきりと思い出せる」

「その話なら、聞きました」とギルモアは言った。嘘も方便というやつだった。

生命を失った男は、その場を照らすナトリウム灯の光に肌を黄色く染め、唇を奪われた口をぽっかりと開け、眼球のなくなった眼窩《がんか》で夜空の彼方をじっと凝視したまま、仰向けに倒れていた。雨を吸って重くなった黒っぽいオーヴァーコートを、ボタンをかけずに羽織っていた。まえがはだけて、したに着込んだ綿ネルのパジャマがのぞいていた。青い縞模様の入った生地に赤く点々と散っているのは、思わぬご馳走にありついた鼠どもが残していった血染めの足跡らしかった。パジャマの裾はくすんだ灰色のズボンのなかにたくし込まれていて、腰には皮革《かわ》のベルトが締められている。

「このおっさんの身元は？」

「判明しています、警部」コリアーがまえに進み出た。「先週、自宅からいなくなって、義理の娘から捜索願いが出されてた老人です。しょっちゅう無断でどこかに行ってしまうんだそうです。で、歩き疲れると、屋外《そと》だろうとどこだろうとかまわずに眠り込んでしまうんだ、と言ってました」

「だとしても、これほど環境の悪いとこで寝たのは、きっと初めてだったろうな」とフロストは所感を述べた。「ウェルズ巡査部長に聞いたよ。おまえさんは、殺人の線もあると睨んでるんだそうだな？」

「顔面を殴打されているように見えたもので」コリアーはそう言って、老人の顔のあたりを指さした。指さした先を自分では見ないようにしながら。

フロストは死体の傍《かたわ》らにしゃがみ込むと、片手を首のしたに差し入れて、頭部をわずかに持ちあげた。その体勢で煙草の煙を少しずつ吐き出しながら、多くを奪い去られた年老いた顔を長いことじっくりと眺め、それからおもむろに立ちあがってレインコートの前身頃で手のひらを拭った。「こいつは、大食らいのネズ公どもがむしゃぶりついた痕だよ、コリアー。それ以外の痕はない……自分の眼で確かめてみろ」

「いえ、警部、そんなめっそうもない——警部がそうおっしゃるんだから、そのとおりなんだと思います」とコリアーは言った。

ジョーダン巡査の携帯無線機が、甲高い音を発した。彼はポケットから無線機を引っ張り出した。ウェルズ巡査部長が、大至急フロスト警部に代わってほしいと言っていた。

フロストは無線機を受け取った。「あんたは、なんでもかんでも大至急なんだから」挨拶代わりにひと言ぼやいた。

「デントン市内、ローマン・ロード十五番地」前置きもなく、ウェルズ巡査部長は言った。「ベティ・ウィンターズ夫人という老婦人の独居世帯だ。隣家に住む男から通報があった。不審者が玄関をこじ開けて、同夫人宅に侵入するのを目撃したとのこと。不審者はまだ屋内に留《とど》まっているもよう。すまん、だけど、ほかに人がいないんだよ」

「諒解、ただちに現場に向かう」フロストは交信を終え、ジョーダンのポケットに携帯無線機を押し込んだ。「ジョーダン、おれたちと一緒に来てくれ。コリアー、おまえさんは警察医の先生が来るまで、ここを離れるな」死体のそばにひとり置いてきぼりにされることを知って、若い巡査の顔に狼狽の表情が浮かんだ。それを見て、フロストは言い添えた。「大丈夫だ、コリアー、おまえさんなら対処できる。先生に診《み》てもらった結果、自然死じゃないってことになったら、すぐに知らせてくれ」

ジョーダンの運転する車は、所要時間三分でローマン・ロードに到着した。そのまま十五番地の家のまえを通過し、少し先の電話ボックスの脇で停まった。電話ボックスから、中年の男が姿を現し、一同のもとに馳せ着けた。「通報したのはわたしです」と男は名乗りをあげた。「あいつの姿を見たとたん、ぴんときましたよ。よからぬことを企《たくら》んでるにちがいないって。最初はウィンターズさんちの玄関先で小便をする気だろうと思ったんです。いるんですよ、そういうけしからんことをする輩《やから》が。嘆かわしい風潮ですよ。空《から》になった牛乳瓶でもおもてに出しておこうものなら――」

「不審者の人相風体は？」男が息を継いだ瞬間を捉えて、フロストは素早く口を挟んだ。

「柄の大きなやつでした。顔も悪人面って言うのかな、いかにも性質《たち》の悪そうな顔をしてましたよ。気は急《せ》いてたんだけど、そこの電話にすぐには近づくことができなくて……。なんせ、電話ボックスのなかが猛烈に小便臭いんです。他人の家の玄関先や牛乳の空き瓶だけじゃ足らないらしい。この電話ボックスで小便をしたやつがいるんですよ。まったく、どういう神経をして――」

「あなたが見かけた不審者ですが、まだ屋内にいるというのは確かなんですね？」とギルモアが尋ねた。

「ええ、間違いありません」

「裏から逃げてしまった可能性は？」

「裏の塀を乗り越えて庭伝いに逃げようと思えば、逃げられなくはないけど、そっちから逃げたとは思わないな。見かけない人間が塀を乗り越えて庭に侵入してきたりしたら、うちとは反対隣の家の馬鹿犬が、ぎゃんぎゃん吠え立てたはずだ。いったん吠えはじめると吠えて吠えて、ひと晩じゅう吠えまくるんですよ、これが」

「ジョーダン、こちらの紳士のお宅に同行してくれ」とフロストは言った。口数の多すぎる隣人の男に、とっととお引き取り願う目的も兼ねて。「こちらのお宅の裏から塀を乗り越えて十五番地の家の庭に入るんだ。裏から逃げられたくないからな」

ジョーダンから、持ち場に着いたことを報告する無線が入ると、それを受けて、フロストは十五番地の玄関先に近づき、いつもの伝で郵便受けからなかをのぞく戦法を取った。漆黒の闇。とりあえず、玄関のドアを調べた。強引に押し入った形跡はどこにも認められない。では、屋内に侵入したという不審者は、いかなる方法を用いたのか？　合鍵が見つかることを期待して、玄関マットのしたをのぞいてみた。収穫はなかった。

「窓のガラスを割りますか？」とギルモアが言った。

「駄目だ、気づかれちまう」フロストは声をひそめて応じた。郵便受けに片手を差し入れ、なかを探った。指先が何かに引っかかった。先端が輪になった紐のようだった。試しにその紐を引っ張った。かちっというかすかな音、続いて玄関のドアが内側から引っ張られたように開いた。フロストは慌ててドアの把手をつかみ、屋内に流れ込む空気に煽《あお》られてドアが玄関ホールの壁に叩きつけられたりしないよう、慎重にドアを押し開けた。

ふたりは、音もなく屋内に滑り込んだ。フロストは懐中電灯をつけて、その〝仕掛け〟をギルモアに示した。フロストが引っ張った紐は、途中を何カ所か股釘で留められながら玄関のドアの内側を這いあがり、最終的にはドアの掛け金に結びつけられていた。「泥棒の友ってやつだよ、坊や」その家の住人が鍵を持って出るのを忘れた場合でも、紐を引っ張るだけで家に入ることができる。ただし、紐には相手を選ぶことができない。なかに入りたいと思う者は誰でも入れてしまう、というわけだ。

フロストもギルモアも、揃って息をころして耳を澄ました。家は骨組みを軋らせ、身じろぎし、柔らかな呼吸を繰り返し、溜め息を洩らした。ややあって、二階のほうでそれとは異質な音がした。フロストはギルモアの袖をつかみ、物音を立てないよう目顔で伝えた。ドアが閉まったような、かちゃっという密《ひそ》やかな音だった。玄関からの逃亡を阻《はば》むためこの場に居残るよう、ギルモアに身振りで指示してから、フロストは足音を忍ばせて廊下を抜け、そろそろと階段を上りにかかった。

どれほど慎重に足を乗せようと、どの踏み板も必ず軋みをあげるように思われた。階段を上りきったところで、懐中電灯の光が狭い踊り場と、隣り合わせに並んだふたつのドアを捉えた。フロストは懐中電灯を消して、近いほうのドアの把手をゆっくりとまわした。

真の闇——鼻をつままれてもわからない闇とは、このことだった。湿気と冷気が身を押し包んでくるのを感じた。ぽちゃっという音が虚ろに響いた。蛇口からゆっくりと水が滴《したた》り落ちた音だろうか。それから、汗の臭いが鼻をついた。恐怖に駆られた人間の汗の臭い。懐中電灯のスウィッチに親指をかけた瞬間だった、闇の奥でナイフの刃が一閃《いっせん》し、何かが激しくぶつかってきた。フロストはうしろに跳ね飛ばされ、背後の壁に後頭部から叩きつけられた。

そこに二本の腕が巻きついてきて、フロストは握っていた懐中電灯を取り落とし、床のうえに引き倒された。うえからのしかかられ、鉄拳が飛んできた。身動きできる余地は、ほとんどなかった。身体を壁に押しつけられて、腕の自由も奪われている。それでも全身に力を込めて思い切り身をよじり、腕を引き抜いた。すかさず相手につかみかかった。服を手繰《たぐ》り、指先が相手の皮膚に触れた。その瞬間、猛禽の鉤爪のような手が伸びてきて顔面を押さえ込まれた。その手をつかみ、顔から引き剥がそうとしながら、もう片方の手で暗闇を探った。探れども探れども、指先に触れるのは、冷たく濡れたリノリウムの床ばかり。くそっ、懐中電灯はどこだ?

「ギルモア!」叫んだ瞬間、顔面目がけて拳《こぶし》が振り降ろされた。フロストはとっさに膝を蹴りあげた。苦痛の悲鳴があがり、襲撃者はのけぞった。床のうえを這っていた手が、金属でできたものを探り当てた。懐中電灯だった。幸運に感謝しながら、フロストは懐中電灯をつかむと、それを得物《えもの》に、棍棒《こんぼう》を扱う要領で振りあげた。鈍い手応え、物が割れるような音、続いてうめき声があがった。一瞬の間《ま》を置いて、襲撃者の身体が倒れ込んできた。それを押し戻し、身をよじって体《たい》を入れ替え、今度はフロストが相手を組み敷いた。

階段を駆けあがる騒々しい足音が聞こえてきた。「大丈夫ですか、警部?」

「いや、大丈夫じゃない」フロストは、息を切らしながら叫んだ。「生命《いのち》がけで闘ってるところだ」

ギルモアが飛び込んできて、壁のスウィッチを探り当て明かりをつけた。白いタイル張りの狭い浴室。フロストは、壁と浴槽に挟まれた空間で、侵入者に馬乗りになっていたのだった。口のなかにしょっぱい味が残っているので、舌の先で頰の内側をまさぐり、歯の根元を突ついて無事を確認した。

襲いかかってきた相手を観察するには、距離を置いたほうが都合がよさそうだった。フロストは立ちあがり、気を失って床に伸びている男を改めて眺めた。二十歳《はたち》そこそこの若造だった。血色のいい顔、短く刈り込んである黒い髪、着ているものはグレイのスラックスに同じくグレイのタートルネックのセーター。そのうえにウィンドブレーカーを羽織っている。ギルモアが男のポケットを探った。札入れも、身分証明書の類いも見つからなかった。凶器とおぼしきものも。ただ、首から鎖でさげている重そうな銀の十字架が、セーターの胸元で鈍く光っている。ちょうどナイフの刃のように。

床に伸びている男がうめき声をあげ、かすかに身じろぎした。

「医者に連れていってやらなくて大丈夫でしょうか?」とギルモアが尋ねた。

フロストは、首を横に振った。「気絶してるだけさ」それから、ようやくこの家の住人のことを思い出した。これだけ派手な大立ち回りを演じたのだ、その物音は老女の耳にも聞こえたはずだった。金切り声を張りあげていてもおかしくない。「婆さまを捜そう」

ベティ・ウィンターズは寝室にいた。ベッドに横になり、天井をじっと見つめ、口をぽっかりと開けたまま、血を滴らせていた。上掛けが足元まで引き降ろされ、腹部から噴き出した血を吸って、寝巻きがぐっしょりと濡れそぼっているのが見て取れた。枕のうえ、老女の顔のすぐ横に残された、何かをなすりつけたような茶褐色の染み。犯人が立ち去るまえに凶器の刃を拭った跡だった。


ローマン・ロード十五番地の家には、その家のこれまでの訪問者の総計をうわまわる数の人間が押しかけてきて、広くもない空間にひしめくこととなった。フロストとギルモアは、今では手錠をかけられ、攻撃してくる恐れのなくなった男とともに浴室に閉じこもった。男は床に伸びたまま、ぴくりともしなかった。どうやら、まだ意識が戻らないようだった。フロストが靴の爪先で小突いても、かすかなうめき声が返ってきただけだった。フロストは、浴室の棚に載っていた馬鹿でかいスポンジを蛇口のしたに持っていって冷たい水をたっぷりと染み込ませると、それを男の顔のうえに高々と掲《かか》げていっきに絞った。

頭が持ちあがり、首がひと振りされ、瞼《まぶた》が痙攣したように震え、最後に眼が大きく見開かれた。男は、何度か瞬《まばた》きを繰り返した。鼻先に突きつけられた、カラー写真入りの白いプラスティックのカードに眼の焦点を合わせる努力をしているようだった。

「警察だ」フロストは相手に身分を明かした。

男は、安堵の溜め息と思われるものを洩らし、もぞもぞと身をよじって上体を起こした。「寝室で――亡くなってます……」男は顔をしかめ、頭に手をやろうとして、自分が手錠をはめられていることに気づいた。「どうして、こんな……どういうことでしょう？　いったい全体、何がどうなってるんです？」

「それはこっちが訊きたい」フロストはぴしゃりと言った。「名前は？」

「パーリーといいます。フレデリック・パーリーです」

「住所は？」

「司祭館です。オール・セインツ教会の」

「われわれを愚弄する気か？」ギルモアが怒鳴り声を張りあげた。

パーリーと名乗った若者は、顔から水を滴らせながらギルモアの顔を見あげた。「ぼくは、オール・セインツ教会の副牧師です。どうか、この手錠をはずしてください」そう言って立ちあがろうとしたが、ギルモアに押し戻された。

「副牧師ってのは、いったいいつから真夜中に他人《ひと》の家に押し入るようになったんだい？」とフロストは尋ねた。

「ウィンターズ夫人が無事かどうか確かめようとしただけです。まさか、あんなことになっているとは……」ことばを失って、若者はうなだれた。

「無事じゃないかもしれないと思った根拠は？」フロストは質問を続けながら、吸いかけの煙草を便器のなかに投げ込み、水を流して始末した。

「今夜は、この教区のある信徒の方《かた》を見舞いました――重い病気にかかっていて死期の迫っているお年寄りです。娘さんがつきっきりで看病しているので、少しのあいだでも彼女を休ませてあげたいと思ったんです。その帰り道、この家のまえを通りかかると、玄関のまえに牛乳が置きっぱなしになってる。なんと言っても、ヘインズ夫人がお気の毒なことにあんな恐ろしい事件に巻き込まれてしまったばかりですからね、ウィンターズ夫人の無事を確認しておいたほうがいいかもしれない、と思ったんです」

ギルモアは素早く顔をあげた。「ヘインズ夫人とも知り合いだったのか?」

「ええ、刑事さん、存じあげてました。このあいだの日曜日にも、教会の墓地でお会いしました。ご主人のお墓を荒らされて、だいぶ動揺していらした」

「ヘインズの婆さまにとっちゃ、厄日だったわけだ」とフロストは言った。それから、ふとあることに思い当たって、俄《にわか》に眼を細くすがめた。「玄関のまえに牛乳が置きっぱなしになってたってことだけど、おれたちがここに着いたときには、そんなもんはなかった」

「ぼくが持って入りました。冷蔵庫に入ってます」

フロストは大声を張りあげて、階下で作業中の現場係を呼び立て、キッチンの冷蔵庫をのぞいて手をつけていない牛乳があるかどうかを確認し、もしあった場合は指紋採取にまわしてほしいと依頼した。それから、パーリーという若者に注意を戻した。「どうやってなかに入った?」

「玄関のドアの掛け金に紐が結んであるんです。以前にもそれを使ってドアを開けたことがあったもんで……ウィンターズ夫人は脚が不自由です。慢性の関節炎で通院なさってる。調子が悪いと、玄関まで出てこられないこともあるんです」

「ふむ、なるほど」フロストは頷いた。「で、玄関のドアを開けて、それから?」

「玄関ホールは真っ暗でした。明かりのスウィッチがどこにあるのかわからなくて……それでも、真っ暗ななか、どうにか二階まであがりました。寝室のドアをノックしてみたけれど、返事はありませんでした。でも、とりあえず、なかに入って明かりをつけたんです。そしたら――」若者はぶるっと身を震わせると、両手に顔を埋めた。「ウィンターズ夫人がベッドに横になっていた、あんな変わり果てた姿で。そのとき階下《した》でドアの開く音がしたんです。ぼくは犯人が戻ってきたんだと思った。だから、急いで明かりを消して浴室に隠れたんです。そのあとは、警部さんたちもご存じでしょう」

　歯切れのいいノックの音がした。現場係の捜査官だった。証拠品保管用のポリエチレン袋にくるんだうえから、牛乳の一パイント瓶を持っていた。瓶の口に赤いキャップが嵌まったままで、中身も丸まる一本分残っていた。「警部がおっしゃってたのは、こいつでしょう。冷蔵庫に入ってました。瓶の首の部分から二種類の指紋が採《と》れました――どっちも被害者の指紋とは一致しません」

　フロストは眼をすがめて、牛乳の瓶を睨んだ。「ひとつは牛乳配達のおっさんの指紋だろう。もうひとつは、こちらにおられる副牧師先生の指紋ってことになってる。副牧師先生の指紋を採らせてもらって、一致するかどうか調べてみてくれ」フロストはギルモアに命じて、パーリーの手錠をはずさせた。

再びノックの音がした。「検屍官の検分が終わった」科研の鑑識チームの男が大声で言った。

「わかった、今行く」とフロストは叫び返した。

寝室は小さな氷室と化していた。地味な茶色のリノリウムを張った寒々しい床、風は窓の隙間という隙間を目ざとく見つけては窓枠を音高く揺らしている。ドライズデールは、オーヴァーコートのボタンを襟元まで留めて、きびきびした仕種《しぐさ》で両手をこすりあわせていた。「死亡推定時刻は、昨夜——正確には月曜日の午後十一時ごろ。前後三十分程度のずれはあるかもしれない」それから、死亡した老女の左右の口元を指さした。痣《あざ》のように皮膚が赤紫色に変色している箇所が認められた。「犯人は片手で被害者の口を覆って、被害者が声を出せないようにした。そのうえで上掛けを剥いで、繰り返し刺した——腹部を三回、最後に心臓部をひと突き。刺創は、いずれもかなりの深さに達している。傷の深度から考えて、犯人は凶器をいったん頭上高く振りあげてから、かなりの力で振り降ろしたものと思われる」ドライズデールは片手で握り拳を作り、その動作を実演してみせた。「こうして凶器を振りあげた際に、刃に付着した被害者の血液が壁に跳ねかかっている」ドライズデールは淡いクリーム色の壁紙に赤茶色の染みが飛び散っていることを示した。

「犯人も返り血を浴びたかな?」

「もちろん、浴びてないわけがない」ドライズデールは手袋をはめながら言った。「傷口からは相当量の血液が噴き出したはずだ、それが右手にかかったことは間違いない。また、次の一撃を加えるために腕を振りあげたときに、刃から滴った血液も浴びている」

「浴室の排水口を調べてみたけど、血痕は出なかった」壁の血飛沫《しぶき》を計測していた鑑識チームの一員が、情報を提供した。「言い換えるなら、犯人は返り血を浴びたのに、それを洗い流したりしないで、そのままここから立ち去ったことになる」

「不潔な野郎だな」とフロストは言った。「で、先生、凶器《ドク》についてわかったことは？」

「可撓《かとう》性に乏しい硬質の素材で作られた、きわめて鋭利な片刃の刃物。刃渡りはおよそ六インチ、幅はおよそ一と四分の一インチ。切っ先まで鋭く研ぎあげてある」

「今朝方診《み》てもらった婆さま、あのメアリー・ヘインズって婆さまが殺されたのと同じ刃物ってことは？」

「ああ、その可能性は充分に考えられる」ドライズデールは、フロストの意見を認めるのがいかにも業腹《ごうはら》のようだった。「検視解剖がすんだら、もう少しはっきりしたことが言えるだろう――その検視解剖だが、午前十時半から行《おこな》う。きみも同席するかね？」

「そりゃもう、万難を排して」とフロストは答えた。

寝室を出ると、階段の手前でギルモアが待ち構えていた。オール・セインツ教会の牧師と連絡が取れ、副牧師のフレデリック・パーリーは間違いなく、教区民のひとりである余命いくばくもない病人を病床に見舞っていたことが確認された。また、現場係は、牛乳瓶から採取された親指の指紋のひとつが、目下《もっか》、浴室に隔離中の男のものであることを確認していた。

フロストは落胆の声をあげた。「婆さまが天に召されたのは昨日だ。つまり、パーリーが昨夜のうちに婆さまを殺しといて、今日になってから配達された牛乳を冷蔵庫に入れるためだけにこの家に舞い戻ってきたのでない限り、われわれは最も有望な容疑者を失っちまったことになる」

フロストはキッチンに陣取り、ギルモアが副牧師を階下に連れてくるのを待った。容疑の晴れたフレデリック・パーリーは、自由になった手首をしきりにこすっていた。頭には見事なたん瘤《こぶ》ができていたが、警察医が診察を申し出たにもかかわらず、その必要はないと言って辞退した。

一同は、キッチンのテーブルを囲んで腰を降ろした。テーブルには、この家の老いたる女主人が食することを得なかった朝食のために、食器類が並べられていた。フロストは、茹で卵立てを灰皿代わりに利用した。ドアを叩く音がして、ジョーダン巡査が顔を出した。

「警部、家のなかをひととおり見てまわりました。外部から人の侵入した形跡は、どこにも見つかりません。勝手口のドアは鍵がかかったうえに、掛け金がおりたままだし、窓も調べてみたけど、すべてきちんと戸締まりされてます。侵入経路は、やはり玄関ですね」

フロストは黙って頷くと、パーリーのほうに向きなおった。「この家の婆さまが考案した、あの即席解錠システムだけど、おたくのほかにあの紐の存在を知ってた人間は？」

「ほとんどいなかったのではないでしょうか。ぼくの印象で言ってるだけですけど。ウィンターズ夫人は、誰とでもすぐに親しくなれるというタイプじゃなかったし、特に話し好きというわけでもありませんでしたので」

「だったら、おたくはどうして？」

「ウィンターズ夫人は、以前、うちの教会の《高齢者の集《つど》い》のメンバーだったんです。関節炎がひどくなってからは、顔を出されなくなりましたけど、ときどきこちらから訪ねていくようにしていました。集いに参加できない人を切り捨てるようなことはしたくありません」

「ウィンターズ夫人の暮らしぶりなんだけどね、副牧師さん、泥棒に眼をつけられそうな要素があったかな？　自宅に多額の現金を置いてたとか、金目のものを持ってたとか？」

パーリーは首を横に振った。「いいえ、ぼくの知る限りでは、そんなことはなかったと思います」

フロストは顎を掻いた。「ヘインズ夫人も、おたくの教会の《高齢者の集い》のメンバーだったんだね？」

「ええ、でも、集いにはあまり参加なさっていなかった。ここ何カ月かは、もうずっと顔を出していなかったように記憶しています」

「アリス・ライダーという人は？」

「ライダー夫人……ですか？」副牧師は眉間《みけん》に皺を寄せ、しばらく考え込んでから首を横に振った。「いいえ、そういう名前には心当たりがありません」

「実を言うと、おれたちは、その三人の婆さまは同一犯人に殺されたんじゃないかと睨んでる」とフロストは言った。「その三人を繋ぐものがあるはずなんだよ」

パーリーは、どこか困ったような、いかにも申しわけなさそうな笑みを浮かべた。「だとしても、ぼくにはわかりかねます」

署に戻る道すがら、多少の回り道になったが、司祭館まで副牧師を送り届けた。車が教会墓地のまえを通過したとき、フロストはコンプトン家の居間に投げ込まれた花輪のことを思い出した。花輪を回収してきた記憶がなかったが、ギルモアが親指で示した後部座席に眼を遣《や》って安堵した。後部座席に常備されている泥のこびりついた一足のゴム長靴、左右ばらばらに放り出してあるそのあいだに、ちゃんと花輪が載っていた。

「なんなら、坊や、コンプトン家の件はおまえさんの担当ってことにしてもいいぞ。おれには、あの件にかかずらってる暇がなさそうだから」

「でしたら、任せていただいても困ることはないと思います」悦びが声に出てしまわないよう気をつけながら、ギルモアは言った。ひとつの事件を単独で担当できるのだ。犯罪を解決するには、いかなる捜査を展開すればいいか、デントンの井の中の蛙どもに、しかるべき見本を示してやろうではないか。

「花輪ってのは、出来合いを買うもんじゃない。特別に注文してこしらえてもらうもんだ」フロストはことばを継いで言った。「おれがおまえさんなら、バートンに命じてデントン市内の花屋を片っ端から当たらせる」

「最初からそのつもりでした」とギルモアは言った。

署に戻ったフロストとギルモアが、花輪を抱えてロビーを通り抜けようとしたとき、受付デスクについて記録簿に屈《かが》み込んでいたビル・ウェルズ巡査部長が顔をあげて訊いた。「誰が死んだと思う？」

「グレン・ミラーだろ」フロストは素っ気ない口調で言った。「ラジオを聴いてなかったのか？」ウェルズの冗談につきあう気分ではなかった。

「やっぱり知らないんだな。では、教えてやろう」とウェルズは言った。仕入れたばかりのネタを披露したくてたまらないときの口調だった。

フロストはひと声うめくと、仕方なく受付デスクまで足を運んだ。ウェルズの顔つきが、よりいっそう晴れやかになった。フロストとしては、ひと言言ってやりたいところだった――あんたは何かい、歩く死亡広告欄かい？「おっ死《ち》んだのがマレットじゃないんなら、いちいち知らせてくれなくてもいいよ」

ウェルズは劇的効果を狙ってしばしの間《ま》を置き、厳《おごそ》かな口調で切り出した。「実は、ジョージ・ハリスンが死んだ。階段を降りてる途中で心臓発作を起こした。したまで転がり落ちてきたときには、もう事切れてたそうだ」そこで口をつぐんでデスクに身を乗り出し、その知らせがフロスト警部にいかなる効果をもたらすかを見守った。

フロストは、口をあんぐりと開けた。ジョージ・ハリスン警部は二十八年間に及ぶ警察官生活に終止符を打って、つい先日退職したばかりだった。「なんとまあ」

「このあいだ、退職の記念品のための寄付を募《つの》ったばかりなのに」ウェルズは憂いに沈んだ声で言った。「今度はそいつの葬式の花輪のための寄付を募るのかよ？　だったら、最初のときにまとめて集金しちまえばいいのに」

「なんとまあ」フロストはもう一度同じことばを繰り返した。ジャック・フロスト警部にとっては仕事が生活のすべてであり、警察を去る日を迎えることは恐怖以外の何物でもなかった。考えただけで、気が滅入《めい》ってしまう事柄だった。フロストはギルモアの視線を捉えて階段のほうに顎をしゃくると、そちらに向かって歩きだした。「来いよ、坊や。食い物を調達しに行こう」

「食堂に行くつもりなら、やめとけ」ウェルズは、またひとつ悪い知らせを伝える役目を嬉々として担《にな》った。「閉鎖中だから」

「閉鎖中？」フロストは、愕然たる面持ちで訊き返した。

「食堂の従業員も流感でダウンしてる。夜はまだ頭数が揃わないんだと。何か食いたいんなら、よそで仕入れてくるこった」

「でもって、この冷凍庫のなかで食えってか？」フロストは不遇をかこって、またひと声うめくと、怠慢にも冷えきったままの暖房装置に蹴りを見舞った。「くそっ、どうして、こうついてない――」フロストの顔にゆっくりと笑みが拡がった。デントン警察の署内にも、坐り心地のいい椅子と贅沢な絨毯と三キロワットの威力を誇る対流式ヒーターを備えた場所があるではないか。フロストは上着のポケットから車輛経費の申請書を引っ張り出すと、ちびた鉛筆の先を舐めた。「終夜営業の中華料理屋で夜食を仕入れる。注文があれば言ってくれや。鶏肉のカレー煮込みポテトフライ《チップス》添えをつきあうやつは？」

「いくらなんでも、これはやばいよ、ジャック」とウェルズは言った。「こんなことが、マレットにばれでもしたら――」

「ばれるわけがない」フロストはウェルズの訴えを言下《げんか》に退《しりぞ》けると、アルミフォイルでできた容器の中身をのぞき込んだ。「なんとかの甘酢がけを頼んだやつは？」

そこは、懐かしき丸太小屋仕立てのオフィス、すなわちマレットご自慢の化粧板張りの署長執務室だった。ギルモア、バートン、ウェルズ、さらに殺人事件の捜査班に配属されている四名の助っ人が顔を揃えていた。対流式ヒーターをフル稼動させているため、室内は汗ばむほど暖かく、蒸気と中華料理の匂いが充満していた。光沢のあるマホガニーをふんだんに使った豪華なデスクのうえには、アルミフォイルでできた容器と清涼飲料の缶が無秩序に置かれている。ジャック・フロスト警部は、マレットの椅子に陣取り、マレットの煙草のスペシャル・ストックから失敬した一本をくゆらせながら、各人の注文に応じて夜食を配っているところだった。

「春巻は誰の注文だ？」

ギルモアは、腰を落ち着ける気になれず、ドアのそばにたたずんだまま、不安な面持ちで廊下に眼を配っていた。いつ何時《なんどき》、不測の事態が出来《しゅったい》しないとも限らない。怒り狂った署長がスウィング・ドアを肩で押し開け、飛び込んでくるさまが眼に浮かんだ。

「ギルモア、おまえさんもこっちに来たらどうだ」とフロストが声をかけた。「野菜と肉の煮《チャプス》込《イ》みはおまえさんの注文だろう?」

ギルモアは仕方なく強ばった笑みを浮かべ、せめてもの自衛策として、廊下の見張りを続けられそうな場所を選んで腰を降ろした。この件が発覚した場合、今後の昇進に影響が出ることは必至である。それを思うと震えが出た。

「これで、いかしたディスコ・ミュージックでも流れてて、かわいい裸んぼ娘の二、三人もいてくれりゃ、完璧だな」フロストは、指についた甘酢あんを絨毯のうえに撒き散らしながら言った。「そこまで揃えば、この仕事もまんざら捨てたもんじゃない」それから椅子をまわし、海老団子の甘酢がけ二人前を着々とたいらげつつあるバートンのほうに向きなおった。「忘れないうちに、おまえさんにも言っとくけど、ライダー夫人が収容先の病院で息を引き取ったよ。現場で回収した包丁の件はどうなってる? 科研のほうから何か言ってきたかい?」

バートンは慌てて、口のなかのものを嚥《の》み込んだ。「役に立ちそうな情報はゼロですね。警部のとこにも、報告書が届いてますよ。デスクのうえに載ってます」

「バートン、おれが報告書を読まないことぐらい、おまえさんだって知ってるだろう」フロストは喋りながら、ポテトフライ《チップス》をつまみあげ、カレー風味の煮汁に浸《ひた》した。「なんて書いてあった?」

「ごく普通に市販されている安物の調理包丁、一般家庭用のきわめてありふれた規格品だそうです。遺留指紋はゼロ。でも、ごく微量ながら血液を検出、血液型はO型」

フロストは鼻を鳴らし、その程度の報告では感動できないことを示した。「ほう、そりゃ奇遇だ。被害者の血液型もO型だ」そこで、ふと気づいたように、自分の容器をのぞき込み、そこに盛られた代物《しろもの》をうさん臭そうに眺めた。「こいつは、なんだか胃袋の内容物に似てる気がする」ついでに臭いもひと嗅ぎした。「うむ、臭いも似てる」

「やめろよ、ジャック、飯を食ってるときに」ウェルズは身震いをして、料理の入った容器を向こうに押しやった。

フロストは、捜査班の面々に向かって尋ねた。「聞き込みの収穫は？」

「ほとんどの家の住人がもう寝てました」とバートンが代表して答えた。「もう一度、朝いちばんに現場に出向いて、今回話を聞けなかった住人を訪ねてみるつもりです。仕事に出かけてしまわないうちにつかまえないと。これまでに得られた情報では、あの近所で被害者と親しくつきあっていた者はいません。ウィンターズ夫人は、ほとんど一日じゅう、家に引きこもりきりで暮らしていたという話です。あの玄関の紐の存在にも、誰も気づいていなかったようです」

「それに、不審者が付近をうろついているのを見かけたという者も、今のところ出てきてません」とジョーダンが付け加えた。

「不審者？」フロストは、口のなかから鶏肉の筋を引っ張り出すと、マレットの屑籠が置かれているとおぼしき方向に、ろくに狙いも定めずに放り投げた。「今度の犯人《ホシ》は、いかにも不審でございって恰好で犯行現場の近くをうろつきまわるようなやつじゃない。ストッキングで覆面をしてるわけでも、血まみれのどでかい包丁をポケットからのぞかせてるわけでもない。人目につかない地味な恰好をしてるはずだ。おれとしては、すべての通行人を把握しときたい。あの通りを歩いてるとこを目撃されたやつは、ひとり残らず洗い出してほしい。ほかの二件の事件についても。道路掃除の作業員だろうと、郵便配達だろうと、他人《ひと》んちの玄関先に現れる小便垂れだろうと、はたまたワン公だろうと、委細かまわず、例外なし。ともかく、目撃されたもんは全部知りたい――人間も、ヴァンも、乗用車も、その他もろもろも。でもって、情報が集まったら、そいつを照らしあわせる。三カ所すべての現場近くで目撃されたやつがいないか、調べるんだよ」

「そういう作業には、コンピューターを使うと――」ギルモアが言いかけた。

「コンピューターは時間の無駄だ」フロストはそれを遮った。「あの代物に辛抱してやってるのは、そのほうが角縁《つのぶち》眼鏡のマネキン野郎をおとなしくさせとけるからだ。今度の連続切り裂き事件は、堅実でまっとうな昔ながらの刑事《デカ》の流儀でなくちゃ解決できない。運の悪い野郎をさんざっぱら殴りつけ、やってもいないことをやりましたと自白させたうえで供述書にサインをさせるしかない」

ギルモアは、笑いたくもないのに笑顔をこしらえた。「コンピューターを使ったほうが、時間の節約になります。絶対です、請け合ってもいい」

「わかったよ」とフロストは言った。「あのぴいぴい小うるさい妙ちくりんな小箱とそんなに戯《たわむ》れたいんなら、おまえさんの好きにしていい、勝手に戯れてくれ」

「凶器の捜索班を編成してみては？」とバートンが口元を拭いながら提案した。「凶器が見つかっていない二件に関しては、犯人が現場付近に投げ捨てていった可能性もあります」

「わかった、二名をそれに当たらせろ。でも、長居は無用だ。こいつはおれの直感だが、犯人の野郎は犯行に使った凶器を後生大事に保管してる気がするんだよ――次の機会に備えて」

室内が静まり返った。「次の機会？」とウェルズが言った。

「ああ、そうだ、ビル」フロストは、空《から》になった容器を押しやって、煙草のパックを取り出した。「どうも嫌な予感がするんだよ、こいつはまた殺《や》るんじゃないかって」

マレットのデスクの電話が鳴った。一同は揃って息を呑み、咀嚼運動を中断させた。

「いいんだ、なんでもない」ウェルズが安全を保証した。「こっちで電話を受けられるように、受付デスクの回線を切り換えてきたんだ」

フロストは受話器を取った。「はい、こちらマレットの臨時食堂」

ウェルズは思わず眼を剝き、驚愕の表情を浮かべた。が、よく見ると、フロスト警部は片手で送話口を覆っていた。

電話をかけてきたのは、科学捜査研究所の技官だった。デントン市マニングトン・クレセント四十四番地の住宅で押収した物件を一件残らず詳細に検査したが、メアリー・ヘインズを殺害した犯人の特定に結びつくものは何も発見されなかった、と報告してきたのだった。フロストは相手の話に耳を傾け、絶望のあまり天井を仰《あお》いだ。「無実の人間の疑いを晴らしたところで、屁のつっぱりにもならないよ。たまには有罪の証拠を押さえてみたらどうだ、ええ？　それに、その件はあとまわしにして、どぶから引きあげた新聞のほうを最優先事項で処理してくれって頼んだはずだぞ。……いや、それはわからない、相手の名前までは訊かなかったから。……わかった、わかったよ」フロストは、叩きつけるようにして受話器を架台に戻した。「そんな依頼は聞いてない、だと。偉そうに。引き継ぎひとつ満足にできないで、何が科研だ。うちの署とちょぼちょぼじゃないか。新聞の検査は、明日になるまで着手できないそうだ」

「もう明日だよ、午前二時だもの」ウェルズがフロストのことば尻を捉えて言った。

「それじゃ、そろそろ帰るかな」フロストは、片手で口元を覆うこともしないで、大欠伸《あくび》をした。「今日はもう、お釣りがくるほど働いた。皆の衆も店じまいだ。家に帰ってちょこっと睡眠を取って、六時ごろにまた出てきてくれ。早朝勤務の連中から何人か助っ人を出してもらって、聞き込みにまわってほしい。住人どもが仕事に出かけちまうまえに」

「しかし、ジャック、マレット署長の勤務表によると――」とウェルズが言いかけた。

「マレット署長の勤務表なんか、くそくらえだよ。では、諸君、また明日」

署をあとにするまえに、フロストは自分のオフィスをのぞいた。《未決》のトレイから、書類があふれ出していた。いちばんうえに載っていた書類を手に取った。ゴミ集積場の裏で発見された死体に関して、コリアー巡査が作成した報告書だった。報告書を見るまで、ほとんど忘れかけていた件だった。死因は自然死――心臓発作。その記載を認めて、フロストはひとまず胸を撫でおろした。報告書には、現場係が撮影した、発見時の死体の写真がクリップで添付されていた。ぴたりとピントの合った鮮明な画像は、被写体の置かれた状況を細部にいたるまで忠実に再現していた。フロストはその写真をギルモアにも見せてやった。

「今夜は、あのおぞましい顔が夢に出てきそうですよ」駐車場に向かいながら、ギルモアは見たくなかった物を見せられた人間の悲しみを訴えた。

「おれは願い下げだな」とフロストは言った。「どうせなら、コンプトン夫人の夢を見たいね」

望み叶《かな》って、その夜、フロストはジル・コンプトンの夢を見た。だが、夢に出てきた彼女は両眼を失っていた。鼻面を血に染めた鼠たちに襲われ、悲鳴をあげながらのたうちまわっていた。午前五時少しまえ、フロストは冷たい汗をびっしょりかいて、震えながら跳ね起きた。いったん眼を醒ましてしまうと、あとはもう寝つけなかった。

水曜日――日勤／早番

デントン警察署の署長であるマレット警視は、執務室に向かって足音荒く廊下を突き進んだ。彼は腹を立てていた。前夜は、マスコミの連中からかかってくる電話で、頻繁に睡眠を妨げられただけでなく、朝っぱらから州警察本部の広報担当部長と名乗る人間が、デントン市内在住の三人の老女が惨殺された事件に関して、今後連続殺人事件に発展する可能性もあるようだが、当該所轄署の署長としてどのような見解を持っているのか、と問い合わせてきたのである。捜査の責任者に任じたフロストからなんらかの情報を得ようと署に電話をしてみると、勤務表に定められていたにもかかわらず、フロスト警部と捜査班の面々は夜勤を切りあげて帰宅したと知らされ、フロストの自宅に何度か電話をかけてはみたものの通話中の信号音が聞こえるばかりで、故意に受話器がはずされているらしいことがわかっただけだった。結局、必要な情報はギルモア部長刑事からどうにか入手することができたが、それも、最初に電話に出たギルモアの妻とやらの、うちの夫はどうして一日二十四時間、他人の意のままにこき使われなくてはならないのか、という無礼千万な言い草にたっぷりとつきあわされたすえのことだった。

署長秘書は欠勤しているため、彼女のデスクのうえにはそら恐ろしいほどの量の郵便物が蓄積していた。通りしなにその山をすくいあげると、マレットは執務室のドアの鍵をあけ……そこで足を止め、鼻孔をうごめかせて室内の空気を嗅いだ。なんだ、この臭いは？　傷《いた》みかけた油で炒めた玉葱《たまねぎ》のむっと鼻をつく濃厚な臭い――その臭いから連想されたのは、カレー料理だった。抱えていた郵便物を《未決》のトレイに放り込み、マレットは窓を大きく開け放った。とたんにカーテンが大きくはためき、小型のつむじ風とともに雨が吹き込んできた。眼下のイーグル・レーンの交通も、耳を聾するほどの騒音を撒き散らしている。マレットは慌てて窓を閉め、デスクに戻った。そして、内線電話の受話器を取りあげて内勤の巡査部長を呼び出し、業務日誌を持参のうえ朝の報告に出頭するよう命じた。

巡査部長を待つあいだを利用して、郵便物にざっと眼を通し、デントン市のゴミ集積場のそとで発見された死体の写真を一瞥して、その損傷程度のあまりの甚《はなは》だしさに思わず身を震わせ、次いでフロストの手になる殴り書きの報告書を見つけて、そのお粗末きわまりない内容に顔をしかめた――《アリス・ライダー夫人、強盗傷害事件の被害者、収容先のデントン総合病院にて死亡――詳細は追って報告。ベティ・ウィンターズ夫人、年齢：七十六歳、現住所：デントン市ローマン・ロード十五番地。刺創を受け死亡――詳細は追って報告》。マレットの眉間《みけん》の縦皺がさらに深くなった。過去の苦い経験から学んだように、フロスト言うところの〝詳細〟が追って報告されることは決してない。あの男の書類仕事たるや杜撰《ずさん》のひと言に尽きる。改善の見込みは毛ほども認められない。それで思い出したが、例の車輌経費の申請書類はどこにあるのか？　トレイに積みあげられた書類の山を引っかきまわしてみたが、それらしき書類は案の定、発見できなかった。

マレットは、顔をあげた。ジョンスン巡査部長が業務日誌と州警察本部からの郵便物を手に入室してきたからだった。マレットは笑みを浮かべて、巡査部長に声をかけた。「ああ、ジョンスン巡査部長、助かったよ、きみが職場に戻ってきてくれて。具合はどうだね？」

「それが、実を言いますと、署長……」ジョンスン巡査部長は口ごもった。実を言えば、先刻から足元がふらつくし、いささか目眩《めまい》もするようなので、仕事に戻るのが少々早すぎたのではないかと思いはじめていたのだった。

「そうか、それはよかった。何よりだ」マレットは素早く口を挟んだ。署長たるもの、部下の愁訴《しゅうそ》にいちいちつきあっている暇はない。不平不満の類いは、ウェルズ巡査部長から聞かされるだけで充分だった。「現在の人員の状況は？」

「病欠者については、三名が復帰しました」とジョンスン巡査部長は報告した。「しかし、新たに二名から欠勤の届けが出されています——昨夜のパブの乱闘騒ぎで怪我を負った者たちです」

「すばらしい」差し引き勘定がプラスに転じた点のみに着目して、マレットは性急な判断を下《くだ》した。「着実に人員が増えつつあるじゃないか、巡査部長」笑みを浮かべて業務日誌にサインをしたためると、几帳面に吸い取り紙を押し当てた。「この分だと、通常の状態に戻るのも時間の問題だろう」

「しかし、今日の時点では、通常業務を担当する人員はかなり手薄になる見込みです」ジョンスン巡査部長は、楽観を戒《いまし》めた。「フロスト警部に徴用されて、大半が聞き込みに行かされてしまってるもので——昨夜また、老女が刺殺体となって発見されたんです」

「ああ、承知している」マレットは苦々しげに言った。「マスコミの人間が、わざわざ我が家に電話をしてきて知らせてくれたからね——午前三時に。おまけに、フロスト警部も、実に懇切丁寧なメモをわたしのトレイに投げ込んでおいてくれたし」マレットは、件《くだん》の書きつけを掲《かか》げてみせた。「州警察本部は、この一連の事件に関してはきわめて慎重な取り扱いを希望している。連続殺人犯がデントン市内に野放しになっている、などという噂が拡がってみたまえ、どんな騒ぎになるか。そんなことにならないよう、きちんとした手立てを講じる必要がある。フロスト警部が出勤してきたら、大至急、わたしのところに寄越してもらいたい」

「ええ、署長、ただちに」ジョンスン巡査部長はそう言って、サインのすんだ業務日誌を受け取った。

執務室のドアが開いた。マレットは、フロストであることを期待して戸口に眼を向けたが、入室してきたのは署長の臨時秘書なる存在だった。見る者が眼の遣《や》り場《ば》に困るほど身体に密着したタートルネックのセーターを着て、ガムを嚙み嚙み身をくねらせての登場だった。つまむようにして持っているのは、昨日マレットが口述した手紙のようだった。「すみません、遅れちゃって」詫びのことばとともに、つまんでいた書面をマレットのデスクのうえで離した。天板に舞い落ちた書面は、タイプの打ち間違いと修正箇所だらけの代物《しろもの》だった。「でも、修正液が切れちゃったんです。だから、買いに行かなくちゃならなくて。あっ、そうそう——はいっ、これ。届きたてのほやほやですよ」彼女はマレットの眼のまえに『デントン・エコー』紙を突き出した。

マレットは臨時秘書の手から新聞を引ったくると、驚愕のあまり眼を剝き、口を半開きにして、紙面をまじまじと見つめた。嫌でも眼につく全段抜きの派手な見出しが躍《おど》っていた——《恐怖の市《まち》——連続老女切り裂き犯《グラニー・リッパー》、みたび刃を振るう!》。続くリードは——〝デントン市在住の高齢者のあいだでは、目下《もっか》、恐怖が野火のように拡がっている。昨夜また新たに残虐な殺人事件が発覚し、三人目の被害者が……〟。電話が鳴った。マレットは紙面を睨みつけたまま、手探りで受話器を取った。「もしもし?」としゃがれ声で言いかけて、次の瞬間、弾かれたように気をつけの姿勢を取った。「これは、警察長、おはようございます。……ええ、たった今、新聞を見たところです」マレットは送話口を片手で塞ぐと、ジョンスン巡査部長に向かって押しころした声でうなった。「フロスト警部を捜してきたまえ。大至急、ここに連れてくるんだ。大至急だぞ!」

ジョニー・ジョンスン巡査部長が驚いたことに、フロストはすでにオフィスの自分の席についていた。何も記入されていない領収書用紙の綴りをまえに、一枚ごとにペンを取り替え、インクの色に変化をつけながら、ガソリン代の領収書を作成しているところだった。もうひとつのデスクには、新人の部長刑事がついていた。不機嫌このうえない表情で、これまたガソリン代の領収書を作成中だった。

「やあ、ジョニー」フロストは、ジョンスン巡査部長に声をかけた。「あんたが無事に職場復帰できて、こんなにめでたいことはない。死にかけてるもんだとばかり思ってたんでね。この不細工な花輪は返品だな」彼は《未決》のトレイのうえで萎《しお》れかけている、葬儀用の花輪を指さした。「そうだ、葬式の花輪でひとつ思い出した冗談がある」

「そいつはあとまわしだ」とジョンスンは言った。「マレット署長があんたを呼んでる」

「だったら、呼ばせときゃいい」フロストは取りあおうとしなかった。「あるところに、ひとりの女がいた。その女が――」そこで口をつぐんだのは、ジョー・バートン巡査が入ってきたからだった。

「ちょっといいですか、警部？」

「もちろん、いいとも。だが、まずはおれの冗談を聞いてからにしてくれ。あるところに、ひとりの女がいた。その女が――」フロストはそこでまた口をつぐんだ。今度は、アーサー・ハンロン部長刑事の、かみすぎて真っ赤になった鼻の頭がドアのところからのぞいたからだった。彼は首だけ部屋のなかに突っ込んで、声をかける機会をうかがっていた。

「ああ、ジャック、忙しいようなら、おれのほうはまたあとで――」

「いや、そんなことないぞ、アーサー――水臭いこと言ってないで、入れ。あんたにも冗談をひとつ聞かせてやるよ」

アーサー・ハンロンは顔をしかめた。「友人と賭けをして痰壺の中身を飲んだ男の話なら、もう聞いた」

「それとは別のやつさ」フロストは、ハンロンに向かって手招きをした。「ガキを十五人産んだ女の葬式の話だ」電話が鳴った。苛立ちもあらわに、フロストは眉間《みけん》に皺を寄せ、電話機を睨みつけた。バートンが受話器を取った。

「科研からです、警部。緊急の用件だそうです」

「ああ、それがあいつらの口癖なんだ」フロストは受話器を受け取ると、いきなり咽喉《のど》首を絞めあげられたような裏声で言った。「フロスト警部は、ただ今、席をはずしてます。もうしばらくお待ちください」そして、送話口を上着の胸元に押し当てた。「ええと、どこまで話したっけ？」

「ひとりの女がガキを十五人産んだってとこまでだ」ジョンスン巡査部長が催促する口調で言った。フロスト警部には、さっさと話を終えて、一刻も早くマレットのもとに出頭してもらいたかったので。

「そうだった、その女の葬式の話だった。ガキを十五人産んだ女が死んじまって、今まさに埋葬されようとしてた。墓穴が掘られ、その墓穴に棺桶が降ろされはじめると、牧師が女の亭主に向きなおって言った。『これでようやく、寄り添うべきが寄り添いましたな』『どういう意味です、寄り添うべきが寄り添ったというのは？』と亭主は言った。『わたしはまだ生きてるのに』すると、牧師はこう応えた。『おふたりのことを言ったわけじゃありません。おたくの奥方のお股がついに閉じた、と申しあげたのです』」

フロストは聞き手の誰よりも下卑《げび》た、誰よりも騒々しい声をあげて長々と笑った。ギルモアは黙ったまま、表情を強ばらせた。老女が惨殺されたというのに、このお調子者は冗談を言って笑っている。ギルモアとしては、呆れ返るしかなかった。フロストは受話器を耳に宛てがうと、反対側の耳を指で塞いで、笑い声を締め出した。「もしもし？　ああ、フロストだ。申しわけない、そっちの声がよく聞き取れない。……そうなんだよ、うちの署長が個人的にパーティを開いてるのかもしれないな」そう言うと、笑い続けている面々に向かって手をひと振りして、静粛を求めた。「ああ、これでいくらかましになった。ドアを閉めたんだ。で、おれに用件というのは？」それからしばらくのあいだ、フロストは相手の話に聞き入った。「そりゃ、でかした。もちろん、確かめてみてほしい。調べがついたら、折り返し連絡してくれ」受話器を置くと、ギルモアとバートンに向かって、いとも満足げな笑みを浮かべた。「科研に送った、例の新聞の件だ。『デイリー・テレグラフ』からは何も出なかったが、『サン』のほうは、顕微鏡にかけてみたら、三面の裸娘の乳首が馬鹿でかくなったばかりか、折りたたんだときにいちばん外側にくる面に、黒い塗料の剝片と錆が付着していたことが判明した」

「黒い塗料の剝片と錆？」バートンは鸚鵡《おうむ》返しに言って、眉間に皺を寄せた。

「おれたちがつきに恵まれてりゃ、グリーンウェイって野郎の家の郵便受けから剝がれ落ちたものさ」フロストは解説した。「新聞を突っ込んだり、引っこ抜いたりしたときに、こすれて剝離したものが付着した可能性があるそうだ。目下、科研が密偵を送り込んでる。やっこさんの家の郵便受けをこっそりと調べてるとこだ。塗料が一致したら、決まりだな」フロストは悦びのあまり両手を揉みあわせ、一同に気前よく煙草を勧めた。

ジョンスンは、傍目《はため》にもわかるほど気を揉んでいた。「ジャック、マレット署長が呼んでる。

あんたを執務室に寄越すように言われてるんだ」

「駄目だ、まだ準備ができてない」フロストは、何も記入されていない領収書用紙の綴りから何枚か剝ぎ取った。「ひとつ頼まれてくれや、ジョニー。そいつでガソリン代の領収証をこしらえてほしいんだ。筆跡を変えろ。六ガロンのと、八ガロンのと、四ガロンのを頼む」

巡査部長のペンが、領収書用紙のうえを飛ぶように動いた。「おれはなんの罪を犯してることになるんだ？」

「文書偽造だな」フロストはそう言うと、領収書用紙をもう三枚はぐって、それをバートンに手渡した。「筆跡をちゃんと変えろ。おまえさんは、八ガロンのやつを二枚に六ガロンのを一枚」続いて、さらに二枚の領収書用紙をアーサー・ハンロンのほうに押しやった。「アーサー、あんたは五ガロンと七ガロンだ。それから、洟《はな》をかめ。鼻水が垂れそうじゃないか」

「おれとしては、自分が何に加担したのか、いちおう知っときたいんだけど」必要事項と指定された数字を書き入れた領収書を引き渡しながら、ジョンスン巡査部長は言った。

フロストはギルモアとバートンからそれぞれの作成した領収書を回収すると、ジョンスンから受け取った分と合わせてひと束にまとめ、それをぱらぱらとめくった。「先月分のガソリン代の領収書が一枚残らずどこかにいっちまったもんだから、仕方なく偽造したやつを経費の申請書にくっつけて提出したわけだ。ところが、州警察本部で暇を持て余してる、脳たりんの担当者に、そいつを見破られちまった。で、マレットに言われたんだよ、本物の領収書を添えて申請書を提出しなおせば、打ち首だけは勘弁してやるって。だから、こいつを――」フロストは領収書の束を振ってみせた。「用意したってわけさ」

「それだって偽物じゃないか」ジョンスン巡査部長は、融通の利かないことを言った。

「ああ、でも、最初のやつよりは出来のいい偽物だ。それに、おれには先月ひと月のあいだにガソリンを入れたスタンドを一軒残らず訪ね歩いて、くそ領収書の再発行を頼んでまわる、なんて手間のかかることをしてる暇はない。それより、アーサー」フロストはハンロン部長刑事のほうに顔を向けた。「聞き込みの進捗状況は？」

アーサー・ハンロンは、自分の担当分とされた二枚の領収書の記入を終えて、フロストに手渡した。「残り数軒ってとこだ。あがってきた情報の第一陣をコンピューターに入力中だよ」

「これまでのところで、有力と思われる情報は？」とギルモアが尋ねた。

ハンロンは肩をすくめた。「事件当日の深夜、ローマン・ロードを走行中の青いヴァンを見かけた気がすると言う者もいれば、不審な赤い乗用車を目撃したと言ってくるやつもいてね。いずれにしても、まだなんとも言えないな。裏を取ってみないことには」

ハンロンが人のあいだを擦り抜けて、混みあったオフィスから出ていくのを見送ったあと、フロストはバートンが依然として辛抱強く待ち続けていることに気づいた。「悪かった、バートン、おまえさんのことをすっかり忘れてたよ。このおれに、何か用があったんだろう？」

「例の花輪の件です、警部。市内の花屋をひととおり当たってみました。あの花輪を作った店と注文した人物を突き止めました」

今度の話題は、コンプトン家の一件だった。フロストは慌てて、頭を切り替えなくてはならなかった。「で、そいつの正体は？」だが、バートンが答えるまえに、ギルモアが椅子を撥《は》ね飛ばさんばかりの勢いで立ちあがり、憤然たる面持ちで睨みつけた。

「バートン、その事件はぼくの担当だ」ギルモアは凄みを利かせた声で言った。「報告は、フロスト警部にではなく、ぼくにしたまえ」彼の精神状態は最低最悪と言ってよかった。今朝方、マレット署長から電話がかかってきたとき、リズは署長に対して聞くに堪《た》えない暴言を吐いた。マレット署長は激怒した。結果として昇進の機会が水泡に帰し、あれよあれよと言ううちに排水口のなかへ吸い込まれていったことは、明々白々である。フロスト警部の不行跡《ふぎょうせき》を報告することも、もはや叶《かな》わない。そのすべてに巻き込まれてしまっていることを思えば。署長執務室で飲食をした件然《しか》り、ガソリン代の領収証を捏造した件然り。おまけに、今度は、この理解力の欠如した低能巡査にコケにされた。こちらの頭越しに事を運ぼうとするとは……。

　ギルモアに怒鳴りつけられたバートンは、そのあまりの見幕に気圧《けお》され、無言のまま、視線を部長刑事から警部へと移した。

「おれが悪かった」とフロストは言った。「部長刑事の言うことも、もっともだ。あの事件は、部長刑事の担当ってことになったんだよ」

「で、この趣味の悪い花輪を注文したやつというのは？」椅子に坐りなおしながら、ギルモアは改めてバートン刑事に尋ねた。

　バートンは手帳を取り出し、ページを繰った。「氏名——ウィルフレッド・ブラグデン、現住所——デントン市マーチャンツ・レーン百十六番地」

ギルモアは、厭味たっぷりに笑みを浮かべた。「このまま辛抱強く待ってれば、その人物が何者なのかを教えてもらえるんだろうか？」

一介の巡査であるジョー・バートンは、しばし逡巡したのちに、ギルモアの顔面に一発見舞って得られる爽快感よりも、現在の職に留《とど》まり続ける必要性のほうがわずかに上まわるとの結論を下《くだ》した。

「八十一歳の老人だ。先週、妻を亡くしたばかりだそうだ。ちなみに、その妻はオードリーというらしい」

ギルモアは、それでもまだバートンの言わんとするところがわからず、怪訝《けげん》な表情を浮かべていたが、フロストのほうは事の次第《しだい》を理解した。「この花輪は、そのオードリーっていう婆さまの墓から盗まれたものなのかい？」

「そうです、警部。だもんで、ご老体はえらく憤慨してました——警察官の諸君は何をしてるのかって食ってかかられました」

警察官の諸君は、どっかりと坐り込んだまま、下劣きわまりない冗談を飛ばしては馬鹿笑いをしてるよ、とギルモアは心のなかでつぶやいた。その憤《いきどお》りを込めた手のひと振りでバートンに退出を命じると、科学捜査研究所から届いた報告書に素早く眼を通した。報告書によれば、コンプトン家に送りつけられた脅迫状は、『リーダーズ・ダイジェスト』の今月号の誌面から切り抜かれた単語を貼りあわせて作成されている、とのことだった。

オフィスのドアが勢いよく開き、壁にぶち当たる派手な音が響いた。見ると、いつの間にか持ち場に戻っていたジョニー・ジョンスン巡査部長が、取り乱した様子で突っ立っていた。

「ジャック、署長室に直行したほうがいい。マレット署長が、もうかんかんだ」

フロストは、新たに捏造したガソリン代の領収書を素早く点検すると、椅子から立ちあがり、ネクタイの結び目をシャツの襟のほぼ真ん中と思われる位置に動かした。「よし、ようやく準備が整ったよ。どうだい、己《おのれ》の非を悟り深く悔いてる素直な真人間に見えるかい?」

「見えるわけないだろう、あんたが」とジョンスンは応えた。


マレットの丸太小屋仕立ての聖所に出頭するべく、フロストはロビーを急ぎ足で突っ切った。受付デスクのそばの硬い木のベンチに、老人がひとり背中を丸めて坐っていた。どこかで見た覚えのある顔だったが、どこで見かけたのかまでは思い出せなかった。ジョニー・ジョンスンに代わって受付デスクに詰めているコリアー巡査のそばににじり寄ると、親指をベンチのほうに向け、目顔で老人の素性を尋ねた。

コリアーは受付デスクのうえに身を乗り出し、声をひそめて言った。「マスケルという人です」

フロストは指を鳴らした。「キーワードは、ジュビリー・テラス、ツタンカーメンの墳墓、ミイラ化した死体。だろう?」

コリアーは頷いた。「あの人は、奥さんが亡くなったことを認めようとしないんです。ああやって署に出向いてきては、家内が失踪したので届けを出したいって言うんですよ」

ふたりの視線が自分に向けられていることを感じ取ったのか、老人は顔をあげた。「家内はメアリーといいます。ベッドに寝かせておいたのに、いなくなってしまいました」返答を聞き逃すまいとするように、老人は片手を椀のようにして耳に宛てがっていた。

「奥さんは亡くなったんですよ、マスケルさん」とコリアーは言った。

だが、年老いた耳は、聞きたくない情報を排除してしまうようだった。「家内は、メアリー・マスケルといいます。住まいは、デントン市ジュビリー・テラス七十六番地」

老人の相手はコリアーに任せることにして、フロストは足早にその場を離れた。せかせかと歩を運び、マレットの執務室へと続く廊下を半分ほど進んだところで、頭のなかの小型テープレコーダーの再生ボタンが押された――〃……ジュビリー・テラス七十六番地、二階の寝室。そこで婆さんが死んでる……〃同じ文句が繰り返し再生された。パブにかかってきた謎の電話。電話をかけてきたやつは、そこで老婆が死んでいることをいかなる方法で知ったのか？　マスケルが招き入れたとは思えなかった。婆さまの死体があったのは二階の寝室で、どの窓にもきっちりとカーテンが引かれていた。フロストが使った二階の物置部屋の窓、それが唯一の侵入経路と思われた。〃……二階の寝室。婆さんが死んでる……〃あの声。あのくそいまいましい声には、間違いなく聞き覚えがあった。フロストはぎゅっと眉根を寄せ、その力で記憶の滴《しずく》を絞り出そうとさらに眉根を寄せ……ようやく、思い当たった。ウォーリー・マンスン――ウォーリー・くそったれ・マンスンの声！　フロストは身を翻《ひるがえ》すと、自分のオフィスに向かって、駆け足で戻りはじめた。

窓からそとを眺めていたジョニー・ジョンスン巡査部長は、フロスト警部が新顔の部長刑事を従えて署の駐車場を全速力で駆け抜けていくのを目撃した。マレット署長の説教も、今日のところは短時間で終了したらしい。そう思ったとき、受付デスクの内線電話が鳴りだした。「はい、署長、何か——?」ジョンスンの表情が凍りついた。「まだ来ていない?」窓から、コルティナが駐車場の出口に突進していくのが見えた。最後っ屁に排気ガスの煙を残して。「署長、フロスト警部はたった今、署を離れてどこかに出かけたもようです」

グレイの車体を揺らしながら、ヴォクソール・キャヴァリエは細い脇道を進み、コテッジのかなり手前で停車した。なかから、科学捜査研究所の下級技官、トニー・ハーディングがクリップボードを手に降り立ち、一軒だけぽつんと建っているコテッジに向かった。目指すところが決まっている者に特有の迷いのない足取りで庭の小道を進み、玄関のまえで足を止めると、大きな音でドアをノックし、ポケットからペンを取り出した。まるで、市場調査のために訪問したかのように。ノックの音は、人気《ひとけ》のないコテッジのなかに響き渡り、裏庭で眠っていた犬を眼醒めさせた。犬は甲高い吠え声をあげはじめた。ハーディングはしばらく待ち、大事を取って再度ドアをノックして、声をかけた。「どなたか、ご在宅ですか?」

最後にもう一度あたりを見まわし、誰にも見られていないことを確かめてから、郵便受けのまえに膝をついた。郵便受けは黒く塗られていて、塗料の一部が剝がれかけていた。ハーディングはポケット・ナイフを取り出し、ごく少量の塗料をそっと削り取り、封筒に収めた。

三十分後、彼は科学捜査研究所に戻っていた。研究室には、すでに分光器が用意されていた。

「何者です、そのウォーリー・マンスンというのは?」とギルモアは尋ねた。同時にステアリングを切って、道路を横断中の犬を避けた。

「人生の大半を刑務所《ムショ》に出たり入ったりすることに費やしてきた、けちな悪党だよ。自動車窃盗、商店荒らし、盗品の故買、凶器を用いた暴行の前科《マエ》もある。だが、侵入窃盗に手を出したことは、これまで一度もない。だから、今度の年寄りばかりを狙ったせこい事件《ヤマ》とあの野郎が結びつかなかった。でも、パブに電話をかけてきたのは、間違いなくあの野郎だ」

信号が近づいたので、ギルモアは速度を落とした。「しかし、だったらどうなると言うんです?」

「ようく考えてみな、坊や。ベッドに賞味期限の切れた死体が転がってることを、ウォーリーの野郎はどうやって知ったのか? あのお喋りな隣の住人でさえ知らなかったのに。知るための方法はひとつ、おれと同じことをするしかない――裏の窓によじ登って、寝室に忍び込んだのさ」

ようやく、ギルモアにもフロストの言わんとするところが呑み込めた。「あの家に盗みに入るつもりだったんですね?」

「ああ、おれはそう睨んでる。それから、こいつは賭けてもいいぞ、坊や――あの眠り姫を見つけたことで、あいつはせっかく穿《は》いてきたすてきな猿股に、二度と穿けないようなどでかい染みをつけちまったにちがいない。おっと、そこの角を曲がってくれ」

その界隈《かいわい》は、デントン市内でも比較的新しく開発された地区だった。芝生の前庭を擁した二階建ての当世風の住宅が連なり、通りに沿って、いずれ街路樹となる予定の苗木が植えられていた。「右側の、奥から二軒目の家だ」とフロストは言った。そして、助手席の背にゆったりともたれた。今にも咽喉《のど》を鳴らしそうな顔で。

目当ての家のおもてに、あちこちへこみの生じた傷だらけのヴァンが停まっていた。ダークブルーのヴァンだった。

ウォーリーの妻、ベル・マンスンは、年齢《とし》のころは四十見当、よく言えばふくよかな、あからさまに言えば太り気味の女だった。脱色した髪に、六インチの釘で穴をあけたのではないかと思われる耳たぶから、譬《たと》えるなら手垢に曇った真鍮のカーテン・リングといった趣《おもむき》のイアリングをぶらさげていた。玄関先に膝をついて、ポーチの上がり段をこすり洗いしているところだった。たわしの旋回に合わせて、豊かすぎる胸が小刻みに揺れている。掃除の手を休めることなく、彼女は眼のまえに踏み降ろされた二組の脚とその足元を固める二足の靴を観察した。片方の靴には、磨かれた形跡がなかった。汚れがこびりつき、皮革《かわ》はひび割れ、踵《かかと》も擦り減っていた。もう一足のほうは、のぞき込んだ人間の顔が映《うつ》るほど丹念に磨きあげられていた。

わざわざ顔をあげて、客人の正体を確かめるまでもなかった。その履き潰された靴には、これまでに何度もお目にかかっていた。たわしを持つ手に力がこもり、上がり段の隅にこびりついた頑固な汚れを猛然とこすりだした。「うちの人なら、いないわよ。どこにいるのかわからないし、いつ帰ってくるのかもわからない。ここ何日か、顔も合わせてないもんでね」

「協力に感謝するよ、ベル」フロストはそう言うと、ポーチの濡れているところをまたいで玄関に足を踏み入れた。「でも、おれたちとしては、いちおう家のなかに入れてもらいたいんだ」ベル・マンスンは腹立たしげに鼻を鳴らすと、身を起こし、たわしをバケツに放り込んで、ギルモアのズボンに汚れ水を撥《は》ね飛ばした。

「令状は？」ベル・マンスンは声を張りあげた。

「令状もないのに踏み込むような真似を、このおれがすると思うかい？」フロストは傷ついたような声で言い、捏造した領収書と車輌経費の申請書が入っている内ポケットを上着のうえから叩いてみせると、廊下を突き進み、キッチンに攻め入った。

「ええ、するわ、あんたならね」ベルは甲高い声でわめき立てながら、フロストを追ってキッチンに駆け込んできた。

フロストは、フォーマイカの天板を載せたテーブルに椅子を引き寄せ、そこに身を投げ出すようにして腰を降ろした。そして、ギルモアに向かって顎をしゃくり、ウォーリー・マンスンが潜伏していないか、家のなかを見てまわるよう促《うなが》した。

「ちょっと、どこに行く気？」靴音高らかに階段を上りはじめたギルモアに向かって、ベルは金切り声を張りあげた。

「便所を貸してやってくれないか」とフロストは言った。「朝飯にカレーなんか食うから、腹を下《くだ》しちまってるんだよ」

イアリングと胸を震わせながら黙ってフロストを睨みつけると、ベル・マンスンはテーブルを挟んでフロストと向かい合う位置にある椅子に坐り込んだ。フロストは愛想よく笑いかけた。

「元気そうじゃないか、ベル」

「そう言うあんたはしょぼくれてるけど」ベルは嚙みつくように言った。「どこからどう見ても、むさくるしい老いぼれだわ」煙草を勧められると、手を振って断《ことわ》った。「せっかくだけど、吸わないの」それから、急に表情を和らげると、まんざら心がこもっていなくもない口調で言った。「奥さんのこと、聞いたわ。ご愁傷さま」

「ああ、どうも」フロストは口ごもった。ぎこちない間《ま》ができた。思いがけないことばに、平静ではいられなくなったのだった。ここはギルモアが戻るのを待つことにして、煙草に火をつけた。

ガスこんろにかけてあったヤカンが、蓋をかたかた鳴らし、次いで呼び子のような音を発した。ベル・マンスンは、贅肉のついた身体を重そうに引きあげて席を立ち、ガスこんろの火を消した。

「おれの分は、砂糖を倍にしてくれよ」とフロストが言った。

「呆れた、人間離れした厚かましさだわ」ベル・マンスンは、今度もまた嚙みつくように言うと、マグカップを三つ乱暴な手つきでテーブルに並べて、それぞれにティーバッグを放り込んだ。そこにギルモアが戻ってきて、黙って首を横に振った。ウォーリーはこの家にはいない。

「あんたたちって、他人《ひと》の言うことを全然、聞いてないのね。さっき言ったと思うけど？　うちの人とは、もう何日も顔も合わせてないって」小馬鹿にしたような薄ら笑いを浮かべながら、ベル・マンスンはヤカンの湯を三つのマグカップに注ぎ、さらに跳ねがあがるほどの勢いでミルクを加えた。「お砂糖は、どうぞ勝手に入れてちょうだい」彼女はふたり分のマグカップを押して寄越した。

「だったら、ベル、ご亭主はどこにいるんだい？」フロストはティーバッグをスプーンですくいあげ、テーブルのうえに放り出した。

「それもさっき言いました。知りません」ベルは椅子に坐ったまますうしろに手を伸ばし、食器棚から、すでに封を切ってあるマークス＆スペンサーのチョコレートの詰め合わせの箱を取り降ろし、蓋を開けた。一粒のチョコレート・トリュフが彼女の口のなかに消え、ひと口分の紅茶とともに嚥《の》みくだされた。

「それじゃ、最後にご亭主の顔を見たのは？」フロストは食いさがった。

ベルは派手に顔を歪めた。どうやら、深く考え込んでいるという印象を与えるためのようだった。「先週の金曜日かな。うちの人、仕事で家を空《あ》けることが多いのよ。女房のあたしだって、ろくに話もできないんだから。そう、あれをしに帰ってくるようなもんだわ。それだって、あの人の場合、体調万全の日にいたしたとしても、五分もあれば終わっちゃうんだけどね」

フロストは同情をこめて頷いた。「わかるよ、ベル。警察のほうにも、おたくのご亭主は、あっという間に仕事を終えちまうって記録が残ってる」それから、右の頬の傷痕をいじりながら言った。「じゃあ、ご亭主は仕事で出かけるときには、自分のヴァンは使わないんだな？」

「自分のヴァン？」

「おもてに、青いヴァンが駐まってるじゃないか」

「ああ、あれ」ベル・マンスンは鼻を鳴らした。「そうね、使わないわ。だって、壊れてるから」そう言ったとき、玄関の開く音がした。続いて、それを勢いよく閉める音。ベル・マンスンは慌てて振り向き、玄関に続くドアのほうに眼を遣《や》った。不安げな面持ちになっていた。廊下を急いで歩いてくる、小刻みな足音が聞こえた。フロストの合図を受けて、ギルモアは席を立ってキッチンの戸口に移動し、新たな訪問者を捕えるべくドアの横で身構えた。

「ママ？　あのさぁ——あっ、邪魔しちゃった？　ごめんね、仕事中だなんて知らなかったから」現れたのは、うら若き娘だった。

ベル・マンスンは、強ばった笑みを浮かべた。「こちらは警察の方《かた》なのよ、ディードリー……パパは先週の金曜日から一度もうちに帰ってきてないって話してたとこなの」

皮革《かわ》のジャケットにミニスカートといういで立ちのディードリー・マンスンは、十五歳にしてすでに、母親の縮小版だった。ふくよかすぎるところから、耳たぶに小さなカーテン・リングをぶらさげているところまで。それでも、髪の毛が砂色をしているところを見ると、母親愛用の脱色剤とは、まだお近づきになってはいないようだった。ディードリーは怪訝《けげん》な表情で母親を見つめた。「パパ？……ああ、パパね。うん、帰ってきてない。もう何日も顔を見てないよね」

フロストは、吸いかけの煙草の灰をマグカップのなかに落とした。「仕事中？　ってことは、また現役に復帰したのかい、ベル？」

「ありがと、余計なことを口走ってくれて」ベル・マンスンは娘に刺々しく言い放ち、フロストに対しては事もなげに言った。「世の中から爪弾《つまはじ》きにされた殿方の淋しさを癒《いや》してあげてるの。ささやかなお金と引き換えに」

「わかるよ。あんたのとこに来る客は、物好きなのが多いってことだろう？」フロストはマグカップを押しやった。「食器はちゃんと消毒してるんだろうな」それから、娘のほうに水を向けた。「学校は？」

「今日は中間休暇」ディードリーは必要最小限のことだけ答えると、テーブルのうえの箱に手を伸ばし、苺《いちご》クリーム入りのチョコレートをつまんだ。

「どこの学校？」

「デントン・モダン」

ポーラ・バートレットが通《かよ》っていたのと同じ学校だった。フロストはポーラ・バートレットを知っているかと尋ねた。

ディードリーの舌が唇のあいだからするりと伸び、口の端から垂れかけたチョコレートを器用に舐め取った。「まあね、同じクラスだったから。どっちかって言うと、つまんない子だったかな。いつも本ばかり読んでて。男の子にもセックスにも最近の音楽にもまったく興味ありませんって感じで」

「先生に対してはどうかな、ベル先生には？」フロストは何げなく尋ねた。「あの人はどんな先生だい？」

ディードリーは口のなかのものを嚙みながら、肩をすくめた。「退屈。でも、ポーラはけっこう本気で好きだったみたい。つまんない者同士、気が合ったんじゃない？」

玄関でせっかちなノックの音がした。ベルは顔をしかめた。腕時計に眼を遣ると、娘を手招きして何やら謎めいた伝言を託した。「もし、〝ナニ〟のために来た〝アレ〟だったら、今はちょっと都合が悪いから、あとで出なおしてきてって頼んでちょうだい」

ディードリーは、小ぶりなりに早くもむっちりと熟した尻を振り振り、戸口を擦り抜けてキッチンから出ていった。あの子が家業への参加を求められるまで、あとどのぐらいの猶予があるのだろうかとフロストは思った。「悪いけど、ベル、これから家のなかを捜索させてもらわなくちゃならない。ウォーリーは、あれでなかなか茶目っけのあるやつだから」彼は腰をあげ、ギルモアの視線を捉えると、一緒についてくるよう合図した。

ベルは慌てて立ちあがり、ふたりの行く手を遮った。「そのまえに令状を見せて」

フロストは、内ポケットから経費の申請書を引っ張り出し、ベルの鼻先で振ってみせた。「納得したかい？」ベルが確認する間《ま》もなく、それらは眼にも留まらぬ速さで内ポケットに戻された。

「仕方ないわね」ベルは不承不承、頷いた。「でも、散らかさないでよ――それから、他人《ひと》のものをくすねたりしたら、ただじゃ置かないからね」

廊下に面した部屋は、居間として使われていた。「よし、坊や、ここから取りかかろう」ふたりがなかに入りかけたとき、玄関で怒声があがった。饗応を断《ことわ》られた失意の客の抗議の声だった。「そのおっさんが、なかなか引き取ってくれないようなら」フロストは玄関に向かって大声を張りあげた。「おれがそいつの〝ナニ〟をちょん切って〝アレ〟の穴に突っ込んでやるって言ってやれ」玄関に静寂が訪れた。数秒後、ドアを叩きつけるように閉める音が響き渡った。

マンスン家の居間は、居間にしては狭い部屋で、ベルが稼いだ〝ささやかなお金〟で購《あがな》った新しい家具が、スペースの許す限り詰め込まれていた。なかでも、ツイン・スピーカーを搭載した二十八インチの馬鹿でかいカラーテレビとステレオ方式採用のヴィデオ装置一式を収めた、アン女王朝様式のマホガニーを張ったキャビネットは、その嵩高《かさだか》さにおいて他を圧倒していた。フロストはギルモアの脇腹を小突き、そのキャビネットを指さした。キャビネットのうえに、見覚えのある白いケースに入ったヴィデオ・テープが載っていた。ケースに貼られたラベルには、タイプ打ちの文字で――『柔肌鞭打ち地獄／お願い、ぶって』。同じタイトルが、新聞販売店で押収されたポルノ・ヴィデオにも含まれていた。「ベル、ちょいと来てくれ」フロストは大声を張りあげて呼ばわった。

「それのことなら、あたしはなんにも知らないから」部屋に入ってくるなり、ベルは言った。「うちの人が、どっからか持って帰ってきたのよ」彼女もまた、ラベルに記されたタイトルに眼を惹かれたようだった。「〝柔肌鞭打ち地獄〟？　あたしのお客には、ちょっと刺激が強すぎるわね——淋しがり屋のお爺ちゃまたちが、心臓麻痺を起こしちゃったら困るもの。そういう穢《けが》らわしいヴィデオのことが知りたければ、うちの娘に訊いてみたら？　こういうのに出てみないかって誘われたことがあるそうだから」

〝うちの娘〟が、居間に呼び入れられた。「ポルノ・ヴィデオのことなんだがね」とフロストは言った。「お母さんに教えてもらったところによると、きみに出演依頼があったんだって？　そのときのことを聞かせてもらえないかな」

ディードリー・マンスンは戸枠に寄りかかり、口に指を突っ込んで奥歯にへばりついたタフィーか何かを引き剝がした。「いいけど、話すことなんて大してないよ。ある晩、ディスコに踊りに行った帰りに、いかにも高級って感じの車から降りてきた男に声かけられたってだけ。ヴィデオを作りたいんで、小父《おじ》さんと一緒に裸になってポーズを取ってくれたら出演料として五十ポンド支払うけど、その気はないかって。だから、言ってやった——ヴィデオ作りたけりゃ、あんたのケツの穴にカメラを突っ込んだらって」

「この子には、ちゃんと女の慎みってものを教えてるからね」ベルが誇らしげに言った。

「その男だけど、どんなやつだった？」とフロストは尋ねた。「もう一度会ったら、わかるかい？」

「どんなやつって、中年のおっさんだよ——四十ぐらいかな。なんだか、ずいぶんお洒落してたよ。ちゃんとしたシャツとか着て、ネクタイとかも締めてた。髪の毛は黒っぽかったような気がする。もう一度会えばわかると思うけど、でも、自信はないな」

フロストは手を軽くひと振りして、母と娘を居間から追い出した。余計なことにちょっかいを出している暇はなかった。ジャック・フロスト警部が抱え込んでいるもろもろの事件の優先順位において、ポルノ・ヴィデオの件はきわめて下位に位置していた。居間をひととおり捜索してみたが、めぼしいものは何も出てこなかった。「よし、坊や、階段をあがって、おねんねのお部屋だ」

フロストは、ベル・マンスンのダブルベッドに直行し、柔らかなマットレスに掛けてある紫色の羽毛布団のうえに坐り込んだ。ギルモアが抽斗《ひきだし》を開けたり閉めたりするさまを見物する気のようだった。鏡のついた化粧台に、葉巻の箱が載っていた。銘柄はハムレット。フロストは箱を取りあげ、期待のこもった表情で振った。かたかたと音がした。中身は一本だけ残っていた。それに火をつけると、フロストはベッドに寝そべり、満ち足りた面持ちで、吸い込んだ煙を部長刑事に向かって勢いよく吐き出した。

「ちょっと失礼します」捜索に加わろうとしない態度に腹を立て、ギルモアは不機嫌に言った。フロストの身体越しにベッドの横の物入れに手を伸ばして、抽斗を開けた。避妊具の包みに……小型のスプレー缶が何本か。なかの一本をつかんで、フロストの眼のまえに突き出した。

「見てください、これ」

フロストはベッドのうえに身を起こし、缶のラベルを見て眼を剝いた。「おいおい、乳首を立たせるスプレーだと？　なんとまあ、信じられないもんがあるんだな」そう言いながら、その缶をためつすがめつして眺めまわした。「こんなもんが出まわった日には、男の親指がお役

てみせた。

「こんなのもありますよ」ギルモアは、別のスプレー缶を振ってみせた。

「やめてくれ、坊や。そいつをおれに向けるんじゃない。そういうものを、今、吹きつけられても困る。ほかに何があるんだ？」一転して、フロストはやけに張り切って捜索に加わり、ほどなく、交合の際に用いる多種多様な小道具や媚薬の類いを嬉々として引っかきまわしはじめた。


だが、ベル・マンスンの寝室にはほかに興味を惹くものはなかった。隣の部屋は、今どきの音楽のポスターとレコード・プレーヤーに占領されたディードリーの寝室だった。「ここは省略しよう、坊や」とフロストは言った。「いくらウォーリーだって、娘の部屋に盗品を隠したりはしないだろう」

「それでも、調べておいて損はないと思います」ギルモアはあくまでも言い張り、クロゼットの中身を空《から》にして、奥に隠されているものがないか調べる作業に取りかかった。

「わかったよ、坊や。気のすむまでやってくれ」フロストはそう言うと窓際までのんびりと足を運び、葉巻を不法投棄するべく窓を開け、裏庭を見おろした。庭とは名ばかりのいじけた空間だった。コンクリートを流しただけなので、油の浮いた水溜まりがいくつも出現していた。そこに錆びて底の抜けたバケツがふたつ、擦り減って溝のなくなった古タイアが二本、無造作に放置してあった。タイアと言えば車、車と言えば……！　おもてで見かけた、あの青いヴァンのことを今の今まで忘れていた。次に捜索すべきは、あのヴァンだろう。フロストは葉巻が真っ逆さまに落下し、敢えなく墜落死を遂げるのを見物した。

ギルモアの興奮した叫び声で我に返り、部屋のなかに向きなおった。

ギルモアが発見したのは、くしゃくしゃに丸められた青い布地だった。広げてみると、それは男物のジーンズだった。薄汚れた生地に、血とおぼしき赤黒い液体が点々と飛び散っていた。

「ベル！」フロストは怒鳴った。大音声《だいおんじょう》の怒鳴り声は階下にまで響き渡った。

「ちょっと待って」ベルは低く切羽詰まった声で誰かと喋っていた。

「急いで来てくれ」とフロストは叫んだ。

「ええ、今行くわ」

玄関のドアの閉まる、かすかな音。その瞬間、フロストの意識の片隅で警鐘が鳴りはじめた。おもてで、エンジンのかかる咳き込むような音がしたかと思うと、続いて、エンジンの蘇生を告げる唸りがあがった。息を吹き返したのは……ヴァンのエンジンだ。

「くそっ！」フロストはひと声叫ぶなり、階段を一段飛ばしで駆け降りた。ギルモアも懸命にあとを追った。階段のしたから、一段ずつのろのろと上ってくるベルの姿が見えた。行く手を阻《はば》む意図が見て取れた。その横を突き飛ばさんばかりの勢いで擦り抜けると、フロストはギルモアとともに玄関に突進した。そとに飛び出したときには、すでに通りからヴァンの車影は消えていた。駐まっていたところに、ガソリンの染みだけを残して。

「くそっ、くそっ、くそっ！」フロストは大声で吠えた。

「いた、あそこだ！」ギルモアが通りの先を指さした。排気ガスの雲を棚引かせながら、青っぽい車が角を曲がろうとしている。

　ふたりはコルティナに飛び乗った。コルティナは車体をぶるっと震わせるや、咆哮を放って、猛然と獲物を追いはじめた。いっきに距離を稼ぎ、角を曲がった。だが、ダークブルーのヴァンは、どこにも見当たらなかった。そのまま直進し、広い通りに出た。「どっちです？」ギルモアが尋ねた。

「左だ」とフロストは言った。青っぽい色をした車が、信号を次々に無視して交差点を走り抜けていくのが見えた。ギルモアは苛立たしげにステアリングを指で叩きながら、信号が変わるのを待った。はるか前方に見えるダークブルーのヴァンと思われる車の後部が、ひとまわり小さくなり、さらにひとまわり小さくなった。

　これはとんでもない失態だ、とギルモアは思った。マンスンの家に到着したとき、問題のヴァンがおもてに停車していたにもかかわらず、ふたりともそれを無視してしまった。「ちくしょう、あの雌豚」ギルモアはうめいた。「これは捜査妨害だ。あの女を逮捕すべきだと思います」

「あいつは、ウォーリー・マンスンのかみさんだぞ、坊や」とフロストは言った。驚くほど穏やかな口調で。「亭主を救うためなら、おたくのかみさんだって同じことをしたよ」

　果たしてそうだろうか？　ギルモアは苦々しい思いで考え込んだ。少なくとも、今朝方、マレット署長の電話で寝込みを襲われたときには、うちのやつは亭主を助けちゃくれなかった。その事実をさらに詳しく検討しようとしたとき、信号が青に変わった。ギルモアは、アクセルを思い切り踏み込んだ。立て続けに追い越しをかけ、何台もの車を抜き去った。青っぽい色をしたヴァンの後部が、見る間《ま》に大きくなった。

「こちら、司令室。フロスト警部、応答願います」

ギルモアは急ブレーキを踏んだ。脇道から右折してきたステーション・ワゴンが、眼のまえに飛び出してきたからだった。

「こちら、司令室。フロスト警部、応答願います」

「うるさい。今は喋りかけるな」フロストが無線機を一喝《いっかつ》したのと同時に、ギルモアはステアリングを切ってステーション・ワゴンをかわした。フロストは助手席で身をよじり、走り去るステーション・ワゴンの運転者に向かって指を二本立て、地獄に落ちろと伝えてやった。

前方に信号。見ると、青いヴァンは交差点の手前で停まっていた。

「こちら、司令室。フロスト警部――」

フロストは、無線機のマイクをつかんだ。「そのまま待機してくれ、司令室。こっちは今――くそっ！」

「はあ？　もう一度、どうぞ」司令室の通信係が訊き返した。

「ただの舌打ちだよ」フロストは、惨《みじ》めさを噛み締めながらつぶやいた。フロントガラスに頭を叩きつけたい気分だった。追跡してきた青いヴァンの横腹には、婦人服の店の名前が入っていた。運転しているのも女だった。ギルモアは助手席に向けて、すべては警部の責任だと言わんばかりに、毒矢並みの視線を放った。だが、フロストは泰然自若としていた。「なに、そのうち、ひょっこり舞い戻ってくるよ。ほかに行くとこなんてないんだから」ジャック・フロスト警部は、新米の部長刑事よりもはるかに経験豊かだった——ことドジを踏むことにかけては。

フロストは無線機のマイクを取りあげた。「全パトロールに緊急手配してくれ。ウォーリー・マンスンをしょっ引いてほしい。現在、十年ぐらいまえの年式のフォードの大型ヴァンで逃走中、車体の色はダークブルー……いや、ナンバーはわからない。でも、そういう情報はコンピューターに訊けば教えてくれるはずだ」

「諒解」と通信係は言った。「そのまま、お待ちください。ジョンスン巡査部長が緊急に伝えたいことがあるそうです」

衣擦《きぬず》れのような音、短い間《ま》を挟んでジョニー・ジョンスンが無線に出た。「ジャック、科研の連中が、新聞紙についてた塗料の出所を突き止めた。間違いなく、グリーンウェイって野郎の家の郵便受けから剥がれ落ちたものだそうだ。マレット署長が、ただちにあんたを署に呼び戻せと言ってる」

「おれの人生における目的はただひとつ、マレット署長の気まぐれを残らず叶《かな》えてさしあげることだからな」とフロストは応えた。「これより、ただちに戻るよ」

マレットは興奮していた。今にも踊りださんばかりだった。科学捜査研究所から届いた報告書を、フロストに向かって振り立てていた。「われわれは、ついに犯人を突き止めたのだよ、警部。ああ、そうとも、もう捕えたも同然だ。しかも、この名誉は、われわれ全員に帰すべきものだ。偶然の発見を偶然として見逃さなかったきみの観察力、科学捜査研究所の技術と専門知識、加えてわたしの指揮下にある署員一同の献身的な働きと統率の取れた見事なチームワーク――そのどれが欠けても実現しなかったものだ」そこで椅子に腰を降ろすと、マレットはひとり満足した面持ちでその椅子を右にまわし、次いで左にまわした。フロストは、その場の状況を分析し、新たに捏造した車輌経費の申請書類を提出するには絶好の機会であるとの判断を下した。

「やればできるじゃないか、きみも」マレットはそう言うと、受け取った書類にきわめておざなりに眼を通しただけで、愛用のパーカーの万年筆を取り出し、仰々しい書体でサインを書き入れ、《既決》のトレイに放り込んだ。「どうやらもろもろの懸案事項が、ようやく好ましい方向に動きだしたようだね。署内の什器《じゅうき》備品現況の調査報告書のほうは？」

「あともうひと息ですよ、警視《スーパー》」とフロストは言った。あのくそいまいましい代物《しろもの》をどこにしまい込んだか、いくら考えても思い出せなかった。

「たいへん結構」マレットは晴れやかな笑みを浮かべた。「このグリーンウェイという男に関しては、ただちに身柄を拘束して署に連行してきてもらいたい。そのために必要な人員は、どの程度になりそうかね？」

「そりゃ、警視《スーパー》、もちろん最低限に抑えますよ。野中《のなか》の一軒家に住んでるやつをパクりに行くんだから。デントン警察署の署員総出でコテッジを取り囲んだりしたら、すぐに気づかれて、とんずらこかれちまう」

「そういうことなら、警部、きみの判断に任せよう。ただし、くれぐれも手抜かりのないように」マレットは、逸《はや》る気持ちを抑えて言った。本音を言えば、フロスト警部にはさっさと引き取ってもらいたかった。この邪魔者を追い払うことができ次第《しだい》、受話器を取りあげて警察長に連絡を入れ、このたびの快挙を——圧倒的な人員不足にもかかわらず、デントン警察署がまたもや幸運に恵まれ、難事件と見られた事案を思ったよりも早期の解決に導いたことを、あくまでもさりげなく、あくまでも控えめに報告するつもりだった。だが、マレットの至福の時間は長続きしなかった。フロストに出頭を命じたそもそもの理由を思い出したからだった。マレットは、デスクのうえに置いておいた『デントン・エコー』紙を引ったくるようにして取りあげ、その見出しの部分を指で叩いた。「この記事はもう読んだかね？　**《恐怖の市《まち》——連続老女切《グラニー・》裂《リ》き犯《ッパー》、みたび刃を振るう！》**。この件の捜査は、いったいどうなっているのかね？　マスコミの連中に、こうしていいように書き立てられ、さんざっぱら叩かれたおかげで、州警察本部からの締めつけがどれほど厳しくなったことか。どうなっているのか、と連日連夜の問い合わせだ」

「その件も、警視《スーパー》お望みの早期解決ってやつに導けるかもしれない」フロストはそう言って、ウォーリー・マンスンの家を捜索したことを報告した。「で、そのジーンズを押収して、さっそく科研に送っときましたよ」

マレットは、昂《たかぶ》る気持ちを抑えられなくなりそうだった。この朗報を、一刻も早く警察長に知らせなくては——思いが募《つの》り、胸がいっぱいになった。「では、そのマンスンという男を捕えて、署に連行してきてもらいたい」そう言うと、ついに辛抱できなくなって受話器を取りあげ、先方の電話番号をまわしはじめた。

「諒解、その旨《むね》確かにメモしておきます」フロストは真面目くさって言った。

「ああ、警察長を頼む」マレットはそう言うと、受話器の送話口を手で覆って「用件は以上だ、警部」とフロストに伝えた。そして、フロストが退室し、執務室のドアが閉まるのを待ってネクタイをまっすぐに直し、髪を丹念に撫でつけた。「どうも、警察長、お忙しいところ、お呼び立ていたしまして」そこで、声に疲労の色を滲ませた。「今日はどうも咽喉《のど》の調子が思わしくないのです。お聞き苦しいかもしれませんが、ご勘弁を……いや、このところ、いささか睡眠不足なので、そのせいかと……」マレットは慎ましやかな笑い声をあげた。「そういうことです、諸事万端に眼を配る人間が必要ですから。それはそうと、警察長、今日はふたつほどいいニュースをお知らせしたくて……。ポーラ・バートレット殺害事件と高齢者連続殺害事件に関してなのですが、こういう朗報は、警察長も早くお知りになりたいのではないかと……」

水曜日――日勤／遅番

ハリー・グリーンウェイは、ティーバッグをマグカップに放り込み、そのうえからヤカンの煮立った湯を注ぎ入れた。嫌な予感がした。理由はわからなかったが、なぜか気持ちが落ち着かなかった。チャンネルを地元局に合わせて、冷蔵庫のうえに載せてあるポータブル・ラジオから、ビートルズの〝エリナー・リグビー〟が流れてきていた。グリーンウェイは顔をしかめて、ラジオのスウィッチを切った。孤独と死を歌った陰気臭い歌。そんなものを聞く気分ではなかった。マグカップを口元に運びかけたとき、耳が密《ひそ》やかな音を捉えた。車のドアをそっと用心深く閉めた音だった。間髪を容《い》れずに、明かりのスウィッチに手が伸びた。闇に沈んだキッチンの窓辺に身を寄せ、グリーンウェイはカーテンの隙間からおもての様子をうかがった。

ふたりの男が、玄関に続く庭の小道を近づいてくるところだった。ひとりはむさくるしいなりをした中年男、もうひとりは情け無用の殺し屋を思わせる面構えの、三十ちょっとまえぐらいの年恰好の若造。グリーンウェイは窓ガラスに顔を近づけ、手で囲いを作りながら、そのふたりの観察を続けた。年嵩《としかさ》の男は、えび茶色のマフラーをだらしなく首に巻いていた。よく見ると、頰に傷痕のようなものが認められた。見たことのない顔だった。若い男のほうにも見覚えはなかった。だが、ふたりとも間違いなく、面倒を運んできた顔をしていた。

玄関のドアを叩く音がした。熱意の感じられない叩き方で、かえって警戒心が強まった。足元に伏せていた生後九カ月のドーベルマンが跳ね起きて、最初はうなり、次いで吠えはじめた。グリーンウェイは首輪をつかみ、犬を居間まで引きずっていって閉じ込めた。犬はそれまでにも増して大きな声で吠え続けた。再びノックの音がした。今度はいくらか力がこもっていた。グリーンウェイは玄関脇のテーブルに手を伸ばし、そこに常備してある頑丈なステッキをつかんでから慎重にドアを開けた。むさくるしいなりをした中年男が、申しわけなさそうな笑みを浮かべていた。

「グリーンウェイさん？　こんな時刻に、突然押しかけてきたりして申しわけない。何度か電話を差しあげたんだけど、留守にしておられたようだったから」男はそう言うと何やら掲《かか》げてみせた。グリーンウェイは胸苦しさを覚えた。心臓の鼓動が乱れ、刻むべきリズムを丸々一拍分飛ばしてしまったような感じだった。男が掲げたのは、警察官の身分証明書だった。

「警察？」グリーンウェイはことばに詰まった。なぜだ？　なぜ、ばれちまったんだ？——声にならない声で、答えの出ない問いかけを胸に繰り返した。

「いくつかお訊きしたいことがあってね。なに、形式的な聞き込みの一環です」むさくるしいなりの中年男は猫なで声で言った。身分証明書の記載事項によると、ジャック・フロスト警部なる人物のようだった。「さしつかえなければ、ちょっとお邪魔したいんだけど……？」警察から来たふたりの男は、グリーンウェイに招《しょう》じられるのを待たずに玄関に踏み込んできた。

形式的な聞き込み？　そんなもののために、警察はわざわざ警部を寄越したりはしない。たとえ、それが、こいつみたいにしょぼくれたぼろ雑巾のようなやつであっても。気がつくと、両手が小刻みに震えていた。グリーンウェイは無頓着を装い、無理やり笑みを浮かべた。「これから夕飯の支度に取りかかろうと思ってたとこなんだけどな」

「長くはかかりません」フロストという警部は言った。

聞き慣れない声を聞きつけたせいか、居間に閉じ込めた犬はけたたましく吠え、狂ったようにドアを内側から引っ掻いている。

グリーンウェイはもう一度笑みを浮かべた。「どうやら、スパイクをおもてに出しちまったほうがよさそうだな。知らない人間には、えらく凶暴になるんだよ」ふたりの男が充分に離れたところから見守るなか、彼は居間のドアを開け、飛び出してきたドーベルマンの首輪をすかさずつかんだ。そして「好きなとこに坐っててくれ」と大声で言い残すと、歯を剝き出してうなり続ける犬を引きずってふたりの横を通り過ぎ、キッチンに向かった。

「気を遣《つか》ってくれて、どうも」フロストは猛犬を敬して遠ざけ、大きく迂回しながらギルモアのあとについて居間に入った。みすぼらしい部屋だった。使い古されてたるみの生じたソファ、それと対《つい》になった、これまたひどくくたびれた風情《ふぜい》の安楽椅子が二脚。いずれの椅子にも古新聞がうずたかく積みあげられている。ソファのほうはテレビの真ん前に引きずり出され、そのすぐ横に置かれたゴミ箱から、容量を超えたラガー・ビールの空き缶が床に転がり落ちていた。

フロストは眼についたものを突っつき、いじくりながら、室内を歩きまわった。

「見てください、これ!」ギルモアは、ヌード雑誌をつまみあげていた。表紙を飾っているのは、学校の制服に身を包み、豊満な胸を突き出したブロンドの若い娘だった。

ところが、フロストは不安を覚えはじめていた。「犬一匹そとに出すだけなのに、馬鹿に時間がかかるじゃないか。いったい――くそっ！」最後の罵《のの》りの間投詞は、戸外から聞こえてきた、始動を始めたエンジンの低い轟音に向けられたものだった。なんたる迂闊《うかつ》さ。同じ過《あやま》ちを一日に二度までも！「あの野郎、とんずらこきやがった！」

ふたりして裏口に突進したが、そこは歯を剥き出したドーベルマンという障害物に行く手を塞がれていた。廊下を逆戻りして玄関からおもてに飛び出した。ちょうど配達用ヴァンのテールライトが闇に吸い込まれ、消えていくところだった。

すぐさまコルティナに乗り込み、追跡が開始された。フルスピードで突っ走り、上下左右に激しく身を揺さぶられながら、フロストは我と我が身を猛然と非難した。目当ての男を、ああもやすやすと取り逃がしてしまった己《おのれ》の迂闊さに腹が立ってならなかった。なぜ、もう何人か余分に引き連れてきて、裏口を見張らせておかなかったのか？　このままグリーンウェイに逃げられてしまったら、マレットから何を言われるか、わかったものではない。「飛ばせ、坊や。もっと飛ばすんだ」フロストはギルモアを煽《あお》った。前方にかろうじて見えていたヴァンのテールライトが、さらにひとまわり縮み、小さな赤い輝点になった。

「それには、車の整備が不充分です」ギルモアが言い返した。慣れない加速を強いられて、コルティナは抗議するように鼻面を揺らし、車体を震わせている。オイル・ゲージの警告灯が点滅し、金属のこすれあう焦げくさい臭いが強くなった。「無線で司令室を呼び出して、応援を要請したほうがいいんじゃないでしょうか？」

フロストはためらった。応援は、確かに必要だった。だが、できることなら、へまをしでかしたことを誰にも知られずに、事態を収めてしまいたかったのである。しかし、エンジンが歯軋りのような音を立てはじめたことで、心が決まった。フロストは署に無線を入れ、応援要員をまわしてほしいと頼んだ。

「それはつまり――」無線機からマレットの怒鳴り声があがった。ウェルズ巡査部長からマイクを引ったくったようだった。「――やつを取り逃がしたということかね？」犯人逮捕の第一報を待つために、マレットは司令室まで出張《でば》ってきていたのだった。

「そんなことより、ともかく応援を寄越してほしい。以上交信終わり」フロストは早口でつぶやくと、無線機のマイクを叩きつけるようにして戻した。それが単なる執行猶予にすぎないことは、敬愛すべきマレット署長の振りあげた超特大の怒りの鉄槌が頭上に打ち降ろされるまでの時間が多少延びたにすぎないことは、承知のうえだった。「あの野郎、どこに行きやがった？」赤いテールライトは、いつの間にか消えていた。「気をつけろ、ぶつかるぞ！」フロストは叫んだ。不意に視界が遮られ、フロントガラスに覆いかぶさるように黒々とした影が現れたからだった。

ギルモアが思い切りブレーキを踏み込んだ。コルティナはタイアを激しく軋らせ、路面を滑走しながら、鼻面を横に向ける恰好で停止した。フロストはギルモアのうえに倒れ込み、ギルモアは危うく、ステアリングを握る手元を狂わせるところだった。コルティナは、グリーンウエイの配達用ヴァンの後部からわずか数インチのところに停まっていた。

「あの大馬鹿野郎、何を企《たくら》んでいやがる?」フロストは両手の指を総動員してシートベルトをはずしにかかった。大馬鹿野郎の企みはすぐに判明した。視野の片隅にグリーンウェイの姿が映《うつ》った。コルティナの横に立ち、しっかりと握り締めた何やら長い柄のついた代物《しろもの》、これはあとでわかったことだが、杭打ち用の大型ハンマーを振りあげた姿が。次の瞬間、ずんっという鈍い衝撃が車体を揺らしたかと思うと、耳を聾する音が炸裂した。物が割れて飛び散る音。フロントガラスに無数のひび割れが走り、乳白色の紗《しゃ》でも広げたようにまえが見えなくなった。ようやくシートベルトをはずしたフロストがそとに飛び出したときには、ヴァンの赤いテールライトがぐんぐん遠ざかり、針穴ぐらいに小さくなって、道路の彼方に消え去っていくところだった。「くそっ!」とフロストは叫んだ。さらに何度か悪態をつきながら、ギルモアとふたりがかりでひびの入ったフロントガラスを叩き壊し、ある程度の視野を確保したところで、満身創痍《そうい》のコルティナを鞭打って追跡を再開した。砂交《ま》じりの風になぶられ、氷のような夜気の連打を浴びて、眼に涙が滲《にじ》み、頬のあたりに切られたような痛みが走った。司令室から連絡が入り、市内の巡回に当たっていたホテル・タンゴが応援に向かったとのことだった。

だが、追跡再開までに、あまりに手間取りすぎていた。道路は一直線に伸びているのに、ヴァンはどこにも見当たらなかった。コルティナが蹴立てた乱気流を避けるため、フロストは横を向いたまま手探りで無線機を取りあげた。「野郎を見失っちまったような気がする。最後に見たときには、高速道路のほうに向かってた」

「こちら、ホテル・タンゴ。諒解」ホテル・タンゴの乗員、ロン・シムズ巡査の声だった。

「現在、高速道路の出口で待機中。道路を封鎖します」

「頼んだぞ、ホテル・タンゴ」フロストはそれだけ言うと、凄まじい風圧を多少なりとも軽減させるべく、レインコートの襟を立て、座席に深く身を沈めた。煙草に火をつける試みは、マッチの火が風との闘いに敗れ去ったことで、諦めざるを得なかった。

無線機が嗽《うがい》をするような音を立て、続いてホテル・タンゴの乗員のうわずった声が聞こえてきた。「こっちの姿を見られたようです。問題車輛は道路封鎖の手前でUターンして、来た道を逆走中。そちらに向かっている模様。これよりただちに追跡にかかります」

「来ました、あそこです！」とギルモアが叫んだ。急速に接近してくるヘッドライトの強烈な光にふたりとも一瞬、眼が眩《くら》んだ。クラクションがけたたましく鳴り響き、〝邪魔だ、そこをどけ〟と甲高い音でわめき立てる。

「道を塞げ」とフロストは怒鳴った。

悦び勇んで従いたくなるような命令ではなかった。ギルモアはステアリングを切って、直進してくる車輛にコルティナの脇腹をさらした。

ヘッドライトの光の輪がぐんぐん膨らみ、ヴァンのクラクションの音調は命令から懇願へと変わった。その後方から、新たにもうひと組のヘッドライトが現れた。耳をつんざくサイレンの音。ホテル・タンゴだ。

「停まりません、突っ込んできます！」ギルモアは悲鳴のような声をあげ、ヘッドライトの眩しさに視力を奪われながらも、引きちぎるようにしてシートベルトをはずした。

「飛び降りろ」フロストは叫んだ。先刻シートベルトを締めなかったことを感謝した。ドアを押し開け、道路に身を投げた。寝返りをうつ要領で路面を転がり、ちょうど立ちあがったときに、ヴァンがコルティナに激突した。コルティナは横腹を小突かれ、その衝撃で向きを変えた。タイアが軋り、煙があがった。ヴァンは何度かエンジンを空転させたすえに、バックでの逃走を図った。が、追跡してきていたパトロール・カーとの距離が詰まりすぎていた。ホテル・タンゴは急ブレーキをかけ、サイレンを鳴らしたままヴァンの退路を断《た》つ恰好で停車した。

　車のドアが開く音と閉まる音が、何度か立て続けにあがった。パトロール・カーから降り立った二名の制服警官は、後方から慎重にヴァンに近づいた。ギルモアは、擦りむいた肘をさすりながら、まえから接近した。だしぬけに運転席のドアが開き、グリーンウェイが飛び出してきた。威嚇するつもりか、しっかりと握り締めた大型ハンマーを振りあげている。

　ギルモアは軽く腰を落として、いつでも飛びかかれる体勢を取りつつ、じりじりと間合いを詰めにかかった。グリーンウェイが振り向いた。追い詰められたような眼を猛々しく光らせ、大型ハンマーを頭のうえで振りまわした。

「そいつを捨てろ、この大馬鹿野郎」とフロストが怒鳴った。気を取られたグリーンウェイは、一瞬、怒鳴り声のあがったほうを振り向いた。その機に乗じて、二名の制服警官が突撃をかけたが、行動を起こすのが少しばかり遅かった。グリーンウェイは素早く向きなおり、大型ハンマーを今度は両手で握って振りあげた。二名の制服警官が跳び退《すさ》る間《かん》にギルモアはいっきに距離を詰め、背後からグリーンウェイにつかみかかった。片腕を首に巻きつけて思い切り絞めあげ、その腕を引き剥がしにかかったグリーンウェイの手から大型ハンマーを落とさせることに成功した。その直後、不意に息が詰まった。グリーンウェイに、強烈な肘撃ちを見舞われたのだった。あまりの痛さにギルモアは悲鳴をあげ、首を絞めあげていた腕の力を思わず緩めた。その一瞬の隙に、グリーンウェイはハンマーに飛びついた。ところが、もう少しでハンマーに手が届くというところで、苦悶の叫びをあげることとなった。フロストがグリーンウェイの手を踏みつけ、その足に全体重をかけてきたのである。「なんてことしやがるんだ、このくそったれ！」

「やんちゃが過ぎるからだよ」フロストは訓戒を垂れる口調で言うと、少しだけ足を持ちあげ、ギルモアの仕事をやりやすくした。ギルモアはグリーンウェイの手首をつかみ、背中にまわさせて手錠をかけた。それから、立ちあがってグレイのスーツについた泥を払い落とし、召し捕った相手を引き起こして立たせた。

「この野郎は、おれの手の骨を折りやがった」グリーンウェイは哀れっぽい口調で訴えた。「医者を呼んでくれよ」

「おとなしくしてないと、葬儀屋を呼ぶことになるぞ」とフロストは言った。「今週は警察官のための暴力週間なんだから。さあ、あの車に乗った乗った」全員がなんとかホテル・タンゴに乗り込み、甚《はなは》だ窮屈な状態で帰還の途に就《つ》いた。署までの道程は、沈黙のドライヴとなった。グリーンウェイはひと言も口を利かず、身じろぎもしないで、じっと前を見据えていた。自分がなんの容疑で捕まったのか、訊こうとさえしなかった。

「第二取調室を空《あ》けてある」容疑者を引っ立てて玄関ロビーに入ると、受付デスクからウェルズ巡査部長が声をかけてきた。

「おれには医者が必要だ。医者を呼んでくれ。こいつら、おれの手の骨を折りやがったんだよ」グリーンウェイは哀れっぽい声を振り絞った。苦悶する男という役所《やくどころ》を、なかなか達者に演じていた。

「医者を呼んでやりたまえ」とマレットが命じた。この件の影の立役者を以《もっ》て任ずるマレットは、興奮を抑えきれず、玄関ロビーまで迎えに出ていたのだった。股間に第二の交接器官を授《さず》かった男もかくやと思われる、晴れがましげな笑みを浮かべて。「本件は、細部にいたるまでしかるべき手続きに則《のっと》って処理するように」それから、フロストを傍《かたわ》らに呼び寄せて伝えた。「ここまで漕ぎ着けたことについては、警察長もずいぶん悦んでおられるよ、フロスト警部」

「だったら、御大《おんたい》を失望させることにならないよう、せいぜい祈っててくださいよ」とフロストは応えた。「われわれの大事な大事な容疑者は、目下《もっか》のところ怪我をさせられた無実の男ってやつを演じてるんでね」

「科研の鑑識チームをフル装備でグリーンウェイのコテッジに派遣して、インチ刻みの捜索に当たらせている」とマレットは言った。「証拠物件と思われるものが発見されたら、きみにもただちに知らせよう」最後に、フロストの肩に手を乗せ、その手に力を込めて、「きみには全《ぜん》幅《ぷく》の信頼を置いているよ、フロスト警部」と言い添えた。

だったら、あんたの判断力は正常に働かなくなっちまったってことだな、とフロストは小声でつぶやき、丸太小屋仕立ての執務室に引きあげていくマレットの後ろ姿を見送った。人から信頼の念を表明されると、つい不信感が頭をもたげてしまうのだった。

「医者を呼ぶか?」とウェルズ巡査部長が尋ねた。

「あとでいい」とフロストは言った。「まずは取り調べだ。少しばかり痛いところがあったほうが、あの野郎の集中力も高まるかもしれない」

水曜日――夜勤（一）

第二取調室に隔離されているハリー・グリーンウェイは、首をまわして背後の壁に掛かっている時計を見あげた。午後九時三十分。椅子にだらしなくもたれたまま、再びまえを向き、傷《いた》めたほうの手をさすった。テーブルを挟んで向かい側には、あの殺し屋然とした面構えの若造――部長刑事だと告げられた――が陣取り、萎《しな》びたきのこの色に塗られた壁に寄りかかって、こちらを睨みおろしてきている。グリーンウェイは瞬《まじろ》ぎもしないで睨み返した。

「おい、まだか？」とグリーンウェイは尋ねた。

ギルモアとかいう名の部長刑事は何も言わなかった。

「へえ、そうかい、そんなにかかるのかい」グリーンウェイはさも驚いたふうに言うと、若造から眼を離し、ドアの横で立ち番を務めている、小柄でブロンドの婦人警官のほうに顔を向けた。「ちょっと、そこのお嬢さん、おれはこんなとこで、あとどのぐらい貴重な時間を無駄にしなくちゃならないんだい？」

ヘレン・リドリー巡査は、鋭くひと睨みしただけで答えなかった。

「ふん、揃いも揃って、お喋りなやつらだよ」とグリーンウェイは言った。その直後、取調室のドアが開いて、分厚く膨らんだ緑色のファイル・フォルダーを小脇に抱えたフロストが颯爽《さっそう》と入ってきた。フロストはそのファイルを、煙草のパックとマッチの箱ともどもテーブルのうえに放り出した。

「医者は?」とグリーンウェイは尋ねた。

「目下《もっか》、往診中だ。どこだかの家に呼ばれて、飼い猫の始末をしてる」フロストは空《あ》いていた椅子に腰を降ろした。「すぐには来られないそうだ」煙草をくわえ、テーブルの天板でマッチを擦った。自分の分に火をつけてから、煙草のパックをグリーンウェイのほうに押しやった。

「こいつはなんの真似だい?」グリーンウェイは冷笑を浮かべて尋ねた。「お得意の、いいお巡りと悪いお巡りごっこかい?」

「いいや」フロストは、いたって愛想のいい笑みを浮かべた。「おれたちは、ふたりとも悪いお巡りだ。でもってふたりとも、おまえさんのことを心の底から憎んでる」彼はグリーンウェイがくわえた煙草に火をつけてやった。「ひとつおまえさんには、おれたちのその憎しみを今以上に煽ってもらいたい。洗いざらい喋ってもらおうか」

グリーンウェイは、戸惑いの表情を演出するべく、肩をすくめてみせた。「喋れって言われてもねぇ……何を喋ればいいんだい? なんのことやら、さっぱりわからないもんでね」

フロストは煙の輪を吐き出すと、その輪が室内を漂い流れ、ゆらゆらと上昇し、緑色の笠のついた白熱電球のまわりで波打ち、小さく渦巻くさまを眺めた。「なんのことやら、さっぱりわからないんなら、なぜ、とんずらこいた?」

「動転しちまったんだよ。あんな時刻にお巡りが押しかけてくる、なんてことには慣れてないもんだから」グリーンウェイは立ちあがった。「おれをパクるつもりなら、さっさとパクれ。そのつもりがないんなら、帰らせてもらう」

ギルモアは、グリーンウェイを椅子に押し戻した。「とぼけるのもいい加減にしろ。きみの容疑は殺人だ」

グリーンウェイは小馬鹿にしたように笑った。「殺人?」グリーンウェイの眼が、ギルモアからフロストへとすばしこく移動した。「おれは誰を殺したことになってるんだい?」

大した名演技じゃないか、とフロストは思わずにはいられなかった。敵ながら実にあっぱれだった。科学捜査研究所が突き止めたあの物的証拠がなければ、本当にこいつが犯人だろうかと疑いを抱くところだろう。フロストはファイル・フォルダーを開いてポーラ・バートレットの写真を抜き出すと、それを人差し指でグリーンウェイのほうに押し出した。「十五になるやならずの女の子だ。おまえさんほどの図体の持ち主なら、意のままにするのは造作もないことだったろうな」

グリーンウェイはそのカラー写真を見るなり、眼を剝いた。「こいつは、例の女子学生だろう? 馬鹿も休み休み言ってもらいたいもんだな。そのガキのことなら、もう別のお巡りに話すべきことは話した。苦虫を嚙み潰したみたいなしけた面をした、アレンとかいう警部に。その子は、おれの家には来なかった。来たわけがない、あの日は新聞が届かなかったんだから」

ギルモアは身を乗り出し、グリーンウェイの鼻先まで顔を近づけた。「いや、新聞は届いた。ポーラ・バートレットは、きみの家にも配達したからだ。自分でも認めているとおり、きみはあの日は午前中ずっと在宅していた。そして、新聞を配達しに来た彼女を家に引きずり込んだ。わずか十五歳の女子学生を、男性経験のない女の子を――」

「十五で男の経験がない？　馬鹿言え、そんなやつ、いるわけないだろうが」グリーンウェイは下卑《げび》た薄ら笑いを浮かべた。

その笑みが、フランク・ギルモア部長刑事の自制心を吹き飛ばした。ギルモアはグリーンウェイの胸倉をつかみ、椅子から引きずり降ろすと、相手の身体を奥の壁に思い切り叩きつけた。

「黙れ、下種《げす》野郎。つまらないへらず口を叩くんじゃない。こっちはあの子の死体を見てるんだ。貴様があの子にしたことを、この眼で見てるんだ」

婦人警官のヘレン・リドリー巡査が、聞こえよがしに咳払いをした。自分がそこにいるのは偏《ひとえ》に、取り調べに当たった捜査官と被疑者とのあいだで交わされた言動のすべてを記録に残すためであることを、ギルモアに思い出させた。ギルモアはグリーンウェイの身体を押しやると、世にもきたならしい物体に触れてしまったと言わんばかりに、上着の前身頃で両の手のひらを拭った。

グリーンウェイは激怒した。「あんたらの質問に、これ以上答えるつもりはない」

「いや、答えてもらう」とフロストは言った。「さもないと、おれはふとしたはずみにおまえさんの怪我してるほうの手を、もう一度踏んじまうかもしれない」そのまま椅子の背にもたれかかると、椅子のまえの脚を浮かせ、うしろの脚だけでバランスを取りながら、黄色に塗られた天井に向かって煙草の煙の円柱を吹きあげた。「情状酌量の余地ってやつを考えてみようか。

おそらく、おまえさんにはあの子を殺すつもりはなかったんだと思う。あの子はおまえさんに対して、どんな態度を取った——あの子のほうから誘ってきたのか？　おまえさんの鼻先でさんざっぱらけつを振っておきながら、いざとなったらお預けを食わされちまったのかい？」

「なんの話をされてるのか、さっぱりわからないな」グリーンウェイは、退屈を装《よそお》ったのか、欠伸《あくび》をしながら言った。「あのガキの貞操と生命を奪った野郎がいたってことはわかるよ。だが、そいつはおれじゃない。おれは、もっと年増が好みでね。女はやっぱり、でかいおっぱいをぶらさげてないと——そう、そこにいるちっこい婦警さんみたいに。まだ学校に通《かよ》ってるペチャパイのガキなんざ、興醒《きょうざ》めだよ」

フロストが椅子のまえの脚を、勢いよく床に降ろした。突然の物音に、グリーンウェイは椅子から飛びあがりそうになった。「ほう、あの子はペチャパイだったのか？　着てるものをひん剝いたときに、じっくり拝《おが》んだわけだな、そのぺちゃんこのおっぱいを」それから、手帳に忙しくメモを取っているギルモアを指で小突いた。「おい、部長刑事、今のとこにはアンダーラインを引っ張っとくんだぞ」

「着ているものをいちいちひん剝いてみなくても、ペチャパイかどうかの見分けぐらいつくさ」グリーンウェイは一笑に付した。「あのガキは、夏のあいだはTシャツ一枚で配達に来てたんだ。そんな恰好してりゃ、おっぱいどころか、蚊に引っ搔かれたほどの膨らみもないことぐらい、ひと目でわかるだろうが」

「ごもっとも」フロストは相手の言い分を認めた。「死体保管所の解剖台に寝かされた彼女と対面したけど、確かにそれほど男心をそそられる身体つきには見えなかったよ。しかし、おまえさんの場合、それは強姦を思いとどまる理由にはならなかった。だろう？」

「強姦？」グリーンウェイは鼻を鳴らし、虚ろな笑い声をあげた。「あんたらも、よくよく容疑者に困ってるようだな」

フロストはもう一度フォルダーを開き、今度はタイプ打ちの書面を抜き出した。「こいつは、おまえさんがおれの同僚であるアレン警部に——苦虫を嚙み潰したみたいなしけた面をしたお巡りに——喋ったことをもとにこしらえた供述書だ。おまえさんは個人営業のヴァンの運転手ってことになってるようだが？」

「ああ、そうだよ」

「事情聴取の際に、おまえさんはポーラ・バートレットが失踪した当日、九月十四日の行動を説明するよう求められてる」フロストはタイプ打ちの書面に素早く眼を走らせた。「おまえさんは、その日は一日じゅうどこにも外出しなかった、と答えてるな。それで間違いないかい？」

「ああ、ない。あの日は朝からひとつも仕事が入ってなかったんだ」グリーンウェイは煙草の灰を床に落とすと、まるで質問されることを楽しんでいるかのような顔になった。その表情の意味するところは——「なんでも好きなことを訊けよ、お巡りの旦那。おれからはなんにも引き出せないぜ！」

フロストは、右頰の傷痕を指先でなぞった。「ポーラ・バートレットは、毎朝だいたい八時前後には、おまえさんが購読している新聞、つまり『サン』を届けに来ていたんだな？」

「そうだよ。でも、あの日は来なかった」

「で、新聞も届かなかった」

「こりゃ驚いた、大した名推理だ」グリーンウェイは、皮肉を利かせて言った。

フロストは、透明な袋に収められた『サン』紙を袋ごと取り出した。「こいつは、おまえさんが届かなかったと言ってる新聞だ。でもって、こいつは――」今度は科学捜査研究所から届いた報告書を振ってみせた。「おまえさんが大嘘つきのこんこんちきだということを証明する物的証拠に関する、科学的な報告が記されている」

グリーンウェイは報告書を引ったくると、その内容に素早く眼を通した。読み終わるなり、嘲るように盛大に鼻を鳴らしてから、報告書を突っ返した。「けっ、くだらねえ」

ギルモアはグリーンウェイに詰め寄った。「何を言う、これは科学的な裏づけのある確固たる証拠だぞ。裁判所に提出すれば、間違いなく採用される」

グリーンウェイは、おもねるような笑みを浮かべた。「いいだろう、そこに書いてあることは、全部ほんとのことだとしてみよう。要するに、その新聞はおれんちの郵便受けに突っ込まれて、その後また引っ張り出されたってわけだな。それはあの女の子がおれんちにいたって証拠にはならないし、おれがあの子に手を出したって証拠にもならない」

「なに、必要な証拠が揃うのも時間の問題さ」とフロストは言った。「ここでこんなことを喋ってるあいだにも、科研の鑑識チームが、おまえさんの家をインチ刻みで捜索してるんだから。

あの子の毛髪の一本でも、着ていた服の繊維のひと筋でも見つかったら……そのときは覚悟を決めるこった」

「だったら、こうしよう」グリーンウェイは、何やらなれなれしげな薄ら笑いを浮かべた。「あんたの言う証拠とやらが見つかったら、そのときには何もかも自白してやるよ、それも宣誓付きで。どうだい、これ以上フェアな申し出はないだろう？」

フロストは、このうえなく晴れやかな、このうえなく愛想のいい笑みを浮かべた。「必ず見つかるって」ときっぱりと言い切った。なるべく自信に満ちた口調になるよう努めたが、内心では不安が兆《きざ》していた。グリーンウェイは癪に障るほど落ち着き払っている。取調室のドアが開いたとき、フロストは苛立ちをこらえて顔をあげた。ウェルズ巡査部長が顔を出し、廊下に出てくるよう手招きをしていた。その姿は朗報をもたらす使者には見えなかった。「ジャック、たった今、鑑識チームから連絡が入った。コテッジを隅から隅まで調べてみたけど、何も見つからなかったそうだ」

フロストは思わず、廊下の壁にもたれかかった。「何もないはずがない、何かあるはずだ」

「しかし、あの子があそこに連れ込まれたんだとしても、もう一カ月も経ってるわけだろう？」とウェルズは言った。「科研は、投入する人員を増やして、もう一度徹底的に現場を捜索してみると言ってる。だが、見通しはそれほど明るくなさそうだ。そっちは、グリーンウェイから何か聞き出せたかい？」

「いや、これがなかなか口の減らない野郎でね、のらりくらりとはぐらかされてるよ」

マレットの執務室のドアが開いた。なかから出てきたマレットは、フロストの姿を認めると、足早に近づいてきて勢い込んだ口調で尋ねた。「取り調べの成果のほどは？」

「成果のほどもくそも、完全に糞詰まりですよ」とフロストは応えた。「科研の鑑識チームの連中がさっさとお宝をめっけてくれないと、グリーンウェイの容疑は、いいとこ無謀運転ぐらいにしかならない」

マレットは瞬時にして笑顔を引っ込め、代わって小言の機銃掃射を仕掛けてきた。「わたしとしては、これがきみの新たな失策とならないことを願うばかりだよ、フロスト警部。わたしの身にもなってみたまえ。すでに警察長に報告を入れてしまった以上、この件に関してはこの首を差し出しているも同然なのだよ。よく理解しておいてもらいたいものだね」それだけ言うと、マレットは踵《きびす》を返し、大股で執務室のなかに引きあげていった。

「おれとしては、グリーンウェイって名のくそったれが、その首を刎《は》ねちまってくれることを願うばかりだよ」とフロストは誰もいなくなった廊下に向かってつぶやいた。

取調室に戻ると、グリーンウェイが怪我をしたほうの手を大袈裟にさすっているところだった。「痛いんだよ、痛くてたまらないんだよ。早いとこ治療してもらいたい。それがすんだら、早いとこ、家に帰してもらいたい。あんたらには、おれをこんな場所に引き留めとく権利なんてないはずだぞ」

「この野郎を留置場に放り込んで、医者を呼んでやってくれ」とフロストは言った。彼は疲れていた。疲労困憊《こんぱい》していて、惨《みじ》めな気分で、いつにも増して自分の無能さを思い知らされた気がしていた。

オフィスでは、今やデスクのこやしと化した、分厚く膨らんだファイルの山が積年の恨みを募《つの》らせ、判読不能のメモ類が迅速なる対処を要求して牙を剝き、見るからに複雑怪奇な数多《あまた》の提出書類ともども、フロスト警部を待ち受けていた。再び降りだした雨が窓ガラスをなぶり、屋根を激しく連打している。フロストは窓のそとに眼を遣《や》り、雨に洗われている署の駐車場を眺めた。日ごろ酷使しているコルティナが見当たらないようなので、一瞬、怪訝《けげん》に思ったが、グリーンウェイの車に体当たりを食らった際の破損箇所を修理するため、現場から牽引されていったことを思い出した。ドアが開き、戸口のところからギルモアが首だけ突っ込んでオフィスのなかをのぞき込んだ。見ると、部長刑事は帽子をかぶり、コートまで羽織っていた。ほんの束の間、一時間かそこいら、自宅に戻れるのではないかと期待して、早々と帰り支度を整えていたのだった。今日は午前六時からぶっ通しで勤務に就《つ》いていたし、このあともまだ長く多忙な夜勤が控えている。「グリーンウェイが、飼い犬のことを心配しています。自分が勾留されているあいだ、犬はどうなるのか知りたいそうです」

「今、警察犬センターの人間が引き取りに向かってるよ。当分のあいだ、センターで預かることになるだろうな」とフロストはギルモアに言った。「おまえさん、もう帰るのかい？」

「ええ……ほんの一時間ばかり。警部の許可がいただけるようなら……」ギルモアの口調は、ここは許可したほうが賢明というものだと匂わせていた。

「なら、坊や、手間をかけるようでなんだけど、ついでにおれも乗せてってくれよ。車を取りあげられちまってるもんでね」

ギルモアは快く承知した。フロスト警部の自宅まで近道をするべく、ギルモアがマーケット・スクエアの通りに車を乗り入れたときだった。フロストが、実はグリーンウェイのコテッジまで乗せていってほしいのだと打ち明けた。それでは、何マイルもの遠まわりになってしまう。だが、ギルモアは譲歩して、頼みを聞き入れることにした。この際だから、そこまではつきあう。ただし、フロスト警部を降ろしたら、さっさと退散させてもらうことにした。帰りの移動手段《あし》ぐらい、自分で確保できるだろう。

グリーンウェイのコテッジは、どの部屋からも明かりが洩れていた。今度もまた、裏庭のほうで猛犬が一本調子の甲高い声で吠え立てているのが聞こえた。科学捜査研究所から派遣されてきた鑑識チームの面々は、忙しげに立ち働いていた。ありとあらゆるものの表面に指紋採取用の粉がはたかれ、掃除機がうなりをあげて、分析にまわす検体――埃やら毛髪やら繊維やらを片っ端から吸い込んでまわる傍《かたわ》らで、係員たちがピンセットを手に絨毯に膝をつき、床のうえを這いずりまわっている。鑑識チームの責任者、トニー・ハーディングは、顔をあげ、疲労の色を滲《にじ》ませながらフロストを迎えた。フロストのうしろには、こちらは苛立ちの色を滲ませたギルモアが控えていた。せいぜい二、三分で引きあげるのだから、帰りも送ってほしいと言い張ったフロストの後頭部を、なんとも険悪な顔つきで睨み据えていた。

「依然として収穫ゼロだよ」とハーディングは言った。「でも、まだ終了したわけじゃない」

フロストは、暗澹たる思いでその報告を受け止めた。「もうひと踏ん張りしてみてくれ。証拠になりそうなものなら、物は問わない——どれほど小さなもんでも、どれほど妙なもんでもかまわない。女子学生用のズロースだろうと、犯行告白の手記だろうと、鶏肉とマッシュルーム入りのパイの食い残しだろうと」喋りながら、フロストは靴の底を絨毯にこすりつけた。「今のところ、こっちの秘密兵器は、新聞にへばりついてた、干からびたペンキの破片だけなんだから」

「そうそう、その件でちょっと話がある」とハーディングが言った。心なしか、恥じ入っているような声だった。「耳に入れとかなくちゃと思ってたんだ」先を続けるまえに、彼はフロストの腕を取り、脇に連れていった。「あの塗料のサンプルなんだけど、われわれが当初考えていたほど、決定的な証拠にはならないかもしれない。実は、このコテッジの郵便受けから剝落したものではない可能性も出てきたんだよ」

フロストは、ぞくりとするほど冷たいものが背筋を駆け降りるのを感じた。「おいおい、どういうことだよ？　分光器にかけて調べたんじゃなかったのか？　決定的な証拠だって聞いたのに」

「ああ、それはそうなんだが……決定的といっても……まあ、ある程度まではってことで……」

フロストは肩を落とした。「いいから、さっさと言っちまえよ。ろくでもない知らせだってことはわかってんだから。おれは生殺しの刑ってのは嫌いなんだよ」

「問題の新聞から採取した塗料のサンプルは、もちろん分光器にかけた。その結果、あれは三種類の塗料を塗り重ねたものだということがわかったんだ。最下層は茶色、真ん中の層はグレイ——これは下塗り用の塗料だ、いちばんうえが黒。で、グリーンウェイの家の郵便受けから採取したサンプルを分光器にかけてみると、同じように三層に分かれてた。塗料の色も同じだし、それぞれの化学組成も一致した」

「ああ、そうだった」フロストは頷いた。「おれもそれを聞いて、科研ってのは、おれが常日《つねひ》頃《ごろ》思っていたような、頭でっかちな役立たずの集団じゃないのかもしれないって、認識を新たにしかけたぐらいだもの」

非難を甘受した印に、ハーディングはかすかに笑みを浮かべた。「分析そのものには、なんの問題もなかった。でも、本当はそのとき同時に、被害者の少女が新聞を配達してまわっていたほかの家の郵便受けについても、塗料のサンプルを採取して調べておくべきだった。そのことに気づいたもんで、いささか遅《おそ》まきながら、調べてみた」

「それで?」とフロストは尋ねて、顔をしかめる用意をした。気に食わない返事を聞かされることになりそうだった。

「かなりの数のサンプルが、まったく同じ分析結果を示した」

「しかし、なんだってそんなことに……?」

「被害者の少女が新聞配達をしてまわっていた家の大部分は、《デントン・ニュータウン開発公社》の所有なんだ。四年ごとに、公社の管理維持部門の差配で、それぞれの家の外観に手が入れられる……どこの家も同じ仕様で、同じ色の同じ塗料を使って。予想外だったのは、グリーンウェイのコテッジも実は《デントン・ニュータウン開発公社》の所有だってことだ。今を去ること二十五年ほどまえに、新しい住宅団地を建設する目的でここらの土地を買い取ったものの、どでかい団地を建てるには資金繰りが苦しくなっちまったらしい」

「ならば、この家の郵便受けも、ほかの家の郵便受けとまったく同じペンキを四年ごとに塗りたくられてるってことか?」

ハーディングは頷いた。「残念ながら。従って、被害者の少女は配達中に、そうした《開発公社》に管理維持されているいずれかの家の郵便受けに問題の新聞を間違って突っ込んでしまってから、再び引っこ抜いた可能性もあるってことだ。それがこのコテッジだったと限定することは、現状では難しい」

「なんとも嬉しい知らせだよ」フロストは苦々しげにつぶやいた。この件を知れば、マレットはまたぞろ尻の毛を逆立て、フロスト警部の責任を糾弾するに決まっている。「つまり、ポーラ・バートレットがこの家のなかにいたことを示す証拠が見つからないと、われわれにはグリーンウェイを勾留しとく理由がなくなっちまうってことだな?」

「まあ、そういうことになるだろうね、あいにくだけど」ハーディングは、否定しなかった。

フロストはその場を離れて窓辺まで足を運んだ。ところどころに水溜まりのできたぬかるんだ裏庭の地面を、黒々とした影が囚《とら》われの狼のように落ち着きなく歩きまわっていた。敷地のはずれに建つ物置小屋が、降りしきる雨のなか、みすぼらしい姿でうずくまっていた。「あの小屋は、もう調べたのかい?」

「いや、バスカヴィル家の魔犬がまだ野放しになってるもんでね」とハーディングは応えた。「警察犬センターが扱いに慣れた人間を寄越すって言うから、待ってるとこなんだ」

それに応えるように、そのときセンター差し回しのヴァンがコテッジのおもてに停まった。なかから降り立った小柄でがっしりとした身体つきの男は、詰め物入りのジャケットに分厚い皮革《かわ》の手袋という恰好で、口輪と引き綱を振りながらコテッジのなかに入ってきた。「うちで預かる犬だけど、種類は？」

「血に飢えた人食い犬だよ」フロストはそう言って、センターから来た訓練士を裏口まで案内した。

　訓練士は裏口のドアを少しだけ開け、そのわずかな隙間からそとをのぞいたかと思うと、すぐにぴしゃりと閉めた。と同時に、ドアが内側に膨らんだ。犬がドアに体当たりをかけてきたのだ。訓練士は、喜色満面とは言いがたい顔をしていた。「ドーベルマンってやつは、どうも苦手だな。あいつらは気性が荒いし、扱いも難しいんだよ」詰め物をしたジャケットのファスナーを閉め、手袋を手首のうえまで引っ張りあげてから、フロストに向かって頷きかけた。

「よし、開けてくれ」

「ほいきた」フロストは、訓練士がちょうど擦り抜けられる分だけドアを開けた。相手を送り出すとすかさずドアを閉め、そとの物音に耳を澄ました。猛り狂った犬の吠え声に罰当たりなことばの数々が入り混じること数分間。

「よし、捕まえた」

泥まみれになった犬は、口輪をはめられ、引き綱をつけられた姿で憤《いきどお》りに震えていた。訓練士に引っ立てられていくあいだ、咽喉《のど》の奥から低い唸り声を放ち続けた。途中でギルモアに飛びかかろうと企《くわだ》て、それを阻《はば》まれると、ぶるっと身を震わせてギルモアの全身にたっぷりと雨水を浴びせかけた。

隠しきれない苛立ちを抱え、冷ややかな態度でひたすら待っていたギルモアを、フロストは手招きした。「ものはついでだ、坊や。ちょいとあの物置を見物してこよう」

ふたりは背中を丸め、泥を潑《は》ね飛ばしながら庭をいっきに突っ切った。物置小屋のドアにかかっていた錆びた南京錠は、フロストが万能鍵の束から選り出した一本目の鍵で、あっさりと降参した。

懐中電灯の光の輪が、がらくたのうえを踊りまわった。物置小屋のなかには、無数の廃物が天井のあたりまで積みあげられていた。帆布の部分がなくなり、木枠だけになったデッキチェアが泥だらけのまま、芝刈機の錆の浮いた胴体に立てかけてある。じっとりと湿気を吸って腐りかけている敷物の山、こちらも腐りかけている垣根用の杭の束、何かをこしらえた残りだろうか、不揃いな恰好に切断されたベニヤ板は両端が反り返ってしまっている。それらに絡《から》みつくようにのたうっている物体は、ところどころ綻《ほころ》びのできた鶏舎用の金網の残骸のようだった。懐中電灯が動くたびに、光の輪のなかになんらかの物体が浮かびあがった。なんらかのがらくたが。高々と積まれた使い残しの塗料の缶、裂け目から中身を吐き出している湿った肥料袋の小山。すでに用済みなのに、後生大事に貯め込まれている雑物《ぞうもつ》の数々。フロストは、試しにデッキチェアの木枠を引っ張ってみたが、とたんに塗料の缶の山が崩れてきた。フロストは慌てうしろに跳び退《すさ》った。

「気がすみましたか？」ギルモアは、相手の傷口に塩を擦り込む口調で言った。

フロストは肩を落とした。「ああ、すんだよ、坊や。母屋をひととおり見てまわったら、引きあげよう」

キッチンでそれを見つけたとき、フロストは今度こそ金の鉱脈を掘り当てたものと信じて疑わなかった。冷凍庫から取り出され、あとは電子レンジに放り込むばかりの状態で、カウンターのうえに放置されていた、二箱の調理済み冷凍食品——グリーンウェイが今宵食《しょく》するつもりだった夕餉《ゆうげ》は、波形にカットされたポテトフライ《チップス》に鶏肉とマッシュルームのパイ。「胃袋の内容物と一致するじゃないか」フロストは歓喜の声を張りあげた。さっそくハーディングが呼び寄せられたが、フロストの話を聞くと、首を横に振った。

「せっかくだけど、フロスト警部、この程度じゃ証拠にはならない」ハーディングは片方の箱を手に取った。「これもそれも、どこの店でも手に入る一般的な商品だ——たぶん、いちばん売れてるブランドじゃないかな。たとえ被害者が最後に食べたのがこの製品だったと立証できたとしても、それと同じものが全国津々浦々のスーパーマーケットで毎週何万と売られてるんだから」

「くそっ」フロストはうなった。

「そろそろ切りあげませんか？」ギルモアはそう言うと、腕時計を指さした。

「寝室の臭いをひと嗅ぎしたら、帰ってかみさんと交わっていいぞ」フロストは請け合った。

寝室は、コテッジのそれ以外の場所と状況が酷似していた。ベッドのうえにも、周囲の床にも、汚れた衣類と食べ残しのこびりついた食器類が散乱していた。グリーンウェイは、こんなところにポーラ・バートレットを引きずり込んで手込めにしたのだろうか？　殺伐とした思いがフロストの胸を突ついた。十五歳の、まだ子どもと言ってもいいような女子学生が首を絞められながら、最後の最後に眼にしたのが、この豚小屋も同然の部屋だったのだろうか？

鑑識チームの一員が、フロストを押しのけるようにしてベッドに近づき、寝具を引き剝がしにかかった。「詳しい検査のために、いちおう寝具類も押収していきます。でも、あまり期待しないでくださいね、警部。いくらなんでも一カ月に一度ぐらいは洗濯するだろうから」

「おれは一年に一度しか洗わないよ」フロストは暗い顔で言った。「寝小便を垂れるたびに洗ってたら骨だもの」

ギルモアが深くて長い溜め息をついた。

「安心しろ、坊や」とフロストは言った。「もう引きあげるから」

玄関ホールで待ち受けていたハーディングは、フロストよりもさらに暗い顔をしていた。「何も出てこないよ、警部。被害者がこのコテッジにいたって証拠は、ひとつも見つからない」彼はジャケットについていたドーベルマンの毛をつまみあげた。「そこらじゅう、犬の毛だらけだよ。あの子の身体にドーベルマンの毛でもくっついててくれりゃ、楽勝だったのに」

「頼むよ。頼むから、何か見つけてくれ」フロストはかき口説《くど》いた。「でないと、おれは耳の穴のとこまで、茶色くてばっちい物に埋まっちまうんだよ」

帰り道、フロスト警部がまたどこか突拍子もない立ち寄り先を思いついたりしないよう、ギルモアはアクセルを力いっぱい踏み続けた。フロストは助手席に力なくもたれかかり、フロントガラスに降りかかる雨の皮膜越しにじっと前方を見つめながら、何も言わずにひたすら煙草をふかしていた。その打ちひしがれた姿には、さすがのギルモアも心を動かされ、一瞬、同情する気になりかけた。

しばらくすると、フロストは急に背筋を伸ばし、くわえていた煙草を唇のあいだから引き抜いて灰皿で揉み消した。そして、声高らかにこう宣言した。「おれは超弩級の大馬鹿者だよ」

何を今さら……とギルモアは思った。ちょうどマーケット・スクエアの信号に差しかかっていたので、車の速度を落とそうとしたときだった。

「Uターンだ」とフロストが命じた。「コテッジに引き返すぞ」

「ちょっと、冗談はやめてください！」ギルモアは息が止まりそうになった。思わず助手席を見遣《みや》り、信号の光に赤く染まったフロストの顔をうかがった。

「おれもどこに眼をつけてんだか。鼻っ先にぶらさがってたのに、見逃してた……物置に詰め込んであった、あのがらくたのことだよ。小屋んなかにあるんだから、濡れてちゃおかしいだろう？　なのに、どれもこれも湿ってた。汚れやら泥やらがこびりついてたし、錆も浮いてた。ありゃ、何カ月も屋外におっぽり出してあったもんだ。なら、なんだってわざわざかき集めて、物置にぶち込んだりしたんだい？」

「ただ単に、庭を片づけたかっただけでしょう」とギルモアは言った。

「馬鹿言え。あいつの家はゴミ溜めだったじゃないか。おれの家と同じだよ。おれは庭を片づけようなんて思ったことは一度もない。仍《よ》って、あの野郎もそんなことは思わない。ああやってがらくたを物置に放り込んだのは、隠したいものがあったからだ……それはいったいなんなのか？　これより敵陣に乗り込んで、ちょいと調べてみようってわけさ」フロストの顔が、今度は緑色に染まった。ギルモアは露骨にうんざりした表情を浮かべると、ステアリングを切って車首をめぐらせ、グリーンウェイのコテッジに向かって今来たばかりの道を戻りはじめた。

鑑識チームの面々は、所定の作業をほぼ終えていた。コテッジを抜けて裏口に向かうふたりを、ハーディングが呼び止め、首を横に振ってみせた。「何も出なかったよ。物置はこれから調べるとこだけど」

「ちょうどいい、手を貸してくれよ」とフロストは言った。「懐中電灯を持って、一緒に来てくれ」ハーディングはビニールのレインコートを羽織ると、ふたりを追って、庭のはずれの物置小屋まで赴《おもむ》いた。

「こういうことは、明るくなってからのほうが楽なんじゃないですか？」雨水が襟首に流れ込んできたので、ギルモアは思わずぼやいた。

「なに、長くはかからないよ」フロストはそう言うと、さっそくデッキチェアの木枠を引きずり出し、庭の暗がりに放り投げた。

物置小屋の捜索には、三十分近くの時間を要した。無用のがらくたがひとつ取りのぞかれるたびに、その奥からさらなる量のがらくたが姿を現した。

「気が知れないね。こんなもの、どうしてわざわざとっておくんだか」ハーディングはベッド・スプリングと格闘しながら、低い声でぶつぶつ言った。鉄枠が嵌まったままのベッド・スプリングは、泥をたっぷりと浴び、錆だらけになっていた。

物置小屋の中身があらかた運び出されたとき、ようやくグリーンウェイの秘蔵品がその正体を現した。物置小屋のいちばん奥の壁際に、かなりの高さまで——ほとんど天井近くまで積みあげられた、いくつもの白い段ボール箱。フロストはギルモアと場所を代わった。ギルモアは山積みにされた箱のひとつを取ってしたに降ろし、綴じ金《ステープル》で封緘《ふうかん》されていた蓋をこじ開けた。箱のなかに、ぎっしりと隙間なく詰まっていたもの——それはベンスン&ヘッジズやシルク・カットなどなど、さまざまな銘柄の煙草のカートンだった。ギルモアはカートンをひとつ抜き取って、フロストに放った。フロストは包装を破ってなかを検《あらた》めた。煙草のパックの側面には、喫煙の害を説く行政機関からの警告文が刷り込まれていなかった。輸出用に製造されたものだった。

フロストは煙草のパックをじっと見つめた。見つめるほどに、それまでにも増して気持ちが沈んだ。捜索の結果、おれは何を見つけようとしていたのか？　捜すべきものが具体的にわかっていたわけではなかったが、少なくとも、今手にしている物でないことは確かだった。これで、ハリー・グリーンウェイを容疑者と目《もく》したジャック・フロスト警部の名推理も、事実上、当人のおけつの穴に突っ込まれたも同然だった。フロストはすごすごと物置小屋の戸口まで引き返すと、そとの暗闇と雨と風に向かって猛然と悪態をついた。

取調室には、安物の刻み煙草の強烈な臭いに加えて、チーズとオニオン・チップスの臭いがこもっていた。テーブルの灰皿には、細い手巻きの煙草を揉み消したあとの、唾液にまみれた吸い殻が残されている。フロストがグリーンウェイを取り調べたあとで、ほかの誰かが事情聴取を受けたようだった。

「わかったよ。わかったから、そんなに押すなって」グリーンウェイは、きっちりと包帯の巻かれた手で寝起きの眼をこすりこすり、おぼつかない足取りで取調室に入ってきた。不機嫌の極みにあるギルモアに背後から荒っぽく小突かれながら。グリーンウェイが椅子に坐るのを待って、フロストはポケットから、ベンスン&ヘッジズのパックをひとつ取り出して相手の眼のまえに押しやった。グリーンウェイはしばらくのあいだ、それをじっと見つめ、それからきわめて慎重に一本の指でパックを引っくり返し、パックの横腹に喫煙の害を説く警告文が刷り込まれていないことを確認した。「やっと見つけたのかよ。またずいぶんと時間を食ったもんだな」グリーンウェイは濁声《だみごえ》で言った。

フロストはパックを取り返すと、おもむろに一本振り出してくわえ、火をつけ、煙を深々と吸い込んだ。「どうだ、喋る気になったか?」

グリーンウェイはパックに手を伸ばして自分も一本抜き取り、フロストの提供した火を悪びれた様子もなく頂戴《ちょうだい》した。「つまり、このおれにかけられてた、あの新聞配達の娘っ子を殺した容疑は晴れたと解釈していいんだな？」

「ああ。おまえさんに鉄パイプで殴り倒された男が、おまえさんのことを顔写真で確認した」

グリーンウェイは、少しのあいだ考え込んだ。「……わかったよ。供述してやるよ」

だが、ギルモアが手帳を開いてメモを取る構えになると、フロストは手を振ってその必要はないと申し渡した。「こいつは、おれたちの担当じゃない。シェルウッド署のスキナー警部が、こっちに向かってるとこだ。せっかくだけど、供述はスキナーの旦那にしてやってくれ」

ギルモアは、憤慨のあまり鼻を鳴らした。「どうしてそういうことになるのか、誰かわかるように説明してくれる人はいないでしょうか？」

「こりゃ、悪かった。うっかりしてたよ、坊や」フロストは詫びた。「ポーラ・バートレットが失踪した日のことだ。同じ日に、輸出仕様の煙草が港に運ばれる途中、ヴァンの荷台から強奪される、という事件が起きた。何者かがヴァンを停め、運転してた男を鉄パイプで殴って積み荷を奪ったんだ。事件の現場は、シェルウッドの幹線道路上。デントンからは何マイルも離れてる。従って、うちの扱いにはならないのさ」

「しかし、グリーンウェイはアレン警部に、その日は一日じゅう外出しなかったと言ってます」とギルモアは反論した。

「それは、たぶん嘘をついたんだと思う」とフロストは言った。「世の中、われわれお巡りに真実を語る人間ばかりじゃない」

「ああ、そうさ、嘘をついたのさ。当たりまえじゃないか」とグリーンウェイは言った。「そのアレンとかいう警部がうちに押しかけてきたときには、おれのヴァンにはかっ払ってきた煙草がしこたま積んであったんだから。しかも、そのヴァンをコテッジの真ん前に停めたままにしてあった。やばいなんてもんじゃない。てっきり、その件で眼をつけられたんだと思ったよ。だから、その日の行動を訊かれたとき、一日じゅう外出しなかったって言ったのさ。ところが、そいつの用件は、行方不明になったガキのことだった……」

「その女の子のことで、何か知ってることはないかい？」とフロストは訊いた。

グリーンウェイは首を横に振った。「あの日は朝の六時に家を出て……そう、夜の九時過ぎまで戻らなかった。家を出るときには、まだ新聞は来てなかったし、帰ったときにも届いてなかった」

ドアを叩く音がした。「スキナー警部がお見えだ」とウェルズ巡査部長が告げた。

シェルウッド署のスキナーは、がっしりした身体にトレンチコートを羽織り、警部たる者、かくあれかし、という風貌を備えていた。ギルモアが組まされている、むさくるしい輩《やから》とは天と地ほどの差があった。スキナーが伴ってきた部長刑事のほうは、貧相な身体つきで、上司の翼《はね》のしたから永遠に飛び立てない部長刑事というのはかくあらん、と思われた。ギルモアにとっては、こうはなりたくない見本のようなものだった。「聞いたよ、ジャック。わたしのためにささやかな贈り物を用意してくれてるんだって？」スキナーは、縛《ばく》に就いた男を見据えながら言った。

「ああ、こいつだ。進呈するから、煮るなり焼くなり好きにしてくれ」とフロストは言った。

「自分の事件は一件も解決できないのに、他人《ひと》の事件となるとあっさり解決しちまうんだから」フロストは一同に煙草を勧めた。それが押収した盗品の一部だと聞かされると、すでに一服吸いつけていたスキナーは危うく窒息しそうになった。

ウェルズ巡査部長が、容疑者を引き渡すに当たってサインが必要な書類を調《ととの》えて戻ってきた。フロストにはマレット署長が署長執務室でお待ちかねだ、と囁いた。

「なんとまあ、どでかいくそが待ってたか」とフロストはぼやいた。「今日はもう充分辛《つら》い目に遭ってるってのに」

ところが、マレットは署長執務室ではなく、取調室のそとの廊下で待ち受けていた。このうえなく愛想のいい態度で、満面に笑みをたたえて。いずれも、シェルウッド署から来訪したふたりの刑事に向けられたものだった。「光栄だよ、諸君の役に立てて」おもねっているようにも聞こえる口調で、そんな台詞まで口にした。だが、スキナー警部とそのお供《とも》の部長刑事を署から送り出してしまうと、満面の笑みはとたんに死に絶えた。「わたしの執務室へ！」とひと言言い置くと、マレットは背を向けて歩き去った。

精も根も尽き果てていたフロストだったが、御前《ごぜん》で眼をつぶるわけにもいかず、神妙な顔で説教に聞き入るふりをした。マレットは怒りに任せてまくし立てており、説教は際限もなく続きそうだった。「きみは、わたしの面目を潰した。今のわたしが、警察長の眼にどんなふうに映《うつ》ると思う？　このままでは管理者として無能であり、適性に欠けると思われかねない。それもこれも、フロスト警部、きみが……」

眠気醒ましに、フロストは視線をさまよわせ、丸太小屋仕立ての執務室のなかを眺めるともなく眺め……次の瞬間、恐怖におののいた。マレットのデスクのしたから、中華料理店の持ち帰り料理の残骸、冷えたカレーソースで黄色に染まったアルミフォイルの容器の端がのぞいていたのである。フロストは深く恥じ入った表情を浮かべたまま、さりげなくまえに進み、飛び出していた容器を靴の爪先で見えないところまで押し込んだ。

「……しかも、あれは、うちの署の管轄外で発生した事件ではないか。シェルウッド署の成績を、うちがあげてやってどうする？　それでなくとも不振にあえぐ我が署の成績が、余計見劣りするようになるだろう。我が署にとっては、実績にもなんにもならない。わたしの身にもなってみたまえ。警察長になんと報告したものか……」

延々と喋り続けるマレットの声は徐々《じょじょ》に拡散し、次第《しだい》に遠のいていくような気がした。その場で眠りこけてしまわないよう、フロストは慌てて顔をあげ、欠伸《あくび》を噛みころした。へまをしでかし、マレットに叱り飛ばされ、ようやく解放されたと思いきや、また新たなへまをしでかす──最近のジャック・フロスト警部は、この繰り返しを生きているようなものだった。

「……そもそも、きみには高齢者連続殺害事件の捜査に専念するよう申し渡してあったはずだ。ポーラ・バートレットの件はアレン警部に任せる。無用の手出しは慎むように。きみは、自《みずか》らの不注意でみすみす取り逃がしてしまった例の容疑者を見つけ出すことに全力を傾注したまえ。嘆かわしい失態は、これが最後と心得るように」マレットはデスクのうえに身を乗り出し、フロストに向かって顎をしゃくりあげた。「聞こえたかね、警部？」

「そりゃあもう」とフロストは言った。「よく聞こえてますよ。耳が痛くなるぐらいに」

午前一時十五分。デントン警察署の玄関ロビーには、えもいわれぬ臭気が漂っていた。気の抜けたビールとグラスからこぼれたウィスキーが入り混じったような臭いだった。ウェルズ巡査部長が怒鳴り声を浴びせかけるなか、ジョーダン巡査が若いコリアー巡査の手を借りながら、夜会服姿の男と揉みあいになっていた。男は歩くのもおぼつかない状態で、足元にぶちまけられた反吐《へど》の池に、今にも膝をついてしまいそうだった。しばしの格闘の末、ふたりの巡査は件《くだん》の酔漢をおとなしくベンチに坐らせるという難事業をようやく成し遂げた。

「ロンドン警視庁から何か届いてないだろうか？　サイモン・ブラッドベリーに関する情報を待っているんだけど」ギルモアは受付デスクで尋ねた。

「そんなことまで、このおれが、どうして知ってなくちゃならない？」ウェルズ巡査部長は苛立ちもあらわに、ぴしゃりと言った。「おれは、書類の番人じゃない。何が届いて、何が発送されたか、いちいち覚えていられるか。それに、そもそも――」不意に黙り込んだウェルズが、いきなり大声を張りあげた。「そいつを戸外《そと》につまみ出せ。早く！」酔漢が、またしても嘔吐《おうと》しようとしていたのである。ジョーダンとコリアーが男の腕をつかんだが、もはや手遅れだった。再び大量の反吐があふれ出し、ジョーダンとコリアーが間一髪のタイミングで飛びのいたのと同時に、ロビーの床に華々しく着地した。当の男は、己《おのれ》の足元に出現した謎の混合物の正体を見きわめようというのか、酔眼をしきりとすがめている。

「すばらしいよ、実にすばらしい」ウェルズは叫ぶと、鬱憤をぶちまける相手を探してあたりを見まわした。コリアー巡査は、この機会を利用してひと息入れることにして、さりげなくロビーを抜け出し、休憩室に続く廊下に滑り込んだ。が、彼の目論見《もくろみ》は、そこで潰《つい》えた。

「おい、コリアー、どこに行くつもりだ?」

「ひと息入れるんです、巡査部長」

ウェルズは、腕時計に眼を遣《や》った。遺憾ながら、確かにコリアー巡査の休憩時間だった。

「わかったよ。反吐の後始末は、戻ってきてからでいい」

「おことばですが、巡査部長、それは自分の仕事ではありません」コリアーはきっぱりと拒否した。

「何を言う? おまえの仕事は、おれに命令された用事を黙って片づけることだろうが」ウェルズのわめき声を無視して、コリアーはロビーとの境《さかい》のドアを力任せに閉め、足音荒く歩き去った。ウェルズ巡査部長は両手をきつく握り締め、顔を真っ赤にして席を立った。「待て、コリアー。逃げる気か?」

フロストがまえに立ちはだかり、部下のあとを追おうとする巡査部長の行く手を阻《はば》んだ。「落ち着けよ、ビル。いいから、落ち着け」フロストは、なだめるように言った。「おれたちはみんな疲れてる。働きすぎなんだ」とりあえず、煙草を一本くわえさせてから、巡査部長を受付デスクに連れ戻した。「お茶でも飲まないかって言いたいとこだけど、ありつけそうかい?」

「休憩室にヤカンがある」とウェルズは言った。「ついでにおれの分を淹《い》れてきてくれてもいいぞ」

休憩室の先客は、コリアー巡査ひとりだった。十四インチのテレビをまえに、背中を丸めて椅子に坐り込み、インスタント・コーヒーのマグカップで両手を温めながら、ウェルズ巡査部長のしたで働くことの理不尽さをかこっているところだった。テレビの画面には、どう見ても十二歳そこそこのお下げ髪の少女が、芝生のうえに裸で寝転び、日光浴をしている姿が映《うつ》っていた。それから、カメラが転じて、乗馬用の鞭を手にした男が、灌木の陰に身を潜めて少女の様子をのぞいている場面に変わった。男の背後にある立て札には、《立入り禁止：無断で侵入した者は厳罰に処す》という文句が記されていた。

「そのヴィデオはどこで入手したものだ？」ギルモアが鋭い口調で問いただした。

あまりにも突然、陰気な物思いを破られたせいで、コリアーは慌てふためき、マグカップの中身を制服の胸にこぼしてしまった。ヴィデオを消そうとしてテレビのスウィッチに手を伸ばしたが、その手首をフロストがつかんだ。「わざわざ消すことないじゃないか。どこで手に入れたんだい？」

「仲間内で話してるうちに、ちょっと借りようってことになったんです、警部。もちろん、あとでちゃんと返すつもりでした」コリアーは、『フィオーナにお仕置きの鞭を』というタイプ打ちのラベルが貼られたヴィデオ・テープのケースを掲《かか》げた。新聞販売店から押収したポルノ・ヴィデオの一本だった。

画面では、脚に鞭を打ちつけている男のまえに、裸の少女がひざまずき、赦《ゆる》しを請うていた。

「ウェルズ巡査部長を呼んでこい」フロストはそう命じると、別の椅子を引っ張ってきてテレビ画面のまえに陣取った。

コリアーは、戸惑いと落胆の表情を浮かべた。告げ口をするとは、フロスト警部らしからぬ仕打ちだった。「ほんとです、警部。ほんとに、ちょっと借りただけなんです」

フロストは名残《なごり》惜しげにテレビの画面から眼を離すと——いつの間にか、裸の少女は男の膝に乗せられて、乗馬用の鞭で剝き出しの尻を引っぱたかれていた——相手の不安を打ち消すように、にやりと笑った。「心配するな、コリアー。巡査部長には、おれが借りてきたことにしとくよ。ともかく、あの癇癪持ちをこっちに寄越してくれ」

ギルモアは、三個のマグカップにスプーンでコーヒーの粉末を入れ、熱湯を注いだ。うちひとつをフロストに手渡すと、自分もフロストの隣の、コリアーが坐っていた椅子に腰を降ろした。

廊下を踏み鳴らす派手な足音を前触れに、ウェルズが休憩室に飛び込んできた。「いいか、ジャック、おれはくそ忙しいんだ。あんたのくだらない——」ウェルズは言うべきことばを失った。テレビ画面の光景に眼を奪われてしまったからだった。「おい……おいおい……！」手近な椅子を引き寄せ、ウェルズもテレビのまえに坐り込んだ。

フロストは眼の保養に夢中になるあまり、いつものようにスプーンに山盛り三杯分の砂糖を加えていないことにも気づかずに、コーヒーをひと口飲んだ。今や男は乗馬用の鞭を、口にするのがはばかられるような目的に用いていた。「あいつは、あの娘っ子が不法侵入した現場を押さえたんだ」フロストは筋立てをウェルズに説明した。

「それじゃあ、ああいう目に遭うのも仕方ない」とウェルズは言った。「いいお仕置きだよ。次からは、同じことをするまえにもっとよく考えるようになる」

ヴィデオは唐突に終わった。フロストがデッキの挿入口に次のテープを滑り込ませた。タイトルは『野獣の欲望』。こちらは、室内で撮影されたものらしかった。先ほどのお下げ髪の少女がまたしても裸体をさらしていたが、今回、共演するのは茶色の斑《ぶち》が入った白い大型犬、グレートデーンだった。左耳に食いちぎられたような痕のあるその犬は、仰向《あおむ》けに寝転がった少女の身体を、じらすようにゆっくりと舐《な》めまわしていた。猛然と尻尾《しっぽ》を振りながら。

「こりゃ、ペティグリー・チャムよりも気に入ってるな」ウェルズ巡査部長がかすれた声で言った。

「ああ、違いのわかるワン公だ」とフロストは言った。

ギルモアは腕時計に眼を遣《や》った。間もなく、午前二時になるところだった。今日は勤務の合間になんとか都合をつけて、一度ぐらい家に戻るように努力する——たとえ三十分程度の時間しかなくても、リズにはそう約束していた。一時帰宅の許可を得るべく、フロストの注意を惹こうとしたが、能天気な上司は間抜け面をさらしてテレビにへばりつき、猥褻図書を見つけた子どものように眼を剝いて、一心不乱に画面に見入っている。「警部、少し休憩させてもらっていいでしょうか？　三十分ほど時間をください。ちょっと家の様子を見てきたいので」

「もちろん、いいとも」フロストは、テレビの画面を凝視したまま上の空でつぶやいた。違いのわかるワン公は、だらりと舌を垂らし、白目を剝いて少女と交わっていた。

その映像は、ギルモアの許容範囲を超えていた。胸のむかつきをこらえて、テレビの画面に背を向け、ドアの把手をつかんだときだった。つかんだはずの把手が手から逃げ、そとからドアが開けられた。廊下の明かりを背に受け、復讐の天使さながら戸口に立ち塞がったのは——憤怒《ふんぬ》をたぎらせたマレットだった。

休憩室の内線電話が鳴りだした。

ギルモアは声もなかった。あんぐりと口を開け、ただ呆然とマレットを見つめた。愚かで思慮に欠けるジャック・フロストくそ警部のせいで、またしても窮地に追い込まれたのである。自分の迂闊《うかつ》さも悔やまれた。署長はとっくの昔に帰宅したものと思い込んでいたのだから。

フロストもウェルズも、まっすぐ前方を見据えたまま、その視線を小揺るぎもさせない。そんなおめでたい状態で、突然の訪問者の存在を察知できるはずもなく、ギルモアにしても警告の発しようがなかった。

マレットはギルモアを脇に押しのけ、休憩室に踏み込んだ。つかつかと歩み寄り、鑑賞者とテレビ画面のあいだに立ちはだかると、すさまじい形相でふたりを睨みおろした。

ウェルズは、危うく心臓発作を起こすところだった。

「おや、警視《スーパー》、こんなとこに、お珍しい」フロストはそう言うと、引き攣った口元を懸命にほころばせて、にやりとした。

内線電話は、まだ鳴っていた。するべきことがあるありがたさを嚙み締めながら、ギルモアは受話器を取った。コリアーが、署長が休憩室に向かったと知らせて寄越したのだった。

「わざわざ、どうも」ギルモアは食いしばった歯のあいだから、ことばを押し出した。「でも、もう知ってるから」

「いったい全体、きみたちはここで何をしているのかね？」マレットの小言の火蓋が切って落とされた。「警察関係者の会合に顔を出した帰りに、ふと思い立って署に立ち寄ってみたら、そこでわたしがどんな光景を眼にしたと思う？　ロビーの床は一面、吐瀉物《としゃ》だらけ、受付デスクでは最下級の職階にある警察官が孤軍奮闘を強いられており、内勤の責任者たる巡査部長と上位の警察官は休憩室にしけ込んで、テレビのまえに陣取り――」マレットはそこで背後のテレビを振り返り、ふたりが鑑賞しているものの正体を見て取るや、眼を剝いた。「――なんと、このように獣欲的で下劣きわまりないヴィデオの鑑賞に耽《ふけ》っている」

ウェルズは無意識のうちに席を立ち、責任軽減事由《じゆう》として申し立てられそうな事柄が何かないものか、己《おの》が閃きに一縷の期待を寄せながら、口をぱくぱくさせていた。ギルモアは、大地が裂けてこの身を呑み込んでくれることを願った。機会を見つけ次第《しだい》、マレット署長に面会を願い出て、自らの選択でこの場に身を置いていたわけではないことを申し述べるつもりだった。

一方、フロストは、署長の存在をさほど気に留めていないようだった。椅子に坐ったまま身を乗り出し、画面上に映し出されるグロテスクな戯《たわむ》れを、より近い距離から眺めにかかった。

マレットは唇をきつく引き結び、噴出しかかった怒りをひとまず咽喉《のど》の奥まで押し戻した。人間の我慢には限界というものがある。「きみたちふたりは廊下で待っていてくれたまえ」巡査部長と部長刑事にはそう申し渡した。ふたりは先を争って恭順の意を示し、ドアにいたる熾烈な先陣争いを経て、あたふたと休憩室から退出していった。怒れる署長の御前に、フロスト警部という生け贄を残して。

　フロストは、椅子をテレビのそばに近づけた。マレットは、怒りを解き放った。フロストのまえに立ちはだかり、視界を遮ったうえで、冷ややかな口調で切り出した。「さしつかえなければ、話しておきたいことがあるので、きみの貴重な時間をいくらか割いてもらえると――」次の瞬間、マレットは脳の血管が破裂するのではないかと思われるほどの衝撃を受けた。なんと、フロストが、自《みずか》らの立場をわきまえるということをいつまでたっても覚えられないうつけ者が、なんと、署長に手をかけ、脇に押しのけるという前代未聞の暴挙に出たのである。あまりのことに、マレットは絶句した。「よくも、そんな……」それだけ言い返すにも、しばらくかかった。

　手のひと振りでマレットに静粛を求めると、フロストはそとの廊下に向かって大声を張りあげた。「ギルモア……ちょっと来い！　早く」

　休憩室に呼び戻されたギルモア部長刑事は、まずは顔を赤黒く染めて憤《いきどお》りに震えているマレット署長のほうを素早くうかがい、それから直属の上司に視線を移した。フロストは、ヴィデオ・デッキのまえに膝をつき、巻き戻しボタンを操作しているところだった。逆回転で映写されている無声映画のように、裸の少女と犬が高速のぎごちない動きで、時間の流れを溯《さかのぼ》っていた。

「いいか、よく見てろ」フロストは巻き戻しボタンから指を離した。興奮のあまりはあはあと息を弾ませた犬が、再び少女に近づき、その身体にまたがった。

「フロスト警部、これが最後の――」マレットが激した声を張りあげた。

フロストは、素っ気なく手を振ってその声を封じ込めると、マレットには眼もくれず、一時停止ボタンを押し込んだ。画面のなかで、大写しにされた少女の虚ろな顔が凍りついた。再生ヘッドがテープの同じ箇所をこすり続けているせいで、少女の顔は小刻みに震えている。

「いいか、坊や、このブロンドのお下げ髪は鬘《かつら》だ」フロストはテレビの画面に手を伸ばし、少女の頭髪の部分を手のひらで覆い隠した。

ギルモアは、少女の顔を見つめた。力なく半開きにされた唇、なんの像も結んでいないどんよりと曇った眼、額《ひたい》にはぽつぽつと小さな汗の粒が浮いている。

「わかったかい、坊や？」

ギルモアは頷いた。その少女が誰なのか、ギルモアにもわかった。あの自殺した少女。スヌーピーの腕時計をはめ、ミッキー・マウスの寝巻き姿で死んでいた、十五歳のスーザン・ビックネル。遺体に殴打の痕が残っていたことも、これで説明がついた。

フロストは椅子から勢いよく立ちあがった。「行くぞ、坊や。あの子の継父にちょいと話を聞いたほうがよさそうだ」

「いったい、どういうことだね？　わたしにもわかるように説明したまえ！」マレットは甲走《かんばし》った声でわめき立てた。だが、ふたりの姿はすでになかった。ばたんという派手な音とともにドアが閉められ、マレットはひとり休憩室に取り残された。振り返ると、テレビの画面のなかで、犬が狂乱の果ての恍惚状態に陥《おちい》っていた。見るに堪《た》えない映像を消そうにも、どのボタンも正しく機能しないようだった。ヴィデオを消すことは、諦めるしかなかった。マレットは休憩室のドアを開けて廊下に出ると、足音荒く歩を進めた。明日までの辛抱だ、と自分自身に言い聞かせた。明日にはフロストを呼びつけ、必ずや最後通牒を叩きつけてやる。今度という今度は、もう勘弁ならない。そのときになって吠え面をかいても——不意に、正面に見えていた玄関ロビーの壁が凄まじい勢いで傾《かし》ぎ、あっと思ったときには、背中を床に叩きつけられていた。マレットは呆然と天井を見あげた。反吐を踏んで、足を滑らせたのだ。

「あんたの気持ちはよくわかる。でも、やめとけ」フロストは声をひそめてウェルズ巡査部長に囁くと、全速力で駐車場に飛び出していった——「ともかく、絶対に笑うな」と言い残して。

冷たく暗い夜。月の面《おもて》を覆った紫色の雨雲が、夜の闇に密度を与えていた。そんな時刻にもかかわらず、訪問先の住人を叩き起こすことにはならなかった。階下の窓には、まだ明かりが灯っていたし、玄関に出てきたケネス・ダフィーも、やつれた顔をしてはいたが、寝巻きではなくシャツ姿だった。

「月曜日にお会いした者ですが、覚えておいででしょうか、ダフィーさん?」ギルモアは身分証明書を呈示しながら言った。

ケネス・ダフィーは差し出された身分証明書を眼を凝らすようにして見つめたすえに、黙って頷いた。

「さしつかえなければ、ちょっとお邪魔したいんですが」とギルモアは言った。

「いくつかお訊きしたいことがあるので」

ケネス・ダフィーは素早く首《こうべ》をめぐらし、家の奥に向かって声を張りあげた。「きみは出てこなくてもいいよ、おれを訪ねてきたんだから」彼はふたりの刑事を、暖房の消えた居間に通した。「うちのやつを煩わせたくないんですよ」と言い訳しながら。「今度のことで、がっくりきてるんです。それを言うなら、おれもですけど」彼は椅子にくずおれるように坐り込むと、窓を覆った茶色いカーテンをじっと見つめた。それから、ぶるっと肩を震わせた。「すみません、暖房を切っちまったもんで」

フロストは、向かい合う位置にあるソファに、腰を降ろした。「今夜は夜更かしですか？」

「うちのやつが眠れないって言うもんで、つきあって起きてるんです。ひとりにしたくなくてね」

フロストは理解を示して頷くと、部長刑事の視線を捉えて、質問を開始するよう目顔で促《うなが》した。

「お嬢さんの件ですが、われわれとしては現場に遺書が残されていなかった点に引っかかるものを感じています」とギルモアは言った。

「ほう、そうですか？」ケネス・ダフィーは片方の腕をこすった。シャツ姿では、居間のうそ寒さがこたえるようだった。

「念のためにもう一度確認させてもらいますが、遺書は本当になかったんですね？」

「ああ、なかった」

そこで、間《ま》ができた。静まり返った室内に、炉棚のうえに置かれた時計の時刻《とき》を刻む音だけが響いた。しばらくして、別の音が加わった。フロストが、レインコートのポケットから取り出した物で、自分の膝を軽く叩きはじめた音だった。カーテンの観察に没頭していたケネス・ダフィーは注意を引き戻された。

フロストが手にしているのは、プラスティックでできた黒っぽい物体だった。半ば笑みを浮かべながら、その物体をゆっくりと規則正しいリズムで自分の膝に叩きつけていた。

それがなんなのか、ケネス・ダフィーには最初、わからなかったようだった。が、次の瞬間、眼が大きく見開かれ、鋭く息を吞む音があがった。彼の注意を惹くために持ち出されたもの、それは一本のヴィデオ・テープだった。

「うううううわんっ」フロストはひと声吠えると、笑みを浮かべた。

「この下種《げす》野郎……！」ケネス・ダフィーは怒りの叫びとともに席を蹴ってフロストに飛びかかった。きつく握り締めた拳《こぶし》をやみくもに振りまわした。ギルモアがすかさず割って入り、相手の手首をつかんで拳の乱打を封じ込め、そのまま突き飛ばすようにして、もとの椅子に押し戻した。

「何か気に障るようなことを言ったかな？」フロストは空惚けて言った。

「この下種野郎」とケネス・ダフィーはもう一度言った。今度は、すぐにも泣き伏してしまいそうな涙声になっていた。身を縮めるようにして椅子に腰を降ろすと、両手に顔を埋め、そこでとうとうこらえきれなくなったようだった。ケネス・ダフィーは肩を震わせ、嗚咽《おえつ》の声を洩らしはじめた。「頼む、うちのやつには知らせないでくれ。こんなことが耳に入ったら、きっと死んじまう」両手に遮られて、その声は低くくぐもっていた。

ギルモアは、眼を逸らした。彼は剥き出しの感情には、居たたまれなさを感じてしまう性分だった。フロストのほうは、煙草の煙を少しずつ吐き出した。知り得た事実以上のことを知っていると思わせるべく、地道に努めているところだった。

ケネス・ダフィーは手の甲で涙を拭った。「何が知りたいんです?」

フロストは、ヴィデオ・テープを振った。「こいつのことを」

継子に自殺された父親は、力なくうなだれた。「ちゃんと見たわけじゃないんです。ほんのちょっと、二秒か三秒かしか見てない――それで充分だった」

「お嬢さんの遺書は?」

再び肩を震わせると、ケネス・ダフィーは両の腕で我が身を抱くようにした。「処分しました」

「なぜです?」相手の背後にまわり、そこで待機の構えを取っていたギルモアが鋭く問いただした。「あなたの悪事が暴露されてしまうような内容だったからですか?」

ケネス・ダフィーは首をねじるようにして、背後に控えているギルモアの顔を見あげた。

「違う、スーザンがそれを望んだからです。遺書はおれ宛《あて》になってたんだ」

フロストは、それまで吸っていた煙草を使って新しい煙草に火をつけた。「遺書の内容は？」

「こんなふうに書かれてた──『手紙を読めば、こんなことをする理由もわかってもらえると思います。あんなことをしちゃって、あたしはもうママに会わせる顔がありません。どうか、あたしを助けて。お願いです。これは読んだあと、処分してください。ママには絶対に知られたくないから』」

「手紙？　その手紙というのは……？」

「遺書に同封されてました。匿名の手紙でした」

匿名の手紙！　フロストははっとして身を強ばらせた。ギルモアも同様の反応を示した。

「その手紙のことを詳しく聞かせてもらいましょう」

ケネス・ダフィーは少しだけ間《ま》を置き、乱れた呼吸を整えてから口を開いた。「手紙はかみさん宛になってました。つまり、あの子の母親宛だったんです。スーザンは、そいつが届くのを事前に知ってたんだと思います。郵便配達が来るのを待ち伏せして、母親に見つからないうちに手紙を奪い取ったんだと思います。で、封を切り、中身を読んで──」彼は肩をすくめた。まるで、取るに足りない事柄を引き合いに出してしまった、とでもいうように。「──自殺したんです」

「現物を見せていただきたい」フロストは、なんの斟酌《しんしゃく》もなく迫った。

「それが、申しわけない……。もう手元にないんです。遺書を処分したときに、一緒に燃やしてしまいました」

「なんとまあ、軽率なことをしてくれたもんだ」思いの丈《たけ》を込めて、フロストは熱っぽく毒づいた。「だとしても、何か覚えてるはずだ。どんな便箋が使われていたか、どんな書体で綴られていたか」

「そんなに重要なことなんですか？」とケネス・ダフィーは大儀そうに訊き返した。

「ええ、重要です。くそがつくほど」

「便箋には普通の白い紙が使われてて、文面はタイプで打ってあった。封筒は薄いブルーで、消印を見る限り、デントン市内で投函されたもののようでした」

フロストはギルモアと眼を見交わし、険しい表情を浮かべたまま頷いた。「具体的には、どんなことが？」

「どんなことが書いてあったと思います？」ケネス・ダフィーは、再び涙を浮かべながら言った。「こうです——『親愛なるダフィー夫人。尊家《そんか》の大切なご息女《そくじょ》、穢《けが》れなき乙女であるはずのスーザンが堕落した野獣のような行為に加担していること、母親である貴女はご存じでしょうか？　男女を問わず……あろうことか動物をも相手にその種の行為に耽《ふけ》り、しかもそれを得意げにヴィデオに撮《と》らせていることを。お疑いかもしれませんので、追って見本のヴィデオをお送りいたします』」彼はそこまで言うと口をつぐみ、黙り込んだ。時計の音に耳を傾けているようにも見えた。

「その見本のヴィデオってのは、実際に届いたんですか？」フロストは先を促《うなが》した。

「ええ、届きました。次の日の正午《ひる》まえに——スーザンが死んだ翌日です。あれをうちのやつが受け取ってたら、どんなことになってたか……。おれも郵便配達が来るのを待ち構えてたんです。あの子がやったと思われることを、おれもやったんです」ケネス・ダフィーはそこでまた、ぶるっと大きく身を震わせた。「送りつけられてきたのは、犬と一緒のやつでした」

かすかな音とともに、ドアが開いた。居合わせた一同は、揃って戸口のほうに顔を向けた。ダフィー夫人が室内に入ってきた。疲労が色濃く、皺の目立つ顔、赤く泣き腫らした眼。肩を落とした前屈みの姿からは、生気というものがまったく感じられなかった。ケネス・ダフィーが椅子から立ちあがった。「警察の方《かた》がお見えになってるんだ。いくつか質問したいことがあるとおっしゃって」

「決まりみたいなものなんです」フロストはスーザンの母親の視線を避けながら、口のなかでもごもごとつぶやいた。このおっかさんも、いずれ事の真相を知ることになるだろう。だが、使者の役目は誰か別の人間に務めてもらいたかった。

ダフィー夫人は、強ばった笑みを浮かべた。「お茶でも淹《い》れてきましょうね」

「せっかくですが、奥さん、あまり長居できないんです」とフロストは言った。「仕事をたくさん残してきてるもんで」

「ほらね、話はすぐに終わる」ケネス・ダフィーは、妻の腕を取って居間のそとに連れ出した。「暖かくしてたほうがいいよ」椅子に戻ると、彼は言った。「うちのやつ、何歳だと思います？何歳に見えます？——六十ぐらい？」端数を切りあげれば、ほぼそのぐらいだろう、とフロストには思われた。「先月、四十になったばかりなんです。でもあれじゃ、誰が見ても四十だとは思えません。一人娘に死なれたことだけでも充分ショックなのに、あの子がこんな別口のアルバイトをしてたことを知ったりしたら……とてもじゃないけど生きてませんよ。おたくたちは、もう一件、死亡事件を抱え込むことになるでしょう」

「でも、いずれは話さざるを得なくなる」とフロストは言った。

「だったら、あんたが話してくれよ」ケネス・ダフィーは吐き捨てるように言うと、サイドボードに近づき、抽斗《ひきだし》を開けて小さな箱を取り出した。「これがなんだかわかるか?」彼はその小箱を振って、からからと乾いた音を立ててみせた。「あの藪医者の野郎、スーザンが飲んだのと同じ薬を、いまだにうちのやつに処方して寄越しやがるんだよ」

フロストは眼を逸らした。返すことばがなかった。


車に戻ると、ギルモアが言った。「あのヴィデオの件ですが、警部はスーザン・ビックネルの足元に気づいたでしょうか?」

「いや、足元なんて見ようとも思わなかったよ」フロストは言った。「なぜだい?」

「戸外《そと》で撮影したからだと思いますが、靴を履いていたんです」とギルモアは言った。「ほかには何ひとつ身につけていないのに、靴だけは履いていた——ポーラ・バートレットの場合と酷似しています」

フロストは右頬の傷痕をまさぐり、しばらく考え込んでから、首を横に振った。「偶然だよ、坊や。ポーラみたいな子の出てるポルノ・ヴィデオなんて、誰がこしらえようと思う? こんな言い方をしちゃ気の毒だけど、あの子はあのとおりの御面相だったし、あのとおりの体型だったんだから」灰皿を漁り、それなりの長さの吸い殻を発掘して火をつけた。「モルトビーのおっさんの予言が当たっちまったよ。匿名の手紙のせいで、いずれ自殺するやつが出るだろうって言ってたよな」何やら急に薄ら寒さが忍び寄ってきたような気がして、フロストは座席に坐ったまま身を縮めた。「なのに、このおれは、そのいかれポンチを突き止めようにも、どこから取っかかったもんか、糸口すらつかめてない」

ギルモアは、エンジンをかけた。「どこに向かえばいいでしょうか、警部？」

「署のまえで落としてくれないかい？　坊やはそのまま家に帰れ。睡眠も大事だぞ。明日の朝、へろへろで使い物にならないようじゃ、困るんだから」

水曜日――夜勤（二）

ギルモアは自宅のまえに車を寄せ、通りから窓を眺めた。明け方近い時刻にもかかわらず、すべての窓に明かりが煌々《こうこう》と灯っていることを、リズが不満をたっぷりと溜め込んで夫の帰りを待ちわびていることを半ば覚悟していた。ところが、見たところ、自宅は暗闇に包まれているようだった。ギルモアは安堵の溜め息をついた。今朝方のような罵《のの》りあいをここでまた繰り返すほどの気力は到底なかった。だが、玄関に滑り込み、そっとドアを後ろ手に閉めたとき、何人かの人間が喋っているようなくぐもった話し声が聞こえてくることに気づいた。居間のドアのしたから、明かりが細く洩れている。

彼は足音を忍ばせて廊下を進み、居間のドアにたどり着くと、把手をまわした。テレビで昔の白黒映画をやっていた。そのまえに置かれた肘掛け椅子に、リズが身体を丸めて坐っていた。テーブルにはトニック・ウォーターの空き瓶が二本、彼女の傍《かたわ》らの床には、ウォッカの壜が置かれている。リズが振り向いた。戸口に夫の姿を認めると、彼女は縁《ふち》まで液体の入ったグラスを掲《かか》げた。乾杯の仕種《しぐさ》のようだった。「狩人のご帰館を祝して！」そう言うと、ひと息で中身を呑み干し、空《から》になったグラスを高々と持ちあげて誇らしげに振った。

「もう朝の四時過ぎだぞ」とギルモアは言った。「こんな時間まで酒なんか呑んで、何やってるんだ？」

リズは唇を尖らせ、膨れっ面になった。「今日は早く帰るって言ったくせに。今日は早く帰るって、ちゃんと約束したくせに」

ギルモアは上着を脱ぎ、ネクタイを緩めると、なかの食器類を見せびらかすことを主たる用途としている戸棚から、陳列用のグラスを取り出した。「努力するって言ったんだよ。努力はしたけど、結果的に早くは帰れなかったんだ」対《つい》になった肘掛け椅子に身を投げ出すようにして坐り込み、ウォッカの壜に手を伸ばした。壜は空になっていた。ギルモアは、非難の意を込めて、その壜を持ちあげてみせた。「土曜日に封を切ったばかりじゃないか」

「そうよ、あたしが呑んだの。ぜぇぇぇんぶ、呑んじゃったの。だって、ほかにすることなんて、ないもの。こんな半分死んでるような市《まち》の、こんな狭苦しい家の狭苦しい居間で、いつ帰ってくるかもわからない夫の帰りをじっとおとなしく待ってる人間に、ほかに何ができるっていうの？」

しつこい疲労感を拭い取りたくて、ギルモアは両手で顔をこすった。「長いことじゃないよ」ウォッカを呑まれてしまった以上、ほかにアルコールの類いが見つかるとは思えなかったが、とりあえず重い腰をあげて戸棚のなかを漁った。半分だけ残っているビター・レモンの瓶やらコークの瓶やらが並んでいるあいだに、それらしき壜の一本も紛れ込んでいないかと捜してみたが、案の定、希望の品はなかった。仕方なく、コークをグラスに注いだ。コークはぬるく、気も抜けていた。テレビの画面では、ハンフリー・ボガートがピーター・ローレを小突きまわし、平手打ちを見舞っていた。ギルモアは肘掛け椅子に身を沈め、全身の力を抜いた。襲いくる睡魔と闘いながら、頭を背もたれに預けた。

「あたしが何を考えてたか、わかる?」リズはかすれ気味のハスキーな声で囁くと、空になったグラスをテーブルに置いた。ろれつが怪しくなっていた。「あのね、とっても情熱的でとっても奔放で、とってもキュートな旦那さまの帰りを、今夜は寝ないで待ってましょうって思ったの。で、旦那さまが帰ってきたら、ふたりしてとっても情熱的でとっても奔放なセックスをしましょうって思ってたの。ねえ、精力絶倫のスーパー色男さん、それってどうかしら? あなたの考えを聞かせて」

ギルモアはあまりに疲れすぎていた。そんな気分ではなかったし、愛の交歓を全《まっと》うできるだけの体力が残っているとも思えなかった。にもかかわらず、彼はにやりと笑った——実に雄々しく笑ってみせた。言い争いだけは避けたかった。互いに傷つけあうことも、引っ掻きあうことも、隣近所をはばかって、最初から最後まで押しころしたしゃがれ声で欲求不満と怒りと憎しみをぶつけあうことも、願い下げだった。「いい考えだ、乗ったよ」ギルモアはそう言うと、妻に向かって腕を広げた。

リズは静々と歩み寄ってきて、彼の膝に這いあがった。それを抱き寄せ、ギルモアは妻にキスをした。彼女の唇はウォッカの味がした。抱き寄せた身体は燃えるように熱く、濃厚な香水の匂いがした。悩ましくも官能的な匂いだった。気がつくと、リズの手が這いまわっていた。ズボンからシャツの裾が引っ張り出され、代わりに滑り込んだ手が臍《へそ》のしたのあたりを探索し、指先で軽く引っ掻くように愛撫していた。その時点で、ギルモアの反応は、すでに演じられたものではなくなっていた。それから少し経った時点で、ギルモアはリズの服のボタンをはずし、胸元を大きくくつろがせていた。もう少し経った時点では、歯を立てたり、舌を這わせたり、うめき声をあげたりしていた。

それから、さらにもう少し経った時点で、玄関の呼び鈴が鳴った。歯科医のドリルのようなその音は、いつまでも執拗に鳴り続けた。それに、何者かがドアを叩く音が加わった。次いで、フロストの声も――ギルモアの名前を呼ばわり、玄関を開けるよう叫んでいる。これは悪夢だ、とギルモアは思った。呪われた夜に見るおぞましい悪夢に決まっている。

「すまない、坊や」ギルモアが玄関のドアを開けると、フロストはいちおう謝罪のことばらしきものをつぶやきながら押し入ってきた。「緊急事態が勃発しちまったもんで――」と言いかけて、急に口をつぐんだのは、怒りをたぎらせているリズの存在に気づいたからだった。彼女は、服のボタンをみぞおちのあたりまではずしたまま、肘掛け椅子にもたれていた。はだけた胸元から乳房の膨らみがのぞいているのに、それを隠そうともしなかった。フロストのほうも、驚愕と賞賛の眼差しを隠そうともしなかった。

ギルモアは、無用の紹介を執《と》り行《おこな》った。「家内のリズです」

「どうも、奥さん。突然押しかけてきたりして、申しわけない」とフロストは詫びた。「厚かましい野郎だと、さぞかしご立腹のことと思う」

「ええ」リズは率直に言った。

「実を言うとおれは、同業者のあいだで〝人間避妊具〟と異名を取る男でね」とフロストは付け加えた。その場の雰囲気を、少しでも和《なご》ませようとこれ努めたのだが、夫からも妻からも返事はなかった。

「なんの用です？」ギルモアは無愛想に尋ねた。

「コンプトンの家が、また放火された。おまえさんが担当だってことはわかってるけど、今夜のとこは、おれが代わりに出張《でば》って様子を見てきてもいいぞ」

ギルモアは躊躇した。

「行ったら？」とリズが言った。「どうぞ。遠慮なんかしないで、とっとと行けばいいじゃない」そう言い捨てると、居間から出ていってしまった。床板を荒々しく踏み鳴らし、最後に力いっぱい叩きつけるようにドアを閉める音を残して。

「おもてで待ってるよ」とフロストは言った。「急いでくれ」

「いえ、このまま出かけます」そのことばどおり、ギルモアはすでにコートを手にしていた。

雨は止《や》んでいたが、冷たい風がふたりを車に追い立てた。「悪かったよ、坊や。おれが邪魔したせいで、話がややこしくなっちまっただろう？」フロストは助手席に滑り込みながら言った。ギルモアは、明確な返事を避けて代わりにうめき声を洩らすと、音がするほど手荒くギアを入れた。車を出しながら、自宅のほうを振り返った。リズが窓辺にたたずんでいるだろうと半ば期待して。手のひとつも振ってやろうと思ったのだったが、思っただけ無駄だった。

道路は空《す》いていた。ギルモアは、アクセルをめいっぱい踏み込んだまま、交通信号も制限速度も無視して車を駆った。フロストはそれまでに知り得た事柄をかいつまんで話して聞かせた。「今からおよそ二十分ほどまえ、コンプトン家から署に通報があった。不審人物が庭先をうろついてるって知らせてきたんだそうだ。二分後、あの家と直通の、署の警報が鳴りだしたもんだから、その不審人物が屋敷の窓を叩き割ったか、どこかの門を強引にこじ開けたか、なんかしたんだろうと思われた。司令室の判断で、パトカーが一台、差し向けられた。ところが、現場に到着したパトカーの乗員は、コンプトンの屋敷が炎に包まれているのを発見した。現在、消防隊が現場に急行中。おれも、そこまでしか聞いてない」市街地を離れ、デントン・ウッドの森の外周道路を抜けて、丘の斜面に差しかかった。坂道を這い登りはじめると、前方の空との境目《さかいめ》のあたりが、ちらちらと躍《おど》るオレンジ色の光に染めあげられているのが見えた。「なんとまあ……見たか、坊や？」とフロストは言った。「こりゃ、どえらい大火事じゃないか」

ほどなく、明滅する青い回転灯の光がいくつも見えるようになった。現場に集結してきた消防隊の緊急車輌だった。さらに、炎に包まれた木造の建築物が低くくぐもった咆哮《ほうこう》をあげるのが、ふたりの耳にも届いた。風になぶられるたびに、それが狂乱の悲鳴へと転じるのも。車を降りたとたん、ふたりとも身を焦がすほどの熱気にあぶられ、足元でスパゲッティ状に錯綜し、とぐろを巻いている何本もの消火ホースに蹴つまずきそうになった。

「気をつけろ！」という叫び声があがった。

長く尾を曳《ひ》く苦悶の軋みを残して、風車小屋の屋台骨が崩れ、それを追うように、遠雷に似たうなりをあげて屋根がゆっくりと陥落した。炎が噴きあがり、オレンジ色の舌で夜空を舐《な》めた。何千もの赤いスパンコールを宙に投げあげたかと見まごうばかり、火の粉が踊る。黄色い防水服に身を包んだ消防隊員がいっせいに背を向け、暴れ竜が吐き出した熱気と煙をやり過ごした。

屋根が落ち、建物が空に向かって口を開けた状態になった。放水担当の消防隊員たちは、燃え盛る火の心臓部を直撃することが可能になった。火勢が徐々《じょじょ》に弱まり、水蒸気と油臭い黒煙の雲が湧きあがった。

「警部！　こっちです」消防車の傍《かたわ》らでジョーダン巡査がふたりに手を振っていた。足元の芝生に、何かが横たえられていた。皺の寄った灰色のビニール・シートにくるまれ、放水の飛沫《ひまつ》を浴びている細長い物体。

「くそっ」とフロストは言った。その手のビニール・シートは、死体をくるむものと相場が決まっている。

「消防隊員が居間で発見したんです」ジョーダンはふたりに報告した。「ひどいもんです。火炎による損傷が激しくて」

フロストは包みのうえに屈《かが》み込むと、ビニール・シートの端をつまんでそろそろと持ちあげた。次の瞬間、慌てて顔を背《そむ》けたが、遅かった。吐き気を催《もよお》す臭い、肉の焼け焦げた臭いを吸い込んでいた。横からのぞき込んでいたギルモアも、胃袋がよじれ、咽喉《のど》元までせりあがってくるのを感じた。瞬《まじろ》ぎもしないで、こちらを凝視してくる死者の顔は、一面に火脹《ひぶく》れが生じて真っ赤に爛《ただ》れ、高熱にさらされたため歪んでいた。髪の毛があるべき場所には、灰色の粉のような灰が付着している。

「死体を発見した消防隊員が言うには、被害者《ガイシャ》は燃え盛るガソリンの池にうつ伏せに倒れ込んだんじゃないかってことです」ジョーダンは、足元に眼を向けることだけは断固として拒否する構えで、まっすぐまえを向いたまま状況説明を続けた。「死体は、発見した消防隊員の手で居間から運び出されました」

「こういう死に方をするもんじゃないな」フロストは低い声でつぶやいた。もっと丹念に観察するべく、ビニール・シートをさらに引き降ろした。黒く燻《いぶ》された肉に、炭化した布の切れ端が融けてへばりついていた。「殿方用の寝巻きみたいだな」

「ええ、警部のおっしゃるとおり、それはパジャマです。被害者《ガイシャ》はこの家の世帯主と思われます」

フロストは改めて身を屈《かが》め、もっと近くから死体の顔を検《あらた》めた。マーク・コンプトンの亡骸《なきがら》であることを確認するには、医療記録と歯科の治療記録が必要になるだろう。フロストはゆっくりと腰を伸ばした。「それで、具体的に何があったんだ？」

「自分たちが現場に到着したときには、すでに屋敷全体に火がまわってました。シムズが消防署に無線を入れて、出動を要請しました。その間《かん》に自分は、屋敷の裏手にまわったんです。火の勢いが強くて、とてもじゃないけど、玄関からは入れそうになかったので。そしたら、裏口のまえの芝生にコンプトン夫人が倒れてたんです。寝巻き姿で、意識を失って」

「今はどこに？」

「レキシングの村の住人が付き添ってるはずです」

フロストは黙って頷き、話を進めるよう促した。

「消防車が到着すると、マスクとボンベを着けた隊員が二名、屋内に入りました。その二名の隊員が、居間で人が倒れているのを発見したんです。すぐにそとに運び出したんですが、すでに死亡してました」

「自動消火装置《スプリンクラー》が作動して、こういう火事を消し止めてくれることになってるって聞いた覚えがあるんだがね」とフロストは言った。

「それが、警部、作動しないようになってたんです。本管の元栓が締めてあって、給水がストップしてました」

ギルモアは、そろそろ周囲に対して自分の存在を主張し、この事件はフランク・ギルモア部長刑事の担当であることを思い出してもらうべき頃合であると考えた。「司令室に無線を入れてもらいたい」彼は口調も鋭く、ぴしゃりと言った。「全パトロールに緊急手配だ。夜も明けきらないこんな時刻に外出している者は、徒歩だろうと車に乗ってだろうと、全員容疑者と見なす。事情聴取のため、身柄を拘束し、署に連行すること」

「ついでに、近隣のすべての病院と開業医と薬局にも通達を出すように言ってくれ」とフロストが言い添えた。「火傷《やけど》の手当を求める者が来た場合、ただちに警察に連絡するように」

車のクラクションが鳴り響いた。見ると、モルトビー医師の運転するヴォクソールが未舗装の小道を這い進んでくるところだった。現場に呼び出された警察医は、寒さに備えて厚手のオーヴァーコートを着込んでいた。車から降り立つと、しばしその場にたたずみ、美しかった邸宅の在りし日の姿を偲《しの》ぶように、焼け落ちた《風車亭《オールド・ミル》》のくすぶり続ける残骸を眺め渡した。途中でフロストの姿を認めたのか、こちらに向かって歩きだした。必要以上に用心深い足の運びで、ぎごちなく消火ホースをまたぎながら。

「まただ、また酔っ払ってる」ギルモアは奥歯を噛み締め、非難の声を洩らした。

「だったら、先生を逮捕するかい？」とフロストは切り返した。「余分な仕事を増やしたいなら、ちょうどいいぞ。おい、先生《ドク》、こっちだ、こっち！」

モルトビー医師は、よたよたと近寄ってきた。「やあ、ジャック、凄まじいことになってるな」そう言うと、足元に眼を遣《や》り、人間の形に膨らんだビニール・シートに向かって顎をしゃくった。「この家の亭主か？」

「ああ、その燃え残りだよ、先生《ドク》。プレミアム・ガソリンのなかに頭から突っ込んじまったらしい。おれが知りたいのは、自《みず》ら突っ込んだのか、それとも誰かに突き飛ばされたのかってことなんだ」

モルトビーは、死体を覆っていたビニール・シートを完全に取りのけると、濡れた芝生のうえに敷いて、そこに膝をついた。ひと目見るなり、気短に首を横に振った。「損傷の程度がひどすぎる。正規の検視解剖をやらないことには、何もわからんよ」それでも、とりあえず死体の頭部を少しだけ持ちあげ、頭蓋骨の輪郭に沿って指を這わせた。「おや……」医師は慎重な手つきで頭部の位置を按配《あんばい》して、後頭部をより丹念にまさぐった。「やっぱりだよ、後頭部に陥没箇所が認められる」

「どこだい？」フロストはモルトビーの隣にしゃがみ込むと、ニコチンの染みのついた指を焼死体の後頭部に走らせた。モルトビー医師のことばに、間違いはなかった。後頭部を、まさぐるうちに、一カ所だけ妙に軟らかい場所が見つかった。指先に力を込めると、頭蓋骨がたわむのが感じられた。フロストは手を引っ込め、その手をレインコートで拭ってから立ちあがった。

「くそっ……なんでこうなるんだよ、ええ？　きりがないからやめとくけど、今のおれは、いくら悪態をついてもつき足りない」

「倒れたときに打ったという可能性は？」とギルモアが言った。

フロストは首を横に振った。「このおっさんは、うつ伏せに倒れたんだよ、坊や。燃え盛るガソリンの池に、頭から突っ込んじまったんだ」

モルトビーも同意して頷いた。「参考までに言わせてもらうなら、背後から殴られたんだろう……鈍器による致命的な殴打が加えられたものと考えられる。その一撃で即死したのでなければ、焼死ってことになる」

フロストは、がっくりと肩を落とした。「それじゃ、先生の見立てでは、いずれにしても被害者《ガイシャ》は誰かに殺されたってことだね」ビニール・シートをひと振りして水滴を払い落としてから、フロストはそのシートでもう一度死体を覆った。「この気の毒なおっさんの奥方は、どこだい？」

「エイダが面倒を見てるよ」とモルトビーが言った。彼は背後の屋敷を振り返って、消防隊員たちの働きぶりを眺めていた。《風車亭《オールド・ミル》》は、今や完全に焼け落ちて黒く煤《すす》けた骨組みだけとなっていたが、消防隊員たちによる放水はまだ続いていた。害意を秘めた風が未練たらしく焼け棒杭にまとわりついては、あちこちで小さな火の粉を舞いあげ、おさまりかけた炎を再燃させていたからだった。「ジャック、こんなことをした野郎は、必ず挙げてくれ」モルトビーはそう言い残すと、よろめく足を踏み締めるようにして、車に引きあげていった。

「ああ、せいぜい努力するよ」医師の後ろ姿に向かってひと声叫んでから、フロストはギルモアのほうに向きなおった。「行くぞ、坊や。つんと尖った乳首の君にちょいと話を聞きに行こう」

その瞬間、ギルモアの怒りが爆発した。丸一日、フロスト警部の下劣にして無神経きわまりない言動につきあわされてきた身としては、もう我慢の限界を超えていた。「警部、あなたには人並みの思いやりってものがないんですか？　人ひとり死んだんですよ。あとにその人の妻がひとり遺《のこ》されたんですよ。それでも警部は、なんでもかんでも、低俗でつまらない冗談に仕立てあげなくちゃ、気がすまないんですか？」

フロストは悪びれた様子もなく、軽く肩をすくめて、ギルモアの非難を甘受した。「この仕事をしてると、胸くその悪くなるようなことを、それこそ山のように眼にするんだよ、坊や。そのたびに深刻に受け止めて、くよくよ考え込んでたりした日には、いずれ突っ走ってきたバスのまえに身を投げる羽目になる。マレットはさぞかし悦ぶだろうけど、それで被害者《ガイシャ》が救われるわけじゃない――だから、おれは冗談を言う。冗談を言ってりゃ、因果な仕事の因果な部分を引き受けるのが、いくらかは楽になる。けど、気に障ったんなら謝るよ」

ネルのパジャマのうえから厚手の生地でできた鼠色のドレッシング・ガウンを羽織り、頭につけたカーラーを男物の帽子で隠したエイダ・パーキンズは、気遣わしげな表情を浮かべて、ふたりの刑事を寝室に案内した。フレーム部分が鉄パイプでできた、エイダの独り寝のベッドに、これまたエイダの所有物と思われる、襟がきっちりと詰まったきわめて色気に乏しいスタイルのネルのネグリジェを着た、いつになく慎ましやかな恰好のジル・コンプトンが眼を閉じて横になっていた。フロストの眼には、それまでに見たどんな彼女よりもなまめかしく、妖艶な姿に映《うつ》った。彼は、不適切なときに不適切な考えが浮かばないことを願った。ジル・コンプトンの瞼《まぶた》がかすかに動いた。そっと名前を呼んでみると、彼女ははっとしたように眼を大きく見開き、不安の色を浮かべて上体を起こした。「マークは……マークはどこ？　あの人は無事なの？」

フロストは、心のなかでうめき声をあげた。これは大きな誤算だった。ジル・コンプトンがまだ夫の死を知らされていなかったとは。「実は、コンプトン夫人、よくない知らせがあるんです」

彼女は大きく見開いた眼でフロストをじっと見つめ、次いでギルモアを見つめた。その眼は、心に芽生えた強烈な不安を打ち消してほしいと訴えていた。恐れているようなことなど起こっていない、と言ってほしがっていた。「そんな……まさか……そんなことって……」ジル・コンプトンは、首を横に振った。これから聞かされるとわかっていることを、受け入れまいとした。

苦痛を少しでも減らすには、できるだけ速《すみ》やかに希望の芽を摘み取ってしまうことだと、フロストは承知していた。「コンプトン夫人、ご主人は亡くなりました。消防隊員が助け出したけど、すでに手遅れでした」

彼女は一瞬、怒ったような顔をした。何を聞かされても、納得しなければ、聞かされた事柄は真実ではなくなる、そんな信念でも抱いているかのように。それから、身体が小刻みに震えだしたかと思うと、両手に顔を埋めて泣きはじめた。指のあいだから涙が滴《したた》り落ちた。「嫌よ、そんなの、いや……」

エイダが割って入り、ジル・コンプトンの慰め役にまわった。「さあ、今日のとこはこれで引き取っとくれ」とふたりの刑事に立ち退きを求めた。

「そうはいかない」フロストはきっぱりと言った。「こちらさんは、たったひとりの目撃者だ。われわれが頼りにできるのは、この人しかいない」

エイダ・パーキンズは、一歩も譲らなかった。顎を突き出して服従拒否の姿勢を示し、世話を託された者を庇護《ひご》するべくコンプトン夫人の身体に腕をまわした。「何度も言わせるんじゃないよ。時と場所ってもんを少しは考えたらどうだい？」

しかし、ジル・コンプトンは、洟《はな》をすすりあげ、下唇をきつく嚙み締めて嗚咽《おえつ》を呑み込むと静かに言った。「いいの、大丈夫だから。あたし、役に立ちたいもの。何をお話しすればいいんでしょう?」

ギルモアに向かってメモを取る仕種《しぐさ》をしてみせてから、フロストは座部が籐《とう》でできた椅子をベッドのそばに引き寄せた。「では、手始めに、何が起こったのかを話してください」

ギルモアは鋭くひとつ咳払いをして、怒りの眼差しでフロストを睨みつけた。「この事件は、ぼくの担当だったはずですが」フロスト警部の記憶を呼び覚ますべく口をはさんだ。

「そうだった、坊や。悪かった」フロストは穏やかに言うと、少しだけ椅子をうしろに引いた。

ギルモアは慰めるような笑みに切り替えた。「では、コンプトン夫人、手始めに、何が起こったのかを話してください」

彼女は、枕のしたを手探りしてハンカチを引っ張り出し、左右の眼を交互に拭うと、そのちっぽけな布切れを今度は両手で揉み絞りながら、事の顚末を語りだした。「あたしたちは、ふたり揃って午前零時ちょっとまえにベッドに入りました。しばらくして、ふと眼が醒めてみると、マークがベッドの隣に置いてある電話を使ってました。警察に通報してたんです。不審な足音が聞こえる、誰かがそとを歩きまわってるにちがいない——そう言ってました」

「実際に不審者の姿を目撃しましたか?」とギルモアは尋ねた。

「いいえ、はっきりとは。マークとふたりで寝室の窓からそとをのぞいてみたけれど、黒っぽい影が動いてるのしか見えなくて……人間みたいだったから、たぶん、あれがそうだったんだとは思うけど。マークは怒りました。もう勘弁ならない、どんな相手だろうと今度という今度は一発思い知らせてやると言って、飛び出していきました。懐中電灯を引っつかんで」

「その懐中電灯を武器代わりにするつもりだったんでしょうか？」

ジル・コンプトンは頷いた。「だと思います」

「ご主人は、あなたのことを寝室に残して、自分ひとりで階下《した》に降りていったわけですね？」

「ええ、寝室から出ちゃいけないって言われたんです。内側からドアに鍵をかけて、待ってなさいって。だから、言われたとおりに待ってたら、突然、叫び声がして……物がぶつかりあうような音も聞こえました。喧嘩してるような音なんです。それから、急に静かになって……あたしは待ちました。マークが早く戻ってきてくれますようにって、それだけを思いながら。でも、なかなか戻ってきてくれないので、大声で名前を呼んでみたんだけど、返事がなくて。そうこうしているうちに、なんだか焦げ臭いことに気づいたんです。だから、鍵をはずして、寝室のドアを開けてみたの。そしたら……廊下に黒い煙が立ち込めてて、ほとんど何も見えないような状態で。だから、半分手探りで階段を降りました。居間のドアを開けたとたん、炎と煙がうなりをあげて押し寄せてきて……そのとき、見えたんです、マークがうつ伏せに倒れてるのが。でも、ものすごい熱さで……マークに近づけないんです」

ジル・コンプトンは、そこで黙り込んだ。心のなかで、そのときの光景を再び体験しているのか、顔面が引き攣り、苦痛の表情が浮かんだ。フロストが何事か言いかけたが、ギルモアは、おとなしくその口をつぐんでいるよう身振りで伝えた。

「居間の窓が開いてるのが見えたので、ともかく裏口から庭に出ようと思いました。でも、煙がものすごくて、息ができないんです。眼も見えなくて、やっと裏口の掛け金を探り当てたのに、なかなかはずれてくれなくて。焦れば焦るほど、はずれなくて。最後にようやくはずれたけど――」彼女はうつむき、折れた爪を隠すように両手を上掛けのしたに滑り込ませた。「――でも、そこで気を失ったんだと思います。あたしが覚えているのは、そこまでです。気がついたときには、そばに消防隊員の人がいて……その次に気がついたときには、エイダが付き添ってくれてました」話を続けることで、なけなしの気力を使い果たしてしまったようだった。ジル・コンプトンは眼を閉じると、枕に頭を預けた。「あたしが覚えているのは、そこまでです」とか細い声でもう一度繰り返した。

「救助に携《たずさ》わった者によれば、あなたは裏口を出てすぐのところで倒れていたそうです」とギルモアは言った。「おたくの敷地に侵入してきた不審者に関して、ほかに何か目撃するなり、気づくなりしたことはありませんか?」

ジル・コンプトンは眼をつぶったまま、首を横に振った。「いいえ」全身が激しく震えだした。彼女は上体を起こそうと身をよじった。「あたしがあのとき、マークのとこまで行けていれば。すぐそばだったのよ、ほんとにすぐそばに倒れてたのよ。なのに、火の勢いがものすごくて……」

ギルモアは、彼女の腕をそっと叩いた。「いいえ、コンプトン夫人、あなたにできることは何もなかった。あなたが居間で倒れているご主人を見つけたとき、ご主人はもうすでに亡くなっていたと思われます」

彼女はギルモアのほうを見あげた。「あたし、頼んだのよ。警察が来るまでここで一緒に待ってましょうって、あの人のこと、必死に引き留めたのよ。ちゃんと引き留めてたら、マークをひとりで階下《した》に行かせたりなんかしなければ……」枕に顔を埋めると、ジル・コンプトンは苦悶の叫びをあげた。肩が大きく波打つほど、激しく泣きむせんだ。

エイダ・パーキンズが大きく一歩まえに踏み出し、喧嘩も辞さない構えでギルモアのまえに立ちはだかった。「ここまでにしといとくれ。これ以上は無理だ」

ギルモアは席を立ち、借りていた椅子をもとあったところ——勿忘草《わすれな》の模様の散った壁のまえに戻した。「コンプトン夫人、ご協力には感謝しています。それから、今度のことでは、なんと申しあげていいのか。どうぞ、お力を落とされませんよう」

エイダはドレッシング・ガウンのまえをかきあわせて、骨張った身体に巻きつけるようにした。「もうしばらく、この人のそばについてることにするよ。何かつまみたけりゃ、居間にお茶の用意がしてあるから、ビスケットでも齧《かじ》っててちょうだい」

居間は、暖炉にくべられた石炭が、音がするほど勢いよく炎をあげているおかげで、むっとするほど暖かかった。気を緩めると、その場で眠り込んでしまいそうだった。ギルモアは、瞼が落ちかけるたびに慌てて眼を見開くことを繰り返しながら、エイダが用意した砂糖入りの熱い紅茶を飲んだ。フロストが席につくまえにまずカーテンを開けたので、窓越しに早朝の空が見えた。そのところどころに、火事の名残《なごり》の黒煙が煤《すす》けた縞模様を描いていた。フロスト警部はといえば、テーブルについていた。だらしのない恰好で椅子にもたれ、カップの受け皿を灰皿の代用にしているところだった。彼もまた疲れていた。寝床に潜り込めるのなら——欲を言って、そこにジル・コンプトンが添い寝をしてくれるというおまけがつくなら、何を差し出しても惜しくない心境だった。先刻寝室で見かけた、あの涙に濡れた化粧気のない顔に、なまめいた風情《ふぜい》とも言うべきものを感じてしまったのである。

尻の位置をずらしたひょうしに、片足がテーブルのしたにあった何かにぶつかった。その何かはぐらぐらと揺れて、しかるのちに、ガラス製品特有のがちゃんという音を立てて床に倒れた。フロストは欠伸《あくび》をしながら、テーブルクロスの裾をめくってなかをのぞいた。自分の足のすぐ脇に、横倒しになったワインの壜が寄り添っていた。エイダ手製の薬草酒の壜だった。その奥に、ひとつところに寄せ集めたような恰好で、さらにもう二十本ばかり、秘蔵の酒を詰めた壜が置かれていた。「あいつも案外けちな女だな。おれたちに呑まれないように、こんなとこに隠したりして」フロストはそう言うと、そのうちの一本を手に取って歯でコルク栓を抜き、中身をひと口あおった。眼のまえの光景が一瞬、せわしなく揺らめき、すぐにまたもとの位置に収まった。抜いたコルク栓を再び壜の口にねじ込んでから、フロストはその壜をテーブルのしたのほかの壜のあいだに紛れ込ませた。

「ひとつ考えてたことがあるんですが……」とギルモアが言った。

フロストは頭を振って、ほろ酔い気分を追い散らした。「それが淫らなことなら、いくらでも拝聴するぞ、坊や」

「モルトビー医師に見せられた例の匿名の手紙が、マーク・コンプトンに宛てられたものであるなら、彼と情交していたとされる相手の女は誰か？」

「ああ、それはおれも知りたい」とフロストは応えた。「あの尻揉み殿下が召しあがってた御馳走なら、おこぼれを頂戴《ちょうだい》するのも悪くない」

「マーク・コンプトンは、妻以外の女と関係を持っていた」とギルモアは言った。「ひとつの可能性として、その女に、嫉妬深い夫なりボーイ・フレンドなりがいたことも考えられるんじゃないでしょうか？」

「なかなか鋭い指摘だ、坊や。いいとこに眼を――」フロストは不意に口をつぐみ、もう一度テーブルのしたをのぞき込んだ。あることが無性に気になりだしたので。「エイダのやつ、なぜ、秘蔵の酒をこんなとこに置きっ放しにしてるんだ？　あいつは、整理整頓が生きがいみたいな女だ。ありとあらゆるものの置き場所が決まっていて、ちゃんとそこに収まってないと気分が悪いはずなのに」

「さあ、ぼくに訊かれても……」ギルモアはことばを濁した。その声の調子は、関心すら抱いていないことを示していた。

フロストは、隅の造りつけの物入れに眼を留めた。「ああ、あそこだ。密造酒ってのは、ああいう戸棚にしまうもんだ。おい、坊や、ぼやっとしてるんじゃないよ。あの戸棚のなかを、ちょいとのぞいてみてくれ」ギルモアは驚きを隠そうとしなかった。「背後に重大な事情が存在していることも考えられるぞ、部長刑事」

このいたって血の巡りの悪い老いぼれは、いったん言いだしたことを素直に撤回するような人間《たま》ではない。ギルモアは諦めて、戸棚の把手を引いた。「鍵がかかってます」

「ほらよ、坊や」フロストは、万能鍵の束をギルモアに放った。「そいつを貸してやる」

最初の鍵は、鍵穴に合わなかった。ギルモアは、別の鍵を選り出した。「こういう行為は、捜索令状がない状態では許されることじゃありませんよ」

フロストは、さも驚いたふうに、両の眉毛を吊りあげた。「ほう、この仕事は日々勉強だな。ついこのあいだも、偽の証拠をこっそり置いたりするのは今じゃもう許されなくなったって聞かされた。でも、おれはそういうことを鵜呑《うの》みにするほど、人間が単純じゃないもんでね」フロストは新しい煙草に火をつけた。「さっさと頼むよ、坊や」

三本目の鍵も不首尾に終わった。が、次に選り出した鍵は、すんなりと鍵穴に収まり、絹の滑らかさでまわった。かちっという錠のはずれた音を確認してから、ギルモアは扉の把手をつかんで手前に引き……次の瞬間、低く口笛を吹いた。物入れのなかには、使い古されたオリンピアのタイプライターがしまい込まれていた。それを引っ張り出し、テーブルまで運んでいる途中で、ドアが開く音がして、続いて怒気を含んだ甲高いわめき声が居間に響き渡った。「ちょっと、あんた、自分が何をしてるのか、わかってるのかい?」

「おれは止めたんだよ、エイダ」とフロストは言った。「でも、この坊やは年長者の忠告に耳を貸すってことを知らないんだ」

「あたしは、あんたたちを家に入れてやった。お茶も振る舞ったし、ビスケットも御馳走した。なのに……」

「その身体には、指一本触れさせてくれなかった。エイダ、きみはあまりにもつれない。おれの望みはそれだけなのに」

エイダは、フロストのことばを聞いていなかった。鋭く突き刺すような怒りの眼で、ギルモアを睨みつけていたので。ギルモアは手帳のうしろのほうから、何も書き込んでいないページを破り取って、タイプライターのローラーに巻き込んでいるところだった。エイダの声が憤怒《ふんぬ》に震え、一オクターブ高くなった。「他人《ひと》の持ち物に無断で触《さわ》るんじゃない！」だが、エイダ・パーキンズの突撃は、素早く突き出されたフロストの腕によって未然に押さえ込まれた。

「ちゃんと動くかどうか、確かめとかないと。うちの坊やが壊しちまったかもしれないだろう？　万一、警察のほうで損害賠償をしなくちゃなんなくなったときに、あんたに損をさせたくはないもの」

手帳から破り取った紙片が、納得のいく状態でタイプライターにセットされると、ギルモアは試しに一文打ってみた――すばしこい茶色の狐が怠け者の犬のうえを飛び越える（The quick brown fox jumps over the lazy dog. アルファベット二十六文字がすべて含まれる、タイプの練習や試し打ちに使われる代表的な例文）。それから紙片をタイプライターから引き抜き、打ち出された文字を注意深く調べた。ギルモアの顔に、勝利の笑みが浮かんだ。「sとaがほかの文字よりもうえに飛び出してる。どうやら、警部、例の匿名の手紙を打つのに使用されたタイプライターが見つかったようですね」

紙片を受け取り、フロストも頷いた。「エイダ、うちの坊やの言うとおりだ。でも、おれとしては、おそらくあんたから、ぴしっと一本理屈の通った、説得力あふれる説明を聞かせてもらえるものと考えてる」期待に満ちた表情を浮かべて、フロストは口をつぐんで待った。

エイダ・パーキンズは頑《かたくな》に腕を組み、唇を真一文字に引き結んだ。

「よく聞こえないよ、エイダ」フロストは片手を耳に宛てがいながら言った。

それでも、エイダは眼を細くすがめただけで、依然としてだんまりを決め込んでいる。

ギルモアは、フロストと彼女のあいだに強引に割って入った。自分を抑えられなくなっていた。ミッキー・マウスの寝巻きを着てベッドに仰臥《ぎようが》していたスーザン・ビックネルの物言わぬ姿が、眼のまえに浮かびあがった。「喋りたくなければ、何も喋らなくていい。あなたは、根性のねじ曲がった悪意の塊のような人だ。あなたのしたことが原因で、ひとりの老人が自殺を図った。十五歳の少女が自《みずか》らの生命を絶った」

エイダは、ひるむ気色もなくギルモアの視線を受け止め、睨み返した。「だったら、あたしを逮捕すりゃいい。違うかい？」

「こらこら、ふたりとも、喧嘩はやめろ」フロストはそう言うと、大きな音を立てて椅子にまた坐った。「エイダ、あんたには、逆立ちしたってあんな陰険な手紙は書けない。あんたに書けるのは、せいぜいメモ程度だ。これまででいちばん長いやつだって――『今日の牛乳の配達は結構です、猫が下痢をしてるので』だったじゃないか」喋りながら、輸出用のベンスン＆ヘッジズのパックを振って、中身を一本抜き取った。「そいつは、ウォードリーって爺さんのタイプライターだ。そうだろう？　他人《ひと》を中傷する手紙を匿名で送りつけてた独りよがりの勘違い野郎は、あの爺さまだ」

エイダ・パーキンズは表情を変えなかった。

「ウォードリー？」ギルモアが大声をあげた。「いや、それはありえない。だって、彼自身、匿名の手紙を受け取ってたわけだし。それに自殺まで図った人ですよ」

「でも、それほど真剣に死のうとしたわけじゃない。そうは思わないかい、坊や？　あの可哀想なスーザン・ビックネルって子ほどには、真剣に死のうとしなかった」フロストは試し打ちに使った紙切れを捩《ねじ》って紙縒《こよ》りをこしらえ、それに暖炉の火を移して煙草に火をつけた。「睡眠薬を服《の》んだっていっても、どうせ二錠か三錠ぐらいのもんだよ」

「しかし、薬の瓶は空《から》になっていたんでしょう？」とギルモアは言った。

「それは単に、爺さまが瓶の中身の大部分を、ベッドの横の物入れの抽斗《ひきだし》に空《あ》けちまったからにすぎない。自分で自分に匿名の手紙を出しといて、偽装自殺を図ったのさ」フロストはエイダに向かって、煙草の煙を吐き出した。「どうだい、エイダ、おれの言うとおりだろう？　間違ってたら、おれの身体のどこでも好きなとこを愛撫していいぞ」

エイダの唇が引き攣れたようにぴくりと動き、苦笑とおぼしき強ばった笑みが浮かんだ。エイダ・パーキンズはテーブルのところまで近づいてくると、歓迎されざる客人が使ったカップと受け皿を重ねてトレイに載せはじめた。「どうしてわかったんだい？」

「そりゃ、もちろん、当てずっぽうってやつを駆使したんだよ。だけど、ウォードリーのとこに送りつけられたとされてた匿名の手紙には、封筒に消印が押してなくて、手書きで受付の日付が書き込まれてた。そいつがどうも引っかかってね。それに、ほかの連中が受け取った手紙は、どれもこれも嬉しくなるほどきわどいとこまで、生き生きと描写されてた……どこで突っ込んで、どこで腰を引いて、どこで耳の穴をひと舐《な》めしたかにいたるまで。ところが、爺さま宛《あて》の手紙には、きわどさのかけらもなかった。礼儀正しいと言ってもいいぐらいだった——『貴殿があのふたりの少年にしたことを知ったら、教区の人々はなんと言うでしょうか？』だもの。ちんぽこのちの字も出てこない」フロストは煙草の煙を深々と吸い込んだ。「おまけに、遺書が紛失してた件も引っかかった。あんたが遺書を破棄したってのも納得できなかった。そんなことして、なんになる？」

エイダは居間を突っ切って、サイドボードに近づいた。「破棄したわけじゃないよ。あんたたちに見せたくなかっただけだよ」彼女はサイドボードの抽斗から淡いブルーの便箋を取り出した。フロストはそれを受け取り、文面に眼を通してから、ギルモアにまわした。「見てみろ、坊や。ａもｓも、ほかの文字よりもうえに飛び出してる。間抜けな爺さまだよ。遺書も匿名の手紙も、同じタイプライターで打っちまうんだから」

「あの人は、自分ではかなりの知恵者だと思ってるけど、ほんとはそれほど頭の切れる人じゃないんだよ」とエイダは言った。「あの人がそんなことをしてるって知ったのは、去年のことだった。いつものように掃除に寄ってみたら、あの人がえらく熱心にタイプを打ってたことがあってね。意地の悪い文章をひねくり出すのに夢中で、あたしが入っていったのに気づかなかったんだと思うよ」

「その時点で、警察に通報することもできたじゃないか」とギルモアは言った。

エイダは暖炉のそばに椅子を引き寄せて、腰を降ろした。「でも、相手は長年、お隣さんとしてつきあってきた人だからね。あの年齢《とし》で、警察に引っ張られるような目に遭わせるのも忍びないし」

「それで、そのまま放っておいたわけか？　あの老人があさましい手紙を書き続け、他人《ひと》を誹謗中傷し続けてることを知りながら」

「そうじゃない。こんなことはもうやめるって約束させた。だから、やめてくれたと思ってたよ」エイダ・パーキンズはそこで口をつぐむと、しばらくのあいだ暖炉の火をじっと見つめ、それからおもむろに火掻き棒を取りあげて、石炭の塊を細かく砕いた。飛び散った火花が、煙突のなかに吸い込まれていった。

「だったら、どうしてこんなことになった？」とギルモアは尋ねた。「あの老人が自分で自分に匿名の手紙を出して、偽装自殺まで図ることになった原因は？」

急に寒さを感じたのか、エイダは両手をこすりあわせると、その手を暖炉の火にかざした。

「ある日、あたしが《風車亭《オールド・ミル》》で掃除をしてたときに、郵便が届いたんだ。なかにコンプトンの旦那さん宛の手紙が交《ま》じってた。それを見たとたん、ぴんときたよ。差出人の名前はないし、タイプで打った宛名の文字がところどころで飛び出してるのにも、見覚えがあったから。だから、あたしはその手紙を失敬してポケットにねじ込んだ。あの人は、今度はコンプトンのご夫婦に迷惑をかけようとしてる、それを放っておいちゃいけないと思ってね」

「で、ウォードリーを問い詰めたのかい？」今度はフロストが尋ねた。

「《風車亭《オールド・ミル》》での仕事が終わると、その足であの人のコテッジに乗り込んだよ。今度という今度は、この手紙を警察に届けるつもりだって言ってやった。でもウォードリーさんは、あたしの言うことなんて警察は信じやしないって言うのさ。あたしが何を言おうと、自分は全部否定するし、そうなった場合、地元の教会で教区委員をやってる人間の言い分と通いの家政婦の言い分と、信用されるのはどっちだろうねって。そしたら、ちょうどそこに、モルトビー先生がウォードリーさんの睡眠薬を届けに来たんだ。だから、あたしはポケットから手紙を引っ張り出して、こう言った――『先生、ちょっと内緒で相談に乗ってもらえないかな？　実は先生に見てもらいたいものがあるんだけど』。ウォードリーさんは、それを聞いて真っ青になったよ。もちろん、あたしは先生をそとに連れ出すと、手紙を渡して、それを手に入れた経緯《いきさつ》を話した。でも、その手紙を書いたのがウォードリーさんだってことは、ひと言も言わなかった。要は脅かしたかっただけなんだ。だから、ウォードリーさんのコテッジに戻ってあの人を見つけたとき、自殺を図ったとしか思えなかったとき、あたしがどんな気持ちになったか……とても口じゃ言えないよ」

「繰り返しになるけど、エイダ、あの爺さまはあんたを嘘つきに仕立てあげるために、自殺の真似ごとをしてみせただけだ」フロストはそう言うと、重い身体を押し出すようにして椅子から立ちあがった。

ギルモアはタイプライターを抱えあげると、フロストのあとを追って、戸外に出た。早朝の冷たく湿った空気には、煙と物の焼け焦げた臭いがまだ染みついていた。

《風車亭《オールド・ミル》》は、見る者の心を憂鬱にさせずにはおかない、黒く焼けた骨組みだけの姿をさらし、放水で浴びた水を焼け落ちた建材の山やら煤の薄膜が張った溜まり水やらに哀歌のリズムで滴《したた》らせていた。黄色い防水服から煤けた顔をのぞかせた消防隊員たちが、ぬかるんだ地面を踏み締める湿った音を立てながら、ホースを巻き取り、装備を片づけていた。別の一団は、科学捜査研究所の鑑識チームの手を借りて、濡れそぼった残骸を突つきまわしている。フロストとギルモアの乗った車が停まると、タートルネックのセーターにアノラック姿のジョー・バートン巡査が目敏《めざと》くそれを見つけて、ふたりを出迎えるために急ぎ足で近づいてきた。「今し方、検屍官の検分が終わったところです、警部。現段階では、マーク・コンプトンは、頭部に加えられた一撃によって意識を失い、最終的には煙を吸引したことによる窒息が原因で死にいたったと考えられるそうです。検視解剖は今日の午前十一時から行《おこな》う、とのことでした」

「ぼくが立ち会おう」とギルモアが言った。この事件は、自分が担当していることを改めて周知徹底させる必要を感じての発言だった。

「ガソリンと煙の臭いをさせた容疑者のほうは？　手ごろなのが網にかかってくれたかい？」とフロストは尋ねた。

「駄目みたいですね、警部。チャーリー・アルファの乗員が、バース・ロードで浮浪者をひとり見つけましたが、そいつの身体からは人前で口にするのがはばかられるものの臭いが発散されてたそうです」

「科研の連中は何か見つけたかな？」

「ええ――そこにあるのがそうです」バートンは、研究室に持ち帰って分析にまわすため、すでに保管用の袋に収められている、三本のガソリン缶を指さした。金属でできた缶は三本とも、熱で形が歪んでいた。「それから、こいつも……」バートンが掲げたビニール袋には、煤で黒ずんだ金属製の筒が、一方の端がひしゃげた状態で入れられていた。「鑑識の連中に言わせると、これが凶器じゃないかってことです」

「こりゃ、懐中電灯だよ、マーク・コンプトンの」とフロストは言い、ギルモアに向かって、科学捜査研究所での分析が終わり次第《しだい》、コンプトン夫人に見せて確認を取るよう指示した。

「もちろん、そのつもりです」ギルモアは食いしばった奥歯の隙間から、ひと言ずつ押し出すようにして言った。

「世にも貴重なわれらが容疑者は、なんて名前だったかな?」フロストが尋ねた。「例のマーク・コンプトンに喧嘩を吹っかけてきたっていう野郎だよ」

「ブラッドベリーです」ギルモアは教えた。この能天気な上司は、どうやら目の粗《あら》い笊《ざる》にも劣る記憶力しか持ちあわせていないようだった。

「ああ、そいつだ! その野郎は全署対象の指名手配になってたはずだ。まだ居所が突き止められないのかどうか、訊いてみてくれ」

ギルモアが確認のため、署に無線を入れるあいだ、フロストはガラスの砕け散った窓越しに、コンプトン家のかつて居間だったところを眺めた。油の浮いた水面に灰燼《かいじん》の黒々とした島影が並んだそのさまは、さながら屋内に湖のミニチュア・セットが組まれているようだった。フロストは煙草に火をつけ、深々と煙を吸い込んだが、すぐに煙草を投げ捨てた。煙草まで油臭くてまずかった。肉の焼け焦げる臭いが、口のなかに残ってしまいそうな気がした。

照会を終えたギルモアは、無線機を戻して首を横に振った。サイモン・ブラッドベリーの居所は、依然としてつかめていなかった。フロストは最後にもう一度、あたりを見渡した。フロスト警部がいなくても、誰も困ることはなさそうだった。「おれたちがここにこうしていても、邪魔になるだけだし」フロストはひとりごちるように言った。「どうだ、坊や、病院にでも行ってみるか?」

「病院?」ギルモアは鸚鵡《おうむ》返しに言った。「なんのために?」六時間後の検視解剖に立ち会うと約束してしまった以上、ここは自宅に帰って多少なりとも睡眠を取っておきたい。ギルモア部長刑事としては、それ以外のことは願い下げだった。

「ウォードリーに話を聞くんだよ」フロストは説明した。「坊やも言ってたじゃないか、マーク・コンプトンが殺された原因は、やっこさんに秘密の愛人がいたことと関係あるかもしれないって。ウォードリー爺さんなら、その秘密の愛人の正体を知ってるはずだ。なんなら、おれひとりで訊きに行ってもいいけど?」

冗談じゃない。ギルモアは手荒くギアを入れた。そう、冗談じゃない、フロスト警部に勝手な真似をされては、配下《した》の者が大いに迷惑するのである。

早朝と呼ぶべきその時刻、デントン総合病院は、周囲をはばかって遠慮がちに立てられる物音と囁き声と咳とうめき声の館と化していた。洟《はな》をすすったり、息をあえがせたりしている患者をひとりで引き受けていたのは、いささか年齢《とし》が若すぎるように思われる看護実習生で、フロスト警部が患者のひとりを起こすことには、決していい顔をしなかった。だが、フロストはいとも快活な口調で、許可を得ているので心配はいらないと請け合った。

ウォードリーは、心配事を抱えている人間にはあるまじき深く安らかな眠りに就《つ》いていたところを、いきなり肩を揺さぶられ、荒っぽく眼を醒まさせられた。瞼《まぶた》を痙攣させるようにして眼を開くと、枕元にぬっと立ちはだかっている相手に焦点を合わせた。二人組の男が、厳しい顔でこちらを見おろしていた。片方の男の正体に気づいたとたん心臓の鼓動が止まり、しかるのちに、早鐘《はやがね》のように打ちはじめた。デントン警察署の警部が、またしても、しかもこんな夜も明けきらないような時間に訪ねてくるとは。それに、あの表情。あれは、こちらの秘密を見透かしている顔だ。あのことを知っているぞ、と言っている顔だ。ウォードリーは慌てて眼をつぶり、しっかりと瞼を閉じて眠っているふりをした。だが、再び肩を揺さぶられた。今度は、ベッドから転げ落ちかけたほどの激しさで。「うむ……なんだね？」いかにも年寄りくさい震え声で、ウォードリーは弱々しく応えた。

「服を着ろ」フロストとかいう警部が言った。「あんたを逮捕する」

「わたしを逮捕する？」ウォードリーは上体を起こした。「そうか、あの女だな。うちの隣のあの女が、わたしのことで嘘を並べ立てたんだな。そうでしょう、警部さん？　あの女の言うことは、どうか……どうか、真《ま》に受けないでいただきたい。あの女は根性がねじ曲がっとるんです。わたしのことを目の敵《かたき》にしとるんです」

「だとしても、今のおれの比じゃないさ」とフロストは言った。「エイダがついた嘘は、ひとつ残らず、あんたをかばうためについた嘘だ。エイダってのは、そういう女だよ。あんだみたいにいけ好かない爺さまのために、タイプライターまで隠した——そう、あんたが遺書を打つのに使ったやつだ。それとも、他人を中傷する手紙を打つときに愛用してたやつ、と言うべきかな」

「他人を中傷する？」ウォードリーは憤慨した口ぶりで言った。「そんなつもりは毛頭ない。あれらの手紙は、教区の人間に不道徳な行為をやめさせたいがために送付しとったもんです」

「だったら、スーザン・ビックネルに関しては、その目的を果たしたことになる」とフロストは言った。「何しろ自殺しちまったんだから」

ウォードリーはシーツをつかみ、指の関節が蒼白くなるほどきつく握り締めた。「そこまでは……そこまでは、考えとらんかった。そんな過激な反応を示す者がいるとは。その点は、申しわけなかった」

「申しわけなかった？」フロストは乾いた口調で言った。「そりゃ、ずいぶん楽ちんだな。そう言っとけば、汝《なんじ》のやったことは赦《ゆる》されるってわけだ。なんなら、あの子を掘り出してやろうか？　面と向かって謝ってみるかい？」フロストは、ベッドの枕元まで椅子を引き寄せた。椅子の脚が床をこすって甲高い音を立て、その鳥肌が立つような音で病棟の患者の半数がもぞもぞと身をよじって不快感を訴えるのにもかまわず。「ひとつ言っておく」うんざりしていることを隠そうともしなかった。「おれは疲れてる。ここにいる部長刑事も同じく疲れてる。どこかの豚のけつの御託宣を拝聴する気分じゃないんだ。これからいくつか質問をするので、それに答えてもらいたい」

「駄目だ、何も答えられない」ウォードリーは鼻声で訴えた。「こっちは病人なんだ、無茶は言わんでください」

フロストは席を立った。今度もまた、椅子の脚が床をこすって甲高い音を立てた。「部長刑事、この人でなしを逮捕したまえ」

「ま、待ってくれ」とウォードリーは言った。「質問とおっしゃったようだが、何をお知りになりたい？」

そこでまた、椅子が軋みをあげた。フロストは再び腰を降ろし、坐り心地のいい位置に尻を落ち着けると、輸出用の煙草のパックから一本振り出して火をつけた。「それじゃ、まずはポルノ・ヴィデオのことから聞かせてもらおうか。ああいうものをこしらえてるのは、どこのどいつだい？」

「この市《まち》にも、淫らな嗜好を広めてまわる下賤《げせん》な触れ役がおるんです。名前を知っていれば、悦んで教えるとこなんだが……。あのヴィデオは、わたし自身が購入したものだ。いや、警部さん、もちろん楽しむためじゃない。それもこれも、悪弊を燻《いぶ》り出すためにしたことです。ヴィデオを再生してみて、出演してるのが、実は顔見知りの娘だということに気づいた。あの娘の母親が、わたしたちの教会に通《かよ》ってきとるもんでね。しかし、あのようなヴィデオをこしらえて、ばらまいているのはどこの誰かと訊かれても、皆目見当もつかないような次第《しだい》で」

「ヴィデオの購入先は？」とギルモアが尋ねた。

「キャサリン・ストリートにある新聞販売店ですよ……店をやってる男の名までは知らんが」

「それなら、こっちでわかる」とフロストは言った。「先だって、あの狸親爺をパクったから」ウォードリーの話のこの部分に関しては、真実が語られていると見て間違いなさそうだった。「その話は、ひとまず脇に置いとこう。あんたは、あんたの言うところの善導の手紙をマーク・コンプトンに送った、そうだな？」

ウォードリーは、老いた身体を強ばらせた。眼を猛々しく光らせ、思い詰めた表情になっていた。「あれは、唾棄すべき好色漢だ。尊大に構えて、表向きは上品ぶった暮らしを営《いとな》んでおきながら、陰では女房の眼を盗んで娼婦相手に口にするのもおぞましい倒錯行為に及んでおったんですから」

「娼婦？」ギルモアは沈んだ表情で訊き返した。これで、ギルモア部長刑事の仮説は脆くも崩れ去ったことになる。マーク・コンプトンの秘密の愛人が娼婦だとしたら、その意趣返しを企《たくら》む嫉妬深い夫なりボーイ・フレンドなりは、それこそ身体がいくつあっても足りないことになるだろう。

「坊や、これしきのことで落ち込んでるようじゃ、まだまだ修行が足りない」とフロストは言った。「いずれにしても、その女には話を聞かなくちゃならない」マーク・コンプトンが逢瀬を重ねていた隠れ家の所在地を、ウォードリーに尋ねた。

「高い料金をふんだくるあの手の淫売どもが暮らしてる地区は決まってます。クィーンズ・コートに行ってごらんなさい――あそこにある大型スーパーマーケットの裏手に、新しくできたアパートメント・ハウスがある……そこの三階のいちばん奥の部屋です」

「ふたりが逢い引きしてたのが三階なら、寝室の窓からなかをのぞくなんて至難の業じゃなかったかい？」

ウォードリーは、笑みを浮かべた。「そばにある立体駐車場から、あの女の部屋が丸見えなんです。性能のいい双眼鏡さえあれば、なんの造作もない」

「でもって、それをお使いあそばす、助平で卑劣な豚のけつさえいれば」とフロストは言った。


ロン・シムズ巡査はステアリングを切って、バース・ロードの道路脇の待避所にパトロール・カーを乗り入れると、魔法瓶に手を伸ばした。同乗のケン・ジョーダン巡査が欠伸《あくび》を嚙みころしながら、ひとつ大きく伸びをした。「ああ、勤務明けが待ち遠しいよ」ジョーダンはそう言って洟《はな》をすすりあげた。「どうやら、流感の黴菌に取り憑かれちまったみたいだ」

「だったら、こっちに息を吹きかけるな」シムズは魔法瓶の蓋を取り、湯気の立っているコーヒーをプラスティックのカップに注いで、ジョーダンに手渡した。

ジョーダンは、コーヒーをひと口飲んだ。次の瞬間、その眼が細くすがめられた。「おい、お客さんみたいだぞ」

一組のヘッドライトが近づいてきていた。火災発生現場とは反対の方向からやって来た車輛だが、通りかかった車輛は一台残らず停車させて調べるようにとの命令を受けていた。まだ夜も明けきらないこんな時刻に、戸外《そと》をうろつきまわっているような人間は、容疑者予備軍と見なされても文句は言えない。

接近してきた車輛は、黒い小型ヴァンだった。シムズとジョーダンはパトロール・カーの車体で行く手を塞ぎ、サイレンを鳴らして停車を命じた。小型ヴァンはスピードを落とし、徐行しながらパトロール・カーの手前で停まった。運転していたのは、小柄で眼鼻立ちの鋭い男だった。皮脂でてかてかしている長めの髪、年齢《とし》のころは四十代半ば。男は運転席から、警戒の眼差しをふたりに向けてきた。「何があったんだい、お巡りさん？」

シムズは、運転免許証の呈示を求めた。同時に鼻をうごめかせ、煤煙もしくはガソリンの臭いを感知するべく嗅覚をフルに働かせたが、塗りたての塗料の臭いがしただけだった。

「免許証は、今日は持ってこなかった。いったい全体、なんなんだ、これは？」

「通常の検問です。しかし、こんな時刻に車を運転しなくちゃならないなんて大変ですね。まだ夜も明けていないのに。さしつかえなければ、理由をお聞かせ願えませんか？」

この間《かん》、ジョーダンのほうはヴァンの車体を調べていた。塗りたての塗料の臭いは強烈だった。車体を塗装しなおした直後にちがいない。それにしても、ずいぶん粗雑な仕事だった。塗料をスプレー・ガンで吹きつけるのではなく、ただ単に刷毛《はけ》で塗りつけてあるだけ。ジョーダンは車体後部のドアに手をかけた。ドアはロックされていなかったようで、いとも簡単に開いた。

「触るな、触るんじゃない！」運転席の男は鋭く叫ぶと、イグニッションに手を伸ばし、エンジンをかけようとした。が、シムズ巡査の素早い反応がそれを阻《はば》んだ。男の手首には、シムズ巡査の五本の指ががっちりと巻きついていた。

ジョーダンの懐中電灯が、車内に積まれた段ボール箱の山を照らし出した。ジョーダン巡査はそのうちの一個を引き寄せて、なかをのぞいた。装身具——段ボール箱には、相当数の装身具が詰め込まれていた。大半が、いささか古風な拵《こしら》えながら、それなりにいい品物《もの》ばかりで——ブローチあり、ロケットあり、腕輪もあれば、指輪もあった。

「これは、これは」ジョーダンはにやりと笑った。「でも、ここにこんなものがあることに関しては、おそらく納得のいく立派な理由があるものと思います。さしつかえなければ、それを聞かせてもらいましょうか」

デントン総合病院は、ゆっくりと眼醒めはじめていた。清掃員の早朝勤務の一団が、モップやらバケツやらを手にその日の仕事に就こうとしているなか、フロストとギルモアは彼らと擦れ違う恰好で板石敷きの階段を降りて、そとに出た。駐車場を突っ切って車に向かった。車にたどり着くまえから、無線がフロスト警部の応答を求めているのが聞こえた。

「フロストだ」無線機に向かって大きな欠伸を洩らしながら、フロストは言った。

「捕まえたぞ、ジャック」ビル・ウェルズ巡査部長だった。いつになく晴れやかな、意気揚々とした口ぶりだった。

「ブラッドベリーを？」そこまでどでかいつきに恵まれるとは……俄《にわか》には信じられない思いで、フロストは尋ねた。「もしかして、ガソリンを滴《したた》らせて、鈍器を所持し、全身血まみれだったりはしないかい？」

「ブラッドベリーじゃない」ウェルズ巡査部長はぴしゃりと言った。冗談には言っていいときと悪いときがあるのに、ジャック・フロストという男には、それがいつまでたっても理解できないのである。「ブラッドベリーに関しては、いまだ手詰まり状態だ。だが、ウォーリー・マンスンの身柄を押さえた。ジョーダンとシムズが引っ捕えたんだ。やつの乗ってたヴァンは、お宝の山だった——高齢者の住まいからくすねてきた盗品《ブツ》を満載してたそうだ。マレット署長は有頂天になってる。欣喜雀躍してる」

「えっ、なんだい？　その〝マレット署長は昇天して、ちんぽこいじってる〟ってのは？」フロストは無邪気そのものの口調で訊き返した。「受信状況がえらく悪いな」最後にそう言って、無線機を戻した。「署に戻るぞ、坊や」

だが、ギルモアはすでに車を出し、帰還の途に就いていた。

フロストは、改めて助手席の背もたれに身を預けた。煙草を求めてポケットに手を突っ込んでみたものの、ベンスン＆ヘッジズのパックはいつの間にか空《から》になっていた。

木曜日――日勤／早番

午前六時十五分まえ、きれいさっぱりと髭を剃り、頭のてっぺんから靴の爪先にいたるまで磨けるところは残らず磨き込んだマレットは、身体にぴったりと合った、特別あつらえの制服姿で署長執務室をあとにした。ウォーリー・マンスンの容疑が固まり、巷間《こうかん》〝連続老女切り裂《グラニー・リッ》き犯《パー》〟と喧伝《けんでん》される、高齢者ばかりを狙った殺害事件の犯人の正体が明らかにされた暁に、詰めかけた報道陣とテレビカメラのまえで行《おこな》うことになる演説を心のなかで下稽古しながら。フロストとギルモアの姿が眼に入った。取調室に向かうところのようだった。フロストに関しては言わずもがな、今朝は部長刑事のほうにも、身だしなみの乱れが認められた。揃って疲労の色を滲《にじ》ませ、そのせいか険のある顔つきをしている。マレットはふたりを呼び止めた。「警部、どうやら今回は本物だ。間違いなさそうだよ。マンスンのヴァンから押収した装身具のひとつが、殺人事件の被害者の所有物だったことをハンロン部長刑事が確認しているし、例のジーンズに付着していた染みについても、証拠としてきわめて有力と思われる報告が科研から寄せられている」

「そいつはすばらしい」とフロストは低くつぶやいた。勝利を信じて疑わないマレットの熱い思い込みにあやかりたい心境だった。物事があまりにも順調に進みはじめたように思えると、なかをのぞくと、なぜか無性に不安に駆られるのである。

取調室に向かうまえに、フロストとギルモアは証拠品保管室に立ち寄った。ウォーリー・マンスンのヴァンから押収した段ボール箱のあいだをうろうろと歩きまわっていた。「マレット署長から聞いたけど、本件はすでに無事落着したんだってな？」フロストはハンロンに声をかけた。「なんでも、ウォーリーが自白したうえに進んで首を吊ってくれたおかげで、裁判費用が節約できて国庫としても大いに助かったそうじゃないか？」

「いや、ジャック、まだそこまでは」ハンロンは、咽喉《のど》声をあげて笑いながらも、ハンカチを引っ張り出し、すでにもうかなりの湿り気を帯びているその布切れでまた鼻をかんだ。「現時点では、容疑を全面的に否認してる――あんたもよく知ってるだろうけど、こすからさにかけては、あの男は天下一品だからな」

「同感だ」フロストは頷いた。「ときどきマレットの隠し子なんじゃないかと思うほどだよ。それはそうと、戦利品の中身はなんだったんだい？」

ハンロンは、段ボール箱のひとつを押して寄越し、蓋を開けてみせた。「びっくり仰天ってのはこのことだよ、ジャック」その段ボール箱には、ポルノ・ヴィデオがぎっしりと詰まっていた。「全部で四十九本。リックマンの新聞販売店から押収したのと同じタイトルのものばかりだ」フロストは鼻を鳴らして、隣の段ボール箱を引き寄せた。それには、家宅侵入のための七つ道具――ねじまわし、鉄梃《かなてこ》、金槌、ガラス切りといったもろもろの工具が収められていた。

最後に残った、いちばん小さい段ボール箱には、あちこちのスーパーマーケットで渡される類いのビニールの手提げ袋が、いくつも放り込まれていた。フロストは、眼についたひとつをつまみあげ、なかをのぞいてから、ギルモアに手渡した。袋の中身は——装身具だった。金の指輪、鎖、ロケット、十字架。次に手に取った袋には、ネックレスとイアリングが、その次の袋には古風な拵《こしら》えのカメオのブローチと、持ち重りのする礼装用の貴金属類が入っていた。

「今のところ、出所が判明したのはこいつだけでね」ハンロンは、真珠を嵌め込んだ十字架がさがった銀の鎖をつまみあげた。「ところが、それが大当たりだった。こいつは、アリス・ライダー夫人の所有物だったんだ」

フロストは、その十字架を手のひらに載せた。一見、銀でできているように見えるが、本物の銀が使われているわけではなく、真珠のほうもまがい物だった。価格は、高く見積もっても二、三ポンドというところだろう。それを盗られまいと闘いを挑んだ結果、持ち主の老女は頭蓋骨をかち割られ、収容先のデントン総合病院で落命したのである。「そういえば、マレットが、科研から証拠としてきわめて有力と思われる報告がどうのって囀《さえず》ってたようだけど？」

「あのジーンズに付着してた染みは、検査の結果、間違いなく人間の血液だってことがわかったんだよ。血液型も被害者の婆さんのと一致した。おまけに、ごく微細なもんだけど陶器の破片が付着してて、そいつも、間抜けなこそ泥が窓から侵入した際に落っことして割っちまった花瓶の破片であることが判明した」

「マンスンには、どこまでこっちの手札を見せたんだい？」

「何も言ってない。盗品所持に関して、あちらさんの言い分をお聞きしただけだ」

「殺人事件のことは、話にも出してない？」

「ああ、ひと言も」

「それでいい。もうしばらく、気を揉ませといてやろう。マンスンを第一取調室に連れてきてくれ」一服するため、ポケットを叩いて煙草のありかを探しかけたところで、手持ちを切らしていたことを思い出した。フロストはギルモアに、オフィスのデスクの抽斗《ひきだし》にしまってある予備のパックを取ってくるよう言いつけた。


気骨の人、ギルモアは、使い走りの役をさせられることに憤慨し、疲労感を覚えながら、フロストのデスクの抽斗を乱暴に引き開けた。カムフラージュ用に突っ込んである二冊の古びたファイルのしたに、煙草のパックが何個かしのばせてあった。いずれも、輸出仕様のベンスン&ヘッジズのパックだった。ギルモアはそこで思案をめぐらした。これで、署長の覚えめでたき部長刑事に返り咲くことができるかもしれない。マレットに密告を求められたのは、まさにこういう代物《しろもの》の存在だと思われた。フロスト警部の警察官としてあるまじき不行状《ふぎょうじょう》の確たる証拠。これを手に、マレットにこっそりと耳打ちする――「こういうことをお話ししていいものかどうか、正直言って、まだ迷っています。自分の仲間である警察官を裏切ることになりますから。しかし……」署長の口元が抑えきれずにほころび、白い歯がこぼれて、満面の笑顔になるところが眼に浮かぶようだった。証拠物件として、ギルモアは煙草のパックをひとつ余分にポケットに突っ込んだ。そのとき、抽斗の残りの煙草のパックのしたから飛び出しているものがあることに気づいた。ブルーの布張りの、ひしゃげかけた小箱だった。これもまた、フロストが不法に着服した物品だろうか？　ギルモアは小箱の蓋を開けた。緋色のヴェルヴェットの台のうえに、ダークブルーの綬《じゅ》と十字の恰好をした記章が載っていた。〝勇気を讃えて〟との銘が入っている。かの有名なフロスト警部の勲章、ジョージ十字勲章だった。文民に与えられる、軍人のヴィクトリア十字勲章に相当する殊勲の証《あかし》。ギルモアは、ひとしきりそれを見つめたすえに小箱の蓋を素早く閉め、抽斗の奥深くに戻した。ポケットから取り出した、ひとつ余分の煙草のパックとともに。フロスト自身はまったく与《あずか》り知らないことながら、今度もまた、かつて賜《たまわ》った勲章が迫りくる危難から彼を救ったことになる。

「こちらの紳士をお連れしたよ、警部」という口上を添えて、ハンロン部長刑事はウォーリー・マンスンを取調室に押し込んだ。

マンスンは、室内の明るさに眼を慣らすため、瞬《まばた》きをした。しけた電球が灯っているだけの留置場にいた身には、部屋の明かりは眩しいほどだった。狭霧《さぎり》のように垂れ込めた紫煙の奥に、ありがたくないものが見えた。だらしのない恰好で椅子にもたれ、煙草をくわえたジャック・フロスト警部の姿が。手前のテーブルには、ヴァンから降ろされた段ボール箱が載っている。

「やあ、ウォーリー、寄ってくれて嬉しいよ」フロストはそう言うと、テーブルを囲むように置かれていた、もう一脚の椅子を手振りで示した。「立ったままってのもなんだから、まあ坐れ」警部の背後に、もうひとり、小さな窓のある奥の壁に寄りかかる恰好で、洒落たスーツ姿の若造が同席していた。マンスンには見覚えのない男だった。かなり疲れが溜まっていて、気が立っている様子だった。いかにも性質《たち》が悪そうだった。

ギルモアのほうは、嫌悪の眼差しでウォーリー・マンスンを観察していた。鼬《いたち》を思わせる顔、見るからに脂《あぶら》性《しよう》のこしのない髪、きょときょとと落ち着きなく動き続ける眼。さしずめ、追い詰められ、逃げ道を探しているドブネズミといったところか。情けない野郎としか言いようがない。

「何がなんだか、さっぱりわからないんだよ、フロスト警部」マンスンは、勧められた椅子に身を縮めるようにして坐りながら言った。「さっきの旦那にも言ったんだけど、そこに置いてある段ボール箱は拾ったもんだ。道路の脇の待避所に転がってたんだよ。そのままにしとくわけにもいかないんで、とりあえずおれのヴァンに積み込んだ。で、警察署に届けに行く途中、あのふたりのお巡りに因縁をつけられたってわけだ」

「それを聞いて、がっかりしたよ」フロストは煙草を振って、あたりの床を灰だらけにしながら言った。「あんたが犯人であることを願ってたのに。だって、どうせ罪を着せるんだから」

フロスト警部の冗談に応えて、ウォーリー・マンスンはにやりと笑った。だが、フロスト警部は、冗談を言っているわけではなさそうだった。段ボール箱のひとつに手を突っ込み、真珠を嵌め込んだ十字架のペンダントを取り出すと、鎖の部分を指にかけて、ウォーリーの鼻先でゆらゆらと揺らした。

「面が割れてるんだよ、ウォーリー」

マンスンは、慌てて顔を引っ込めた。「さっきの旦那にも言ったけど、そこに置いてある段ボール箱は拾ったんだよ。道路の脇の待避所に転がってたもんで——」

「ウォーリー、そうやっておれをコケにしてると、次はあんたが待避所に転がされることになるぞ。面が割れたんだよ。あんたの犯行だってことはわかってるし、こっちは是が非でも自白を引き出して、有罪に持ち込む心積もりでいる——必要とあらば、非常手段に訴えてでも。だから、無駄な抵抗はやめて、さっさと喋れ」

「でも、フロスト警部、喋りたくても喋れないよ。なんのことか、さっぱりわからないんだから」マンスンは、説得力に欠けるものではあったが、当惑している無実の男という表情を浮かべてみせた。一瞬ののち、椅子から転げ落ちそうになったのは、いつの間にか背後にまわり込んでいたスーツ姿の若い刑事が——あの暗殺者の風貌を持つ、性質《たち》の悪そうな若造が、いきなり耳元で怒鳴り声をあげたからだった。「とぼけるのもほどほどにしろ、貴様に頭蓋骨を叩き割られた女のことに決まってるだろうが」

「大声を出すことはないよ、部長刑事」フロストは穏やかにたしなめた。「脅しつけたりしなくても、こちらさんはおれたちの知りたいことはひとつ残らず喋ってくださる。だよな、ウォーリー？」

「そりゃ、できれば、そうしたいよ」マンスンは耳をさすりながら言った。

フロストはいとも愛想よく笑いかけ、囚《とら》われの身の相手に血も凍る思いを味わわせた。「殊勝な心がけだな。だったら、アリス・ライダー夫人のことから喋ってもらおうか。クラレンドン・ストリートに住んでる高齢のご婦人のことだ、あんたが病院送りにした」この段階ではまだ、アリス・ライダーがすでに死亡していることをマンスンに教えるつもりはなかった。

ウォーリー・マンスンは心外だという顔をした。「おれじゃないよ、フロスト警部。そういうのは、おれの流儀じゃない」

フロストは、ベンスン&ヘッジズの煙を鼻孔から勢いよく吐き出した。「流儀？　これはまた異なことを。あんたに流儀なんてご大層なものがあったとは初耳だよ。ウォーリー、そうやってあくまでおれをコケにする気なら、こっちもあんたをコケにしてやるよ。部長刑事、手帳の用意だ」

ギルモアは命じられたとおり、手帳を取り出して開き、ペンを構えた。

「立て」マンスンに向かって、フロストはぴしゃりと言った。

マンスンがためらう素振りを見せたので、ギルモアが腕を引っ張って、強引に椅子から立ちあがらせた。

「ウォルター・リチャード・マンスン」フロストは一本調子に言った。「別名、〝連続老女切り裂き犯《グラニー・リッパー》〟――」

「〝連続老女切り裂き犯《グラニー・リッパー》〟？」マンスンは、うわずった声を張りあげた。語尾のかすれたその声を聞く限り、今度ばかりは本気で驚いたようだった。

「黙って聞け」とギルモアが一喝《いっかつ》した。

「別名〝連続老女切り裂き犯《グラニー・リッパー》〟」その部分を改めて言いなおし、フロストは先を続けた。「貴下を以下三件の殺人事件の容疑者としてここに逮捕する――」そこでいったん中断し、ギルモアに指示を出した。「以下三件ってとこのあとに、事件の詳細を書き入れといてくれ――おれのほうは、被害者の名前も住所もうろ覚えだから」ギルモアは頷き、鉛筆を猛然と動かした。「あんたは意志に反する発言を強要されることはなく……斯《か》く斯く然々《しかじか》であり、しかしながら、供述を行《おこな》った場合、それがあんたにとって不利に……以下省略。これで権利を告知したものとする。いいだろう、ウォーリー？　具体的な文言《もんごん》についちゃ、あんたのほうがよっぽど詳しいんだから」

「その言いがかりじみた容疑に関しては、まったく身に覚えがない」マンスンは、臆する色もなく言い切ると、首をねじって背後を振り返り、自分の発言が洩れなく書き取られていることを確かめた。

　フロストは片手でギルモアの手帳を押さえ、速記の手を止めさせた。「ちょっと待った。そのままじゃ、あまりに芸がない」右頬に手をやり、傷痕を引っ掻きながら、しばしのあいだ考え込む顔つきになった。「よし、こう書いてくれ――『勾留中の容疑者はこう言った、〝殺すつもりはなかった。あの人たちには、申しわけないことをした。自分のしたことを心の底から悔いている。罪を犯した以上、刑罰を受けるのは当然だし、その覚悟もできている〟』」

　マンスンは、口をあんぐりと開けた。「言ってないぞ。そんなこと、ひと言も言ってない」

　フロストは、輸出仕様の煙草をまた一本抜き取って火をつけた。「それは、どうでもいいんだよ、ウォーリー。あんたが実際になんて言おうと、そんなことは誰も問題にしない。公判のときに読みあげられるのは、あの坊やが、ああしてせっせと書き留めてることなんだから」

マンスンは椅子にへたり込んだ。「だったら、否定してやる。何もかも、お巡りどもがでっちあげた、根も葉もない嘘だって言ってやる」

「だろうな。あんたにしてみれば、そりゃもちろん、否定するに決まってる。となるとだな、ウォーリー、こすからいだけが取り柄の凶状持ちのけちな悪党の証言と、勲章を授《さず》かった警部の地位にある警察官の証言とが、真っ向から対立することになるよな。裁判所としては、ジョージ十字勲章の受勲者が嘘など言うわけがない、という判断を下すんじゃないか？」

「そんなの……不公平じゃないか」とマンスンは言った。眼にうっすらと悔し涙を滲ませて。

「そう、この世の中は不公平にできてる。性根の腐った鼬野郎が家に押し入ってきて、そいつに頭蓋骨をかち割られたりすることを思えば」フロストは、にこりともしないで言った。

ウォーリーは小さな蛇のような舌で乾いた唇を舐めた。「フロスト警部、あんたは偽証なんかしない、そうだろう？」懇願のことばも虚しく、フロスト警部の顔に浮かんだ表情はこう語っていた——「いや、するよ。もちろん、するとも」

フロストは頭を椅子の背に預けると、天井めがけて煙草の煙を噴射した。「そういうのは、偽証するとは言わない。裁きの車輪にちょいと油を注《さ》してやるって言うのさ、ウォーリー。部長刑事、こちらさんを留置場にぶち込んで、訴追請求しといてくれ。明日の朝いちばんに、判事の御前《ごぜん》に引っ張り出してやろう」

戸口のところに控えていたアーサー・ハンロン部長刑事が進み出て、マンスンの腕を取った。

マンスンはその手を振り払った。「協力すると言ったら？　あんたらに協力すると言ったら、その見返りは？」

「おれの気持ち、尽きることなき感謝の念――それから、確約はできないけど、あんたの協力がいかに有用なものだったか、判事の耳元で囁くことぐらいはできると思う」

マンスンは、踏ん切りがつかないようだった。「そのクラレンドン・ストリートに住んでる婆さんのことだけど……さっき、おれの顔を確認したようなことを言ってたな？」

「あんたの人相特徴を、実にことば巧みに描写してくれた。襲ってきたのは、息が臭くて、ふけだらけの髪の、不細工な顔立ちをした背の低いくそ野郎だったって言うんだよ。何枚か写真を見てもらったら、迷わずあんたの写真を選び出した」

マンスンは下唇を噛み締めた。「痛い目に遭わせるつもりはなかったんだ、フロスト警部。向こうから飛びかかってきたんだよ、血に飢えた虎みたいに」

「八十一歳の虎か？」とフロストは言った。「飛びかかってきたときの得物《えもの》は？――年金手帳でも振りまわしてたか？」

「刃物だよ、フロスト警部――馬鹿でかい包丁みたいなやつだよ」マンスンは、シャツをズボンから引っ張り出し、裾をめくりあげて腹部を見せた。「見てくれよ、おれがどんな目に遭ったか」みぞおちのあたりに、赤褐色のきたならしい斑点が散った分厚い脱脂綿が宛てがわれ、うえから絆創膏で固定されていた。脱脂綿の端から、止まりきっていない血がまだ染み出している。「危うく殺されるとこだった。自分の身を守るには、殴るしかなかったんだ」マンスンは絆創膏をいじった。「剝がしてみせようか、どうなってるか?」

フロストは手を振って、その申し出を辞退した。「いや、遠慮しとくよ。場所が場所だから。あんたのムスコが顔をのぞかせたりした日には、朝めしが食えなくなっちまう。あとで医者を呼んでやるから、診《み》てもらえ」フロストは席を立ち、戸口に向かった。ハンロン部長刑事の視線を捉え、頭を小さく動かして、一緒についてくるよう合図した。

廊下に出ると、フロストは取調室のドアをきちんと閉めてから、声を落として言った。「こりゃ、最初に睨んでた筋書きとは、だいぶ違うな、アーサー。現場で見つかったあの包丁だけど、婆さんの家にあるほかの刃物類とセットになったりしてないか、確認はしたかい?」

「それが、そこまで調べてないんだよ、ジャック。指紋も出なかったし、刃だって剃刀並みに研ぎあげてあったじゃないか。てっきり犯人のもんだと思い込んでた」

「あの婆さんは、押し込みに入られるのを恐れてた。だもんで、護身用に、切れ味鋭く研ぎあげた包丁を手元に置いてたんだろう。今からでも遅くない、確認を取ってくれ――ついでに、ウォーリーの血液型も調べといたほうがいいぞ。服役記録に載ってるはずだ」頭を抱え、憂い顔のハンロン部長刑事を送り出すと、フロストはウェルズ巡査部長のもとに出向いて、当直の警察医を呼んでほしい、と伝えた。

警察医は、使わなかった包帯を診療鞄に放り込み、鞄の口を閉じた。「心配はないだろうけど、念のため、病院で診てもらったほうがいい」医者は〝支払請求〟の用紙にフロストのサインを求め、それを念入りに検分してから、挨拶代わりに短く頷き、引きあげていった。

取調室のそとでは、アーサー・ハンロンが動揺を隠しきれない様子で待ち構えていた。その恥じ入ったような表情を見て、フロストは悟るべきを悟った。

「例の包丁の出所は、被害者の家の戸棚だったよ――正確には、食器棚の抽斗だった」ハンロン部長刑事は言った。「あの包丁とセットになった、肉切り用のフォークと砥石が見つかった。すまない、ジャック。最初にそこまで確認しとくべきだった」

「気にするな、アーサー」とフロストは言った。「おかげで気が楽になったよ。おれ以外にも尻抜けお巡りがいるとわかって」

「それから、ウォーリーの血液型はO型だった。被害者の婆さんと同じ血液型だ。従って、包丁に付着していた血が、ウォーリーのものだった可能性も充分にある」

「くそっ。ウォーリー・マンスンとほかの二件の殺しとを繋いでたのは、あの包丁だけだったのに。それまで断ち切られちまった。仕方ない、手持ちの道具がいかにお粗末でも、それをフルに利用して、活路を切り開こう――せっかくの箴言《しんげん》も、おれが言うと助平親爺の与太《よた》に聞こえるな」

取調室の澱んだ空気には、新たに消毒薬の臭いが加わっていた。そのなかで、渋い顔をしたギルモアに見張られながら、ウォーリー・マンスンが盛大に音を立ててカップの紅茶をすすっていた。フロストは、疲れた身体を引きずって椅子に腰を降ろした。「悦べ、ウォーリー。医者が言うには、あんたはくたばらずにすむそうだ。おれもショックだったけど、いつまでも失意の底に沈んでるわけにはいかないから、どうにか這いあがった。クラレンドン・ストリートの婆さまのことに話を戻そう——包み隠さず喋れ。いちばん最初から順を追って」フロストはパックから煙草を一本抜き取ってテーブルに置き、マンスンのほうに押しやった。ついでに火も貸してやった。「そのまえに、まずは腹をしまえ。そういうのは人さまの眼にさらしとくもんじゃない――牛乳《ブラマンジェ》プディングみたいに、ぷるぷるしてるじゃないか」

マンスンは、いかにも旨《うま》そうに、煙草の煙を深々と吸い込んだ。「見なおしたよ、フロスト警部、こんなに気前がいいなんて」それから、シャツの裾をズボンのなかにたくし込み、ベルトを締めなおした。「あの家に押し入ったのは、このあいだの月曜日の晩のことだ――よくあるだろ、何をやっても思うように事が運ばない日って。あの晩は、ちょうどそんな具合でね」

フロストは頷いて同情の意を表した。その手の夜なら、何度となく経験している。

「最初の家は、忍び込んだときには楽勝だと思ったんだ。ゴミ入れの容器を踏み台にして、裏の窓からなかに入ったんだよ。耳を澄ますと、階下《した》で、かみさんに喋りかけてる爺さんの声がしてるもんだから、こりゃ今のうちだと思ってね。寝室に直行したら、なんとも言えない臭いがする――懐中電灯をつけてみたら……見ちまったんだよ、あのとんでもないものを。できそこないのミイラが、おれに向かって笑いかけてたんだ。焦《あせ》ったなんてもんじゃない。もちろん、逃げ出した。記録的な速さで。あんなとこには一秒だっていたくないもの。そういうときには気つけに一杯やるしかないだろう？ てなわけで、そばのパブに入ったら、そこに誰が入ってきたと思う？ あんたと、髭剃りあとのローションかなんかに大枚はたいて洒落た匂いをさせてる、そこの兄ちゃんだよ。そのとき、つくづく思ったよ――今夜はとことんついてないって。それでも、ちゃんとあんたに電話した。死体のことを教えてやった」

「覚えてるよ、ウォーリー」フロストは頷いた。「あんたの声だって、ちゃんとわかった」

「そこで諦めて、おとなしく家に帰りゃよかったんだろうけど、こっちにもそうはいかない事情があった。ちょいとまとまった現金を揃える必要に迫られてたもんでね――ノミ屋の清算が二百ポンドばかり溜まってて、しつこく催促されてたんだよ。あのクラレンドン・ストリートの家には、以前から眼をつけてた。ああいう造りの家は忍び込むのが楽だし、婆さんの独り暮らしだし、しかも、入手した情報によれば、その婆さんは自宅にしこたま現金を置いてるはずだった。それがほんとなら、よっぽどうまく隠してあったってことだな。おれには、とうとう見つけられなかったもの。そとから様子をうかがったら、婆さんは寝室の隣の部屋でテレビを見てた。なのに……あの晩は、ほんと、とことんついてなかった。なんと、花瓶をすっ倒しちまったんだよ。あっと思ったときには、もう遅かった。隣の部屋から、婆さんがすっ飛んできた。そう、包丁を振りかざして、切りつけてきたんだよ。おれだって死にたくない。だから、殴った。そしたら、あっさりと気を失っちまったんだ」マンスンは、そこでもう一服、煙草の煙を深々と吸い込んだ。「でもな、フロスト警部、それは婆さんが自分で招いた結果だ。あの婆《ばばあ》にされたことを思えば、こっちが訴え出てもいいぐらいだ。法律にもちゃんと定められてる――あんたなら、知ってるだろう？　たとえ泥棒を撃退する場合でも、行きすぎた行為は許されないはずだ。肉切り包丁で泥棒の腸《はらわた》を抉《えぐ》り出すなんてのは、明らかに行きすぎた行為ってやつだろうが」

「相手の頭蓋骨をかち割るのだって、行きすぎた行為だ」マンスンの背後から、ギルモアが怒鳴った。

「ちょっと殴っただけだよ、フロスト警部、そんな大袈裟なもんじゃない。婆さんの戦意を挫《くじ》いてやろうと思って、鉄梃で軽く一回殴っただけだ。こっちはくそいまいましい包丁を腹に突き立てられて、そいつを引っこ抜かなくちゃならなかった。婆さんと揉み合いになったときにゴム手袋が裂けちまったんで、指紋が残ってるといけないと思って、引っこ抜いたあと、包丁の柄は拭っておいた。それから、ちんけなお宝を何点か頂戴《ちょうだい》しただけで、早々に退散した。だから、翌日の新聞で、婆さんが病院の集中治療室に入れられたと知ったときには、もうびっくりたなんてもんじゃない。思わずくそを垂れちまうぐらい――こりゃ失礼、品のないことを言っちまった。でも、そのぐらいおったまげた。そんなこんなで、あれからこっち、一度も山を踏んでない。本当だよ。誓ってもいい、紛れもない真実だ」

フロストは新しくまた煙草をパックから振り出してテーブルの天板に軽く打ちつけた。「だったら、ウォーリー、ほかの婆さまたちについても、その紛れもない真実ってやつを聞かせてくれよ。ほかの婆さまたちも包丁を振りかざして襲いかかってきて、しかるのちにハラキリをやらかしてくれたのかい？」マンスンの表情をとっくりと観察してみたが、ウォーリー・マンスンが肝っ玉の据わったとびきりの名優でない限り、何を言われているのか、まるでわかっていないようだった。

「ほかの婆さま？　フロスト警部、あんたこのおれになんの罪を着せようってんだい？」マンスンの顔をじっと見据えたまま、フロストはファイル・フォルダーを開き、刺殺された二名の老婆を写したカラー写真を取り出すと、むごたらしい傷口を接写した生々しい写真をテーブルのうえに並べた。

ウォーリー・マンスンはぶるっと身を震わせ、顔を背《そむ》けた。「冗談じゃないよ、フロスト警部。こんな身の毛もよだつような写真を持ち出してくるなんて」喋りながら、薄汚れた皺くちゃのハンカチを引っ張り出し、しきりに額《ひたい》を拭った。「まさか、おれがその婆さんたちを殺したって言いたいわけじゃないだろうな？　こう見えても、おれは人さまを殺《あや》めたことは一度もない」

「いや、あるよ、ウォーリー」フロストは、無表情に言った。「戦意を挫いてやろうとして、あんたが殴った婆さまは、頭蓋骨をかち割られたのが原因で病院で息を引き取った」

「よしてくれよ、警部」マンスンはにやりと笑い、フロスト警部のはったりは通用しないところを示した。「軽く殴っただけだぞ。いくら相手が婆さんだからって——」マンスンはフロストの表情をうかがった結果、相手が冗談を言っているわけではないことに気づいたようだった。「そんなことって……」にやけた薄ら笑いが凍りつき、顔から血の気が引いた。「ほんとかよ？　ほんとに死んだのかよ？」

フロストは黙って頷いた。

「ちくしょう……だって、フロスト警部、向こうが襲いかかってきたんだぜ——包丁を振りかざして。ほかにどうすりゃよかったんだよ？　あれは正当防衛だよ」

「だったら、こいつも――それから、こいつも正当防衛か？」フロストはテーブルに並べた写真を平手で叩きながら言った。

「その殺しも、おれになすりつけようって魂胆なんだな、フロスト警部。そうはいくか。クラレンドン・ストリートの婆さんの件は自白《ゲロ》してもいいけど、認めるのはそこまでだ」

フロストは相好《そうごう》を崩し、拍子抜けするほど愛想のいい笑みを浮かべた。「あんたもなかなか遣《や》り手《て》だね、ウォーリー。だったら、こうしよう――ほかの殺しも自白《ゲロ》してくれたら、最初の一件については正当防衛を認めてもいい」

「ほかの殺しなんて、おれは知らない。どうしたら信じてもらえるんだよ？」

「アリバイがあれば考慮するぞ、ウォーリー。このあいだの月曜日の晩はどこにいた？」

マンスンは、進退窮まった顔をした。「アリバイを申し立てると、自分で自分の首を絞めることになっちまう。月曜日の晩は、実は仕事をしてた」

「ウォーリー、とんまにも脳ミソはあるんだろう？　こっちは殺しの容疑だぞ。あんたが言ってるのは、けちな窃盗だろうが」

ウォーリー・マンスンは、観念したのか、力なく肩をすくめた。「要するに、どっちに転んでも、おれに勝ち目はないってわけだ。わかったよ、月曜日の晩はフォレスト・ヴューの界隈《かいわい》で、あんたたちが言うところの車上狙いってやつをやってたんだよ――CDプレーヤーを載せてた車があったんで、そいつを頂戴した。あとはカセット・プレーヤーだな、全部で二台、いや三台ばかり頂戴してきた」

「日曜日は？」

「アップルフォード・コートの家に忍び込んだ。現金で八十ポンドほど貰ってきたよ。ついでに、その家の裏に駐まってた車でもうひと稼ぎしようとしたら、くそいまいましいアラームが鳴りだしやがった」

フロストは頷いた。アップルフォード・コートで侵入窃盗事件が発生したことは聞いていたし、車上狙いの件はあとで確認を取ればいい。だが、ウォーリー・マンスンが供述しているのは、いずれも日曜日の夜間のことだった。メアリー・ヘインズが殺害されたのは、同日の午後のことである。「日曜日の午後は、どこで何をしてたんだい？」

「家にいたよ。古女房と夫婦の営《いとな》みをしてた」

「ほう、なるほど。それに要した時間はせいぜい一分ってとこだな——靴を脱ぐ手間を省いてたりしたら、三十秒にも満たない。とすると、残りの時間は？」

「そのまま家にいたよ。六時ごろまで、うだうだしてた。かみさんが証人だ」

フロストは鼻を鳴らした。「ベルは、あんたに負けず劣らず嘘が達者だから、証人とは認められない。仍《よ》って、殺人事件が起こった時刻のあんたのアリバイは成立しない。おまけに、あんたの家から血塗られたジーンズも押収されてる」

「あれはおれの血だよ。なあ、フロスト警部……」ウォーリー・マンスンは、今にも泣きだしそうな顔になっていた。「頼む、信じてくれ」

「頼む相手が違うよ、ウォーリー。おれじゃなくて、判事に言え」フロストは顎を掻きながら、しばしのあいだ考えをめぐらせる顔つきになった。「どうだろう、取引なんてものをしてみる気はないかな？」

マンスンは、警戒する眼でフロストの顔をじっと見つめた。「どんな取引だ？」

「そりゃもちろん、あんたが聞いたら、随喜の涙を流すような取引だよ。実を言うと、おれたちは目下《もっか》のところ、未解決の侵入窃盗事件と車上狙いの被害届を山ほど抱え込んでてね。あんたにそれを一件残らず認めてもらいたいと——」

「ちょ、ちょっと待ってくれよ、フロスト警部」マンスンは抗議の声をあげた。

「ウォーリー、自分が可愛かったら、黙って最後まで聞け。言い渡された刑がいくつあろうと、それはすべて同時に執行される。窃盗が一件だろうと、百件だろうと、刑期の長さには影響しないってことさ。見返りに、こっちには、判事にあんたがいかに協力的だったかを進言する用意がある。ついでに、公訴局のお偉いさんにも、警察としてはアリス・ライダーの件は故殺だとするあんたの申し立てを認める方針だって口添えしてやるよ。踏ん切りがつけやすくなるように言い添えておくと、この取引を断《ことわ》った場合、警察としては謀殺を主張することになるので、そのつもりで」

マンスンは指の関節を嚙みながら、フロストの提案を吟味した。ややあって、テーブルのうえの写真を指さして尋ねた。「この二件についてはどうなる？」

「ウォーリー、こういうことを言うと、情に脆いお人よしと呼ばれそうだけど、こっちが考えの変更を迫られるような事態にならない限り、この二件については、特別大サーヴィス――おまえを犯人と断定するには、相当の疑問が残るってことにしてやるよ」

ウォーリー・マンスンは溜め息をついた。「わかったよ、フロスト警部、あんたの勝ちだ」

「聞き分けがいいな」フロストは笑みを浮かべると、テーブルのうえに並べた写真をひとまとめにしてファイル・フォルダーに戻し、椅子から立ちあがった。

縛《ばく》に就いたこそ泥、ウォーリー・マンスンの背後で、ギルモアの眼は満足の色に輝いていた。フロスト警部は、何ひとつ与えていないに等しい。アリス・ライダーの件に関しては、公訴局の訴追局長はいずれにしても故殺の線で処理したはずだ。にもかかわらず、見返りと称して、未解決のまま抱え込んでいた何件もの侵入窃盗事件の在庫一掃に、まんまと成功したのである。これで、デントン警察署の犯罪統計も健全な数値に戻るだろう。その結果、もたらされるべくしてもたらされる栄誉に関しては、この自分も一端を担《にな》いたいものである。期待に胸を熱くしながら、ギルモアはウォーリー・マンスンの供述を書き留めるべく、それまでフロストが坐っていた椅子に陣取った。ところが、ギルモアの眉間《みけん》に刻まれた皺が、さらに深くなるような事態が生じた。フロスト警部が、本件はただ今から、あのずんぐりむっくりで風采のあがらない、ハンロン部長刑事に任せることにした、と宣言したのである。非常に不本意なことではあったが、ギルモアはその席を明け渡した。

戸口のところで、フロストは不意に足を止め、額《ひたい》をぴしゃりと叩いた。ポルノ・ヴィデオの件を問いただしていなかったことを思い出したのだった。「あのヴィデオは、どこで手に入れた？」

マンスンはうなだれた。「あれも失敬してきたもんだ。車に積んであったんだよ。品物《ブツ》の内容がわからなかったから、とりあえず貰ってきちまったけど、悔やんでる。もちろん、おれだって人並みに、セックスも暴力も嗜《たしな》むよ。古きよき伝統だもの、見るのもやるのも嫌いじゃない。だが、ワン公は埒外《らちがい》だ。そりゃ、犬って動物は、人間の最良の友だろう。だとしても、あのヴィデオのワン公はあんまりだ。犬としての恥じらいを忘れてる」

「もっと具体的に」

「先々週の土曜日の……そうだな、夜の十時ごろだったと思う、ヴァンで通りを流してたら、マーケット・スクエアから通り一本入ったとこに、どでかくて派手な車が駐まってたんだよ」

「車種は？」とギルモアが尋ねた。「どこの製造業者の車だ？」

「わからない。高級車ってことしか。どこもかしこも、ぴかぴかに磨き立てられてた。車体の色は……うん、黒だったな。座席なんか、ありゃ、たぶん本物の皮革《かわ》だね。でも、こう言っちゃなんだけど、おれの目的は車の魅力を鑑賞することじゃなかったもんでね。鉄梃でトランクをこじ開けて、なかに入ってた段ボール箱を引きずり出すと、誰にも見つからないうちにさっさと自分のヴァンに引き返した」

フロストは、より具体的な情報の提供を求めたが、マンスンにはそれ以上言えることはなく、ともかく見るからに高級そうな車だったと繰り返すばかりだった。

廊下に出たとたん、ギルモアの怒りが噴きこぼれた。「マンスンの調書をハンロン部長刑事に取らせるというのは、どういうことなんでしょうか？　マンスンのやつがアリス・ライダーを死にいたらしめたことを認めたのも、何件もの窃盗事件を自白しようという気になったのも、われわれの誘導があったからこそです。こつこつとそこまで道をつけたのはわれわれなのに、せっかくの手柄をあっさりハンロン部長刑事に譲ってしまうなんて。どういう料簡《りょうけん》をお持ちなのか、ぼくには理解できません」

「書類仕事にかかずらってられるほど、おれは暇じゃないんだよ」とフロストは言った。「おれたちに課された仕事は山ほどある。全部繋げたら何ヤードにもなりそうな供述書を他人《ひと》に取ってもらっても、罰《ばち》は当たらないと思うね」そして、大きな欠伸をひとつ洩らした。「おまえさんの予定表がどうなってるのか知らないけど、おれはこれから家に帰ってちょっくら寝てくるよ」

ギルモアは、廊下を遠ざかっていくフロスト警部の能天気な後ろ姿を、怒りをくすぶらせたまま見送った。警部とは名ばかりのあんな出来そこないと組まされるとは……我が身の不運が、つくづく呪わしかった。フロストのしでかしたへまの数々には連座して責めを負わねばならないのに、まれに――きわめてまれに、ささやかな結果を出しても、その栄誉に浸《ひた》ることを許されない。あのぼんくらが、自らの昇進の芽を残らず摘み取ってしまったからといって、ほかの者の昇進の機会までひねり潰す権利はないはずだ。往生際の悪いくたばりぞこないが、人の足を引っ張りやがって……。靴音も荒く、ギルモアは駐車場に向かった。

当のぼんくら警部は、寝床に潜り込んだところで、ウォーリー・マンスンが連続老婆殺害事件の犯人ではなかったことをマレットに報告していなかったことに気づいた。だが、寝床のなかで気を揉んだところで、どうなるものでもない。善後策は明日の朝になってから考えることにした。

激しく鳴り響くベルの音。ギルモアは眼を醒ました。目覚まし時計をまさぐってアラーム機能を止めても、ベルは鳴り続けている。枕元の時計は、現在の時刻が午前十時だと告げていたが、ギルモアにしてみれば、まだほんの数分しか眠っていないように感じられた。ベルは、まだ鳴っていた。加えて、誰かが玄関のドアを猛然と乱打しているようだった。ギルモアはドレッシング・ガウンを羽織り、眠りの名残《なごり》を引きずりながら、おぼつかない足取りで階下に降りた。

ヘルメット帽を抱えたオートバイ警官が、玄関先で待機していた。その警官は、ドアを開けたギルモアに向かって、ギルモア部長刑事当人であることを確認してから、大至急フロスト警部を迎えに行くよう言《こと》づかってきている、と伝えた。

切り裂き犯が、またしても凶行に及んだのだった。

「どうして、自宅まで押しかけてきて人を叩き起こすような真似をする?」ギルモアはオートバイ警官を怒鳴りつけた。「きみは電話というものを知らないのか?」

「あんたは受話器を架台に戻しとくってことを知らないのかい?」伝令役の警官はそう叫び返すと、オートバイのペダルをひと蹴りし、爆音を残して走り去った。

そう、小癪に障ることに、電話の受話器は確かにはずれていた。心のなかでリズの遣り口を罵りながら、ギルモアは受話器を架台に戻した。それから浴室に駆け込み、眠気が吹き飛んでくれることを願って、手早く冷たいシャワーを浴びた。ちょうど着替えをすませたとき、玄関のドアを手荒く閉める音がした。リズが買い物から戻ってきたのだった。買い物袋のなかで壜の触れあう音がした。

「ちょっと、また出かけるつもり？」彼女は甲高い声でわめいた。「ひと晩じゅう家を空《あ》けておいて、またまた出かけるわけ？」

ギルモアはアフターシェイヴ・ローションをつけてから、ネクタイを締め、浴室の鏡をのぞいて結び目の位置を調節した。「仕方ないじゃないか。また殺人が起こったんだから」それでなくとも、睡眠不足がたたって、頭の芯が疼《うず》いている。これ以上、頭痛の種を増やすようなことは、妻たる者、慎んでもらいたかった。

リズは、ギルモアを押しのけるようにして、脇を擦り抜けていった。怒りで顔を歪め、ひと言も口を利かなかった。

ギルモアはキャメル・ヘアのオーヴァーコートを羽織ると、車のキーを持ったことを確かめた。「できるだけ早く帰ってくる――約束するよ」

「いいえ、もう結構」買ってきた物を叩きつけるようにして置くと、リズはぴしゃりと言った。「どうせ守れやしないんだから、約束なんかしてくれなくて結構よ」

フロストは、一夜明けても——と言うよりも、その日の早朝、ギルモアと別れたときと同様、皺の寄った服を着込んだむさくるしい恰好のまま、自宅のおもてで待っていた。車に乗り込んできて助手席に坐るなり気の抜けたうめき声を洩らして、背もたれに寄りかかった。そして、「婆さまがまたひとり切り切り刻まれたそうだ」と告げた。「詳しいことは、おれもまだ聞いてない」

今度の現場は、キッチナー・マンションという高齢者用の共同住宅の一室だった。湿った床から松脂《まつやに》の消毒薬の臭いが立ちのぼってくるエレヴェーターが、がたがたと震動しながらふたりを三階まで運びあげた。三百十一号室のまえで、くたびれ果てた様子のジョー・バートンが待ち受けていた。「今度のやつはかなり強烈ですよ、警部」

「その台詞は聞き飽きた」フロストは陰気な声でつぶやくと、バートンを案内役にアパートメントのなかに入った。

狭くて短い廊下を進み、電話機とプラスティックの表紙がついた電話番号簿が載ったサイド・テーブルの脇を擦り抜けて、居間に足を踏み入れた。せせこましい空間に、人があふれているようだった。誰もが、部屋の中央にある物体を遠巻きにしていた。「皆の衆、おれにも見学させてくれよ」フロストは人の輪をかき分けるようにしてまえに進み出た。

きちんと服を着込んだままの老婆が、肘掛け椅子に腰を降ろし、顔をうえに向けて、虚ろな眼で天井を凝視していた。咽喉首《のど》をさらすようにして。そこに、血糊のこびりついた唇で微笑む、第二の口ができていた。腹部も大きく切り裂かれており、創口からあふれ出した腸が膝のうえでとぐろを巻いていた。床にはグレイの絨毯が敷かれていたが、肘掛け椅子の足元のあたりには、赤黒い大きな染みが拡がっている。皮膚を切り裂かれ、肉を切られたことで恐慌状態に陥《おちい》った心臓が、大量の血液を送り出したらしかった。狭い室内に、生々しい臭いが立ち込めていた。

「こいつはひどいな」フロストはつぶやき、うしろにさがった。ひと眼見れば充分だった。非業の死を遂げた変死体を見慣れている現場捜査担当のテッド・ロバーツでさえ、動揺を隠せない様子で、咽喉の傷口をアップで撮《と》る段になると、手が震えてしまって、カメラのレンズを調節するのに手間取った。

ギルモアは死体から眼を逸らして、室内を見まわした。昨夜、マンスンを逮捕した制服警官、シムズ巡査の姿を認めた。鑑識チームのメンバーのうち、見覚えのあるふたりはグリーンウェイのコテッジの捜索に加わっていた連中だった。瘦身《そうしん》で頰のこけた、生真面目な顔つきの男が、立て替え経費の払い戻しに必要な警察所定の請求用紙に必要事項を書き込む作業に没頭している。その男が当直の警察医のようだった。ギルモアには初めて見る顔だった。

部屋の奥、突き当たりの壁際に、明るい色のオーク材でできたサイドボードが置かれていた。そのうえに載っている切り子ガラスの果物鉢に、林檎《りんご》がいくつか盛ってあり、そこに黒革の財布が紛れ込んでいた。ギルモアはフロストの脇腹を小突き、それを指さした。

血溜まりを踏まないよう大股でまたぎ、フロストはサイドボードまで足を運んだ。ハンカチを取り出し、それでくるむようにして財布をつまみあげた。財布は丸々と膨らんでいた。前日の朝、被害者の老女が、デントン中央郵便局で年金を引き出してきていたのである。フロストは手早く数えた。ざっと百ポンド。浮かない顔で、現金を財布に戻した。「犯人は、どうしてこいつを残していったのかな？」

「邪魔が入ったのでは？」ギルモアは言った。「人が来る物音かなんかを聞きつけて、慌てて逃げ出したんじゃないですか？」

「ああ、そうかもしれない」フロストは低い声でつぶやいたが、全面的に納得したわけではなかった。財布のほかの仕切りを調べた。睡眠薬の処方箋――後日、薬局に持参するつもりで入れていたようだった。病院の診察予約券、《リーフ・ビンゴ・クラブ》と記された会員証、古びた富籤《とみくじ》の番号札が何枚か。最後の仕切りには、イエール錠のものとおぼしき鍵が二本、入っていた。一本は玄関の鍵だったが、もう一本のほうは所属不明の謎の鍵だった。最後に財布は口金を締められ、果物鉢に戻された。「盗られた物は？」とフロストは尋ねた。

「われわれが見た範囲では、なさそうです」ジョー・バートンが答えた。「荒らされた形跡が見当たらないので」フロストが寝室のなかを調べられるように、バートンは場所を空《あ》けた。こざっぱりとした、整頓の行き届いた部屋だった。あるべきものがあるべきところに収まり、被害者の老女が整えたままになっているものと思われた。試しに抽斗《ひきだし》をふたつほど開けてみたが、中身が荒らされた痕跡は認められなかった。

「ですから、さっきも言ったように」ギルモアは自説を繰り返した。「犯人は人が近づいてくる物音を聞きつけて、何も盗らずに逃げ出したものと思われます」

「ああ、そうかもしれない」フロストはあいかわらず納得しきれないものを感じながら低い声でつぶやくと、ジョー・バートンに視線を戻した。「よし、バートン、おまえさんの出番だ。詳しい報告を聞かせてもらおう」

バートン巡査は手帳を開いた。「被害者の氏名は、ドリス・ワトスン。年齢七十六歳、夫に先立たれて、現在は事件現場となったこのアパートメントにて独り暮らし。子どもは息子がひとり、デントン市内に在住」

「そいつには、誰か連絡を取ったのかい？」フロストが口を挟んだ。

バートンは首を横に振った。「警部の指示を仰ぐべきだろうと判断したもので」

フロストは、廊下の電話番号簿で息子の連絡先を調べるよう、ギルモアに言いつけた。「ワトスン坊やに電話して、こちらまでご足労願え——事情は伏せて」バートンに向かって頷き、先を促《うなが》した。

「被害者とつきあいのあった隣の部屋の住人が——ちなみにプロクター夫人という人ですが、昨夜午後八時過ぎに『デイリー・ミラー』紙を借りるためにこの部屋を訪ねてます。同午後十時少しまえ、読み終えた新聞を返しに来たところ、ノックをしても返事がなかったそうです」

「午後十時なら、被害者はもう死んでた」警察医が大声で言った。帰り支度を整えて、診療鞄を持ちあげたところだった。

「おや、急に正確なことを言うようになったんだな」とフロストは感想を述べた。「いつもは、何曜日かも特定できない、なんて吐《ぬ》かすくせに。午後十時の時点で、被害者の婆さんが死んでたってのは確実なのかい？」

警察医は肩をすくめた。死亡時刻を特定するに際しては、確実なことなどひとつもないと言っても過言ではない。「前後一時間程度の幅は見ておいたほうがいいかもしれない」警察医はそう予防線を張った。

「ご高説、拝聴つかまつったよ」フロストは鼻を鳴らし、ひと仕事終えて引きあげていく警察医を見送った。それから、電話を終えて戻っていたギルモアに、眉をあげて報告を求めた。

「何度かけても、留守番電話になってます」とギルモアは言った。「とりあえず、デントン警察署まで連絡してほしい、という伝言を残しておきました」

フロストは室内を見まわした。そとから無理やり押し入った形跡は認められない。ということは、ドリス・ワトスンを殺害した犯人は、玄関から入ってきたということになる。

バートンとギルモアを引き連れて玄関に移動し、ドアを調べた。本来の錠に加えて、スライド錠がいくつか取り付けられていた。それほど頑丈なものではないながら、防犯チェーンも装備されている。のぞき穴もあるので、ドアを開けるまえに、誰が訪ねてきたのか確かめることができる。来訪者に対しては、きわめて用心深い備えをしていたと言えるだろう。なのに、事件当夜、被害者は夜の八時以降に訪ねてきた人間を、スライド錠をはずし、防犯チェーンもはずして、アパートメントに招き入れたのだ。訪ねてきたのは、顔見知りの人物だったと見るべきである。被害者が信頼していた人物。

「息子では？」とギルモアが思うところを述べた。

「真っ先に締めあげるには、手ごろな相手だ」フロストはつぶやくように言った。「第一発見者は？」

「隣の部屋の住人です――さっき名前が出た、プロクター夫人という婆さんです」とバートンが言った。

「そうか。それじゃ、バートン、ジョーダンを連れて近所の聞き込みにまわってくれ。どんなことでもいい、何か見たり聞いたりした者がいないか、確認を取るんだ。ギルモア、おまえさんはおれにつきあえ。そのプロクターっていう婆ちゃんとちょいとお喋りしてみよう」

プロクター夫人なる老女は、白髪混じりの乱れ髪に櫛も通さないまま玄関に出てきた。検分に供《きよう》すべく差し出された身分証明書を潤んだ眼でじっと見つめ、その眼をすがめたり瞬《しばた》いたりすることしばし、最後に「あんたたちを信用するしかなさそうね」との裁定を下した。「朝のこんな時間だと、まだ眼がよく見えないの」そのことばを裏づけるように、ふたりを招じ入れながら、廊下に置いてある細長いサイド・テーブルにぶつかった。足の運びも、よたよたしていておぼつかなかった。ふたりは、散らかり放題の居間に通された。「この婆ちゃんは酔ってる――へべれけだ」フロストはギルモアに囁いた。

「どうぞ、好きなとこに坐って」プロクター夫人はジンの残り香をふたりにたっぷりと浴びせながら、くぐもった声で言った。フロストが腰を降ろしたところには、何やら硬い物体が存在していた。ジンの空き壜だった。フロストはそれを尻のしたから引き抜いて、注意深く床に立てた。プロクター夫人は、向かい合う位置にあった椅子に倒れ込むように坐った。上体が右に左に揺れていた。本人としては、それを止めようと努力しているようだったが、効果があがっているとは言いがたい。

それにしても、小汚い部屋だった。椅子のうえには、下着とおぼしき薄汚れた衣類が脱ぎ散らかされ、床のあちこちに洗っていないグラスが置きっ放しになっている。暖炉を摸《も》したガスストーブがめいっぱいの火力で焚かれているせいで、風通しの悪い室内は息が詰まるほど暖かかった。

プロクター夫人は、しゃっくりをすると、自分の吐き出したジンの臭いのする息を手で扇《あお》いで散らした。「飲み物はいかが?」フロストとしては紅茶にありつけることを期待して頷いたのだが、彼女はそばにあった、いつ洗ったのかわからない汚れたカップをふたつ引き寄せてそれぞれにジンを注ぎ、ふたりの刑事に振る舞った。「遠慮なく、ぐっとやってちょうだい」フロストはカップをのぞき込み、中身をとくと検分した。紅茶の色に染まったジンに、紅茶の葉が浮いていた。その手の飲み物を喫するには、早朝のこの時刻はいささか早すぎるように思われた。だが、かまうことはない。フロストは、カップの中身をひと息に呑み干した。

プロクター夫人は満足げに頷くと、自分のカップにもジンを注ぎ足した。「いつもは、こんな朝っぱらから呑んだりしやしないんだけど、今日はあの人のあんな姿を見ちまったもんだから。椅子に坐ったまま、血まみれになって……」記憶が甦ったことで、急いでカップの中身をあおり、お代わりを注ぐ必要に迫られたようだった。

フロストは、同情に堪《た》えないといった面持ちで頷いた。見ると、炉棚のうえに誕生日カードが並んでいた。「誰かの誕生日ですか?」

プロクター夫人は、だしぬけに泣き崩れた。「あたしのよ。あたしの誕生日——今さら大歓びして祝う年齢《とし》じゃないけど。今年は、とびきりすてきな贈り物まで頂戴《ちょうだい》しちゃって……このあたしが、なんだって、切り刻まれて血だらけになってるお隣さんを発見したりしなくちゃなんないんだろ」彼女は椅子から立ちあがると、よたよたと部屋を突っ切って炉棚に近づき、カードのなかの一枚を手に取った。子猫の一団が籠のなかから顔を出している絵のついたカードだった。「これ、あの人がくれたカードなの。あの人から貰う、最後のカードってことになるんだね」

「すてきなカードだ」とフロストは言った。さほど興味が感じられない口調で。

プロクター夫人は、盛大に鼻を鳴らした。「あたしは猫なんて大嫌いなんだけど——あんなもん飼うと部屋が臭くなっちまう。なのに、このカードをあたしに寄越したのは、これがいっとう安かったから。そうに決まってる。あたしにはわかるんだ」プロクター夫人は俄然身を乗り出して、内緒事を打ち明ける姿勢になった。「死んだ人のことを悪く言っちゃいけないことぐらい心得てるけど、これはほんとのことだからね。あの人は、けちなんてもんじゃなかったの」

「なんだか意外な気がするけど」とフロストは言った。

「冗談じゃない、あたしはほんとのことしか言わないんだから。あの人のお財布は、いつだって妊婦のおなかみたいに、ぱんぱんに膨らんでた……なのに、他人《ひと》に一杯おごるってことを知らないんだよ、あの人は」

それは感心できない、という意味を込めて、フロストは首を横に振った。言っておくべき事柄をほかにも見つけたのか、プロクター夫人は再び口を開きかけ、そこでまた不意に泣きだした。「あたしはここでこうして、あの人のことをこきおろしてるけど、あの人はもう死んじゃったんだよね。椅子に腰かけたまま、可哀想な死に方をしたんだよね」それから、涙に濡れた顔を起こした。「そりゃもう、ひどいもんだった……あの部屋に入ったとたん、あの血の海が見えたもんだから……」

「お気持ちはよくわかります」フロストはなだめるように言った。「できるだけ手早く片づけるようにしましょう。あなたはお隣に『デイリー・ミラー』を借りに行った?」

「そう、夜の八時ごろに。で、十時ごろに返しに行ったんだけど、玄関のドアをいくらノックしても返事がなくてね」

「普段は、そんなことはなかった?」とギルモアが尋ねた。おぞましいものを見る思いで、底に砂糖のこびりついたカップとそこに注がれた透明な液体を眺めながら。

「ない、ない、絶対にない。さっきも言ったように、あの人はどけちを絵に描いたような人だったから、あたしが新聞を返しに行かないうちは、眠るどころじゃなかったはずだもの――新聞を持ち逃げされやしないか、気が気じゃなくて。ところが昨夜は……しまいには力任せにドアを引っぱたいたりもしてみたんだけど、それでも返事がなくてね。だから家に戻って寝させてもらった」

「で、それから？」

「今朝になって、やっぱりまずかったかもしれないって思った。たとえ前の日の新聞でも、借りたまま返さなければ、インターポールを差し向けてくるぐらいのことは、やりかねない人だからね。だからもう一度、隣の玄関のドアを叩いてみたんだけど、あいかわらず返事がないのよね。こりゃ、ひょっとして流感にでもやられて寝込んでるのかもしれない、なんてことを思ったもんだから、失礼してなかに入らせてもらった」

「どうやって？」

プロクター夫人はエプロンのポケットをまさぐって、一本の鍵を取り出した。「あたしはあの人の部屋の合鍵を持ってるし、あの人はあたしの部屋のを持ってるの」

フロストは頷いた。つまり、被害者の財布に入っていた謎の鍵は、この婆さんの部屋の鍵ということになる。

「でも、あの人はいつもスライド錠やら防犯チェーンやらをかけてるから、合鍵だけで玄関が開くとは思わなかった。けれども、これまた普段じゃありえないことだけど、今朝は合鍵だけでドアが開いたのよ。なかに入っていったら……」そのときのことを思い出したのか、プロクター夫人はぶるっと身を震わせた。

フロストは椅子から身を乗り出し、彼女の手を軽く叩いた。「よくわかりますよ、奥さん。大変な経験をなさったんだ。ゆっくりでいい、落ち着いてから話してください」口を開きかけては言いよどむことを何度か繰り返したすえに、プロクター夫人はようやくその悪循環を断ち切った。気丈なところを見せて頷き、引き続き質問に答える覚悟ができたことを伝えた。「ワトスンさんのことだけど、昨夜、新聞を借りに行ったとき、これから来客があるようなことは言ってなかったかな?」

「別に。普段どおり、新聞を渡してくれただけ――普段どおりってのは、恩着せがましくってことだからね、誤解しないでちょうだいよ」

「そのあと、何か物音を聞いたということは?」

プロクター夫人は瞬《まばた》きをして、フロストを見返した。「たとえば、どんな?」

たとえば、隣のごうつく婆さんが腹を切り裂かれてる音だよ――フロストは声に出さずに、相手の血の巡りの悪さを痛罵《つうば》した。「われわれの参考になりそうなことなら、どんなことでも結構ですよ」優しいと呼んでもさしつかえのない口調で言った。

「そう言われても――テレビをつけてたから。あたしはテレビをつけたままで新聞を読むのが趣味なのよ。そうしてると、余計なことを考えなくてすむからね」プロクター夫人は、またぶるっと身を震わせた。「可哀想なドリス・ワトスン。あの人、〝切り裂き犯〟とかいう頭のいかれた野郎が、年寄りの女を殺してまわってるって話を聞いてから、すっかり怯えちゃってね。自分も同じような目に遭うんじゃないかって。不用心だから、玄関の防犯チェーンをもっと頑丈なやつに取り替えよう、なんて言ってた矢先だったのに……おお、嫌だ。あの人が恐れてたとおりになっちゃった」

「いや、防犯チェーンを取り替えてたとしても、結果は同じだったでしょう」とフロストは言った。「ワトスンさんは、昔馴染みの友人でも迎え入れるように、自分でドアを開けて犯人をなかに通したんだから。ワトスンさんは友人は大勢いるほうでしたかね？」

「いない、いない。何しろ、どけちを絵に描いたような人だからね。そんな人は誰からも好かれないよ。自分から積極的に出かけていくほうでもなかったし——ビンゴとクラブには通《かよ》ってたけど——《高齢者の集《つど》い》って教会のやってるクラブ、それには顔を出してたようだわね」

「あなたも、そのクラブに？」

「とんでもない。ビンゴにはよくつきあわされたけど——あの人、ひとりじゃ出かけられないの、臆病だから。でも、あたしは一年まえにやめさせてもらった。賭け事はよくない。それに、全然当たらないんだ、これが。癪に障《さわ》るったらないもの」

フロストは頷いた——同感の意を表し、併せて眠気を追い払う目的で。ガスストーブの炎にジンという触媒が加わり、強烈な催眠効果をもたらしていた。「ビンゴといっても、ワトスンさんの場合、昼の部専門だったと思うけど？」

「ええ、そう。帰りが夕方になったぐらいでもう、暗くて恐いなんて言いだすような人だから。以前は親切な運転手もいて、部屋のまえまで送ってくれたりしたんだけど——バスをおもてに駐めといて、部屋のまえまでついてきてくれるのよ」

頭を垂れ、顎が胸にくっつきかけていたフロストが、弾かれたように顔をあげた。「運転手というと……？」

「バスの運転手。ビンゴの行き帰りに利用できる無料の送迎サーヴィスがあってね——行きは街中《まちなか》まで迎えに来てくれて、帰りもまた送ってくれる」

「でも、送ってくれるのは、確か市民センターまでじゃなかったっけ？」とフロストは訊いた。

「決まりではね。でも、運転手が親切な人で、途中で家のまえを通るような場合、そこで降ろしてもらえたりすることもあるのよ。楽ちんよ、タクシーと同じようなもんだもの」

「おまけに、うんと親切な運転手になると……玄関先まで付き添ってくれて、お客が家のなかに無事に入るところまで見届けてくれるわけだ。玄関マットをめくって鍵を取り出したり、郵便受けに手を突っ込んで紐を引っ張ったりするときにも、手を貸してくれるわけだ」

「そう、そういう人もいる。通りの角で降ろしてくれるだけの人もいるけど」

「ふむ」フロストは、紅茶の葉を吐き出した。「ワトスンさんは臆病な人だった。夕方、暗くなってから家に帰るのも恐いと言うような人だった。なのに、昨日は夜分に訪ねてきた人間を部屋に通してる。ワトスンさんがそこまで心を許しそうな人物というと……？」

「あたしが思いつくのは、あの人の馬鹿息子ぐらいなもんだけど。デントン市内のどこだかに住んでるって聞いたことがあるわ。母親のご機嫌うかがいに、しょっちゅう来てたわよ」

「どんな男なんです？」

「いけ好かない男だね。男のくせになよなよしてるし、せこくて陰険だし。あたしに向かって、薄情な口は利くし。なんて言ったと思う？　ええ、忘れもしない――『新聞が読みたければ、母にたかるのはやめて、自分で『デイリー・ミラー』を買ったらどうです？』だもの」

「ほう、なかなか穿《うが》ったことを言うやつだ」本音が出てしまったのを潮に、フロストは席を立った。「いろいろと聞かせてもらって、ずいぶん参考になりました。供述書を作らなくちゃならないので、あとで警官を寄越します。今、聞かせてもらったこと以外にも、捜査に役立つかもしれないと思うようなことがあったら、なんでも結構です、その警官に話してください」

ギルモアは、ついに口をつけなかったジンのカップを脇に押しやり、フロストのあとを追ってプロクター夫人のアパートメントを辞去した。

事件現場のアパートメントに戻ってみると、ふたりは壁にへばりつくことを余儀なくされた。ストレッチャーに載せられたドリス・ワトスンの亡骸《なきがら》が、搬出されるところに行き会わせてしまったからだった。ストレッチャーを担《にな》った二名の救急隊員は、アパートメントのせせこましい造りに苦労を強いられていた。玄関に出るため、居間の戸口で方向を変えたひょうしに、ストレッチャーの角が壁に当たり、花柄の壁紙に鉤裂きができた。ストレッチャーが運び出された直後、検屍官が居間から出てきた。黒くて丈《たけ》の長いオーヴァーコートに身を包んだ姿は、さしずめ葬儀屋のようだった。「予備的な所見はきみのところの巡査に伝えておいた。検視解剖の開始時刻については、追って連絡する。きみのオフィスに電話を入れよう」

居間では、ひと仕事終えた鑑識チームが引きあげの準備に取りかかっていた。被害者が腰かけていた肘掛け椅子と血の染み込んでいた絨毯はすでに運び出されており、剝き出しになった床板には、絨毯を通して染み出した血の跡を囲む黄色いチョークの線が残されていた。胸が悪くなるような臭いが、室内の空気にまだねっとりとまとわりついていた。フロストはむっつりと黙り込んだまま、ストレッチャーがこしらえた鉤裂きから中途半端にぶらさがっている破れた壁紙をむしり取った。婆さんも、気の毒に……。ドリス・ワトスンが我が身亡きあとのアパートメントのこのありさまを眼にしたら、卒倒してしまうにちがいない。

浴室から唸り声が聞こえた。続いて金属のぶつかりあう音。フロストはそちらに足を向け、なかをのぞき込んだ。鑑識チームの責任者、トニー・ハーディングが床に膝をつき、小声で悪態をつきながら、小さな洗面台のしたをのぞき込み、柄の長いスパナを使って排水管と格闘中だった。S字管をはずして、なかで防臭弁の役目を果たしている溜まり水を検体として採取しようというのだった。「なんとまあ」フロストは大声を張りあげた。「手癖のよくない男だってことは知ってたけど、そんなものまでくすねていくようになったのかい？」

ハーディングはにやりと笑った。「洗面台の排水口に、わずかながら血痕が付着してたんだ」

フロストは、意外なことを聞かされたときの表情になった。「それじゃ、犯人の野郎は、事が終わったあと、ここで悠長におててを洗ったってことかい？」

「被害者をあんなふうに切り刻んだんだ、返り血やなんかをたっぷりと浴びただろう。そのまま出ていくわけにはいかんさ」

「服は？」

ハーディングは、擦り剝いてしまった指の関節を舐《な》めてから、スパナに最後のひとひねりをくれた。ナットの緩む手応えにほっとして溜め息をつくと、手を止めてフロストのほうを見あげた。

「当然、服も血まみれになったと思う――被害者に刃物を振るうまえに脱いでいれば別だけど」

「何を言うかと思いきや」フロストは鼻を鳴らした。「ならば、犯人がストリップに及んでるあいだ、婆さまのほうは何をしてたというんだね？　犯人のサラミ・ソーセージに、うっとりと見とれてたってか？」

ハーディングは、今度もまた、にやりと笑ってみせた。「ひとつの可能性だよ、警部。そういう線も考えられなくはないってだけのことさ」それから、再び作業に取りかかった。スパナを脇に置いて、S字管の継ぎ目に手をかけ、大きなナットが手でまわせるようになったことを確かめた。

フロストは浴室から頭を突き出し、大声で呼ばわった。「念のため、市内のクリーニング屋には片っ端から確認を取れ」

「すでに確認済みです」とバートンが応えた。収穫はゼロ、作業に要した時間が無駄になっただけ。本件の犯人は、その程度のことで網にかかるような単細胞ではない、そう心得るべきだろう。

フロストは首を引っ込め、浴室のほうに注意を戻した。ハーディングがいよいよS字管を取りはずしにかかっているところだった。「ひとつ、確認してもいいかい？　犯人の野郎がここでおててを洗ったとすると、あんたがそのS字管の溜まり水から採取しようとしてる血液は、被害者の婆さまの血液ってことになるよな。だろう？」

「ああ、そうだ」

「まだ足りないのかい？　向こうの部屋で集めた分だけでも、水泳ができそうなのに」

トニー・ハーディングは肩をすくめた。「われわれの仕事は、周到かつ徹底的に行《おこな》うべき性質のものだからね」

「人が冗談を言ったときは、微笑みぐらい浮かべろよ」フロストは浴室を抜け出し、やけにがらんとしてしまった居間のほうに足を向けた。「あんたに嫌われてるのかもしれないと思うじゃないか」フロストは室内を目的もなく歩きまわり、眼についた小物を手に取り、すぐにまたもとの場所に戻すことを繰り返した。ギルモアはそれを眼で追った。老いぼれ警部は、次に取るべき行動すらわかっていないようだった。

聞き込みにまわっていたジョーダン巡査ともう一名の制服警官が戻ってきて、何も収穫がなかったことを報告した。こうした事件が起こった際の常《つね》として、誰もが一様に衝撃を受けたことを訴えはするものの、何かを目撃したという者や気になる物音を聞いたと申し出てくる者はひとりもいなかった、とのことだった。

「犯人の野郎は、くそがつくほどの強運の持ち主だよ」フロストは、吸いかけの煙草を床に落として踏みにじった。彼は疲れていた。自分が役立たずで、この仕事をするための能力にも適性にも欠けているような気がした。プロクター夫人のところでご馳走になったジンが胃袋のなかで暴れていた。胸がむかむかしてきていたし、脈搏に合わせて頭も疼《うず》きだしていた。フロストは、そばの肘掛け椅子に倒れ込むように坐った。

「警部、次は何をすればいいんでしょう？」

おれをひとりにしてくれ、と答えたいところだったが……フロストは不意に顔をしかめ、背もたれから身を起こした。アパートメントのそとが俄《にわか》に騒々しくなり、聞き覚えのある声が聞こえてきたからだった。案の定だった。朝の活気に満ちたマレットが、まっしぐらに居間に飛び込んできた。フロストの口から、思わず苦悶のうめき声が洩れた。選りに選ってこんなときに、こんなところで、角縁《つのぶち》眼鏡のマネキン野郎に接近遭遇しちまうとは。

マレットは、唇をきつく引き結んだ。いかにも、フロストらしい態度だった。今は殺人事件の捜査という厳粛であってしかるべき時ではないか。隣室では科研の鑑識チームの面々が忙しく立ち働き、いつものごとく良心的な仕事ぶりを見せてくれているというのに、眼のまえにいる我が署の警部のほうは、だらけた恰好で肘掛け椅子に坐り込んだまま、腰をあげようともしない。加えて、あろうことかあるまいことか――マレットは小鼻を膨らませ、嫌疑を確信へと変えた――酒の臭いをさせている。「またしても死体が見つかったそうだな、警部?」マレットは不機嫌な声で言った。まるで、すべてはフロストの落ち度であると言わんばかりに。

「どこで?」フロストはそう言うと、勢いよく椅子から立ちあがり、室内を見まわす仕種《しぐさ》をしてみせた。「どこにも見当たらないようだけど、警視《スーパー》」

マレットは歯を食いしばり、アーテックスで仕上げ塗りをほどこした天井を仰《あお》ぎ、聞こえよがしに溜め息をついた。このフロストという男には、くだらない悪ふざけを慎むべきときのあることが、どうしても理解できないらしい。「捜査の進捗状況は?」

「今現在は、完全に糞詰まりってとこですよ。この犯人は、くそがつくほどの強運の持ち主でね。誰にも姿を見られてない。不審な物音を聞いた者もいない。おまけに現場からは指紋も出ない。鑑識の連中があっと驚くようなものでも見つけてくれりゃ別だけど、そっちも空振りとなると、あとは犯人がへまをしでかすのを待つしかないだろうな。やっこさんの強運もいずれは尽きるだろうから」

嘲りの鼻息が、マレットの鼻孔を震わせた。「待つ？　犯人がまた人を殺すまで待つということかね？　馬鹿も休み休み言いたまえ。そんな悠長なことが許されると思うのかね？　この連続殺人事件には、一刻も早く終止符を打ってもらいたい」

「ほう？」フロストは小声で言った。「だったら、警視《スーパー》、その打ち方を教えてくださいよ」

「犯人を見つけて、逮捕することだ」

「そうか、なるほど。ギルモア部長刑事、今の警視《スーパー》のおことばをメモしておくように」とフロストは言った。ティーカップ一杯のジンが、彼を無謀にしていた。「ほかにも名案があるようなら、警視《スーパー》、遠慮なく言ってくださいよ。いつでも耳を傾ける用意があるんで」

マレットの眼に怒りがたぎった。口の端が引き攣り、顎がわなないた。毎度のことながら、この男の能天気さ加減は眼に余る。激しい怒りを禁じ得ない。マレットは、バートンとジョーダンに向かって顎をしゃくり、廊下のほうを示した。「きみたち、ちょっとはずしてくれたまえ」そして、ふたりが出ていくのを待って、爆撃を開始した。「警部、きみは昨夜、わたしにとんでもない恥をかかせてくれた」

「おや、ほんとに？」フロストは、少なからず興味を覚えた様子で言った。「具体的に言うと、どんな方法で？」できれば今後のために書き留めておきたいところだと言わんばかりだった。「〝連続老女切り裂き犯《グラニー・リッパー》〟として捕えた、例の容疑者のことだ。きみはわたしに対して、あの男が犯人であるという確たる証拠を入手したかのごとき印象を抱かせた。だが、聞くところによると、きみのその確たる証拠であるはずの包丁は、被害者の所有物だったそうだな」

「どうもそのようで……」フロストは、打ちしおれた表情で、その点については反論の余地がないことを認めた。

「にもかかわらず、きみはそのことをわたしの耳に入れなかった。斯《か》く斯く然々《しかじか》の理由でこれこれの次第《しだい》となりました、という事情説明をしてしかるべきなのに、それも怠った。わたしの執務室に顔すら出さなかった。わたしはきみからの報告を待っていた。警察長がわたしからの報告を待っておられたように」

「そこんとこは謝りますよ、警視《スーパー》」とフロストは低い声で言った。「警視《スーパー》のことをすっかり忘れちまってたもんでね」

マレットは口をあんぐりと開け、それからつぐんだ。あまりのことに、ことばも出なかった。「忘れていた？」それだけ言うにも、しばらくかかった。「これほど重要な事件の捜査線上に浮かんだ容疑者なのに、その取り調べの結果を署長であるわたしに報告することを忘れていた、と言うのか？」

「こっちには、やらなくちゃならないことが、ごまんとあるんでね」フロストはぴしゃりと言った。「おれたち下々《しもじも》の人間は、みんなガス欠だよ。いい加減、へたばりかけてる。休憩も交替もなく、普段の倍の勤務を強いられてるし、おまけにくそくだらない邪魔が頻繁に入るもんだから……」フロストとしては、最後のひと言にさりげなく込めた思いにマレットが気づいて、さっさと引きあげてくれることを願ったのだが、デントン警察署の署長としては、まだ言っておくべきことが残っていた。

「それは、ハンロン部長刑事も同じではないのかね？　彼とて、きみと同じ状況で奮闘を強いられているのではないかね？　それでも、ハンロン部長刑事はきちんとそれなりの結果を出している。ウォーリー・マンスンに人を殺したことを認めさせ、のみならず、少なくとも三十件に及ぶ窃盗を認めさせた。見事な仕事ぶりではないか。おかげで、我が署の犯罪検挙率はいっきに上昇した。今月は我が署がトップに躍《おど》り出るはずだ。大切なのは結果を出すことだ、フロスト警部。いくら言い訳を並べたところで、それで事件が解決するわけではない。わたしの杞憂であればいいんだが、どうもきみたちを見ていると――」そこで放たれたマレットの刺々しいひと睨みは、〝きみたち〟の片割れはギルモア部長刑事であることを明快に物語っていた。「――本件の捜査は、あるいはきみたちの手には余るのではないかと思われてならない。それが事実だとしたら、わたしはためらうことなく、担当を変えるつもりだ。きみたちも、その覚悟で捜査に臨《のぞ》むように」マレットはそう言い置くと、身を翻《ひるがえ》し、威風堂々と引きあげていった。返事代わりに、聞き取れないほどの音量で屁がひられたことには気づかずに。

今度は、ギルモアが激怒する番だった。フロストのしでかすへまの責任を共同で問われるのなら、めったに立てられない手柄を立てたときにも、その恩恵に浴《よく》する機会を与えられてしかるべきだろう。「なぜ、黙っていたんです？　包丁の件が妙な具合にこじれてしまったのも、もとはと言えばハンロン部長刑事が確認を怠ったからじゃないですか。それに、ウォーリー・マンスンを逮捕したのは、われわれです。ハンロン部長刑事の手柄でもなんでもない」

「坊や、われわれはひとつのチームってことになってる」とフロストは言った。「眼の色を変えて点数を稼いだりしちゃいけないのさ」

　そのとき、バートンとジョーダン巡査が戻ってきたので、ギルモアは口先まで出かかったことばを呑み込んだ。代わりに、ひとり胸につぶやいた——上等だよ。それで満足だというのなら、あの程度のケチな点数ぐらいいくらでもくれてやろうというものだった。


デズモンド・ワトスンは、ドアマットから郵便物を拾いあげてなかに入ると、後ろ手に玄関のドアを閉めた。持っていたブリーフケースを玄関の帽子掛けのしたに置き、居間に向かいながら郵便物に眼を通した。請求書が二通、銀行の残高報告書、本社が送って寄越した売上手数料の小切手。デズモンド・ワトスンは、防音断熱用の複層ガラスを扱う会社で、北部地区を担当する営業職に就《つ》いていた。居間に入ると、留守番電話の小さな緑色のライトが点滅していた。メッセージが残されている合図だった。彼はメッセージを再生し、早送りのボタンを押しながら聴いた。早口で何かを読みあげる、若い女の甲高い声——早送りで再生しても、それが本社の女子社員の声であることはわかった。有望と思われる売り込み先の情報を伝えてきたのだった。あとでもう一度、今度はゆっくりと再生しなおして、詳細を書き留めておくことにした。

次は、耳に馴染んだ声――母親の声だった。デズモンド・ワトスンは早送りボタンから指を離し、本社から届いた封筒を開けて、前回のように売上手数料の計算にミスがあっては困るので、数字をひとつひとつ確認しながら、母親の残したメッセージに耳を傾けた。

《もしもし、お母さんよ。あなたにもいろいろと心配をかけてしまったけど、もう安心してちょうだい。今度――あら、ちょっと待って。どなたかいらしたみたい……》そこで間《ま》ができた。

その間が、いつまでも続いた。それから、録音の自動停止機能が作動する音。

デズモンド・ワトスンは、売上手数料の小切手から眼を離して、次のメッセージが再生されるのを待った。母親がもう一度、かけなおしてきているはずだった。だが、次の声には、聞き覚えがなかった。男の声だった。デントン警察署まで折り返し電話してもらいたいと言っていた。売上手数料の小切手が、指のあいだから滑り落ちた。不吉な予感に胃袋が収縮するのを感じながら、デズモンド・ワトスンは受話器に手を伸ばした。

木曜日——日勤／遅番（一）

ギルモアは、熱く濃い紅茶に砂糖を入れ、そのカップをデズモンド・ワトスンのまえに置いた。ワトスンは、身元確認のために母親の死体と対面した際の衝撃から立ちなおれず、いまだにショック状態にあった。カップを持ちあげたときも、手が震えてしまって、受け皿がかたかたと小さく音を立てたほどだった。それでも、警部だというむさくるしい身なりの男が喋っていることに、意識を集中しようと努めた。

「あなたのお気持ちは、よくわかる。大変な経験だったことでしょうが、いくつかお訊きしたいことがあるので、協力していただけませんか？」

口元まで運んだカップが、今度は歯に当たってかちかちと音を立てた。ワトスンは、諦めてカップを受け皿に戻した。紅茶は口をつけられることなく、脇に押しやられた。「ええ、どうぞ……どんなことでも」

「おたくの留守番電話に吹き込まれていたメッセージを聞かせてもらいました。母上が亡くなる直前に残した、あのメッセージですが、あなたはあの電話は午後九時三十五分にかかってきたものだとおっしゃった。留守にしてたんだったら、どうしてそこまでわかるんです？」

「うちの留守番電話には、受信した日時を記録する機能がついているんです」

「なるほど。では、昨日の午後九時三十五分には、どちらに？」

「わたしですか？」デズモンド・ワトスンは、とっさに顔をあげた。「それは、わたしを疑ってらっしゃるということでしょうか？」

「いや、そうできれば楽なんだけどね」フロストは疲れた声で言った。「疑えるような相手には、あいにくまだ恵まれないもんで。とりあえず、消去法ってやつで的を絞ってる段階なんです。おたくの母上は、とても用心深い人だった。玄関のドアには、わざわざスライド錠やら防犯チェーンやらを装備してたほどです。なのに、夜の九時三十五分に訪ねてきた人物を、いそいそと家のなかに招き入れた。とすれば、その人物は、母上がよく知っていて、なおかつとても信頼していた相手だったにちがいない——たとえば、ワトスンさん、あなたのような。だから、念のため、お訊きしたというわけです。で、昨夜はどちらに？」

「バーミンガムにいました。投宿先は、クィーンズウェイ・ホテルです」ワトスンは、内ポケットから一枚の領収書を取り出し、テーブル越しに差し出した。「どうぞ。確認なさりたいでしょうから」

フロストは領収書を受け取り、ちらりと一瞥したのち、ギルモアに引き渡した。ギルモアは、電話で確認を取るべく部屋から出ていった。

「あとで返していただけますね」とワトスンが言った。「会社のほうに経費を請求するときに、ないと困るもので」

フロストは心得顔で頷いた。経費の請求に関しては、フロスト警部もそのなんたるかを熟知している。「留守番電話に吹き込まれていたメッセージですが、母上はこんなふうに喋りだしていらっしゃる——『あなたにもいろいろと心配をかけてしまったけど、もう安心してちょうだい……』。何を言おうとしてたのか、実の息子さんならわかるかな？」

「たぶん、防犯チェーンを付け替える話だと思います。もともと玄関のドアについていたものは造りがちゃちで、玩具に毛の生えたようなものだったんです。このところ、高齢者の住まいが連続してこそ泥にやられてるし、先日は立て続けに女の人が殺されたりしているじゃないですか。だから、もっとしっかりした本物の防犯チェーンに付け替えるよう、母にしつこく勧めていたんです」

「謎の訪問者に心当たりは？　あなたの母上が、夜の九時三十五分に訪ねてこられても歓んで迎え入れそうな人物というと……？」

「いませんね、ひとりも。母はとても臆病な人間だったから」ドアの開く気配に、ワトスンは顔をあげた。中座していたギルモア部長刑事が、領収書を片手に戻ってきたのだった。彼は、フロスト警部の耳元で何事か囁いた。

「ホテルのほうの確認が取れましたよ、ワトスンさん」フロストはワトスンに領収書を返して、椅子から立ちあがった。「ご協力ありがとうございました。捜査の進捗状況は、随時お知らせします。それから……母上のことは、なんと申しあげていいか。どうか、力を落とされないように」デズモンド・ワトスンが退室し、その背後でドアが閉まると、フロストはそれまで浮かべていた、しかつめらしい表情を一変させ、にんまりと口元を緩めた。「それじゃ、ワトスン家の坊やは連れの女子《おなご》とダブルの部屋に泊まっておきながら、精算の段になると、シングルの部屋代ってことで領収書を出してほしいと駄々をこねたんだな」

「ええ、そうです」ギルモアは肩をすくめた。

「なんとまあ、悪知恵の働く男だよ」フロストは感に堪《た》えないといった表情で、首を横に振った。「自分の会社に、愛人の部屋代まで払わせちまうなんて、実によく考えたもんじゃないか。おれも、あやかりたい。いずれにしても、あの〝ぼくちゃん〟はシロだな」フロストは留守番電話の録音装置からカセット・テープを取り出した。「あとは、こいつを調べてみるか。なんか出てくりゃ、目《め》っけ物《もん》だ」


捜査本部の部屋には、輸出仕様の煙草の煙が渦巻いていた。フロストは、部屋のいちばん奥に陣取り、演台代わりに置いてあるデスクの角に尻を預け、ギルモア部長刑事がヤマハのカセット・デッキにテープを挿入するのを見届けてから、手を叩いて一同の静粛を求めた。

「よし、きみらにもちょいと知恵を貸してもらいたい。知ってのとおり、昨夜また〝切り裂き犯〟が人を殺した」フロストは、大きく引き伸ばした写真の束を、赤い色ばかりが眼につくカラー写真の束を、頭上に掲《かか》げた。「ここに被害者《ガイシャ》の写真がある。だが、きみらが湯気の立ってる臓物《もつ》を見るとぞくぞくする、なんて変態なら別だが、おれとしては改めて見たりしないことを強く勧めるよ。犯人のくそ野郎は、婆さまの腹を掻っ捌いて、文字どおり腸《わた》抜きしかけたんだ」フロストはデスクから尻を降ろし、煙草をくわえたまま話を続けた。「今回の被害者《ガイシャ》は、ドリス・ワトスンという七十六歳の婆さまだ。亭主に先立たれ、ひとり息子は別に所帯を構えてるため、現在は独り暮らし。週に二度、《リーフ・ビンゴ・クラブ》で開かれる高齢者のための午後の部に通《かよ》うぐらいで、あまり出歩くタイプじゃなかったようだ。もともと心配性というか、臆病な性質《たち》だったらしい。泥棒に入られることを恐れて、玄関には補助のスライド錠を取り付け、のぞき穴と防犯チェーンも装備してた。昨夜、午後九時三十五分、被害者は息子に電話をかけた。どら息子は、あいにく不在だったが、留守番電話が応答し、用件を承《うけたまわ》った。これは、そのときに被害者が残したメッセージだ」フロストはギルモアに向かって頷き、テープを再生するよう合図した。

ビーッという機械音。そして……《もしもし、お母さんよ。あなたにもいろいろと心配をかけてしまったけど、もう安心してちょうだい。今度——あら、ちょっと待って。どなたかいらしたみたい……》。それから不明瞭なくぐもった物音が続き、やがてまたビーッという機械音が入った。ギルモアは、テープの停止ボタンを押した。

室内は、私語ひとつなく静まり返った。

「被害者は受話器を置き——」フロストは状況説明を再開した。「玄関に出た。のぞき穴からそとをうかがい、そこに見えた相手に気を許した。だから、臆病で用心深いはずの婆さまが、夜も更《ふ》けてから押しかけてきた犯人のくそ野郎を家に入れちまったんだよ。せっかくのスライド錠やら防犯チェーンやらを手ずからはずして。自分の腹を掻っ捌かれちまうことになるとも知らずに」フロストはくわえていた煙草を抜き取り、煙草の葉を吐き出した。「きみらは揃って、おれなんかよりもずっと頭が切れる。だから、そのすばらしい頭脳を駆使して、ひとつ世にも鮮やかな名推理をひねり出してくれ。いいか——きみらは七十六歳の臆病な婆さまだ。どんな相手なら、夜でも自分の部屋に入れる？　自前の歯と立派な一物《いちもつ》を持った、年若き愛人ってのは、この際除くとして……？」

ジョー・バートンが手をあげた。「警部、発想を百八十度変えてみたんですが……被害者は、相手が見知らぬ男だったら、決して部屋に入れなかったと思うんです。でも、〝切り裂き犯〟が女だったら？」

フロストは下唇を嚙みながら、バートンの発言を吟味した。「考えられなくはないな。そう考えると、説明のつくこともたくさんある。でも、おれの直感は違うと言ってる。だが、その線も頭に入れとこう」

ジーン・ナイト巡査が手をあげた。「被害者が医師の往診を頼んでいたとしたら、その医師のことは部屋に入れると思います」

一同、色めき立った。

「いいとこに眼をつけた」とフロストは言った。「確かに、相手が医者ならなかに入れるよ」

「あるいは聖職者とか」とギルモアが言い添えた。オール・セインツ教会の副牧師、フレデリック・パーリーが、ギルモアにとっては依然として第一容疑者だった。

「そうだな、教会関係者って線は考えられるな」フロストも認めた。「よし、それじゃ、坊や——おまえさんは、例の副牧師を洗ってくれ。昨夜の行動を知っとく必要がある。それから、ジーン、きみには医者のほうを任せる。被害者《ガイシャ》のかかりつけの医者を突き止めて、昨夜、往診を頼まれたかどうか、確認してほしい。往診を頼まれていても、いなくても、昨夜の午後九時三十五分にはどこで何をしてたか、嗅ぎ出してもらいたい。ほかに意見は？」

フロストはデスクに尻を戻し、待った。手はあがらなかった。フロストは新しい煙草を抜き取ると、パックをバートンに放り投げ、一同にまわすよう言った。「それじゃ、おれのほうから、気にかかってることを言わせてもらおう」彼はデスクの脚でマッチを擦った。「今回は金を盗られてないんだよ。寝室を物色した形跡もなかったし、サイドボードのうえの硝子鉢に——すぐ眼につくとこに百ポンドじゃきかない現金の入った財布が置いてあったのに、それにも手をつけてなかった。ギルモア部長刑事は、〝途中で邪魔が入った〟説を唱えてる。身の危険を感じた〝切り裂き犯〟が、盗みを諦めて、とんずらこいたんじゃないかってな」フロストはマッチの火を吹き消して、燃えさしを床に落とした。「だが、血の巡りが悪いのかもしれないけど、おれはどうもその説は買えないんだよ。この〝切り裂き犯〟は、冷酷な野郎だ。犯行の途中で慌てふためいて逃げ出すような人間《タマ》じゃない。おれは、野郎の目的は金じゃなかったんじゃないかと思う」

「だったら、なんなんです？」とギルモアが尋ねた。

「殺しだよ」とフロストは言った。「相手をむごたらしく切り刻んで殺すことに、無上の歓びを感じてるんだと思う」

部屋に沈黙が拡がり、空気が凍りついた。そのことばには、おぞましいほど説得力があった。

「よし」フロストはデスクから滑り降りた。「留守番電話のテープをもう一度聞いてみるか」

テープが再生された。それから巻き戻されてまた再生され、その過程が二度、三度と繰り返された。フロストはスピーカーのまえに陣取り、背中を丸めた恰好で煙草を吸い、指の関節に歯を立てながら、音声に耳をそばだてた――《あら、ちょっと待って。どなたかいらしたみたい》……不明瞭なくぐもった物音、ビーッという機械音。ギルモアの声――《ワトスンさん、こちらはデントン警察署の……》。

「もう一度」フロストは鋭い口調で言った。何かが聞こえる――意識の片隅に引っかかっているのに、捉えようとすると聴覚を擦り抜けてしまう何かの音が。「くそっ、これじゃ埒《らち》が明かないな」フロストはうなった。「もっと音量をあげられないか？」

「もう、これが最大です」とギルモアが言った。

「休憩室にあるハイファイ装置を使えば？」とバートンが提案した。

一同は狭い休憩室に移動した。ギルモアがカセット・テープを挿入し、音量が最大になるようにアンプの調節つまみをまわしてから、再生ボタンを押し込んだ。左右のスピーカーが震え、何も録音されていないテープのまわる音を勢いよく吐き出し――

次の瞬間、警戒信号を思わせる音質と音量で、録音装置の機械音が鳴り響き、ザーッという雑音を挟んで……《もしもし、お母さんよ》と年老いた女の大音声が響き渡った。その場に居合わせた者が、思わず耳に痛みを覚えたほどの音量だった。

「このままでいい」フロストはぴしゃりと言い放ち、音量をさげようと手を伸ばしかけたギルモアを制した。《あなたにもいろいろと心配をかけてしまったけど、もう安心してちょうだい。今度――》正体のつかめない不明瞭な物音に混じって、震えを帯びた鋭い音が響いた。短い間隔を置いて、立て続けに二度。

「玄関の呼び鈴だ」フロストは低くつぶやいた。普通の音量では、聞き取れなかった音だった。《――あら、ちょっと待って。どなたかいらしたみたい……》増幅された衣擦《きぬず》れの音、次にマイクを強打したときのような、エコーのかかったゴトッという音――ワトスン夫人が受話器を置いた音だった。それから、足音が聞こえた。次第《しだい》に遠ざかっていく足音。ワトスン夫人が廊下を抜けて玄関に出ていったのだ。殺人鬼をいそいそと部屋に招き入れるために。録音装置が拾ったもろもろの雑音を聞き分ける作業は、そこからが山場ということだった。フロストはスピーカーに耳を押しつけた。「何も聞こえない……きっとのぞき穴に目ん玉を引っつけて、相手を確かめてるとこだと思う。おっ……」フロストは身を引いた。ようやく聞き取れる程度のかすかな音――補助用のスライド錠を開けて、防犯チェーンをはずした音だろう。さらにドア本体の錠を操作する、かちゃりという音とドアの開く音が続いた。それから、女の声で何やら喋っている……ところが、その声はあまりに遠く、周囲の雑音ばかりが耳について、ひと言も聞き取れない。最後に甲高い機械音が響き渡り、自動停止機能が作動した。

「おれにやらせてください」とバートンが言った。ギルモアを押しのけてハイファイ装置のまえに進み出ると、グラフィック・イコライザーのいくつもあるつまみに微調整を加え、それぞれの周波数帯域の信号レベルを上げたり下げたりして補正した。「よし、これでいこう。テープを再生してくれ」

今や一同は、テープに記録されている音声なら、何かが軋んだり、こすれたり、触れあったりする物音まで含めて、残らず覚えていた。玄関のドアを開けたあとのワトスン夫人の話し声は、先刻よりは明瞭になったものの、一語一語を聞き分けるところまではいかなかった。一同のもどかしさが募《つの》った。「もう一度」とフロストは命じた。しかし、喋っている内容がひと言も理解できない、という点において、ワトスン夫人は外国語を喋っているも同然だった。フロストは声に出さずに毒づいた。被害者《ガイシャ》の婆さまは、自分を殺しに来た犯人に名前で呼びかけてるかもしれない——「まあ、デントン市ハイ・ストリート十九番地在住の〝切り裂き犯《リッパー》〟さん、どうぞお入りになって」とか。なのに、婆さまがなんと言ってるのか、誰にも聞き分けられないとは……。

「イアフォンを使ってみるか」とバートンが言った。

確かに、イアフォンは効果的だったが、それでも望んだほどの効果は得られなかった。

「わたしに聞かせてみて」ジーン・ナイトが名乗り出た。彼女は細かく波打っている巻き毛をかきあげてイアフォンを装着すると、眉間《みけん》に皺を寄せて耳を澄ました。「もう一度」と彼女は言った。眉間の皺がいちだんと深くなったが、今度は声を立てずに唇を動かしていた。聞こえてきたことばを復唱しているかのように。それから、イアフォンをはずして言った。「被害者はこう言ってます——『あら、まあ、あなた。驚いたこと、ほんとにすぐにいらしてくださったのね』」

一同は改めてスピーカーを通してテープを再生してみた。婦人警官の言ったとおりだった。《あら、まあ、あなた。驚いたこと、ほんとにすぐにいらしてくださったのね》フロストは肩を落とした。多くを望みすぎていた彼にとっては、これでは屁のつっぱりにもならない。

「顔見知りだったようですね」とバートンが言った。

「でもって、いらしてくださるのが、思っていたよりも早かった」フロストは力なくつぶやいた。「そういう現象を世間一般には早漏と呼ぶんだよ」その発言が笑いを引き起こしたことで、多少は気が晴れた。「もういっぺん、聞いてみよう」もう暗記するほど聞いた、というぼやき声があがっても、手のひと振りでそれを退《しりぞ》けた。「つきあってくれよ、年寄りの気まぐれだと思って。何か聞き逃してるかもしれないだろう?」

一同は改めてテープを聞きなおしたが、誰もがいささか上の空になっていた。テープから得られる情報は残らず得てしまっている。これ以上、聞き逃しているものがあるとは思えなかった。《あら、まあ、あなた。驚いたこと、ほんとにすぐにいらしてくださったのね》というワトスン夫人のことばに続いて、がたんという鈍い音——犯人をなかに招じ入れたのち、玄関のドアを閉めた音。それから、何も録音されていないテープがまわり、再生ヘッドをこする音……やがて自動停止装置が作動して、ビーッという機械音が響き渡り……

フロストは火の消えた煙草をくわえたまま、身を強ばらせた。「もういっぺん——最後のとこだけでいい。音をめいっぱいでかくして」ギルモアは、音量が最大になるように調節つまみをまわせるところまでまわした。最初は誰もそれを聞き取れなかった。「揃いも揃って、どこに耳をつけてるんだ？」フロストは怒鳴った。「もういっぺん――いいか、その小汚い耳の穴をかっぽじって、今度はよく聞け……ここだ！」今度は全員が聞き取った。その音は、自動停止装置が作動して録音が打ち切られる直前、一秒の何分の一かのあいだに記録されていた。玄関の閉まる音、何も録音されていないテープが再生ヘッドを通過していく音……それに混じって濁った音質で聞こえてきた、チャリンという音。金属が何かにぶつかったような音だった。

バートンは頭を掻いた。「こんなの、なんとでも解釈できますよ、警部。犯人が廊下のテーブルにぶつかったのかもしれない」

「だとしても」とフロストは言った。「廊下のちっこいテーブルには、あんな音を立てるものは載ってなかった。あれは、間違いなく金属でできた物が立てた音だ」

「いや、本当は載っていたのかもしれない――貴重品の類いが。でも、犯人がそれを持ち去ってしまったとも考えられる」ギルモアが私見を述べた。彼はその場にいながら、自分だけのけ者にされているような疎外感を覚えていたところだった。

「気のせいかもしれないけど」とジーン・ナイトが言った。「犯人が玄関に入ってくるときにも、同じチャリンっていうような音が聞こえたように思うんです」

「ほんとかい？」フロストは興奮のあまり、声をうわずらせて言うと、自《みず》ら《か》席を立ち、カセット・デッキの巻き戻しボタンを押し込み、テープをもう一度頭から再生しなおした。「よし……ここだな」聞き分けのつかない不明瞭な物音に混じって、戸口をまたぐ足音。同時にチャリンという金属が触れあったような音がかすかに、だが確かに聞こえた。続いて同じ音がもう一度。

休憩室のドアが開く音は、誰にも聞こえなかった。「こんなところに集まって、いったい全体、きみたちは何をやっているのかね？」

「うるさい、失せろ！」とフロストは一喝《いっかつ》した。「おや、警視《スーパー》、これは失礼をば。警視《スーパー》だとは知らなかったもんで」マレットのために、フロストはもう一度最初からテープを再生して聞かせた。マレット署長としては、フロスト警部の言わんとすることぐらい承知している、という表情を浮かべているつもりのようだったが、うまくいっているとは言えなかった。

「ほら、警視《スーパー》、今の音ですよ。最初は、犯人の野郎が廊下のテーブルにぶつかって、テーブルのうえに載ってた物があんな音を立てたんじゃないかと思ったんだけど、そうじゃなかった。犯人が、あんな音を立てるような物を持ち込んだんです。今のチャリンって音は、そいつを廊下のテーブルに置いた音だ」

マレットは、検討する表情になった。「それが何か具体的にわかっているなら、確かに捜査の参考になるかもしれない。だが、そこまでは――」

「いや、おれにはわかる気がする」とフロストは言った。そして、室内を見まわし、全員が耳を傾けていることを確認した。「どうかな、新しい防犯チェーンってのは？」

マレットは、眉根を寄せた。「防犯チェーン？」

「ワトスンの婆さまは、玄関の防犯チェーンを頑丈なものに付け替えようとしてたんです」とフロストはマレットに言った。「昨夜、夜も更けてから訪ねてきたやつをいそいそと迎え入れにすむと思ったからだ」

「防犯チェーンというのは、確かに考えられなくはないだろうが……」マレットは疑わしげに言った。「しかし、断定はできない」

「おれにはできる」フロストは声高らかに宣言した。「おれにはわかるんです。直感で」

マレットは冷笑を浮かべた。「直感も結構だが、事件の捜査というものは——」とさっそく説教を開始した。が、フロストは聞いていなかった。捜査班の面々に指示《ガイシャ》を飛ばしていた。

「もういっぺん、聞き込みにまわってもらわなくちゃならない。被害者の近所を一軒残らずまわって、片っ端から話を聞いてきてくれ。被害者から防犯チェーンを付け替える話を聞かされていないか？ 事件のまえ、もしくはそれ以降、押し売りが訪ねてきて、防犯チェーンを取り付けることを勧められた家はないか？ 近所に住んでるのは、みんな爺さん婆さん連中だ、不安を煽《あお》ってもらっちゃ困るけど、情報は欲しい。引き出せる情報は、貪欲に引き出してきてもらいたい。企業を担当するやつも必要だな。デントン界隈《かいわい》の警備会社をリストアップして、全社に問い合わせるんだ。防犯システムの売り込みに一般家庭をまわってるか？ まわってるなら、配下のセールスマンから、どこぞの目障りな素人職人が暗躍しているようだ、との報告はあがってきていないか？ 安い手間賃で半端仕事を引き受ける連中のことだよ。ドリス・ワトスンって婆さんは、かなりの締まり屋だったらしい。防犯チェーンの付け替えも、安くあげようとしたにちがいない。それから、最後に——バートン。ドリス・ワトスンは、防犯チェーンを付け替えることを、隣の部屋の酔いどれ婆さんに喋ってる。あの婆さんのとこを訪ねて、ちょいとお喋りしてみてくれ。喋ってるうちに、固有名詞のひとつやふたつ思い出してくれるかもしれない。よし、それじゃ、さっそくかかってくれ——ほら、急いだ、急いだ」

捜査班の面々が出払ってしまうと、フロストはとりあえず一服することにした。パックを大きく振って煙草を一本弾き出し、それを直接口で受け止める、という芸当に挑戦し……敢えなく失敗した。フロストは床に落ちた煙草を拾いあげて火をつけ、紫煙を深々と吸い込んだ。いい気分だった。事態は動きだしている。追跡は開始され、進んでいる方向は間違っていない。絶対に。

電話が鳴った。死体保管所に出向いていたハンロン部長刑事からだった。「ジャック、マーク・コンプトンの検視解剖が終わった。検屍官が、他殺と断定したよ。背後から頭部を強打されてる。その一撃では死ななかったけど、炎と煙にとどめを刺された——最終的には、窒息死ってことになるそうだ」フロストはマレットを脇に押しのけると、人気《ひとけ》のない廊下に響き渡るほどの大声を張りあげて、ギルモアを呼び立てた。

マレットは、聞こえよがしに咳払いをした。自分の存在が無視されることには慣れていなかった。

「わかってますよ、警視《スーパー》」フロストは素っ気ない口調で言った。「でも、もうちょっと待ってもらえないかな」引き返してきたギルモアが、戸口のところから顔をのぞかせた。フロストは彼に、検視解剖の結果を話して聞かせた。

ギルモアは腕時計に眼《め》を遣《や》った。検視解剖ほどの重大事を忘れてしまうとは……なんとしたことか。フロスト警部の悪癖には伝染性があるらしい。「どうして、ハンロン部長刑事が立ち会うことになったんです？」

「おれが頼んだからさ、坊や。おまえさんもおれも、とてもそんな暇はなさそうだったから」

「でも、あの事件は、ぼくの担当です」

「わかってるよ、坊や。その点では、おまえさんに悪いことをしたと思ってる。だがな、おれたちの仕事はあまりに多く、人手はあまりに少ない。ひとつの事件を担当して、それだけを追いかけるわけにはいかないんだよ。だから、あの事件も、おまえさんの事件であり、おれの事件でもあり、みんなの事件でもあるってことだ」

でも、ぼくが解決したら、ぼくの事件ってことにさせてもらう、とギルモアは胸に誓った。

「マーク・コンプトンと関係を持っていた女に会っておく必要があると思います。何か聞き出せないとも限らない」

「そうだな、坊や。さっそく押しかけてみるとしよう。正面玄関のほうに車をまわしといてくれ」それから、ようやくマレットのほうに向きなおった。「どうも、警視《スーパー》、お待たせしちゃって。おれに用があるんなら、遠慮なく言ってください……手っ取り早く片づくことなら」

憤懣《ふんまん》やる方ない面持ちのまま、マレットは書きつけのようなものを取り出した。州警察本部から届いた、無作法とも思えるほど簡潔な手紙だった。「きみの経費の申請書には、なおも不審な点が認められるそうだ。州警察本部の担当者は激怒している。フロスト警部から速《すみ》やかな返答をいただきたい、と言ってきた」

「それを言うなら、速やかな言い逃れだよ」すでにほかのことに心を奪われていたフロストは、あらぬことを口走った。「その手紙、執務室に戻るついでに、おれのデスクのうえに置いといてくださいよ、警視《スーパー》。あとでなんとかするから」それだけ言うと、フロストは休憩室から飛び出していった。

ひとり残されたマレットは、廊下を途中まで歩いたところで、フロストから使い走りも同然の扱いを受けたことに気づいた。だが、引き返して拒絶するには、すでに遅すぎた。


スーパーマーケットの裏手にあるそのアパートメント・ハウスは、さる不動産会社が所有しており、主として短期契約で各戸が賃貸しに出されている。かつて『デントン・エコー』紙が、現代社会にはびこるもろもろの腐敗を鋭く追及していた時期、そうした賃貸物件のいくつかに、上流階級層を主な客筋とする高級売春婦が住まっていることが暴露され、一時《いっとき》かなりの部屋が空き部屋となっていたのだが、しばらくするうちに徐々《じょじょ》に先の居住者が舞い戻り、以前にも増して世をはばかりながらも往時の面影を取り戻しつつある。

絨毯を敷き詰めた玄関ロビーにエレヴェーターが満ち足りた猫のようななりをあげて降りてくると、忍びやかな音とともに扉が開いた。フロストとギルモアはなかに乗り込み、ギルモアが三階のボタンを押した。高齢者用の共同住宅のエレヴェーターとは、天と地ほどの差があった。こちらのエレヴェーターは、消毒薬を用いて小便の臭いをごまかしたりしていない。限られた箱形の空間いっぱいに、まえの乗客の香水の匂いが満ち満ちていた。

三階の廊下には、毛足の長いグレイの絨毯が敷き込まれ、いくら歩いても足音らしい足音がしなかった。ふたりは、いちばん奥のアパートメントに向かった。ドアのまえに物が置かれていた。不恰好に膨らんだ、四つのゴミ袋。ポーラ・バートレットの死に装束と同種の黒いビニール袋。フロストは、そのうちのひとつをのぞいた。種類も大きさもまちまちの紙包みやらボール箱やら広口瓶やらが無造作に放り込まれていた。まるで戸棚の大掃除でもしたようだった。フロストは、洗剤のパックを拾いあげた。口は開けられていたが、中身はほとんど減っていなかった。「逃げられちまったか」そう言いながら、親指で呼び鈴を押した。意外なことに、なかから足音が聞こえた。

ドアを開けた女は、推定年齢二十六歳、身体にぴったりと貼りついた、鮮やかな緑色のニット生地でできたワンピースを着ていた。いくぶんぽっちゃり気味のふくよかな体型、ヘンナで染めた赤い髪、これぞまさしく〝たわわ〟と表現するのが似つかわしい胸。その豊かさに眼を奪われ、フロストは身分証明書を捜し出すのに手間取った。ギルモアのほうはすんなりと札入れを取り出し、なかを開いて相手に差し出した。

「警察の者です。さしつかえなければ、ちょっとお邪魔したいんですが……?」

女は眼を大きく見開き、ギルモアの身分証明書をじっと見つめた。「警察? どういうこと? もしかして、階下《した》のくそ婆《ばばあ》がまた苦情を持ち込んだわけ?」

「いいえ、そうではありません」ギルモアは、にこりともしないで応えた。「お邪魔しますよ、いいですね？」相手の返事を待たず、ギルモアは玄関ホールに滑り込んだ。

ギルモアの言い方が癪に障《さわ》ったのか、女はいくらか怒ったような顔で、ふたりを居間に通した。淡いブルーの絨毯に濃いブルーの布張りの調度を配した、見るからに居心地のよさそうな部屋だった。明るいグレイの壁には、アルミニウムの額に収めた抽象画の版画が何点か飾られている。一枚ガラスが嵌め殺しになった大きな窓。フロストはのそのそと窓際まで足を運んで、地面に平べったく延び拡がったスーパーマーケットの建物を見おろした。「いい眺めだ」とフロストは低い声でつぶやいた。「きっと寝室からは、立体駐車場がよく見えることだろう」

女の口元が中途半端にほころび、何を言われたのか理解していない、踏ん切りの悪い笑みが浮かんだ。「長くかかるわけじゃないんでしょう？　悪いんだけど、あたし、急いでるの」

「坐らせてもらってもいいかな？」とフロストはひと言断《ことわ》って、濃いブルーの肘掛け椅子に腰を降ろし、背もたれに身を預けた。ポケットに手を突っ込んで煙草を探したが、期待は裏切られ、煙草のパックは空《から》になっていた。フロストは顔をしかめた。捜査本部の部屋で、気前よく振る舞ってしまったことが悔やまれた。「お嬢さん、きみの名前を教えてもらいたい」

「イーストよ。ジョーン・イースト」彼女は腕時計に眼を遣《や》った。「ねえ、何度も言うようだけど、急いでるの。用件を言ってもらえる？」

「いくつか訊きたいことがあるんだけど」と言いながら、フロストは室内に視線をさまよわせた。そうして、この居間は寝室が空《あ》くまで客を待たせておくための部屋にちがいない、とひとり勝手に決めつけた。背もたれから身を起こすと、居間の戸口のすぐ左側に、不恰好に膨らんだふたつのスーツケースが、並べて置かれているのが眼に入った。「引っ越しですか?」

「ええ、賃貸契約が切れたから。契約を更新するには、いろいろとかかるでしょう? そんなお金ないから、ロンドンに戻ることにしたの」

「それじゃ、われわれはちょうどいいときに訪ねてきたわけだ」フロストは、やけに愛想のいい笑みを浮かべた。「マーク・コンプトンという紳士を知らないかな?」

それとわからないぐらいの間《ま》ができた。「いいえ。でも、どうして? いったいなんのお話?」

「本名を名乗らなかったのかもしれない」とギルモアが言った。この事件は自分の担当であることを思い出してもらうべく、フロストのまえに割って入り、一枚のカラー写真を女に差し出した。

ジョーン・イーストはその写真を受け取ると、ほんの一瞥をくれる程度に眺めてから首を横に振り、ギルモアに写真を返した。「ごめんなさい。悪いけど、知らない人だわ」

「その写真は、服を着たままだからわからないのかもしれない」とフロストが口を挟んだ。

ジョーン・イーストの表情が強ばり、眼に怒りの炎が燃え立った。「出ていって、今すぐ」

彼女は、芝居がかった仕種《しぐさ》で居間のドアを開け放った。たわわな胸が膨らみ、ワンピースの生地が限界まで引っ張られた。

フロストは肘掛け椅子から立ちあがった。「いいよ、お嬢さん、おっしゃるとおりに出ていこう。でも、きみにも一緒に来てもらう。部長刑事、こちらのお嬢さんにコートを着せてさしあげろ」

その台詞には、相手のためらいを誘う効果があった。「どこに連れていかれるわけ？」

「そりゃ、もちろん、警察署だよ。婦人警官に身体検査をしてもらうんだから」

「身体検査？　あたしの？　どうして？」

「もし、きみの臍《へそ》のしたに、ちっちゃな苺《いちご》みたいな痣《あざ》がなかった場合は、きみが感涙にむせんじまうぐらい謝罪させてもらうよ」

ジョーン・イーストはドアを閉め、ゆっくりと振り向いた。「そんなこと、どうして知ってるの？」

「接客中は、ブラインドを降ろしておくことを勧めます」ギルモアが意地の悪い口調で言った。「見物人がいたんだよ」とフロストが言い添えた。「双眼鏡を持った爺さんが、隣の立体駐車場からのぞいてたんだ」

ジョーン・イーストは片手で口を塞いだ。怯えたような顔になった。「のぞいてたって、まさか、あたしたちのことを？」

「そう、最初から最後まで。それから、その爺さんは匿名の手紙をしたため、きみのお客のとこに送りつけた。手紙には、きみの姿形が実に写実的に、実に事細かく描写されていてね」

髪の色に合わせたように、彼女の顔が真っ赤に染まった。「ねえ、これだけははっきりさせておきたいの。あたしは娼婦じゃない。ええ、確かにマーク・コンプトンとはつきあっていたわ。あたしたち、愛しあっていたから。彼がここに訪ねてきたときは、ふたりで愛を確かめあって、ことばでは言えないぐらいすてきなひと時を過ごした。それを欲求不満を抱えたどこかの助平爺《じじい》にのぞかれたからって、どうってことない。薄汚いレインコートを着て鼻水垂らしたのぞき屋が何？　くそくらえよ。あたし、恥ずかしいことなんてしてないもの」

「おやまあ、ロマンス小説より過激だよ」とフロストは言った。「お嬢さん、ひとつ訊いてもいいかな？　きみは今、マーク・コンプトンとつきあっていると言った。愛しあっていたから、とも言った。両方とも過去形かい？」

「そうよ、過去形よ。だって、あたしたち、先週で終わったから。あたし、あのくそったれに捨てられたのよ。いつものように訪ねてきて、することをしたあとで、あいつのほうから一方的に言いだしてきたの――もうこれっきりにしようって。ねえ……それがどうかしたわけ？」

ギルモアは、手帳から顔をあげた。予備的な質問はフロスト警部に任せたが、話が核心に触れてきたら事件の担当者として質問を引き継ぐ必要がある。ジョーン・イーストは、愛する男に捨てられた。人を殺す動機として、それは決して突飛なものではない。

ところがフロストは、非常時に備えて取ってあった吸いさしの煙草を捜して、虚しくポケットをまさぐるばかりで、女の発言の重要性には気づいていないようだった。「そのくそったれが、きみを捨てた理由は？」フロストが物欲しげに見つめるなか、ジョーン・イーストはサイド・テーブルのうえに置いてあった黒い漆《うるし》塗りの小箱から煙草を一本取り出し、ブルーに金をあしらってイニシャルを入れた、七宝《しっぽう》細工の小さなライターで火をつけた。

「心配になったのよ、奥さんにばれるんじゃないかって」彼女は頭をうしろにのけぞらせ、声を立てて苦々しげに笑った。「まったく呆れて物も言えないわ。奥さんと離婚してあたしと結婚するって、いつも言ってたくせに……あたしも馬鹿よね、それを信じてたんだから。あいつに渡された小切手が不渡りで戻ってきちゃった《バウンスト》ときだって、あいつのこと信じてたんだから」

「小切手？」フロストは訊き返した。同時に、期するところあって、ランバート&バトラー（キングサイズで低タールの紙巻き煙草）の今や空《から》となったパックを叩いてみたが、彼女にその意は伝わらなかった。

「あいつには、あたしもついお金を貸しちゃってたの。それがあまりに度重《たびかさ》なるもんだから、貸した分は返してって頼んだら、小切手を切ってくれたんだけど、それが不渡りで戻ってきちゃったというわけ」

「で、その貸してやってた金ってのは、金額的にはどのぐらいのもんなんだい？」

「全部合わせると、五百ポンド近くになるわね。けっこう無理したのよ。おかげで、こっちの生活が苦しくなっちゃって」

フロストは顎を掻いた。「正真正銘の女たらしだな。知りあってどのぐらいになる？」

「二カ月かな。ロンドンで出会ったの」彼女は、対《つい》の肘掛け椅子に勢いよく身を沈めた。たわわな胸が、マーク・コンプトンが切った小切手のように弾《バウンスト》んだ。いい眺めだった。もっと頻繁に立ったり坐ったりしてみせてくれ、とフロストは声に出さずに冀《こいねが》った。

「このことを、ご主人はご存じなのですか？」とギルモアは尋ねた。視線を向ける先がもっぱら高めに限られているフロスト警部と違って、彼は相手が薬指に結婚指輪をはめていることをちゃんと見て取っていた。

彼女は強ばった笑みを浮かべて、首を横に振った。「いいえ」

「どうして、そんなふうに断言できるんです？」

「あたしの夫は、めちゃくちゃ乱暴でめちゃくちゃ嫉妬深い男なの。それで、あたしは逃げ出したの」彼女は両手で身を抱き、思い出したくないことを思い出してしまったように、身体を硬くした。「あの人につけられた痣を見せてあげたいぐらい……」いいとも、見せてくれ――フロストはまた声に出さずに糞った。「そんなこんなで、あたしは名前を変えたの。だから、あの人には見つかりっこない。マークとのことを知られてたら、マークもあたしも、今ごろあの人に殺されてるわ」

フロストは素早く顔をあげた。「名前を変えた？」

「そう、イーストっていうのは旧姓。ほんとは、ジョーン・ブラッドベリーっていうの。結婚してブラッドベリーって名字になったから」

彼女の背後で、ギルモアは思わずあえぎ声を洩らしそうになった。それを呑み込み、ゆっくりと息を吐き出した。満足感が心地よいぬくもりとなって全身に拡がった。いささか出来すぎのように思われたが、これで方程式は完成した――不貞を働いた妻＋乱暴者の夫＝死せる恋人。以降の事情聴取は、やはり、本件の担当者であるギルモア部長刑事が引き継いだほうがよさそうだった。「あなたと親密な関係にあったマーク・コンプトンは、その妻とともに、ここ数週間、あるときは口頭で、またあるときは書面でたびたび脅迫を受けていた。また、夫妻の家屋敷にも、明らかに悪意からなる損害が加えられている。そのことは、ご存じでしたか？」

彼女の驚きは、本物のように思われた。「いいえ、部長刑事さん。ちっとも知らなかったわ、そんなことがあったなんて」

「昨夜、《風車亭《オールド・ミル》》で火災が発生したことは？　ちなみに、屋敷は全焼しました」

ジョーン・ブラッドベリーの口元が、抑えようもなくほころび、底意地の悪い笑みが浮かんだ。「その話も、今初めて聞いたわ。でも、いい気味。あのくそったれに、ざまあみろと言ってやりたいわ」

「あのくそったれは死んだよ、ブラッドベリーさん」とフロストはぶっきらぼうに言った。「焼け跡から死体で発見された。警察は殺人の線で捜査を始めてる」

ジョーン・ブラッドベリーは、指に挟んでいた煙草を取り落とし、信じられないという思いを隠そうともしないで、まじまじとフロストを見つめた。「そんな……そんな、まさか……」それから、ぎょっとしたように眼を剝いた。「もしかして、あたしの夫がマークを殺したと……？　ああ、どうしよう……」彼女は両手に顔を埋めた。

「いずれにしても、ご主人を見つけ出す必要があります」とギルモアは言った。

「マークを殺したのが、ほんとにあの人なら、次はあたしを殺しに来るってことよ」彼女は床に手を伸ばし、家主の絨毯に黒々とした焼け焦げをこしらえてしまった煙草を拾いあげた。

「われわれがついてる限り、そんな目には遭わせない」とフロストは請け合った。「旦那がいそうな場所は？」

「さあ、あたしは知らないし、興味もないから」拾いあげた煙草の先端をとくと眺めたあげく、彼女はふっくらとした唇をすぼめて息を吹きかけ、消えかけていた火を甦らせた。

おおっ、あの唇——フロストは椅子に坐ったまま、身もだえしそうになった。あんなふうに息を吹きかけてもらえるなら、このフロスト警部の消えかけた火も再び力強く燃えあがること間違いなし。こっちは、いつでもいいよ、お嬢さん……。そのとき遅ればせながら、くぐもった声で名前を呼ばれていることに気づいた。携帯無線機が応答を求めて囀《さえず》っているのだ。フロストはポケットに突っ込んでおいた携帯無線機を引っ張り出した。連絡をしてきたのはジョニー・ジョンスン巡査部長で、緊急に伝えたい事柄があるとのことだった。フロストは、ジョーン・ブラッドベリーに話を聞かれない場所まで移動した。

「サイモン・ブラッドベリーの居所がわかったよ、フロスト警部」

「だったら、急所に食らいついてでも身柄を拘束しろ」と言いながら、フロストはギルモアに、そばに来るよう合図を送った。

「ところが、その必要はないんだよ、ジャック。やつはどこにも行けない。リスリーの拘置所にぶち込まれてるから。飲酒運転、警察官に対する暴行並びに傷害。収監されて、もう二週間になるそうだ」

「くそっ！」ギルモアは腹立ちまぎれに、そばにあった屑籠を蹴り飛ばし、中身を床のうえにぶちまけてしまった。たったひとりしかいない容疑者に、鉄壁のアリバイが成立してしまった。捜査は振り出しに戻ったということだ。

この場にこれ以上長居をしても、得られるものはなさそうだった。フロストはマフラーを巻きなおし、レインコートのボタンをかけはじめた。ギルモアは床に膝をつき、あたりに飛び散った紙切れを拾い集めて屑籠に戻した。

「あとひとつだけ質問させてください」とギルモアは言った。「車はお持ちですか、ブラッドベリー夫人？」――彼女は頷いた。「では、昨夜はどちらに？」

「ここにいたわ。荷造りをして、早めに寝たの」

「いや、そうじゃないでしょう？」ギルモアは、訳知り顔に笑みを浮かべた。「レキシングまで車を走らせて、恋人に捨てられた恨みを晴らしてきたんだ」

ジョーン・ブラッドベリーは、気の狂《ふ》れた人間でも見るような眼で、ギルモアをじっと見つめた。「なんのことだか、あたしにはさっぱりわからないんだけど」

「ほう、そうですか？　ならば、説明してさしあげましょう。マーク・コンプトンは、あなたの気持ちを無視して一方的に別れ話を切りだし、あなたを捨てた。あなたはそれが許せなかった。そんな卑劣なくそったれの意のままになってたまるものか、と思った。そこで、あなたは嫌がらせの電話をかけ、殺してやるという脅迫状を送りつけた」

信じられないといった面持ちで、彼女はゆっくりと首を横に振った。「脅迫状？　そんなかったるいこと、あたしはしないわ。あいつの腐った眼ん玉をこの爪で抉《えぐ》り出してやりたいとは思うけど」

「いや、あなたの恨みは、不実な恋人の眼玉を抉り出したぐらいじゃ晴らせないものだった」ギルモアは先を続けた。「あなたは、コンプトンの屋敷に火を放った。ところが、その現場を当のマーク・コンプトンに見つかってしまった。だから、彼の頭を殴打し、燃え盛る火のなかに置き去りにして死にいたらしめた」

ジョーン・ブラッドベリーは、フロストのほうに顔を向け、すがるような眼差しで見つめてきた。フロストは謹《つつし》んでその眼差しを受け止めたが、彼自身、何がなんだかさっぱりわからずにいたので、困惑が表情に出ていないことを願った。

「コンプトン家に送りつけられた脅迫状は、『リーダーズ・ダイジェスト』の今月号の誌面から切り抜いた単語を並べて作ったものでした」ギルモアはさらに続けた。「では、これはなんでしょう？」勝利を確信したような仰々しさで、ギルモアは屑籠のゴミのなかから回収した一冊の雑誌を、ジョーン・ブラッドベリーの眼のまえで振り立てた。『リーダーズ・ダイジェスト』誌の最新号だった。

フロストは、椅子の肘掛けに坐り込んだ。ギルモアが手がかりをつかんだのかもしれないと思ったのだが、これでは一本のか細い藁にすがりついているようなものだった。

「いいことを教えてあげる」とジョーン・ブラッドベリーは言った。「その雑誌の発行部数は、一部じゃないの。同じ雑誌の同じ号を買った人は、たくさんいるのよ」

「ええ、いないとは言いませんよ、ブラッドベリー夫人」ギルモアは、猫撫で声で言った。「この雑誌のこの号を読んだ人は、もちろん、たくさんいたでしょう。でも、誌面から単語を切り抜いた人となると、果たしてどれだけいたか……？」彼はなかのページを開いて彼女の鼻先に突きつけた。鋏を入れられ、裂け目のできてしまったページを。そこから数ページ先にも、単語を切り抜いた跡が見つかった。さらに数ページ先にも、そのまた数ページ先にも……。

フロストはその雑誌を受け取った。ギルモアの言ったことは、ただのはったりではなかった。コンプトン家に送りつけられた脅迫状は、間違いなくこの雑誌を切り抜いてこしらえたものだった。フロストは顔をあげ、ジョーン・ブラッドベリーを見遣《みや》った。「言いたいことがあるなら聞くけど？」

彼女は眼を大きく見開くと、フロストを見つめ、それからギルモアを見つめた。顔から血の気が引いていた。「あたしを……あたしを犯人に仕立てあげようって魂胆ね。あんたたちも、くそったれだわ。ろくでもない、くそったれよ。弁護士を呼ばせてもらうわ」

「電話なら署からでもかけられます」とギルモアは言った。部屋を出る間際、ジョーン・ブラッドベリーの腕をしっかりとつかんだまま戸口のところで足を止め、フロストに声をかけた。「警部、彼女のスーツケースを頼みます。科研のほうから、なかの衣類を調べたいと言ってくるでしょうから」そして、彼女がコートを着るのを待ってアパートメントのそとに連れ出し、エレヴェーターに向かった。

フロストは、不恰好に膨らんだスーツケースをひとつずつ玄関に運んだ。さしものフロストも、自分が表舞台から追い落とされたことを感じないわけにはいかなかった。居間のサイド・テーブルまで引き返し、淡い期待を抱きつつ黒い漆塗りの煙草ケースのなかをのぞいた。当てははずれ、ケースのなかは空《から》になっていた。今日という日は、どうもつきに恵まれていないようだった。フロストは肩を落とし、諦めの境地でスーツケースを持ちあげると、最後に玄関のドアを蹴って閉め、ジョーン・ブラッドベリーのアパートメントをあとにした。

エレヴェーターのなかには、豊満な肢体とヘンナで染めた赤毛を持つ、男泣かせの殺人犯、ジョーン・ブラッドベリーの残り香があえかに漂っていた。階下《した》へと運ばれていきながら、フロストはなんとはなしに落ち着かないものを感じた。マーク・コンプトン殺害事件に関しては、自分なりに筋書きを考えており、それに従えば、ジョーン・ブラッドベリーの出番はないはずだった。だが、階下に到着してみると、ギルモアはすでにジョーン・ブラッドベリーを車に閉じ込め、彼女が向けてくる怒りと毒気を含んだ熱い眼差しを意に介するふうもなく、ひとり笑みを浮かべて、居住者用の車庫のまえから声をかけてきた。

「ここが彼女が使っている車庫です」ギルモアはそう言うと、駐めてあるベージュのミニ・クーパーの脇を擦り抜けて奥にまわり、コンクリートの床のところどころを指さした。彼の指さすところには、黒っぽい染みができていた。鼻を近づけると、ガソリンの臭いがした。「放火に使用したガソリンは、ここに缶ごと保管されてたものと思われます」

フロストは、むっつりと頷いた。「でかした、坊や」認めないわけにはいかなかった。ギルモアが正しく、フロスト警部の読みは間違っていた、ということだった。

「自分の容疑者は自分の手で署まで連行したいと思います」ギルモアはそう言うと、今度もまたひと足先にその場を離れた。結局、あとに残ったフロストが車庫の扉を閉めることになった。

ギルモアが、わざわざ〝自分の、、、容疑者〟と断《ことわ》りをつけることで言外にほのめかしたものは、フロスト警部にも痛いぐらいに伝わった。

マレット警視は、署長執務室の椅子に姿勢を正して坐っていた。警察長からの電話に出ているところだった。光沢のあるマホガニーをふんだんに使ったデスクを挟んで、ひとり満足げな面持ちのギルモア部長刑事と蒼白い顔をしたウェルズ巡査部長が控えていた。ウェルズ巡査部長のほうは、ぼろ雑巾《ぞうきん》状態のハンカチを握り締め、ひっきりなしに咳き込んだり、咳払いをしたり、騒々しく洟《はな》をかんだりしている。そうした音が、いかに電話の邪魔となるかも顧《かえり》みずに。その程度の示威行為で病欠が許されると考えているのだとすると、なけなしの人員を総動員せねばならないこの状況下、それこそ不心得というものだろう。

「我が署も目下《もっか》、通常の定員を大きく下まわっている状態で」ウェルズ巡査部長を非難の眼で睨みつけながら、マレットは受話器の向こうの警察長に申しあげた。「しかし、我がデントン署は一騎当千の兵《つわもの》揃いですから、金曜日の晩にもめざましい奮闘を見せるものと思います。ええ、結構ですとも。任せていただいても、まったく問題ありません」

執務室のドアの開く音がした。マレットは不機嫌に眉をひそめ、顔をあげた。フロスト警部がのそのそとだらしのない歩き方で入室してきた。署長の出頭命令は最優先事項と心得るよう、あれほど言っているにもかかわらず、またしても今ごろにならなければ姿を見せない。なんと怠慢な。「ああ、フロスト警部」マレットは受話器の送話口を手で覆って言った。「ポーラ・バートレット殺害事件のことなんだが、捜査はどの程度まで進んでいるのか、警察長が知りたいとおっしゃっている」

「どの程度なんて大袈裟な」フロストはそう言うと、空《あ》いていた椅子をデスクのそばまで引きずってきて、大儀そうに腰を降ろした。「あいかわらず、糞詰まりのままですよ。捜査の天才が戻ってくるまで放っておくように、誰かさんから言い渡されてるもんで」

切れかけたネオン・サインのように、マレットの笑みが浮かんでは消え、消えてはまた浮かんだ。口元を無理にほころばせることで笑みを浮かべなおすと、マレットは送話口に向かって言った。「失礼いたしました、警察長。フロスト警部に報告を求めましたところ、現時点では進展らしい進展は遂げていないとのことで……。しかし、アレン警部の体調が回復して職場に復帰すれば、捜査陣にも気合が入るので、きっといい方向に動きだすのではないかと——」見ると、フロストは恥じ入るどころか、デスクのうえに置いてある《既決》のトレイをのぞき込み、機密事項をしたためた署長の私的な覚書を反対方向から解読することに気を取られているではないか。マレットはフロストを睨みつけ、同時にトレイを手元に引き寄せてメモを裏返しにした。それから、受話器に向かって改めて笑みを浮かべ、白く輝く歯をのぞかせた。「ええ、警察長、まったくもって同感です。ありがとうございます、警察長。もちろんですとも、ご心配には及びません。ええ、我がデントン警察署にお任せください」最後に警察長閣下の健康を気遣うことばで話を締めくくると、マレットは恭《うやうや》しく受話器を置いた。

それから、おもむろに口髭を撫でつけた。「諸君、問題が発生した。先週の金曜日、市内の繁華街で乱闘騒ぎが発生したとき、ジプシーたちが——最近では、旅人《トラヴェラー》などと自称しておるようだが——巻き込まれたことは、諸君も覚えているものと思う。その件に絡《から》んで、州警察本部から情報が寄せられた。連中は報復を企《たくら》んでいる。臑《すね》かじりの分際でパブにたむろし、酔って大騒ぎをしては通行人に迷惑を及ぼす、われらがデントンのごろつき青年たちに、先週の借りを返すべく機会をうかがっているらしい。あくまでも噂にすぎないが、警察長のほうから、騒動を未然に防ぐためにも、金曜日に当たる明晩には、市内各所にしかるべき人数の警察官を配置してほしい、との要請があった」

「州警察本部からの応援は？」ビル・ウェルズ巡査部長が、咳をする合間に尋ねた。

マレットは巡査部長に向かってかすかな笑みを浮かべてみせた。上に立つ者の苦悩を滲《にじ》ませ、理解を求める笑みだった。「ウェルズ巡査部長、本部のほうでもぎりぎりの人員をなんとかやりくりしている状態なんだよ」

「でも、おれたちはそうじゃない——ってことですか？」フロストは煙草を振りまわし、絨毯のうえに灰を撒き散らしながら言った。

「誰もが同じように大変な思いをしている、ということだ」マレットはぴしゃりと言った。「本部に対する体面《メンツ》というものもある。あそこの署は、何かあるたびに大した問題でもないのに泣きついてくる、などと本部の連中に思われたくはないだろう？　デントン署なら任せておいても安心だ、という眼で見てもらえるようにならなくては。今こそ踏ん張り時だよ。そんなわけで、明日は非常呼集をかけることにした。休暇はすべて取り消し、非番の者にも全員出てきてもらう。今日のこの時点を境《さかい》に、病欠も一切認めない」そこでウェルズ巡査部長をじっと睨みつけ、最後の決定事項に関してはウェルズ巡査部長もその該当者であることを知らしめた。「これは警察長にも申しあげたことだが、デントン警察署は署員一丸《いちがん》となって治安維持に取り組む。市内の治安維持——それを諸君の最優先事項と心得るように」

「殺人事件の捜査をおっ放《ぽ》り出しても？」フロストは、冗談とも本気ともつかない、いたって生真面目な口調で尋ねた。

「誰がそんなことを言ったかね？」マレットは怒鳴りつけたくなるのをかろうじて抑えた。「もちろん、殺人事件の捜査はすべてに優先する。しかし、陣容は縮小する。最小限の人員で捜査を続けたまえ」そう言い置くと、憤然とフロストの視線を振り捨て、ギルモア部長刑事のほうに向きなおった。口元がほころび、白い歯がのぞいた。ギルモア部長刑事ひとりに向けられた激賞の証《あかし》の笑みだった。「きみがマーク・コンプトンの事件を見事解決に導いたことは警察長にお伝えしたよ、部長刑事。警察長も大いに悦んでおられた」マレットはもう一度、輝くばかりの笑みを浮かべた。「じきじきに、きみに賞揚の手紙を書くようなことまでおっしゃっていたぞ」それを聞いたフロストが何か言いたげな顔をしたことを、マレットは見逃さなかった。妬《ねた》ましくてならないのだろう。それでよろしい。自分が手柄を立て損《そこ》なった事件を、部下にいともあっさりと解決されてしまったのだ、せいぜい恥じ入るべきである。「話は以上だ。諸君の頑張りに期待したい」

廊下に出ると、フロストはギルモアの腕をつかんで脇に連れていった。「あのブラッドベリーのかみさんを落とせたのかい、坊や？」

「いいえ、まだです」とギルモアは言った。「でも、自白は必要ありません。科研のほうから確たる証拠がどっさりとあがってきてますから。まず、コンプトン家に届いた脅迫状は、やはりあの雑誌を切り抜いて作ったものだった——裏が取れました。単語を切り抜くのにあの女の鋏が使われたことまで証明されてます。さらに、脅迫状に使用されていたのと同じ便箋と封筒が、あの女の部屋から見つかっています。また、車庫の床に残されていた染みですが、ガソリンの缶の跡と一致しました。やはりあそこにガソリンの缶が保管されていたんです。あの女には犯行の動機があります。機会もあった。おまけに事実を裏づける強力な証拠も揃ってる。これ以上、何が必要でしょう？」

「どうもすっきりしないんだよ」とフロストは言った。

ギルモアは唇を引き結び、「それはそれは、ご愁傷さま」と言ってやりたい衝動が去るのを待った。「すみませんが、警部、ぼくはこれで失礼します。これからコンプトン夫人を見舞いに行くところなので。少しでも早く、朗報を知らせたいんです」

「おれもつきあうよ」とフロストは言った。

「なぜです？」ギルモアは冷ややかに訊き返した。この事件は自分の担当である。フロスト警部に同行されるのは、ありがた迷惑というものだった。

「坊やと一緒にちょいとドライヴしたくなっただけだよ。今日は朝からまだ一度も、いかした乳首にお目にかかってないしな」

エイダ・パーキンズは、ふたりを熱烈に歓迎したりはしなかった。その刺々しい表情と短く一度鼻を鳴らした音から、彼女の預かっている〝患者さん〟のところに押しかけてきたことをどう思っているかが、正確に伝わってきた。甚《はなは》だ簡略化された礼儀作法に則《のっと》って、フロストとギルモアは居間に通された。蒼ざめて生気のない顔をしたジル・コンプトンが、厚手のタオル地のドレッシング・ガウンに身を包み、椅子に坐って、暖炉の火が音を立てて燃え盛る様子にじっと見入っていた。

「おや、もう起きられるようになったんですね。そりゃ、よかった」フロストはそう声をかけると、もう一脚置いてあった坐り心地のよさそうな椅子にさっさと腰を降ろした。

ギルモアは、キッチンから硬い椅子を引きずってきて、ジル・コンプトンと向かい合う恰好で坐った。「ご気分はいかがですか、コンプトン夫人？」

「なんだかまだ、ほんとに起こったことだとは信じられなくて……。みんなによくしてもらって、感謝してます」

ギルモアは、彼女のそばに椅子を引き寄せた。「実は、お知らせしたいことがあって訪ねてきました。われわれは今日、ご主人を殺害した容疑で、ジョーン・ブラッドベリーという女を逮捕しました」

ジル・コンプトンは、呆気に取られた様子でギルモアの顔をまじまじと見つめた。「ブラッドベリーって……？　マークに喧嘩を吹っかけてきた、あの男の奥さんってこと？」

「ええ、そうです。数週間まえにデントン市内に引っ越してきたんです」

「でも、わからないわ。どうしてその人がマークを？」

ギルモアはフロストのほうをうかがった。もしかすると、彼女の亡き夫に背信行為の事実があったことを伝える役目は、フロスト警部が引き受けたがるのではないかと期待して。ところが、どういう風の吹きまわしか、警部は椅子の背にもたれたまま、聞き役に徹することで満足しているようだった。ギルモアは、ひとつ大きく深呼吸をした。「ご主人は、その女と関係を持っていました」

ジル・コンプトンは殴られでもしたかのように身を縮めると、理解できないことを言われたという面持ちで眼を大きく見開き、ギルモアのほうを食い入るように見つめた。それから、「嘘よ」と小さな声で囁いた。「そんなの、嘘よ」

「残念ながら、事実です」ギルモアは辛抱強く言った。「ご主人はその女に、結婚の約束までしていた。あなたとは離婚するつもりだと言っていたそうです。ところが、ご主人のほうから別れ話を切り出されたものだから、女は腹いせに一連の嫌がらせに出た。昨夜、お宅に火を放ったのは、そのジョーン・ブラッドベリーという女です。そして、ご主人を殺したのも」

部屋のなかは、汗ばむほど暖かかったにもかかわらず、ジル・コンプトンはぶるっと身を震わせた。「いいえ、違うわ」彼女はきっぱりと、自分自身に言い聞かせるように言った。「あなたがなんと言おうと、あたしは信じません。マークはあたしの夫よ。ほかの女なんかには眼もくれないはずだもの」次の瞬間、彼女は顔を両手に埋め、背中が波打つほど激しく身体を震わせた。「こんなの……こんなの、耐えられない。あたし、どうすればいいの？　あたしには、もうなんにもないのよ……家も、夫も。そのうえ、マークがあたしを裏切ってたなんて言われて……」

ギルモアは、困り果てて眼を逸らした。女に泣かれるのは、どうも苦手だった。フロストが身を乗り出し、ジル・コンプトンの腕をなだめるようにそっと叩いた。「コンプトン夫人、ご主人があなたに伏せてたことは、ほかにもたくさんあったようですよ。ますますショックを受けちまうかもしれないけど、ご主人の手がけていた事業が破産してることはご存じですか？」

ジル・コンプトンが見せたのは、当惑の表情以外のなにものでもなかった。「破産？　まさか。馬鹿なことを言わないで。うちの事業は順調そのものだったんだから」

「まあ、どこからどこまでが順調の部類に入るのか、その線引きなんて、あってないようなものだから」とフロストは言った。「たとえば、愛人からわずかな額の金を借りなくちゃならないほど手元不如意《ふにょい》であっても、順調と言えば言えるのかもしれない。その借金を返済するために振り出した小切手が、不渡りで戻ってきてしまっても」

ジル・コンプトンは気丈なところを見せて、首を横に振った。「そんなの嘘です。あたしたちのあいだには隠し事なんてなかった。もし、それがほんとなら、ちゃんとマークから聞かされていたはずだもの」

「でも、残念ながら嘘じゃないんだ」フロストは今度もまたジル・コンプトンの腕をそっと叩いた。「今日、ベニントン銀行に行ってきました。あそこの出納係《すいとう》をしてるやつに、以前ちょいと便宜を図ってやったことがあってね。そいつが、たまたまおたくの事業内容に関するファイルをデスクのうえに出しっ放しにしたまま、席をはずしたもんだから、そこに空白の何分間かが生じた。そいつは銀行員に似合わないうっかり者だから、おれが他人の秘密を嗅ぎまわるのが大好きな、豚のけつ野郎だってことをきっと忘れちまってたんでしょう」フロストはポケットに手を突っ込み、底のほうから皺くちゃになった紙切れを引っ張り出してきた。「細かいとこまで覚えられないから、書き留めてきたんです。《風車亭《オールド・ミル》》は、銀行から借入《かりいれ》を行《おこな》った際に抵当に入ってる。借入金のほうはいまだ未返済。当座預金は一万七千ポンドの超過振り出し。今や群れをなすほど数が増えちまった債権者から矢の催促を食らってる」フロストは用済みになった紙切れをポケットに押し込んだ。「おれのその銀行員の友人ってのは、なかなか皮肉な物の見方をするやつでね。おたくの場合、事業を再建しようと思うなら、一枚の保険証書と一件のど派手な火事に頼るしかない、なんて言うんです。で、よくよく考えてみたら、火事はすでに起こってる。保険のほうですが、契約の詳しい内容をご存じですか、コンプトン夫人？」彼は煙草のパックを差し出して、ジル・コンプトンに勧めた。

「そういうお金に関係することは、あたしには……事業の財務関係はマークがひとりで取り仕切ってたので」ジル・コンプトンは、気もそぞろといった様子で煙草を一本抜き取った。そのあとで困ったように煙草を見つめたあげく、またパックに戻した。

「だったら、おれが教えてあげますよ」フロストは、暖炉の縁《ふち》でマッチを擦りながら言った。

「おたくの保険を扱ってる会社に、友人が勤めてるんです。その友人に聞いたところによると、おたくの場合、火災、盗難、爆発、地震、及び家畜の暴走に備えて、建物と家財に対し総額三十五万ポンドの保険が掛けられてる」

ジル・コンプトンは眼を剝いた。「まあ、信じられないわ」

「ああ、おれも信じられない」とフロストは言った。「家じゅうの家財道具をかき集めたって、二千ポンド以上の価値があるとは思えないもの。しかも、その代金も未納なのに」フロストはジル・コンプトンの手を取り、その手をそっと叩いた。「あなたは運がいい。実に運のいい人だ、コンプトン夫人」

「お金がなんになると言うの？」彼女は、腹立たしげに声を荒らげて言った。「お金より、マークを返して。あたしたちの家を返して。なんて女なの、逆恨みして。そんな泥棒猫みたいな女さえいなければ――」

「実は、悪い知らせはもうひとつあるんです」とフロストは言った。「その泥棒猫みたいな女は、昨夜の火事とは無関係だった」

ジル・コンプトンは、フロストに向けていた視線をギルモアのほうに移した。ギルモアは椅子に坐ったまま、怒りをたぎらせていた。この老いぼれは、なんだって他人《ひと》の手柄にけちをつけるような真似をしやがるのか？

「《風車亭》《オールド・ミル》に火を放ったのは、おたくの旦那だ」とフロストは続けた。「こいつは歴とした保険金詐欺だよ。借金を清算して、ついでにぼろい儲けにもなると踏んで、最後の手段に訴えたんだ。脅迫状を送ったのも、葬式の花輪を投げ込んだのも、家屋敷のあちこちを壊したり燃やしたりしたのも、全部、おたくの旦那がやったことだ」

「ちょっと、馬鹿なことを言わないで。そんなことをして、なんの得になるって言うの？」

「おたくにとっては、天の恵みみたいな火事じゃないか。事業はにっちもさっちもいかないとこまで追い込まれちまってたし、自動消火装置《スプリンクラー》は本管の元栓が締めてあった。もちろん、そんな火事に保険金は下りない。そこで、あんたの旦那は一計を案じた。気味の悪い悪戯電話をかけてきたり、脅迫状を送りつけてきたりする、頭のいかれた野郎をでっちあげた。いもしないそいつをいかにもいるように見せかけるために、警察まで巻き込んだ」敵ながらあっぱれだよ、との思いを込めて、フロストは首を横に振った。「よく考えたもんだよ。悪知恵を絞っただけあって、あと一歩で筋書きどおりに運ぶとこだった」

確かに着眼点は悪くない、とギルモアは思った。仮説として、それなりに理屈も通っている。だが、証拠は？

「申しわけないけど」ジル・コンプトンは、小生意気な少女のように顎を突き出して言った。「あたしの夫のことをいくら悪く言っても、あたしはひと言も信じませんから。何もかも、その執念深い泥棒猫の仕業よ。その女が――」

「悪いけど、こっちには腐っちまうほど証拠がある」とフロストは言った。「おたくの旦那は、その女のアパートメントの合鍵を持ってた。女のアパートメントから、おたくに送りつけられた脅迫状をこしらえるのに切り刻んだ雑誌が見つかったんだけど……そいつには、おたくの旦那の指紋がどっさりついてた……」

ギルモアはじっと床を見つめて、表情を変えないよう努めた。この件には関わりたくなかった。科学捜査研究所の報告では、雑誌から採取されたのは、ジョーン・ブラッドベリーの指紋だけだったはずである。

「そればかりじゃない」フロストは調子づいていた。「おたくの旦那が、ジョーン・ブラッドベリーの車庫にガソリンの缶を運び込んでるとこを目撃した人物もいる。だけど、決定的だったのは、これぞ動かぬ証拠ってやつは——」フロストはレインコートのポケットに手を突っ込み、なかをまさぐった。何かをかき集めているような仕種だった。「おたくの旦那の車のトランクから、こいつが見つかったことだよ」そう言うと、握り拳《こぶし》を開いてみせた——フロストの手のひらには、鮮やかな緑色の葉が何枚か載っていた。「三種類の葉が交《ま》じってる。見ればわかると思うけど、どれも新しい葉だ。落ち葉や枯れ葉の類いじゃない。うちの鑑識で専門家が調べた結果、こいつはおれたちがおたくの居間で見つけた、あの葬式用の花輪に使われてたのと同じ種類の葉だってことがわかった。おたくの旦那があの花輪をどこのなんという家の墓からかっ払ってきたか、そいつもちゃんと突き止めてある。そうだな、部長刑事？」

「はい」ギルモアは、最小限のことばでそれを認めた。フロストの並べた嘘やらはったりやら出鱈目《でたらめ》やらのなかで、ギルモアが裏づけてもいいと思えたのは、わずかにその部分だけだった。

ジル・コンプトンは、フロストの手のひらのうえの葉をひとしきり見つめ、それから首を横に振った。「もうたくさん。なんと言われても、あたしは信じない。だって信じられないもの」

フロストは、手のひらの葉を慎重にポケットにしまうと、愛想のいい笑みを浮かべた。「そうかな、そんなに信じがたい話でもないと思うけど？　あなたの協力がなければ、うまくいかなかったんだから」

彼女が息を呑んだ。顔から血の気が引いていた。「よくもそんなことを……」

それを無視して、フロストは続けた。「あなたは旦那のアリバイを証明し、旦那のほうはあなたのアリバイを証明する――たとえば、旦那が家にいないときに、あなたが庭の四阿《あずまや》に火をつける。悪戯電話は、ふたりして口裏を合わせた。一緒にいるときに電話を受けたってことにした。窓から葬式用の花輪が放り込まれたときも、口を揃えて走り去る人影を見たと言った。だが、そんなことは不可能だ。あの花輪は、おたくの旦那が置いたものなんだから。ってことは……そう、おれみたいな血の巡りの悪いぼんくらでも、あなたが旦那の計略に一枚嚙んでたことぐらいはわかる」

ジル・コンプトンは口を開きかけ、また口をつぐんだ。それからしばらく考え込み、最後にひとつ大きく溜め息をついた。「やっぱり、隠し通せるもんじゃなかったわ。こんなことにならなけりゃいいけどって思ってたの。そう、おっしゃるとおりよ、警部。そもそもはマークが考えついたことなの。あたしは反対したわ。でも、もう一刻の猶予も許されない、窮地を脱するにはこれしか方法がないんだって言われて……あの人はあたしの夫よ。あたしは彼を愛してた。だから、言われたとおりにしたの。妻ってそういうもんでしょう？　妻の立場にある人なら、誰だって同じことをしたと思うわ」

フロストは頷いた。「だとしても、コンプトン夫人、あなたが共犯であることに変わりはない」

ジル・コンプトンは慎ましやかな笑みを浮かべた——譬《たと》えるなら、ロイヤル・ストレート・フラッシュを隠し持ったポーカー・プレイヤーの笑み。「なんの共犯かしら、警部？　あたしは、保険金の請求なんてする気はないわ。請求しなければ、保険金詐欺の共同謀議は成立しない」

フロストは、鼻白《はなじろ》んだ顔をした。「法律は、得意分野じゃないもんでね、コンプトン夫人。自分で自分の財産を破壊することを禁じた法律は、なかったとは思うけど。で、火をつけたのはどっちです——あなたか、旦那のほうか？」

「マークよ。止めたのよ、あたしは。でも、聞き入れてもらえなくて」

マッチが擦られ、炎があがった。フロストは煙草の煙を深々と吸い込んだ。「そうなると、残る問題はあとひとつ」マッチの燃えさしを暖炉の火床《ひどこ》に放り入れると、フロストは肺いっぱいに溜めた煙をゆっくりと吐き出した。「誰がおたくの旦那を殺したのか？」

ジル・コンプトンは、怪訝《けげん》そうに眉根を寄せた。

「おれは少々呑み込みが悪いのかもしれないけど、コンプトン夫妻に筋違いな恨みを抱いた謎の偏執狂は存在しない——旦那とあなたがこしらえあげたものなんだから。ということは、あなたが昨夜、そいつが屋敷に押し入る物音を聞いたってのも、作り話だ。あなたは、旦那と一緒に階下《した》に降りていったにちがいない——旦那が家じゅうにガソリンをぶっかけてまわってるときに、のんびりベッドに寝ていられるわけがないもの。屋敷にいた人間はふたりだけ、でもってそのうちのひとりが殺された。となると、殺したのは誰だろうね、コンプトン夫人？」

ギルモアはジル・コンプトンの顔から一瞬たりとも眼を離さなかった。フロストが事件の真相に行き着いたのは、多分《たぶん》に偶然が働いた結果としか思えなかったが、彼女の表情を見る限り、署名捺印《なついん》済みの自白調書が手に入ったも同然だった。

「どうしてやったんだい、奥さん？」フロストは口調を和らげて尋ねた。「旦那がブラッドベリーって野郎のかみさんとそういう関係だってことに気づいたからかい？」彼女の示した反応は、ほとんどそれとわからないものだったが、フロストは見逃さなかった。

ジル・コンプトンは瞬《まじろ》ぎもしないで、フロストを見つめた。「あたしには夫を殺す理由がないわ。マークがそんな女とつきあっていたことだって、今まで知らなかったんですもの」

フロストは大儀そうに椅子から腰をあげた。「おれはそうは思わない。奥さん、あなたは知ってた。たぶん、匿名の手紙を受け取ったんでしょう。旦那のしてることを克明に綴った、告げ口の手紙を。でも、それはこっちで確認の取れることだ」フロストは上着の袖口を押しあげて、腕時計に眼を遣《や》った。「おれのせいで話がとんだ方向に脱線しちまったよ。自分が担当してる事件でもないのに」疲れた身体と足を引きずって居間から退却しながら、ギルモアに向かって弁解がましい笑みを浮かべた。「悪かったな、坊や。あとはおまえさんに任せるよ」

ギルモアは立ちあがり、奥の寝室に通じるドアを開けた。「服に着替えてください、コンプトン夫人。支度ができたら、署までご同行願います」ジル・コンプトンを待つあいだ、ギルモアは、またしても腹立たしい思いに駆られることになった。キッチンから、エイダ・パーキンズの怒りと驚きの入り混じった悲鳴があがり、続いてフロストの下卑《げび》た馬鹿笑いと「浣腸は好きかい、エイダ?」という声が聞こえてきたのである。いい年齢《とし》をして、なんと幼稚で浅はかな。ギルモアは舌打ちをした。

そとに出ると、フロストはポケットにしまっておいたひと握りの葉を取り出し、吹きつけてきた木枯らしに向かって放った。先刻、屋内《なか》に通されるまえに、その葉をむしり取った疣取木《イボタノキ》の生け垣には、まだたっぷりと葉が残っていた。

木曜日――日勤／遅番（一）

　フロストは、紅茶の入ったマグカップと食堂で仕入れてきたコーンビーフのサンドウィッチを持って、捜査本部の置かれた部屋に入った。室内はざわめきと活気に満ちていた。興奮した様子で眼を輝かせたジョー・バートンが、急ぎ足で近づいてきた。

「やけに嬉しそうだな」とフロストは言った。「ひょっとして、マレット署長がおっ死《ち》んだとか？」

　バートンはにやりと笑った。「もっといい知らせがありますよ、警部」

　フロストは、デスクの角に尻を乗せ、サンドウィッチにかぶりついた。「もっといい知らせなんて、あるわけないよ」

「まず第一に」とバートンは始めた。「地元の警備会社をリストアップして、全社に確認を取りました。うち二社が、泥棒除けの防犯システムを売り込むために、セールスマンを各家庭に派遣してるそうですが、防犯チェーンと南京錠に関しては、金物屋の領域と考えて手を出していない、とのことでした」

　フロストは口いっぱいに頰張ったサンドウィッチを、紅茶で流し込んだ。「その程度の知らせじゃ、おれの毛の生えた心臓はちっともときめかない。ほかには？」

「被害者の近隣家庭を訪ねてまわれるだけまわって、社長が事務員とセールスマンと技術者を全部ひとりで兼ねてるような会社から、防犯チェーンや補助の錠前の取り付けをしつこく勧められたことはないかと訊いてみました。収穫ゼロでした」

フロストは、口のなかのものをむっつりと噛み続けた。「おまえさんの言う、そのいい知らせってやつになったら起こしてくれ」

「それから、警部のご指名だったので、プロクター夫人のとこにはおれが出向いたんですが――」

最大の効果を狙って、バートンはそこで短い間《ま》を置いた。「二、三日まえにドリス・ワトスンから、ビンゴの送迎バスの運転手にとても親切な人がいて、その人が安い手間賃で頑丈な防犯チェーンを取り付けてくれると言うので頼むことにした、という話を聞かされたそうです」

フロストは拳《こぶし》を宙に突きあげ、歓声をあげた。「ようし、いいぞ。どこのなんていう運転手かも聞き出せたかい？」

「いいえ、そこまでは」

「なに、かまうことない。こっちで網を縮めていきゃ、そのうちひとりに絞れるさ。まずは、市内の送迎サーヴィスを請け負ってる会社をリストアップして、全社に確認を――」

「もう取りました」とバートンは遮って言った。「ビンゴ・クラブの送迎は、主に《スーパースウィフト送迎サーヴィス》という会社が請け負っていますが、《スーパースウィフト》は自分のとこで消化しきれない分を、下請けにまわしてます。一日いくらの契約で、ほかの送迎サーヴィス会社の車輛と運転手を借りあげてるんです。下請け業者の名称その他はすでに調べてあります」バートンが差し出したタイプ打ちの一覧表を、フロストは食べかけのサンドウィッチを振りまわすことで退《しりぞ》けた。「それぞれの会社には、それぞれの運行予定があって、それに合わせて運転手の勤務日程を調整しています。だから、同じ時刻に同じ路線の送迎サーヴィスを利用しても、必ずしもいつも同じ運転手に当たるわけじゃない……おまけに、下請け業者はほとんどが個人経営ですから、ひとりの運転手が別の会社の仕事を請け負うこともありえます」

フロストは、うんざりした顔で首を横に振った。「そういう細かいことを聞いてると、おれは頭が痛くなってくるんだよ。前戯は割愛《かつあい》してよろしい——単刀直入に、ぶちかましてくれ」

「諒解しました、警部。サリーが各会社の運転手の氏名と勤務日程をコンピューターに入力してくれたので、それを利用して、各切り裂き事件が発生した日時に、デントン市内及び近郊にはいなかったことが確実な者を除外したんです。その結果、この四人が残りました」バートンはフォルダーから、タイプライターで清書したA4判の書類を四部、それぞれクリップで写真が留めつけられているものを抜き出した。「顔写真は、各社の人事録にあったものを取り寄せました」

フロストは、バターのついた指を上着になすりつけてから、いちばんうえの書類を手に取った。添付してある写真には、ぽっちゃりとした肉づきのいい男が写っていた。丸々とした頬、生え際が後退しかけている黒っぽい髪、年齢《とし》は三十代後半といったところだろうか。

「デイヴィッド・アレン・ハードウィック」バートンは書類の記載事項を読みあげた。「勤務先は《デントン・クリームライン運輸》。ビンゴ・クラブの送迎もたびたび担当してますが、本来は団体客の担当です。社交クラブがバスを連ねてロンドンに繰り出し、ウエスト・エンドの劇場で芝居やらパントマイムやらを鑑賞しよう、なんてときには、だいたいこの男が担当しています。夏場には、声がかかれば、海辺のリゾートあたりまで遠っ走りすることもあるそうです」

フロストは、ハードウィックにまつわる細々とした情報に眼を通した――年齢三十八歳、既婚、十歳と九歳のふたりの子持ち。最後に、食べかけのコーンビーフ・サンドウィッチのパンの耳で、そのタイプ打ちの紙面を突っついた。「切り裂き事件のうち二件は、こいつがデントンにいないときに起こってる」

バートンはフロストの手から書類を回収し、パン屑を振るい落とした。「ええ、確かに。でも、ときどき運転手同士が互いの都合で、割り当てられた担当を交換したりすることがあるんです。会社には無断で。詳しくは、警部の苦手な細かいことになるので割愛しますが、目下《もっか》、裏を取っています」

フロストは、サンドウィッチを最後にもうひとかじりすると、食べ残しを、屑籠があると思われる方向に放り投げた。狙いは、距離にして一フィートほどはずれた。そこで、慌てず騒がず、落下地点まで足を運び、今度は屑籠めがけてシュートを放ったが、またしてもはずれた。フロストは仕方なく身を屈《かが》めて食べ残しを拾いあげ、屑籠に捨てた。「次のやつは?」

次は、トーマス・ライリーという男だった。写真には、眼つきの鋭い痩せた男が写っていた。明るい色の髪をぺったりとうしろに撫でつけ、隙間の目立つ歯並びをのぞかせている。「ライリーは、個人で営業しています。《ライリー・サーヴィス》という会社の事業主です」とバートンは言った。「年齢四十一歳、既婚、子どもはいません。ときどき、ビンゴ・クラブや劇場の送迎サーヴィスの仕事を引き受けていますが、あくまでも臨時のものです。回数から言えば、ハードウィックにははるかに及びません」

フロストは紅茶を飲み干した。トーマス・ライリーなる人物には、関心のかの字も覚えなかった。

「付け加えておくと、この男には前科《まえ》があります」バートンはそう告げると、フロスト警部の反応を待った。

「前科《まえ》がある?」フロストはトーマス・ライリーに関する書類を奪い返し、見落としていた情報を探した。

バートンが、読むべき箇所を指さした。「盗品故買です。取り扱い品目は、ヴィデオ・レコーダー、テレビ、電子機器となってますね」

「ふむ」フロストはマグカップを、デスクのうえにできているコンピューターのプリントアウトの山のてっぺんに載せ、煙草のパックを取り出した。

フロストの勧めに従って、バートンも一本抜き取った。「あとは、夜警に対する暴行が一件」

「暴行だなんて、大袈裟な」フロストはコンピューターの側面でマッチを擦りながら、たしなめた。「爺さんに呼び止められたもんだから、面倒くさくなって押しのけちまっただけじゃないか」フロストは書類をめくって次のページに眼を遣った。「いずれにしても、昨夜は仕事をしてたんじゃないか。婆さんが殺された時刻には、まだハンドルを握ってた」

「でも、最後の乗客は午後九時十五分に降ろしたのに――」バートンは身を乗り出して、マッチの火をフロスト警部と分かちあった。「帰庫した時刻は、午後九時四十五分になってる。ワトスン夫人が殺されたのが九時三十五分ごろとすると、殺すだけならやれなくはない」

フロストは鼻を鳴らして、煙草の煙を勢いよくそとに押し出した。「それには、うんと手っ取り早く片づけなくちゃならない。われらが〝切り裂き犯〟が焦って包丁を振りまわしてるとこなんて、想像できないね。自分の好きなことをするときには、うんと時間をかけて楽しむもんだ」フロストはトーマス・ライリーの書類をバートンに突っ返した。「お次は？」

バートンは三通目の書類を警部に手渡し、期待を込めて待った。四人のなかでも、特にこの男を本命としてマークしていたのだ。ロバート・ジェファスン、年齢三十三歳、既婚、子どもはティーン・エイジャーの娘がひとり。ずんぐりした身体つき、短く刈り込んだ黒い髪、警察で顔写真を撮《と》られる犯罪者のように、眉間《みけん》に皺を寄せた不敵な面構えで写真のなかからこちらを睨みつけていた。勤務先は《スーパースウィフト送迎サーヴィス》、長距離が専門で、海を渡ってヨーロッパ大陸まで遠征することもあるが、過去に何度かビンゴ・クラブの送迎を担当した実績あり。〝切り裂き犯〟による殺人事件が発生した日は、いずれも非番に当たっている。従ってデントンにいた可能性大。なかなか気の荒い男のようで、妻の顎の骨を折ったこともあるらしい。虐待を理由に、ジェファスン夫人から離婚訴訟を起こされて、現在係争中。

フロストは、とりたてて感銘を受けたようには見えなかった。「おれは賛同できない。こいつは買えないよ。か弱い婆さんのワトスン・ママが、こんなむくつけき男《おのこ》をいそいそと部屋に招き入れるとは思えないもの。こいつは候補者リストのけつのほうにぶらさげとけばいいよ」

「だったら、こいつがお気に召すことを願いますよ」とバートンは言った。「とりあえず、この男が最後なんで。ロナルド・ウィリアム・ゴールド、年齢二十五歳、未婚。母親とふたり暮らし、父親はすでに死亡。現在は《クラーク送迎》に、臨時雇いの運転手として勤務。主にビンゴ・クラブの送迎と爺さん婆さん連中の〝遠足〟を担当。若くて陽気な運転手さんといった役所《やくどころ》のようで、婆さんどもにえらく人気があるそうです」

「早くもそいつのことが気に食わなくなってきたよ」フロストはそう言って、最後に残った書類に手を伸ばした。

「《クラーク送迎》には臨時で雇われてるだけなので、まだ確認が取れていませんが、ほかの会社の仕事を請け負う余裕もある。《クラーク送迎》の勤務表で見た限りでは、切り裂き事件が発生した日の犯行が行《おこな》われたと思われる時間帯は、いずれも非番に当たってます」

フロストは、書類にクリップで留められている、カラーの顔写真に眼を遣《や》った。写真のなかのゴールドは、隙間のあいた前歯を見せて、こちらに笑いかけていた。一人前の男というより少年のようだった。明るくて人好きのする表情、星の輝きを宿した茶色の眼、明るい茶色の豊かな髪を無造作に額《ひたい》に垂らしているところが、またいかにも少年っぽい印象を与えている。フロストは、身体の奥で何かが静電気のようにぱちぱちと弾けるのを感じた。直感のうごめき。彼にはわかった。根拠もへったくれもなく、ともかくわかった。「こいつだ!」とフロストはひと声叫んだ。

その場に居合わせた全員が顔をあげた。

フロストは写真を書類から抜き取り、高々と掲《かか》げた。「こいつだ。こいつが〝連続老女切り裂き犯《グラニー・リッパー》〟だよ」

バートンには戸惑いの表情を浮かべることしかできなかった。「なぜです、警部? なぜ、そいつだってわかるんです?」

「直感だよ。おれの直感が当たることはめったにないけど、こいつは間違いない。ほかのやつは忘れていい。このにこにこ笑顔のゴールド坊やの一点買いでいく」フロストはデスクから滑り降りると、両手をこすりあわせながらその場を行きつ戻りつしはじめた。神経が昂《たかぶ》り、じっとしていられなかった。「手の空《あ》いてる者は残らず、このにこにこ坊やの監視任務にまわれ。一日二十四時間、こいつの行動を逐一《ちくいち》監視してほしい」

バートンは慎重を期する必要を主張した。「小分けに賭けて、はずれたときの危険を分散したほうがいいんじゃないですか、警部?」

「いや、いい」フロストはきっぱりと言い切った。「今回は一発勝負でいく」

「この男は、まだ容疑者と決まったわけじゃありません。証拠だってないんだし」

「だから、これからその証拠をつかむんだよ。こいつの写真を持っていって、それぞれの被害者の近所の人間に見せてまわれ。この可愛い顔をした極悪非道な人殺し野郎がうろついてるとこを目撃した者がいないか、訊いてみろ。こいつのことを愉快で気のいい道化者だと思ってる婆さん連中にも、話を聞いてきてほしい。この優男《やさおとこ》から、新しい防犯チェーンを取り付けてあげましょうか、と言われたことがなかったか？　ついでに、もう一度プロクターの酔いどれ婆さんのとこに足を運んで、ワトスン夫人の御用係を志願したのはゴールドって名前のやつじゃなかったか、訊いてみるんだ。当人の近所の連中にも話を聞く必要がある。ゴールドさんちの坊やが、血の滴《したた》る包丁をズボンの尻ポケットに突っ込んで、真夜中に帰宅した、なんてことがなかったかどうか。ほかのことはあとまわしでいい、各自分担を決めて全員で当たってくれ

——そこのコンピューター担当のお嬢さんもだ」

「ちょっと待ってくれ、警部《かよ》」アーサー・ハンロン部長刑事だった。眼を潤ませ、鼻水を垂らし、さながら温かい血の通った死人といった風情《ふぜい》で戸口のところに立っていた。「そのまえに、おれの話を聞いたほうがいいと思う」

「悪い知らせなら、聞きたくない」とフロストは言った。

「別の容疑者を探さなきゃならないかもしれないんだ、ジャック。あんたに言われたから、殺人事件の被害者三名の身辺を調べてみた。ビンゴ・クラブに通《かよ》ってたのは、ドリス・ワトスンだけだ」

「馬鹿言え、アーサー。ふたり目の婆さんの、ええと……ああ、そうだ、ベティ・ウィンター

ズ。あの婆さんだって財布に、《リーフ・ビンゴ・クラブ》の会員証を入れてたぞ」

「でも、その会員証はもう五年も使われていない。関節炎が悪化して、歩くのが不自由になったからだ。病院には通《かよ》ってたけど、それ以外はほとんど外出もしなかった」

「なら、最初の――なんとか・かんとか夫人は？」

「ヘインズ夫人だろう、メアリー・ヘインズ。真面目のうえに二文字つくような、頭の固い婆さんだよ。賭け事なんてとんでもないって人だったそうだ。なんせ、景品はお茶っ葉っていう教会主催のビンゴ大会にも顔を出さなかったぐらいだから」

フロストは、肩を落とした。「アーサー、あんたってやつは……。どうして、そこまで徹底的に調べちまうんだよ？」手元に視線を落とし、ゴールドの写真を眺めた。屈託のないその笑顔は、こちらを嘲笑しているようにも見えた。「犯人はゴールドで間違いない。三人の被害者《ガイシャ》とこいつを結びつける共通の事情が、何かあるはずなんだ」捜査本部の部屋に集まった面々が自分の指示が下るのを、次に取るべき行動が示されるのを待ち受けていることは、フロストにもわかっていた。だが、言うべきことばが見つからなかった。せっかく見つけたと思った唯一の取っ掛かりが、脆くも崩れてしまったのだ。フロストは窓のそとに眼を向け、雨に濡れた駐車場の寒々とした、見る者の気を滅入《めい》らせずにはおかない光景を眺めながら、我が身の力不足を罰する意味で煙草の煙を深く吸い込んで肺を痛めつけた。煙草から唇を離した瞬間、頭のなかで呼び鈴が鳴った。最初は控えめに、徐々《じょじょ》に大きな音量で。「あんたのさっきの話だと、ベティ・ウィンターズは、ほとんど外出をしなかったけど、病院には通《かよ》ってた。どうやって？

関節炎を患《わずら》って歩行困難の婆さんだよ――そんな婆さんが、どうやって通院してたんだ?」

「ビンゴ・クラブの送迎サーヴィスを利用してたわけじゃない、それは確かだよ」とハンロン部長刑事は言った。

「おもしろいよ、アーサー。時間があるときに、もう一度聞かせてくれ――そのときは小便をちびるほど笑ってやるから」フロストは、バートンを指さした。「病院に電話をして、患者の送迎を担当してるやつに訊いてみろ」

バートンは言われるままに電話に手を伸ばしたが、正直なところは時間の無駄だと考えていた。「きっと救急車を呼んだんですよ、警部」

「そうとは限らない。いいから、電話して訊いてみてくれ」電話に出た相手は、送迎担当者は席をはずしていると言った。食堂にいるという送迎担当者が呼ばれて電話口に出るのを待つあいだ、バートンの傍《かたわ》らをフロストは落ち着きなくうろうろと歩きまわった。そうするうちに、またひとつ、あることを思い出した。最初の被害者《ガイシャ》、メアリー・ヘインズ夫人――廊下のサイド・テーブルに載っていたその財布。あの財布には、病院の診察券が入っていたはずだ。「メアリー・ヘインズ夫人のことも訊いてみてくれ」フロストは大声を張りあげて言った。

バートンは諒解したしるしに頷き、次いで片手をあげて一同の静粛を求めた。病院の送迎担当者が電話口に出たのだった。バートンは確認してもらいたいことを相手に伝え、しばらく待ち……もうしばらく待った。フロスト警部が気遣わしげな顔でうろうろしていることも手伝って、やけに長いこと待たされているような気がしはじめたとき、担当者が電話口に戻ってきた。

「つまり、救急車ってことですか？……なるほど。運転手の名前は？　ええ……そうですか、わかりました。いろいろとどうも。ご協力に感謝します。ええ、大いに参考になりました」バートンは受話器を置くと、せかせかと近寄ってきたフロストに向かって、なんとでも取れる表情をしてみせようと努めた。が、偽りの無表情はすぐに崩れてしまった。

「そういう小賢《こざか》しい真似をするのは、百年早い」フロストは叫んだ。「さっさと白状しろ。その顔は、どでかい当たりを引き当てた顔だ。違うか？」

バートンの笑みが満面に拡がった。「病院には、ボランティア運転手という制度があるんです。救急車が出払ってたりして通院患者が利用できないときなんかに、そういう運転手の人たちが自分の車持ち込みで、患者の送り迎えに当たるんです」

「ああ、知ってる」とフロストは言った。「うちのかみさんも、よくボランティア運転手に病院に連れてってもらってた」

バートンは哀悼の意を微妙な笑みで表してから、話を先に進めた。「そのボランティア運転手のひとりに、R・W・ゴールドという人物が登録されてるそうです」

フロストは、勢いよく椅子に坐り込んだ。「よし、尻尾《しっぽ》をつかんだ！　もうこっちのもんだ」

「いや、警部、そうとも言えません。病院はボランティア運転手の送迎をその都度記録しているわけではないんです——通院患者は毎日、何百人って来るんだそうで。ウィンターズ夫人のここ二回の通院日とヘインズ夫人の同じくここ二回の通院日に、ゴールドがボランティア運転手の当番に当たっていた、ということしか申しあげられない、と言われました。ふたりとも、通院時にはボランティア運転手を利用していません。でも、治療がすんだあと、ゴールドが送ってい った可能性はなきにしもあらずだそうです」

「そして、そのときに玄関マットのしたに合鍵が隠してあることや、郵便受けから手を突っ込んで紐を引っ張る芸当を覚えた」フロストは興奮を隠しきれない口調で言った。「よし、ゴールドの野郎をしょっ引いてこよう」

だが、ハンロンは、あくまでも慎重だった。「慌てるなんとかは、貰いが少ないって言うだろうが、ジャック。確証が必要だよ」

「アーサー、あんたってやつは……わかったよ。だったら、病院に行って目撃者を探してくれ。ゴールドが婆さまを送っていくとこを見た者がいないか。婆さまたちの近所の人間にも話を聞いてくるんだ。ゴールドが婆さまを送ってきたとこを見てる者がいるかもしれない。それと、ゴールドはどんな車に乗ってるのか、そいつも調べておく必要があるな。事件当夜、現場付近でその車を見かけた者がいないとも限らない。あとはいつものとおりだ——おれが言い忘れてることがあったら、そいつもやっといてくれ。それから、最後に、ゴールドの野郎に尾行をつけたい。昼も夜も、それこそ分刻みで行動を監視しておきたい。でもって、次の獲物に忍び寄ったとこを引っ捕えて、もし愛用の肉切り包丁を携帯してれば、待望の証拠が手に入るってわけだ」

廊下に出たところで、フロストはギルモア部長刑事と行き会った。彼もまた、フロストに負けず劣らず、意気軒昂《けんこう》だった。

「警部、ジル・コンプトンが何もかも自供しました」

「でかした、坊や。このままだと、あの奥方の裁判で偽証することになるんじゃないかと気を揉んでたんだ」

「犯行の事実はすべて認めているんですが、マーク・コンプトンが死亡したことに関しては、偶発的な事故による致死を主張しています」

「なんだ、それは？　振り向いたひょうしに、あの尖った乳首の片方が偶発的に旦那のどたまを直撃しちまったとか？」

ギルモアは、口元を精一杯ほころばせて、特大の笑みを浮かべた。フロスト警部の言うことも、今日に限っては、剽軽《ひょうきん》で一風変わった冗談に聞こえる。「警部には感謝してます、いろいろと助けていただいて」ギルモアは思ったままを口にした。

「おれは、ちょいと嘘をついただけだよ」感謝されるほどのことはしていない、とフロストは言った。「一人前のお巡りなら誰でもすることだ」

「そうだ、もうひとつ報告しておくことがあった」とギルモアは言った。「警部がポケットからいきなり、なんだかわからない葉を取り出してみせたときには度肝を抜かれましたが、あれから思いついて、鑑識の連中に、マーク・コンプトンの車のトランクを調べさせてみたんです。なんとほんとに、例の花輪に使われていた葉が二枚も落ちてました」

「いわゆる、自然は芸術を模倣するってやつだな」とフロストは言った。「手が空《あ》いたら、戻ってきてくれ。オフィスで待ってる。〝切り裂き犯〟事件の捜査がどこまで進んだか、坊やにも教えときたい。あとひと息で、野郎をパクれそうなんだ」

オフィスに戻ってみると、デスクのど真ん中に大型のホッチキスを文鎮代わりにして、フロスト警部の提出した車輌経費の申請書類の不備に関する州警察本部からの苦情の手紙が置いてあった。フロストはそれを小さく固い紙飛礫《つぶて》に丸めて宙に放り投げると、ヘディングで屑籠のゴールを狙った。紙飛礫は、すとんという気持ちのいい音を立てて、見事ゴールの真ん真ん中に落下した。フロストは、笑みを浮かべた。万事順調、何もかも願った方向に進みはじめている。

のちに、何もかもがおかしな方向に進んで壊滅的な結果が生じてしまったとき、フロストはこの一時《いっとき》の幸せな勘違いを、懐かしく思い返すことになる。

木曜日——夜勤(一)

階下の明かりが消えた。短い間《ま》があって二階の窓に明かりが灯り、男の影がよぎるのが見えた。ギルモアは頭を引っ込め、運転席で身を縮めながら、カーテンが閉まるのを待った。寝室の明かりが消えるのを見届けてから、フロストを揺さぶり起こした。「寝たようです」

フロストは大きくひとつ欠伸《あくび》をして、腕時計に眼を遣《や》った。間もなく午前零時になろうとしていた。バートンと交替し、曲がり角を入ったところに駐めた車のなかで過ごすこと、すでに二時間近く。ゴールドは、午後九時に《リーフ・ビンゴ・クラブ》で高齢者の一団を車に乗せ、その後各人の家をまわり、同九時五十六分には最後の乗客を無事に家まで送り届けている。その後、送迎に使用したグレイのヴァン、ヴォクソール・アストラを運転して、自宅であるネルスン・ストリートのテラスハウスに戻り、家のなかに入ったのが、午後十時十五分。

フロストは、助手席で身をよじって尻の位置をずらし、少しでも坐り心地をよくしようと努めた。疲れていたし、空腹でもあったが、交替要員は明朝午前六時にならなければやって来ないことになっている。自分の不手際が原因だった。捜査班の面々を時間外勤務に徴用する旨《むね》マレットに申し出て、許可を貰うという手続きを失念していたのである。その結果、ウェルズ巡査部長からは、正規の手続きを踏んでいない以上、人手はまわせないと申し渡されてしまったのだった。フロストはシャツの袖口でフロントガラスの曇りを拭い、人通りの絶えた暗い夜道に目を凝らした。「いくら〝切り裂き犯〟でも、人を殺すにはもう時刻が遅すぎる」――それがフロストの出した結論だった。「ここらで、ちょいと腹ごしらえってのはどうだい？　終夜営業してる、馴染みの店があるんだよ」

フロストの馴染みの〝店〟とは、教会墓地のそばの吹きさらしの空き地でホットドッグとハンバーガーを売っている、ヴァンを改造した屋台のことだった。車から降りると、木枯らしにあおられ、玉葱《たまねぎ》を炒める脂《あぶら》っこい臭いに横っ面を張り飛ばされた。屋台は、ヴァンの一方の横腹が折りたたみ式のカウンターになっており、そこで客に料理を出していた。キャンヴァス地の日除けが、ささやかながら屋根の役目を果たしている。カウンターのなかでは、陰気くさい顔をした長身痩軀《そうく》の男が、鼻を赤くし、鼻水をすすりながら、煙草をくわえて、油の池に浮かべた薄切りの玉葱をフォークで突っつきまわしていた。

「ルーカン公爵（アーサー王伝説中の人物）とそのご一行さまのお着きだぞよ」とフロストは言った。「席は予約してある」

「あいかわらず、つまらない冗談を言う御仁《ごじん》だよ」男はくわえていた煙草を指に挟み、喫煙を一時中断すると、料理のうえで盛大に咳をした。それから、カウンターにぞんざいな手つきでマグカップをふたつ並べ、それぞれにティーバッグを放り込み、蒸気を噴きあげている湯沸かしから熱湯を注いだ。

火傷《やけど》しそうに熱い紅茶をフロストとギルモアがちびちびと飲んでいるあいだ、男はやたらと跳ねのあがるくたびれた油で二人前のハンバーグを焼きはじめた。夜気は冷たく、キャンヴァス地の日除けが風にあおられて乾いた音を立てていた。

「新聞配達の女の子を殺した犯人は、まだ捕まらないのかい？」屋台の男はできあがったハンバーガーを皿に盛り、ふたりの刑事に皿を押し遣りながら訊いた。

フロストは、ハンバーガーのうえの丸パンを持ちあげて、玉葱を載せられ、油に浸《ひた》っている平べったい挽肉の塊をうさん臭そうに眺めた。「おれたちは別件の担当なんだ、ハリー。このところ、ハンバーガー用と称して不審な肉が出まわってるんで、そっちを追いかけてるんだよ」そう言うと、ためらいがちにハンバーガーをひと口かじり、慎重に嚙み締めた。「こいつは、ちゃんとしたとこから仕入れたもんだろうな？」

店主のハリーは落ち着かない様子で、せわしなく煙草を吸っていた。「もちろんだよ、フロスト警部。うちのは最高級の……ともかく、最高級の挽肉を使ったハンバーグさ」

「それを聞いて安心した」とフロストは言った。「何しろ、詐欺まがいのことをやってる業者がいるもんでね。海の向こうのヨーロッパ大陸から、肉とは名ばかりの代物《しろもの》を食肉って名目で輸入してる。普通なら誰も食わないような肉だよ——死んだ馬とか猫とか犬とか。もっとやばい肉も混じってるらしい」

「やばい肉？」とハリーが訊き返した。

フロストは、打ち明け話をするようにカウンターに身を乗り出し、声を落として言った。

「口外は無用だぞ、ハリー。話が広まると、一般市民から抗議が殺到するからな。実は証拠をつかんだ。連中は葬儀屋から引き取り手のない死体を買いあげて、挽肉製造機にかけてる」

ハリーは、くわえていた煙草を抜き取った。吸い口に溜まっていた唾が飛び散るほどの勢いで。「フロスト警部！　悪趣味な冗談で人をかつぐもんじゃないよ」

「おれだって冗談であってほしいと思ってる」フロストは重々しい口調で言った。そして、ハンバーガーに改めてかぶりついたが、すぐに口を離した。「うへっ、なんだ、こりゃ？」うえの丸パンを剝がしてみるなり、あまりのことに口をあんぐりと開けた。玉葱を敷いてトマトケチャップの血溜まりに浸《つ》かっているもの、それは切断された人間の指だった。

ギルモアは震えあがった。取りあげかけたハンバーガーを、慌ててカウンターに放り出した。店主の顔から血の気が引き、脂汗が浮かんだ。恐怖のあまり、のけぞったひょうしに背後の棚に頭がぶつかり、棚に並んでいた缶詰がかたかたと音を立てた。「そ、そんな……。待ってくれ、フロスト警部、いい肉だって言われたんだよ。ステーキ用の極上の牛肉だって言われたから——」その声が、不意に怒声に取って代わった。「ちくしょう、なんて野郎だ！」

ハリーの眼のまえで、切断された指がうごめいていた。フロストは肩を震わせて笑いこけながら、その指を引き抜き、ケチャップを拭った。

「笑い事じゃない」とハリーは怒鳴った。「心臓発作を起こすとこだったじゃないか」

フロストは眼尻の涙を拭った。「ほんとは、ちんぽこを挟もうと思ったんだ。でも、はたと気づいたんだよ、ハリー。おれのはこんなちっぽけな丸パンには収まらないって」

「どういう神経をしてるんだか」ハリーの怒鳴り声に送られて、ふたりは車に向かった。フロストは性懲りもなくまだ自分の冗談に笑いこけていた。「嘆かわしいよ。そういうくだらないことを考える暇があるなら、あの新聞配達の女の子を殺した犯人捜しに知恵を絞りゃいいものを」

フロストの笑い声が止まった。

車の窓のそとを、夜の墓地の景色が地を這うように流れていく。フロストは車を停めるよう命じると、煙草に火をつけて、闇に白く浮かびあがった大理石やら御影石《みかげいし》やらの列をむっつりと眺め渡した。「ハリーの言うとおりだよ、坊や。例の新聞配達の女の子の件だ。次にどんな手を打ちゃいいのか、おれにはさっぱりわからない」

ギルモアは何も言わなかった。往来の絶えた通りのはずれに、人影を認めたからだった。黒っぽい服を着た男が、墓地の外周に巡らせた柵囲いの際《きわ》に屈《かが》み込んでいる。ギルモアが車のヘッドライトを消して脇腹を小突くと、フロストは頷いた。「ああ、気づいてたよ、坊や」

男は、墓地の鉄柵に向かって何やらしているようだった。

「いったい、何をしてるんでしょうね?」とギルモアは尋ねた。

「なんだっていいじゃないか。気のすむまでやらせとこうや」フロストは口のなかでつぶやくと、背もたれに身を預けた。「すでに抱えてる事件だって持て余してるんだ。新しい事件なんぞ抱え込みたくない」

だが、ギルモアのほうは、新しい事件を待ち望んでいた。コンプトン夫妻の事件を曲がりなりにも解決に導き、しかるべき成果を出した今、ここで間を置かずに再度犯人逮捕の実績を挙げることができれば、昇進の可能性もいや増そうというものである。男がしていることを見定めるべく、ギルモアは運転席の窓を開けて頭を突き出した。冷たい外気が車内に流れ込んだ。フロストはぶるっと身を震わせた。「柵の隙間にちんぽこを挟んじまったのか、さもなけりゃ立ち小便だよ。そんなもん見物したって眼の保養にもならない。坊や、署に戻ろう」

そのときだった、男が急に柵囲いを押すような仕種《しぐさ》を見せたかと思うと、次の瞬間には、壁抜けの術でも使ったかのように墓地の敷地内に侵入していた。束の間、白く浮かびあがった墓石のあいだを抜けていく黒々とした人影が認められたが、すぐに夜の闇に呑み込まれて見えなくなった。

シートベルトをはずすのに手間取っているフロストを尻目に、ギルモアは車から降り立った。墓地の柵囲いは鋳鉄製で、杭のなかの一本が錆にやられて、コンクリートの土台から抜けかけていた。ギルモアはそれを持ちあげて、できた隙間に身を押し込むようにして柵囲いの内側に滑り込むと、持ちあげた杭を支えたまま、あとに続くフロスト警部に手を貸した。

墓地の敷地は、あまりに広大だった。人ひとりくらい、暗闇に紛れて、どこへなりと行くことができそうだった。「見失っちまったよ、坊や」

「声を出さないで」ギルモアはフロストをたしなめると、眼を細くすがめて闇の奥をじっと見据えた。「あそこです!」

フロストはギルモアの指さすほうに眼を遣った。雲を押しのけて顔を出した月が、冷え冷えとして蒼白い光で墓地を照らし出していた。野放図に伸び拡がった叢《くさむら》が、風になぶられて痙攣でも起こしたように震えていた。木々も身を揺らし、うめき声をあげている。それから男の姿が見えた。距離にして六十ヤードほど前方を、墓石のあいだをぬうように進んでいくところだった。

「先に行きます」ギルモアは猛然と飛びだしていった。不本意ながら、一歩遅れてフロストも、よたよたと走りだした。ギルモアがなぜにこれほど熱くなっているのか、フロストにはまるでわからなかった。相手は、ただ墓地を突っ切って近道をしようとしているだけの男かもしれないではないか。

天使やら智天使やらの立像のまえを駆け抜けた。右に向かって大きく弧を描く小道を進み、ほどなく前方に、ヴィクトリア時代の納骨堂のいじけた姿が見えてきた。「ちょ、ちょっと待ってくれ、坊や」とフロストは懇願した。「少し休ませてくれ」ふたりが立ち止まったところは、真新しい墓石ばかりが並ぶ区画だった。揃って息を切らし、貪るように空気を肺に送り込みながら、少し先で二股に分かれるそれぞれの道に眼を配った。闇に墓石の列がほの白く浮かびあがっているだけだった。

「またしても見失っちまったよ」フロストは悦びを隠しきれない口調で言った。「潔く諦めて、車に引きあげたほうがよさそうだ」

ギルモアは、苛立たしげな手のひと振りでフロストを黙らせ、納骨堂を指さした。目当ての男が、ふたりに背を向ける恰好で納骨堂の掛け金のうえに屈み込み、どうやら南京錠をいじっているようだった。がちゃっという鈍い音があがり、続いて蝶番《ちょうつがい》の軋む音がして納骨堂の扉が押し開けられた。男は懐中電灯をつけると、納骨堂のなかに姿を消した。

「近道にしては変わったとこを通るやつですね、警部」とギルモアは言った。声に皮肉と冷笑の響きが混じるのを抑えることができなかった。足音を忍ばせて納骨堂の裏手にまわり、ポーラ・バートレットを殺害した犯人が死体を運び込んだ経路、給水管の脇の杭が引き抜かれてできた隙間から柵のなかに入った。フロストはのろのろとした身のこなしでギルモアのあとに続いた。

正面の扉の掛け金には、真新しい真鍮の南京錠がぶらさがっていたものの、脇柱の部材の腐りかけている部分には、なんの手当もほどこされていなかった。その結果、前回と同様、脇柱に掛け金を固定しているはずのねじ釘がこじり出されてしまっていた。ときどき懐中電灯の光が内側から洩れてくる。石畳の床のうえを、何か重たい物体を引きずるような音が響いていた。フロストとギルモアは、思わず顔を見あわせた。いったい全体、納骨堂のなかで何が行《おこな》われているのか？

気配をうかがいながら、ギルモアはそろそろと首を伸ばし、扉の陰からなかをのぞき込んだ。納骨堂の内部は漆黒の闇に沈んでいた。全《まった》き闇——と思ったとき、懐中電灯が改めて点灯された。光の輪のなかに、床に散乱している物体が浮かびあがった。骨——人骨の山。そのてっぺんで髑髏《されこうべ》が、黄ばんだ歯を剝き出して笑っている。

不覚にもあえぎ声を洩らすと、男が振り向いた。懐中電灯の強烈な光を真正面から浴びせられ、ギルモアは一瞬、視力を奪われた。次の瞬間、甲高い雄叫《おたけ》びを発して、男がいきなり体当たりをかけてきて……。気がついたときにはうしろに弾き飛ばされていた。最初に背中が、次いで頭が石畳の床に叩きつけられた。歯が鳴るほどの衝撃と痛みで、眼のまえに星が散った。

男は再び突進をかけてきた。次の一撃を見舞うため、肩を丸め、腰を落とした恰好で。

「よし、そのまま動くな。警察だ！」フロストはひと声叫び、納骨堂のなかに飛び込んだ。レインコートのポケットから懐中電灯を引っ張り出し、足元の骨を蹴飛ばしつつ前進した。懐中電灯の光を向けられて、男は眼を瞬《しばたた》いた。フロストははたと立ち止まった。ギルモアに襲いかかったその男は、聖職者用のカラーを身につけていた。

オール・セインツ教会の副牧師だった。突然の乱入に仰天し、呆気に取られた面持ちで眼のまえの相手を見つめていた。「フロスト警部！」

ギルモアは恐る恐る眼を開いた。数インチ向こうに、頭蓋骨と大腿骨が転がっていた。どうにか上体を起こすと、慎重な手つきで後頭部に指を這わせ、指先についた血痕をじっと見つめた。

「なんとお詫びしたらいいか。ほんと、とんだご無礼をいたしました」副牧師はギルモア部長刑事に謝罪した。「てっきり、墓荒らしの一味だと思ってしまったもので」そして、立ちあがろうとするギルモアに手を貸し、ついでに頭の切り傷も調べた。「よかった、かすり傷だ。ちょっと擦り剝いただけですよ」

ギルモアは腹を立てていることを隠そうともせず、首のひと振りで副牧師の手を払いのけた。

「こんな時刻にこんな場所で何をなさっていたのか、ご自身の口から説明していただいたほうがよさそうだ」懐中電灯を拾いあげ、その光の輪で床を照らした。黒塗りの棺のうち、二基の蓋がこじ開けられ、ほぼ白骨化した遺体が引きずり出されていた。ばらばらになった人骨やら引き裂かれた屍衣の切れ端やらが、床一面に散乱している。「ついでに、このありさまをどう説明なさるおつもりか、それもうかがいたいですね」

「司祭館に帰るのに、いつも墓地を突っ切って近道をするんです。今夜も信徒のひとりを見舞っていました。病気で苦しんでいる老婦人に付き添っていたんです——いや、一昨日とは別の方《かた》で、今夜は最期《さいご》を看取《みと》ることになってしまいました。流感です。今回の流行は本当にひどい」副牧師は悲しげに首を横に振った。「亡くなる方が多すぎます」

「念のため、その老婦人の住所を」ギルモアは手帳を開いて、ペンを構えた。提供された情報は洩れなく書き留めた。「そちらの事情はわかりました。では、ここにこんなものが散らかっている理由を説明してもらいましょう」ギルモアは床のほうに顎をしゃくった。

「説明の必要があるでしょうか?」副牧師は苦々しげに言った。「これ以上墓地が荒らされることのないよう、警察のほうで対策を講じてくれると聞いていたのに。墓地を突っ切る途中このまえを通りかかったら、納骨堂の扉が開いているのが見えたんです。調べておいたほうがいいだろうと思って入ってみたら、こんなことになっていたんですよ」副牧師は、再び首を横に振った。「こんなふうに、意味もなく死者を冒瀆して、なんになるというんでしょう? ぼくだって寛大でありたいと思ってます。でも、部長さん、これはもう正気の人間のすることじゃない」

ギルモアは、ぴしゃりと音を立てて手帳を閉じた。「わかりました、パーリーさん。今日のところはこのへんで」ギルモアとしては、〝今日のところは〟の部分を強調したつもりだった。

フロストとギルモアは、フレデリック・パーリーについて階段を上り、そとに出た。そして、副牧師が納骨堂の扉を閉め、戸締まりするのを見守った。「横っちょの柱が傷《いた》んでる。枠ごと取り替えたほうがいいよ」とフロストは言った。

「おっしゃるとおりです、警部さん。ああ、また維持費がかさんでしまう」副牧師は何度目かになる溜め息をついた。「明るくなったら様子を見に来て、直せるものなら直してみます。なかのほうも、片づけなくてはならないことだし」一同は納骨堂の裏手にまわり、杭が引き抜かれてできた隙間から柵のそとに出た。

ふたりの刑事は、フレデリック・パーリーが墓石のあいだを抜けて、司祭館のほうへ歩き去っていくのを、その後ろ姿が闇に呑まれて見えなくなるまで見送った。

「あの男の言うことは、どうも信用できません」ギルモアは険しい声で言った。「深夜、たびたびひとりで出歩いてるというのが、ぼくの常識では普通とは思えない。もし、今度〝切り裂き犯〟による事件が起きた場合は……」フロスト警部は、送迎サーヴィスの運転手ひとりを標的と定めているようだが、ギルモアはそれを大いに疑問視していた。「行きましょう、警部。こういう薄気味悪い場所はどうも苦手です」

「ポーラ・バートレットを殺した犯人だって、そりゃもう薄気味悪かったと思うよ。夜の夜中に若い娘の死体を抱えて忍び込んだんだもの」フロストは右頬の傷痕を指の腹でまさぐりながら、納骨堂めがけて押し寄せてくるかに見える白い波頭のような墓石の列を眺めた。「犯人は、納骨堂が墓地のどこにあるかを知ってた。なかに入れることも知ってた」両手をレインコートのポケットに突っ込むと、フロストは納骨堂の柵に沿って何歩か歩き、足元の小石を蹴飛ばした。「問題は、どうして知ってたのか?」

「たびたび墓地を近道として利用していたとか?」ギルモアはそう言うと、当てつけるように後頭部をさすった。

フロストは手の甲の、指の付け根の部分に歯を立てながら、深く考え込む顔つきになった。それからおもむろに煙草のパックを取り出して振った。残りは一本。それをくわえて、空《から》になったパックのほうは、丈高く生い繁ったそばの叢に放り込んだ。木枯らしが墓地を吹き抜け、木々の枝を揺さぶった。フロストもぶるっと身を震わせた。「行こうか」

ふたりは納骨堂の柵に沿って歩き、小道に出た。小道は、真新しい墓石群に蚕食《さんしょく》されつつあり、いちばん手前の一列に、すでに縁《ふち》の部分を占領されていた。フロストは手近の墓石を利用して、マッチを擦った。炎があがり、その炎のなかに墓碑銘が浮かびあがった。最初はぴんとこなかったフロストだが、その意味するところが胸に落ちるや、眼を剝き、口をあんぐりと開けた。指先を焦がすマッチの火の熱さで我に返った。「なんとまあ、天から降ってきたか、はたまた地から湧き出たか……?」

新しいマッチを擦って、ギルモアにもその墓碑銘を読ませた。

ローズマリー・フラー・ベルを偲《しの》んで
共に過ごした美しき日々の思い出に
一九六二年四月三日――一九九〇年九月十日
文学修士エドワード・ベルの最愛の妻として
ここに眠る
その御霊の安らかならんことを

「こいつは、あのベルって先生の奥方だ。その墓が納骨堂の眼と鼻の先にあったってのに、おれたちは今の今まで見逃してた。とんだお間抜け二人組だよ。脳ミソだけじゃなくて眼ん玉でいかれちまってる」

「今までは墓石が建ってなかったんですよ、きっと」ギルモアはそこまで興奮するほどのことだろうかと訝《いぶか》りながら言った。「墓石はすぐに建てられるわけじゃありません。死者を埋葬したあと、埋め戻した地面が落ち着くまで、かなり長いこと待たなくちゃならないはずです」

「だから、しょぼい顎鬚を生やしたしょぼくれ野郎は信用ならないって言ったのさ。おれには最初からわかってたんだ」フロストは背後を振り返り、納骨堂を見つめた。

「何がおっしゃりたいのか、ぼくにはさっぱり……」とギルモアは言った。

「ここから、あの呪われた納骨堂までは、唾を飛ばせば届くほどの距離しかない」とフロストは言った。「エドワード・ベルは、かみさんの葬式の日、あの太鼓腹を抱えたでぶの配管工が雨に降られて納骨堂に逃げ込むとこを、特等席から見物してたのさ。あの扉をこじ開けて、なかに入っていくとこをな。で、後刻、新聞少女の死体をどこかに隠さなくちゃならなくなったときに、そのことを思い出した。納骨堂とは考えたもんだよ。ヴィクトリア時代の納骨堂なんて、誰がわざわざのぞいてみようと思う?」

「つまり、エドワード・ベルは妻の葬儀があった当日にポーラ・バートレットを殺害したってことですか?」

「ああ、そうだ」とフロストは言った。

「しかし、エドワード・ベルは、ポーラが新聞配達をしていたあいだ、ずっと自宅にいたことが確認されています」

「そのへんのとこは、おれにもわからない。わかってるのは、あの野郎がやったってことだけだ」

ギルモアは、肩越しに納骨堂のほうを振り返った。扉とごつい掛け金とそこにただぶらさがっているだけの真鍮の南京錠が見えた。「仮に、警部の睨んだとおりだったとしても、どうやってそれを証明するつもりです?」

「証拠か?」フロストは怒鳴りつけるように言った。そして、最後の一本である煙草を一度深深と吸ってから、そのまま地面に投げ捨てた。「どいつもこいつも、口を開けば証拠、証拠って……」だが、しばらくすると、気が抜けたように肩を落とした。ギルモアの言うことは正しい。あのしょぼい顎鬚を生やしたしょぼくれ野郎を裁きの庭に引っ張り出すには、やはり証拠が必要なのだった。

木曜日——夜勤（一）

　玄関ロビーの壁に掛かった時計の長針が、ぴくりと震え、二時までの最後のひと目盛りを渾身《こんしん》の力を振り絞って這い登った。受付デスクについている、ビル・ウェルズ巡査部長は、先刻からノンストップで鳴り続ける、くそいまいましい電話の対応に追われ、丁重な態度を維持することに困難を感じはじめていた。「申しわけありません、奥さん」彼は電話をかけてきた相手に言った。つい先ほど、隣の住人が家庭内で派手な諍《いさか》いをしていて、安眠を妨害されていると苦情を申し立ててきた女が、またしても同様の用件で電話をしてきたのだった。「目下《もっか》、人手が非常に不足してまして、そちらの地域を担当しているパトカーを、やむを得ず、ほかのもっと大きな事件のほうにまわしてしまったんです。ええ、それはもう、可及的速《すみ》やかに署員を派遣して、しかるべく対応します」受話器を置き、その通話内容を記録簿に記入している最中に、正面玄関のそとで何者かの罵声《ばせい》が轟いたと思うや、見るからに値の張りそうな黒いオーヴァーコートに白絹のマフラーといういで立ちの、どことなく牛蛙を思わせる男が、顔を真っ赤にして怒りの形相も猛々しく、玄関ロビーに乱入してきた。すぐうしろに、気遣わしげな面持ちのコリアー巡査を従えて。

「責任者は?」オーヴァーコートを着た牛蛙は濁声《だみごえ》を張りあげると、分厚く膨らんだブリーフケースを床にどさりと放り出した。あたりに、濃厚なウィスキーの臭いが漂った。

ウェルズ巡査部長は、ペンを置いて溜め息をついた。面倒の種がまたひとつ。「わたしですが」

男は横柄な眼つきでウェルズの制服を一瞥し、巡査部長の階級章を認めると、口元を歪めて冷笑とおぼしきものを浮かべた。「わたしが要求しているのは、きみではなく、ちゃんと権限を持っている上位《うえ》の人間のことだ。巡査部長ごときでは、話にならん」

「いったい何事だ、これは？」ウェルズはコリアーに尋ねた。

男は、ふたりの警察官のあいだに割って入った。「こら、わたしを無視するんじゃない。わたしはきみに話してるんだぞ、巡査部長。訊きたいことがあるなら、その男ではなく、わたしに訊くのが筋というものだろう。それよりも、さっさと上位《うえ》の人間を呼びたまえ」男はポケットをさぐって、葉巻を取り出した。

「では、警部なら満足ですか？」とウェルズは尋ねた。癇癪を、なけなしの自制心でなんとか抑え込んでのことだった。

「それよりも上位《うえ》の者がいないのであれば、致し方ない、その者を寄越したまえ」男はぴしゃりと言うと、ダンヒルの金のライターを使って葉巻に火をつけ、深々と煙を吸い込んだ。ウェルズとしては、《禁煙》の注意書きを指さしてやりたい気分だったが、事態をこれ以上悪化させるのは望むところではなかったし、フロスト警部がくわえ煙草で登場する可能性がきわめて高いことを勘案すれば、その誘惑に屈するわけにはいかなかった。代わりに、内線電話の受話器を取りあげた。そして、オーヴァーコートを着た牛蛙が吐き出すうなり声と葉巻の煙とウィスキー臭い息を浴びながらフロスト警部を呼び出し、至急玄関ロビーまで来てほしいと頼んだ。

「おれが警部のフロストだけど。どうかしましたか？」

形崩《かたくず》れしたスーツに手垢でてかてかになったネクタイ、磨いていない靴というフロストの風体は、お世辞にも好印象を与えるものではなかったが、わけても警察に苦情を申し立てに来た男には、好印象には程遠いものを与えてしまったようだった。牛蛙のような男は、葉巻をふかすのを中断すると、侮蔑の眼差しでじろじろと眺めた。「ほかに上位の警察官はおらんのかね？」

「ああ、おらんよ」とフロストは言った。「だから、言いたいことがあるなら、さっさと言っちまってくれよ。こう見えても、くそ忙しい身でね」

「どれほど多忙だろうと、わたしの言うことはしかと聴いてもらう」男は怒鳴り声を張りあげた。「そこにいる警察官のことで、苦情を申し立てに来ているんだから」男の指はコリアー巡査を指していた。「その男は自分の運転していた車を、停車中だったわたしの車にぶつけてきた。のみならず、わたしが飲酒運転をしていたなどと言いがかりをつけてきた」

フロストは鼻の頭に皺を寄せ、胃袋に溜まったウィスキーの放つえもいわれぬ臭気から顔を背《そむ》けた。「呼気検査はしたのか？」とコリアーに尋ねた。

「いいえ、警部。拒否されました」

「なるほど」フロストはウェルズに向かって言った。「警察医を呼んでくれ——できれば、手の冷たい先生は避けてくれよ。尿検査をするのに、出るもんが出なくなっちまうと困る」それから再びコリアーのほうに向きなおった。「で、巡査、どうしてこんな大騒ぎになっちまったんだい？」

「それなら、もう、わたしが説明してやっただろう」男はうわずった声で叫び立てた。声を張りあげるたびに、ますます顔が赤くなった。

フロストは男を脇に押しやった。「ちょっと静かにしててくれないかな。あんたの声を聞いてると、頭が痛くなってくるんだよ」それから、コリアーに視線を戻した。

「自分は受け持ち区域を巡回してたんです。バース・ロードを通過中に、対向車線にはみ出すほどの蛇行運転を繰り返しながら、のろのろと走っているベントレーを見かけたので、合図を送って停止を命じました。運転者が路肩に車を寄せたのを確認して、自分はそのうしろにパトカーをつけました。ところが、パトカーから降りようとしたとき、ベントレーの運転者が再びエンジンをかけた。逃走を企《くわだ》てたものと思われますが、どうやらギア操作を誤ってバックに入れてしまったようで、いきなりパトカーにぶつかってきたんです。運転者が酩酊していることは一目瞭然でした――ろれつがまわっていなかったし、眼もとろんとしてましたから。件《くだん》の運転者は呼気検査を頑強に拒み、こちらの手から酒気検知器を叩き落とすという行為に出ました。それで、署まで連行することにしたんです」

「適切な判断だよ」フロストは頷いた。「ブタ箱に部屋を取ってさしあげろ」そう言って立ち去ろうとしたときだった。男がいきなり手を伸ばし、フロストの肩をつかんで自分のほうに振り向かせた。

「きみはわたしが誰だかわかっているのかね？」男は、汗の浮いた顔をフロストの鼻先まで近づけて、語気鋭く返答を求めた。

「いや。でも、あんたが何者かならわかってる」フロストは身をよじりながら言った。「あんたは、威張り散らすしか能のない、傍《はた》迷惑なへべれけ親爺だよ。汗でべたべたしてるその小汚い手を、おれの上着から離せ」

正面玄関のスウィング・ドアが開いた音を聞きつけた者はひとりもいなかった。「いったい、なんの騒ぎだね？」

フロストはうめいた。選りにも選ってこんなしち面倒くさいときに、マレット署長自《みずか》ら奮闘中の署員一同のため深夜の激励に訪れてくださった、というわけだ。夜の夜中にマレットの愚痴っぽい小言など聞きたくもなかった。「ご心配なく。おれが責任を持って、丸く収めておきますよ」フロストはきっぱりと言った。

マレットは躊躇した。事の経緯を把握しないうちに関わりを持つのは、決して得策とは言えないことを、過去の苦い経験から学んでいたので。だが、相手の男に気づくと、たちまち晴れやかな表情になった。「おやおや、これは驚いた。ノールズ先生ではありませんか。市議会の議員であるあなたが、こんなところで何を？」

「そこにいる警察官に対して、正式な苦情を申し立てに来たところでね」とノールズは言った。「にもかかわらず、まことにもって不愉快な扱いを受けている。そこの男は――」下唇を突き出し、フロストに向かって顎をしゃくった。「呆れ返るほど無礼だ。わたしを威嚇し、悪口雑言《あっこうぞうごん》を吐き散らしたうえに、犯してもいない罪を犯したと断じて犯人扱いだ」

マレットは、その場にふさわしく、驚愕の表情を浮かべてみせた。それから口元を引き締めて言った。「ひとまず、わたしの執務室にいらしていただいたほうがよさそうだ。ゆっくりお話をうかがえば、きっと問題解決の糸口が見つかるものと思います」最後に苦い顔でフロストをひと睨みしてから、その場に背を向けた。「巡査部長、きみに頼もう。コーヒーをふたつ、わたしの執務室まで持ってきてくれたまえ」

廊下との境《さかい》のドアが閉まるのを待って、フロストは、マレット署長が出ていったばかりのドアに向かって二本の指を振り立てた。「気取るな、豚のけつ」天井を仰《あお》ぎ、無駄を承知でひと声怒鳴った。

「聞いたか？　コーヒーをふたつ、だぞ」ウェルズは陰気な声でぼやいた。「ここをどこだと思ってるんだ――終夜営業のカフェか？」

年若いコリアー巡査は、蒼ざめた顔をしていた。「どういうことになるんでしょうか、巡査部長？　あれは不当逮捕なんかじゃない。あの男は酩酊状態だったんだし、向こうからぶつかってきたんですよ」

「つべこべ言ってないで、コーヒーを淹《い》れてこい」とウェルズは言った。「ついでにおれの分も」

受付デスクの内線電話が鳴った。フロスト警部は、署長執務室に出頭するように……今すぐに！「ああ、こっちの手が空《あ》いたら行くよ」とフロストは、電話が切れたあとの発信音に向かって言った。それからゆっくりと時間をかけて煙草をくゆらせてから、余裕綽々たる足運びで、勅命に応えるべく署長執務室へと向かった。マレットは執務室のそとの廊下で待ち構えていた。フロストの姿を認めると、すかさず腕を取り、脇に引っ張っていった。見ると、ひとり悦に入った様子で笑みを浮かべている。おやおや——フロストの頭のなかで、警戒信号が明滅しはじめた。こすからい気取り屋が、今度は何を企《たくら》んでいやがるのか？

「今回は、わたしに免じてということで、コリアーに対する苦情はなんとか取り下げてもらえることになったよ、警部」

「なんのことです、その苦情ってのは？」フロストは強い調子で言い返した。憤《いきどお》りが膨れあがり、声が大きくなっていた。「あの威張りくさったへべれけ親爺は、酩酊状態で自分からパトカーに追突したあげく、呼気検査を拒否したんだ。苦情なんて申し立てられた義理じゃない」

マレットは慌てて、声を落とすよう身振りで伝えると、フロストの腕をつかんで執務室のドアからさらに離れた場所まで連れていった。腕をしっかりとつかんだまま、フロストにいちだんとにじり寄り、〝肚《はら》を割った話し合い〟用の声で一歩踏み込んだ説得を試みた。「コリアー青年は、まだ年齢《とし》も若く、警察官としての職務経験も浅い。一方、ノールズ氏はデントン市議会の議員の職に在る。しかも、警察委員会の委員のひとりでもある。そういう人物とコリアー君との言うことが食い違った場合、信用を得られるのはどちらだろうね？」

「そりゃ、コリアーのほうですよ。ことに尿検査の結果、あのでぶちんの威張り屋が、自分のけつのありかもわからないほどへべれけだってことが立証された晩には」

マレットは顔をしかめた。ひとつ事を表現するのに、品性に欠けたことばを羅列する——これもまたフロストの嘆かわしき悪癖ではあるが、今日のところは事情が事情なので、大目に見ることにした。マレットは強ばった口元を慎重にほころばせて、中途半端な笑みを浮かべると、フロストの肩越しに廊下のいちばん奥の壁のあたりに眼を据えた。「その……尿検査は行《おこな》われない。従って、どんな容疑にも該当しないので、逮捕の手続きも必要ないわけで——」マレットは、またもや慌てて手をあげて、怒りを爆発させそうになったフロストをなだめにかかった。「政治的駆け引きというやつだよ、警部。考えてもみたまえ、相手は関係各方面に影響力を持つ人間だよ。これを機にわれわれの味方につけておけば、みすみす敵にまわすよりも、われわれにとって利するところははるかに大きいのではないかね」

フロストは、腕のひと振りでマレットの手を払いのけた。「あのでぶちんの威張り屋を味方につけたいんなら、勝手につけりゃいい。おれはごめんこうむる。それから、これだけは覚えておいてもらいましょう。なんの容疑であれ、今度あの野郎をパクったときは、きっちり立件します。償《つぐな》うべき罪をきっちり償ってもらう。それが政治的駆け引きってやつに、どう作用しようとも」

中途半端な笑みが凍りつき、次の瞬間、跡形もなく消え失せた。「報復してやろうなどと不《ふ》埒《らち》なことを考えているのなら、そういう馬鹿な真似は断じて許さないので、そう心得るように」マレットは歯を食いしばり、押しころした声で言った。「それから、警部、最後にもうひとつ。コリアーに対する苦情を取り下げてもらうために、言ってみれば交換条件のようなものだが、こちらも同意したことがある。きみには先刻の非礼を議員に直接謝罪してもらいたい」

「臍《へそ》でも舐めてろ」フロストは憤然と言い放つと、マレットに背を向け、ことさら荒々しく廊下に靴音を響かせて歩きだした。

マレットは激怒した。あまりの腹立たしさに全身がぶるぶると震えていた。「待ちたまえ、警部、これは要望ではない。命令だ」

「わかりましたよ、警視《スーパー》」とフロストは応えた。手のひらを返したような聞き分けのよさ、なんとも神妙な顔つき。マレットは俄《にわか》に不安を覚えた。


ノールズは、署長執務室の賓客専用の椅子に、だらしなくもたれるような恰好で坐っていた。もう間もなく、フロストという無礼千万な男の鼻っ柱をへし折ってやれるのだ。いや増す期待感に子豚のような眼がきらきらと輝いていた。ほどなく、件のフロスト警部が入室してきた。打ちひしがれ、心の底から悔い改めた顔をして。ノールズは、ウェルズ巡査部長が運んできたインスタント・コーヒーのカップを置いて顔をあげ、驚きの表情を浮かべてみせた。「おや、警部、わたしに何か用でも？」

「ひと言お詫びをと思って」とフロストは言った。「おたくのことを、腹ぼての豚も恐れ入る二目《ふため》と見られないでぶちん野郎、なんて呼んだりして」

ノールズは眉間《みけん》に皺を寄せ、戸惑いの表情になった。「きみにそんなことを言われた覚えはないぞ」

「こりゃ、とんだ失礼を」とフロストは悪びれた様子もなく、自分の勘違いを本心から申しわけなく思っている、という口調で言った。「じゃあ、口には出さなかったんだ」

ノールズは眼を剝いた。今にも怒りを爆発させるかという形相で、椅子から立ちあがった。だが思いなおしたように、にやりと笑った。当人としては、それ相応の凄みを利かせたつもりのようだった。「今のきみの発言だが、警部、よく覚えておくことにしよう」脅しのことばを口にする間《かん》も、ノールズの身体は獲物を狙う蛇のように右に左に揺れ動いていた。

「いやいや、そこまでしてもらわなくても」フロストはあくまでも慎ましやかに応えた。

怒りの炎が燃え立つ、レーザー光線並みの視線でフロストを一刀両断にすると、マレットは自分が戻ってくるまでこの場で待っているよう言い残し、ノールズ議員を正面玄関まで送るため、署長室を出ていった。丸太小屋仕立ての執務室にひとり残されたフロストは、手始めにマレットのデスクに載っていた《未決》のトレイの書類を漁ってみたが、とりたてて興味を惹かれるものは見つからなかった。マレットの煙草入れの中身が今し方の客人のために新たに補充されていたのは、嬉しい発見だった。さっそく何本か失敬することにした。戦利品をポケットに隠匿し、神妙な表情をこしらえたところに、マレットが戻ってきた。叩きつけるようにしてドアを閉めるなり、マレットは叱責を開始した。

「先ほどのきみの態度は、断じて許しがたい。ノールズ氏はデントン市議会の議員の職に在るばかりか、警察委員会の委員のひとりであり、わたしの個人的に親しい友人でもある」

おまけに、腹ぼての豚も恐れ入る二目《ふため》と見られないでぶちん野郎であらせられる、とフロストは心のなかで付け加えた。それでも、しおらしくうなだれ、深く恥じ入っているふうを装《よそお》う努力は怠らなかった。

「心配するな」とフロストは言った。そして、ふさぎ込んでいるコリアー巡査の慰めになることを願って、マレットの執務室からくすねてきた煙草のうちの一本を差し出した。「おまえさんは、法律の解釈をちょっとばかり誤っただけだ。その法律では、マレット署長の友人なら、人を殺してもお咎めなしってことになるんだよ」

コリアーはかろうじて笑みらしきものを浮かべてみせたが、まだ動揺がおさまっていないことは傍目《はため》にもわかった。フロストは深々と煙草の煙を吸い込むと、名残《なごり》を惜しむように少しずつ吐き出した。受付デスクに立てかけてある物体が眼に留まった。正体を見定めるため、フロストは身を屈《かが》めて顔を近づけた。ブリーフケースだった。「こりゃ、なんだい?」

ウェルズ巡査部長は、受付デスクから身を乗り出してしたをのぞくと、とたんに慌てふためいた。「なんてこった、爆弾かもしれない」早くも、電話のほうに手を伸ばしかけていた。

「ちょっと待て」とフロストは低い声で言うと、その場にしゃがみ込んで問題のブリーフケースを調べた。「コリアー、おまえさんがしょっ引いてきたとき、あのでぶちん野郎はブリーフケースを持ってなかったかい?」

「持ってました」とコリアーは答えた。巡査部長がひとり暴走してしまわないうちに説明の機会が与えられて、安堵しているようだった。「死んでも離すもんかって感じで抱え込んでました」

うなり声とともに、フロストはブリーフケースを受付デスクのうえに引っ張りあげた。「くすねてもよさそうなものは入ってないかな?」留め金をはずそうとしたが、鍵がかかっていた。万能鍵の出番だった。

「おい、まさか、そいつを開けようってんじゃないよな?」とウェルズが落ち着きなく左右に眼を配りながら言った。いつ何時《なんどき》、マレットが現れないとも限らない。こんな現場を押さえられたら、どんなことになるか……考えたくもなかった。

「なぜ、いけない?」フロストは、うなったりうめいたりする合間に言った。なんと、鍵穴に合っていない鍵を強引にまわそうとしているのである。

ウェルズ巡査部長は後ずさった。「ジャック、おれはこの件には一切《いっさい》関わりあいたくない。マレットはまだ署内にいるんだぞ」

「こいつは爆発物かもしれない」フロストは解錠作業に全神経を集中させながら言った。「だから、おれがこうして、己《おのれ》の生命と手脚とちんぽこを失う危険も顧《かえり》みず、爆発物の信管をはずそうと——おっ!」かちっという音がして、鍵がまわった。なかを開けてのぞいたとたん、フロストは口をあんぐりと開け、次いで低く長々と口笛を吹いた。「なんとまあ、たまげたよ!こんなものが出てきやがった」そう言って、ブリーフケースのなかからひとつかみの紙幣を取り出してみせた。汚れて皺くちゃになった使い古しの紙幣ばかり、額面もまちまち――五ポンド、十ポンド、二十ポンド、五十ポンドの各紙幣が雑然と交《ま》じっている。銀行に預けられたり、所得として申告されたりすることのない、そういう類いの現金であってもおかしくなかった。フロストは再びブリーフケースに手を突っ込み、新たにもうひとつかみ紙幣を取り出し、親指でぱらぱらとめくった。ざっと見積もって、それだけでも優に五千ポンドはありそうだった。

「さっきの目こぼしと交換に、マレットにはこのなかからいくら握らせたのかな？　よし、残りはおれたちで山分けにしよう」トランプの手札でも配るような手つきで、フロストは紙幣を三つの山に分けはじめた。

「ジャック、馬鹿なことやってないで、もとに戻せ」ウェルズは哀願するような口調で言った。実際、哀願していたのかもしれない。ウェルズ巡査部長はこちらに近づいてくるマレットの足音が聞こえはしまいかと、ひとり耳をそばだて、激しく気を揉んでいたからである。

「なぜだい？」とフロストは尋ねた。「あのでぶちん野郎は、どう考えても、何かよからぬことに関与してる。こいつは不正な手段で手に入れた、ばっちい金だ。ひと目見ればわかることさ」

「証拠がないだろうが」

「あの野郎はくそったれだ。おれに言わせりゃ、それだけで充分証拠になる」それでも、フロスト警部としては不本意なことであったが、紙幣をブリーフケースに戻し、ウェルズ巡査部長がそれを鍵のかかる保管庫にしまうに任せた。それから、素早く廊下をのぞいた。マレットの執務室からは、まだ明かりが洩れていた。「おやまあ、職務熱心なことで。ああして角縁《つのぶち》眼鏡のマネキン野郎が頑張ってるときに、悪事を働くほど度胸の据わったやつはいないだろうから、おれは家に帰ることにするよ」

フロストは自分のオフィスに立ち寄り、戸口から首だけ突っ込んでなかをのぞいた。ギルモアがタイプライターのまえに陣取り、猛烈な勢いでキーを叩いていた。「帰るぞ、坊や。今夜は早じまいだ。かみさんを驚かしてやれ。今ごろ、下宿人と同衾《どうきん》してるかもしれないから」

ギルモアは、本音を言えば、午前三時近くに仕事を終えることを早じまいとは呼ばない、と思ったが、それをとやかく言うつもりはなかった。急いでコートを拾いあげると、フロストを追ってオフィスをあとにした。

署の駐車場には、あちらに一台こちらに一台といった具合に、わずかな台数の車輌がまばらに駐まっているだけだった。署長専用の駐車スペースに収まったマレットのジャガーは、ギルモア部長刑事のフォードをせせら笑うかのように、ブルーの車体をひけらかしている。だが、そのジャガーも、漆黒の車体を鈍く光らせたベントレーのまえには、いかんせん見劣りがした。フロストはそちらにぶらぶらと近づいていって、色つきガラスを嵌めたウィンドウ越しに車内をのぞき込んだ。クリーム色の皮革《かわ》張りの座席、光沢《つや》が出るまで磨き込まれた胡桃《くるみ》材のダッシュボード、そこにほどこされた凝った装飾。耳元で鍵をじゃらじゃらいわせる音がした。コリアー巡査だった。「おれの新しい車が届いたんなら、そう言ってくれればよかったのに」とフロストは言った。

コリアーはにやりと笑った。「これはノールズ議員の車ですよ、警部。議員はタクシーで帰ったんで、自宅まで車を届けるようマレット署長に言いつかったとこなんです」

「あのでぶちん野郎は、こんな豪勢な車を乗りまわせるほど稼いでるってことか？」フロストは、ベントレーのまわりをぐるりと一周しながら、ノールズの愛車が賞賛に値することを、負け惜しみと紙一重の表現で認めた。もう一周しかけたところで、その足がはたと止まった。「おい、ギルモア！」自分の車の傍《かたわ》らで辛抱強く待機していたギルモアは、仕方なしにフロストのところまで足を運んだ。「覚えてるか？　ウォーリー・マンスンが言ってただろう、あのポルノ・ヴィデオはぴかぴかに磨き立てられた高級車からくすねてきたもんだって？」

ギルモアはうんざりして頷いた。高級車という定義に当てはまる車なら、デントン市内だけでもそれこそ何台あることか。フロスト警部がまたしても、あの荒唐無稽にして根拠も裏づけもない直感とやらの囁きをもとに、とんでもない暴挙に出ないことを願うばかりだった。

「それじゃ、ウォーリーがそのぴかぴかの高級車のトランクを鉄梃《かなてこ》でこじ開けたって言ったのも覚えてるだろ？」フロストは、ベントレーの最後部を指さした。顔を近づけて見ると、ギルモアも認めざるを得なかった。ベントレーのトランクの縁《ふち》には、無理やりこじ開けられた痕跡が残っていた——被害を受けて間《ま》もないことを示す、真新しい傷痕だった。

「おまけに、あの議員閣下は、ばっちい金のたんまり詰まったブリーフケースを所持してた」とフロストは続けた。「その金は、議員閣下御自《おんみずか》ら行商に精を出し、過激なエロ・ヴィデオを売りさばいた収益《あがり》ってことにはならないかい？」フロストはコリアーのほうに片手を突き出した。「コリアー、鍵を寄越せ」そして、受け取ったキーで運転席のドアを開けた。車内には、高価な皮革と葉巻の匂いが充満していた。フロストは運転席に滑り込むと、ダッシュボードの物入れのなかを探り、手に触れたボタンを押してみた。秘密の抽斗《ひきだし》が滑り出してきた。なかには、見覚えのある白い無地のケースに入ったポルノ・ヴィデオが、これまた見覚えのあるタイトルばかり、ざっと十本余りも詰め込まれていた。フロストはギルモアを呼び寄せ、抽斗の中身を意気揚々と示した。「どうだい、これなら坊やも証拠ってことで納得するだろう?」

「ええ、驚きました」ギルモアはしぶしぶ認めた。それでも、この件に関わりたくない気持ちに変わりはなかった。ノールズ議員のような連中は、決して敗者にはならない。常に勝者の側に身を置く種族なのだ。

フロストはコリアーに、ウェルズ巡査部長からノールズ議員のブリーフケースを受け取ってくるよう指示した。「巡査部長には、フロスト警部が持ち前の親切心を発揮して、直接お届けにあがることにした、と伝えてくれ」

「差し出がましいことを言うようですが、ご自分が何をやろうとしてるのか、ちゃんとわかってらっしゃいますか?」とギルモアは尋ねた。

「ああ、わかってる」とフロストは言った。「おれのこの、吹けば飛ぶような職業生命を、進んで危険にさらそうとしてるんだよ」

バース・ロードを北上し、デントン市内のはずれに差しかかるあたりに、広大な敷地を有する広大な屋敷がある。屋敷の建物そのものは周囲を木々に守られ、道行く人々の眼からは完全に隠されている。そこが、ノールズの住まいだった。すでに午前三時をだいぶまわっていたにもかかわらず、屋敷の一階の窓からは、まだ明かりが洩れていた。ふたりは、屋敷の玄関のまえに車を停めた。黒っぽいオーク材を使った堂々たるドアの両脇から、燃え盛る松明《たいまつ》を模した照明が玄関先を煌々《こうこう》と照らし出していた。

左右を一対の石造りの番犬に守られた石段を二段上って、ドアのまえに立った。玄関ポーチの屋根から一本の鎖が垂れていて、その先端に黒い鉄の輪が重たげにぶらさがっていた。それが呼び鈴の引き紐のようだった。フロストが鉄の輪をつかんで鎖を引くと、屋敷のずっと奥のほうで、呼び鈴が鳴り響くのが聞こえた。それに応えて、犬が吠えだした。ドアの閉まる、ばたんという音、続いてひと声鋭く怒声が飛び、犬の吠え声はぴたりと止まった。

ギルモアは、動揺を隠せなかった。フロスト警部とふたり、情けなくなるほど頼りない理由から、草木も眠る時刻、他人《ひと》の私邸に押しかけてきたばかりか、その私邸はマレット署長の大切な友人の住まいなのである。マレット署長が知ったら、脳卒中を起こしてしまうにちがいない。ギルモアは、部下を道連れにしたフロスト警部を呪った。当のフロストは、片方の番犬の石造りの臀部を利用してマッチを擦ったところだった。その能天気な振る舞いを見る限り、この訪問が引き起こしかねない事態については、まるで頓着していないようだった。

ふたりは待った。屋敷の奥から、のろのろと玄関に出てくる擦り足の足音が聞こえた。それから、ドアの左右に嵌め込まれた着色ガラスの向こうで明かりが灯り、玄関先に向かって問いただす声がした――「誰だね？」

「警察です、ノールズさん」とフロストは言った。「ブリーフケースを署に忘れていかれたようなので」

チェーンをはずし、閂を引き抜く音。続いてドアが、人間の腕一本分の幅に開き、伸びてきた手がブリーフケースの把手をつかんだ。「マレット署長に、感謝してると伝えてくれたまえ」ブリーフケースがなかに消え、玄関のドアが閉められた。が、完全には閉まらなかった。踵《かかと》の擦り減ったきたならしい靴が邪魔をしていたから。

「おい、なんの真似だ？」ノールズは、閉めたはずの玄関のドアが、強引に開けられたことを察知した。あのむさくるしい身なりをした小生意気な警部が、礼儀知らずにもくわえ煙草で人の家に押し入ってきたのである。

「ちょいとお邪魔しますよ、議員先生」フロストは玄関のドアを蹴って閉めると、黒地に赤をあしらった絹のドレッシング・ガウン姿のノールズが、胸にしっかりと抱え込んでいたブリーフケースを奪い返した。

ノールズは先刻にも増して強烈にアルコールの臭いをさせていて、激しい怒りに身を震わせながら、芝居がかった仕種《しぐさ》で玄関のドアを指さした。「出ていきたまえ。三十秒以内に出ていかない場合、きみの上司である署長に電話する」

「こんなこと、おれだって、ほんとはしたくないんです」とフロストは心にもないことを言った。「でも、これを見逃すわけにはいかないもんでね」彼はブリーフケースを開けた。

ノールズの酔いは、一瞬にして醒めた。「きみはなんの権利があって、人のブリーフケースの鍵を開けたのかね?」

「権利もくそも」とフロストは応えた。「誰も何もしてないのに、途中の車のなかで、いきなり鍵がはずれちまったんです。で、どさどさっと中身が出てきたようなわけで」

ギルモアは、目立たない場所まで後退し、身を縮め、フロスト警部から同意を求められないことだけを願った。

「ブリーフケースには多額の現金が入ってた。それも、使い古しの紙幣ばかりで。どういう事情か、説明できますか?」

ノールズは、ドレッシング・ガウンのポケットから、赤い帯の入った葉巻を取り出し、ダンヒルの金のライターで火をつけた。「ああ、説明はできる。だが、するつもりはない。きみのしていることは、とんでもない越権行為だ。そうした行為が後日どういう結果をもたらすか、遠からず思い知ることになるだろう」

ノールズの脅しと、自重を求めるギルモアの声にならない懇願を無視して、フロストは我が道を突き進んだ。「それから、あなたの車には、こんなものがたくさん積んであった」彼は二本のヴィデオ・テープを掲《かか》げた。「こいつは、この市《まち》で作られたポルノ・ヴィデオで、未成年者を相手にした野蛮で胸の悪くなるような行為が題材にされてる」

「そういう持ってまわった言い方で、きみはいったい何をほのめかそうとしているのかね?」不気味なほど穏やかな口調で、ノールズは言った。

「いや、おれは、持ってまわった言い方なんかしてませんよ。はっきり言ってるつもりです。あなたが、ポルノ・ヴィデオの違法取引に関与してるってことを。ノールズ議員、外出できるような服に着替えてください。署までご同行願います」

ノールズは冷ややかな薄ら笑いを浮かべたまま、葉巻を深々と一服すると、円筒形の灰を絨毯のうえに落とした。「かまわないよ、フロスト君、わたしのほうは。悦んで同行して、きみの警察官としての経歴に終止符を打ってさしあげよう。あれらのヴィデオ・テープは、ああしたものの存在に義憤を燃やすある市民から託されたものだ。調べてもらえばわかることだが、この件はすでにデントン警察委員会に通知し、次回の集まりで正式な議題として提案することを伝えてある。その席では、おそらく、今回のきみの常識にはずれた振る舞いについても、話し合いが持たれることになると思うよ」

だから言わないこっちゃない、とギルモアは思った。案の定とはこのことだった。愚かで思慮に欠けるジャック・フロストくそ警部は、とうとう地雷を踏んでしまったのだ。だが、どうやら、部下にまで玉砕を求めることはなさそうだった。ギルモアは、自分の首がとりあえず繋がりそうなことに感謝した。それにしても……フロストの落胆ぶりには同情を覚えずにはいられなかった。すっかりしょげ返ったフロストは、急に老け込んでしまったように見えた。いつにも増してだらしなく、役立たずそのものといった印象だった。

ノールズは葉巻をくわえたまま、ひとり満悦の体《てい》で含み笑いを洩らすと、ブリーフケースを取り戻し、素早く中身を検《あらた》めた。「全額手つかずのまま残っていることを願うよ、警部。きみのためにも。では、そろそろお引き取り願おうか。今夜の一件は、明日の朝いちばんにきみのところの署長に報告しておく」ノールズは玄関のドアを開けた。戸外では再び雨が降りはじめていた。

完敗を喫したフロストには、もはや言うべきことばがなかった。マレットは待ってましたとばかりに辞職を迫るにちがいない。事情が事情だけに、今回はそれに応じなければ事は収まらないと覚悟すべきだった。

ところが、フロストが必要としているときにしばしばその期待を裏切ってきたつきというやつが、そのとき突然、ジャック・フロスト警部に借りがあったことを思い出した。玄関から伸びる廊下の、突き当たりと思われるあたりでドアが開き、廊下の澱んだ闇に明かりが細長くこぼれ出した。「どうしたの、何か揉め事？」と呼びかける女の声がした。続いて、大きな生き物が敏捷に跳ねまわる音がして、女の鋭い叫び声があがった――「いけません！　こっちに戻ってきなさい」

だが、犬はゴム毬のように身体を弾ませ、いっきに廊下を駆け抜けて、ご主人さまに飛びついた。嬉しくてたまらない様子でちぎれるほど尻尾《しっぽ》を振り、甘えた声で鼻を鳴らしながら。馬鹿でかい犬だった。グレートデーン。茶色い斑《ぶち》の入った白いグレートデーン。その左耳には、食いちぎられたような痕があった。

フロストは眼を剝いたのち、安堵のぬくもりに包まれ、思わず汗ばみながら満面の笑みを浮かべた。彼は大股で玄関のなかに引き返すと、後ろ手にしっかりとドアを閉めた。「いい犬ですね、ノールズさん。実に美しい。ヴィデオに映《うつ》ってたままじゃないですか」

夜明けのか弱い光が第一取調室の小さな窓をおずおずと撫ではじめるころ、ノールズは妻ともども、その取調室に押し込まれた。ふたりとも、ノールズ家の顧問弁護士が寝床から這い出してくるまで、ひと言も喋らないと宣言していたので、ただむっつりと押し黙ったまま椅子に腰を降ろした。署の駐車場では、帰投してきた警察車輛のヴァンから、〝商品〟のヴィデオやら未録画の生テープやらヴィデオ・カメラやらを収めた箱が次から次へと台車に積み降ろされ、署内に運び込まれているところだった。

取調室のドアが開き、フロストが背中を丸めた大儀そうな歩き方で入ってくると、被検束者の監視役を務めていたコリアー巡査の耳元で何事か囁いた。コリアー巡査は黙って頷き、廊下に出ると第一取調室のまえに陣取って、ノールズ夫妻の顧問弁護士が姿を見せたら、すぐフロスト警部に知らせるべく張り番に就いた。

フロストは椅子を引っ張ってくると、ノールズ夫妻と向かい合う恰好で腰を降ろした。「ようやく外野がいなくなりましたよ、ノールズ議員」

「何も言うことはない」とノールズは抑揚のない声で言った。ノールズの妻は、夫よりも十歳は若いと思われる高慢ちきな顔つきのブロンドの女だったが、よそよそしい態度でまっすぐまえを見据え、毛皮のコートの襟元をきつくかきあわせていた。取調室には、明け方の冷え込みが吐き出した、凍えるような寒気がまだたっぷりと残っていた。

フロストは、ゆっくりと煙草に火をつけた。途中で手を止め、案じる様子で顔をあげた。廊下を歩いてくる足音。だが、その足音は取調室のまえを素通りし、遠ざかっていった。フロストは肩の力を抜いた。それでも、念のため声を落として切り出した。「ことによると、取引できるかもしれない」

ノールズの小さな眼がきらりと光った。彼は、人を見る眼にかけてはなかなか鋭いところがあり、この口の減らない浮浪者のような風体の男は、金品で抱き込むことが可能な相手なのではないかと端《はな》から踏んでいたのだった。ノールズは身を乗り出した。「きみの言い分、聞こうじゃないか」

「おたくの犬と共演してた女の子のことなんだ。あの子が自殺したことはご存じで？」

ノールズは視線を足元に向けた。取調室の床に、何やら非常に興味深いものを見つけてしまったようだった。「そういった話を聞いたような気がしなくもない」とノールズはことばを濁した。

「その子の件が法廷に持ち出されずにすめば、そっちとしてもかなり助かるんじゃないかと思う」

「そんな芸当ができるのかね？」とノールズは囁いた。

「あの子が出てるヴィデオは、おたくのワン公と共演してるのも含めて、全部紛失しちまったことにしてもいい。証拠物件がなくなっちまった以上、その件に関しては立件不能なわけで、従って起訴手続きも行《おこな》われなければ、法廷で言及されることもない——もちろん、おたくが持ち出さなければ、ってことだけど」

「その可能性はきわめて低いと思ってもらって結構だ」とノールズは言った。このささやかな幸運を手にする見返りは、いったいどのぐらいにつくのか、具体的な数字を弾き出すべく、早くも頭のなかで試算を始めていた。「はっきり言って、あの子の出演しているテープが紛失してくれるのなら、こちらとしては願ったりかなったりだ……ありがたく思うよ。非常にありがたく思う。あの少女が死を選んだのは――もちろん痛ましいことにはちがいないが、わたしに言わせれば当方の与《あずか》り知らないところだ。しかし、判事はそんなふうに見ないことも考えられる」ノールズはフロストに向かって、おもねるような笑みを浮かべた。「わたしは、感謝の気持ちをどのような形で表せばいいだろうか？　きみの希望を聞かせてくれたまえ」

「それ以外の容疑を残らず認めてもらいたい。おたくにも、おたくの奥方にも。訴追側が申し立てた事実に、ごちゃごちゃ異議を唱えない。自分らの罪を素直に認める。証拠集めのために、おれたちが出演者の女の子たちの家を訪ねてまわる、なんてことにもならないようにしてもらいたい。その代わり、おれたちは、問題のヴィデオを紛失する。それで、お勤めの期間が少なくとも三年は短くなるはずだ。それにあの子の母親も、自分の娘があんたらみたいなくそったれ夫婦に変態行為をさせられてたことを知らずにすむ」フロストは立ちあがり、ドアに向かった。「〝イエス〟か〝ノー〟か、今この場で答えてくれ。でなけりゃ、この取引は無効だ」

マレットは、信じられない思いで首を横に振り、拳《こぶし》を何度も手のひらに打ちつけながら、執務室のなかを大股で歩きまわっていた。「証拠のヴィデオ・テープを、ひと箱分紛失した？　きわめて重要な事件のきわめて重要な証拠物件を、紛失したと言うのかね？　信じられん。まったくもって信じられん。いくら粗忽《そこつ》で杜撰《ずさん》なきみのやることだとしても、これでは我が署の面目が丸潰れではないか。もちろん、ありとあらゆる場所を徹底的に捜してみたんだろうね？」

「そりゃもう、徹底的に」フロストは神妙に頭を垂れ、深く恥じ入った顔をして、もごもごとつぶやいた。

「そもそも、捜査方針からして間違っていた。きみは前後の見境《みさかい》もなく、やみくもに相手に噛みついた。万一、証拠が出なかった場合にどういう結果が生じるかを考えず、勢いだけで突っ走った」マレットはデスクに引き返し、天板に載っているタイプ打ちされた署名入りの供述書に改めて眼を遣った。「今回は運がよかったと思いたまえ。ノールズが遅きに失した感はあるものの、良心に眼醒め、ほかの容疑事実をすべて認めたから救われたようなものだ。任意で自供したというあたり、ノールズという人物の一端をよく物語っているよ。その点は公判でも彼に有利に作用することだろう」

「警視《スーパー》には同情してますよ、個人的に親しい友人でもあったお方《かた》がこんなことになっちまって」フロストは、口元をしっかりと引き締め、歓喜の笑みが浮かんでしまわないよう気をつけた。

マレットは渋い顔でフロストを睨みつけた。人には誰しも、余人《よじん》を交えぬ席であれば、相手を強引にまるめこんでしまう権利がある。「フロスト警部、あの男はわたしの友人ではない。信頼できない男だということは、最初からわかっていたからね」

金曜日——日勤／早番

リズは、ベーコンエッグを載せた皿をテーブルのうえに叩きつけるようにして置くと、ひと言も口を利かずに、床を踏み鳴らしてキッチンに引きあげていった。「どうも」ギルモアは低い声でぼそりとつぶやき、油に浸《つ》かっている見るからに締まりのないベーコンと生焼けの卵を、嫌悪の眼で疑わしげに眺めた。ベーコンはかりかりに焼いて脂を切り、卵はしっかりと火を通す——それがギルモアの好みだったが、文句を言うのは差し控えた。挑発に乗ってはならない。リズは、夫が文句をつけてくるのを、爪を研いで待ち構えているのだ。言い争いを蒸し返すために。

ベーコンは筋っぽく、ナイフの刃をするりとかわして皿の隅に逃げ込んだ。何度試みても、そのたびにベーコンはのらりくらりと逃げ延び、ナイフは虚しく皿をこするだけだった。紅茶を運んできたリズが、なじるように言った。「あたしのこしらえたものに、何か文句があるわけ？」

「いや、そうじゃない——料理は旨《うま》いよ」その場の方便で、ギルモアは思ってもいないことを口にした。「ただ、あまり腹が減ってないんだよ」思い切って、紅茶をひと口飲んでみた。生ぬるくて、ミルクがやけにたっぷりと入っていた。紅茶は熱くて濃いのが好みなのに。カップを受け皿に戻すと、関係修復のため、ギルモアのほうから再度の働きかけを試みた。「なあ、リズ、聞いてくれ。悪かったと思ってる」

リズは、この機を逃さなかった。「悪かった？　ひと晩じゅう放っておいて、言うことはそれだけ？　とんでもない時間に帰ってきたかと思えば、話どころか、なんにもできないほど疲れきってるのに、すぐにまた出勤しなくちゃならない、なんて言いだす。妻の顔もろくに見ないうちに」

「こんな状態がずっと続くわけじゃないよ、リズ。いろんなことが落ち着いてくれれば、ぼくらの生活だって少しは変わるよ」ギルモアは妻のほうに手を伸ばしたが、彼女は払いのけた。

「いつもそれね。変わる、変わるって言うけど、変わったことなんて一度もない。あなたの仕事には、もううんざり。この半分死んでるような市《まち》にも、もううんざり。何もかも、うんざりよ」リズは出ていくときに、ドアを思い切り手荒く閉めていった。

ギルモアは溜め息をつくと、ベーコンエッグの皿をキッチンにさげ、食べ残しをゴミ箱に空《あ》けた。認めたくなかったが、ギルモアはリズに、はっきり言って、うんざりしはじめていた。

フロストのほうも、決して満ち足りた精神状態にあるわけではなかった。例の署内の什器《じゅうき》備品現況の調査報告書が再び姿を現したのだ。アレン警部のオフィスの書類トレイの底のほうに埋めておいたはずなのに、マレットが嗅ぎつけて、掘り出してきたのだろう、フロスト警部のデスクの《未決》のトレイに築かれた書類の山のてっぺんに、舞い戻っていたのである。ブロック体の大文字を連ねて赤いフェルトペンで特筆大書された、手書きのメモを添付された姿で。曰《いわ》く——《この書類は、いかなる理由でいまだに発送されていないのか?》。そりゃ、おれが送ってないからだよ、とフロストは声に出さずに答えて、メモの続きに眼を遣《や》った。《本日中に必ず発送のこと。M》——〝さもなければ〟以降は、言わずもがなと考えて、省略したようだった。

ドアが開き、厚切りベーコンのサンドウィッチと紅茶のマグカップを手にしたギルモアが、入ってきた。オフィスに顔を出すまえに、食堂に寄って仕入れてきたようだった。フロストは顔を輝かせたが、残念ながらそれらは、ギルモア部長刑事の朝食だった。「おたくのかみさんは、めしも食わせてくれないのか?」とフロストは恨めしげにつぶやき、ギルモアの示したあまりに過激な反応に面食らった。ギルモアは表情を強ばらせ、苛立ちとも怒りともつかない激しい感情を剝き出しにしていた。

張り詰めた空気を破ったのはバートンだった。監視任務の経過を報告するため、フロスト警部のオフィスに立ち寄ったのだった。

「ゴールドの動きは?」

「今朝は、午前八時五十六分に家を出ました」とバートンは言った。「デントン総合病院に直行し、その後は外来患者の送り迎えをこなしてます。監視のほうは、現在も続行しています」

「ああ、それでいい」フロストは頷いた。「身辺を洗ってみて、何か出たかい?」

「まあ、ごく一般的なことだけですね。ゴールドは父親に死なれてから、母親とふたりで暮らしていきます。十年ほどまえに、一家でバーミンガムからこの市《まち》に越してきたようです。職歴に関する情報としては、これまで定職に就《つ》いたことが一度もないんです——臨時雇いばかりで。職種は、運転手っていうのがいちばん多い。近所の評判は上々です。病院のボランティア以外にも、空いた時間を利用して地元のオックスファム（一九四二年発足の、貧窮者救済機関。本部はオックスフォード）の店を手伝ったりしています」

フロストは、冷笑混じりに鼻を鳴らした。「ほかにはどんな善行をお積みあそばしてるんだい？ 病める者を癒《いや》したり、死人を生き返らせたりしてるのか？」それから、ひとしきり考え込む顔つきになった。「ゴールドが夜遅く出かけていったり、帰ってきたりするとこを目撃したことがあるか、近所の連中に確認してみたか？」

「ええ、警部、ときどき見かけるそうです。でも、いずれの場合も、夜遅くなってから送迎の仕事があったものと思われます」バートンは短い間《ま》を置いた。「警部の方針はわかってるつもりです。狙いをゴールドひとりに絞って、勝負をかける。でも、警部、送迎サーヴィス絡《がら》みで浮かんできたほかの運転手のなかから、もう何名か選んで、その連中にも見張りをつけるぐらいのことは、やってみてもいいんじゃないですか？」

「おまえさんがそう思うなら、やってみてもいいぞ、バートン。ただし、そのためにゴールドの監視がお留守になるようじゃ困る」

「そのためにも、できれば現場にもう少し人をまわしてもらえると……」

「気持ちはわかる。おれだって、ちんぽこをもう一本授《さず》けてもらえりゃ、と思うもの」とフロストは言った。「でも、おれは与えられたもので、なんとか頑張るってことを知ってる」什器備品現況の調査報告書は、あいかわらず《未決》のトレイに築かれた書類の山のてっぺんに載っていた。フロストは惨《みじ》めな思いでそれを眺めた。「今は忙しいかい、坊や?」とギルモアに訊いてみた。

ギルモアは、ドアのほうに後ずさった。「ええ、ジル・コンプトンを裁判所に連れていくことになってます。あと二十分しかないので、そろそろ出かけないと」

フロストは、報告用書式の綴りをめくりながら、内容にざっと眼を通した。記入すべき項目は、あまりに細かく、あまりに多かった。身震いが出た。とりあえず《未決》のトレイに放り込み、そのうえから別の書類を載せておくことにした。デスクのうえで内線電話が鳴りだした。フロストは帽子掛けからレインコートを取り、素早く廊下に滑り出てから叫んだ。「おれは出かけてるって言ってくれ」

部屋の主に代わって、バートンが受話器を取った。「はい、フロスト警部のオフィスですが……いいえ、警部はあいにく席をはずしているようです」電話をかけてきたマレット署長に、バートンはそう伝えた。

ウェストミンスター・チャイム（英国国会議事堂時計塔の大時鐘、通称ビッグ・ベンの音）を摸《も》した呼び鈴が、アパートメントのなかで響いた。小柄でふくよかな身体を緑色のスモックに包んだ、いかにも母親といった雰囲気の女が、短い脚でよたよたと玄関ホールに出てきてドアを開けた。むさくるしい身なりの男が立っていた。男は口元をぴくりと引き攣らせ、恥じらうような笑みを浮かべた。馴染みの客ではない。初めて見る男だった。「さっき電話をした者なんだが」

女は歓迎の笑みを浮かべた。相手の緊張を少しでもほぐせれば、と思ったのだった。男は、だいぶ神経質になっているようだった。「フランス語のレッスンを受けにいらした方《かた》ね？　ミス・デジレがお待ちかねですよ」彼女は先に立って廊下を抜け、カーテンを閉めきり、照明を落とした薄暗い部屋へと男を案内した。「電話をくださった方をお連れしました」と告げると、慎み深く退出し、密《ひそ》やかな音とともに部屋のドアを閉めた。

ベッドに女が坐っていた。年齢《とし》は三十代後半、若かりしころのメイ・ウェストといった風情《ふぜい》の女だった。着ているものは、ゆったりとした赤いドレッシング・ガウン。絶妙の角度でまえをはだけているので、黒いブラジャーと、黒いショーツと、同じく黒いストッキングと、薔薇の花飾りがついた赤い靴下留めを鑑賞できなくなってしまうことはなかった。訪問者を迎えて電源が入ったかのように、女はだしぬけにこれ見よがしのあでやかな笑みを浮かべた。「恥ずかしがること、ありません」鼻にかかった甘い声、フランス語訛り。「あたしが、マドモアゼル・デジレ」

「やあ、ドリス」とフロストは言って、身分証明書を一瞬だけ呈示した。「その後、股関節の具合はどうだい？　荒稼ぎがたたって、たこができたりしてないかい？」

あでやかな笑みが色褪せ、フランス語訛りは跡形もなく消え去った。「まあ、誰かと思えば、ジャック・くそったれ・フロスト。退散したくなったのなら引き留めないから」

「そんな甘いことばを囁かれても、おれの気持ちは変わらない」フロストはそう言うと、ベッドのうえに置いてあった女の煙草のパックから、無断で一本いただいた。そして、勧められもしないうちに椅子に腰を降ろし、ポケットから一枚の写真を取り出した。「この男に見覚えは？」

女は写真を手に取り、おざなりに一瞥しただけで、突っ返した。「さあ、記憶にございませんけど」と人を食ったひと言を添えて。

「まあ、この部屋は暗いからな」とフロストは言った。「署までお運びいただいて、明るいとこで見てもらったほうがいいかもしれない」

「わかったわ、わかりました。このところご無沙汰だけど、以前は常連だった人よ。毎週水曜日の午後五時過ぎに通《かよ》ってきてた。ジョン・スミスって名前で」

「おれが関心を持ってるのは、そいつのムスコ《ジョン・トーマス》のほうでね。そいつのお好みのサーヴィスは？　ごく普通のやり方で交わるだけかい？　あんたをまえにしてこんな言い方もなんだけど、相方に妙なおべべを着せて《タート・アップ》悦ぶような趣味はなかったかい（tartには、売春婦の意味もある）？」

「そうね、まあ、あの程度なら普通の部類に入るでしょうね。衣装は必要だったけど」

「なんの？」

ドリスはひとつの壁面をまるまる占めている大きなクロゼットのところまで足を運び、引き戸を開けた。さながら、仮装舞踏会用の衣装部屋といった趣《おもむき》だった。日常生活の場では着用がはばかられる類いの服が、ハンガーに掛かってぎっしりと並んでいた。クロゼットの床には、鞭とステッキが数本、キャンヴァス地でできた拘束衣が一組、手錠がいくつか並んでいる。さらには、ありとあらゆる種類の縄やら鎖やら革紐やらも。ドリスはハンガーに掛かった衣類のなかからひとつを選び、取り出した。女子生徒用の黒い制服に白いブラウス、黒いショーツと黒っぽい色の厚手のタイツ。「あのお客は、学校に通《かよ》ってる女の子を見ると欲情する人だったの」とドリスは言った。「だから、あたしはこの制服を着て、うんとはにかんでみせるわけ。それが効くのよ。そりゃ、もう、ものすごく興奮しちゃうんだから」

「ああ、おれも興奮してきたよ」フロストはそう言って椅子から立ちあがると、エドワード・ベルの写真をポケットにしまった。「残念だよ。時間さえありゃ、おれだって……」

ギルモア部長刑事は、フロスト警部を捜して捜査本部の部屋に顔を出し、証拠品の保管戸棚を引っ掻きまわしているところを見つけた。「警部が呼んでるって聞いたんですが?」

「ああ、坊や、待ってたんだ。車をまわしてくれ。学校の先生に会いに行くことにしたから」フロストは、ポーラ・バートレットが発見されたときに履いていた茶色い靴を、保管用のビニール袋ごと引っ張り出した。そして、ギルモアに、娼婦の館を訪問して聞き込んできた事柄を語って聞かせた。「そこまでわかれば、もう一件落着だよ、坊や。これで、あの教師の皮をかぶった人でなしをパクってやれる」

ギルモアは踏ん切りがつかなかった。フロスト警部の立てた仮説は、疑惑という点では確かに聞かせるものがあるが、裏づけや証拠が嘆かわしいほど欠如している。「具体的な計画は?」

「場合によっては、ちょいと規則を曲げることになるかもしれない」フロストはそう言って、ビニール袋を保管戸棚に戻した。「それでうまくいかなかった場合は、うんと曲げることになるかもしれない」

エドワード・ベルは今回もまた、ふたりを火の気のない寒々とした居間に通し、整理整頓が行き届いていないことを詫びた。「どうもまだ、何をする気にもなれなくて」彼は積んであった古新聞の束をどかして椅子を勧めたが、両名ともその勧めを辞退した。

「せっかくだけど、先生、今日は世間話をしに来たわけじゃないんです」とフロストは厳しい表情を崩さずに言った。

「ほう、そうですか？」エドワード・ベルは、ソファに並んでいたクッションをまっすぐに置きなおした。ふたりの刑事が突然訪ねてきたことよりも、室内が散らかっていることのほうが気にかかるようだった。

「おそらくは、根拠のないものと思われますが」フロストは堅苦しい口調のまま続けた。「ときどきおかしな電話がかかってきましてね、こっちとしても、いちおう調べないわけにいきませんから」

「おかしな電話？」エドワード・ベルは戸惑ったように眼を瞬《しばたた》いた。

「ポーラ・バートレットのことですよ、先生。行方不明になった日の正午《ひる》過ぎ、あの娘がこの家にいるとこを目撃したって人物が現れました」

「この家に?」ベルは眉をひそめ、しばらく考え込んだすえに、信ずるに値せずとの判断を下したようだった。「いや、それはないと思います、警部。そんな馬鹿なこと、ありえませんよ」「でしょうね。おれだって、そんな馬鹿なことはありえないと思ってますよ」とフロストは言った。「でも、今も説明したように、そういうことでも、ちゃんと裏を取らなきゃならない決まりでね。とりあえず恰好をつけなきゃならないんで、おれとここにいる同僚のふたりで、お宅のなかをひととおり見てまわってもかまいませんか?」「そんな、〝かまいませんか〟なんて……わざわざ訊いていただくまでもない。どうぞ、お気のすむように。どこを見てくださっても、それこそかまいませんよ。どこもかしこも散らかっているとは思いますが」

「その点はご心配なく。ふたりとも、散らかってる部屋には慣れてますから」とフロストは請け合った。「ついてきてもらう必要はありません。こういうことは、われわれだけのほうが早くすむ」そう言い残して居間を出ると、足早に階段を上った。ギルモアもすぐあとに続いた。最初に開けたドアは、主寝室に通じていた。起きぬけのまま、整えられていないベッド、あちこちに脱ぎ散らかしてある衣類。フロストはにんまりとした。「こいつはなかなか有望だよ。では、坊や、さっそく捜索に取りかかってくれ」ギルモアが鏡台を壁から引き離し、クロゼットの奥をのぞき込み、眼についた場所を片っ端から引っかきまわしているあいだ、フロストのほうはベッドに腰かけて、煙草をふかすことに専念した。

「ひとつ言わせてもらってもいいですか?」とギルモアがうなり声の合間に尋ねてきた。クロゼットに肩を宛てがってもとの位置まで押し戻す作業を終えたところで、今度は椅子を脚立代《きゃたつ》わりにクロゼットのうえを調べはじめていた。「何を捜せばいいのかわからないまま捜していても、捜索の能率はあがらないと思います」

フロストは煙の輪を三つ続けて吐き出すと、最後のひとつの真ん中に指を突っ込んだ。「ポーラ・バートレットがこの家にいたことを裏づける証拠だよ——われわれは、そいつを捜してるんだ」

ギルモアは椅子から降り、両手をこすりあわせて手のひらについた埃を払った。「それは無理でしょう。もう二カ月も経ってしまってるんだから」

「さあ、どうかな」フロストはそう言うと、ベッドから腰をあげて、ぶらぶらと鏡台のほうに近づいた。「なんだい、それは？　そのしたから飛び出してる物があるけど」

フロストは鏡台のまえでしゃがみ込み、靴の片方を手に立ちあがった。踵《かかと》の低い茶色の編上げ靴。内側にはボールペンと思われる筆記具で、几帳面に所有者の氏名が書き込まれていた——《ポーラ・バートレット》。

ギルモアは腑《ふ》に落ちない思いで、その靴をまじまじと見つめた。「おかしいな、そこはさっきちゃんと調べましたよ。そんなものを見逃すはずがないんだけどな」フロストの手から靴を引ったくったとたん、腐敗の臭いが立ちのぼった。鼻孔にまとわりつくような、たとえようもない悪臭。ギルモアは思わず鼻の頭に皺を寄せた。「これは……これは、死体が履いてた靴だ。被害者が発見されたときの所持品じゃないですか。証拠品の保管戸棚から持ち出してきたんですね」

「声がでかいよ、坊や」フロストは人差し指を唇に当てた。

「証拠を捏造《ねつぞう》する気ですか？」ギルモアはかすれ声で言った。「だとしたら、あなたは馬鹿だ。こんなことをして、ばれないわけがない」ギルモアは、正体の判明した茶色い編上げ靴をフロストに突き返した。「やるなら、ぼく抜きでやってください。この件には一切関与したくありません」

「話を合わせてくれるだけでいいんだ」フロストは熱っぽい口調で説いた。

「断《ことわ》ります」ギルモアは、せわしなく考えをめぐらせた。一刻も早く署に戻りたかった。この事態こそ、マレット署長が耳に入れてほしいと言っていた事柄ではないだろうか。

「頼むよ」とフロストは言った。

老いぼれ警部は、しょぼくれた、なんとも情けない顔をしていた。ギルモアはつい絆《ほだ》されてしまった。「断っときますけど、ぼくはあくまでも無関係ですからね」

肩を丸めて椅子に坐り込んでいたエドワード・ベルは、ふたりの刑事が戻ってきたのを見て、居ずまいを正した。強ばった口元をほころばせ、笑みらしきものを浮かべたが、いずれの刑事からも笑みは返ってこなかった。年嵩《としかさ》の男のほうは、いやに険しい顔をしていた。人生の重荷をひとりで背負い込んでいるかのようだった。「何か問題でも？」とエドワード・ベルは尋ねた。

そのフロストという警部は、何も言わなかった。手に持っていた靴を、ただ黙って掲《かか》げてみせただけだった。

ベルは反り身になり、信じられない思いで首を横に振った。「何がおっしゃりたいのか、わたしにはわからない」

「ポーラは発見されたとき、ほかには何も身に着けてなかったのに、靴だけ履いてた。それも片方だけ。これはマスコミにも伏せておいた情報です。で、ベル先生、おたくの寝室を捜索させてもらったら、こんなもんが見つかった。ポーラが履いてた靴ってのが、これにそっくりなやつでね。合わせると、ちょうど一足になるんだよ」

エドワード・ベルは、困惑を絵に描いたような顔をしていた。「信じられません。どういうことなのか、わたしにはさっぱり……」

フロストは、冷たい手で背筋を撫でられたような気がした。毎度お馴染みの不吉な予感。殺人犯を突き止めたと確信するあまり、このはったりが失敗に終わった場合にどれほど深刻なことになるか、突き詰めて考えていなかった。「でも、おたくの寝室で見つかった」とフロストは同じ主張を繰り返した。「こんなもんが、たまたまあの部屋に紛れ込む、なんてことはありえない」と言ってはみたものの、フロスト自身そのことばの持つ皮肉な意味あいに、思いを致さないわけにはいかなかった。

ベルは、なおも首を横に振り続けていた。

「そうそう、先生が親しくしてた、夜の姫君のとこにも行ってきましたよ。実に興味深い話を聞かせてもらった。先生、おたくの奥方も、先生のちょっくら変わった趣味に合わせて、女生徒の制服なんかを着たりしてくれてたんですか？」

殴られたかのように、ベルは頭をうしろにのけぞらせた。下唇を嚙み締め、顔を歪め、肩を小刻みに震わせているその姿は、今にもその場に泣き伏してしまうかに思われた。ベルは救いを求めるかのように煙草入れを探ったが、なかは空《から》だった。そして、フロストが差し出したパックから一本抜き取ると礼を言ってから、改めて口を開いた。「他人《ひと》に言えないような恥ずかしいことのひとつやふたつ、誰にだってあるでしょう、警部さん。それに、わたしは誰にも迷惑をかけてない。先だってお話ししたとおり、家内は長いこと病床にあって、最後の何カ月かは、もう通常の夫婦生活を営《いとな》めるような状態ではなかった。わたしには、はけ口が必要だったんです」

「そして、あなたはそれをポーラ・バートレットに求めた。まだ子ども同然の教え子を同情心のかけらもなく手込めにした」

「違う！」エドワード・ベルはうわずった声で叫んだ。

「欲望のはけ口にした相手の娘を、首を絞めて殺害し、しかるのちにまるでゴミのようにビニール袋に押し込んだ」

「違う、嘘だ、そんなのは嘘だ」

「だったら、どうしておたくの寝室に、この靴があったんです？」フロストは、茶色い編上げ靴を指に引っかけて、左右にゆっくりと揺らしながら尋ねた。

エドワード・ベルは思い詰めたような眼でフロストを捉えると、小揺るぎもしない眼差しでじっと見据えてきた。その表情はこう言っているようだった──なぜなら、あんたが卑怯なくそったれで、証拠を捏造するためにそこに置いたからだよ。フロストは怯《ひる》むことなく相手の視線を受け止め、負けずに睨み返した。ギルモアは、手帳の何も書かれていないページを開け、ペンを構えていた。

眼を逸らしたのは、ベルのほうだった。フロストから、彼の指の先で揺れている茶色い編上げ靴から、エドワード・ベルはゆっくりと眼を逸らした。そして、煙草を深々と一服すると、いったん肺に溜め込んだ煙をそろそろと吐き出し、その煙が空気の流れに搦《から》め捕《と》られて散り散りになっていくさまを眺めた。それから、フロストに片手を差し出した。靴を見せてほしい、ということだった。手に取った靴を、引っくり返して底のほうもとっくりと眺めてから、フロストに返した。「あの子がこの家にいるところを目撃した人物がいるんですね？」

「ええ、そうです」フロストは嘘をついた。

ベルは煙草を灰皿で揉み消し、両手に顔を埋めた。「やっぱり、正直に話したほうがよさそうだ。おっしゃるとおり、ポーラはあの日、この家に立ち寄りました。こんなことになるまで黙っていたわたしが愚かだった。でも恐ろしかったんです。わたしがあの子を殺したと思われそうで。あの子はこの家を出ていったときには、もちろん生きていたし、ぴんぴんしていました。嘘じゃありません」エドワード・ベルは、また煙草入れに手を伸ばし、なかが空《から》だったことに気づいて、また意外そうな顔をした。そして、フロストが差し出したパックから新たに一本抜き取って礼を言った。

「墓地から戻ってきたとき、わたしは全身ずぶ濡れになっていました。葬儀の最中に土砂降りに遭ってしまったもので」

フロストは頷いた。少なくとも、その部分については真実が語られていた。

「すると驚いたことに、うちのキッチンにポーラ・バートレットがいたんです。身に着けているのは、わたしのドレッシング・ガウンと自分の靴だけという恰好で。ちょうど濡れた服を乾燥機に入れているところでした。自転車に乗っている途中で雨に降られて着ていたものがすっかり濡れてしまった、服を乾かすぐらい迷惑には当たらないだろうと思って立ち寄った、と言うんです。正直言って、迷惑でした。家内の葬儀の当日ですよ。でも、その子が困っていることを思えば断《ことわ》るわけにもいきません。だから、かまわないから、ちゃんと服を乾かして帰りなさい、と言ったんです」

「先生が留守なのに、どうやって家のなかに入り込んだのかな?」とフロストは尋ねた。

「裏口のドアには、いつも鍵をかけていませんから」

「でも、自転車に乗ってる途中で雨に降られたってのが解《げ》せない。まだ正午《ひる》まえなんだから、学校の授業があったはずでしょう?」

「一時間目の授業を、さぼったと言ってました。わたしが休んでいたあいだは代理の教師が授業を担当していたのですが、その教師とどうも気が合わなかったようです」

「なるほど」フロストは、話を先に続けるよう促《うなが》した。

「ちょうど昼食《ひる》時だったので、冷凍庫のなかにあった有り合わせのもので昼食にしました。そうこうするうちに服が乾いたので、あの子はそれを持って二階にあがり、身支度を整えて降りてきました。ここを出たのが、午後一時を少しまわったころだったと記憶しています。てっきり、そのまま学校に行ったものとばかり思っていました。最後に見たのは、そこの小道を自転車で走っていく姿です」ベルは窓越しにおもてのほうを指さした。「嘘じゃありません、警部さん。今度こそ本当のことを話したつもりです」

「いや、先生、おれにはそうは思えない」フロストは悲しげに首を横に振ると、こんな展開になったことを本気で残念がる口ぶりで言った。「だって、先生の説明だと、あの子は自転車をこいで夕陽の彼方に走り去っていったことになっちまう。そうでしょう？」

「ええ、実際そうだったわけですから」とベルは譲らずに言った。

「靴を片方しか履かずに？」ここぞとばかりに、フロストはポーラ・バートレットの形見の靴を相手の鼻先に突きつけた。

ギルモアはペンを構えたまま、息を呑んだ。フロストはつきに乗じて事を強引に進めすぎている。仮にエドワード・ベルが犯人で、フロスト警部の仮説どおり教え子をその手にかけたのだとしても、死体になった彼女が靴は左右ともに履いていたことを思い出せば、その片方が自分の家の寝室で見つかるはずなどないことにも気づくだろう。そうなれば、フロスト警部の言っていることは、ただのはったりをもとに構築されたものだと見破られてしまう。

だが、フロストのつきは、まだ持ちこたえていた。エドワード・ベルは明らかに混乱し、狼狽していた。今し方、自分が語った話の代案が思い浮かぶたびに、素早く検討して瞬時に却下する――そんな作業を頭のなかで繰り返しているのが、めまぐるしく変化する表情から見て取れた。彼に取り得る最良の策は、そのまま沈黙を守ることだった。すべてを内に秘め、警察が何を騒ぎ立てようと、どんな証拠を突きつけてこようと、緘黙《かんもく》を通すことだった。しかし、エドワード・ベルの場合、沈黙を守り続けた期間があまりにも長すぎた。自分ひとりの胸にすべてを収めていることが、もはや耐えられなくなっていた。

「先生、あの娘は殺される直前に性交渉を持ってます」フロストは穏やかな口調で続けた。「そして、この靴は先生の家の寝室で見つかった」

エドワード・ベルの身体が、ひとまわり縮んだように見えた。彼は足元に視線を落とすと、絨毯に向かって言った。「供述というやつをさせてもらえますか?」

胸に押し寄せてきた安堵感を隠して、フロストはエドワード・ベルに所定の警告を与えると、ギルモアに合図を送り、手帳の新しいページを開くよう伝えた。「こっちの準備はできてるよ、先生」

「わたしは、あの子とふたりで昼食を摂《と》った。その時点で、察知すべきでした。ポーラはガウンのまえがはだけても、かきあわせようとしなかったんです。〝うっかりしていて〟気がつかなかったと言って。食事を終えると、あの子は乾いた服に着替えるために二階にあがっていきました。それから少しして、二階からわたしを呼ぶんです。あの子は、わたしたち夫婦の寝室にいました。ベッドに腰かけていました。ガウンも服も身に着けてなくて……完全に裸でした。

おまけに、口紅をつけていたんです――毒々しい色の口紅をべったりと。子どもの娼婦みたいだった。あの子は、わたしにその身を差し出してきたんです」ベルはそこで口をつぐむと、不意に猛々しく眼を怒らせた。「あさましい。実にあさましい。わかってますよ、わたしのことを野獣《けだもの》のようなやつだと思ってることぐらい」

フロストは何も言わなかった。

エドワード・ベルは肩を震わせ、再び両手に顔を埋めた。「でも、ことセックスとなると、われわれはみんな、ただの動物に成りさがってしまうものなんです」彼は席を立ち、窓辺に近づいてそとを眺めた。「わたしたちは、交わった。その途中で、あの子が暴れだしました。金切り声をあげて、やめてくれって叫ぶんです。しまいには、こんなのはレイプだって、悲鳴まであげる始末で。そんなときに、正常な判断力なんて働きません。わたしのほうは、ともかく、叫ぶのをやめてもらいたい一心で……それで、あの子の首に手をかけたんです。揉みあいになりました。でも、あの子は叫ぶのをやめようとしなかった。それが……気がついたときには、静かになっていたんです。知らず知らずのうちに、力が入りすぎてしまったんだと思います。殺すつもりはなかった……嘘じゃありません、神に誓ってもいい。ほんとに、殺すつもりはなかったんです。人工呼吸もしたし、考えついたことは全部やってみました。でも……あの子は生き返らなかった」

「医者を呼ぶことは考えなかったんですか?」とフロストは尋ねた。

「医者?」ベルは眉間《みけん》に皺を寄せ、手のひと振りでその問いかけを考慮に値しないものとして退《しりぞ》けた。「呼んでも無駄です。もう死んでいたんですから」間《ま》ができた。静まり返った室内に、紙の触れあうかすかな音が響いた。ギルモアが手帳のページをめくった音だった。ベルは頭《こうべ》をめぐらせ、部長刑事のほうに眼を向けた。まるで、自分の語ることがひと言の洩れもなく書き留められていることに、今初めて気づいたとでもいうように。「わたしは、どうすればいいのか、わからなかった。なんてことをしてしまったんだ、と思うばかりで……ただもう、恐ろしかった。必死でした。必死で考えをまとめようとしたんです。死体をどこかに隠さなくてはならないことに気づいたとき、不意にあの納骨堂のことを思い出しました。教会墓地の納骨堂ならば、幸《さち》薄かったあの子も少なくともキリスト教徒として眠ることができるんじゃないか、そう思いました」最後の部分に対して、フロスト警部は心ならずも本心を露呈させ、鼻を鳴らした。しかし、ベルは意に介さなかった。フロスト警部になんと思われようと知ったことではないのだろう。これは供述なのだ、法廷で読みあげられるものであり、陪審団の耳に入るものなのだ、と考えているようにも思われた。「その夜、わたしは幸薄かったあの子の亡骸《なきがら》を車に乗せて、墓地まで運びました。わたしなりの精一杯の敬意と哀悼の気持ちを込めて、あの納骨堂に預けたつもりです。あの子のために祈りも捧げました。辱めようなどという気持ちは、かけらもなかった」

「そのまえに、先生は先生なりの敬意と哀悼の気持ちを込めて、幸薄かったあの子をブロー・ランプで焼いてる」とフロストは言った。「キリスト教徒としての慈愛に満ちた行為って観点からすると、そこにはどんな意味があったんです？」

エドワード・ベルは力なくうなだれた。「遺伝子指紋です。精液が採取できれば、そこから犯人の身元を特定することができる、と何かの本で読んだ記憶があった。証拠隠滅のためには、やむを得ないと思ったんです」

「新聞の件は？」フロストは尋ねた。

「ポーラがあの日、新聞を配っている途中で行方不明になったように見せかけたかった。だから、彼女が朝のうちに届けてくれた新聞を配達用のバッグに戻して、自転車と一緒に適当な場所に放置しておこうと思ったんです。グリーンウェイのコテッジのまえを通りかかったら、郵便受けから新聞が飛び出しているのが見えたので、それも利用することにしました」そのすべてが書き取られ、ギルモア部長刑事が次の発言に備えてペンを構えたのを確認してから、エドワード・ベルは最後にこう申し述べた。「わたしの軽率な行為から、ポーラのご家族に計り知れない悲しみと苦痛をもたらしてしまいました。今となっては、ただ深く悔いるばかりです。あれは事故でした。でも、わたしの負った心の傷は、この先死ぬまで癒《い》えることはない。その痛みに耐えていくしかないんです」

フロストは立ちあがり、ベルの腕に手をかけた。「先生、それはあの子の両親も同じだよ」エドワード・ベルは、ふたりの刑事に着せかけられるままコートに袖を通し、導かれるままその車へと引き立てられていった。

マレットは激怒していた。憤《いきどお》りに震えながら、フロスト警部の狭苦しいオフィスのなかを行きつ戻りつしていた。「フロスト警部、きみにはこれまでも、再三言って聞かせてきたはずだ。犯人をただ捕えただけでは、事件を解決したことにはならない、とね。その犯人の有罪を法廷で立証できなければ、意味がないではないか。にもかかわらず、きみは……自分が何をしたのか、わかっているのかね？」

「殺人事件を解決したものと思ってたけど」とフロストは答えた。相手がマレットである以上、お褒《ほ》めのことばは頂戴《ちょうだい》できないものと諦めていた。だが、これほどこってりと油を絞られることになろうとは……不覚にも、そこまでは予期していなかった。

「実に場当たり的な、通常の手続きからはずれた方法で、かね？　保管戸棚から大切な証拠物件を無断で持ち出すことで、かね？　しかも、それを密《ひそ》かに容疑者の自宅に持ち込み、証拠を捏造したという。呆れて物も言えないとは、このことだ。どれほど危険なことか、きみは承知しているのか？」

「危険なこと？」フロストは反問した。

「では、訊くが、自白以外にあの男の有罪を裏づける証拠は？」

「いや、まだ何も出てない」

「供述書にサインは？」

「まだですよ。今、供述の内容をタイプで清書してるとこだから」フロストは、デスクにタイプライターを据え、そのうえに屈《かが》み込んでいるギルモアのほうに顎をしゃくった。ギルモアは猛烈な速度でキーを叩いていた。フロストが叱り飛ばされているのは、聞こえていないふうを装《よそお》っていた。最後のページを打ち終えると用紙を引き抜き、打ちあがったばかりの供述書を手にそそくさとフロスト警部のオフィスから出ていった。

「サインを拒否すると言いだされたら、どうする気だね？」マレットの難詰《なんきつ》は、なおも続いた。「あの男には、その気になりさえすれば、法廷で無罪を主張することもできる。担当の警察官に騙されて……偽の証拠をでっちあげられて、やってもいないことをやったと言わされた、と申し立てることだってできる。そうなったときに、きみはどう対処するのかね？　今のうちに言っておくが、この件が明るみに出た場合、わたしは徹頭徹尾、孤高の立場を貫く。すべては署長であるわたしの与《あずか》り知らないところで、わたしの命令を完全に無視してなされた、正規のものとは言えない捜査活動だったと断じる。わたしには、きみの不始末の責任をかぶるつもりはない。きみのために、援護射撃をするつもりもない」

「諒解、決して期待しないようにしますよ」とフロストは言った。これ以上ないくらい深く納得している口ぶりで。ギルモアが供述書を手にオフィスに戻ってきた。「で？」フロストは祈るような気持ちで、ギルモアの返答を待った。

ギルモアは供述書をフォルダーに収めてから言った。「ええ、サインしました」

「そんなもの、いつでも撤回できる」マレットはぴしゃりと言って、フロストのほうから聞こえた安堵の吐息とおぼしき音声を遮った。「しかも、法廷に提出することのできる証拠は、ただのひとつもない」

「実は、署長、まったくないわけでもなさそうです」とギルモアが言った。「たった今、現場捜査に当たっている鑑識チームが電話で中間報告を寄越したんです。エドワード・ベルの住居を徹底的に調べた結果、主寝室のベッドの頭板に張られていたフラシ天の毛羽《けば》に、被害者の毛髪が多数付着しているのを発見したそうです。また、ベルは寝具類をすべて取り替え、洗濯もしていましたが、マットレスは盲点だったのかもしれません。明らかに血痕とわかる染みが残っていたそうです。血液型も被害者のものと一致した、とのことです」

「おやおや、本当かね？」とマレットは言った。落胆しているように聞こえなくもない声だった。「それは……それは朗報だ。きみには果報が過ぎるというものかもしれないが、フロスト警部。だとしても、朗報であることには変わりない」マレットはギルモア部長刑事からタイプ打ちの供述書を受け取ると、その文面に眼を通した。

「おれは、あのしょぼくれ野郎にも同情すべき点があるような気がするよ」とフロストが言った。

マレットは両の眉毛を吊りあげた。「あのような犯罪を犯した男に、きみは同情すると言うのかね？」

「だって、ぴちぴちした若い娘が、自《みず》ら進んで素っ裸になって、その身を差し出してきたんだもの。おれだって拒否できたかどうか、自信がないよ」とフロストは言った。「ところが、蓋を開けてみたら、その娘は、焦らしに焦らしたあげく、最後になってぴしゃりと撥《は》ねつけるタイプだった——運のない男だよ」

「それはベルの言い分だろう？　まさか真《ま》に受けているわけではあるまいね？」

「いや、受けてますよ」フロストはギルモアのほうに向きなおった。「あの先生は、ポーラが口紅をつけてた、と言ってた。バートレット家を訪ねたときに、ポーラの部屋を見せてもらったよな。そのときのことを覚えてるかい？　屑籠のなかに放り込んであったものは？」

ギルモアはしばらく考え込み、それから頷いた。ギルモアにも、それを見た記憶があった。

「口紅の空き箱だ」

「そう、地味で目立たなくて、化粧とは無縁だったイモ娘が、初めて化粧をしたんだよ。ポーラは、あの先生にのぼせあがってた。だから、思いを遂げるため、あの子なりに作戦を立てて、事件当日、それを実行に移したのさ。その結果、当人は死に、先生の人生は崩壊し、公判が開かれて事実が明らかにされたら、今度はあの子の両親が胸の張り裂ける思いをすることになる。おれはずっと、ポーラ・バートレットをあんな目に遭わせたくそ野郎をパクってやる日を夢見てた。憎《にっく》き犯人を挙げてやった暁には、どれほど痛快だろうと楽しみにしてた。なのに、いざ捕まえてみると……」フロストは肩をすくめると、デスクの抽斗《ひきだし》を開けて輸出仕様の煙草のパックに手を伸ばした。

マレットは、中途半端な笑みを浮かべた。詰まるところフロスト警部が何を言いたいのか、マレットには今ひとつ解《げ》せなかった。「これでまた一件、われわれの署で抱えていた難事件が解決した——それでもう充分、意義のあることだよ、警部」

デスクの電話が鳴った。ギルモアは電話に出ると、短いやりとりののち、マレットに受話器を差し出した。「署長、警察長からです」

マレットは制服を引っ張って皺を伸ばし、姿勢を正してから恭《うやうや》しく受話器を受け取った。

「どうも、警察長、お待たせいたしました。……そうなんです、犯人逮捕に漕ぎ着けました。……ええ、全面的に犯行を認めています。わたしがこんなことを言うと、身贔屓《みびいき》が過ぎるように聞こえるかもしれませんが、これも我が署のすばらしいチームワークの賜物と、そのように思っている次第《しだい》でして。……いえいえ、警察長、とんでもない、今度もたまたま幸運に恵まれたからですよ……」ひたすら相手のことばに耳を傾け、作り笑いを浮かべているマレットは、自分の背後でフロストが実に表情豊かな顔をしてみせていることには、毛ほども気づいていなかった。

もう一台の電話が鳴った。今度はフロストが受話器を取った。相手の話を聞いたとたん、俄《にわか》に表情が険しくなった。電話を切ったときには、すでに席を立ち、帽子掛けからレインコートを取っていた。親指でギルモアについてくるよう伝えた。「またしても独り暮らしの婆さまが、〝切り裂き犯〟にやられた。今度の被害者《ガイシャ》は、今にも首がもげそうだってことだよ」

まるで、見飽きてしまったB級映画を繰り返し見せられているかのようだった。家具に埋もれた狭苦しい部屋、血の臭いと大勢の人間がひしめいている密閉空間に特有の臭い。汗とアフターシェイヴ・ローションと煙草の煙とで、室内の空気は重く澱んでいた。「窓を開けろ」とフロストは怒鳴った。「ここにいると、鼻が馬鹿になる」

誰もがせわしなく動きまわっていた。現場捜査担当の写真係は、首から日本製のカメラとレンズを収めた皮革製の筒をいくつもぶらさげた恰好で室内をのし歩き、盛大にフラッシュを焚きながら、キヤノンのカメラで現場のあれこれを撮《と》ってまわっていた。鑑識チームの面々は絨毯のうえに這いつくばり、指紋採取係の男は調子はずれの口笛をひとり吹きながら、小型の刷《は》毛《け》を小刻みに動かし、そこらじゅうを白っぽい粉だらけにしている。そうした連中のあいだを擦り抜け、現場保存にも気を遣いながら死体に近づくことは、至難の業に思われた。「みんな、いったんそとに出てくれ」とフロストは大声を張りあげて言った。「おれたちだけで、死体をじっくり見せてもらいたいんだよ。すんだら、また声をかけるから」一同がのそのそと部屋を出ていくのを待って、フロストは死体のそばまで近づいた。

被害者の老女は、灰色に赤錆色を織り込んだ肘掛け椅子に坐り、昔懐かしい十九インチの白黒テレビを光の失せた眼でどんよりと見据えていた。テレビは、細々《こまごま》とした置物やら写真立てやらに囲まれ、今にも倒れそうな小さなコーヒー・テーブルのうえに載っていた。フロストはテレビに触れてみた。まだ温かかった。

「自分が到着した時点では、まだついてました」とバートンが言った。「消したのは自分です」

フロストは黙って頷くと、テレビに背を向け、その場にしゃがみ込んで、〝切り裂き犯〟の手になる仕事を観察する作業に取りかかった。顎のしたに深い割創——無残に開いた傷口からあふれ出した血が、老女の着ている花柄の茶色いドレスの前身頃を汚し、半ば乾きかけた血糊となって鈍く光っていた。腹部も数カ所にわたって刺されている。そこから流れ出たものか、膝のうえに小さな血溜まりができていた。膝の脇、椅子の肘掛けの外側に左手が垂れている。五本の指をぎゅっと握り込み、小さな拳《こぶし》をこしらえて。フロストの視線は、そこからゆっくりと被害者の上体に這いあがり、肩のあたりを通って、最後に顔に向けられた。皺の寄った蒼白い肌、地肌が透けて見えるほど薄くなった白髪混じりの髪。フロストは首を伸ばして、被害者の頭部をのぞき込んだ。頭髪は櫛目もなくなるほど乱れていた。「こいつをどう思う、坊や？」ギルモアも、フロストの傍《かたわ》らにしゃがみ込んだ。

「犯人は背後から接近したってことさ」聞き覚えのある声がした。フロストとギルモアは、揃って顔をあげた。直立させているはずの身体が、なんとはなしに揺れ動いてしまう姿——寝室で待機していたはずのモルトビー医師が、いつの間にか乱入してきていた。挨拶代わりに頷くと、医師は被害者の頭髪を指で突っついた。「犯人はこちらのご婦人に背後から忍び寄ると、髪を引っつかんで顔を引き起こし、しかるのちに咽喉《のど》を掻き切ったんだよ。頭部は項《うなじ》の薄い皮膚一枚で、かろうじて胴体に繋がってる状態だ。わたしなら、この人を手荒く揺さぶるような真似は控えるね」

フロストはギルモアともども、慎重に後ずさりして死体から離れた。被害者のものと対《つい》になった肘掛け椅子に坐る際にも、そろそろと用心しながら腰を降ろした。

「咽喉を掻き切られたとき——」モルトビー医師は解説を続けた。「声帯も切断された。つまり、この人は助けを呼ぼうにも、悲鳴をあげることさえできなかったということだ。たとえ、当人にその気があっても」

「その気がなかったわけがない」フロストは煙草をくわえ、あとの三人にもパックを差し出して勧めた。「さぞ無念だったと思うよ、悲鳴ひとつあげられなかったなんて」

低い声で煙草の礼を言い、ついでに火も借りてから、モルトビーは肘掛け椅子の正面にまわって、死体と向かい合う位置に立った。「続いて犯人は、こちら側にまわって、被害者の正面から、こんなふうに腹を四度刺した」モルトビー医師は、刃物を握って突き刺す仕種《しぐさ》を四回繰り返した。「それが終わると、どうやらこの〝切り裂き犯〟はきれい好きで几帳面なやつらしい、被害者がまだ自分の流した血にまみれ、出血多量で死にかけているうちに、凶器の刃物についた血を拭ってきれいにしてる。ほら、そこだよ」医師は、被害者の着衣のスカート部分に付着した、何かをなすりつけたような幅の広い染みを指さした。

フロストは短く一度鼻を鳴らしただけで、モルトビー医師の説明を丸呑みにした。「それだけの推理を、どうやって導き出したかは、この際訊かないことにするよ、先生《ドク》。説明されたって、どうせひと言も理解できやしないんだから。で、死亡推定時刻は?」

モルトビー医師は、被害者の老いた脚にそっと触《さわ》った。「硬直が下肢の末端に及んでいるし、身体も冷たい。正確な時刻を特定するには、直腸内温度を測定しなくてはならんが、そういうお楽しみはわれらが友人の検屍官殿にとっておいてやることにしよう――見物《みもの》だろうな、この人の生首があの御仁《ごじん》の膝のうえにごろんと転がり落ちたりしたら。大雑把《おおざっぱ》なところで、死後十四時間から十八時間が経過してるね。つまり――」医師は上着の袖を押しあげて、腕時計に眼を遣《や》った。「昨日の午後九時から今日の午前一時までのあいだ、ということになる」

フロストは椅子から滑り降りて床に両膝をつくと、用心のうえにも用心を重ねた手つきで、老女の左腕を持ちあげた。「こいつを見てくれないかな？　ほら、ぎゅっと手を握ってるだろう？」

「どれ、見せてみなさい」モルトビーは、滑らかとは言えない身のこなしで腰を落とし、床に膝をついた。そして、老女の手を取ると、かなり苦労して、その手に眼の焦点を合わせた。「強硬性硬直と呼ばれているものではないかな……急死した場合などには間々《まま》あることだよ。おや、これは……？」医師は老女の手に顔を近づけた。白いもの――紙切れのようなものが、拳からわずかにはみ出している。フロストは老女の手をつかみ、冷えきった指を無理やり引き剝がそうとした。

モルトビーは慌てて立ちあがり、その場から遠ざかった。「気をつけないと、首がもげても知らんぞ」

フロストは指を鳴らし、ギルモアを呼び寄せた。「坊や、婆さまの頭を押さえてろ」

「はあ？」とギルモアは言った。

「大丈夫だ、嚙みつきゃしないよ」

ギルモアは意を決して死体の頭部に手を宛てがい、フロストが、きつく握り込まれた拳をこじ開けようと奮闘するあいだ、両手で挟み込むようにして支えた。生命を宿さなくなった頭部は冷たく、中身を吸い出したあとの卵の殻のように脆く感じられた。ギルモアは歯を食いしばり、フロスト警部の作業が迅速に行《おこな》われるよう念じた。

「あの検屍官のことだ、大事な死体をあんたが勝手にいじくりまわしたと知ったら、いい顔はせんよ」モルトビー医師は、おもしろがっているような口調ながら、警告を発した。

「検屍官なんか、くそくらえだよ」フロストは低くつぶやくと、掛け声代わりにひと声うなった。指が緩み、拳が開いた。次の瞬間、その手が不意に弛緩《しかん》した。ギルモアは思わず悲鳴をあげそうになった。老女の身体が震えたように思えたからだった。胴体から首がもげる感触があった……確かにあった、ような気がした。すぐに崩れてしまうトランプの家をこしらえているときのように、ギルモアは時間をかけて少しずつ、そろそろと手を離した。

床に一枚の紙片が舞い落ちた。丁寧に折りたたまれた、五ポンド紙幣だった。拳には、ほかのものも握り込まれていた。手のひらに痕が残るほど、力いっぱい握り込まれていたもの——一ポンド硬貨三枚。

フロストは三枚の硬貨を自分の手のひらに載せて、じっと眺めた。だが、硬貨は何も語りかけてはこなかった。仕方なく、拾いあげた紙幣ともどももとの持ち主の手のひらに載せ、そのうえから力の抜けた指をかぶせて、握り拳を再現しようと試みた。つまみ食いを検屍官に知られないための隠蔽工作。しかし、死者の手は弛緩したまま、紙幣も硬貨も受け取ろうとはしなかった。

「だから言わんこっちゃない」モルトビーが大きな声で言った。見ると、早くも戸口のほうに退却しはじめていた。「もう戻せないよ。最初に訊けば、ちゃんと教えてやったものを」

「とっとと失せろ。失せないと、生首を投げつけるぞ」とフロストは怒鳴った。部屋のドアが密《ひそ》やかな音とともに閉められた。

受け取りを拒否された紙幣と硬貨をかき集めると、フロストはそれをコーヒー・テーブルの置物の行列の最後尾に加え、自分のほうは再び椅子に身を沈めた。「よし、バートン、わかったことを聞かせてくれ。考えてみたら、おれはこの気の毒な婆さまの名前も知らない」

ジョー・バートンは手帳を開いた。「被害者の氏名は、ジュリア・ファシル、年齢七十五歳。夫に先立たれ、現在は独り暮らし。子どもは、息子がひとり。すでに結婚していて、被害者にとっては孫に当たる子どもがふたりいます」

フロストはうめき声をあげた。「おいおい、その息子に悪い知らせを伝えるのは、おれの役目だなんて言うなよ」

「被害者の息子は、昨年、オーストラリアに移住しています」

フロストは愁眉《しゅうび》を開いた。「できた息子だ。続けてくれ、バートン。第一発見者は？」

「隣のアパートメントの住人、ビアトリス・ステイシーという主婦です。買い物に行くところだったので、必要なものがないか訊きに来たところ、いくらノックしても返事がなかった、だから預かっていた合鍵でなかに入った、と言っています。そこまで聞き出すのにも、ひと苦労でしたよ。ヒステリー状態だったもんで、とりあえず自宅に引き取ってもらってます」

「一段落したら、話を聞きに行ってみるよ」とフロストは言った。

「状況は、昨日のドリス・ワトスンの場合とほぼ同じです」バートンは報告を続けた。「外部から人が侵入した形跡はなし。見たところ、盗られたものもなさそうです——寝室も荒らされていないし、財布には現金が残ってました」

フロストはむっつりと頷き、玄関まで足を運んだ。玄関のドアには、上框と下框にそれぞれスライド錠が取り付けられ、防犯チェーンも装備されていた。「おまえさんの言うとおりだな、バートン。昨日の被害者《ガイシャ》と状況がそっくりだよ。犯人は夜遅く訪ねてきたのに、婆さまは家に入れてやった。でもって、慌てず騒がず椅子に坐ってひとり静かにテレビを見てた。だから、犯人は婆さまの背後から忍び寄って、咽喉《のど》首を掻っ捌くことができたのさ」フロストは玄関の防犯チェーンを調べた。見るからに頼りない代物《しろもの》だった。「財布も手つかずのまま残されていたって言ったな。どこにある?」

バートンは、胡桃《くるみ》材の化粧板を張った小さなサイドボードのところにフロストを案内し、その抽斗《ひきだし》を開けた。そして自分のハンカチでくるむようにして、使い古した赤い皮革《かわ》の財布を取り出し、フロストに手渡した。「現金で八十五ポンド入ってます」

ハンカチにくるんだまま、フロストは中身の紙幣を検《あらた》めた。五ポンド紙幣ばかり十七枚、いずれも手の切れるような新札で、続き番号になっていた。ジュリア・ファシルが握り締めていた五ポンド札の番号は、そのすぐ次の番号に当たっていた。フロストは人差し指のささくれを嚙みながら、考えをめぐらせた。「ふむ。こんな推理はどうかな? 昨日の一件とまったく同じ手口だと仮定してみるんだよ。〝切り裂き犯〟は、この家の婆さまのために防犯チェーンを新しく頑丈なものに取り替えに来ることになってた。婆さまは、それを待ってた――財布から金《かね》を出して準備万端整えて。で、相手がやって来ると、なかに入れてやり、自分は居間の椅子にちんと収まって、用意した金を小さな汗ばんだ手にしっかりと握り締めながら、優しくて親切な男が防犯チェーンを取り替えてくれるあいだ、テレビを見てた。ところが、その優しくて親切な男は、背後からこっそりと婆さまに忍び寄り、咽喉を掻っ捌き、腹をめった刺しにすると、婆さまのドレスで包丁をきれいに拭い、すっかり満足して引きあげていった」

「だとしたら、ゴールドはシロってことになりますね」とギルモアは言った。「昨夜は午後十時過ぎまで送迎サーヴィスの仕事があったわけだし、われわれも午前零時過ぎまでやつの家を見張ってたんですから」

「おれたちが引きあげちまったあとで、出かけた可能性もある」とフロストは言った。あんなふうに、せっかちに見張りを切りあげるべきではなかったのだ。我と我が身に猛然と腹が立った。「モルトビー先生の見立てどおりなら、被害者《ガイシャ》の死亡時刻は午前一時ぐらいだったとも考えられる」

「午前一時ですよ。防犯チェーンを取り替えるために他家を訪問する時刻ではありません」ギルモアは指摘した。「それに、七十五歳の年寄りは、夜っぴてテレビを見たりしません」

フロストは無念そうに鼻を鳴らした。ギルモアの言うとおりだった。フロスト警部ご贔屓《ひいき》の容疑者は、哀れ排水溝の藻屑《もくず》と消えてしまうことになりそうだった。紙幣を財布に戻したとき、真ん中の仕切りに現金以外のものが入っていることに気づいた。《リーフ・ビンゴ・クラブ》と《オール・セインツ教会高齢者の集《つど》い》の会員証だった。

「オール・セインツ教会？」ギルモアは勢い込んで叫んだ。フロスト警部の容疑者はすでにリストから抹消されたかもしれないが、ギルモア部長刑事が眼をつけた男のほうは一躍、有力容疑者として脚光を浴びはじめた感がある。「あのくそったれ副牧師は、オール・セインツ教会の所属です」

ドライズデールは、直腸体温計を見つめ、目盛りに記された数値を読み取り、大きくひと振りすると、丹念に拭ってから診療鞄のなかに戻した。そして、声を立てずに唇だけ動かしながら暗算をして、頭のなかで答えを弾き出した。「わたしの見解を述べるなら、死亡推定時刻は、午前零時から一時のあいだと思われる」

ギルモアは落胆の表情を浮かべた。「もっと早い時刻ではなくて？」昨夜、墓地のそとで副牧師の姿を見かけたのは、午前零時をまわったころのことだったし、司祭館に帰るところを見送ったときには、それから軽く三十分は経っていたはずである。

「もし、もっと早い時刻であれば――」検屍官は、聞き分けの悪い素人を相手にするときの口調で切り出し、診療鞄の口をぴしゃりと音を立てて閉めた。「――ちゃんとそう言う」そして、階下《した》で待機していた死体保管所の係員を大声で呼び立て、遺体の回収を指示してから、どこをほっつき歩いていたのか、今ごろになって満面に笑みをたたえ弾むような足取りで犯行現場に舞い戻ってきたお気楽なフロスト警部を、非難の眼差しで迎えた。「予備的な所見は、きみのところの部長刑事に伝えておいた」

「そりゃ、どうもご苦労さん」フロストは、さしたる興味を示さず、ねぎらいのことばを口にしただけで、ギルモアの腕をつかんで部屋の片隅に引っ張っていった。

「検視解剖は午後四時から始める」検屍官はコートを羽織り、ボタンをかけながら、大きめの声で言った。

「諒解、先生《ドク》」とフロストは言った。検視解剖には興味がなかった。午後四時には、〝連続老女切り裂き犯《グラニー・リッパー》〟なる者は逮捕され、留置場に放り込まれているはずだった。

だが、まずはギルモアが自分の聞かされたよくない知らせを披露した。「死亡推定時刻は、午前零時以降だそうです。あの副牧師はシロってことになりますね」フロストが勧めた煙草を、ギルモアは手を振って断《ことわ》った。「つまり容疑者は、これでめでたくゼロになったということです」

「いや、いるよ、坊や」フロストは晴れやかな笑みを浮かべて言うと、気前よく煙草のパックを室内一周の旅に送り出した。「人のつきってやつは、ときどき変わる。ついてないことが続いたあとには、きっと、ついてる時期が巡ってくる。そいつがたった今、到来した。隣のアパートメントのおっかさんとちょっくらお喋りしてきたんだよ。報告その一、殺された婆さまは、常日頃《つねひごろ》、寝つきが悪くて悩んでた。なかなか眠れないもんだから、毎晩、午前三時とか四時までテレビを見てたそうだ。報告その二、殺された婆さまは隣のおっかさんに、今度防犯チェーンをもっと頑丈なものに取り替えてもらうことにした、と言っていた。では、誰に取り替えてもらうことにした、と言っていたか?」

「ゴールド?」

「名前までは聞かなかったけど、ビンゴ・クラブに行くときにお世話になってる小型の乗合の運転手さんで、若いのにとてもよく気のつく親切な人、だって話していたそうだ」

「その人物が、いつ来ることになっているかも？」

「いや、坊や、隣のおっかさんもそこまでは聞いてなかったよ。でも、昨夜、遅くなってから来たことは間違いない。うんと遅く。どこぞの愚か者が見張りをやめて引きあげちまったあとで」

「なぜ、わかるんです？」

「殺された婆さまは、隣のおっかさんに、そいつがいつやって来るかは言わなかった。でも、いくらで請け負ってくれたかは話した。八ポンドだ」

ギルモアは低く口笛を吹いた。被害者は、五ポンド紙幣一枚と一ポンド硬貨三枚を握り締めて死んでいた。「信じられないな、出来すぎですよ」

「おれの座右の銘を知ってるかい？」フロストはにやりと笑った。「――贈り物の馬は、そのケツを蹴り飛ばしてはならないってのがそれさ」ふと見ると、バートンがそばに突っ立って、声をかけるタイミングを見計らっていた。「どうした、バートン？」

「鑑識チームが、ひとつだけ誰のものかわからない指紋が出たと言ってます。サイドボードに残されていたそうで、見たところ最近のものと思われます」

フロストは、大きく口元をほころばせた。「今回は、同じつきでも、えらくどでかいやつが転がり込んできたらしい。どうやら、ゴールドの野郎に署までご同道いただくときがきたようだな」

金曜日――日勤／遅番

送迎バスは、老女の家のまえで停まった。運転手は急いで席を立ち、ドアを開けると、ステップの段差を考えて老女の足元に気を配り、舗道に降りる彼女に手を貸した。「あとはひとりで帰れます、奥さん？　ほんとに大丈夫ですか？」と彼は尋ねた。老女は頷き、気遣いに感謝の手を振ると、よろよろした足取りで自宅に向かった。庭先の門扉にたどり着くところまで見届けてから、運転手はバスを出した。

残る乗客は、あとひとり。後部座席に背中を丸めて坐っている、身なりのむさくるしい男だけだった。ビンゴ・ホールからの帰途、その男はずっと煙草を吸っていた。見覚えのない利用客だった。信号に差しかかって速度を落としたとき、それまで後部座席に坐っていた、そのみすぼらしいなりをした男が、通路を運転席のほうに歩いてくるのが眼に入った。くそっ。運転手は、その男がそこらによくいる、話し好きの爺さんではないことを願った。男の体重を受け止めて、運転席のすぐうしろの座席が軋みをあげた。

「降りるのは、マーケット・スクエアでしたっけ？」と運転手は尋ねた。

「イーグル・レーンでいいよ」男は、ぼそりと言った。「警察署の向かいで降ろしてくれ」

イーグル・レーンに入ったところでバックミラーに眼を遣《や》った。すぐうしろにパトロール・

カーがぴたりとつけて走っていた。警察署のまえで送迎バスを停めると、充分に追い越していけるだけの道幅があったにもかかわらず、パトロール・カーも停まった。みすぼらしいなりをした男が足を引きずりながらバスを降りていくのと入れ違いに、ふたりの警察官がいきなりバスの戸口に姿を現した。「ロナルド・ゴールドさんですね?」と片方の警察官が問いかけてきた。「さしつかえなければ、少し時間を貰えませんか? ちょっと署に立ち寄っていただきたいので」もうひとりの警察官が運転席のほうに身を乗り出し、バスのエンジンを切った。

ゴールドは、実用一点張りの狭い部屋に通された。家具と呼べるものは、明るい色のオーク材を使った質素なテーブルと椅子三脚のみ。そのうちの一脚、部屋の隅に置かれた椅子には、グレイのスーツを着込んだがっしりした身体つきの若者が、膝のうえに手帳を広げて坐っていた。そのほかにもうひとり、それが永久不変のものではないかと思えるような渋っ面をこしらえた男が、奥の壁にもたれて立っている。その男が、テーブルのそばの椅子を指さした。そこに坐れということだ、とゴールドは解釈した。ドアが開き、三人目の男が入ってきた。ゴールドは、驚いて眼をぱちくりさせた。送迎バスに乗っていた、みすぼらしいなりの男だった。

「フロストという者だ」とその男は名乗った。「犯罪捜査部のジャック・フロスト警部」

フロストと名乗った男は、残っていた椅子を、椅子の脚がリノリウムの床をこすって軋むような音を立てるのもかまわずに引っ張ってきて、テーブルを挟んで向こう側に腰を降ろした。次いでテーブルのうえに、緑色のファイル・フォルダーと煙草のパックとマッチの箱を並べ、さらにその隣に大判のマニラ封筒——受付デスクに詰めていた内勤の巡査部長の指示でゴールドが預けた、もろもろの所持品を入れたもの——を置いた。それが終わると、いたって愛想のいい笑みを浮かべ、自分のために煙草を一本、パックから抜き取った。

ゴールドは椅子に坐ったまま、もぞもぞと尻を動かした。それから、咳払いをひとつして、声がかすれたり震えたりしないよう気をつけながら言った。「いったい、どういうことなんですか、これは？」

フロスト警部は顔をしかめた。「おや、聞いてない？」そう言うと、うしろを振り向き、部屋の隅に陣取って手帳を開いている男に声をかけた。「まだ話してないのか？」男は黙って頷いた。フロストは、さも呆れたように派手に舌打ちをすると、やけにゆっくりとマッチを箱から取り出し、テーブルの天板でこすって煙草に火をつけた。「ファシルというご婦人の件ですよ」

ゴールドは眉間《みけん》に皺を寄せた。思い出す努力をしているかのようだった。「いや、そんな名前には聞き覚えがないですね」

「そいつは困ったな」とフロストは言うと、心もとなげな顔になり、壁際のしかめっ面の男に声をかけた。「連れてくる相手を間違ったのかもしれないな、部長刑事」それから、どうも腑《ふ》に落ちないという表情で緑色のファイル・フォルダーを取りあげ、ひとしきり書類を繰ったすえに、タイプ打ちの書面を何通か選り出した。「それじゃ、目撃者を自称している連中は、みんな嘘をついてることになる」フロストは顔をあげ、ゴールドに視線を戻した。「もちろん、出るとこに出ても知らないと言えますよね？」ゴールドに応える暇を与えずに、続けて言った。「では、デントン市ローマン・ロード在住のエリザベス・ウィンターズというご婦人は？　まさか、ウィンターズ夫人のことも知らない、なんて言うつもりじゃないでしょうね？」

「知り合いは大勢いますよ。ぼくは送迎サーヴィスの運転手で、仕事柄いろんなお客さんを乗せますからね。でも、乗せるたびに名前を訊くわけじゃない。名前を言われてもわからない場合だってありますよ」

「それじゃ、簡単にわかりそうなところで、メアリー・ヘインズは？」

「今も言ったように――」ゴールドは何度か小刻みに眼を瞬《しばた》くと、不意に黙り込んだ。相手が何を言おうとしているのか、ようやく合点がいったとでもいうように、表情を硬く強ばらせた。「ちょっと待ってください。やっとわかった。ヘインズ、ウィンターズ……ふたりとも、殺された人じゃないですか。ぼくがやったと思ってるってことですか？」

「そうです」フロストはあっさりと答えた。「おれたちは、まさしくそう思ってる」そしてマニラ封筒の中身をテーブルのうえに空《あ》け、ゴールドの所持品を調べた。なかに一枚の写真が交《ま》じっていた。カメラに向かって遠慮がちに笑みを浮かべている、白髪混じりの髪を戴《いただ》いた老婦人の写真だった。フロストはそれを手に取り、注意深く眺めた。「この人には見覚えがない。いつ殺《や》ったんです？」

ゴールドは、引ったくるようにして写真を奪い返した。「これは、ぼくの母だ。失礼なことを言うな！」

「なんだ、そうか」フロストは納得の面持ちで頷き、手元のメモ用紙に視線を落とした。「父上とは三歳のときに死別。でも、母上は今も達者で暮らしていらっしゃる」

「達者とは言えない」ゴールドは言い返した。「心臓の具合がよくないんだ」

「それは気の毒に」とフロストは言った。「でも、その程度なら、咽喉首《のどと》を掻っ切られるよりずっとましってもんだ。そっちに異存がなければ、指紋を採らせてもらいたいんだけど……？」

「異存があると言ったら？」

「それでも採らせてもらう。だったら、わざわざ反感を買うこともないでしょう？」

指紋採取のため、若い制服警官が呼ばれた。フロストは作業が終わるまで辛抱強く待ち、しかるのちに、その若い制服警官に何やら小声で指示を与えた。警官は頷いて部屋を出ていった。

「ぼくには、弁護士を呼ぶ権利があるはずだ」とゴールドは言った。

フロストは、いかにも驚いたようだった。「潔白なのに？　悪いことなんか何もしていない、あなたみたいな人が、なぜ弁護士を呼ばなくちゃならないんです？」

「あなたたち卑怯でこすからいお巡りが、やってもいないことをやったことにしてぼくを陥《おとしい》れようとしているから――だから、ぼくには弁護士の付き添いが必要なんです」

「それは、あんまりだよ」とフロストは傷ついたような声で言った。「確かに、罪を認めさせようとはしてるかもしれないけど、やってもいないことをやったことにはしてない」

壁際に控えていたしかめっ面の男が、まえに進み出た。「殺人事件の被害者は、全員きみの運転する送迎バスを利用していた」

ゴールドは椅子に坐ったまま身をよじり、質問をしてきた男に顔を向けた。「だから？　ぼくの送迎バスを利用する人は、それこそ何百人もいますよ」

「このまえの日曜日の正午《ひる》過ぎ、きみはどこにいた？」

「さあ、どこにいたかな」ゴールドは作り笑いを浮かべた。「あなたは、どちらに？」

ドアが開き、指紋を採取した制服警官が戻ってきた。警官はフロスト警部の耳元で何事か囁いた。フロストの眼が満足げにきらりと光った。「もういいよ、ゴールド君。芝居はもうおしまいにしてくれていい。おたくが犯人だという証拠をつかんだから」

「ほんとに？」まるで意に介するふうもなく、ゴールドは言った。「なんだか、おっかないな。震えが出ちゃいそうだ」

「ああ、一分後には汚したくないものまで汚しちまってるよ」とフロストは言った。「ついさっき、おたくはジュリア・ファシルというご婦人のことなど知らないと言った」

「その名前には聞き覚えがない、とは言ったけど」

「おたくは、そのご婦人の家に参上して、玄関の防犯チェーンを頑丈なものに取り替えることになってた」

ゴールドは、椅子の背にもたれかかった。「ああ、その話ね――やっとわかりましたよ。あの小柄なお婆ちゃんのことか。七十五歳かそのぐらいの。ヴィクトリア・コートに住んでる人でしょう？」

「やっぱり知ってるじゃないか」としかめっ面の男、フランク・ギルモア部長刑事が言った。

「でも、名前は知らなかった。いつも〝小母《おば》ちゃん〟って呼んでるから」ゴールドは、そこで初めて動揺の色を見せた。「でも、どうして、小母ちゃんのことなんか？　まさか、あの人がどうかしたわけじゃないでしょうね？」

「きみは昨夜遅く、防犯チェーンを取り替えるためにファシル夫人の家を訪れた」

「いや、行ってませんよ。行くつもりだったけど、なんだか疲れちゃったんで、昨夜は早めに寝たんです」

ゴールドのすぐうしろに立っていたギルモア部長刑事が背後からのしかかるように屈《かが》み込んだ。「嘘をつくんじゃない。きみは昨夜、ファシル夫人の家に行っている。夫人を殺したのは、きみだ」

ゴールドは、指の関節が白くなるほど、椅子の縁をきつくつかんだ。「殺した？　殺したって……それじゃ、亡くなったってことですか？　あの優しくて淋しがり屋の小母ちゃんが、亡くなったんですか？」

「とぼけるのも、いい加減にしろ。夫人が死んだことは、きみがいちばんよく知ってるはずだ」ギルモアは凄みを利かせた声で言った。

ゴールドは信じられないといった面持ちで、口を半開きにし、眼をまっすぐまえに据えたまま、首を左右に振り続けた。それから、不審そうに眼を細くすがめた。「それじゃ、あなたたちは、ぼくがあの人を殺したと言いたいんですね？」

「ご名答」フロストは笑みを浮かべた。「今回ばかりは抜かったね。現場に指紋がひとつ落ちてたよ」

「指紋」とゴールドは復誦した。眼を大きく見開き、ようやく事情が呑み込めたという顔をした。「そうか、だからぼくが犯人だと思ったんだ。それなら、供述ってやつをしましょうか？」

「したけりゃ、どうぞ。書き留めてさしあげるぐらい、屁でもないから」フロストはそう言うと、手帳の新しいページを開けて準備を整えるよう、バートンに合図した。胸のなかに漠とした不安が拡がっていくのを感じた。このゴールドという男は、あまりにも取り澄ましていて、あまりにも自信たっぷりだった。どこかで狙いを誤ったか？　とフロストは自問した。いや、それはありえない。この薄ら笑いを浮かべている、厭味なくそったれの若造が、刃物を振るい、首ももげよとばかりに咽喉を掻っ捌いた犯人だ。直感がそう囁いている。

バートンの用意が整ったと見て取ると、ゴールドは口を開いた。「わたしことロナルド・ウィリアム・ゴールドは、自《みずか》らの自由意志に基づいてこの供述を行《おこな》う。従って、この供述には他者からのいかなる誘導も強制も介在していない。この忌まわしき事件の犯人逮捕に向けて、警察の捜査にできる限り協力するべく行うものである」そこで口をつぐみ、バートン巡査の筆記が追いつくのを待って本題に入った。「十一月十四日午後九時ごろ、《リーフ・ビンゴ・クラブ》が散会になったあと、ぼくは数名の高齢者を、会場のホールから自宅まで送り届けました。なかのひとりが、のちにジュリア・ファシル夫人というその名前を知るところとなる老婦人でした。その人は、このところ高齢者が殺害される事件が頻発しているのに、肝心の警察が無為無策なので恐くてたまらない、と言っていました。だから、その人の住まいがあるヴィクトリア・コートに到着したとき、ぼくはアパートメントまで送ることを申し出たんです。彼女は悦びました。玄関のまえで鍵を受け取り、ぼくがドアを開けました。ぼくが先に部屋に入って、なかをざっと見てまわり、なんの異状もないことを確認してあげたんです。玄関の防犯チェーンは、ぼくの見たところ、どうも頼りないものでした。そこで、折を見て、もっとしっかりしたものに付け替えてあげましょうか、と提案したところ、そうしてもらえるとありがたい、と言われたので、近いうちに訪ねることを約束しました。その後ぼくはバスに戻り、残りの乗客を送り届けたというわけです。これでジュリア・ファシル夫人のアパートメントの室内にぼくの指紋が残っていたことの説明がつくと考えられ、このささやかな協力によって、警察がぼくを捜査対象からはずし、真犯人を捜し出すことに邁進《まいしん》してもらえるのではと期待するものです」

間《ま》ができた。犯罪捜査部の刑事たちは、揃って落ち着きなく足を踏み替え、咳払いをした。ギルモアは素早い一瞥でフロストの様子をうかがった。フロスト警部は困り果てているようだった。「で、それが十四日の……殺しがあった前の日のことだと言うんだね?」

「ええ、そうです。信じていただけないようなら、送迎バス一台分の証人もいますよ」

「いちおう、その人たちからも話を聞かせてもらうことになると思う」とフロストは言った。だが、老人たちに話を聞いたところで、ゴールドの供述を裏づける証言しか得られないだろうことは見当がついた。この慇懃《いんぎん》無礼な若造は、あきれるくらい小知恵がまわる。翻《ひるがえ》ってこの自分は、知恵がまわるとはとても言えない。フロストは、〝切り裂き犯〟による殺人事件が発生した日時を一覧表にしたものをフォルダーから引っ張り出し、ひとつずつ順番に読みあげた。

「そのとき、おたくはどこで何をしていたか——それぞれの日時について教えてもらいたい」

ゴールドは肩をすくめた。「覚えていません。仕事かな。たぶん、送迎バスを運転してたと思いますよ」

「違う」ギルモアが怒鳴った。「きみが非番だったことは、調べがついてる」

ゴールドはおどけた仕種《しぐさ》で拳《こぶし》を振りあげ、自分の額《ひたい》をこつんと叩いた。そうして、いかにも朗らかな笑顔になった。「非番だったんなら、たぶん家で母の相手をしていたんだと思いますよ。家に帰ったら確認しておきます」

「それには及ばない」とフロストは言った。「目下《もつか》、うちの連中がおたくにお邪魔して、家宅捜索ってやつをやってるとこだから。今ごろは、おれの同僚のひとりが、あんたの大事なママともお喋りしてるにちがいない」フロストはのけぞった。ゴールドが、それまでの落ち着きをかなぐり捨てて、いきなり食ってかかってきたからだった。

「母は心臓の具合がよくないって言っただろうが。母にもしものことがあったら、あんたもあんたの同僚も、ぶっ殺して——」

「そう、人殺しならお手のものだったな」相手の興奮に乗じて、フロストはすかさず攻め入った。

しばらくのあいだ、懸命に平静を取り戻そうとするゴールドの、荒い息遣いだけが聞こえた。

ややあって、ゴールドはおもむろに笑みを浮かべた。「警部、もうこれ以上、あなたに失礼なことを言われるのを黙って聞いてるつもりはありません。逮捕するならすればいい。でも、逮捕しないということであれば、ぼくにはこれ以上ここいる義務はないわけだから、失礼して、あそこのドアから歩いて出ていくことにします」

「おたくの帰宅時間はおれが決める」フロストがぴしゃりと言ったとき、ドアをノックする音がした。フロストの眉間《みけん》に縦皺が刻まれた。歓迎できない邪魔だった。この機にさらなる揺さぶりをかけて、一気呵成にゴールドを攻め落としてしまいたかった。ドアが開いた。アーサー・ハンロン部長刑事だった。その表情は、朗報を携《たずさ》えてきた伝令のそれではなかった。彼はフロストを無言で差し招いた。ハンロン部長刑事は、ゴールドの家の捜索の陣頭指揮に当たっていたのだった。

「家じゅう、徹底的に引っかきまわしてみたよ」ハンロンは報告した。「でも、何も出なかった。被害者《ガイシャ》の預金通帳も殺しに結びつけられそうな現金も見つからなかった。衣類や靴を調べてみたけど、血痕が認められたものはひとつもなし……文字どおり、ないないづくしだよ」

「血痕はなくちゃおかしい」フロストは食いさがった。「犯人は返り血をどっさり浴びてたはずなんだ。検屍官だってそう言ってる」

「念のために、科研の鑑識チームにも見てもらった。それでも出なかったんだから、やっぱり血のついた衣類はないってことだよ。おまけに、悪いことは重なるもんだ、ゴールドの母親が息子のアリバイを主張してる。殺しのあった夜はいずれも、自分と一緒に家にいたと言い張って譲らない」

「そりゃ、おふくろさんが嘘をついてるのさ」とフロストは言った。「ゴールドの野郎はクロだよ。ケツの穴にも負けないぐらい、真っクロだよ」憮然とした顔になり、フロストは茶色いリノリウムの床を靴底でこすった。「車は？　血痕がないか、車のほうも調べたかい？」

ハンロンは頷いた。「科研の連中が、それこそ隅から隅まで調べたよ――でも、空振りだった」

フロストは特別鋭い蹴りをリノリウムの床に見舞った。よくない展開だった。いったいどこで目算が狂ったのか？　そこに、フロスト警部の心をさらに沈ませる事態が持ちあがった。鏡のように磨き込まれた靴が、きびきびとテンポよく床を叩く音――マレット署長の登場だった。デントン警察署がまたしても手柄を立てることになるのかと思うと、待ちきれなくなったものとみえる。

「それが、警視《スーパー》、実はけっこう難航してるんだ」とフロストは言った。「いくら洗っても何も出てこないし、母親のおかげで鉄壁のアリバイってやつも成立しちまったし」

マレットの口が半開きになった。「だが、きみは、決定的な証拠をつかんだと言っていたではないか。指紋が出たんだろう？」

「そう、その指紋が、こっちが思ってたほど決定的な証拠にならなくてね。ことば巧みに言い抜けられちまいましたよ」

「家宅捜索は？」

「何も出ませんでした」とハンロンが答えた。

マレットは、ハンロンからフロストのほうに視線を戻した。「では、罪証として挙げられそうな、ほかの証拠は?」

フロストは、落ち着きなく足を踏み替えた。目下のところ、彼にあるのは直感だけだった。ロナルド・ウィリアム・ゴールドは、間違いなく〝切り裂き犯〟だ。フロストにはそれがわかった。ちゃんとわかっていた。ただ、それを証拠立てることができずにいた。

「黙っているところを見ると、わたしの危惧が的中したようだな」マレットは語気鋭く言った。「フロスト警部、きみはすべてをぶち壊した。自分の立てた仮説をきちんと検証もせずに事実と決めつけ、勇んでそれに飛びついた。ゴールドが本当に〝切り裂き犯〟だとしたら——まあ、どうやら、それも必ずしも確実とは言えないようだが、きみのしたことは、相手の警戒心をいたずらに呼び醒ましただけだ。確たる証拠がなければ、このまま勾留しておくことはできない」マレットは唇をきつく引き結んだ。「せめてもの救いは、月曜日になればアレン警部が職場に戻ってくることだ。そうなれば、われわれの抱えている問題もしかるべく処理されるようになるだろう」そう言い残すとくるりと踵《きびす》を返し、苛立ちもあらわな大股で引きあげていった。それでも、途中で足を止めて、最後にもう一発、フロストに強烈なロー・ブロウを叩き込んでいくことは忘れなかった。「什器《じゅうき》備品現況の調査報告は?」

「完成間近ですよ」フロストは叫び返した。

「では、州警察本部のほうに、今夜にも発送できそうだと伝えてしまってかまわんね?」

「間違いなくやっときますって」フロストは請け合った。小うるさい相手にはとりあえず先方が聞きたがっていることを言っておき、あとでなんとか言い訳をひねり出す——それがジャック・フロスト警部の処世術だった。無意識に煙草のパックを取り出してから、ようやく自分がすでに煙草を吸っていることに気づいた。

「今後の対策は、何か考えてあるのか?」とハンロンが尋ねた。

「これからひとっ走り、ゴールドのおふくろさんって人に会いに行ってくるよ。別の話に差し替えてもらえないか、ちょいと粘ってみる」

「ごり押しは禁物だぞ。相手は心臓が弱いんだから」ハンロンは釘を刺した。

「対するおれは膀胱《ぼうこう》が弱い。だから、あいこだよ」廊下の途中まで歩いたところで、フロストは振り返り、大声で言った。「どうせ時間の無駄だろうけど、ゴールドが手伝ってるオックスファムの店にも人を遣《や》って、ひととおり調べさせてみてくれ」

ゴールドの自宅は、フロストが何週間もまえに——いや違う、ほんの数日まえに——匿名の通報を受けてミイラ化した死体を発見したジュビリー・テラスから、角をひとつ曲がったところ、どちらかと言えば古いスタイルの住宅ばかりが建ち並ぶ、小さな袋小路にあった。通りの両側はすでに駐車中の車に占領されていて、空きスペースが見つからなかったので、フロストは署から借り出したロードスターを表通りに駐めなくてはならなかった。

目的の家の門扉は黒塗りの鉄でできていて、押すと蝶番《ちょうつがい》が鈍い軋みをあげた。フロストは家の玄関まで歩いた。ノックに応じて出てきた女は、警戒心をあらわにして後ずさった。息子が帰宅したものと思ってドアを開けてみたら、薄汚れたレインコートを羽織り、えび茶色のマフラーを首からだらしなく垂らした、見たこともない男が突っ立っていた。慌ててドアを閉めようとすると、男がカラー写真のついたプラスティックのカードを掲《かか》げた。「デントン警察署警部のフロストという者です」と男は名乗った。

彼女は、カードの写真をひとしきり見つめ、それから玄関先に突っ立っている男に視線を移した。似ていなくもなかった。「お巡りさんなら間に合ってます。それより息子はどこ?」

フロストは相手を安心させるときの笑みを浮かべた。「ロニーのことなら、心配はいりません。今、署でお茶を飲んでます」

「もう夕食の支度をしてあるのに」と彼女は言った。

フロストは鼻をうごめかせた。確かに、家のなかから料理を温めている馨《かぐわ》しい匂いが漂ってきていた。「いやあ、おたくの息子さんは恵まれてる。ご迷惑でしょうが、ちょっとお邪魔してもかまいませんか? ひとつふたつ、お訊きしたいことがあるので」

ロナルド・ゴールドの母親は、フロストの呈示した身分証明書をもう一度じっくりと見た。

「あなた、失礼ですけど、ほんとにお巡りさん?」

「いちおう、本物です」フロストは、あとについて廊下を歩きながら言った。「上司からは、ときどき疑われたりするけど」

かろうじて聞き取れる程度の音量で、ラジオが低く鳴っていた。彼女はフロストをキッチンに通した。こぢんまりとしたキッチンは、ガスオーヴンの発する熱のおかげで、汗ばむぐらい暖かかった。そのガスオーヴンから、ソーセージと玉葱《たまねぎ》の匂いがしていた。赤と白の格子縞のクロスを掛けた小さなテーブルのうえに、ナイフとフォークとHPソースの瓶が並べられている。ひとり分だけ調《ととの》えられた夕食の席。フロストはマフラーをはずし、ポケットに突っ込んできた緑色のファイル・フォルダーを引っ張り出すと、椅子に腰を降ろした。そして、再び鼻をうごめかした。「ほんと、旨《うま》そうな匂いだ」

ゴールド夫人はオーヴンの扉を開けて、なかをのぞき込んだ。「早く食べてもらわないと、おいしくなくなっちゃうわ。あの子のこと、いつになったら帰してもらえるんでしょうか?」

「それは難しい質問です」フロストは曖昧に言った。彼女は椅子を引き寄せ、テーブルを挟んでフロストの向かいに腰を降ろした。実際には六十歳をいくつも超えていないのだろうが、白髪混じりの髪のせいか、それよりもずっと老けて見えた。はにかんでいるような、怯えているような笑みが浮かんでは消え、消えては浮かんだ。それに、絶えず手を動かしていないといられないようだった。エプロンについた糸屑をつまみ、テーブルクロスを引っ張って皺を伸ばし、ナイフとフォークをまっすぐに置きなおし……神経質な性格《たち》らしい、とフロストは見て取った。もう一度、得意の笑みを浮かべてみることにした。「奥さんがふたり分のお茶を淹《い》れたい、とおっしゃるなら、おれは反対なんかしませんよ」

「まあ、厚かましい人だこと」とゴールド夫人は言った。それでも、席を離れて流しのまえに立ち、ヤカンに水を入れた。「うちは食堂じゃなくてよ」と文句を言いながらヤカンを火口《ひぐち》にかけ、ガスこんろに点火した。「それよりも、うちの息子はどうして、いつまでも帰してもらえないんでしょう?」

「殺人は大変な重罪だからです、ゴールド夫人」紅茶入れの缶に手を伸ばした彼女の背中が強ばった。が、こちらに向きなおったときの表情には、なんの動揺も認められなかった。なんと言われようと気にしない、そんな様子だった。食器棚のフックからカップをふたつ取ると、かすかに震える手でテーブルに置いた。

そして、いきなり言った。「うちの息子はいい子です。……とても、いい子です」

ゴールドの札入れに入っていた写真を引き伸ばしたものが、食器棚のうえに飾ってあった。

「お父さんのことは、懐かしがったりしないんですか?」とフロストは尋ねた。

彼女は、怪訝《けげん》そうに眉根を寄せた。「父親が亡くなったとき、あの子は三歳でしたから。父親のことは、ほとんど覚えていないと思います」

フロストは、同情の舌打ちなるものを披露した。「まだそれほどの年齢《とし》じゃなかったでしょう? 不慮の事故かなんかに遭われたとか?」

彼女は眼を逸らした。「自殺です」フロストの驚きように、ゴールドの母親は事情を説明することばを続けた。「主人は鬱の気味がある人でした。それが嵩《こう》じて、ある日、ニュー・ストリート駅で列車に飛び込んだんです」

「そして、遺《のこ》されたあなたは、女手ひとつでロニー少年を育てなくてはならなかった?」

ポットのなかの紅茶が、猛烈な勢いでかきまわされた。「わたしは、生活のために働かなくロニーを育てたのは、あの子の祖母でした」紅茶をかきまわす手を止めてポットに蓋をすると、ロナルド・ゴールドの母親はふたつのカップに紅茶を注ぎ分けた。「あの子には、あまり幸せとは言えない子ども時代を過ごさせてしまったかもしれないわ。あの子の祖母という人は、とても厳格でね。あの子もよく叩かれていました。まだ年端《としは》もいかないほんの子どもだというのに」そう言うと、フロストのほうに紅茶のカップを押して寄越した。

「そういう話を聞くと、胸が痛む」フロストは内心の興奮を押し隠そうとしたが、スプーンで砂糖をすくう手がどうにも震えた。これまでは胸の奥底に疑いのかけらぐらいは潜んでいたかもしれないが、それももう吹っ飛んだ。ロナルド・ゴールドは、やはり〝切り裂き犯〟だ。なかなか努力を要することだったが、フロストは何げない口調を保って言った。「そんなふうにお祖母《ばあ》さんから叩かれて育ったせいで、息子さんは年寄りに憎悪を抱くようになったんじゃないですか？」

彼女の顔色が変わった。「あなた、わたしに何を言わせたいんです？」

「それは、お互いよくわかってるはずだ、ゴールド夫人。ロナルド・ゴールドはあなたの息子だ。母親としては庇《かば》いたい。その気持ちはよくわかります。でも、すでに四人の人間を殺してるんです。放っておけば、もっと殺すかもしれない」

開きなおったように、彼女は胸を張り、顎をまえに突き出した。「お茶を召しあがったら、どうぞお引き取りください」

フロストは、〝切り裂き犯〟による殺人事件が発生した日時を一覧表にしたものを取り出し、相手に向かって振り立てた。「ゴールド夫人、あなたはおれの同僚に本当のことを言わなかった。ここに書き出してある日にはいずれも、ロニーは家にいなかった。あなたと一緒にはいなかった。出かけていたんです、年寄りを殺すために。殺して快感を得るために」

「わたしは嘘なんか申しません」とゴールドの母親は言った。フロストはまっすぐに彼女を見据えた。ゴールドの母親には、その視線を受け止めることができなかった。耐えきれずに顔を背《そむ》けた。

フロストは緑色のファイル・フォルダーを開いて、各現場で撮影された被害者のカラー写真を取り出し、テーブルのうえに並べた。「これを見るんだ」と命令口調で言って、とりわけ凄惨な一枚を親指で彼女のまえに押しやった。「これが、あなたの愛《いと》しい息子がやってることだ。自分を引っぱたき続けた祖母さんへの恨みを晴らすために、こういうことをしてるんです」

フロストは、相手が恐怖のあまりあえぐのを聞いた。次の瞬間、そのあえぎ声が、咽喉を詰まらせたようなおぞましいうめき声に変わった。フロストははっとして顔をあげた。引いた顔を激しく引き歪め、ゴールド夫人が両手で胸を掻きむしっていた。心臓発作だ。ゴールドの老いた母親は心臓発作を起こしたのだ。「薬はどこです?」とフロストは叫んだ。

咽喉の奥から、ごぼごぼという音が洩れた。弱々しく震える指が、食器棚を指さした。

薬を見つけ出したときには、彼女は椅子に坐ったまま、ぐったりと気を失っていた。フロストは紙のように薄べったい錠剤を彼女の舌の裏に滑り込ませ、空《あ》いているほうの手でポケットから携帯無線機をつかみ出した。「こちら、フロスト。司令室、応答願います」そこで口ごもった。くそいまいましいことに、この家の住所が思い出せなかった。「今、ゴールドの家にいる。大至急、救急車を寄越してくれ」

マレットは気分がすぐれなかった。身体がだるく、妙に熱っぽい気がした。こんなときに、ゴールドの母親に心臓発作を起こさせてしまった、などという大失態の報告を聞かされることになるとは。フロストの煙草の煙が漂ってきて、マレットは咳き込んだ。咳き込むと、こめかみのあたりがずきりと疼《うず》いた。当てつけがましく煙を手で扇《あお》いで払いのけた。さすがのフロストも煙草を吸うのを中断した……と思いきや、絨毯のうえに灰を落とし、改めてくわえなおした。電話が鳴った。マレットは引ったくるようにして受話器を取りあげた。相手の話を聞くあいだ、その表情はほとんど変わらなかった。「そうか、ご苦労だった」受話器を置くと、冷ややかな眼でフロストを睨み据えた。「病院からだ。発作の程度はごく軽いものだったそうだ。念のため、今夜ひと晩様子を見て、大事ないようなら、明日の午前中に退院することになっているそうだ」

フロストは安堵のあまり汗をかきそうになりながら、椅子にへたり込んだ。「いやあ、ほんとによかった。明日にでも、もう一度話を聞きに行ってみよう。今度こそゴールドのアリバイを粉砕してきますよ」

マレットは眼鏡をはずすと、しつこい疲労を拭うように眼をこすった。「今後、ゴールドの母親に近づくことは、まかりならん。それでなくとも、充分に面倒な事態を引き起こしているではないか。きみは、相手が心臓に問題を抱えているのを承知していながら、あのようなグロテスクな写真を見せた」

「そう、自分の息子が切り刻んだ、婆さまたちの写真をね。心配いりませんよ、警視《スーパー》。今度はもっとソフト・タッチで攻めますから」

「〝今度〟などという機会はない」マレットは語気を強めて言うと、デスクの天板に拳を叩きつけた。またしてもこめかみがずきりと疼き、マレットは顔をしかめた。

「でも、ゴールドの野郎のアリバイを崩さなきゃならない」フロストは言い張った。

「よしんば、アリバイを崩すことに成功したとしても――あの男の母親が、殺人事件の発生した日時に息子が自宅にいなかったことを認めたとしても、それはただ単に、ゴールドがあの四名の被害者を殺害した可能性がある、ということにすぎない。ゴールドが殺害したことを明示する具体的な証拠は、かけらもないことに変わりはない。わたしが欲しいのは、証拠なのだよ、フロスト警部。疑惑でも、直感でもない――ちゃんとした、ごく当たりまえの、どこに出しても通用する確たる証拠が必要なのだよ」

「母親と話をさせてもらえれば、証拠のほうもちゃんと手に入れてきますよ」

「駄目だ」こめかみの疼きは、今や恒常的な痛みに変わっている。マレットとしては、フロストが己《おのれ》の分限をわきまえ、受け入れるべきを受け入れて、さっさと退室してくれることを願うばかりだった。

「証拠が手に入らないと、ゴールドの野郎を解き放つことになっちまう」フロストは切羽詰まった口調で言った。

「それは、フロスト警部——」マレットは素っ気なく言った。「きみの問題だ」フロストは立ち去る際、ばたんと派手な音がするほどの勢いで、ドアを閉めていった。頭痛を抱える身にはなんともこたえる音で、痛みがいや増した気がした。額《ひたい》に汗が吹き出すのがわかった。マレットは抽斗を開けて、アスピリンを探した。あの流行《はやり》風邪のウィルスをもらってしまったにちがいない。だが、今、ここで自分が倒れでもしたら、デントン警察署の上級警察官はフロスト警部ただひとりになってしまう。いかなる理由があろうとも、本署の指揮をジャック・フロスト警部に委《ゆだ》ねるわけにはいかなかった。

取調室のそとの廊下で、ギルモアが待ち受けていた。「ゴールドは、まさに貝のように口を閉ざしてます。母親の件でわれわれを訴えてやるとすごい見幕で息巻いたあげく、あとは弁護士をつけてくれるまではひと言も喋らない、と言ったきりほんとに黙り込んでしまいました」

「ゴールドは釈放する」とフロストは言った。そして、マレットとの会見の一部始終をギルモアにも話して聞かせた。「でも、監視は続ける。一日二十四時間、べったりへばりついてやる。うまくいけば、眼鏡猿が泣いて悦ぶ確たる証拠ってやつが手に入るかもしれない。最悪の場合でも、またひとり気の毒な年寄りがあの世に送られるのを未然に防ぐことができる。いずれにしても、月曜日にアレン警部が職場に復帰あそばして、この事件を引き継いでくださるまでのことだ」

「わたしも、アレン警部のしたにつくことになるんでしょうか?」熱い期待を込めて、ギルモアは尋ねた。

「だろうな、坊やには気の毒だけど」とフロストは言った。

ギルモアは、なかなか骨の折れることではあったが、落胆の表情らしきものをどうにか浮かべてみせた。


「無理だよ、二十四時間態勢の監視なんて。こなせるだけの人手がない」とジョニー・ジョンスン巡査部長は言った。

「そこをなんとか」とフロストは言った。「私服でも、制服組でも、警察犬の訓練士でも、歩けりゃ怪我人でも……この際、贅沢は言わない。肝心なのは、一秒たりとも、あの野郎から眼を離さないってことなんだ」

「ほんとに、そいつが〝切り裂き犯〟なのか?」ジョンスン巡査部長は尋ねた。「全署をあげて見当違いの相手を追いかけまわしたあげくに、本物の〝切り裂き犯〟が凶行に及び、新たな被害者が出ちまった、なんてことになったら、ざまはないぞ」

「大丈夫だよ、おれを信じろ」とフロストは言った。

「ジャック、これまでに何度あんたを信じて、肥溜《こえだ》めのど真ん中に放り込まれてきたことか」

ジョンスン巡査部長は、溜め息をついた。「まあ、できる限りのことはしてみるよ」

電話が鳴った。オックスファムの店にいるバートン巡査からだった。「こっちに来てもらえませんか、警部？　ゴールドの私物が入ってるロッカーがあるんですけど、鍵がかかってて開かないんですよ」

「これから坊やと、オックスファムの店まで行ってくるよ」とフロストはジョンスンに声をかけた。

「ほう、替えのスーツでも新調するのかい？」ジョンスン巡査部長のことばに送られて、フロストとギルモアは署をあとにした。


絨毯と家具を扱っていた小売店が倒産したあと、その店舗を引き継ぐ形で、オックスファムの店は営業していた。フロストとギルモアは、緑色の作業着を着込んだ、店の責任者である痩せて骨張った身体つきの女につきまとわれ、バートンに先導されながら、古着を吊るしたラックと台所用品を積みあげた棚のあいだを抜けて店の奥に進み、短い石段を経《へ》て地下に降りた。バートンがスウィッチを入れると、裸電球が灯り、周囲が照らし出された。板石敷きの狭い部屋だった。固形燃料を熱源とする旧式のボイラーが、黒光りする無煙炭の山を傍《かたわ》らに従えて、鈍い音を立てては、燃え盛る地獄の業火の熱気を吐き出していた。そのボイラーの向かって左側にもうひとつドアがあった。そこを抜けると、細長い通路になっていて、一方の壁際に、明るいグレイに塗られた金属製のロッカーが六本並んでいた。

「あれがゴールドのロッカーです」バートンは、いちばん奥のロッカーを指さした。

フロストはバートンの捜索を妨げた、見るからに頑丈そうな南京錠を丹念に観察したのち、ポケットから万能鍵の束を取り出した。

店の責任者の女が、気遣わしげな表情を見せた。「つかぬことをうかがいますが、捜索令状はもちろんお持ちなんですよね？」

「当然です」フロストは素っ気なく答えると、呈示を求められるものなら求めてみろとの気迫を込めて、責任者の女の眼をじっと見返した。二本目の鍵で、南京錠がはずれた。フロストはロッカーの把手をつかんだ。責任者の女が、眼を丸くしながら、身を乗り出した。「奥さん、あなたはさがっていたほうがいい。死体が出てくるかもしれないからね」ぎょっとした様子で彼女は跳び退《すさ》り、そのひょうしにギルモアの爪先を嫌というほど踏みつけた。

「さて、お立ち会い」フロストは把手を引き、扉を開けた。

ロッカーのなかは、男物の衣類でほぼ満杯だった。ジャケットに、ズボンに、シャツに……デザインも色も材質もまちまちの寄せ集め。布地が擦り切れかけているような年代物も、さほど傷《いた》みの目立たないものも交《ま》じっているが、要するにすべて古着だった。

店の責任者の女はあえぐような声を洩らすと、眼を剝き、口を半開きにした。

「なんだか店の在庫品を無断で失敬してるようにも見えますね」フロストはそれとなく言った。

「わたしには、なんとも……。だって、ロニーはほんと絵に描いたような好青年だったんですもの。あの子なら安心できるって、すっかり信頼してましたもの」

「そう思ってたのは、あなただけじゃない」フロストは笑みを浮かべた。「ロニー青年のここでの仕事は？」

「ヴァンの運転です。オックスファムに寄附していただける品物を、うちの店の小型ヴァンで引き取りに行ってもらってました。あとは、大きな品物を買った人がいた場合に、その配送を頼んだり。それから……そう、ボイラーの管理も。こまめに燃料をくべてくれてたわ」

「なかなか貴重な人材だ」とフロストは言った。「おれなら、この古着の件もあまり心配しませんね。きっと、それなりの理由があってしたことでしょう」そこで小首を傾《かし》げ、何かを聞きつけた表情になった。「おや、店のほうにお客が来たようですよ」責任者の女が立ち去るなり、ロッカーの衣類を検《あらた》める作業に取りかかった。「ゴールドの背恰好なら、どれもだいたい着られそうだ――ってことは、こいつは自分のために集めたもんだな」

「それじゃ、ゴールドは、この店の在庫品をくすねていたわけだ」ギルモアは鼻で笑った。「いやはや、大事件じゃないですか」

「坊や、おまえさんは肝心な点を見逃してる」フロストは、次第《しだい》に胸が高鳴るのを感じながら、塗料の染みが飛び散った鉤裂きだらけのジーンズを手に取った。「ここにある服のほとんどは、ぼろも同然の代物《しろもの》だ。だったら、あいつはそんなものを、なぜわざわざくすねたりしたんだい？」

「降参です」ギルモアは大して興味を惹かれていないことをさりげなく示しつつ、肩をすくめた。

「ゴールドの自宅にあった服には、血はただの一滴も付着していなかった。それは、あの野郎が古着を備蓄しておいて、〝切り裂き犯〟に変身するときにお召し替えをしてるからだとしたら？」

ギルモアは眼を瞠《みは》った。「そして、ひと仕事終えたら、身に着けてた古着はボイラーに叩き込んで、焼却処分にしてしまう！　そうか、そんな単純なことだったのか。なんと言うか……天才的な着想ですよ」

フロストは、ギルモアとバートンを引き連れて、ボイラー室に取って返した。「どうします――とりあえず火を落としてみる手はあると思いますけど？」とギルモアが提案した。「灰を引っかきまわすことぐらいはできますよ。燃え残ってるものもあるんじゃないかな……バックルとか、ファスナーとか、金具類とか」

「でも、なんの証拠にもならない」とバートンが言った。「警部たちが出張《でば》ってくるまえに、店の責任者にここの運営について、ひととおりの話を聞いたんですが、寄附されてくる衣類のなかには、虱《しらみ》がたかっていたり汚れがひどかったりして売り物にならないものが、たくさんあるんだそうです。で、そういった衣類は、ボイラーに突っ込んでしまうと言ってました」

「くそっ」フロストはボイラーに蹴りを見舞った。「あの人でなしの若造、やたらと小知恵がまわりやがる。でなけりゃ、やたらとつきに恵まれてるのか……。どっちにしろ、証拠をつかむには、犯行に及んでる現場を押さえるしかなさそうだな」フロストはそう言うと、人目もはばからず、ひとつ大きく伸びをした。うなり声の混じった欠伸《あくび》つきで。「帰るぞ、ギルモア坊や。今のうちにちょっくら眠っておいたほうがいい。今夜はどうもくそ忙しくなりそうな予感がするんだ」

ギルモアが玄関のドアを後ろ手に閉めたとき、家のなかは奇妙なほど静まり返っていた。リズは出かけているのか、寝床に逆戻りしてふて寝をしているものと思われた。怒れる女神の睡眠を妨げることのないよう、ギルモアは爪先立ちになり、足音を忍ばせて廊下を歩いた。居間に入ると、時を刻む時計の音が不自然なほど鮮明に聞こえた。あるいは、家のなかがあまりにも静かなので、そんなふうに聞こえるだけなのか？

　別れの手紙は、炉棚のうえに掛けてある鏡の、縁《ふち》のところに挟み込んであった。封筒のおもてに、緑色のインクの殴り書きのような文字で、彼の名前が記されていた。別れのことばを書き置くために、リズは彼が誕生日に贈ったブルーのイニシャル入りの高価な便箋を使っていた。手紙を読むと、ギルモアは事実確認のため、階段を駆けあがり、二階の寝室に急行した。起きぬけのまま整えられていないベッドは空っぽで、クロゼットからリズの衣類がなくなっていた。廊下をまたいで、浴室をのぞいた。リズの化粧道具一式が消えていた。

　階下に戻ると、ギルモアはリズの手紙を読み返しながら、空《あ》いているほうの手で飲み物を注いだ。悲しみを感じるはずなのに、感じることができなかった。グラスの中身を呑み干し、未払いの請求書を入れておく抽斗《ひきだし》に手紙を突っ込むと、彼は再び階段を上って、誰もいない寝室に向かった。

　頭が枕につくかつかないうちに、深い眠りに落ちていた。何も思い煩うことなく、夢さえ見ずに。

金曜日——夜勤（一）

ビル・ウェルズ巡査部長は、ぶるっと身を震わせ、玄関ロビーの暖房の自動温度調節器《サーモスタット》の目盛りを最大に合わせた。暖房器の放熱装置が発奮し、熱をもっと発してくれることを期待した。だが、おそらく時間の無駄に終わるものと思われた。マレットが現れたが最後、このロビーは南国の温室のように暑いと文句をつけて、ただちに自動温度調節器《サーモスタット》の設定温度をさげさせるに決まっている。そりゃ、マレットはそれでいいだろう、とウェルズは心のなかで毒づいた。署長執務室には三キロワットの威力を誇るヒーターがあるのだから。たまには署長自《みずか》ら、ドアが五分おきに開き、ビューフォート風力階級で言うところの疾強風クラスの風がうなりをあげて戸外《そと》から吹き込んでくる、この風通しのよすぎるロビーに、詰めきりで働いてみればいいのである。

正面玄関のドアがばたんという音とともに開き、戸外《そと》からうなりをあげて風が吹き込んできた。同時にジャック・フロスト警部がロビーに飛び込んできた。首に巻きつけたマフラーは鼻のしたのあたりまで引っ張りあげてあった。そのマフラーをはずしているところに、ジョー・バートンが脇のスウィング・ドアを押し開けてロビーに入ってきた。受付デスクに詰めきりの巡査部長のために、紅茶を運んできたのだった。

「ロニー青年の最新情報は？」フロストは暖房器に手をかざしながら尋ねた。

「午後七時二十二分、病院に母親を迎えに行き、家に連れて帰りました」とバートンは言った。

「母親？　今夜ひと晩は病院のほうで様子を見るんじゃなかったのかい？」

「思ったほど悪くなかったってことですかね」

「やっぱりな。どうせ芝居じゃないかと思ってたんだよ。で、ゴールドの居所は？」

「自宅です。コリアーが見張りについてます」

受付デスクの電話が鳴った。ウェルズが受話器を取ると、とたんに、送話口に向かって顔をしかめた。電話をかけてきたのは、マレットだった。「フロスト警部ですか、署長？」フロストは、猛然と首を横に振った。「あいにく、今は署にいないようです」

「今夜も激励に行くつもりだが、少し遅くなると思う」とマレットは言った。「実は少々体調がすぐれないもんでね。今夜、署のほうで対応が必要になりそうな事柄はあったかね？」

「パブの閉店時に、例のごろつきどもによる乱闘が予想されています。場合によっては、ほかの署に応援を要請してもよろしいでしょうか、署長？」

「そんな場合になってもらっては困るよ」とマレットは応えた。「手の空《あ》いている者は、ひとり残らず、その件に投入したまえ」

「しかし、署長、フロスト警部のほうでもかなりの人員が必要になるはずです。ゴールドの監視を続けなくてはならないので」ウェルズはねばった。

「もちろん、フロスト警部の捜査にもできる限りの協力をしてもらいたい。どちらの案件も我が署にとっては、最優先事項と心得てほしい。きみならば、双方の活動が相手の妨げとなることのないよう、上手《じょうず》に人員を配分してくれるものと信じているよ」

マレットが電話を切るカチッという音がした。虚しく喋り立てるウェルズを残して、受話器は無情にも沈黙した。「どちらも最優先事項で、双方の活動が相手の妨げとなることのないよう上手に人員を配分しろ、ときたもんだ。そんなこと、できるわけがないだろうが。それがわかってるから、顔を出さない戦法に出たんだよ、あのくそったれは。どうして、いつもおれなんだ？」憤慨の面持ちで、ウェルズはフロストに顔を向けた。「あんたはおれよりも職階《くらい》がうえじゃないか。あんたが電話に出りゃよかったんだよ」

「おれは署にいなかった」とフロストは言った。「あんたがマレットにそう話してるのを、おれはしかとこの耳で聞いたもの」次の瞬間、ギルモアを迎えに行くと言い残して、フロストの姿は受付デスクのまえから消えていた。ウェルズは空《から》になったマグカップを見つめ、遅ればせながら、自分のために運ばれてきたはずの紅茶を、フロスト警部に飲まれてしまったことを悟った。

コリアー巡査は、チーズバーガーにかぶりついた。短い袋小路の突き当たり、クリーム色のフォード・コンサルのすぐうしろにぴったりとつける恰好で、車は駐めてあった。フォード・コンサルの持ち主は、車体を緑色に塗り替えたほうが見栄えがするのではないかと思いついたものの、まえのフェンダー部分を塗り終えた時点でその構想を放棄したようだった。コリアーは、車載の無線機を使って十五分置きに異状がないことを報告することになっていたが、無線機から絶え間なくあふれ出るやりとりの声を通行人に聞きとがめられることがないよう、音量は絞ってあった。コリアーの視線が向けられているのは、通りのなかほどに位置する一軒のテラスハウス。ロナルド・ゴールドの自宅だった。家の通りを挟んだ向かい側には、コリアーのいるところからは死角に当たるので目視はかなわなかったが、ゴールドの車、ヴォクソール・アストラのヴァンが駐められている。

コリアーは手首をひねって腕時計に眼を遣《や》った。午後九時四十五分。この袋小路のどん詰まりに、かれこれ二時間近くも縛りつけられていることになる。チーズバーガーにもうひと口かぶりついたところで、手が止まった。バックミラーのなかで何かが動いた。男がふたり、民家の塀にぴたりと身を寄せ、あたりの様子をうかがいながら、こちらに接近してきていた。明らかに挙動不審と思われた。コリアーは座席に坐ったまま尻をまえに滑らせ、窓から頭が見えない位置まで身を沈めて待った。不意に、太鼓を強打したように車体が震えた。誰かが屋根に拳《こぶし》を叩き込んだのだ。続いてドアがそとから引き開けられた。

「隠れんぼのつもりかい、コリアー？」

コリアーはばつが悪そうに、白い歯を見せて笑った。同時に、チーズバーガーが入っていた黄色いポリスチレンの容器をダッシュボードのしたの見えないところに蹴り込んだ。ジャック・フロスト警部と新人の部長刑事ギルモアだった。「こっちに近づいてくる人影に気づいたんです。車上狙いじゃないかと思いましたよ」

車体が大きく二度ほど揺れて、フロストとギルモアは後部座席に収まった。「状況は？」

「変わっていません、警部。対象者はまだなかにこもってます。午後八時過ぎに母親を連れて家に入ったきり、外出していません」

不審な臭いを嗅ぎつけ、フロストの鼻孔がひくっとうごめいた。「この臭いは……チーズバーガーだな？」

コリアーは顔を赤らめた。「ええ、警部、そうです。自分が食べたものです」

「そいつはこの車のなかでこしらえたものかい？」フロストは含むところのない朗らかな口調で尋ねた。「それとも、配達してもらったのかい？」

「配達？」警部の言わんとしていることをつかみかねて、コリアーは眉間《みけん》に皺を寄せた。

「そのくそいまいましい食い物を手に入れるために、持ち場を離れたのか、と訊いているんだよ」ギルモアが大声を張りあげた。

「だって、もう何時間も何も食ってなかったんですよ。持ち場を離れたって言ったって、ほんの五分程度のことです」

「五分程度？」フロストは悲しげに言った。「五分もありゃ、いろんなことが起こる。おれなんか、五分あれば五人の女とやれるよ——今ひとつその気になれない日でも。やつの車はまだあるかい？」

コリアーは首を伸ばしたが、フォード・コンサルの車体に遮られて見通すことができなかった。「……と思いますけど」

きみのせいで——」

「思う？」ギルモアはいきり立った。「コリアー、せっかくここまで積みあげてきたものが、

「行って見てこい」内心の不安を懸命に隠しながら、フロストは言った。コリアーはすぐに戻ってきた。若い巡査の血の気の引いた顔を見た瞬間、フロストは心臓が垂直降下したような気がした。答えは聞くまでもなかった。

「警部、車はありませんでした。そばにたむろしている若者たちの話では、五分ほどまえに出ていったそうです」

「きみはたるんでる！　職務怠慢もいいところだ」ギルモアは巡査を叱り飛ばした。

「いや、おれが悪いんだ」とフロストは言った。「張り込みは、ふたりひと組にすべきだった。やっぱり単独じゃ無理だったよ」彼は身を乗り出すと、車載無線機のマイクをつかんだ。「こちら、フロスト。司令室、聞こえてるか？」司令室の応答を待って、大声で伝えた——ゴールドのヴォクソール・アストラを全パトロールに緊急手配。警邏要員も、パトロール・カーも、至急捜索に当たり、発見した場合はただちに連絡のこと。

署へ戻る道程を半分ほど走破したあたりで、フロストは手のひらで自分の額《ひたい》をぴしゃりと叩いた。「いかん、オックスファムの店を忘れてた。あの店のボイラーで証拠隠滅を企《たくら》むかもしれない」無線で署の司令室を呼び出し、警官一名をオックスファムの店の見張りに当たらせるよう、指示を追加した。

「無理だよ、そんなに人手がない」ウェルズは窮状を訴えた。

「つべこべ言ってる間《ま》に、やるんだよ」フロストはぴしゃりと言うと、ウェルズに言い返す暇を与えず無線を切った。

パブのまえを通過したとき、古ぼけたヴァンから降りてきた若者の一団が、店の一般席用の戸口のほうにぞろぞろと向かっていくのを目撃した。その姿は、いかにも、乱闘騒ぎを起こしたがっているように見えた。

フロストは司令室に陣取り、手元に置いた灰皿に、途中までしか吸っていない煙草の無残な亡骸《なきがら》を積みあげながら、無線を通じて次々と寄せられる報告にひたすら耳を傾けていた。ウェルズ巡査部長の無骨な給仕で、紅茶の入ったマグカップがまえに置かれたときも、ろくに顔をあげなかった。

「まったく、コリアーの馬鹿たれめ」ウェルズは罵った。「それでなくとも、金曜日の晩ってのは一週間でいちばん忙しいときなんだぞ。選りに選ってその晩にへまをしでかしやがって」

「いや、へまをしたのはおれだよ」フロストは新しい煙草に火をつけ、煙草のパックをウェルズに差し出した。「コリアーには張り込みの経験なんてろくにない。そんな坊やをひとりで行かせたのが間違いだった」

司令室の今夜の当直、ランバート巡査が司令台から振り返った。「警部！ 《デントン・アームズ》で乱闘騒ぎが発生しました。ちんぴら連中が暴れまわって、店をめちゃくちゃにしてるそうです。パトカー二台、そちらの処理に差し向けてもいいでしょうか？」

「一台にしろ」とフロストは言った。「残りはこっちの任務に必要だ」

「でも、一台では、たぶんおさまりません」とランバート巡査が言い返した。

「ゼロよりはましだ」フロストは言った。「派遣するパトカーには、サイレンをめいっぱい鳴らしていくように伝えろ。うまくいけば、店に踏み込むまでに客はあらかた逃げちまってるよ」フロストはランバート巡査にも煙草のパックを放った。「それから、床のおが屑に滴《したた》り落ちた血痕やら臓物《ぞうもつ》の切れっ端やらの後始末が終わったら、そのままゴールドの車捜しに合流しろ、と言ってやってくれ」ランバートは諒解して、チャーリー・アルファを呼び出し、《デントン・アームズ》の乱闘現場に急行するよう伝えはじめた。フロストは紅茶のカップを取りあげ、ひと口すすった。思わず身震いの出る味だった。

パブの一件の手当てが終わると、ひと息つく間《ま》もなく、再び司令室に面倒な問題が持ち込まれた。「ヴィカレッジ・テラスで〝家庭科〟発生。かなり切羽詰まった様子です。近隣住民から通報あり。夫と妻が大暴れしていて、幸せな家庭が崩壊の危機にあるそうです。複数の子どもの泣き声が聞こえるとの報告も入ってます。パトカーを一台、急行させたいと思います」

「おまえさん、パトカー教の信者か？」フロストは改宗を迫る口調で言った。「徒歩の警邏要員を行かせるわけにはいかないのか？」

「徒歩の警邏要員では、現場に到着するまでに十五分はかかります。子どもが巻き込まれてるんですよ」ランバートは今回も異議を申し立てた。

「そこんちのガキどもは、咽喉頸《のど》を掻っ捌かれたりはしない。こっちは、一刻を争うんだよ。

急いでゴールドを捜し出さないと、どこかの婆さまがまたぞろ咽喉をぱっくりやられることになる。あの人でなしのくそ野郎は、今夜もまた刃傷《にんじょう》に及ぶよ。ああ、間違いない」

通信係のヘッドフォンから、聞く者の不安を誘う、たたみかけるような声が洩れ聞こえてきた。ランバートが、今では習い性となったかに思える気遣わしげな表情を、フロストのほうに向けた。「パブの乱闘騒ぎの件です、警部。もはや手がつけられない状況との報告です。騒ぎは店のおもての通りまで拡がってます。窓という窓が叩き割られ、通りに駐車中の車まで破壊の被害に遭ってるそうです」

フロストは溜め息をついた。「わかったよ、ランバート坊や。おまえさんに任せる。パトカーだろうとなんだろうと、気のすむだけ送り込んでかまわないぞ」煙草の吸いすぎで、口のなかが苦かった。嫌な味だった。もう煙草は吸いたくなかった。なのに、フロストは新しく一本抜き取って火をつけた。何ひとつ思ったとおりに進んでいなかった。

そんな行き詰まりを打開したのは、ジョー・バートンの通報だった。ランバート巡査は無線の受信機能をスピーカーに切り換えた。

「ヴォクソール・アストラを発見。ナンバーは、カンザスのK、X線のX――」

「バートン、ナンバーなんてどうでもいい」ランバートから無線機のマイクを引ったくり、フロストは怒鳴った。「人でなしのくそ野郎はどこだ？」

「ウェッジウッド・ストリートという通りに車を駐めてます。見つけたのは、まったくの偶然でした」

フロスト警部が物問いたげに両の眉を吊りあげたのを見て、通信係は壁に貼られた大縮尺の地図上でウェッジウッド・ストリートを指し示した。再開発対象地域に指定され、建物の取り壊しが予定されている地区にある脇道だった。通る人もないような忘れ去られた横丁。「こんなところで、何をする気なのか……ちょっと見当つかないな。だって、警部、一帯は、もう空き家ばかりですよ。そとから板を打ちつけてある、無人の家がずらっと並んでいるだけですからね」

フロストは頷くと、再び無線機を通してバートンに呼びかけた。「おまえさんのいるところから、やつの姿が完全に見えてるんだな？」

「ええ、自分はちょうど通りに入ってすぐのとこに車を駐めてるんです。ライトを消して。姿を見られたくないので」そこで間《ま》ができた。それから、「くそっ」という声があがった。

「おい、どうした？」

「やつがヘッドライトを消したんです。このあたりは街灯がないので、今現在、真っ暗です」

フロストは眼を細くすがめ、壁に貼られた地図をじっと睨んだ。「だが、ゴールドの野郎は、おまえさんが張ってるとこを通らない限り、表通りには戻れない」

「ええ、あくまでも車を使うつもりなら。徒歩に切り換えられると、やっかいです。この界隈《かいわい》は空き家だらけで、通り抜けようと思えばどこへでも通り抜けられますから」

「おまえさんの指摘のとおりだ。これ以上のへまは許されない。野郎がまだ車のなかにいるようなら、身柄を拘束して、しょっ引いてきてくれ。容疑は……無灯駐車でもなんでもいい、適当にでっちあげろ。ともかく急げ」フロストはもどかしげに指を司令台に打ちつけながら待った。やがて、スピーカーが息を吹き返した。

「対象車輛を視認しました」

「そのくそ対象車輛にくそ対象者は、乗ってるのか、いないのか？」フロストは問いただした。しばしの沈黙。それから、応答があった。「対象車輛は無人――繰り返します、対象車輛は無人です」

「くそっ」フロストはうめいた。「繰り返す――くそっ！　まさかとは思うけど、小便ってことはないよな？　その手の罪もない理由で、ちょこっと車から降りたわけじゃないよな？」

「姿は見当たりません、どこにも」とバートンは言った。

フロストは、疲労からとも苛立ちからともつかない重苦しいうなり声をあげて椅子に腰を降ろした。「よし、バートン、じゃあ、こうしてくれ。ともかくやつの車を使い物にならないようにしろ――ガソリン・タンクのなかに小便をしてやるんでも、タイアに穴をあけてやるんでもいい、ともかく動かないようにしとくんだ。おまえさんが背中を向けたとたん、やつを乗せたその車が全速力で走り去る、なんてことにはなってほしくない」

フロストがせわしなく煙草をふかしながら、落ち着かない様子で待つことしばし、雑音に続いて、スピーカーからバートンの声が流れた。車を動かなくする作業を終えた、との報告だった。

「よし、よくやった。野郎の姿はまだどこにも見えないかい？」

「ええ、警部。対象者の姿どころか、人っ子ひとり見当たりません。さしずめ、ゴースト・タウンのゴースト・ストリートですよ。家も空き家ばっかりだし——おやっ……ちょっと待ってください」

「どうした？」フロストは勢い込んで尋ねた。

「空き家の一軒で、明かりが見えたような気がしたんです。ちょうど、マッチを擦ったような感じでした。様子を見てきます」

「気をつけろ」とフロストは応じた。「それから、連絡を絶やすな」新しい煙草に火をつけて、椅子のうえで尻をもぞもぞ動かしながら待った。ギルモアが両手にひとつずつ、湯気の立つカップを持って司令室に入ってきた。紅茶のお代わりを運んできたのだった。「気が利くじゃないか、坊や」フロストは礼を言って自分の分を受け取った。紅茶を鉛筆でかきまわすうちに、そこはかとなく不安を感じた。バートンから、そろそろ連絡があってもいいころではないだろうか？　時間がかかりすぎている。しかし、こちらからバートンを呼び出すのはためらわれた。バートンは目下《もっか》、密《ひそ》かに獲物を追跡している最中かもしれない。そんなときに警察無線が鳴りだしたりしたら、せっかくの奮闘が無駄になってしまう。フロストは、司令台にへばりついているランバート巡査の頭越しに、壁に掛けてある大きな時計を睨んだ。バートンには、あと二分だけ猶予を与えることにした。あと二分待って連絡が入らなければ、ランバートに言ってこちらから呼び出しをかけるまでだ。ところが、五十秒と経たないうちに、あの感覚に襲われた。氷のように冷たい指で背筋を撫でられるような感覚。「バートンを呼び出せ」フロストは叫んだ。「今すぐ」

「こちら、司令室。バートン巡査、応答願います……」ランバートは無線機の受信スウィッチを入れた。スピーカーからぱちぱちという乾いた音だけが聞こえた。スウィッチを切り換え、ランバートは再度呼び出しをかけた。「こちら、司令室。バートン巡査、応答してください……聞こえますか、どうぞ?」聞こえてきたのは、今度もまた乾いた雑音のみ。「応答がありません、警部」ランバート巡査は、わかりきった事実を伝えた。

「いいから、応答があるまで、呼び出しを続けろ」フロストはドアのところから叫び返した。

「ついてこい、ギルモア。様子を見に行く」


信号が赤に変わるのを見て、ギルモアは車のスピードを落とし、交差点の手前で停止した。フロストは苛立ちを隠そうともしないで、不満のうめき声をあげた。フロストの自制心は、信号が青に変わるまでもたなかった。直交する道路の車が交差点を走り抜けてしまうと、すぐさま信号など無視して突っ走るようギルモアに命じた。ふたりの乗った車は、巨大な建設現場の脇を通り過ぎた。闇のなかに黒々と、高層ビルの骨組みと大型クレーンが屹立《きつりつ》している。フロストは助手席の窓越しにそとに眼を凝らした。「ウェッジウッド・ストリートってのは、このへんのはずなんだが……」目当ての曲がり角は、危うく見落とされてしまうところだった。

「おっと、そこだ!」

ギルモアは慌てて急ブレーキを踏むと、行き過ぎてしまった分をバックで戻り、ステアリングを切って、その暗い脇道に車を乗り入れた。窓を塞がれた空き家が連なる通りに、生き物の気配は感じられない。角を曲がってすぐのところに、バートンの車が駐めてあり、その少し先にもう一台、別の車が駐まっていた。グレイのヴォクソール・アストラ。

フロストは精一杯の大声を張りあげて叫んだ。「バートン！」何度も繰り返し、呼ばわった。空っぽの家々にその声が反響し、かすかな谺《こだま》となって戻ってきた。

「警部、舗道に何か落ちてます――ほら、そこです」見ると、ギルモアは黒くて四角い物体を指さしていた。

ふたりは駆け寄った。警察署支給の携帯無線機だった。本体にへこみが生じ、無残にひしゃげていた。まるで地面に叩きつけ、踏み潰したかのように。フロストが拾いあげると、ねばねばするものが指先に触れた。フロストは自分の指先に付着したものを見つめた――血液。ギルモアが向けてきた懐中電灯の光を受けてルビー色に光っている鮮血。フロストはポケットから自分の携帯無線機を引っ張り出して、小刻みに震える手で送信スウィッチを入れた。司令室が応答すると、無線交信の手順を無視して、いきなり指示を飛ばした。「寄越せるやつはひとり残らず、大至急ウェッジウッド・ストリートに寄越してくれ」

「そんな余裕、ありません」と通信係は応えた。「署員は全員出払ってます。《デントン・アームズ》の乱闘騒ぎが拡大して、今や暴動寸前なんです」

「そっちに行ってる連中を呼び返して、こっちに寄越せ――今すぐだ！　警官一名が不測の事態に見舞われてるんだ！」それだけ言うとフロストは、通信係が愚にもつかない反論をそれ以上思いつかないうちに、スウィッチを切った。

どの家も、窓はなまこ板で塞がれ、玄関のドアには厚い板が筋交《すじか》いに打ちつけられている。だが、そうした空き家の多くに、心ない破壊者の蛮行の痕が認められた。玄関の板は引き剝がされ、ドアが蹴破られていた。そうした家の一軒に、フロストはためらいがちに懐中電灯の光を向け、思い切って足を踏み入れた。廊下は、廃物と瓦礫《がれき》とゴミからなる堆積物に埋もれ、腐敗と黴《かび》の臭いを漂わせていた。足探りで進むと、堆積物の山がうごめいた。鼠どもが甲高い鳴き声をあげて、ちょろちょろと駆けずりまわり、より安全な隠れ家に逃げ込もうとしたのだった。フロストは足を振りあげ、逃げ惑う薄黒い剛毛の塊を追い立てた。もう少し奥まで分け入りかけたとき、おもての通りで車の停まる音がした。続いてドアを開け閉めする音も。フロストは通りに戻った。ジョーダン巡査とほか四名の制服警官が、ギルモアとともに待機していた。たったの五名。署が送って寄越した応援は、この五名だけということだろうか？

「これでも、めいっぱいかき集めてきたんです」とジョーダンが言った。「パブの乱闘騒ぎのほうも収拾《しゅうしゅう》のつかない状態になってるようで」

フロストは新しい煙草のパックを取り出し、セロファンを剝ぎ取って一同にまわした。そのあいだに現在の状況を手短に説明した。「確たる根拠があるわけじゃないけど、おそらく、バートンはゴールドのあとを追って、ここらへんの空き家のどれかに入っていったんだと思う。空き家のなかは、床板は腐りかけてるし、階段も踏み板は抜けてるし手摺《てすり》だって壊れてるから、どこかで足を踏みはずして怪我でもしてるのかもしれない。でも、だとすると、こいつが落ちてたことの説明がつかない」フロストは、無残にひしゃげた携帯無線機を掲《かか》げた。「そこの舗道で見つけたんだ。こいつが、おれは気に食わない。嫌な予感がするんだよ、猛烈に。……いや、余計な憶測はやめとこう。ともかくバートンを見つけるのが先決だ。手分けして、ここらへんの家を片っ端から調べるんだ。くれぐれも慎重に。放置されてる空き家ってのは、人を生きたまま食らう落とし穴のようなもんだからな」

フロスト自身は、真ん中の家、壊れた携帯無線機が落ちていた場所に最も近い家に踏み込んだ。湿気と腐敗の臭いが鼻をついた。懐中電灯が瞬《また》き、不安定な光が弱々しく暗闇に切り込んでは、腐りかけた床板と得体の知れない汚れにまみれたがらくたを照らし出す。向かって右側にドア——閉まっている。フロストは用心しながら把手をまわし、そろそろと押した。軋みをあげながらドアが開き、闇と澱んだ空気と小便の臭いのする部屋が現れた。なかは空っぽだった。フロストは廊下を先に進んだ。足を踏み出すたびに、前方でかさこそと葉擦《はず》れのような密《ひそ》やかな音があがり、床のうえを何かが小走りで移動する気配を感じた。左手に階段。支柱を半ば折られた手摺が外側に大きく傾《かし》いでいる。その先、廊下の突き当たりに、またドアがあった。フロストはそれを蹴って開けた。キッチンだった。がらくたが小高い山をなし、詰まった排水管と猫と腐った食べ物の臭いがした。

廊下に戻り、階段を上った。一段ごとに踏み板が体重を支えきれるかどうか、慎重に確かめながら。半分まで上ったところでいったん足を止め、息をひそめて耳を澄ました。床板が軋む音。誰かいるのか、階上《うえ》に？　ややあって、また聞こえた。床板が緩やかにたわむ音。「バートン？」と呼びかけ、待った。何も聞こえない——いや、聞こえる！　密やかな衣擦《きぬず》れのような音。続いてまた床板が軋んだ。そのときだった、懐中電灯の光がせわしなく瞬き、大きくひと揺れして、そのまますっと消えてしまった。フロストは、懐中電灯の横っ面を平手で思い切り張り飛ばした。その恫喝《どうかつ》が利いたのか、懐中電灯はほんの束の間、息を吹き返したものの、ついに永の眠りに就《つ》き、二度と再び眼醒めることはなかった。

フロストはしばらくその場に留《とど》まり、眼が闇に慣れるのを待ってから、次の段に足をかけた。その足に体重をかけたとき、それが聞こえた。フロストは凍りついたように動きを止め、全神経を耳に集めて、そのかすかな物音を追いかけた。何も聞こえない。闇色をした空間が、耳を聾するほどの静けさが、周囲からひたひたと押し寄せてくるだけ。だが、確かに聞こえた——やはり、誰かいる。階上《うえ》に人がいる。「バートン？」バートンなら、なぜ返事をしないのか？

役立たずの懐中電灯をポケットに押し込み、フロストはマッチを擦った。火明かりを頼りに歩を進め、階段をいちばんうえまで上りきった。マッチの火が指を焦がした。小声で悪態をつき、手を振って火を消すと、次のマッチを擦った。向かって右に、わずかに開いているドアがあった。その隙間に爪先をこじ入れてドアを開け、次いでマッチをつまんだ手を室内に差し入れた。次の瞬間、危うくマッチを取り落とすところだった。揺らめく炎に照らし出されたのは、床に倒れている人の顔だった。フロストは急いで次のマッチを擦った。思わず、罵《のの》りのことばが洩れた。バートンだった。汚れのこびりついた真っ蒼な顔に、玉の汗を浮かべ、唇をわななかせて、脈絡のないことばをつぶやいている。

フロストは、床に膝をついた。ズボンの膝が濡れたのがわかった。もう一本、マッチを擦った。ズボンを濡らしたのは、血液だった。フロストは血溜まりのなかに膝をついていたのだった。見ると、バートンはみぞおちのあたりを両手で抱え込むようにしている。ぬらぬらした赤い指のあいだから、同じく赤い液体が染み出し、細い流れとなって手の甲を伝い落ちている。バートンは何事かを訴えようとしていた。フロストは彼の唇に耳を近づけた。「ゴールドです。あの人でなし、おれを刺しやがった」瞼《まぶた》が痙攣したような瞬《まばた》きを何度か繰り返し、最後はそのまま眼を開かなくなった。

「おい、ここだ！　二階だ！」張りあげられるだけの声を張りあげて、フロストは叫んだ。繰り返し叫びながら、携帯無線機を引っ張り出した。「司令室、バートンが刺された。ウェッジウッド・ストリートに救急車を寄越せ――今すぐ、寄越してくれ！」

救急隊員は、赤い毛布にくるまれたバートンの身体に固定用のストラップをまわし、締め具合を調節してから、ストレッチャーを救急車に運び入れた。そのあとから、付き添いの制服警官も救急車の後部に乗り込んだ。

「救急治療室に、おたくの連中がわんさと押しかけてきてるよ」救急車の運転要員は、場違いなほど朗らかな口調でフロストに言うと、運転席に乗り込んだ。「いたるところ、血と折れた鼻だらけだ。なんでも、素行のよからぬ連中がパブを襲撃したとかなんとか言ってたな」

そうだった――フロストは心のなかで舌打ちをした。《デントン・アームズ》の乱闘騒ぎの件を、完全に失念していた。無線で署の司令室を呼び出してみた。

「我がほうは、完敗を喫しつつある」との報告が、ビル・ウェルズ巡査部長からもたらされた。「現場はもう、手がつけられない状態になってるっていうのに、指示を仰《あお》ごうにもマレットくそ署長は電話に出やがらない。決断を迫られるのが嫌で逃げてるのさ」

ギルモアが、フロストの袖を引っ張った。「ゴールドの居所がわかりました。あの建設現場に逃げ込んだようです」ギルモアが指さす先では、ひときわ巨大なクレーンが闇のなかで長い首をもたげていた。

「くそっ」とフロストは言った。無秩序に拡がった広大な建設現場には、人ひとりが身を隠す場所など、それこそ何百とある。フロストは無線機を握りなおした。「ゴールドの潜伏場所がわかった。このままの人数じゃ網の目をかいくぐって逃げられちまう。パブのほうからもっと人をまわしてくれ」

「無理だ」ウェルズはきっぱりと言った。

「無理じゃない。手薄になる分は州警察本部に電話して、ほかの署の応援を要請しろ」

「そういう勝手なやり方が、マレットのお気に召すとは思えない。知るところとなったら、頭から湯気を立てて怒りまくるに決まってる」

「おれは、マレットを悦ばせるためにお巡りをやってるわけじゃない。いいから、人を寄越してくれ」

ウェルズ巡査部長は即答を避けた。「ジャック、もし妙なことになったら、そのときにはちゃんとあんたが泥を引っかぶってくれるのか？」

「かぶらなかったことがあるか？」とフロストは言った。

捜索対象となった建設現場は、敷地面積にしておよそ二十エーカー弱、ゆくゆくは大型スーパーマーケット一棟、何店舗もの専門店、さらに二棟の高層オフィス・ビルが建ち並ぶことになっているのだが、現時点では、そのいずれの建物も、まだ鉄骨と足場だけの骸骨のような姿で闇のなかに端坐《たんざ》していた。捜査陣を乗せた車は、未舗装のぬかるんだ仮設道路を進み、建設現場の中央ゲートのまえに到着した。

現場の周囲には、金網のフェンスが巡らされ、赤で記された注意書きが掲示されている。曰《いわ》く――《関係者以外立ち入り禁止：猛《もう》犬注意》。中央ゲートは鎖をかけられ、施錠されていたが、その横に設けられている通用口のゲートは、しかるべき位置に収まっていなかった――そとから蹴破られていた。その内側で、白と茶の斑《ぶち》の生き物が泥のなかにうずくまり、身体を小刻みに痙攣させながら弱々しく鼻を鳴らしているのが見えた。警備のために放されていた犬が、刃物に裂かれて倒れているのだった。

ギルモアの携帯無線機に、応援要員が現場に到着したとの報告が入った。パブの乱闘で負った戦傷をものともしない三名の勇猛果敢な古強者《ふるつわもの》が、建設現場の裏ゲートに終結し、ゴーサインが出ればいつでもなかに繰り込める態勢を整えている、とのことだった。「それだけじゃ不充分だ、もっと人を出してもらわないと」とギルモアは言った。

「不充分だと言われても、出せないものは出せないんだよ、坊や」フロストは無線機を取りあげ、応援要員に慎重な行動を求めた。ゴールドは刃物を所持しており、それを使うことになんのためらいも抱いていない、心して捜索に当たるように。「よし。突入しよう」

中央ゲートから入ってすぐのところに、ポータキャビンの緑色のプレハブ小屋が建っていた。フロストはドアの把手をまわしてみたが、しっかりと鍵がかかっていた。窓越しに懐中電灯でなかを照らした。デスク、電話機、製図板――現場事務所として使われているのだろう。

敷地の奥のほうでも、懐中電灯の光がいくつか、小刻みに揺れ動いているのが見えた。広大な敷地に散り散りに展開した、ジャック・フロスト警部指揮下のわずかな手勢《てぜい》が、捜索を続けている証《あかし》だった。建築現場だけあって、いたるところに建築資材が野積みされていた。土管、コンクリート・ブロック、荷運び台に積まれてビニール・シートをかぶせられた煉瓦の山。セメントの袋にいたっては、それこそいくつ山があるのか数えきれないほどだった。そのあいだに、建設機械の類いが点在している。ブルドーザー、パワーショベル、クレーン車。加えて、それらすべてを凌駕し、黒々と夜空を突く巨大な摩天楼――超高層の櫓《やぐら》を思わせる脚部のうえに載せられた一台の大型クレーン。ぬかるんだ地面は、往来する無数のトラックのタイアに踏みつけられ、攪拌《かくはん》され、今やソンムの河畔（第一次・第二次世界大戦の激戦地）と化しつつあった。

捜索は難航を極め、遅々として進まなかった。人力でどかさなくてはならない重量級の物体が、あまりにも多すぎた。塹壕《ざんごう》のような排水溝の分厚い蓋を開けてなかをのぞき込まねばならず、現場作業員の休憩所はドアを無理やりこじ開けて室内を検《あらた》める手間を要し、資材に掛けてある帆布やビニール・シートの類いも、その奥に潜む者がいないか、一枚ずつ引き剝がして調べる必要があった。コンクリートを流し込むための型枠が積んであるところでは、木でできた型枠の簓《ささら》になった縁《ふち》に身をこすられながら分け入り、木造の道具小屋を見つければ床下にまで這い込み……最終的には、全員がみすぼらしくも泥まみれの意気阻喪した姿になった。ほかに捜索すべき場所はなく、ギルモアが口元をニヒルに歪めて、お得意の〝ほら、だから言ったじゃないですか〟の冷笑を浮かべた。

一同はフロストのまわりに集まり、煙草の配給を受けた。風が強くなりだしていた。フロストの擦ったマッチの火が風で消えてしまわないよう、全員が寄り集まって小さな円陣を組んだ。

「で、どうします？」とギルモアが尋ねた。

「振り出しに戻るんだよ、坊や。もう一度、最初から捜索しなおす」

「すでに、逃げてしまったかもしれません、われわれの手の届かないところに」

信念の人、フロストは自説を曲げなかった。その意固地さ加減を物語るように、顎をまえに突き出していた。「いや、やつはここにいる。おれたちのすぐそばで、おれたちのことをあざ笑ってる。おれにはわかる」不意に、フロストが片手をあげた。「今、何か聞こえなかったか？」誰かの携帯無線機から、くぐもった声が洩れている――負傷者と救急車と要員の不足に関する何事かを猛烈な早口で訴える声。「そいつを消せ」不忠者の無線機が沈黙した。「よし、みんなも耳を澄ましてみてくれ」

みんなも耳を澄ました。風が勢いを強め、鬱憤《うつぷん》を晴らそうというのか、フェンスの金網を揺らし、ビニール・シートをあおり、現場のうえに渡された仮設の電話線を手荒に爪弾いた。頭上、ほぼ二百フィートの高みでは、先端の警戒灯を光らせながら、巨大クレーンの腕《ジブ》がまるで苦痛をこらえかねてでもいるかのように、叫び、うなり、悲鳴をあげている。

突然、何かの倒れる派手な音がした。一同の顔が、いっせいに音のしたほうに向けられた。ケン・ジョーダン巡査が、おずおずと照れ笑いを浮かべた。そばに積みあげてあった、機械油の空《から》のドラム缶にうっかり接触して、倒してしまったのである。

フロストは諦めて首を横に振った。あれはなんの音だったのか……いずれにしても、その音は再び自《みずか》らの存在を表明する気はないようだった。気持ちを切り換えようとしたとき、見落としていた場所がまだ一カ所残っていたことに気づいた。フロストは指を鳴らした。「クレーンだ。あそこのうえはまだ調べてない」一同の顔が、今度はいっせいに天を仰いだ。はるか上空の警戒灯が、夜空に針で穿《うが》たれた小さな光の孔にも見えて、ほかの星と区別がつかなくなりそうだった。

「どえらく高いな」ジョーダンがしゃがれ声で言った。

「ああ、高い」フロストも、それを認めないわけにはいかなかった。早くも、余計なことを口走った自分を叱り飛ばしたくなっていた。くそいまいましいクレーンは、見あげるだに高かった。あれほどくそ高いところには、登れども登れども到達しないのではないかと思われた。

そのときだった、ギルモアが叫んだ。「誰かいる……あそこです」月が黒雲を押しのけて顔を出すと、クレーンの脚部の梯子を百フィートほど登ったあたりにしがみついているゴールドの姿がはっきりと見えるようになった。ゴールドは、梯子の横木を命綱のように握り締め、地上にいる捜索部隊を見おろしていた。

両手をメガフォン代わりにして、フロストは夜空に向かって大声を張りあげた。「ゴールド、観念しろ。もうどこにも逃げられない。諦めて降りてこい」

ゴールドはふてぶてしく何事か叫び返したようだったが、フライを捕球する野手のように風がその声を受け取り、はるか彼方に遠投してしまった。

「降りてきます」ジョーダンが叫んだ。

「いや、違う」とフロストは言った。「登ってるんだよ」

捜索部隊が首を伸ばして見つめるなか、ゴールドの姿はやがて暗闇に呑み込まれて見えなくなった。「照明が要るな」フロストは手配を命じた。

投光照明の代わりにパトロール・カーが駆り出された。現場のぬかるみに何度もタイアを滑らせ、障害物のあいだをぬって何度も切り返しを重ね、悪路に車体を激しく揺らしながら、クレーンに接近した。待つことしばし、パトロール・カーのスポットライトが仰角で夜空に鋭く切り込み、靄《もや》のかかったような白い光の筋を闇の奥へと投げ込んで、梯子段をうえへうえへと登っていく人形のように小さな人影を捉えた。

ゴールドは、梯子を登りきろうとしていた。すぐ眼のまえに、クレーンの運転室《キャブ》に乗り込むためのプラットフォームが見えていた。少しでも気を緩めると、風に手を持っていかれそうになるので、両手でしっかりと梯子の横木を握りなおした。頭上で、クレーンの腕《ジブ》がうめき、いななき、震えている。ゴールドは覚悟を決めると、横木をつかんでいた両手に力を込め、自分の身体を持ちあげるようにして、運転室《キャブ》の外側の狭いプラットフォームに這いあがった。周囲に巡らせてある安全柵は、金属でこそできているものの、この高所ではいかにも頼りなく、すっかり名前負けしてしまっているように思われた。ゴールドはプラットフォームのできるだけ内側に寄り、パトロール・カーの眩《まばゆ》い光に眼をすがめながら、首を伸ばして地上を見おろした。お巡りどもは、あいかわらずこちらを見あげている。薄汚いレインコートを羽織った野郎が、何か叫んでいる。こんなところまで声が届くわけがないことぐらい、どんな低能でもわかりそうなものなのに。制服警官のひとりが車から何かを持ち出し、連中のほうに駆け寄っていく。拡声器だ。

「ゴールド、頭を冷やせ。もう逃げる場所はない。諦めて、さっさと降りてこい」

　叫び返すだけ無駄だ、とゴールドは判断した。地上の連中に聞こえるわけがない。だが、あのお巡りの言うとおりだった。もう逃げる場所はない。お巡りどもにこんなところまで追い込まれた。ちくしょう……どこでしくじったんだ？

「降りてこい、ゴールド」

　レインコートを羽織った野郎は、まだ叫んでいる。降りてこい？　ゴールドはもう一度首を伸ばし、安全柵越しに地上をのぞいた。のぞいたとたん、眼が眩《くら》んだ。運転室《キャブ》の壁に慌ててへばりつき、あたりをまさぐってしがみつけるものを探した。このロナルド・ウィリアム・ゴールドを逮捕するためには、とにもかくにも、まずここから降ろさなくてはならない。お巡りども、せいぜい知恵を絞るがいい。

頭上でまた、クレーンの腕《ジブ》が風にいたぶられ、苦痛の悲鳴をあげた。そのとき、別の音が夜のしじまをつんざいた。交互に鳴り響く、高音と低音――緊急車輌のサイレンの音だった……。

消防車は中央ゲートのまえで停まった。なかから降り立った顎鬚を生やした消防隊員は、大股でフロストのほうに近づいてきた。どうやら、ひどく立腹しているようだった。「獣医は呼んだのか？　あの犬、まだ息があるじゃないか」

「獣医なら、今こっちに向かってる」フロストは鋭く言い返した。心のなかでは、そこまで気がまわらなかった我と我が身の余裕のなさに、腹が立った。フロストの合図を受けて、ジョーダンが消防隊員に聞こえないところまで移動し、司令室に無線で獣医師の派遣を要請した。フロストは、大型クレーンのプラットフォームを指さした。「あそこまで登りたいんだ。消防車の梯子を伸ばしたら、あそこまで届くかな？」

消防隊員はフロストの指さす彼方を眼をすがめて仰ぎ見ると、首を横に振った。「無理だね、あんな高いとこはヘリコプターでも使わなくちゃ」それから、クレーンの脚部に近づき、風にあおられている梯子をつかむと、強度を確かめるようにひと揺すりした。その揺れ具合を見る限り、あまり頑丈なものではなさそうだった。「あとはこいつを登っていくしかない」

「冗談じゃない」とフロストは言った。「消防車の梯子で届くところまで持ちあげてくれ。そこから、あのくそ野郎に甘いことばで、とっとと降りてこいと言ってみるよ」

フロストを乗せた梯子車のバスケットは、がたんと大きくひと揺れして動きだした。見る見るうちに地面が遠ざかった。低いうなりをあげて、梯子が空へと伸びていくあいだ、フロストは手摺《てすり》をしっかりと握り締め、足を踏ん張って身体を支えた。途中で一度、うっかりしたを見てしまったときには、慌てて視線を逸らし、その後は眼のまえを流れるように過ぎていく、クレーンの脚部のボルトやナットや錆の浮いた鉄骨を見つめるよう心がけた。

嫌になるほど長い時間が経過したように思われたころ、上昇する速度が落ち、何度か激しく振動したのち、バスケットが停まった。同乗していた消防隊員がフロストの袖を引っ張って言った。「梯子の届くとこまで持ちあげた。ここが終点だ」

フロストは、改めて地上を見おろした。ミニカー・サイズの車、豆粒ほどの人間——彼我《ひが》を隔てる、考えるのも恐ろしいほどの距離。今度はうえを見た。クレーンの脚がさらなる高みに向かってそそり立っている。その先端部分から夜空を背景に白い染みのようなゴールドの顔がのぞいていた。こちらを見おろしているようだった。「もうどこにも逃げられない」フロストは声を張りあげた。「刃物を捨てろ。したに降ろしてやるから」

ゴールドが甲高い声で何事か叫んだ。だが、吹きつける風がそのことばをさらい、散り散りに吹き飛ばしてしまった。染みのようなゴールドの顔が引っ込み、フロストのいるところからは見えなくなった。

「どうする?」と消防隊員が訊いた。

うえばかり見ていたせいで、首が痛くなりかけていた。フロストは視線を水平位置に戻した。梯子が眼に入った。クレーンの脚部に取り付けられている梯子、ゴールドが登った梯子だった。安心して登れそうな代物《しろもの》には見えなかった。とりわけ風にあおられて、小刻みに揺れ動いているような状態では。眺めているうちに、身震いが出た。「ふたりいれば、あの野郎を取り押さえられると思うんだ」

「刃物を振りまわしてる、頭のいかれた野郎を取り押さえるのは、おれたちの仕事じゃない」消防隊員は、きっぱりと言った。「刃物を取りあげてくれりゃ、うちの連中をいくらでも貸すよ。それまでは自力でやってくれ」

ふん、けつの穴の小さい野郎だよ――フロストは声に出さずに毒づいた。こうして包囲網を敷いたまま、相手が空腹に耐えかねて投降してくるのを待つという手もあるにはあった。だが、もうここまで来てしまったのだ。いっきにけりをつけてしまいたかった。フロストは震える手で安全ベルトをつかみ、バックルをはずした。「手を貸してくれ、向こうの梯子に移る」

消防隊員は、正気を危ぶむ顔をした。「自分のしようとしていることがどういうことか、ちゃんとわかってるのか？」

「それがわかってるようなら、今のおれはないよ」とフロストは言った。

バスケットと梯子とのあいだの距離が、見ている間《ま》に、それとわかるほど拡がったように思われた。なけなしの常識が眼を醒まして、くそ度胸を抑え込んでしまうまえに行動を起こすべきだった。フロストは素早く身を屈《かが》めて、バスケットの手摺をくぐると、片手でその手摺をしっかりと握って、前方に身を躍《おど》らせた。もう一方の手を思い切りまえに伸ばし、その手がどこか――どこでもいい、ともかくどこか――つかまることのできるところを見つけてくれることを願って。やみくもに伸ばした手の先が、梯子の横木に触れた。指先に力を込め、手繰り寄せるようにしてその横木を握った。しっかりと握り込んだところで、バスケットの手摺をつかんでいた手を離し、両手で横木につかまった。今や、フロストは宙に架かった橋だった。両足をバスケットに残した状態で、両手でクレーンの橋脚部分の梯子の横木にしがみついている。もはや引き返すことはかなわない。

「いいぞ、その調子だ」と消防隊員が言った。本気で褒《ほ》めているわけではなさそうだった。「手を緩めるな。梯子をしっかりと握って、両足を大きくまえに振り出せ」

言われるまでもなかった。手を緩めるつもりなど、フロストにはこれっぽっちもなかった。指の関節の皮膚がうんと薄くなり、今にも骨が飛び出してしまいそうだった。梯子の横木をしっかりと握り締めてから、フロストは足を離した。梯子から宙吊りになりながら、足をばたばたさせた。ばたばたするうちに、梯子の横木に足がかかってくれるかと思ったが、いつまでたっても空《くう》を蹴るだけ。このまま虚空に引きずり込まれ、呑み込まれてしまうかもしれない。汗で滑りやすくなった手で梯子の横木にぶらさがり、懸命に足を動かし続けるうちに、フロストは恐ろしくなった。すくみあがるほどの恐怖を感じた。そのとき、ふたつの手が足首をつかみ、一瞬ののちには両足とも幅の狭い横木のうえに乗せられていた。あまりのことに、すぐには声も出なかった。何度も唾を呑み込んだすえに、フロストはようやくしゃがれ声を絞り出し、消防隊員に礼を言った。そのまま梯子にへばりつき、冷たい金属の横木に顔を押しつけて、激しい鼓動がおさまるのを待った。うえもしたも、右も左も見たくなかった。ただただ、地上に戻りたかった。ほかの連中に交《ま》じって、どこかのお調子者が梯子にへばりついている姿を見あげ、その男の度しがたい馬鹿さ加減について感想でも言いあっていたかった。

「どうした、大丈夫か？」消防隊員の声がした。不安そうな声だった。

「ああ」フロストは事実に反する答えを返した。「息を整えてただけだ」意を決し、無理やり引き剥がすようにして片手を離し、一段うえの横木に伸ばした。次に、もう片方の手にも同じ動作を繰り返させた。片方の足を持ちあげて次の段にかける。これなら、できる。したを見ない限り、ちょろいもんだった。地上で梯子を登るのと、なんら変わりなかった。だが、その自信が曲者《くせもの》だった。片足を次の横木にかけようとして、踏みはずしたのである。フロストは思わず悲鳴をあげそうになって、梯子にひしと抱きついた。身体の震えが止まらなかった。梯子がクレーンの脚部に当たって立てる音が、歯がガちがちと鳴っている音のように聞こえた。あるいは、実際に自分の歯の根が合っていなかったのかもしれない。それでも、フロストはすくみあがった心に鞭打って、前進を続けた。一段また一段と着実に段数を稼いだ。全身が強ばり、脚の筋肉が疼《うず》いた。「あと少し、うえに着くまでの辛抱だ」と繰り返し自分に言い聞かせた。そのことばを呪文のように唱えることで、不吉な筋書きを思い浮かべないようにした。たとえば、うえにたどり着き、プラットフォームに大の字になってあえいでいるところをゴールドに襲われ、ゆっくりと時間をかけて咽喉笛を切り裂かれる、というような幕切れを。だが、フロストにしてみれば、そんな展開もなんのそのだった。そう、この梯子を降りるときのことを思えば。この梯子を降りるとは、今とは反対の動きをするということだ。後ろ向きのまま、うえではなくしたに向かって、この垂直の梯子段を一段ずつ降りていかなくてはならないということだ。冗談じゃない。そんな恐ろしい思いをするぐらいなら、このまま二度と地上に降りられなくなるほうがましというものだった。

「いいぞ、その調子だ！」

　その声は、やけに遠くから聞こえたような気がした。危険を承知で一瞬だけしたを見た。足元に広がる空間のなかほどに、消防隊員のヘルメットのてっぺんが、浮かんでいるように見えた。なけなしの力を振り絞って、フロストは次の段に這い進んだ。

　何段か登ったところで、身も凍る難所に遭遇した。そこから、次の梯子に飛び移らなくてはならないのだ。フロストは片手で今いる梯子を、もう片方の手で次の梯子をつかむと、反動をつけていっきに飛び移った。だが、今回は、〝飛ぶ〟というよりも〝またぐ〟程度の移動ですんだ。ありがたきかな、神の思し召し。プラットフォームまではいくらもないはずだった。クレーンの腕《ジブ》の歯軋りや悲鳴が、巨大な爪が黒板を引っ掻いているようなその音が、鼓膜に突き刺さるように聞こえてくる。

　さらに数段登ったところで、梯子が尽きた。汗でかすんだ眼のすぐまえに、木造のプラットフォームが迫っていた。横木をつかんだ両手は、そこに溶接されてしまったように、動こうとしなかった。が、フロストはその両手を無理やり引き剥がし、プラットフォームに身を投げ出すようにして這いあがった。すぐに、運転室《キャブ》の陰に転がり込み、できるだけ台の端から遠ざかった。

「大丈夫か？」百マイルの彼方から、かすかな声が聞こえた。

「ああ、大丈夫だ」とフロストは叫び返した。少しも大丈夫ではなかったが。手早くポケットをまさぐって煙草のパックを探り当てると、煙草を一本抜き取り、ハリケーン級の突風に背を向けて火をつけた。高所もこれだけの高さとなると、ありとあらゆるものが風になぶられ、激しく震えていた。左手方向、ずっと遠くに、デントンの街明かりが瞬《また》いているのが見えた。レゴ・ブロックの町を見ているようだった。携帯無線機が音を立て、フロスト警部の応答を求めた。

「警部」地上という不動の安全地帯から、ギルモアが呼びかけた。「ゴールドは、警部のところから運転室《キャブ》を挟んで向こう側にいます。そこにただ突っ立っているようです」

「ここじゃ、そのぐらいしかすることがないからな」とフロストは応えた。ゴールドの存在を一時《いっとき》忘れていたことに気づいた。こうして悪夢のような梯子段をはるばる登ってきた本来の目的を。携帯無線機が再び甲高い音を発した。今度もまた、ギルモアからだった。「警部、マレット署長がおいでになってます。警部にひと言、伝えておきたいことがあるそうです」マレットが来てる？　いやはや。こういうところにしゃしゃり出てくるとは、いかにも角縁《つのぶち》眼鏡のマネキン野郎らしい振る舞いではないか。事態が無事に収束して一件落着となった暁には、その栄光をかすめ取り、また、こちらのほうがよりありそうな展開だが、この捕り物が失敗に終わった場合には、即座に関与を否定してしまおうという肚《はら》なのだ。年来の野望を実行に移し、はるか高みから仕立て屋のマネキンの頭頂部めがけて脱糞してやろうか——そんな思いが胸に去来するなか、フロストはマレットが無線に出るのを待った。

「フロスト警部、現在の状況は？」

「これから、野郎のいる側にまわって、説得を試みるとこですよ」

「よろしい。目指すべきは、迅速にして手際のいい解決だ。犯人の身柄を拘束し、無事に地上まで連れ降ろしてもらいたい。あくまでも正規の手続きに則《のっと》って——それを旨《むね》とするように」

どうせ説教を垂れるなら、もっと実のあることを言ってほしかった。刃物を振りかざした大量殺人犯を、地上二百フィートの大型クレーンのうえから連れ降ろすのに、正規の手続きもへったくれもあるものか。フロストは携帯無線機をレインコートのポケットに押し込むと、へたばった身体を引きずるようにして立ちあがった。彼の体重を受けて、足元のプラットフォームが軋みをあげ、わずかにしなった。それから、プラットフォームの台座全体が大きく傾《かし》ぎ、夜空の星が舞い踊った。突風がクレーンの腕《ジブ》を強打したせいだった。フロストは足を踏ん張り、足元を見つめて揺れに耐えた。プラットフォームの厚板の隙間から、欠伸《あくび》でもするように底無しの暗闇が口を開け、その真っ暗な咽喉《のど》が右に左に揺れ動くのが見えた。最後に一服、深々と煙を吸い込むと、フロストは煙草を投げ捨てた。風がそれに絡《から》みつき、台の端から押し出した。赤い火花を散らしながら、煙草は忘却の淵へと吸い込まれていった。

運転室《キャブ》の壁にぴったりと背中を押しつけ、その存在感を頼りに、フロストはインチ刻みに歩を進め、プラットフォームの反対側にまわり込んだ。ゴールドは安全柵を背に立っていた。握り拳《こぶし》のように連打を浴びせてくる風に対して、髪をなびかせ、足を踏ん張って立っていた。

「来るな！　それ以上、近づくんじゃない」クレーンの腕《ジブ》の先端の赤い警戒灯に照らされて、ゴールドの高く掲《かか》げた手に握られたものが、血糊のようにぬらりと光った。

フロストは運転室《キャブ》の壁にもたれ、うんざりして首を横に振った。「観念しろ、ゴールド。もうどこにも逃げられない」用心深く相手を見つめながら、返答を待った。ゴールドが組み討ちを仕掛けてくる覚悟なら、フロストには打つ手がなかった。幅二フィート足らずのこのプラットフォームのうえでは、くんずほぐれつ殴りあう余地はない。ふたり揃って台から転げ落ち、マレットのてかてかに磨きあげた革靴のうえに、ふたり分の血と脳ミソと臓物《ぞうもつ》をぶちまける羽目になるだけだ。

刃物を振りかざしたまま、熱に浮かされたような笑みを浮かべて、ゴールドはまえに一歩踏み出した。それから、表情を歪め、顔をくしゃくしゃにして、いきなり涙を流しはじめた。

「なぜだ？　なぜ、放っておいてくれなかった？」

フロストは苛立ちを感じた。眼のまえにいるのは、いくつもの生命を奪った人でなしの殺人鬼である。哀れなやつだなどと、おれは思いたくない。刃に眼を据えたまま、フロストはほんの少しだけ足をまえに送った。ゴールドは、プラットフォームの端に立っている。安全柵が背中に触れているから後退することはできない。動くとすれば、こちらに飛び出してくる一手しかない。

「そいつを寄越せ」フロストはきっぱりと言うと、あくまでも楽天主義の人らしくゴールドに向かって片手を差し出した。

再び、熱に浮かされたような笑みが浮かんだ。ゴールドは手の甲で顔をこすって涙を拭うと、何事か企《たくら》むような眼になって、刃物を握った手を右に左に振ってみせた。「これかい？ こいつがほしいのかい？」そう言いながら、刃物を差し出した。「だったら、取れよ。ほら、取ってみなよ」

「いいか、妙な真似をするなよ」フロストは警告した。「ちょっとでも動いたら、そこから突き落とすからな」

近づこうとしたとき、ゴールドが再び刃物を振りあげた。フロストは身を硬くした。その場に凍りついたように立ち尽くしたまま、ゴールドの投げた刃物がくるくると宙を舞い、きらめき、長い放物線を描いて無限の闇に吸い込まれていくのを眼で追った。「ただのペンナイフだよ、あれは。あんなもんじゃ、バターだって切れない」

安堵の汗が肌を冷たく伝った。それでも、フロストは用心しながらゴールドに近づいた。秘策のひとつやふたつ、まだどこぞに隠しているかもしれない。そんなふうに思わせる表情を、ゴールドは浮かべていた。携帯無線機を引っ張り出し、消防隊を呼び出して、武装解除に成功したので加勢に来てほしい、と頼んだ。

「身柄を確保したのか？」マレットの興奮した声が割り込んできた。「現在の状況は？」

「あとにしてください」フロストはぴしゃりと言った。「あとでちゃんと報告するから」無線機のスウィッチを切り、手錠を探った。そのあいだも、ゴールドから眼を離さなかった。

「どうしていいか、わからなかったんだ」出し抜けに、ゴールドが言った。「気がつくとナイフを握ってた。どうしていいか、わからなかったんだ」そして、上目遣いにフロストを睨みつけた。「あんたのせいだぞ。なぜ、放っておいてくれなかった？」

フロストは眉をひそめた——この男はいったい全体、なんの話をしているのか？「おれのせい？」片手に手錠を持ち、もう片方の手でゴールドの腕をつかんだ。

「そうだよ。あんたのせいだよ」ゴールドは甲走《かんばし》った声で叫ぶと、フロストの手を振り払った。「あんたはぼくを追い詰めた。母を死ぬほど恐がらせた。だからこんなことになったんじゃないか」

フロストは、せわしなく考えをめぐらせた。ゴールドの脈絡のないことばを繋ぎあわせ、なんらかの意味を導き出そうと必死になった。だがそのとき、不意に風がうなりをあげ、次の瞬間、クレーンの腕《ジブ》に強烈な一撃を見舞った。クレーンの腕《ジブ》は大きく横に揺れ、台座の部分をそのうえのプラットフォームもろとも、ねじるような恰好で引っ張った。固定用の鎖《アンカー・チェーン》がそれを、激しく引き戻した。煽《あお》りを食って、フロストはプラットフォームの床に投げ出された。夜空の星が飛び交っているように見えた。巨大な金属の塊が軋みをあげ、こすれあい、ぶつかりあい、いくつもの音の残響が混じりあうなか、人間の悲鳴が聞こえた。

フロストは跳ね起きた。まだ小刻みに揺れ続けるプラットフォームのうえで足を踏ん張り、バランスを取った。ゴールド。ゴールドの姿がなかった。さっきまでそのまえに立っていたはずの安全柵が壊れ、柵の一部がプラットフォームのそとに垂れさがっていた。悲鳴はまだ続いていた。それにかぶさるように、梯子段を登ってくる消防隊員たちの叫び声が、したのほうから聞こえてきた。

「助けてくれ！」

フロストはプラットフォームの端からしたをのぞいた。地上の消防車のライトに眼が眩《くら》んだ。フロストは腕で眼を庇《かば》った。地上で待機している連中のなかに、事の次第《しだい》に気づいた者がいたようだった。スポットライトの角度が調節され、蒼白い光がクレーンの台座から滑り降り、脚部を伝い、ある一点で止まった。プラットフォームのすぐしたから突き出した鉄骨の先端に、両手の指先でかろうじてぶらさがっている、ゴールドのところで。ゴールドは悲鳴をあげていた。狂ったように宙を蹴り、指が体重を支えきれなくなるまえに足がかりになるものを得ようと、虚しい努力を続けながら、助けてくれと叫び続けていた。

「手を離すな！」とフロストは怒鳴った。無用の忠告だった。あの哀れな人でなしに、ほかに何ができる？　素早くプラットフォームのうえに腹這いになると、フロストは両足の爪先をそれぞれ厚板の隙間に蹴り込んで固定し、プラットフォームの縁《ふち》を腹に食い込ませるようにして身を乗り出した。したに向かって、思い切り手を伸ばした。

血の気の引いた顔が、こちらを見あげていた。鉄骨にぶらさがっている男は、恐怖のあまり鼻を鳴らし、すすり泣いていた。いくら手を伸ばしても、そこまでは届きそうになかった。運《キ》転室《ャブ》の向こう側の梯子を登ってくる足音、消防隊員たちの重たげな足音が、はっきりと聞き取れるようになった。頼む、急いでくれ——フロストは声に出さずに祈った。はるかかなたの地上では、人形ほどの大きさの人間が、何人かで円形の白い帆布のようなものを広げている。脚部の途中の張り出した部分に遮られて、見えているのは一部だけだった。降下地点の目標としては、あまりにも小さく、あまりにも頼りなく、あまりにも……はずしやすい。

宙をつかむようにして、フロストはさらに手を伸ばした。身を切るような寒風になぶられ、頬の傷痕が疼《うず》いた。手袋をしていない手から徐々《じょじょ》に感覚が失われていく。歯を食いしばり、したに手を伸ばした。指先に何かが触れた。冷たく湿った肌。断ち切られた鉄骨の端を死に物狂いで握り締めている、氷のように冷たい指の関節。

「おれの手をつかめ」

ゴールドは声にならない声をあげ、弱々しく首を横に振った。「駄目だよ、できない」

「駄目じゃない」フロストは叫んだ。「つかむんだ!」

一瞬ためらってから、ゴールドの片手が宙に泳いだ。フロストは、すかさずその手の指の部分をつかんだ。鉄骨の断面でこしらえた切り傷から血が噴き出し、ゴールドの指はべたべたしていた。濡れていて、滑りやすくなっていた。握手をするように、しっかりと手を握りあうことはできなかったが、先頭の消防隊員はすでにプラットフォームに這いあがっている。もう間もなく、役目を引き継いでくれるにちがいない。それまでなら、なんとか持ちこたえることができそうだった。ゴールドがもう片方の手を離さない限り、なんとか……。「そのまま辛抱しろ、もう少しだ」

だが、ゴールドはそのまま辛抱しようとはしなかった。一刻も早く、安全なところに引きあげてもらいたがった。ゴールドはもう片方の手も鉄骨から離し、フロストの空《あ》いているほうの手をつかもうとした。だが、届かなかった。片方の支えを失って、ゴールドの身体が揺れはじめた。フロストは、空いているほうの手を、伸ばせるだけ伸ばした。が、いくら力んでも、かろうじてゴールドの指先に触れるだけで、その手をつかむことはかなわなかった。ゴールドの生命は、フロストの片方の手だけで支えるしかなかった。片方の手だけで、切り傷だらけの、血に濡れた指を懸命に握り続けるしかなかった。

その指が手のなかから擦り抜けていくのがわかった。フロストは、ゴールドの指をつかむ手に力を入れた。力を入れれば入れるほど、傷口から血があふれた。なおさら滑りやすくなった。それでも、手を緩めるわけにはいかなかった。一番乗りの消防隊員が身を投げ出すようにして、フロストの傍《かたわ》らに腹這いになった。そのあいだも、ゴールドは悲鳴をあげていた。フロストは空いているほうの手を振りまわし、何かをつかもうとした。どこでもいいから、なんでもいいから、ともかく、つかもうとした。指のあいだをゴールドの髪がかすめ、恐怖に歪んだ蒼白い顔がひとまわり小さくなった。さらに小さくなり、もっと小さくなった。それでも、ゴールドは叫んでいた。地上までの長い距離を落ちていくあいだ、ゴールドはずっと叫んでいた。脚部の途中から飛び出している鉄骨にぶつかり、背骨が折れたときも、激突の反動で宙に投げ出されたときも、まだ叫んでいた。そのあとも、叫んでいた。最後に地上に叩きつけられたときも。ゴールドが絶命したあとも、彼の心臓が無残な骸《むくろ》となった身体に血液を送り出すのをやめたあとも、その悲鳴は建設現場を経巡《へめぐ》り、あちこちに反響して、いつまでもいつまでも聞こえていた。

金曜日――夜勤（二）

潰れた肉塊を収めた遺体袋が救急車で運び去られると、消防隊員が総出で放水し、惨事の痕跡を洗い流す作業に取りかかった。フロストは蒼ざめた顔で身体を震わせながら、貪るように煙草をふかした。マレットの話はろくに聞いていなかった。

「では、ロナルド・ゴールドが〝切り裂き犯〟だと、きみは百パーセントの自信を持って断言できるわけだね？」

最後に一度、深々と煙を吸い込んでから、フロストはむっつりと煙草を投げ捨てた。三十分まえまでは、絶対に間違いないと確信していた。だが、今では、それを疑問視する甲高く執拗な声が、耳朶《じだ》にまとわりついて離れなかった。考えるのも恐ろしい可能性を示唆する声が、おれは無実の男を死に追いやってしまったのかもしれない、という声が。「そりゃ、できますよ」フロストは確信が持てないままに答えた。

「ゴールドは自分の犯行だと認めたのかね？」マレットは重ねて尋ねた。「この事件では確証と呼べる材料がいささか不足している。たとえ口頭であっても、犯人の自白が得られたとなれば、警察長に報告する立場にあるわたしとしては話がしやすいし、今後の処理も何かと手際よくスムーズに進むものと思うんだがね」

犯行を認めたか？　フロストは苦い思いを噛み締めた。疑いが生じたきっかけは、ゴールドが最後に言ったことばにある。「あんたのせいだぞ」とゴールドは言っていた。「あんたはぼくを追い詰めた……だからこんなことになったんじゃないか」と。あれは、自分が〝切り裂き犯〟であることを認めた、というよりも、バートンを刺したことへの言い訳のように思われた。

「いや、当人は何も認めなかった」フロストはポケットをまさぐり、煙草のパックを探した。

マレットは深い溜め息をついた。フロストという男は、いささかなりとも物事を察するということができないのだろうか？　ロナルド・ゴールドは死亡した。当人がこの世に存在しない以上、犯行を認めたか否か、検証できる者はひとりもいない。しかもフロスト自身、ゴールドは間違いなく〝切り裂き犯〟だと考えているのだから……罪のない嘘のひとつやふたつ、ついてどこが悪い？　「ゴールドが何も認めなかったというのは、本当に確かなのかね？」マレットは、ゆっくりと含みを持たせた言い方で尋ねて、フロストに訂正の機会を与えた。

「ああ、確かだよ、くそがつくほど」フロストはぴしゃりと言うと、マレットに背を向けた。

マレットは、唇を真一文字に引き結んだ。だが、他の部下の眼のあるところで、感情を剥き出しにして、フロストを叱り飛ばすわけにはいかない。この場はひとまずこらえて、あとで署に戻り次《し》第《だい》、フロストを署長執務室に呼びつけることにした。「ところで――」マレットは気を取りなおして、フロストの背中に向かって声をかけた。「病院から連絡があった。バートン刑事は幸い、軽傷とのことだ。傷口をほんの何針か縫う程度ですんだらしい。傷はいずれも、比較的浅かったそうだ」

「そうですか、それはよかった」フロストは低い声でつぶやいた。せわしなく考えをめぐらせるうちに、疑いの念が増殖した。傷は浅い？　〝切り裂き犯〟のほかの被害者には、傷が浅くてすんだ者はひとりもいない。あの首を刎《は》ねられたも同然の婆さまなど、その最たるもの――あの傷は、どう見ても浅手とは言えない。ひとたび兆《きざ》した疑いの念は、その鋭い歯で、それまで抱いていた確信にかぶりつき、端から蚕食《さんしょく》して、次第に肥え太っていくようだった。だが、〝切り裂き犯〟は、ロナルド・ゴールドでなくてはおかしい。どう考えても、彼でなくてはおかしい。内心の思いに気を取られていたフロストは、ギルモアが車載無線の呼び出しに応じて無線機を取りあげ、短くことばを交わしてから、急いでマレットのもとに足を運び、その耳元で何事か囁くのを、漫然と眼で追ってはいたものの、ほとんど意識していなかった。

「どういうことだね、それは？」マレットは、耳を疑った。たった今、聞かされたことが俄《にわか》には信じられなかった。ギルモア部長刑事に再度繰り返すよう求め、唇を半開きにしたまま、その報告を聞き終えると、即座に身を翻《ひるがえ》し、フロストのほうに向きなおった。抑えようのない怒りで、全身がぶるぶると震えていた。「断言できるなどと、よくもまあ……！　恥を知りたまえ、フロスト警部。きみがゴールドを追いまわしていたあいだに、あんなボーイ・スカウトまがいのペンナイフを持った男と戯《たわむ》れていたあいだに、本物の〝切り裂き犯〟がまたしても凶行に及んだではないか」

フロストは、その場に立ちすくんだ。身体が凍りついたように冷たくなった。震えが出るほど冷たくなった。ただことばもなく、口をぽかんと開けて、マレットを見つめ返すことしかできなかった。それから、ギルモアのほうに顔を向けた。ギルモア部長刑事をじっと見据えることで、その必死の眼差しで、今の発言はすべて署長の勘違いだと言わせようとした。

「被害に遭ったのは、今度もまた年配の女の人です」とギルモアは言った。「やはり、刃物を振るわれ、文字どおり切り裂かれたような状態とのことで、ただちにデントン総合病院に急送したそうです」

病院に急送？　ということは、被害者《ガイシャ》はまだ息がある、ということだ。フロストは、突き飛ばさんばかりの勢いでマレットを押しのけると、車に向かって駆け出した。

「どこへ行く気だ、フロスト警部？」マレットは怒鳴った。あまりの腹立たしさに、ことばが咽喉に詰まった。「話は終わってない。きみには、まだ——」ドアの閉まるばたんという音とエンジンの轟音を残して、フロストの乗り込んだ車は走り去った。「わたしの執務室！」見る見る遠ざかる赤いテールライトに向かって、マレットは金切り声をあげた。「わたしの執務室に出頭したまえ……今、すぐに！」激しい怒りにあえぎながら、呼吸を整えようとしていたときだった。マレットは、傍《かたわ》らに人の気配を感じた。紺色のアノラックを着たがっしりした身体つきの男が、ミニチュア・サイズのカセット・レコーダーを突き出していた。

「マレット署長？　『デントン・エコー』紙の者です。〝切り裂き犯〟を逮捕したというのは本当ですか？」

背中を丸めてステアリングのうえに覆いかぶさり、吸いたくもない煙草を猛然とふかしながら、フロストは今夜の出来事を、最初から順を追って思い返した。何度も何度も思い返した。そして、もっと懸命に手を伸ばしてゴールドの手をつかんでやれば、あの男を救うことができただろうか、と考え、ゴールドが〝切り裂き犯〟であるとの意固地なまでの思い込みが、あの男を助ける手を鈍らせたのだろうか、と考えた。しかも、目下《もっか》の状況に照らせば、あの男は無実であった公算が極めて高い。

スピードを緩めず、手荒にステアリングを切り、車体が傾くほどの勢いでデントン総合病院の本館に続くドライヴウェイに入った。視野の隅で、死体保管所のまえに救急車が駐まっているのを、見るというよりも漠然と意識した。ストレッチャーに載せた遺体袋を、なかに運び込んでいるものと思われた。

車を停めるのももどかしく、フロストはそとに飛び出し、正面玄関の階段を駆けあがり、スウィング・ドアに体当たりをかけ、院内に滑り込んだ。守衛詰め所脇の木のベンチに坐っていた制服警官が、くわえていた煙草を素早く抜き取って、あたふたと気をつけの姿勢を取った。

「集中治療室です、警部。被害者は集中治療室に収容されてます」

騒々しい足音を響かせて、フロストは人気《ひとけ》のない廊下を次々に駆け抜けた。集中治療室の夜勤看護婦は、自分の領土に乱入してきた不心得者を怒りの表情で迎え、フロストが呈示した身分証明書にも、いっこうに恐れ入る様子を見せなかった。

「一分以内に切りあげてもらいます。いいえ、それ以上は許可できません」看護婦は、病室の奥のベッドのところまでフロストを案内した。点滴用のスタンドにビニールのパックがいくつもぶらさがり、細い管を介して輸液が行《おこな》われていた。ベッドに仰臥《ぎょうが》し、白い包帯に血を滲《にじ》ませながら、かろうじて息をしている女の静脈へ。看護婦は点滴のひとつに手を伸ばし、液体の落ちる速度を調節してからパックを軽くひと握りした。

「助かる見込みは?」とフロストは尋ねた。

看護婦は肩をすくめた。「咽喉のところを切られているし……腹部にも深い傷を負っているのよ。こうして生きてるのだって信じられないぐらい。ほんの何分か意識が戻ったかと思うと、すぐにまた昏睡状態に陥《おちい》ってしまうし」

「意識を取り戻したときに、何か言ってなかったかな?」

「そうそう、一生懸命、喋ろうとしてたわ。声も小さいし、うわ言みたいなもんだから、はっきり聞き取れたわけじゃないんだけど。でも、息子さんのことを言いたかったみたいね。あの子のしたことだから、とかなんとか言ってたもの」

息子? フロストは看護婦を脇に押しのけ、ベッドに横たわる女の顔を間近からのぞき込んだ。入れ歯をはずしているので口元のあたりが落ち窪み、深い皺が寄っていた。最後に会ったときよりも、百歳ぐらい老け込んでしまったように見えた。

あの男が〝ぼくの母〟と呼んでいた女、ロナルド・ゴールドの母親だった。

年老いた女の睫《まつげ》が、かすかに震えた。瞼《まぶた》がゆっくりと持ちあがり、奥から、涙の幕が張ったどんよりと濁った眼が現れた。その焦点の定まらない眼を、彼女はフロストに向けた。自分のうえに屈《かが》み込んでいるフロストの顔を見ても、驚いたふうはなかった。表情を変えずに、彼女は唇を動かした。聞き取れないほどか細い声で、何事かを訴えていた。フロストは相手の口元に耳を近づけた。熱く荒い息が頰をかすめた。「あの子に言ったんです、こんなことはやめなくちゃいけないって。やめないんなら警察に言うって。それがいけなかったのね、きっと。あの子を怒らせてしまったの。あの子、癇癪持ちだから」ゴールドの母親は、看護婦も慌てたほどの力を振り絞って、枕から頭を持ちあげると、すがるような眼でじっとフロストを見あげた。「あの子は悪くないの。こんなこと、やりたくてやったわけじゃないわ。だって、相手は自分の母親ですもの」

「わかりますよ、よくわかる」フロストは低い声で囁いた。

「あの子に手荒なことはしないでくださる？」

「ええ、しません」とフロストは言った。「手荒なことなんて、もちろん、しませんよ」老いた母親は、笑みらしきものをかすかに浮かべると、それで納得したように枕に頭を戻した。

彼女が息を引き取るまで、フロストはその枕元に付き添った。

「では、やはり、ゴールドだったということかね？」マレットは、内心大いに動揺していた。フロストのおかげで、またしても、とんでもなく難儀な状況が出来《しゅったい》してしまったのである。デスクのうえの電話機には、触れればまだ、ぬくもりが残っているはずだった。つい今し方、ようやく意を決して警察長に報告の電話をかけて、このたびデントン警察署が抱え込んでしまった複雑な事情について——結局のところロナルド・ゴールドは〝切り裂き犯〟でもなんでもなく、フロスト警部の独り合点がとんでもない大失態を招いてしまったのだ、ということを、陳弁これ努めたばかりなのだ。今回の出来事を前代未聞の不祥事と断じ、その責任をフロストひとりに負わせてしまった手前、自分に対する警察長の信頼を回復するのは、時間も手間もかかる難事業となることが予想された。

「まあ、そういうことですよ、警視《スーパー》」フロストは床の絨毯を気遣うでもなく、無造作に来客用の椅子を引き寄せると、大儀そうに腰を降ろした。「あのおっかさんに、被害者《ガイシャ》の写真を見せたのが効いたらしい。息子に説教したんです、こんなことをしてちゃいけないって。で、警察に垂れ込むって言ったもんだから、お坊ちゃまはトチ狂って、おふくろさんを刺した。刺したはいいけど、そのあとどうしていいかわからなくなり、無我夢中で逃げだしたってわけです」

「そうか、ようやく納得のいく説明を聞かせてもらえたよ」マレットは、フロストが許可も求めずにふかしている煙草の煙を、当てつけがましく手で扇《あお》いで払いのけた。「いずれにしても、警部、本件に関しては、途中やみくもに突っ走った感なきにしもあらずだが、最終的にはそれなりの成果をあげたことになるんじゃないかね？」

「お褒《ほ》めにあずかって恐縮ですよ、警視《スーパー》」フロストはのろのろと腰をあげると、レインコートの前身頃から煙草の灰を払い、ブルーのウィルトン絨毯のうえに灰の雪をたっぷりと降らせ、口元を覆いもせずに大きな欠伸《あくび》をひとつ洩らして、ドアのほうに向かった。「それじゃ、警視《スーパー》、ほかに何もないようなら、おれは家に帰るんで……」

マレットは、パブの乱闘騒ぎで発生した負傷者の氏名一覧に視線を落とした。長いリストだった。病欠者が職場に復帰したとしても、この穴は埋まりそうにない。デントン警察署の戦力水準は、これまでにもまして低下するものと思われた。フロストが頼りになるならまだしも……。これほど遣《つか》い途《みち》に困る人材を、何ゆえ我が署《しょ》が背負い込まなくてはならないのか？　そのとき、マレットの眼に意地の悪い輝きが宿った。危うく忘れるところだった。先刻、いったん帰宅するまえに、主の出払っているフロストのオフィスをのぞき、ついでに《未決》のトレイに積みあげられていたものを検《あらた》めさせてもらったのだが、なんともけしからんことに、署内什器《じゆうき》備品現況の調査報告書がまったく手つかずの状態で放置されていたのである。「そうだ、警部、ひとつ頼まれてもらえないだろうか？」マレットは努めて何げない口調で言った。「帰宅するまえに、什器備品現況の調査報告書を発送していってほしいんだよ。先ほどきみに確認したら、それで異存ないということだったので、今夜中に発送すると州警察本部のほうに約束してしまったもんでね」

「いいですよ、警視《スーパー》。お安いご用だ」とフロストは低い声でつぶやいた。そして、執務室から滑り出ると、後ろ手にドアを閉め、がっくりと肩を落とした。いったい、いつになったら、あの報告書から解放されるものやら……。

オフィスに戻ると、ビル・ウェルズ巡査部長の見守るなか、《未決》のトレイに築かれた小山の裾野のほうから、いまだ空欄だらけの分厚い書式の綴りを引っ張り出し、絶望的な気分で中身にざっと眼を通した。「くそっ、いけ好かない野郎だよ」フロストはうめいた。「おれがまだ手をつけてないことを、ちゃんと知っていやがるくせに」

「でも、あんたが自分で言ったんだろう？　もう仕上がってるって」とウェルズは言った。

「あの腐れ眼鏡猿は、それが出まかせだってことも承知してやがるんだよ」フロストはそう言うと、オフィスのなかをおざなりに見まわした。「デスクが二脚、椅子も二脚、書類を突っ込んどく抽斗《ひきだし》が一本」フロストは書式のページを繰って、数字を書き込んだ。

「帽子掛けとタイプライターと書類整理用のトレイと電話機と文房具類を忘れてる。無理だよ、ジャック、終わるわけがない」

煙草がパックごと、気前よく進呈された。「でも、おれには、あんたという強力な助っ人がいる」

「おれは、こんな煙草ひとパックなんてけちくさい手当じゃ、動かない。それに、たとえ署に残っているやつらを全員集めて手伝わせても、今夜中に終わらせるのは無理だよ、ジャック。あのアレン警部でさえ、専門の助手を三人もはべらせて、それでも丸まる一週間近くかかったんだから」

フロストは敗北を認めた。そうして、帽子掛けからマフラーを取って首に巻きつけた。「この書類は、このままマネキン野郎に叩き返して、けつの穴に突っ込んどけとでも言ってやることにするよ。そうしたところで、あの野郎にできるのは、せいぜいおれを馘首《くび》にすることぐらいだ。馘首《くび》を申し渡されたら、おれも大手を振って家に帰れる。この何日かで、流感の黴菌もたっぷり貰ってることだし、運がよければ、それで死ねると思うんだ」

フロストはとぼとぼと廊下を歩き、署長執務室に向かった。途中で、捜査本部の部屋に顔を出して、ギルモアにひと声かけていくことにした。ギルモアは新たに獲得した自由をさっそく謳歌《おうか》すべく、コンピューターの操作を担当している赤毛の婦人警官、ジーン・ナイトを相手に熱っぽく話し込んでいるところだった。ジーン・ナイトのほうは、ギルモア部長刑事の話にあまり興味を惹かれているようには見えなかった。

「おれは帰るぞ」フロストは声高らかに宣言した。

「ちょうど、今、バーミンガムの警察署から連絡があったところです」とギルモアはフロストに伝えた。「ロナルド・ゴールドのことを覚えている警官がいたそうです。どうやら、ゴールドは十二歳のときに、自分の実の祖母を刃物で刺すという事件を起こしていたようです。でも、祖母には孫を訴える気がなかったので、結局、立件されなかったんだそうです」

「祖母《ばあ》さんも、どうせなら刺されるまえに、そういう気持ちになりゃよかったんだよ」フロストは吐き捨てるように言った。それから、覚悟を決め、ポケットから什器備品現況の調査報告書を取り出した。対決の時、来《きた》れり。いざ、マレットのもとへ。

そのとき、ジーン・ナイトが声をあげた。意外な発見をしたときの声だった。「あら、嫌だ、こんなとこにあったのね。わたし、あちこち捜しちゃいましたよ」

驚き顔のフロストを尻目に、ジーン・ナイトは彼の手から未記入の書式を取りあげると、コンピューターのキーボードを叩きはじめた。彼女の横で、ドット・マトリックス・プリンターが眼を醒まし、ひと呼吸置いて、活動を開始した。印字ヘッドが甲高い音を立てながらせわしなく往復し、連続印字用紙のうえに次々に文字やら数字やらを打ち出していく。

「アレン警部は、病気で倒れるまえに、調査の結果をコンピューターに入力していかれたんです」ジーン・ナイトは事情を説明した。「あとはプリントアウトすればいいだけだったから、この書類をずっと捜しまわってたんですよ」

フロストは煙草のパックを取り出し、ジーン・ナイトの唇に一本挟んでやった。「まだだいぶ、かかるんだろう?」

ジーン・ナイトは首を伸ばして、フロストの差し出した火を借りた。「もうできあがってます」彼女はプリンターから吐き出された用紙を剥ぎ取り、調査報告書の書式に重ねてクリップで留め、フロストに差し出した。

フロストは、マフラーをもう一度しっかりと巻きなおしてレインコートのボタンをかけた。

「きみにキスするべきなのか、はたまた、そのくそコンピューターにキスするべきなのか、おれとしては判断に迷っちまうよ」

煙草をくわえ、いとも幸せそうに調子はずれの口笛を吹きながら、ジャック・フロスト警部は意気揚々と廊下を歩きだした。ギルモアは、うっすらと軽蔑の色が混じった表情を浮かべて、その後ろ姿を見送った。ありがたいことに、月曜日にはアレン警部が職場に復帰することになっている。これでようやく、本物の警察官のもとで任務に就くことになりそうだった。

フロストならどうする?

霞　流一

フロスト警部シリーズの魅力について語るならば、それはひとえにフロスト自身の魅力にスポットを当てることになるだろう。

だが、そいつが実は難しい。フロストという男を解剖しようにも矛盾と屈折に満ちた骨格にからまれるばかりなのだ。どうしよう。こういう時はフロスト流に行くしかない。行き当たりばったりに、「俺の直感がそう言っている」と口走りながら。

不眠不休、現場百回、本当によく働く。

フロスト警部のことである。

勤務態度最低、事務処理能力無し、お下劣きわまりない悪口雑言。

フロスト警部のことである。

よく働くけど、お下劣な刑事、こんな相反する要素が奇跡的にも同居しているのがフロストという男のキャラクターである。ものすごく大雑把《おおざっぱ》に、極端な比喩を許してもらうとするなら

ば、

「メグレ×ドーヴァー」

これがフロストの刑事像である。どんなに無茶苦茶なことを言っているかお解《わか》りいただけるだろうか？　両者ともミステリ史上に輝く名探偵（もっとも、後者は迷探偵である）。しかし、あまりにも違いすぎる。黄金バットと金粉ショーくらい違う。

かたやメグレといえば、パリ警視庁の名警部で骨惜しみしない足を使った捜査と、明敏な洞察力によって容疑者の心理の奥底に肉薄していく人間力《マンパワー》に満ちた男。当然、同僚からの信頼も厚く、また、数多くの事件を解決しており、シリーズ作品は百以上にものぼる。日本でもかつて全集が出たほどである。

他方、ドーヴァーといえば、史上最低の探偵という売り文句で、ジョイス・ポーター女史の手により誕生してしまった鬼っ子刑事。とにかく、労働意欲を欠き、捜査はいい加減で、その場の思い付きだけで行動し、加えて、性格も悪く、野卑な罵詈雑言やら下品な冗談を吐き散らして周囲を不快にさせている。当然、署内での評判は最悪である。

さて、メグレとドーヴァー、この両極端のキャラクターが二重人格ではなく一個の人間の中に離れがたく有機的に泰然とあぐらをかくようにしっかり存在しているのがフロスト警部なのである。不思議だ……。

デントン警察署の劣悪なる労働状況下でフロストはろくに睡眠も取らずに捜査にいそしんでいる。それも直感と、あまり役に立つとは思えない経験則に従って……。振り回される部下たちはたまったものじゃない。毎回、新任の刑事がフロストの下に付けられるが、今回も犠牲者が出て家庭崩壊の危機にまでさらされる。そして、フロストは絶えず下劣なジョーク、残虐な悪口などを連発しまくっているのだ。その中には、まるで、幼稚園児なみのシモネタも含まれることがしばしば。

こうした、無軌道でラディカルな言動に私は何度、笑わせられたか解らないほどである。ちなみに今回、編集部からいただいたゲラ刷りを読みつつ、笑った箇所に付箋を貼っていったのだが、あまりに多すぎて、束ねていたゲラが広がり、大阪のお笑い芸人がよく使うハリセンのような形になってしまった。

笑い、という点に限ってはドーヴァー警部が相当な成果をあげており、フロストは二代目ドーヴァー襲名シャンシャンかと一瞬だけ思わせるが、一方、捜査に対する労力の傾注度とその実績という点においては、途端にメグレ側にフロストの針は大きく振れてしまうのである。それでも、もちろん、言動の大部分はドーヴァー性を発揮し読者を爆笑の渦に巻き込みながらも、メグレばりに殺害現場に容疑者のもとに昼夜問わず足を運んで精力的に捜査に邁進《まいしん》するのだ。想像して欲しい。ドーヴァー警部が昼夜問わず真摯《しんし》に捜査に励んでいる姿を。想像して欲しい。メグレ警部が下品なシモネタジョークを連発したり、同僚の尻に指で「浣腸!」なんてしている姿を。

ちょっと想像できまい。しかし、本編のフロストは両者とも堂々と具現しているのだ。不思議だ。奇跡だ。そう、ここにミステリが存在するのである。

ドーヴァー×メグレ、この大雑把な方程式だけでは表現しきれない部分にミステリがあるわけだ。そのミステリこそ、フロストの造形である。これが本シリーズの核。

話はちょっと飛ぶが（俺の直感がそう言っている）、最近、『ワイルダーならどうする？』（キャメロン・クロウ／キネマ旬報社）という映画関連の本が刊行された。お察しの通り、名匠・ビリー・ワイルダー監督についてのもの。インタビュー形式の構成になっており、数々の質問に監督が解答を披露し、長年、疑問に感じていたシーンから紗幕が落ちたような気分させてくれる名著である。シチュエーション・コメディの中でどうすればもっと笑いを引き出せるか？ 異様な設定を相手に、ギャグやユーモアを引き出してくるその熟慮の過程や難関を突破したアイデアのきっかけなど舞台裏を明かしてくれるわけである。ある種、ハウダニットのミステリを読んだ感慨も湧いてくる。ワイルダーならどうする？ ワイルダーがミステリだったわけだ。

すると、こうなる。

「フロストならどうする？」

これが本シリーズの「ミステリどころ」なのである。フーダニット、ハウダニットならぬ、「フロストダニット」とでも呼ばせてもらう（俺の直感がそう言っている）。

ヨレヨレのコートとぼろ雑巾《ぞうきん》を絞ったような茶色いマフラーがトレードマークのフロスト警部。彼に降りかかる数々のトラブル。複数の事件が同時進行的に描かれるモジュラー形式が本シリーズの特徴であるが、今回もその趣向が巧みに生かされている。いずれの事件も直接的に間接的に、何らかの形でフロストに関わるようにストーリーが紡ぎだされていく。「俺の直感がそう言っている」と口走りながら行き当たりばったりの捜査を突き進めては壁にぶちあたり、仮説を撤回する行程が幾度も繰り返される。しかも、これが一つの事件だけではなく、複数にまたがり行なわれているのだから目まぐるしい。本格推理小説の黄金時代の名作に『毒入りチョコレート事件』(アントニイ・バークリー/創元推理文庫)、『三人の名探偵のための事件』(レオ・ブルース/新樹社)など、また現代では『キドリントンから消えた娘』(コリン・デクスター/ハヤカワ・ミステリ文庫)といった多重解決ものがあるが、本編はそれらをギャグめいたタッチで彷彿《ほうふつ》とさせてくれる。フロストは多重解決の名手なのであった。それも艱難辛苦《かんなんしんく》の頭脳プレイの成果というより、フロストのキャラクターが為せる業《わざ》である。全身探偵、とでもいおうか。いや、全身ミステリか、ともあれ、やはり、フロストその人が生けるミステリであることは間違いない(俺の直感がそう言っている)。

それにしても、直感的捜査と失敗の繰り返しについては、実はフロストは確信犯なのではという気がしている(俺の直感がそう言っている)。またしても、話が飛ぶが日本の実在の刑事、昭和の名刑事と謳《うた》われた平塚八兵衛氏は、昭和四十三年に起きた「三億円強奪事件」の捜査に途中から参加したのだが、極秘の有力な手掛かりを某新聞にリークしたことがあったらしい。こんな事は後にも先にも一度きりだった。結果、その記事はスクープとなり列島に衝撃が走ったが、それがきっかけで新たな証人が登場し、問題の手掛かりが指す重要容疑者がシロであることが判明してしまった。その捜査の線が潰れたわけだ。しかし、後に、平塚八兵衛は事を明らかにするためにわざとリークし失敗の汚辱を飲んだ、という説が噂された。今ではもう霧の中であるが……。

フロストは転んでも只《ただ》では起きない。それどころか、「只ではない」ことを得るために転んでみる。そう、平塚八兵衛の取った行動と重なるようにも思えるのだ。フロストの場合、それの連続技で、転んで転んで転んで「只ではない」ことを貯蓄しながら、やがて、いつのまにか解決へと到達している。

「フロストならどうする?」

まぎれもない探偵の物語であり、まぎれもないミステリのプロットである。

今回の場合は、特にハードな状況がフロストを包囲する。折も折、流行性感冒が町を席巻し、署の刑事たちのあらかたが欠勤している。そこに、まるで天が残虐な悪戯《いたずら》を仕掛けたかのように、次々と凄惨、不可解、珍奇なる数々の事件が町じゅうに同時発生するのである。風邪を引かないのはフロストがバカだからか、それは別として、数少ない同僚らと予想不可能の捜査を展開していくのだ。フロストならどうする? 事件はどうなる? 天敵のマレット署長のフロストへの追撃もよりシビアになっていく。この災いの包囲網をフロストはどう突破するか?

ミステリが深まっていく。

おまけに、ラストでは、スタント無しでフロストが危険なアクション・シーンを披露してくれる。お楽しみに。

さて、本シリーズの前二作『クリスマスのフロスト』『フロスト日和』は、いずれも何らかの年間ミステリ・ベスト10で1位に輝いている。だけど、私は、密度とケレンと厚さも含めて、本作品の方が面白かったとだけ感想を述べておく。そう、最高傑作ということ、今のところ(俺の直感がそう言っている)。

《ジャック・フロスト警部シリーズ作品リスト》

長編

1 Frost at Christmas 1984 『クリスマスのフロスト』 創元推理文庫
2 A Touch of Frost 1987 『フロスト日和』 創元推理文庫
3 Night Frost 1992 本書
4 Hard Frost 1995
5 Winter Frost 1999

短編

1 Just the Fax (マイク・リプリー編のアンソロジー Fresh Blood II 1997に収録)「ファックスにて失礼」(『ミステリマガジン』98年6月号)

訳者紹介　成蹊大学文学部卒業。英米文学翻訳家。訳書にウィングフィールド「クリスマスのフロスト」「フロスト日和」，ピータースン「幻の終わり」「夏の稲妻」，クラヴァン「真夜中の死線」など。

検印
廃止

夜のフロスト

2001年6月15日　初版
2001年12月7日　6版

著者　R・D・ウィングフィールド

訳者　芹《せり》　澤《ざわ》　恵《めぐみ》

発行所　(株)東京創元社
代表者　長谷川晋一

162-0814/東京都新宿区新小川町1-5
電話　03・3268・8231-営業部
　　　03・3268・8204-編集部
振替　00160-9-1565
製版　フォレスト
光印刷・本間製本

乱丁・落丁本は，ご面倒ですが小社までご送付ください。送料小社負担にてお取替えいたします。

ISBN4-488-29103-1　C0197